석학
人文
강좌
74

# 한국 모더니즘 문학의 탄생
## — 이상과 그의 문학

석학人文강좌 74

# 한국 모더니즘 문학의 탄생
## — 이상과 그의 문학

**초판 1쇄 인쇄** 2017년 4월 17일
**초판 1쇄 발행** 2017년 4월 25일
**지은이** 권영민
**펴낸이** 이방원
**편 집** 윤원진 · 김명희 · 이윤석 · 안효희 · 강윤경 · 홍순용
**디자인** 전계숙 · 손경화
**마케팅** 최성수
**펴낸곳** 세창출판사
출판신고 1990년 10월 8일 제300-1990-63호
주소 03735 서울시 서대문구 경기대로 88 냉천빌딩 4층
전화 723-8660
팩스 720-4579
이메일 edit@sechangpub.co.kr
홈페이지 http://www.sechangpub.co.kr

ISBN 978-89-8411-676-4 04810
978-89-8411-350-3(세트)


_ 책값은 뒤표지에 있습니다.

이 도서의 국립중앙도서관 출판시도서목록(CIP)은 서지정보유통지원시스템 홈페이지(http://seoji.nl.go.kr)와
국가자료공동목록시스템(http://www.nl.go.kr/kolisnet)에서 이용하실 수 있습니다. (CIP제어번호: CIP2017009500)

석학
人文
강좌
74

# 한국 모더니즘 문학의 탄생

## — 이상과 그의 문학

권영민 지음

세창출판사

## _ 책머리에

이상의 짧은 생애는 삶의 모든 가능성을 보여 주는 극적인 요소가 강하다. 이상의 성장 과정과 문단 진출, 특이한 행적과 여성 편력 등은 모두 그 자체로서 흥미와 관심의 대상이 되어 왔다. 그의 문학 텍스트 자체도 이러한 삶의 특징과 결부되어 잘못 해석되거나 왜곡, 과장된 경우가 허다하다. 실제로 이상 문학은 그 텍스트에 대한 깊이 있는 독해 작업도 없이 연구자나 평자의 자의적 해석에 이끌려 엉뚱한 의미로 해석 포장된 경우가 많다. 이상은 흔히 천재 예술가로 평가된다. 그의 파격적인 문학적 기법은 그가 전위적 실험주의자였음을 그대로 말해 준다. 그는 기성적인 가치와 그 권위를 거부하면서 한국문학의 모더니티의 문제성을 초극하기 위한 새로운 도전과 실험에 매달렸던 인물이다. 물론 그의 문학이 보여 주는 난해성에 노골적 반감을 표시했던 사람도 없지 않다.

이 책은 이상 문학을 '모더니즘 문학의 탄생'이라는 문학사적 의미와 연결하여 새롭게 논하고자 하는 데에 목표를 둔다. 이 책에서 가장 주목한 것은 이상이 사물에 대한 인식을 둘러싼 사회 문화적 조건의 변화에 일찍 눈을 뜬 예술가였다는 사실이다. 그는 어린 시절부터 미술에 관심을 두면서 근대 회화의 기본 원리를 터득하였고, 경성고등공업학교에서 건축학을 전공하는 동안 근대적 기술 문명을 주도해 온 물리학과 기하학 등에 관한 깊은 이해를 가지게 된다. 그의 시와 소설에는 특이하게도 자연에 대한 관심이나 묘사가 별로 드러나 있지 않다. 외적 현실로서의 자연이 더 이상 실재로서의 경험으로 인정되지 못하고 있는 셈이다. 대신에 그는 경성이라는 도시 공간 안에서 자기 삶과 예술을 정초하기 위해 자기 언어에 매달려 자기가 만들어 낸 텍스트를 새롭게 조합, 구성하고 거기에 미학적인 옷을 입힌다. 그가 보여 주고 있는 상상력의 감각적 여행은 결국 도시 공간에서 이루어지는 것이다. 이러한 경향은 그가 모사적인 자연 현실의 실재적 반영을 최고로 내세웠던 전통적인 문학적 관습에서 벗어나 있음을 말해 준다. 그의 문학은 자연을 배제한 대신에 자의식의 세계 또는 자아의 위상을 탐구하고자 한다. 그는 철저하게 자기 정신, 자기의식의 내면과 같은 주체의 의식 구성에 의해 만들어지는 새로운 문학을 추구했던 것이다.

이상은 그의 문학을 통해 관습적으로 사용되어 온 언어와 그 담론의 방식을 전복시켜 놓고 있다. 그는 자신의 시와 소설에서 자신이 의도하고 있는 어떤 의미를 제대로 표현하기 위해 일상적 언어의 한계에 도전하면서, 자신의 상상력과 특이한 정서를 구체화하기 위해 모든 가능성을 동원한다. 그는 사물에 대한 감각을 구별하고 그것을 명명하는 일에 유별난 관심을 보이면서 자신의 인식을 구체화하기 위한 새로운 언어를 찾아낸다. 이 작업은 일상적인 언어의 질서를 파괴하고 규범을 넘어서면서 언어가 만들어 낸 의미 체계를 교란시키기도 한다. 실제로 이상의 언어는 기표와 기의의 관습적 결합을 거부하고 새로운 조어법을 실험하면서 기존의 표현법과 충돌한다. 이상의 시 텍스트에는 언어가 아닌 기호들이 동원된다. 이것은 언어를 통해 표현하고자 하는 욕망과 그 표현의 불가능성을 동시에 보여 준다. 이상의 시와 소설에서 언어는 자연스러운 구어체의 발화와는 달리 그 어투가 뒤틀리고 왜곡된 것들이 많다. 이러한 언어 표현법이 하나의 문체처럼 고정되어 부조리한 관념과 생각들을 표현한다. 바로 거기에 이상 문학이 암시하는 자기 규정의 비밀이 스며들어 있다.

필자는 이상의 문학 작품에 대한 체계적인 정리와 정본화 작업을 위해 『이상전집 1-4』(2009)를 엮은 바 있다. 그리고 『이상 텍스트 연구』(2009), 『이상 문학의 비밀 13』(2012), 『오감도의 탄생』(2014) 등을 통해 이상 문학 텍스트에 대한 정밀한 분석과 새로운 해석을 시도한 바 있다. 이러한 연구 성과를 종합, 정리하면서 이상 문학 전반의 성격을 '한국 모더니즘 문학의 출현'이라는 큰 틀 안에서 논의해 본 것이 바로 이 책이다. 이 새로운 책이 이상 문학을 폭넓게 이해할 수 있는 하나의 지침이 되었으면 하는 것이 필자의 생각이다.

이 책의 출판을 적극 지원해 준 한국연구재단에 감사드리고자 한다. 한국연구재단은 '석학인문강좌'라는 인문학 대중화 프로그램을 통해 이상 문학에 대한 새로운 비평적 논의를 대중 독자와 함께 다시 생각할 수 있는 기회를 제공해 주었다. 강연 형태로 만들어졌던 이 책의 원고 내용을 새롭게 편집하여 까다로운 작업을 잘 마무리해 준 세창출판사 편집부에도 고마움을 전한다.

이상의 80주기를 앞두고

권 영 민

차례

제 **1** 장

# 서설: 이상 문학을 위한 질문

이상 문학은 현대비평의 모든 이론과 방법의 시험대에 해당한다. 한국 현대문학 연구가 학문적인 성격을 갖춘 이후 가장 많은 비평적 논의가 이상과 그의 문학을 대상으로 이루어졌다. 이상이 남긴 문학 작품의 양보다 훨씬 많은 양의 평론과 연구서들이 쏟아져 나와 있으며, 모든 작품마다 서로 다른 수많은 해석이 따라붙어 있다. 그의 짧은 생애와 굴곡진 삶의 과정에 대해서도 그가 살았던 삶보다 훨씬 이채로운 설명과 풍설이 이어진다. 그는 희대의 천재가 되기도 하고, 전위적인 실험주의자가 되기도 한다. 그가 철저하게 19세기를 거부한 반(反)전통주의자였다고 지목하는 사람도 있고, 그의 문학이 1920년대 이후 일본에서 일어났던 신감각파 시운동의 영향권에 있었다고 평가 절하한 사람도 있다. 물론 그 어떤 경우에도 이상의 문학은 하나의 테두리 안에서 그 성격이 규정되기를 거부한다. 그러나 더 중요한 것은 이러한 관심과 새로운 접근에도 불구하고 이상 문학은 언제나 그 자리에 그대로 서 있다는 사실이다.

이상 문학은 동네북처럼 아무나 두들길 수 있는 대상은 아니다. 이상 문학에 관심을 갖는다는 것은 식민지 근대의 후진성에 매몰되어 있던 한국문학이 어떻게 서구문학과 동시대적 감각을 회복하게 되는지 묻고자 하는 일에 해당한다. 이상 문학은 혹독했던 식민지 상황 속에서 문학이라는 이름으로 모더니티의 문제성을 가장 적나라하게 보여 주고 있기 때문이다. 이상과 그의 문학을 다시 논의하기 위해서는 이상을 포함하여 이상 문학에 대해 말했던 모든 사람들에 대해서도 함께 이야기하지 않으면 안 된다. 다시 말하면, 이상 문학으로부터 비롯된 모든 비평적 논의를 다시 돌이켜 보아야 한다는 뜻이다. 이상의 삶과 그의 문학이 이미 지나간 얘깃거리일 수 없는 이유가 여기 있다.

이상의 짧은 생애는 삶의 모든 가능성을 보여 주는 극적인 요소가 강하다. 그의 개인적인 행적과 문단 활동은 객관적으로 서술되기보다는 오히려 과장되거나 신비화되고 있다. 특히 그의 문단 진출 과정, 특이한 행적과 여성 편력, 결핵과 도쿄에서의 죽음 등은 모두 일종의 일화처럼 이야기되고 있을 뿐이다. 더구나 이상의 문학 텍스트 자체도 이러한 삶의 특징과 결부되어 잘못 해석되거나 왜곡, 과장된 경우가 허다하다. 이상의 삶은 명확한 사실의 규명이 없이 어물쩍 넘어가면서 생겨난 모호성으로 인하여 더욱 신비화된다. 기왕의 연구자들이 그런 식으로 설명하지 않았다면 있는 그대로 자명해졌을 문학 텍스트마저도 엉뚱한 설명이 더해지고 해석이 과장되면서 애매모호한 상태로 빠져들게 된 것이다. 실제로 이상 문학은 그 텍스트에 대한 깊이 있는 독해 작업도 없이 연구자나 평자의 자의적 해석에 이끌려 엉뚱한 의미로 오독(誤讀)된 경우가 많다. 그리고 모든 평가는 특이하게도 그의 천재성에 집중된다. 객관적으로 해석되지 않은 이 천재성(?)으로 인하여 이상 문학은 더욱 미궁으로 빠져들게 된다.

이상이 남긴 문학 작품들은 크게 두 가지 영역으로 분류가 가능하다. 첫째는 이상이 생전에 신문과 잡지에 발표한 모든 작품들이다. 이상의 글쓰기는 조선총독부 건축기사 시절인 1930년 잡지 《조선(朝鮮)》에 장편소설 「12월 12일」을 국문으로 연재하고, 1931년 《조선과 건축(朝鮮と建築)》에 일본어 시 「이상한 가역반응(異常ナ可逆反應)」 등을 발표하면서 적극적으로 전개되기 시작한다. 이 초기 단계의 글쓰기는 한국어와 일본어를 양식에 따라 선택적으로 활용함으로써 이른바 이중언어적(二重言語的) 글쓰기 양상을 드러낸다. 그런데 이상은 1934년 연작시 「오감도」를 발표한 시기를 전후하여 문단권에

진입하자 일본어 글쓰기를 중단한다. 그렇기 때문에 이상의 문학 세계를 대표하는 작품들은 국문 글쓰기를 통해 독자들과 만날 수 있게 된다. 1937년 일본 도쿄에서 세상을 떠날 때까지 그는 연작시 「오감도」를 비롯하여 연작시 「역단」과 「위독」 등을 발표했으며, 단편소설 「지주회시」, 「날개」, 「동해」, 「종생기」 등을 발표하면서 평단의 주목을 받았다. 그리고 비평과 에세이 등에 이르기까지 다양한 형태의 국문 글쓰기에 주력하였다.

둘째는 1937년 이상이 세상을 떠난 후에 여러 신문과 잡지들이 유작(遺作)으로 공개한 그의 작품들과 습작 시대의 글들이다. 이상의 소설 가운데 「환시기」, 「실화」, 「봉별기」, 「단발」 등은 모두 유작의 형태로 공개된 것이며, 「실낙원」, 「동경(東京)」, 「권태」 등의 산문도 유고라는 이름으로 소개되었다. 해방 이후 임종국이 펴낸 『이상전집 1-3』(1956)에 이상의 일본어 유고시 「거리(距離)」, 「육친의 장(肉親の章)」 등이 원문과 함께 번역 소개된 바 있으며, 조연현 교수가 발굴한 이상의 창작 노트의 일본어 자료들이 여기에 추가될 수 있다. 1966년부터 《현대문학》지에 번역 소개된 자료뿐만 아니라 그 후 《문학사상》지에 소개된 자료들을 모두 합하면 그 규모가 작지 않다. 그런데 이상의 유작으로 공개된 작품들 대부분이 그 텍스트의 보전 상태나 입수 경위 등이 제대로 밝혀져 있지 않기 때문에 그 창작 시기라든지 작품의 성격을 제대로 판단하기 어렵다. 특히 발굴 자료로 소개된 창작 노트의 글들은 대부분 습작 단계의 단상들을 기록해 둔 것으로 볼 수 있다.

이상의 문학 세계에서 주목되는 것은 글쓰기와 언어의 문제이다. 이상이 보여 준 일본어와 한국어의 선택적 활용에 의한 이중언어적 글쓰기는 《조선과 건축》에 발표한 일본어 시에서 그 문제성을 드러낸다. 이상의 사후에 공개된 일본어 유작시라든지 일본어로 쓴 여러 가지 형태의 글들은 정확하게 그 작성 연대를 추정할 수 없고, 그 텍스트의 성격 자체도 불분명하다. 이상은 《조선과 건축》에 발표한 일본어 시를 제외하고는 일본어로 창작한 작품을 잡지나 신문에 발표한 적이 없다. 더구나 《조선과 건축》이 일본어로 발간된 건축 전문잡지라는 특수성을 지니고 있는 점, 이상의 글쓰기가 정규 교육 과정에서 이루어진 일본어 학습에 기반하고 있었다는 점 등을 고려할 경우, 다른 여러 문인들의 초기 습작 과정에서 확인되는 일본어 글쓰기와 크게 다를 바가 없다고 할 것이다. 그런데 이상의 일본어 시와 일본어로 된 글들이 번역이라는 과정을 거쳐서 일반 독자와 대면하게 된 점은 주목을 요한다. 일본어 시의 한국어 번역 방식은 번역자에 따라 얼마든지 바뀔 수 있는 일이다. 그동안 국내에서 출간된 전집류와 작품 선집들은 대부분 임종국의 번역 텍스트를 거의 그대로 사용해 오면서 이 전집의 번역 텍스트에 절대적인 권위를 인정해 왔다. 그러나 최근의 몇몇 연구에서 이 번역 텍스트의 오류가 자주 거론되고 있다. 이것은 이상의 일본어 텍스트에 대한 전반적인 검토가 필요하다는 사실을 말해 준다.

이상의 문학에서 특기할 만한 또 다른 문제는 문학 양식의 경계를 넘나드는 그의 다양한 글쓰기 방법이다. 이상은 시와 소설의 영역을 동시에 넘나들면서 다채로운 기법을 활용한 글쓰기를 보여 준다. 그의 문학 세계가 특정 영역에 국한되는 것이 아님을 말해 주는 특징이라고 할 수 있다. 그런데 여기서 문제가 되는 것은 그의 사후에 공개된 작품들 가운데 일부가 작품 전집의 편자들에 의해 자의적으로 구분되고 서로 다르게 분류된 경우가 많다는 점이다. 특히 1966년 이후 소개된 창작 노트의 발굴 자료들은 작품으로서의 완결성을 제대로 갖추지 못하고 있는 습작 단계의 자료에 불과한 것들임에도 불구하고 하나의 완결된 작품으로 인정되는 경우도 있다. 예컨대 임종국 편 『이상전집』에서 수필의 영역 속에 포함되었던 「최저낙원(最低樂園)」, 「실낙원(失樂園)」, 「공포(恐怖)의 기록(記錄)」 등과 뒤에 유고로 발굴된

「불행(不幸)한 계승(繼承)」 등이 그 후에 출간된 전집의 편자들에 의해 혹은 소설로 혹은 시로 혹은 수필로 구분되는 혼란을 겪기도 하였다. 이러한 현상은 이상 문학 텍스트의 본질이 연구자들에 의해 자의적으로 왜곡될 우려가 있음을 말해 주는 것이다. 이와 같은 텍스트 자체의 여러 가지 특징으로 인하여 이상 문학에 대한 비평적 논의에서 아직도 제대로 해결하지 못한 문제가 적지 않다.

첫째, 원전의 불확정성이다. 문학 연구의 대상이 되는 텍스트의 확정은 작품의 해석과 평가에서 가장 기본이 되는 요소이다. 텍스트의 확정 없이는 어떤 연구도 그 객관적 기반을 확보하기 어렵다. 이상 문학 작품에 대한 일차적인 정리 작업은 어느 정도 완결된 수준에 이르게 되었지만 아직도 이상의 시와 소설 가운데에는 그 의미를 제대로 밝히지 못한 이른바 난해 구절들이 적지 않다. 특히 그가 발표한 일본어 작품들은 비슷한 내용의 한국어 작품과 정밀한 대조가 필요하다. 이러한 일차적인 작품 정리와 해석의 미비로 인하여 이상 문학의 원전은 아직도 확정되지 못한 것들이 많다.

둘째, 작품 해석의 자의성이다. 이상 문학 연구에서는 작품에 대한 해석의 자의성과 비약이 오히려 작품 자체의 난해성을 더욱 부추기고 있는 경우도 많다. 문학 작품의 해석은 텍스트의 올바른 해독이 이루어져야만 가능하다. 이상의 시와 소설은 텍스트 자체의 질서와 논리를 지니고 있기 때문에 그 질서와 논리에서 벗어나는 경우 텍스트를 잘못 읽거나 잘못 해석할 가능성이 매우 높다. 있는 그대로의 텍스트를 놓고 의미의 왜곡과 과장이 없는 치밀한 분석과 객관적 해석이 필요하다.

셋째, 이상 개인의 삶의 신비화 현상이다. 이상의 짧은 생애에서 볼 수 있는 온갖 우여곡절은 정확한 사실관계를 제대로 확인할 수 없는 것들이 많다. 그의 개인적인 행적과 문단 활동 자체도 객관적인 서술 대신에 오히려 신화화되거나 통속적으로 희화화된 경우가 많다. 그의 문단 진출 과정, 특이한 행적과 여성 편력, 도쿄에서의 비극적인 죽음 등은 사실관계가 제대로 확인되지 않은 상태에서 모두 일종의 풍문으로 전해지고 일화처럼 이야기되고 있다. 그의 문학에 대한 객관적인 평가를 위해서도 역사적 사실로서의 개인사의 치밀한 복원이 시급한 실정이다.

이상의 시와 소설을 보고 1930년대 독자들이 보여 주었던 경악의 표정과 거기서 비롯된 파문은 적지 않다. 그러나 이것은 당대 현실에 직접적인 반향을 불러일으키지는 못한 채, 문단 일각의 해프닝처럼 아주 짧게 끝나 버리고 말았다. 그의 문학은 그것이 가지는 전위성을 인정한다고 하더라도 그 미적 자율성의 의미를 스스로 입증하는 데에까지 나아가지는 못했다. 그의 예술적 재능과 문학적 상상력은 그 전위성을 이해하고 그 예리한 감수성을 인정한 몇몇 지인들에게만 개방적인 것이었다고 할 수 있다. 그의 시에서 볼 수 있는 복합적인 시점, 기호적 표현의 모호성, 통사적 규범을 넘어서는 언어의 비문법적 결합으로 인한 의미 해체 등이 조작해 내는 기이한 긴장이 어떻게 경험적인 삶의 현실에서 모더니티의 감각을 살려 내고 있는지를 알아차린 경우는 정지용, 김기림, 박태원 등 일부 문인에 지나지 않는다. 그러므로 선구적이라든지 실험적이라고 평가되는 그의 문학적 글쓰기는 언제나 개인적이고 고립된 성격을 지닐 수밖에 없게 되었으며 항상 외로운 투쟁을 이어 갈 수밖에 없었던 것이다.

이상 문학에 대한 비평적 논의는 여전히 현재진행형이다. 그가 관심을 기울였던 다채로운 글쓰기 방법도 여전히 논란의 대상이 되고 있다. 그의 작품들은 텍스트의 모든 영역이 서로 밀접하게 연결되면서 동시적 질서를 형성하고 있다. 그리고 당대 현실에서 문제가 되었던 삶과 그 모더니티의 문제성을 놓고 서로 얽혀 있다. 그러므로 텍스트 상호 간의 내적 연관성을 제대로 해명하고 그 맥락을 전체적으로 파악하는 일이 무엇보다도 중요하다. 이것은 '해석의 과잉'에 빠져들어 있는 이상 연구의 방향을 바로잡기 위해서도 반드시 필요한 일이다.

제 2 장

# 이상의 삶과 문단 활동

## 1. 이상의 성장 과정

### 1) 이상의 출생과 성장

이상의 본명은 김해경(金海卿)이다. 이상의 출생과 성장 과정은 예사롭지 않다. 이상은 김영창과 박씨 사이의 장남으로 1910년 8월 20일 태어난다. 그러나 그는 두 돌을 넘기면서 친부모의 곁을 떠나 백부 집에서 자랐다. 이상의 친부는 궁내부활판소(宮內部活版所)에서 일하다가 손가락 셋을 잃은 후 직장을 그만두고 작은 이발소를 차려 간신히 생계를 꾸렸던 것으로 알려져 있다. 이상이 왜 백부의 집에서 자라나게 되었는지에 대해서는 누이동생 김옥희 씨의 증언이 신뢰할 만하다. 김옥희 씨는 생전에 몇 차례 자신이 기억하고 있는 '오빠 이상'에 관한 이야기를 남겼다. 김옥희는 큰오빠 이상이 세 살 적부터 백부 김연필(金演弼)의 집에 가서 살게 되었는데, 그 이유는 큰집에 소생이 없었기 때문이라고 밝히고 있다.

> 오빠와 나의 연차(年差)는 6년, 어느 가정 같으면 사생활의 저변까지 샅샅이 알 수 있는 사이겠습니다마는 우리는 그렇지가 못했습니다. 그것은 작은오빠 운경(雲卿)도 아마 그러할 것입니다(작은오빠는 통신사 기자로 있다가 6·25 때 납북됨). 왜냐하면 큰오빠는 세 살 적부터 우리 큰아버지 김연필(金演弼) 씨 댁에 가서 살았기 때문입니다. 그러므로 큰오빠의 어린 시절 이야기는 지금도 생존해 계시는 큰댁 큰어머님이나 또 우리 어머님(이상의 생모)에게 들어서 알 뿐입니다.

오빠 이야기만 나오면 눈시울에 손이 가시는 어머님 —의지 없으시어 지금까지 내가 모시고 있는— 께 들은 오빠의 성장에 대한 이야기부터 적기로 하겠습니다.

오빠의 생활은 어쩌면 세 살 적 큰아버지 댁으로 간 일부터가 잘못이었는지 모릅니다. 「공포의 기록」이란 글에서 "그동안 나는 나의 성격(性格)의 서막(序幕)을 닫아 버렸다"고 말한 것처럼, 오빠의 성격을 서막부터 어두운 것으로 채워 준 사람은 우리의 큰어머니였다고 집안에서들은 다 그렇게 생각하고 있습니다.

처음 공업학교 계통의 교원으로 계시다가 나중엔 총독부 기술직으로 계셨던 큰아버지 김연필 씨는, 슬하에 자식이 없었기 때문에 큰오빠를 양자 삼아 데려다 길렀던 것입니다. 그런데 자식을 보겠다고 안간힘을 쓰시던 큰어머니께 작은오빠가 생겼으니 큰오빠의 존재가 마땅치 않은 것은 너무도 당연한 일입니다.[01]

이상의 백부 김연필은 공업학교 계통의 교원으로 근무하다가 뒤에 총독부에서 하위 기술직으로 일했던 인물이다. 이상의 경성고등공업학교 학적부를 보면 '보증인'란에 올라 있는 김연필이 '조선총독부 관리(官吏)'로 기재되어 있다. 김연필은 본처와의 사이에 소생이 없자 장조카인 이상을 데려다가 친자식처럼 키우며 그 학업을 도왔다. 그런데 그는 여전히 자신의 아이를 원했기 때문에 본처를 두고 소실을 맞아들였다. 소실로 들어온 김영숙(金英淑)에게는 사내아이 하나가 딸려 있었다. 1926년 이상이 경성고공 건축과에 입학하던 해에 김연필은 본처를 내보내고 소실인 김영숙을 자신의 처로

01 김옥희, 「오빠 이상」, 《신동아》, 1964. 12.

호적에 입적시켰다. 그리고 김영숙에게 딸려 있던 사내아이(김문경)도 둘 사이의 소생인 것처럼 호적에 올렸다. 이러한 법적 절차는 경성지방법원의 허가 재판으로 공식화되었다. 그런데 김연필의 본처였던 이상의 큰어머니는 남편 김연필로부터 버림받자 갈 곳이 없어 이상의 친부모가 살고 있는 집으로 들어와 함께 지내게 되었다. 이상은 백부 집안의 가계의 변화를 보면서 엄청난 충격을 받았다. 그는 자신을 친아들처럼 키워 준 큰어머니가 집에서 쫓겨나는 모습을 그저 지켜보아야만 했다. 그리고 새로 집안에 들어온 '작은 큰어머니' 김영숙이 재판 끝에 정식으로 백부의 호적에 백모로 입적되고 안방 주인 노릇을 하는 것도 지켜볼 수밖에 없었다. 그 후 백부 김연필은 1930년 자신이 살고 있던 경성 통인동 154번지의 대지를 분할하여 그 일부를 처분한 뒤에 1932년 5월 7일 50의 나이로 갑작스럽게 세상을 떠났다. 김연필의 사망 직후 그 가계를 이어 호주를 상속받게 된 것은 양자처럼 자라온 장조카 이상이 아니라 김영숙이 데리고 들어온 김문경이었다. 이해 8월 4일 김문경이 호주 상속을 마쳤으며 자연스럽게 김연필의 가계를 법적으로 승계하였다. 당시 이상은 총독부 건축기사로 일하다가 폐결핵을 진단받은 후 투병 중이었다.

이상의 출생과 성장 과정을 확인할 수 있는 사실적 자료는 그의 제적부(除籍簿) 등본이 유일하다. 이 문건에 따르면 이상(본명 김해경)은 김영창과 박씨 사이의 장남으로 명치 43년(1910) 8월 20일 경성부 북부(北部) 순화방(順化坊) 반정동(半井洞) 4통 6호에서 출생하였으며, 1937년 4월 17일 오후 12시 25분 도쿄시 본향구(本鄕區) 부사정(富士町) 1번지 도쿄제국대학 의학부 부의원(附醫院)에서 사망한 것으로 표시되어 있다. 이상은 1936년 6월 변동림(卞東琳)과 결혼하였지만 호적상에는 결혼 사유가 없다. 혼인 신고를 하지 않았기 때문이다. 사망 신고는 동거자 변동림에 의해 계출되어 동월 22일 접수되었다고 기록되어 있다.

### 2) 이상의 학창생활

이상은 백부의 집에서 서울 누상동(樓上洞)에 있던 신명학교(新明學校)에 입학하였다. 김연필의 집 근처에 있던 신명학교는 융희 2년(1908) 엄준원(嚴俊源)이 설립한 사립 소학교이다. 엄준원은 고종의 계비(繼妃)였던 순헌황귀비(純獻皇貴妃) 엄씨(嚴氏)의 남동생이다. 엄 귀비는 민비가 시해된 후에 1901년 고종의 계비로 책립되었는데, 여성의 근대교육에 특별한 관심을 가져 1906년에 내탕금을 내려 숙명여학교(淑明女學校)와 진명여학교(進明女學校)를 설립하게 한 것으로 유명하다. 이때 엄 귀비의 뜻을 받아 교육 사업에 나선 이가 바로 엄준원이다. 구한말 무관으로 활동했던 그는 숙명여학교와 진명여학교 외에도 양정의숙(養正義塾)을 비롯한 여러 사립학교를 설립하여 한국 근대교육의 확대에 앞장섰다. 신명학교는 사립 소학교로서 출발하였는데, 설립 재단이 없이 개인이 운영해 왔기 때문에 항상 경영난을 겪어 오다가 1919년 3·1운동 이후 폐교의 위기("신명학교의 운명," 《조선일보》, 1920. 8. 8.)에 직면하기도 했다.

이상은 신명학교에서 소학교 과정을 거친 후 1921년 3월 이 학교를 졸업했다. 신명학교 재학 중에 이상은 구본웅(具本雄, 1906-1953)과 동기생으로 함께 친구가 되어 그림 그리기에 열중했다. 이상의 신명학교 시절에 대해서는 아무런 기록을 찾을 수가 없다. 다음과 같은 진술 가운데 그 내용을 확인할 수 있을 뿐이다.

> 이상과 구본웅은 어릴 때부터 경복궁 서쪽 동네에 이웃해 살던 초등학교 동기동창이다. 나는 즉각 두 분의 연보(年譜)를 도서관에서 확인해 보았다. 두

분 모두 신명(新明)학교 1921년도 졸업생이 틀림없었다. 나는 당숙의 아들들(具桓謨・相謨・橓謨)에게 전화를 걸었다. 특히 그의 셋째 아들은 서산(西山; 구본웅)과 신명학교 동기동창인 이상호(李相昊)라는 분으로부터 "우리 셋은 같은 반이었는데 구본웅은 글씨를 잘 썼고 김해경(金海卿・이상의 본명)은 말을 잘했고 나는 공부를 잘했다"는 말을 직접 들은 적도 있다고 확인해 주었다. 이상보다 네 살 많은 구본웅은 몸이 불구이고 약해서 초등학교를 다니다 말다 하는 바람에 이상과 같은 반이 되었다. 대부분의 학생들은 꼽추인 구본웅을 따돌렸다. 그러나 그에게 각별한 관심을 보이는, 조용하고 내성적인 학생이 있었다. 항상 외롭고 우울해 보이는 김해경(이상)이었다. 당시에 동급생 중에는 구본웅보다 몇 살이 더 많은 학생들도 있었다. 그래서 같은 학년에서 가장 나이가 어렸던 이상은 젖비린내 나는 아이로 취급받았으며 적지 않은 급우들에게 존대어를 쓰지 않을 수 없었다. 나이 많은 학생들이 그렇게 하라고 시켰기 때문이다. 졸업 후에도 이상은 구본웅에게 계속 존대어를 쓰며 4년 선배로 깍듯이 예우했다. 그래서 구본웅과 동갑인 이상호가 초등학교 졸업동기인 것은 주변 사람들이 다 알았지만, 이상과 구본웅이 동기동창이냐고 묻는 사람은 없게 되었다.[02]

이상은 신명학교를 졸업한 후 동광학교(東光學校)로 진학했다. 이상이 1921년 4월 진학한 동광학교는 불교계에서 경영하는 사립학교이다. 조선불교계가 1915년 30본산 연합사무소를 경성부 수송동 각황사에 두면서 체제를 정비한 후 불교 교리의 연구를 위해 중앙학림을 설립하고 사회교육 방면에 기여하기 위한 목적으로 학교 설립을 계획하였다. 중앙학림과 동광학

02 구광모, 「'友人像'과 '女人像'—구본웅 이상 나혜석의 우정과 예술」, 《신동아》, 2002. 11.

교는 1915년 11월 5일 개교하게 되었는데, 학교의 위치는 당시 숭일동(崇一洞, 지금의 명륜동)에 있는 북묘(北廟)와 그 기지(基址)였다. 북묘는 삼국지의 명장인 관우(關羽)를 모신 사당으로 고종 20년에 세워졌는데, 1910년 관우를 동묘에서 합봉하게 됨으로써 비어 있던 곳이다. 불교계에서는 조선총독부의 허가를 얻어 이 건물을 임대하여 동광학교를 설립하면서 총독부에 정식으로 고등보통학교의 인가를 청원하였으나 조선총독부는 학교 재단의 불비를 문제 삼아 이를 인가하지 않았다. 그 결과로 동광학교는 관립 고등보통학교와 동등의 자격을 인정받지 못하는 '잡종학교(雜種學校)'로 인가받아 운영되었다.

이상이 동광학교에 입학하여 재학 중이었던 1922년 무렵 동광학교는 학교 운영의 중대한 고비를 맞았다. 학교의 운영 주체였던 조선 불교계가 종단 내부의 반목과 분열로 제대로 역할을 하지 못하고 있었으며, 1922년 총독부가 발표한 '개정 조선교육령'이 동광학교의 관립 고등보통학교 인가를 더욱 어렵게 했기 때문이다. 당시 조선 불교계를 보면, 불교 개혁운동에 앞장섰던 조선불교청년회와 불교유신회가 중심이 되어 1922년 불교계의 단일기관인 불교총무원(佛教總務院)을 설립하였다. 조선총독부는 1922년 5월 조선 불교 30본산 주지회의를 개최하여 새로운 총무원 체제를 부정하고 별도의 단일기관인 '조선불교중앙교무원(朝鮮佛教中央教務院)'을 설립하도록 종용하였다. 그리고 조선불교중앙교무원을 1922년 12월에 재단법인으로 승인함으로써 불교총무원과의 갈등과 분열을 조장하였다. 이처럼 조선 불교 30본산의 조직이 와해되어 불교총무원과 불교교무원으로 분열되자, 불교 포교운동과 사회교육운동의 주도권을 놓고 두 조직 사이에 대립이 더욱 극심해졌다. 그런데 1922년 개정 조선교육령을 발표한 조선총독부가 동광학교에 대해 관립 고등보통학교 청원을 인가하지 않게 되자, 30본산 주지회의에서는 동광학교 폐교를 결의하였다. 이 소식을 들은 동광학교 학생들이 1923년 9월 학교가 폐교되기 전에 일제히 동맹휴학을 하기로 결정하고 농성을 벌이자 동광학교 문제를 둘러싼 불교계가 더 큰 소용돌이에 빠져들었다. 불교계 내분에서 비롯된 동광학교 사태는 조선불교중앙교무원이 재단법인으로 정식 인가되면서 수습의 단계에 접어들었지만, 이상의 동광학교 3학년 시절은 순탄하지 못하였다.

1924년 이상은 동광학교 3년을 수료한 상태에서 보성고등보통학교로 편입하였다. 이상의 학적 변경은 본인의 뜻에 따른 것은 아니었다. 보성고등보통학교는 원래 1906년 9월 5일 이용익에 의해 사립 보성중학교로 학부의 설립 인가를 받아 경성부 중부 박동 10통 1호(현 수송동 44번지)에 4년제 정식 학교로 개교하였다. 1910년 일제 강점 후에는 1910년 12월 천도교가 학교 운영을 맡게 되었고, 1922년 4월 신교육령에 의하여 보습과를 폐지하고 수학 연한을 5년으로 연장하면서 교명을 보성고등보통학교로 개칭하였다. 그러나 학교 운영이 어려워 새로운 운영 주체를 찾게 되었다. 1923년 조선불교총무원이 보성고보의 운영을 결정하였다. 불교총무원은 조선총독부의 지지를 받고 있던 불교교무원과 거리를 두고 독자적인 사회교육운동을 전개하고자 하였다. 1923년 6월 불교총무원은 대전에서 임시 총회를 열고 본래 천도교 측에서 운영하다가 재정난에 봉착한 보성고등보통학교를 인수 경영하기로 하였다. 불교총무원이 보성고등보통학교를 인수하기로 결정한 후 불교 교리를 전파하려는 총무원 측의 입장과 천도교 측에서 임용한 기존의 교원들 사이의 교리 문제로 갈등을 겪기도 하였다.

1924년 불교총무원과 불교교무원으로 분열되었던 불교계의 조직이 극적인 통합을 이루게 되었으며, 조선총독부는 재단법인 조선불교중앙교무원의 설립을 정식 인가하였다. 불교계의 조직이 통합되면서 오랫동안 잡종학교의 지위를 면하지 못하였던 동광학교 사태가 해결의 실마리를 찾게 되었다. 불교계에서는 불교총무원이 인수 운영하게 된 보성고등보통학교가 조선총독부의 정식 인가를 받은 관립 고등보통학교인 점에 착안하여 동광학교를 보성고보에 복속시키고 그 운영 주체를 조선불교중앙교무원으로 결정하게 되었다. 1924년 1월 재단법인 조선불교중앙교무원이 동광학교를 복속시킨 새로운 보성고등보통학교의 운영자가 되었으며 총독부도 이를 허가하였다. 조선불교중앙교무원은 보성고등보통학교의 시설 확장을 위해 1925년 5월 경성부 혜화동 1번지에 교사를 신축하게 되었으며, 1927년 5월 1일 전체 교사가 준공되자 새로운 교사로 학교를 이전했다. 이상은 1924년 4월 보성고보에서 4학년 생도로 학교생활을 시작했다. 이상은 보성고보가 혜화동의 신축 교사로 이전하기 직전까지 중부 박동의 보성고보에서 1926년 3월까지 2년간 수학하였다. 동광학교에서의 3년 수료 기간에 2년이 추가된 셈이다. 이상은 보성고보 재학 중 미술에 관심을 가진 화가 지망생이었다. 이상이 보성고보로 편입했을 당시 동기생으로 고유섭, 유진산, 이헌구, 임화 등이 있었으며, 김기림, 김환태 등은 1년 후배였다. 보성고보 시절의 이상의 학교생활을 확인할 수 있는 기록은 남아 있지 않다.

### 3) 경성고등공업학교 시절

1926년 4월 이상은 경성고등공업학교(京城高等工業學校) 건축과(建築科)에 입학하였다. 경성고공은 일본 식민지 시대 한국 내에 설립된 최고의 이공계 관립 전문학교로서 1916년 경성공업전문학교(京城工業專門學校)로 출발하였다. 조선총독부는 1916년 4월 1일 '조선총독부 전문학교 관제'와 '경성공업전문학교 규정과 학칙' 등에 따라 경성공업전문학교를 설립하고 건축과, 염직과, 응용화학과, 요업과, 토목과, 광산과를 두어 3년 과정의 학생을 선발하였다. 경성공업전문학교는 1922년 제2차 조선교육령에 따라 그 명칭을 경성고등공업학교로 개칭하고 일본 내에서의 교육 내용이나 수준과 동일한 공업 교육을 실시하여 공학 위주의 교육 체계를 강화하게 되었다. 경성공전으로의 출발 당시와 마찬가지로 6개 학과 3년 과정은 그대로 유지했다. 경성고공의 교수진은 전임교수 가운데 도쿄제대 출신자가 많았는데, 특히 건축과의 경우는 일본 내에서도 손꼽히는 건축학자가 소속되어 있었다.

이상이 입학한 경성고공 건축과는 매년 15명 이내의 학생을 선발하였다. 고등보통학교 졸업 이상의 학력의 가진 자를 대상으로 실시하는 입학시험 과목은 일본어, 한문, 수학, 물리, 화학, 도화(자재화, 용기화) 등이었다. 이상과 함께 건축과의 입학시험에 합격한 학생은 모두 13명이었는데, 그 가운데 한국인은 2명뿐이었다. 나머지는 모두 일본에서 온 유학생들이었다. 그런데 한국인 학생이 중도 탈락하게 됨으로써 이상은 1926년도 건축과 입학생 가운데 유일한 한국인이 되었다.

이상의 경성고공 건축과 시절을 확인해 볼 수 있는 여러 가지 기록 가운데에는 경성고공 「생도(生徒) 학적부(學籍簿)」가 공식문서로 보관되어 있다. 그 전면에는 김해경(金海卿)이라는 이상의 본명과 함께 다음과 같은 일반 사항이 기록되어 있다.

본적: 경성부 통동 154번지

거소: 자택 동상

신분: 장남, 명치 43년(1910년) 8월 20일생

입학: 대정 15년(1926년) 4월 11일

입학시험 성적: 502점  석차: 63인 중 23석

입학 전의 학력: 대정 15년 3월 보성고등보통학교 졸업

수업: 소화 2년 3월 19일 1학년 수료

소화 3년 3월 19일 2학년 수료

소화 4년 3월 19일 3학년 수료

소화 4년 3월 19일 졸업

제1보증인 김연필(金演弼)

직업: 관리(官吏) 관계: 백부(伯父) 주소: 통동 154번지

제2보증인 신명균(申明均)

직업: 관리(官吏) 관계: 지기(知己) 주소: 가회동 23번지

이 학적부의 후면은 재학 중 상황을 기록하는 부분에 학과 성적, 인물, 체격 등을 기록하고 있으며 졸업 후의 사항으로는 근무처를 밝혀 적어 놓고 있다.

(1) 성 적

1학년

조행(操行) 81.8 (갑)

수신(修身) 85.0 (갑)

체조(體操) 76.0 (을)

국어(國語) 조선어(朝鮮語) 84.0 (갑)

영어(英語) 93.0 (갑)

수학(數學) 71.3 (을)

물리학(物理學) 73.3 (을)

건축재료(建築材料) 86.7 (갑)

응용역학(應用力學) 75.0 (을)

건축구조(建築構造) 75.0 (을)

건축사(建築史) 81.0 (갑)

자재화(自在畵) 86.7 (갑)

제도(製圖) 및 실습(實習) 73.7 (을)

학년 성적: 79.6 (을)

근타(勤惰): 수업일수 223 출석일수 223

2학년

수신(修身) 83.3 (갑)

체조(體操) 76.7 (을)

영어(英語) 90.3 (갑)

응용역학(應用力學) 76.7 (을)

철근혼응토(鐵筋混凝土) 철골(鐵骨) 71.0 (을)

건축사(建築史) 92.5 (갑)

건축(建築) 계획(計劃) 87.7 (갑)

건축(建築) 장식법(裝飾法) 86.7 (갑)

측량학(測量學) 83.5 (갑)

자재화(自在畵) 85.3 (갑)

제도(製圖) 및 실습(實習) 70.3 (을)

학년 성적: 82.1 (갑)

근타(勤惰): 수업일수 219 출석일수 215

3학년

수신(修身) 90.0 (갑)

체조(體操) 74.0 (을)

영어(英語) 95.0 (갑)

철근혼응토(鐵筋混凝土) 철골(鐵骨) 86.0 (갑)

위생공학(衛生工學) 75.0 (을)

건축(建築) 계획(計劃) 87.0 (갑)

시공법(施工法) 85.0 (갑)

공업경제(工業經濟) 82.0 (갑)

공업(工業) 법령(法令) 82.0 (갑)

제도(製圖) 및 실습(實習) 72.0 (을)

학년 성적: 82.0 (갑)

근타(勤惰): 수업일수 216 출석일수 215

졸업 성적: 81.0 (갑)

석차: 12인 중 1석

(2) 인 물

성질: 온순

소행(素行): 양(良)

장소(長所): 주산(珠算), 의장(意匠), 공히 양(良)

(3) 체 격

신장: 167.6

흉위(胸圍): 82.0

체중: 51.7

개평(概評): 갑(甲)

(4) 졸업 후의 근무 장소

조선총독부 내무국 건축과

이상의 경성고공 학적부를 보면, 학업 과정은 비교적 순탄했던 것으로 보인다. 그는 경성고공 입학시험에서 총 502점을 얻었는데, 이 점수는 입학생 63명 가운데 23위의 성적이었다. 그런데 이상은 건축과에서 1학년부터 3학년까지 매년 수석을 차지하였고, 졸업 당시 성적도 평균 81점으로 평점 '갑(甲)'을 얻어 건축과를 수석으로 졸업하였다. 이상이 조선총독부 내무국 건축과에 취직하게 된 것은 1929년도 경성고공 건축과 수석 졸업자였기 때문에 가능한 일이었다. 이상이 경성고공에서 수학한 교과목은 수신, 체조, 국어, 영어 등 몇몇 기초 교양에 속하는 과목을 제외하고는 대부분 건축학과 관련되는 이공계 학문 분야에 속하는 것들이다. 1학년 때부터 수강한 영어 과목에서 매년 최고의 점수를 얻고 있는 점이 특이하다. 이상의 특기는 주산(珠算)과 의장(意匠; 디자인)이며, 재학 중 미술부에서 활동한 것으로 알려져 있다.

## 2. 화가의 길과 문인의 길

### 1) 조선총독부 기사 시절

이상은 1929년 3월 19일 경성고등공업학교 건축과를 수석으로 졸업한 후 학교의 추천으로 이해 4월 조선총독부 내무국(內務局) 건축과(建築課) 기수(技手)가 되었다. 이상이 조선총독부 건축과에서 어떤 역할을 했는지는 제대로 알려진 것이 없다. 그러나 일제 강점기 최고 권력기관이었던 총독부의 관리가 되었다는 것은 주목할 만한 일이다. 그는 자신의 특기를 살려 주로 건축 설계도면을 그렸으며 더러는 총독부가 직접 발주한 관급 공사의 현장 감독으로 공사장에 나가 일하기도 했다.

이상의 총독부 시절 활동 가운데에 주목해야 할 것은 그가 1929년 5월 조선건축회(朝鮮建築會) 정회원으로 입회하였다는 점이다. 조선건축회는 1922년 3월 8일 서울에서 결성된 일본인 건축 전문가들의 학회이다. 조선건축회의 취지문에는 "조선의 급속한 발전과 도시의 팽창에 대응하여 조선 건축계의 건실한 발전과 함께 과학적으로 조직화된 도시의 건설, 문화적 생활 개선, 기후 풍토에 적응할 수 있는 주택 건설 보급 등을 위해 건축기술자의 책무를 다하기 위해 조선건축회를 조직한다"라는 설립 목표(《조선과 건축》 제1호, 2-5면)가 제시되어 있다. 그리고 건축에 대한 광범위한 연구 조사, 도시 계획, 건축 법규, 주택 정책, 건축 자재의 규격 통일 등을 실천적 과제로 내세우고 있다. 조선건축회의 창립 회원으로는 주로 서울을 중심으로 활동하던 일본인 건축 기술자 122명이 참여하고 있다. 이사장과 이사 전원이 일본인으로 구성되어 있으며, 한국인 가운데에는 명예회원으로 이완용, 송병준, 박영효 등의 친일 정치계 인사들이 추대된 바 있다. 조선건축회는 학회 결성 후부터 학회 회원들이 한국 내에서 벌이는 여러 가지 건축 활동과 국내외의 건축계 동향을 소개하기 위해 전문 학회지 성격의 기관지 《조선과 건축(朝鮮と建築)》을 일본어로 발간하였다. 이 학회지는 그 창간호가 1922년 6월 25일 발간되었다. 조선건축회의 사업 취지와 관련되는 건축 기술에 대한 조사 연구 내용을 중심으로 건축 토목 관련 연구 논문과 평설(評說), 잡보(雜報)와 만필(漫筆) 등과 함께 학회 소식 등을 수록하고 있다. 특히 이 학회지에는 일제 강점기에 일본인들에 의해 건설된 중요 건축물의 설계도면은 물론 건설 과정에 관한 모든 내역이 소상히 기록되어 있기 때문에 한국 근대건축사의 중요 자료가 되고 있다.

이상이 일본인 건축 기술자들을 중심으로 조직 운영되었던 조선건축회 정회원이 된 것은 조선총독부 건축과 기사가 된 그에게 자연스러운 일이었다. 그런데 조선건축회에서는 회원들의 참여 의욕을 북돋우기 위해 1926년부터 회원들을 상대로 학회지 《조선과 건축》의 표지화 디자인을 현상 공모하는 행사를 매년 열고 있었다. 경성고공 시절 미술부에서 활동했던 이상은 조선건축회 정회원으로 입회하게 되자 1929년 연말에 이 현상 공모에 2편의 표지화 디자인을 응모했다. 1930년 1월 《조선과 건축》에 현상 공모 심사 결과가 발표되었는데 이상의 응모작 두 편이 각각 1등과 3등에 선정되었다.

이상은 조선총독부 시절에도 여전히 화가의 꿈을 포기하지 않았다. 그는 조선총독부가 주관하여 매년 실시하고 있던 조선미술전람회에 작품을 출품했는데, 1931년도 제10회 조선미술전람회에 그가 출품한 유화 〈자상(自像)〉이 입선되었다. 1931년 6월 6일 조선총독부에서는 관보(제1322호)를 통해 '소화6년도 제10회 조선미술전람회 입선작'을 발표하였다. 각 부문별로 동양화 41점, 서양화 196점, 조각 15점, 서예 67점 등의 수상작과 입선작 가운데 이상의 〈자상〉이 서양화 부문 입선작으로 명단에 올랐다. 이상은 전문적인 미술 공부를 하지 않았지만 조선미술전람회의 입선을 통해 미술에 대한 자신의 능력을 어느 정도 스스로 입증할 수 있게 되었다. 이상의 〈자상〉은 그 원본이 현재 전해지지 않는다. 이 그림은 이상이 운영했던 다방 제비의 벽면을 장식했던 것으로 알려져 있지만 그 실물이 현재 어디에 있는지 알 수 없다. 「제10회 조선미술전람회도록(朝鮮美術展覽會圖錄)」(조선사진통신사, 1931) 속에 작은 사진으로만 남아 있다. 제10회 조선미술전람회에서는 서양화 부문에 나혜석의 〈정원(庭園)〉, 윤상렬의 〈하얀 꽃〉, 이인성의 〈세모가경(歲暮街景)〉, 정현웅의 〈빙좌(凭座)〉 등 네 명의 한국인의 작품이 특선의 영예를 차지했다. 이상은 한국 근대미술의 성립기를 주도했던 화가의 반열 속에 그의 이름을 올린 셈이다.

### 2) 이상의 이중언어적 글쓰기

이상은 조선총독부 건축기사로 일하는 동안 그림만이 아니라 글쓰기에도 관심을 기울였다. 그는 1930년 《조선(朝鮮)》에 장편소설 「12월 12일(十二月十二日)」을 국문으로 연재하면서 문학적 글쓰기를 시작하였다. '이상(李箱)'이라는 필명으로 1930년 2월부터 12월까지 연재된 이 소설은 1931년 《조선과 건축》에 발표한 일본어 시 「이상한 가역반응(異常ナ可逆反應)」 등보다 시기적으로 앞서 있다. 이 작품은 이상 문학의 문제의식과 서사성의 단초를 확인할 수 있는 출발점에 해당한다는 점에서 일정한 의미를 지닌다. 이상의 첫 장편소설 「12월 12일」을 연재한 잡지 《조선》은 조선총독부의 식민지 지배 정책을 대중적으로 선전하기 위해 발간했던 종합 홍보지이며, 일본어판과 국문판으로 간행되어 총독부 산하의 각 기관과 지방 관서에 배포되었다. 국문판 《조선》은 1916년 1월에 창간된 후 월간지 형식으로 식민지 통치 기간 동안 계속 발간됨으로써 한국 근대잡지 가운데 가장 오랜 역사를 지니게 된다. 식민지 한국 내의 정치, 경제, 사회, 문화 등에 관한 다양한 논설 기사를 한국인 필자의 글 위주로 편집한 이 잡지에는 소설, 시, 수필 등의 문예물이 독자의 읽을거리로 권말에 함께 수록된 바 있다. 이 잡지는 당시 문단권과 아무 연계도 갖고 있지 않았기 때문에, 이상이 시도한 소설 쓰기도 문단의 관심 대상이 되지 못했다. 장편소설 「12월 12일」은 이상의 처녀작이라는 한계를 넘어서지 못한 채 서사적 기법의 미숙성을 드러내고 있다. 특히 서술적 시각의 균형을 유지하지 못하는 데에서 오는 여러 가지 문제성이 그대로 노출되고 있다. 장편으로서의 서사구조를 유지하고 있으면서도 그 삽화의 구성 자체를 풍부하게 살리지 못하고 있으며, 인물의 설정도 도식적이며 이야기의 짜임새와 전개 방식도 단조롭다. 이 작품이 이상 소설의 원점 또는 그 기원의 형태로 존재한다는 점은 부인할 수 없는 사실이지만, 소설적 기법과 정신의 수준 자체를 문제 삼기에는 여러 가지 문제성을 지니고 있는 셈이다.

이상은 1932년 첫 단편소설 「지도(地圖)의 암실(暗室)」도 《조선》에 발표했다. 이 소설은 그 소설적 기법과 주제의식 자체가 이상이 추구하게 되는 서사적 문법의 원점에 해당한다. 이 작품에서 비로소 이상 문학의 성격이 분명해지고 있으며, 그 특징적인 기법과 정신이 높은 수준의 형상성을 드러낸다. 첫 소설 「12월 12일」에서 드러나고 있던 서술의 불균형 문제도 상당 부분 극복되고 있다. 이 작품은 패러디의 기법을 활용한 소설 내적 공간의 확충, 도시적 공간을 배회하는 '산책자'라는 특이한 존재의 창조, 개인의 삶과 그 존재를 통한 내면의식의 탐구, 일상성의 의미에 대한 새로운 천착 등을 골고루 보여 준다. 이러한 문제적인 요건들은 이상의 소설문학에서 반복적으로 실험되면서 그 주제의식의 무게와 깊이를 더하게 된다.

이상의 또 다른 문학적 글쓰기는 조선건축회의 학회지 《조선과 건축》에 발표한 일본어 시를 통해 더욱 본격화되었다. 이상의 시 창작이 일본어 글쓰기로부터 시작되고 있다는 것은 여러 가지 논란을 야기할 만하다. 이상은 소학교와 고등보통학교 시절의 일본어 교육을 통해 식민지 제국의 언어인 일본어를 '국어'라는 이름으로 습득한다. 그리고 그 제국의 언어를 통해 수용되는 새로운 문명과 지식에 눈을 뜬다. 특히 그가 수학한 경성고등공업학교의 교과 과정에는 1학년 이수과목에만 '국어 조선어'라는 강좌명이 하나 보일 뿐이다. 그는 자연과학이나 건축학에 관련된 다양한 지식과 정보를 일본어를 통해 습득하고 이를 실제 현장에서 그대로 활용하게 된다. 이러한 이상의 학교 교육 경험을 놓고 본다면 그의 일본어 글쓰기가 식민지 교육이라는 제도에 의해 강제된 것임을 알 수 있다. 이상은 식민지 시대의 정규 학교 교육을 통해 과학과 예술에 관한 근대적 지식과 정보들을 일본어를 매개로 하여 수용한다. 그리고 자신의 상상력에 근거하여 이를 새로운 형태로 재생산해 낸다. 이것이 바로 일본어 글쓰기에 의한 시작(詩作)으로 남아 있다고 할 것이다. 이상의 일본어 시는 한국어와 일본어라는 두 개의 언어를 통한 동시적 소통 행위를 의미하는 이중언어적 글쓰기의 산물이다. 이상은 조선건축회의 정회원으로 입회한 후 1931년 《조선과 건축》에 일본어 시 「이상한 가역반응」 등을 비롯하여 연작시의 형태로 「조감도」와 「삼차각설계도」 등을 잇달아 발표하였고 1932년에도 같은 잡지에 일본어 연작시 「건축무한육면각체(建築無限六面角體)」를 발표하면서 그의 특이한 시적 상상력의 진폭을 보여 준다. 이상이 잡지 《조선과 건축》을 통해 발표한 일본어 시는 모두 28편이다.[03] 이 작품들은 잡지 안에서 모두 '만필(漫筆)'로 분류되어

03 이상이 《조선과 건축》(1931. 7.)에 첫 번째로 발표한 작품들은 김해경(金海卿)이라는 본명 아래 「이상한 가역반응(異常ナ可逆反應)」, 「파편의 경치(破片ノ景色)」, 「▽의 유희(▽ノ遊戯)」, 「수염(ひげ)」, 「BOITEUX · BOITEUSE」, 「공복(空腹)」 등 모두 6편이다. 그리고 두 번째로는 1931년 8월 김해경이라는 본명으로 「조감도(鳥瞰圖)」라는 큰 제목 아래 「2인(二人)· · · · 1· · · ·」, 「2인· · · · 2· · · ·」, 「신경질적으로 비만한 삼각형(神經質に肥滿した三角形)」, 「LE URINE」, 「얼굴(顔)」, 「운동(運動)」, 「광녀의 고백(狂女の告白)」, 「흥행물천사(興行物天使)」 등 8편의 시를 한데 묶어 연작시의 형식으로 발표하고 있다. 세 번

있다. '만필'이라는 용어는 당시 일본에서 '자유롭게 써 놓은 수필'이라는 의미로 쓰이던 말이다. 이 잡지가 건축 전문지로서 문학과는 거리가 있었다는 점을 고려한다 하더라도, 이상의 작품들이 '만필'이라는 이름으로 분류된 것은 특이한 일이다.

이상의 일본어 시는 그 소재 영역과 기법에 따라 네 가지 내용으로 나누어 볼 수 있다. 첫째는 시인이 지니고 있던 근대과학에 대한 특별한 관심을 표현한 것이다. 「삼차각설계도」라는 제목 속에 연작의 형태로 이어진 「선에 관한 각서 1-7」을 비롯하여, 「이상한 가역반응」, 「운동」 등 여러 작품들이 이에 해당한다. 이들 작품에는 수학이나 물리학 등에서 사용하는 일본어 용어들을 그대로 활용하고 있으며, 근대과학으로서의 기하학의 발전이라든지 상대성이론과 같은 이론의 등장에 관한 특이한 상념을 이른바 '기하학적 상상력'에 기초하여 새로이 형상화하고 있다. 둘째는 시인 자신의 개인사적 경험과 관련하여 폐결핵을 진단받은 후 병으로 인한 정신적 좌절과 죽음에 대한 공포를 표현한 것들이다. 「BOITEUX·BOITEUSE」, 「공복」, 「진단 0 : 1」, 「22년」 등이 이에 해당한다. 그리고 「수염」, 「LE URINE」, 「얼굴」, 「광녀의 고백」, 「흥행물천사」 등의 경우는 대체로 육체의 여러 부위에 관한 특이한 관심을 과도하게 드러냄으로써 이른바 '병적 나르시시즘'의 세계를 시적으로 형상화하고 있다. 셋째는 당대의 사회 현실이나 현대 문명의 속성 등에 대한 비판적 인식을 시적으로 형상화하고 있는 것들이다. 「AU MAGASIN DE

째의 경우도 마찬가지로 《조선과 건축》(1931. 10.)에 김해경이라는 본명으로 발표하는데, 「삼차각설계도(三次角設計圖)」라는 큰 제목 아래 「선에 관한 각서(線に關する覺書) 1」, 「선에 관한 각서 2」, 「선에 관한 각서 3」, 「선에 관한 각서 4」, 「선에 관한 각서 5」, 「선에 관한 각서 6」, 「선에 관한 각서 7」 등의 7편의 작품이 포함되어 있다. 그런데 이상은 1932년 7월 《조선과 건축》에 네 번째로 시를 발표하면서 '이상(李箱)'이라는 필명을 사용하고 있다. 「건축무한육면각체(建築無限六面角體)」라는 큰 제목 아래 「AU MAGASIN DE NOUVEAUTES」, 「열하약도(熱河略圖) No.2」, 「진단(診斷) 0 : 1」, 「22년(二十二年)」, 「출판법(出版法)」, 「차8씨의 출발(且8氏の出發)」, 「대낮(眞晝)」 등 7편을 묶어 놓고 있다.

NOUVEAUTES」, 「출판법」, 「열하약도 No.2」, 「2인」, 「대낮」 등의 작품이 이에 해당한다. 이 작품들은 현대 도시 문명의 비판적 인식과 함께 인간의 삶의 방식과 그 가치를 새로이 질문하고 있다. 넷째는 일상적인 생활 체험에서 얻어낸 특이한 시적 모티프를 중심으로 시적 형상화를 시도하고 있는 작품들이다. 「파편의 경치」, 「▽의 유희」, 「신경질적으로 비만한 삼각형」, 「차8씨의 출발」 등을 들 수 있다. 이 작품들에서는 일상의 삶에서 빼놓을 수 없는 촛불이라든지 자신의 친구를 소재로 하여 그의 예리한 시각과 판단을 시적으로 형상화해 내고 있다.

## 3. 문단 진출과 구인회 활동

### 1) 다방 제비의 공간

이상은 1932년 말에 병으로 인하여 조선총독부 기사직을 사직했다. 그는 1931년 가을 총독부 관급 공사장에서 감독관으로 일하다가 졸도한 후 폐결핵이 중증 상태라는 진단을 받게 된다. 그는 병의 고통과 죽음에 대한 두려움에 시달리다가 총독부 건축기사직을 그만두고 가족들의 권유에 따라 황해도 배천 온천으로 요양을 떠난다. 이 요양지에서 만난 기생 금홍이라는 여인이 이상의 삶에서 중요한 한 부분을 차지한다. 금홍과의 만남과 사랑과 이별은 이상에게는 거의 치명적이었다고 말할 수 있다. 이상은 1933년 6월 종로 2가 반도광무소(半島鑛務所)의 건물 아래층을 세내어 자신의 손으로 실내장식을 꾸며서 '제비'라는 다방의 간판을 내건다. 다방 제비는 당시 경성에서는 몇 되지 않는 다방 가운데 하나로 세간의 관심사가 된다. 이상은 온천 요양을 마치고 서울로 올라온 후에 금홍을 서울로 불러올릴 계획을 세웠고, 이 운명적 투기를 구체적으로 실천에 옮기기 위해 다방 제비를 열었던 것이다.

1934년 5월 당시 대중 독자에게 가장 인기가 높았던 잡지 《삼천리(三千里)》(제6권 제5호)에는 "끽다점평판기(喫茶店評判記)"라는 흥미로운 기사가 실려 있다. 당시 경성 거리에 새로이 등장하기 시작한 '끽다점'은 '다방'이라는 새로운 이름으로 한담의 공간이 되어 경성이라는 도회의 일상 속에 자리 잡게 된다. 이 기사에서 제비 다방을 소개한 부분만 그대로 옮겨 보면 다음과 같다.

> 제비
>
> 총독부(總督府)에 건축기사로도 오래 다닌 고등공업 출신의 김해경(金海卿) 씨가 경영하는 것으로 종로(鍾路)서 서대문(西大門) 가느라면 10여 집 가서 우편(右便) 페-부멘트 엽헤 나일강반(江畔)의 유객선(遊客船)가치 운치 잇게 빗겨 선 집이다.
>
> 더구나 전면 벽은 전부 유리로 깔엇는 것이 이색이다. 이러케 종로대가(鍾路大街)를 엽헤 끼고 안젓느니 만치 이 집 독특히 인삼차나 마시면서 밧갓흘 내이다 보느라면 유리창 너머 페이부멘트 우로 여성들의 구두빨이 지나가는 것이 아름다운 그림을 바라보듯 사람을 황홀케 한다. 육색(肉色) 스톡킹으로 싼 가늘고 긴- 각선미의 신여성의 다리 다리 다리-
>
> 이 집에는 화가, 신문기자 그리고 동경(東京) 대판(大阪)으로 유학하고 도라와서 할 일 업서 양차(洋茶)나 마시며 소일하는 유한청년(有閑青年)들이 만히 다닌다.
>
> 봄은 안 와도 언제나 봄긔분 잇서야 할 제비. 여러 끽다점(喫茶店) 중에 가장 이 땅 정조(情調)를 잘 나타낸 제비란 일홈이 나의 마음을 몹시 끄은다.

여기 소개되고 있는 '총독부에 건축기사로도 오래 다닌 고등공업 출신의 김해경 씨'가 바로 제비 다방의 주인 이상이다. 다방 제비는 이상 개인에게 있어서 하나의 새로운 사업이지만 사실은 서울에서도 흔치 않았던 영업이었음은 물론이다. 당시 경성은 일본 식민지 지배 상황에서 왜곡된 근대화의 과정을 겪으며 점차 현대적인 도시로 변모하던 중이었다. 이런 가운데 들어서기 시작한 '다방'들이 경성의 새로운 풍속도를 만들기 시작한다. 이상이 다방 제비의 문을 열게 된 것은 고상한 예술적 취향과는 관계가 없다. 그는 병으로 실직한 건축기사에 불과했으며, 금홍이와의 살림을 위해 새로이 구상한 것이 다방 제비였던 것이다. 이 같은 상황에 대해서는 이상의 누이동생 김옥희의 다음과 같은 회고를 참조할 만하다.

> 종로 2가에 제비라는 다방을 내건 것은 배천 온천에서 돌아온 그해 6월의 일입니다. 금홍 언니와 동거하면서 집문서를 잡혀 시작한 것이 이 제비 다방이었습니다. 그런데 오빠가 집문서를 잡힐 때 집에서는 감쪽같이 몰랐다고 합니다. 도시 무슨 일이고 집안과는 의논이 없던 오빠인지라 집문서 잡힐 때라고 사전에 의논했을 리는 만무합니다만 설령 오빠가 다방을 내겠다고 부모님께 미리 말했다고 하더라도 응하시진 않았을 것입니다.
>
> 오빠는 늘 돈을 벌어 보겠다고 마음먹은 모양이지만 막상 돈벌이에는 소질이 없었던 것 같습니다. 더구나 장사 그것도 다방 같은 물장사가 될 이치가 없습니다. 돈을 모르는 사람이 웬 물장사를 시작했는지조차 의심스러운 일입니다만 거기다가 밤낮으로 문학하는 친구들과 홀 안에 어울려 앉아서 무엇인가 소리 높이 지껄이고 있었으니 더구나 다방이 될 까닭이 없었습니다. (…)
>
> 큰오빠가 다방을 경영할 즈음 나는 이따금 우리집 생활비를 얻으러 그곳으로 간 일이 있습니다. 오전 열한 시나 열두 시 그런 시간이었는데 그때에야 부스스 일어난 방 안은 언제나 형편없이 어지럽혀져 있었습니다. 지금도 그

방 안이 기억에 선한데 그것은 방이라기보다 '우리'라고 할 정도로 그렇게 지저분하게 흩어져 있었습니다. '저게 너의 언니니라'고 눈짓으로만 일러 줄 뿐 오빠는 금홍이 언니를 한 번도 제게 인사시켜 준 일이 없습니다. 그래서 저는 금홍이 언니와는 가까이서 말을 걸어 본 일이 없습니다.[04]

이상이 개업한 다방 제비는 여동생 김옥희의 회고대로 집문서를 저당 잡혀 이루어 낸 사업이었지만 성공적인 '물장사'가 되지 못했다. 이상 자신도 제비의 운영에 크게 힘을 들이지 않았다. 더구나 배천 온천에서 불러올려 함께 동거했던 기생 금홍과의 생활이 파탄에 이르게 되자, 종로 네거리에 인접하여 세간의 화제가 되었던 다방 제비는 2년을 제대로 넘기지 못한 채 문을 닫기에 이른다.

이상의 삶과 문학 속에는 다방 제비라는 공간과 그 공간을 공유했던 금홍이라는 여인이 큰 자리를 차지한다. 이상의 삶에서 금홍과의 만남과 사랑과 이별은 거의 치명적이었다고 말할 수 있다. 왜 금홍이가 문제인가에 답하기 위해서는 이상이 자신의 소설 「봉별기(逢別記)」에서 그려 낸 금홍이라는 여인상을 먼저 확인하는 작업이 필요하다. 「봉별기」는 잡지 《여성》(1936. 12.)에 발표된 작품이다. 이 소설의 이야기는 '금홍'이라는 여성 주인공과 '나'와의 만남과 파탄의 과정이 중심을 이룬다. 특히 두 남녀의 관계는 간결한 문장을 통해 직설적으로 서술되고 있다. 이 소설에서 작중화자를 겸하고 있는 남성 주인공은 결코 아내의 일탈과 부정을 원망하거나 증오하지 않는다. 모든 이야기는 절제된 감정으로 간략하게 서술되고 있을 뿐이다. '나'는 한 여인과의 관계를 통해 자신의 과거 행적을 보여 주고 있음에도 불구하고 서술

04 김옥희, 「오빠 이상」, 《신동아》, 1964. 12.

적 주체로서의 자기 내면을 철저하게 감춘다. 그리고 어떤 감정적 굴곡도 드러내지 않고 담담하고 간략하게 그 정황을 서술한다. 이러한 서사적 전략이 소설 「봉별기」의 이야기를 사랑의 실패라는 고통스러운 체험에 대한 고백으로 읽도록 유도하는 것이 아닌가 생각된다. 소설 「봉별기」 속의 '금홍'이라는 여인은 이상 자신의 사적 체험 영역에서 자신을 두고 떠나 버린 여인이라는 특이한 모티프로 변용되어 시적 형상성을 획득한다. 이상이 시적 텍스트들을 통해 구축하고 있는 공간 속에서 '떠나 버린 여인'이라는 모티프는 하나의 원형적 패턴처럼 자리한다. 그리고 이것은 남성과 그 속박으로부터 벗어나고자 하는 여성적 본능을 암시하기도 하고 부조화의 관계 속에서 파탄에 이르는 남녀관계로 발전하기도 한다. 그러므로 이상이 사랑한 여인 금홍에 대해서는 어떤 하나의 기준으로 설명하기가 불가능하다. 이 여인은 이상의 삶에서는 치명적이었던 것이 사실이다. 배천 온천의 기생 금홍에게는 이상이라는 인물이 그저 그녀를 거쳐 간 많은 사내 가운데 하나였을 가능성이 크다. 그러나 숫된 도회의 청년 이상에게는 그녀가 욕망의 대상으로서의 첫 여성이었음을 확인할 수 있다. 그러므로 이 두 사람의 만남은 운명적인 것이 될 수밖에 없다. 여기서 '운명적'이라는 말은 피할 수 없는 필연적인 굴레를 뜻하는 것이 아니라 그 시초와 결말이 당연히 그렇게 짜여질 수밖에 없음을 뜻하는 말이다. 금홍이라는 여인의 실체를 놓고 본다면 이상과 금홍이의 관계는 그녀가 스스로 원하든 원하지 않든 간에 그 파탄을 예비하고 있었던 것이다. 그런 의미에서 금홍이라는 여성은 하나의 '팜파탈(femme fatale)'에 해당한다. 배천 온천의 술집 기생에 불과하던 이 여성은 이상이라는 한 남성을 자신의 품 안에서 벗어날 수 없게 만든 특이한 매력의 소유자였고, 이상이 보유하고 있는 이지와 정서를 모두 압도하는 강인한 성격의 소유자였던 것이다.

### 2) 연작시 「오감도(烏瞰圖)」의 탄생

이상의 다방 제비는 그의 젊음을 탕진했던 공간은 아니다. 이 특이한 장소는 1930년대 중반을 살았던 경성의 문학인들에게는 하나의 '살롱'이 되었고, 여기에 모여드는 문인들과의 교류가 가능해지면서 이상은 그 자신의 욕망의 새로운 출구를 찾아 갈 수 있게 되었다. 그 출구가 바로 문학적 글쓰기의 세계이다. 조선총독부 건축기사 시절부터 관심을 가지게 된 이상의 글쓰기는 당대의 문단과는 소통과 수용의 공간을 공유하지 못했던 것이 사실이다. 이상은 다방 제비를 운영하면서 당시 새로운 문학 동인으로 구성된 구인회의 구성원들을 이 공간에서 자연스럽게 만날 수 있게 되었고 이들과 교류할 수 있는 계기를 만들게 되었던 것이다.

이상은 시인 정지용과 소설가 박태원, 그리고 이태준 등의 호의적인 주선에 의해 신문 연재의 방식으로 연작시 「오감도」를 발표한다. 1934년 7월 《조선중앙일보》 연재가 시작된 「오감도」는 특이한 시적 상상력과 사물을 보는 새로운 시각으로 인하여 시인으로서의 그의 존재를 새롭게 각인시킨 화제작이 된다. 이상은 「오감도」에서 기존의 시법을 거부하고 파격적인 기법과 진술 방식을 통해 새로운 시의 세계를 열어 놓고 있다. 그는 사물에 대한 보다 직접적이고 감각적인 접근법을 채택함으로써 대상에 대한 인식뿐만 아니라 사물을 대하는 주체의 시각을 새롭게 변형시킬 수 있게 된다. 실제로 이 작품은 시라는 양식에서 가능한 모든 언어적 진술과 기호의 공간적 배치를 통해 사물을 보는 새로운 시각의 가능성을 보여 주고 있다. 그러므로 「오감도」에는 1920년대까지 한국에서 유행하던 서정시의 시적 진술 방법으로는 이해할 수 없는 낯섦과 새로움이 넘쳐 나고 있다. 그렇지만 이상의 「오감도」는 그 실험적인 구상과 문제의식에도 불구하고 당시의 문단과 대중 독자로부터 철저하게 외면당했고 그 연재마저 중단된다. 당시의 상황은 박태원과 조용만의 술회 속에 잘 나타나 있다.

(1)

어느 날 나는 이상과 당시 《조선중앙일보》에 있던 상허(尙虛; 이태준)와 더불어 자리를 함께하여 그의 시를 《중앙일보》 지상에 발표할 것을 의논하였다. 일반 신문독자가 그 난해한 시를 능히 용납할 것인지 그것은 처음부터 우려할 문제였으나 우리는 이미 그전에 그러한 예술을 가졌어야만 옳았을 것이다.

그의 「오감도」는 나의 「소설가 구보(仇甫)씨의 일일」과 거의 동시에 《중앙일보》 지상에 발표되었다. 나의 소설의 삽화도 '하융(河戎)'이란 이름 아래 이상의 붓으로 그려졌다. 그러나 예기하였던 바와 같이 「오감도」의 평판은 좋지 못하였다. 나의 소설도 일반 대중에게는 난해하다는 비난을 받았던 것이나 그의 시에 대한 세평은 결코 그러한 정도의 것이 아니다. 신문사에는 매일같이 투서가 들어왔다. 그들은 「오감도」를 정신이상자의 잠꼬대라 하고 그것을 게재하는 신문사를 욕하였다. 그러나 일반 독자뿐이 아니다. 비난은 오히려 사내에서도 커서 그것을 물리치고 감연히 나가려는 상허의 태도가 내게는 퍽이나 민망스러웠다. 원래 약 1개월을 두고 연재할 예정이었으나 그러한 까닭으로 하여 이상은 나와 상의한 뒤 오직 십수 편을 발표하였을 뿐으로 단념하여 버리지 않으면 안 되었다.[05]

(2)

이상은 정지용(鄭芝溶)을 끼고 상허(尙虛)를 졸라대서 필경 《중앙일보》 학예

05 박태원, 「이상의 편모」, 《조광》, 1937. 6.

면에 「오감도」를 내었다. 조감도(鳥瞰圖)가 옳은 말이지만 이것을 비꼬아서 새 '조(鳥)' 자에 한 획을 뺀 까마귀 '오(烏)' 자를 만들어서 '오감도(烏瞰圖)'로 제목을 붙인 것이다. 이 괴상한 제목을 붙인 괴상한 시가 삼사일을 두고 나타나자 독자들이 전화와 투서로 중단하라고 야단을 쳤다.

'이게 시냐? 미친놈의 잠꼬대, 어서 집어치워라.'

'무슨 개수작이냐? 그따위 시를 내면 신문 안 볼 테다.'

이런 투서가 자꾸 들어오고 바깥 독자들뿐만 아니라 신문사 안에서도 반대 소리가 시끄러워져서 학예부장인 상허가 견딜 수가 없었다. 그래서 상허는 이상과 가까운 구보(仇甫)를 불러 이것을 호소하고 중단할지도 모른다는 뜻을 이상에게 전하라고 하였다. 구보는 정인택(鄭人澤)을 불러 가지고 둘이서 제비로 가서 이상을 만난 것이다. (…)

'박형, 당신도 알다시피 불란서의 보들레르는 지금부터 백년 전인 1850년에 「악(惡)의 꽃」을 발표해서 그 유명한 악마파(惡魔派)의 선언을 하지 않았소? 이것에 비하면 우리는 너무 떨어졌어요. 왜 우리나라는 불란서만 못합니까. 우리나라도 찬란한 시의 역사를 갖고 있지 않아요? 이번에 내 「오감도」는 「악의 꽃」에 필적할 세기적인 작품이라고 나는 감히 생각해요.'

이상의 기고만장한 장광설은 그칠 줄 몰랐다.[06]

이상은 「오감도」를 통해 1930년대 문단에 나서게 되었지만 「오감도」 연재가 중단되면서 또 다른 좌절감을 맛본다. 앞의 인용에서 볼 수 있듯이 이 작품은 당초에 한 달 정도의 연재 기간을 예정하였지만 15편을 발표한 후 연재가 중단된다. 그 후 「오감도」 연작은 작품의 전모를 확인할 수 없는 미완

06 조용만, 「이상 시대 젊은 예술가들의 초상」, 《문학사상》, 1987. 5.

의 상태로 방치된다. 그러므로 「오감도」 연작은 작품의 완결성을 염두에 둘 경우 결코 성공한 작품이라고 할 수가 없다. 앞의 인용을 통해 「오감도」의 등장에 얽힌 문단적 상황을 정리해 보면 다음과 같은 몇 가지 사실로 요약된다.

우선 이상의 문학적 재능을 발견하고 그의 「오감도」를 세상 밖으로 끌어낸 인물이 박태원, 정지용, 이태준 등이라는 사실이 주목된다. 정지용은 1920년대 후반부터 시작 활동을 전개하였으며 동인지 《시문학》(1930) 시대부터 선명한 심상과 절제된 감각의 언어로 시적 대상을 포착해 내면서 새로운 시의 경향을 주도하는 당대 최고의 시인으로 부각되었다. 그는 시를 통해 감정을 절제하고 시적 대상을 감각적으로 형상화하는 기법을 확립함으로써 1930년대 시단에서 이른바 모더니즘 시운동의 중심에 서 있었다. 그는 박태원 등의 소개로 이상을 알게 되었지만 이상의 시 「꽃나무」 등을 1933년 《가톨닉청년(靑年)》에 발표하도록 이끌었다. 박태원은 제일고보 출신으로 1930년 일본으로 건너가 도쿄의 호세이대학(法政大學) 상과에서 수학한 바 있다. 당대 일본의 새로운 예술적 분위기를 따라 문학만이 아니라 신흥 예술로 떠오르고 있던 영화라든지 서구 미술과 음악 등에 흥미를 느끼고 거기에 빠져든다. 그는 학업을 중단하고 귀국한 후 단편 「수염」, 「피로」 등을 발표하면서 문단적 지위를 얻었고, 중편 「소설가 구보씨의 일일」과 장편 「천변풍경」을 통해 소설적 모더니즘의 새로운 가능성을 열었다. 제비 다방 시절부터 이상과 교유하면서 이상을 정지용, 이태준 등에게 소개하여 문단 진출을 도왔고, 특히 중편 「소설가 구보씨의 일일」을 《조선중앙일보》에 연재하면서 그 삽화를 이상에게 그리도록 하였다.

이렇게 놓고 본다면 이상의 문학에 먼저 관심과 호감을 표시한 것은 소설가 박태원이었고, 시적 재능을 간파한 것은 당대 최고의 시인 정지용이었으며, 그의 「오감도」의 신문 연재를 직접 결정한 것은 《조선중앙일보》의 학예부장 이태준이었다. 이들은 1933년 결성된 구인회의 핵심 인물이었다.

이상이 「오감도」를 발표할 당시 문단에서는 「오감도」에 대해 냉담했고 대중 독자의 반응도 매우 비판적이었다는 점을 알 수 있다. 앞의 글에서도 확인할 수 있는 것처럼 신문사에는 매일같이 「오감도」의 연재를 항의하는 투서가 들어왔다. 대중 독자들은 이상이 추구하고자 했던 연작시 「오감도」의 새로운 상상력과 그 창조적 정신을 이해하려 들지 않았다. 그들은 「오감도」의 텍스트가 드러내고 있는 파격적인 기법의 실험과 거기서 비롯된 난해성을 두고 정신이상자의 잠꼬대라고 비판하면서 그런 원고를 게재하는 신문사의 무책임을 성토하였다. '이게 시냐? 미친놈의 잠꼬대, 어서 집어치워라.' '무슨 개수작이냐? 그따위 시를 내면 신문 안 볼 테다.' 이러한 항의가 빗발치듯 이어지자 신문사에서도 이를 무시하기 어려웠다. 결국 「오감도」는 원래 계획의 절반 정도 연재가 진행되는 도중에 아무런 예고 없이 그 연재를 중단당하였다. 독자 항의로 작품 연재를 중단한 이 특이한 사건은 당시 문단에서는 보기 드문 일이었다.

하지만 이상은 자신의 시 「오감도」에 대해 상당한 자부심을 갖고 있었음을 확인할 수 있다. 이상은 「오감도」를 프랑스의 시인 보들레르의 『악의 꽃』과 견주고자 하였다. 보들레르의 시 100편을 수록한 이 시집은 1857년 발간되었다. 하지만 이 시집은 출간 직후 언론이 그 내용의 풍기문란을 들고 나서면서 비판하자 공안국이 경범재판소에 고발하여 책이 압류 처분을 받았고, 저자와 출판인은 '공중도덕 훼손죄'로 기소되었다. 그 당시 대부분의 사람들에게 보들레르는 공포와 혐오감을 불러일으키는 작품으로 공중도덕과 미풍양속을 해쳤다는 죄를 입고 시집을 압수당하였으며 뒤에 작품이 강제 삭제당하고 벌금형을 선고받은 필화사건의 주인공일 뿐이었다. 하지만 보들레르의 『악의 꽃』은 프랑스 상징주의의 출발점이자 모더니즘 문학운동의 거점이 되었다. 그리고 현대시의 새로운 기원을 보들레르의 『악의 꽃』에서 찾는 것은 당연한 일이 되었다. 이상은 스스로 「오감도」가 그러한 『악의 꽃』에 필적할 만한 작품이라고 여겼던 것이다.

### 3) 이상과 구인회

이상의 문학 활동은 1930년대 초기의 문학 단체였던 구인회와 직접적으로 연결되어 있다. 그의 연작시 「오감도」는 구인회의 구성원이었던 박태원, 정지용, 이태준 등의 주선에 의해 《조선중앙일보》에 연재된다. 그리고 「오감도」 발표 후 구인회에 가담하여 더욱 활발한 문필 활동을 전개할 수 있게 된다. 결국 이상의 문단 활동은 1934년부터 1936년까지 모두 구인회를 기반으로 이루어졌으며, 구인회를 통해 자신의 문학적 경향을 이해하고 지지해 준 문단적 동지들을 얻었다고 할 수 있다. 그의 시는 당대 평단에서 제대로 그 가치를 인정받지 못하였지만 정지용과 김기림을 만남으로써 그 문학적 기법과 정신에 대한 지지를 얻게 되었고, 소설가 이태준과 박태원을 만남으로써 그의 소설이 보여 주는 서사적 기법과 그 실험의 의미를 인정받았던 것이다.

1930년대 문단에서 구인회의 회원들이 추구했던 새로운 문학적 경향에 대해서는 여러 가지 평가가 엇갈리기도 하지만 대체로 한국 모더니즘 문학의 등장이라는 문학사적 성격을 부여하고 있다. 구인회를 중심으로 하는 새로운 문학은 1920년대 중반 이후 지속된 계급문학운동의 붕괴와 리얼리즘적 경향의 퇴조와 함께 정치적 이념성을 거부하고 있었다는 점에서 문학적 순수주의 또는 순수문학의 경향으로 평가된 적도 있다. 이 새로운 문학이 집단주의적 논리와 역사에 대한 과도한 전망 자체를 부인하고 있는 것은 문학이 개인주의적인 취향으로 회귀하고 있음을 의미하며, 문학적 주제의식에서 일상성의 의미가 그만큼 중시되고 있음을 의미한다. 그리고 이러한 경향을 통해 한국 모더니즘 문학의 새로운 성격과 그 문학사적 위상을 확인할 수 있다.

구인회의 등장은 당시 문단에서 하나의 작은 '사건'으로 기록되고 있다. 구인회가 그 결성에서부터 당대 문단의 관심사가 된 이유는 여러 가지 측면에서 검토해 볼 수 있다. 구인회는 하나의 문학 동인에 불과하지만 다른 문학 동인들과는 분명하게 구별되는 성격을 지닌다. 대개의 문학 동인은 그 출발이 문단 신인들로 이루어진다. 그리고 이들이 새로운 문단 활동의 기반으로 동인지를 간행하면서 면모가 드러난다. 1920년대의 《창조》, 《백조》 등의 동인지가 바로 거기에 해당한다. 그러나 구인회는 기성 문인들이 모여 만들어 낸 작은 단체다. 특히 당대 문단을 주도했던 계급문학운동의 정치성에 대해 무관심으로 일관하면서 그 구성원들 각자가 자신의 문학적 역량에 기대고 있었다는 점이 주목된다. 구인회의 기관지로 출간된 《시(詩)와 소설(小說)》(1936)은 이 문제적인 문단 조직의 출현을 알리는 동인지로서보다는 오히려 하나의 사화집(詞華集)처럼 생각될 정도이다.

당시 구인회의 결성을 보도한 《조선일보》의 학예면 기사는 "구인회 창립(創立)"이라는 제목으로 "순연한 연구적 입장에서 상호의 작품을 비판하며 다독다작(多讀多作)을 목적으로 하고 아래의 9명은 금번 구인회(九人會)라는 사교적 클럽을 맨들렀다. 이태준 정지용 이종명 이효석 유치진 이무영 김유영 조용만 김기림"[07]이라고 기록하고 있다. 여기서 구인회라는 동인의 실체부터 살펴볼 필요가 있다. 조용만의 회고[08]에 의하면 이 새로운 문단적 모임

07 《조선일보》, 1933. 8. 30.
08 조용만, "구인회 이야기," 『울밑에 핀 봉선화야—30년대 문화계 산책』, 정음사, 1984, 134-135면.

의 결성을 먼저 주장했던 인물로 소설가 이종명과 영화인 김유영이 지목되고 있다. 그러나 카프의 계급문학운동에 대항할 수 있는 새로운 문학 단체를 기획하였던 이종명과 김유영의 생각과는 달리 구인회는 아홉 명의 문학인이 모이는 소그룹의 동인 형태가 되고 말았다. 특히 동인의 결성 직후 그 구성원의 절반 가까이가 교체될 수밖에 없었다는 것도 문제였다. 구인회가 출범 초기부터 동인으로서의 결속력을 보여 주지 못하게 된 것은 그 조직의 목표 자체가 가지는 '사교적 모임'으로서의 성격에 기인하는 것이라고 할 수 있다. 카프의 계급문학운동에 참여했던 김유영이 카프 조직을 이탈하고 이에 대응하기 위한 새로운 문단 조직을 꿈꾸었다는 것은 모임의 초기부터 이미 짐작할 수 있는 일이었다. 그리고 김유영의 이 같은 의도에 이종명 또한 동조했던 것이 사실이다. 하지만 이태준이나 정지용 등은 애초부터 이념적 색채를 드러낸 문단 조직에 관심이 없었다. 그들은 구인회를 하나의 사교적 모임 정도로 여겼을 뿐이었다. 실제로 구인회는 동인으로 참여하게 된 구성원들 사이에 이들의 결속력을 가능하게 하는 학연이나 지연도 없었고, 이념적 성향의 공통점도 확인할 수가 없었다. 그야말로 자유로운 사교적 모임일 뿐이었다.

당시 임화 등과 함께 계급문단 조직에 깊이 관여하고 있던 백철은 구인회의 무정견성을 비판하면서 구인회와 같은 문단 조직이 등장하여 그 존재를 드러낼 수 있게 되기 위해서는 하나의 문단 유파적 성격을 가져야 할 것을 주문하고 있다.[09] 이러한 태도는 '카프'라는 조직 자체가 지향하고 있었던 이념과 노선에 근거할 경우에는 어느 정도 수긍할 만하다. 그러나 구인회를 어떤 하나의 유파적 개념으로 인식한다는 것은 애당초부터 잘못된 관점

09 백철, "사악한 예원의 분위기," 《동아일보》, 1933. 10. 1.

이다. 그 이유는 구인회 자체가 하나의 기획에 동조하는 예술가들의 집단적 결의를 거쳐 나온 공식적인 성격의 조직체는 아니었기 때문이다. 게다가 구인회는 그들 스스로 명명하고 규정하고자 하는 어떤 경향을 드러내고 있는 집단도 아니었던 것이다. 이러한 이유 때문에 백철은 구인회의 등장을 놓고 당대 현실의 불안과 암담한 분위기에서 새로운 도피처를 구하고자 하는 일군의 문학인들의 도피행각으로 치부하였다. 그는 구인회의 구성원들에 대해 어느 곳을 향하여 어떻게 나아갈 것인지 아무런 지침도 없이 현실로부터 도피하는 데에만 급급한 '황혼(黃昏)의 사도(師徒)'들이라고 규정했다. 그러므로 구인회는 현실적으로 존재할 아무런 의미가 없으며, 자연 소멸될 것이라고 진단하면서, 다만 객관적 정세의 불안으로 보아 이들이 추구하는 자유주의적 색채가 일정 부분 의미 있는 요소가 될 가능성이 있다고 평가하였다.

당시 계급문단에서 제기된 이 같은 비판에 대해 구인회를 대변하게 된 것은 이태준이다. 이태준은 구인회의 구성원 가운데 연장자에 속했고 문단 경력 또한 10년 가까운 중진이었다. 그는 백철이 지적한 '무의지파'로서의 구인회의 성격에 대해서도 크게 반발하지 않았고 하나의 통일된 이념과 목표를 가지지 못하고 있는 구인회 구성원의 문학적 태도 문제에 대해서도 변명하지 않았다. 다만 구인회 구성원들의 다양한 문학적 관심과 자유주의적 성향 자체를 들어 구인회의 반유파적 성격을 해명하고자 하였다.

> 요즘 백철 씨가 평을 많이 쓴다. 이분도 자주 무겸손한 문구를 보여준다. 중앙일보에 구인회도 여지없이 눌러볼 셈을 차리었다. 씨는 원체 번쩍하면 악취미니 소독을 해야 하느니 하는 말을 금언처럼 즐기는 분이지만 구인회를 들춘 것도 평가의 태도에서 멀다. 구인회가 생겼으니 거기 대해서 무얼 쓰시오 해서 억지로 썼든 그렇지 않으면 소독광의 발증 밖에는 아무것도 아닌 것

이 이효석과 이태준이 같지 않고 김기림과 정지용도 같은 데가 없고 그런데 어떻게 회가 성립되느냐고 하였다. 같은 사람만 모여야 회가 성립된다는 회학(會學)을 우리는 모르거니와 믿지도 않는다. 사회는 감옥이 아니거든 제복을 즐길 필요는 없는 것이다. 애초부터 우리는 문예 공부를 위해서 단순한 우의로 모인 것이다. 우리가 가끔 만나 문예 공부를 함에 조선문단에 해독이 될 것은 무엇인가? 이야말로 천하의 불가사의다.[10]

구인회의 조직적 성격에 대한 백철의 비판적 견해와는 달리, 이태준은 오히려 구인회가 가지는 문단적 사교성에 역점을 두어 그 가능성을 주장하고자 한다. 이러한 이태준의 주장 속에는 구인회라는 조직 자체의 이념적 속성보다는 이에 가담하고 있는 문인들의 개인주의적 성향에 대한 관심을 더욱 강조하고자 하는 의도가 담겨 있다. 그러므로 구인회는 그 구성원들을 결속시키면서 조직을 강화할 만한 구심점을 가지지 못한 것이 사실이다.

이상이 구인회에 참여하게 된 것은 시 「오감도」의 《조선중앙일보》 연재가 중단된 1934년 8월 이후의 일로 추측된다. 이상의 이름이 구인회 구성원으로 공식 등장하고 있는 자료는 1935년 2월 18일부터 5일간 계속된 구인회 문예강좌에 관한 신문 기사이다.[11] 이 기사로 미루어 보면 이상은 1934년 하반기에 구인회에 가입했음을 알 수 있다. 구인회에 참여하면서 문단적 활동 기반을 마련하게 되었지만, 당시 이상은 개인적으로 견디기 어려운 시련의 시기를 맞게 된다. 그가 경영하던 다방 제비는 적자에 허덕이다가 문을 닫게 되었고, 금홍이도 이상의 곁을 떠나가게 된 것이다. 그는 제대로 된 집필 활동을 거의 하지 못한 채 경제적 궁핍에 쪼들린다. 그런데 이상은 친구 구

10 이태준, "평가여 좀더 겸손하여라," 《조선일보》, 1933. 10. 14.
11 《조선중앙일보》, 1935. 2. 18.

본웅의 도움으로 정신적 좌절과 절망의 현실에서 벗어날 수 있게 된다. 구본웅이 자기 부친이 운영하던 인쇄소 창문사(彰文社)로 이상을 끌어들였기 때문이다.

이상은 1935년 창문사 인쇄소에서 주로 원고 교정을 담당하면서 다시 글쓰기에 매달리게 된다. 그가 창문사에서 일하는 동안 구인회의 문단적 위상을 위해 기획한 것이 동인지 형태의 기관지 발간이다. 이상이 편집을 맡아 발간하게 된 구인회의 기관지는 《시(詩)와 소설(小說)》이라는 이름을 내걸고 1936년 3월에 세상에 나온다. 이 새로운 잡지의 등장을 당시 《조선일보》(1936. 3. 21.)는 "구인회 동인지 《시와 소설》 창간"이라는 제목 아래 "구인회에서는 그 동인 잡지인 《시와 소설》을 월간으로 창간해서 방금 반책(頒冊) 중인데 발행소는 시내 서대문통 창문사이고 반가(頒價)는 10전이라고 한다"라고 소개하고 있다. 이 기사의 내용으로 본다면 《시와 소설》은 동인지의 형태임에도 불구하고 당초에는 월간으로 기획되었음을 알 수 있다. 판매 가격이 10전에 불과하고 전체 50면을 넘지 않는 이 동인지는 전문 용어로 일종의 '소잡지(小雜誌)'에 해당한다. 이 새로운 동인지는 이상 자신의 야심 찬 기획에 의한 것이지만 제한된 발행 부수와 선별적인 유통 기획 자체의 비상업성 등으로 성공을 거두지 못한 채 창간호에서 더 이상 지속되지 못한다.

그런데 《시와 소설》의 창간은 1930년대 중반 한국문단에서 구인회라는 동인의 존재와 그 문학적 성향을 분명하게 드러내어 보여 주는 증거가 되고 있다. 《시와 소설》의 창간호에 수록된 시는 정지용의 「유선애상(流線哀傷)」, 이상의 「가외가전(街外街傳)」, 김기림의 「제야(除夜)」, 김상용의 「눈 오는 아침」과 「물고기 하나」, 백석의 「탕약(湯藥)」과 「이두(伊豆) 국주가도(國湊街道)」 등이 있고, 소설의 경우 박태원의 「방란장(芳蘭莊) 주인」, 김유정의 「두꺼비」 등을 수록하고 있다. 김기림의 「걸작에 대하여」, 이태준의 「설중(雪中)

방란기(訪蘭記)」, 김상용의 「시」, 박태원의 「R씨와 도야지」 등의 산문도 함께 실렸다. 구성원 가운데 박팔양과 김환태의 작품이 빠져 있는 대신에 구인회의 정식 회원이 아닌 백석의 시 두 편이 수록되어 있는 점이 특기할 만하다. 《시와 소설》에 수록된 작품 중에는 매우 특이하여 논란의 대상이 되어 오고 있는 정지용의 「유선애상」과 이상의 「가외가전」이라는 시가 포함되어 있고, 박태원의 소설 「방란장 주인」도 끼어 있다. 이 작품들은 구인회가 지향했던 문학 정신과 그 기법적 실험을 유감없이 보여 주고 있기 때문에 여전히 그 해석과 평가가 다양하다. 시적 의미에 대한 해석을 놓고 그 대상의 실체를 밝히는 문제에서부터 논란을 빚어 온 「유선애상」은 서로 다른 시간과 공간 속에서 하나의 대상이 어떤 이미지를 통해 인식될 수 있는가를 기법적으로 실험한다. 「방란장 주인」의 경우에는 서사에서 시간과 공간의 질서를 뛰어넘는 서술성을 확보하기 위해 하나의 문장 안에서 모든 등장인물의 행동을 묘사하고 상황을 진술하고자 하는 유별난 실험을 감행한다. 이른바 '동시성'의 문제에 대한 문학적 인식이 이들 작품에서 공통적인 관심사가 되고 있다는 것은 구인회 동인들이 서로 공유하고 있는 문학적 경향과 기법의 특성이 무엇인가를 말해 주는 요소가 된다.

그런데 이상이 그 편집을 주도하면서 발간한 구인회의 동인지 《시와 소설》은 창간호가 나온 후에 더 이상 지속되지 못한다. 《시와 소설》에 발표된 회원들의 작품 자체에서 확인할 수 있는 새로운 기법적 실험에도 불구하고 이 잡지는 대중적인 독자층의 지지를 받지는 못한다. 구인회 자체의 동인 활동도 이 잡지의 창간 이후 실질적으로 중단되었다. 구인회의 중심인물이었던 김기림이 1936년 봄 일본 도호쿠제대(東北帝大)로 유학을 결행하면서 동인 활동의 구심점이 약화되었고, 당초 월간지로 기획되었던 《시와 소설》도 속간되지 못했기 때문이다.

이상은 창문사에서 근무하면서 생활의 안정을 찾고 자신의 문학적 글쓰기에도 활력을 되찾게 된다. 이 시기에 그는 자신의 문학적 재능을 과시하게 된 소설 「지주회시(鼅鼄會豕)」, 「날개」, 「동해(童骸)」 등을 잇달아 발표하였으며, 연작시 「역단(易斷)」과 「위독(危篤)」을 발표한다. 이상의 대표작으로 손꼽히는 단편소설 「날개」는 자아의 형상과 그 존재 방식에 대한 회의와 그로부터의 탈출 욕망을 공간화의 기법으로 형상화한 작품이다. 이 소설의 화자는 '나'라는 지식인이다. 그는 도시의 병리를 대표하는 매춘부인 아내와 기형적인 삶을 살아가고 있다. 아무런 희망도 비판적 자각도 없는 무기력한 주인공이 좁은 방으로 표상되는 비정상적인 삶으로부터 탈출하고자 하는 욕망이 이 소설의 주제를 형성하고 있다. 이 소설에서 볼 수 있는 현대적인 삶의 모순과 자기 분열은 당대 평단의 주목을 받으면서 소설과 리얼리즘에 관한 새로운 논쟁을 불러일으킨 바 있다. 이러한 성과는 이상 문학이 구인회 시대를 통해 절정의 상태에 도달해 있었음을 말해 준다고 할 수 있다.

## 4. 이상의 도쿄행 그리고 죽음

이상은 연작시 「위독」의 신문 연재를 마친 직후 도쿄행을 결행한다. 그의 삶과 문학적 글쓰기가 여기서 끝이 난 셈이다. 이 대목에서 한 가지 추가해야 하는 것은 이상이 1936년 여름 구본웅 등의 주선으로 변동림과 결혼하였다는 사실이다. 이상의 두 번째 여인이 된 변동림은 구본웅의 계모의 친정 동생이었기 때문에 따지고 보면 구본웅의 이모가 된다. 이 급작스러운 결혼에 구본웅이 어떤 역할을 했는지 자세하게 밝혀진 바는 없다. 그러나 이상에게 가장 중요한 선택의 순간마다 거기에 구본웅이 있었다는 사실을 주목할 필요가 있다. 이상은 변동림과의 결혼 후 여름 한철을 보낸 뒤에 혼자서 도쿄로 떠난다. 이 도쿄행이 그에게는 돌아올 수 없는 길이 되었던 셈이다.

1930년대 식민지 조선의 젊은 지식인에게 동양 문명의 중심지로 떠오른 제국의 수도 도쿄는 지배자의 심장에 해당한다. 현해탄의 높은 파도를 넘어 한반도로 밀려들어 온 문명이라는 괴물을 놓고 내지(內地) 일본을 꿈꾸었던 젊은이들이 수도 없이 많다. 이광수가 문학의 춘원(春園) 시대를 열었던 곳도 도쿄요, 임화가 무산계급에는 국가가 없다는 신념을 키웠던 곳도 도쿄다. 도쿄는 서로 다른 공간에 자리하면서도 동일한 시간의 질서 아래 식민지 조선을 옥죄던 제국의 힘의 중심이다.

이상은 1936년 10월 하순 도쿄로 떠난다. 그의 도쿄행은 경성(京城)으로부터의 탈출을 뜻하지만, 이 탈출이 그에게 있어서는 문명으로의 길이 아니었음을 짐작할 수 있다. 일찍이 오스카 와일드는 문명에 도달할 수 있는 길이 오직 두 개뿐임을 갈파한 적이 있다. 하나는 교양을 습득하는 길이요, 다른 하나는 퇴폐에 빠져드는 길이다. 문명의 의미에 이렇게 명징한 토를 달아 놓은 것을 나는 달리 본 적이 없다. 이상은 도쿄로의 탈출을 생의 전환으로 삼고자 욕망한다. 그러나 이 전환이 그를 안내한 것은 교양의 길도 퇴폐의 길도 아닌 죽음의 길이었을 뿐이다. 그는 1937년 일경에 의해 불령선인(不逞鮮人)으로 검거되어 2월 12일부터 3월 16일까지 구금되었다가 병세 악화로 풀려나 도쿄대학 부속병원에 입원했으나 4월 17일 사망했다. 이상은 자신의 죽음이 도쿄에서 자신을 기다리고 있다는 사실을 알아차리지 못한 채 혼자서 도쿄에 머물며 글을 썼다. 그의 소설 「종생기」, 「실화」 등과 수필 「동경(東京)」, 「권태」 등은 모두 도쿄에서 집필한 것이다.

이상은 도쿄에 도착한 후 곧바로 도쿄라는 도시가 자신이 꿈꾸던 새로운 문명의 도시는 아니라는 것을 눈치챈다. 그는 도쿄의 비속성(卑俗性)을 알아차리고는 자신이 몸 둘 곳이 아니라는 사실을 깨닫는다. 그가 도쿄에서 쓴 수필 「동경」이야말로 식민지 예술가가 쓴 제국의 문명에 대한 가장 신랄한 비판적 에세이라고 할 만하다. 이 글에서 주목되는 것은 도쿄라는 대도회가 안고 있는 문명이라는 이름의 양면성에 대한 날카로운 지적이다. 그는 이 글에서 도쿄라는 거대한 도회를 세기말적인 현대 자본주의의 모조품처럼 흉물로 그려 놓고 있다. '마루비루'의 높은 빌딩 숲을 거닐면서 그는 미국 뉴욕의 브로드웨이를 떠올리면서 환멸에 빠져들고, 신주쿠(新宿)의 사치스러운 풍경을 놓고 프랑스 파리를 시늉만 하는 그 가벼움에 치를 떤다. 그는 긴자(銀座) 거리의 허영에 오줌을 깔겨 주면서 아무래도 흥분하지 않는 자신을 '19세기'라고 치부하기도 한다.

이상은 20세기 동양 최대의 도시 도쿄의 모습을 추상적으로 구성하거나 해체하려 하지 않는다. 그는 스스로 도회의 산책자가 되어 그가 꿈꾸었던 도쿄를 체험한다. 그는 도쿄를 보고, 만지고, 냄새 맡고, 발로 밟으면서 입맛을 다신다. 그러므로 이상의 도쿄에 대한 경험과 인식은 감각적일 수밖에 없다. 그가 도쿄에 대해 쓰고 있는 것은 감각적인 주석 달기에 해당하는 셈이다. 그런데 이상은 현대적 대도시 도쿄를 상징하는 '마루노우치 빌딩'을 보고 상상했던 것보다 규모가 작다는 사실에 놀란다. 뉴욕의 브로드웨이에 가서도 그런 느낌을 받게 될까를 스스로 자문하기도 한다. 이 고층 빌딩의 거리에서는 사람의 모습을 찾아보기 힘들다. 도회의 거리를 질주하는 것은 숱한 자동차들이다. 그 자동차들이 내뿜는 가솔린 냄새가 바로 도쿄의 냄새이다. 자동차의 매연을 호흡하면서 이상은 고층 빌딩과 자동차로 가득한 이 도시가 20세기를 유지하기 위해 야단들이라고 적고 있다.

도쿄에서 가장 유명한 환락가인 신주쿠를 두고 이상은 '박빙(薄氷)을 밟는 듯한 사치(奢侈)'라는 한 구절로 주석을 달고 있다. 얇은 얼음은 속이 드러나 보인다. 그러나 그것은 언제나 깨어질 듯 위태롭다. 속이 뻔히 드러나 보이는 이 도회의 사치를 두고 이상은 무언가 과장되고 과대 포장된 느낌을 어쩌지 못한다. '프랑스'를 '후란수'라고 말하는 이 특이한 흉내 내기를 놓고 그 '귀화(鬼火) 같은 번영'을 자랑하는 신주쿠 3정목의 뒷골목에서 '오줌 누지 말라'는 경고문을 찾아낸다. 바로 여기에, 더 이상 언급하지 않았지만, 참으로 절묘한 비아냥거림이 담긴다. 그리고 휴관 상태인 '축지소극장(築地小劇場)'의 시설을 돌아보면서 이상은 일본 신극운동의 본거지인 이곳을 '서툰 설계의 끽다점' 같다고 평가한다. 긴자의 거리를 두고 이상은 '한 개의 그냥 허영(虛榮) 독본(讀本)'이라고 쓰고 있다. '낮의 긴자'는 '밤의 긴자의 해골'이라서 추하다고 부기한다. 낮에 훤히 드러나 보이는 네온사인 철골구조물의 흉물스러운 모습은 밤을 새운 여급의 파마머리처럼 남루하다고 설명한다. 긴자의 거리를 별볼일없이 떠도는 사람들과 마주치면서 이상은 거리 곳곳에 나붙어 있는 '담(啖)을 뱉지 말라'라고 써 붙인 경시청의 경고문을 찾아낸다. 침을 뱉어 주고 싶은 심정을 이런 식으로 말하고 있었던 것이다. 이상이 느낀 환멸은 "나는 경교(京橋) 곁 지하 공동변소에서 간단한 배설(排泄)을 하면서 도쿄 갔다 왔다고 그렇게나 자랑들 하던 여러 친구들의 이름을 한번 암송해 보았다"라는 문장에서 극치에 도달한다. 자본주의의 현대와 세기말의 허영을 동시에 보여 주고 있는 도쿄라는 대도시를 비예(睥睨)하면서 이상은 20세기를 유지하기 위해 부산스러운 이 도시의 풍경에 질린다. 그는 스스로를 낡은 19세기의 도덕과 윤리에 사로잡혔다고 말하면서도 도쿄에 대한 환멸을 감추지 못하고 있는 것이다.

모든 문명은 그 자체의 종말을 내부에 감추어 두고 있기 마련이다. 이상은 긴자 거리의 화려한 백화점들을 이렇게 묘사한다. "미쓰코시(三越), 마쓰자카야(松坂屋), 이또야(伊東屋), 시로키야(白木屋), 마쓰야(松屋)— 이 7층 집들이 요새는 밤에 자지 않는다. 그러나 우리는 그 속에 들어가면 안 된다. 왜? 속은 7층이 아니요, 한 층식인데다가 산적한 상품과 무성(茂盛)한 「숍걸」 때문에 길을 잃어버리기 쉽다. 특가품(特價品), 격안품(格安品), 할인품(割引品), 어느 것을 고를까. 그러나 저러나 이 술어들은 자전(字典)에도 없다. 그러면 특가, 격안, 할인― 품보다도 더 싼 것은 없다. 과연 보석 등속, 모피 등속에는 「눅거리」가 없으니 눅거리를 업수이여기는 이 종류 고객의 심리를 잘 이해하옵시는 중형(重形)들의 「슬로건」 실로 약여(躍如)하도다." 여기 열거된 긴자의 백화점 상가들은 소비를 유혹하는 온갖 구호들을 내세우며 연말 할인 행사에 바쁘다. 그렇지만 고객의 주머니를 노리는 이 놀라운 상술은 소비의 욕망을 부추길 뿐이다. 밤의 긴자 거리를 거닐면서 이상은 다방 뿌라질에서 진한 커피를 마신다. 그러나 단풍무늬 옷을 입고 있는 여급들의 모습에 전혀 열정을 느끼지 못한다. "「애드밸룬」이 착륙(着陸)한 뒤의 긴자 하늘에는 신의 사려(思慮)에 의하여 별도 반짝이련만 이미 이 「카인」의 말예(末裔)들은 별을 잊어버린 지도 오래다"라는 구절은 그러므로 이 호사스러운 문명의 종말을 암시하는 것처럼 들리기도 한다.

「동경」이라는 이 짤막한 글에서 이상이 그려 내고 있는 도쿄는 대도시 도쿄 자체의 겉껍데기에 해당한다고 말할 수도 있다. 그러나 이 외관의 감각적 인식은 도쿄라는 도회의 내부에 갇혀서 겉으로 드러나지 않는 현대성의 문제를 알레고리처럼 풀어 낸다. 신주쿠의 환락을 눈으로 확인하고 긴자의 사치에 몸을 떨고 있는 이상의 내면의식이 거기에 담겨 있기 때문이다. 사실 수필 「동경」은 비슷한 시기에 쓴 것으로 보이는 「권태(倦怠)」와 특이하게도 짝을 이룬다. 그가 도쿄의 한복판에서 자신의 기억과 인상과 그 생생한 감각을 모두 동원하여 쓴 글이 평안도 성천(成川)을 여행했던 체험을 기록한 「권태」와 짝을 이룬다는 것은 참으로 의미심장하다.

> 아무것도 생각할 수 없는 상태 이상으로 괴로운 상태가 또 있을까. 인간은 병석에서도 생각한다. 아니 병석에서는 더욱 많이 생각하는 법이다. 끝없는 권태가 사람을 엄습(掩襲)하였을 때 그의 동공은 내부를 향하여 열리리라. 그리하여 망쇄(忙殺)할 때보다도 몇 배나 더 자신의 내면을 성찰할 수 있을 것이다.
>
> 현대인의 특질이요 질환인 자의식(自意識) 과잉(過剩)은 이런 권태(倦怠)치 않을 수 없는 권태 계급(階級)의 철저한 권태로 말미암음이다. 육체적 한산(閑散) 정신적 권태 이것을 면할 수 없는 계급이 자의식 과잉의 절정(絶頂)을 표시한다.[12]

이상은 자신의 의식을 짓누르고 있는 특이한 '권태'의 감각을 통해 20세기 동양 문명의 중심지인 도쿄를 비아냥대며 번득이는 천재성과 날카로운 비판력을 보여 준다. 그는 파리의 우울을 몰고 다녔던 시인 보들레르처럼 긴자의 거리를 돌아보면서 19세기와 함께 운명해 버렸으면 더 좋았을 밤하늘의 달을 보게 되는 것이다. 하나의 거울에 또 다른 하나의 거울을 비춰 보듯이 이상이 발견한 이 도쿄의 이미지는 문명의 화려한 꽃이 아니라 그 어슴푸레한 그림자이다.

이상은 도쿄에서의 환멸을 견디지 못하고 스스로 절망감에 빠져 도쿄에서의 생활을 유지하기 어렵게 된다. 그는 이러한 '권태' 속에서 소설 「실화(失花)」[13]를 쓴다. '꽃을 잃다'라고 풀이되는 이 소설의 제목은 이상의 도쿄 여행이 이미 돌이킬 수 없는 종말의 단계에 들어서고 있음을 말해 준다.

이상의 도쿄 체류 기간은 반년 정도의 짧은 기간에 불과하다. 이 기간 중

12 이 글은 이상이 1936년 12월 19일에 작성한 것으로 표시되어 있다.

13 소설 「실화」는 '1936년 12월 23일'을 시간적 배경으로 하여 도쿄의 하루를 그린다.

에 이상이 도쿄 니시간다(西神田) 경찰서 유치장에 한 달가량 구금되었고, 도쿄제국대학 부속병원에 몇 주간 입원해 있었다는 점을 계산에 넣는다면, 실제로 도쿄에서 활동했던 기간은 넉 달 정도에 지나지 않는다. 이 기간은 전위적인 성격의 이상을 교양의 길로 이끌기에도 충분하지 않고, 도덕을 거부한 이상을 퇴폐의 길로 끌고 가기에도 넉넉하지 않다. 이상의 도쿄생활의 흔적은 남아 있는 것이 거의 없다. 그가 도쿄에서 무엇을 했는지 누구와 만났는지 등을 확인할 수 있는 자료도 별로 남아 있지 않다. 이상이 도쿄에서 어떤 날개를 꿈꾸었을까 하는 질문은 이상 문학의 궁극적인 지향점을 묻는 것에 해당한다.

제 3 장

# 이상 소설의 서사 기법과 모더니즘적 성격

## 1. 이상 소설의 원점

### 1) 이상의 소설 쓰기

이상이 시도했던 여러 가지 방식의 글쓰기 가운데 소설은 특별한 의미를 지닌다. 그가 조선총독부 건축 기사 시절 '의주통 공사장'의 공사 감독관실에서 쓴 최초의 소설 「12월 12일(十二月十二日)」에는 이런 구절이 담겨 있다. "나는 죽지 못하는 실망과 살지 못하는 복수, 이 속에서 호흡을 계속할 것이다. 나는 지금 희망한다. 그것은 살겠다는 희망도 죽겠다는 희망도 아무것도 아니다. 다만 이 무서운 기록을 다 써서 마치기 전에는 나의 그 최후에 내가 차지할 행운은 찾아와 주지 말았으면 하는 것이다. 무서운 기록이다. 펜은 나의 최후의 칼이다." 1930년 나이 스무 살의 청년 이상에게서 나온 이 말은 듣는 이의 가슴을 서늘하게 한다. 이상이 말하고 있는 '무서운 기록'이 바로 소설에 해당한다. '최후의 칼'을 들고 '죽지 못하는 실망과 살지 못하는 복수'의 싸움에서 얻어 낸 것이 소설이다. 이런 식으로 말한다면 소설이야말로 이상에게는 운명적인 글쓰기라고 할 수밖에 없다.

이상이 남긴 소설은 13편에 지나지 않는다. 이 유별난 숫자 '13'이 의도된 것이라고 말할 수는 없다. 그러나 이상의 소설에 대해서는 너무나도 많은 해설이 따라다닌다. 한국 근대문학의 가장 특이한 스캔들의 주인공이었던 이상은 그가 남겨 놓은 작품의 양보다 훨씬 많은 연구를 통해 새로운 비평적 담론의 키워드들로 장식되곤 한다. 이상의 소설은 그의 짧은 생애와 극적으로 대응하는 경험적 요소를 담아내고 있다. 그러므로 그의 개인적인 행적은 정확한 사실의 확인도 없이 그의 소설을 통해 설명되기도 하고 과장되거나 신비화되기도 한다. 그가 보여 준 특이한 여성 편력이라든지 도쿄에서의 죽음 등에 대해서 특히 그렇다. 그의 소설 텍스트 자체도 이 같은 삶의 특징에 덧붙여져서 그릇된 해석으로 독자들을 이끈다.

이상의 소설은 일반적으로 이해되고 있는 '소설'이라는 양식의 자질을 제대로 갖추고 있지 않다. 그의 소설에는 장편소설 「12월 12일」을 제외하고는 사실상 하나의 줄거리를 가진 이야기가 없다. 그의 소설 속에는 행동을 통해 발전해 가는 성격도 없다. 그의 소설 속 인물들은 말과 행동을 통해 성격화되기보다는 의식과 사고를 통해 그 존재를 드러낸다. 어떤 하나의 목적이나 방향을 상정하고 이루어지는 도전과 모험의 과정도 없고, 소설적 '낭만'이라는 말에 어울리는 이야기의 흥미도 결여되어 있다. 그렇기 때문에 하나의 잘 짜여진 스토리를 기대하는 독자들에게는 이상의 소설이 언제나 혼란스럽게 느껴진다.

이상의 소설은 그 이야기 자체가 지극히 단순하지만 추상적인 요소가 많다. 여기서 말하는 단순함은 물론 그 서사구조에서 비롯되는 것이지만, 소설 속에서 그려지는 모든 장면들이 일상적인 사소함에 얽혀 있음과도 연관된다. 그의 이야기 속에는 하찮은 일상들이 자리한다. 이것은 의미 있는 행동과 사건을 플롯의 원리에 따라 배치해야 하는 사실주의적 근대소설의 특성과 배치된다. 이야기 속의 하찮은 일들은 모두 도회의 시가지에서 일어나지만 그것이 필연적으로 야기하는 사건이란 당초에 존재하지 않는다. 그의 소설은 객관적인 현실에 대한 리얼리티를 제거한 대신에 주관성이라는 새로운 하나의 지표를 핵심으로 내세운다. 이 주관성에 근거하여 미궁 속의 인물이 보여 주는 사소한 일들 속에서 형이상학적 사유도 가능해지며, 본능적인 욕망이나 그 충동의 추상성도 드러난다.

이상의 소설은 사실주의 소설의 엄격한 객관성을 갖고 있지 않다. 도시의 일상을 어떤 규범적인 틀 속에서 그려 보이지 않고 있기 때문이다. 이상의 소설에는 사실주의적 세계에서 강조해 온 리얼리티의 개념 대신에 암시와 상징을 통해 드러나는 환상적인 세계가 이를 대치한다. 일상적인 공간 속에서 일상적이고 사소한 일들을 나열하고 있지만 이상의 소설은 소설이라는 양식이 추구해 온 서사의 문법에서 벗어나 늘 새롭고 낯설다. 그러나 그의 소설은 일종의 환상적 리얼리티를 생산한다. 그것은 아주 사소한 일들에 대한 상세한 묘사를 통해서 그 특징이 드러나기도 한다. 그렇기 때문에 어떤 연구자들은 이상 소설의 서사와 그 구조적인 특성 대신에 이상이라는 작가, 경험적 실체로서의 이상이라는 인물에 매달리고 그 허구적 재현 양상에만 관심을 기울인다. 이상 소설에 대한 논의가 작가 이상에 대한 심리 분석이나 숨겨진 경력의 탐색으로 치우치고 있는 경우가 많은 것은 이 때문이다.

이상의 소설에는 어떤 특정한 이념이나 가치가 두드러지게 드러나는 법이 없다. 이야기의 내용도 해체되어 있고, 줄거리라는 것도 뚜렷하지 않다. 소설가로서의 이상은 어떤 특정한 방법과 관점에 따르거나 기성적 권위를 부여받는 가치와 이념을 인정하지 않는다. 그는 단지 자신이 가지는 특수한 시각, 사물에 대한 지각에 충실하다. 이러한 자기 시각에 대한 경사(傾斜)를 모더니스트로서의 이상의 태도라고 할 수도 있다. 이상의 소설에서 볼 수 있는 새로운 충동은 삶을 예술 속에 종속시키려는 의욕이다. 휴머니즘적 사실주의의 간판을 내건 문학이 문단을 주도하던 때에 그 거만한 세속주의에 반기를 든 이상은 이미 절대적 가치라든지 역사적 전망이라든지 하는 현실에 대한 믿음 자체가 사라져 버린 시대에 새로운 예술 미학의 가능성에 도전한다.

이상은 폐결핵의 고통을 안고 가정이라는 울타리를 벗어나 거리에서 방황하면서도 세속적인 사회 윤리와 제도에 도전하면서 끊임없이 시대에 대한 개인적 책무를 스스로에게 부여한다. 그리고 새로운 문명에 대한 꿈을 안고 도쿄에까지 건너간다. 이 과정은 잃어버린 왕관을 찾아 헤매는 신화적 탐색의 주인공이 그를 중심으로 전개되는 서사를 극적으로 전환하게 되는 경우와는 전혀 다르다. 이것은 오히려 현대의 인간에게 이 같은 신화적 비전이라는 것이 가능한 것인가를 되묻는 행위에 불과하다. 이상은 자신의 소설 속에서 인간의 삶의 양상이 신화적 질서에 의해서가 아니라 모든 인간들에게 각자 맡겨진 대로 그렇게 굴러간다는 사실을 확인하는 것으로 끝을 낸다. 삶은 관념적인 목표나 신의 계시를 향하여 그 종말이 준비되는 것이 아니라 인간의 선택에 의해 지극히 인간적으로 귀결된다는 것을 확인하게 한다.

이상의 소설은 그 궁극적인 실체가 언어적 텍스트라고 할 수 있다. 이 언어적 텍스트에는 실체와 본질, 현실과 이상이 서로 갈등하는 모순된 양상들이 담긴다. 때로는 상징화되고 때로는 비약되고 때로는 패러디되어 엉뚱한 환상의 공간을 만들어 낸다. 이상의 소설은 물론 현실의 세계를 떠나지 않는다. 그러나 그의 언어는 언제나 이 현실의 영역을 넘어설 수 있는 또 다른 공간을 준비하고 있다.

### 2) 장편소설 「12월 12일(十二月十二日)」

이상은 1930년 《조선(朝鮮)》에 장편소설 「12월 12일」을 국문으로 연재하면서 그의 문학적 글쓰기를 시작하고 있다. '이상(李箱)'이라는 필명으로 1930년 2월부터 12월까지 연재된 이 소설은 1931년 《조선과 건축(朝鮮と建築)》에 발표한 일본어 시 「이상한 가역반응(異常ナ可逆反應)」 등보다 시기적으로 앞서 있다. 이 작품은 이상 문학의 문제의식과 서사성의 단초를 확인할 수 있는 출발점에 해당한다는 점에서 일정한 의미를 지닌다. 장편소설

「12월 12일」은 이상의 첫 소설이라는 사실 자체만으로도 비평적 관심의 대상이 되고 있지만, 처녀작이라는 한계를 넘어서지 못한 채 서사적 기법의 미숙성을 드러내고 있다. 특히 서술적 시각의 균형을 유지하지 못하는 데에서 오는 여러 가지 문제성이 그대로 노출되고 있다. 장편으로서의 서사구조를 유지하고 있으면서도 그 구성 자체에서 이야기를 풍부하게 살려 내지 못한다. 인물의 설정도 도식적이며 이야기의 전개 방식도 단조롭다. 이 작품이 이상 소설의 원점 또는 그 기원의 형태로 존재한다는 점은 부인할 수 없는 사실이지만, 소설적 기법과 정신의 수준 자체를 논하기에는 여러 가지 문제성을 지니고 있는 셈이다.

소설 「12월 12일」의 주인공인 '그'는 산후병으로 아내가 죽은 뒤 자식마저 잃는다. 가난 속에서 고생을 견디지 못한 그는 노모를 모시고 동생인 'T'의 가족들과 서로 헤어져 일본으로 건너간다. 그러나 일본에서 한 해 겨울을 보내는 사이에 노모까지 세상을 떠나자 단신이 된다. 그는 막노동자로 떠돌기도 하고, 음식점 주방에서 일하기도 하다가 사할린의 탄광에까지 흘러간다. 그리고 탄광 사고로 다리를 다친 채 다시 도회로 굴러들어 온다. 그는 다리를 치료하기 위해 의학서적을 넘기며 지내다가 하숙집 주인의 호의로 그 유산을 물려받는다. 이 뜻하지 않은 횡재를 안고 그는 귀국을 결행한다. 이러한 소설 전반부의 이야기는 모두 여섯 통의 편지 속에 요약되어 제시된다. 그는 일본으로 떠나면서 가장 친한 친구인 'M'에게 동생네 가족을 돌보아 줄 것을 부탁한 바 있고, 일본에서의 생활 내역을 'M'에게 편지로 알렸던 것이다. 동생 'T'의 가족에 관한 이야기는 '업'이라는 조카애가 똑똑하게 자라나고 있다는 점, 'M'의 도움으로 업이 중학 과정까지 학업을 지속하게 된다는 점, 그리고 업이 음악학교에 진학하겠다는 것을 'M'이 만류하고 있다는 사실 정도가 간략하게 소개된다. 이 소설의 후반부는 그의 귀국과 함께 새로운 국면으로 이어진다. 그의 동생인 'T'는 형이 상당한 돈을 들고 귀국한 것을 알고는 은근히 자기네 식구들을 위해 그 돈을 나누어 줄 것으로 기대한다. 그러나 그는 새로이 병원을 개업하고 'M'과 함께 그 병원을 운영할 것이라는 계획을 말해 준다. 다만 병원의 수익 가운데 일정액을 'T'에게도 배분하겠다는 것을 약속한다. 하지만 아우는 이러한 형의 계획을 수긍하지 않고 오히려 형의 모든 호의를 거부한다. 이로 인하여 형제간의 갈등이 지속된다. 업도 음악을 공부하겠다는 자신의 희망이 좌절되자 가족들에게 크게 반발한다. 이 소설의 이야기는 형에게 한을 품게 된 아우 'T'가 공사장에서 큰 부상을 당하고 자리에 눕게 되면서 파국으로 치닫는다. 더구나 병원에 근무하는 간호사 'C' 양의 존재가 부각되면서 또 다른 갈등으로 발전한다. 'C' 양은 그가 일본에서 함께 지냈던 친구의 여동생이다. 그 친구는 불의의 사고로 세상을 떠났는데, 우연이긴 하지만 그 여동생이 간호사가 되어 그의 병원에 근무하게 된 것이다. 그는 'C' 양에 대해 일종의 이성적 호감마저 느끼게 된다. 그런데 이야기는 엉뚱하게 발전한다. 'C' 양이 병원에 가끔 들르던 그의 조카 '업'을 사랑하게 된 것이다. 스물한 살의 청년 '업'은 가족으로부터 멀어지면서 자신을 이해해 줄 수 있는 새로운 도피처를 필요로 하였고, 연상인 'C' 양은 옛 연인의 외모를 닮은 '업'의 고뇌와 방황을 모성적 사랑으로 끌어안는다. 두 사람은 여름철 휴가 기간을 이용하여 해수욕장으로 놀러가기로 약속하고 그 허락을 얻기 위해 그의 앞에 함께 나타난다. 그는 두 사람에 대해 엄청난 배반감을 느낀다. 그리고 업이 사들고 들어온 수영용품들을 모두 책상 위에 올려놓고는 불 질러 버린다. 이것을 보고 충격을 받은 업은 병석에 눕게 되고 수영용품을 사다 달라고 한 뒤 그것을 마당에 쌓아 놓고 백부가 자신에게 했던 그대로 그가 보는 앞에서 불을 지르게 한다. 그리고 업은 세상을 떠난다. 이 소설은 누구의 아이인지 밝히지 않은 채 젖먹이

어린애를 그에게 남겨 주고 떠난 'C' 양, 집과 병원에 불을 질러 버리고 방화범으로 붙잡힌 'T', 그리고 철길 옆에 젖먹이를 남겨 두고 달리는 기차에 뛰어들어 자살하는 그의 모습을 그려 내면서 비극적 결말에 도달한다.

소설 「12월 12일」은 주인공의 탈향(脫鄕)과 귀환(歸還)이라는 모티프를 중심으로 이야기의 전반부를 구성하고 있다. 특히 소설의 전반부는 여섯 통의 편지를 통해 그 서사 내용을 압축적으로 제시하고 있다는 점이 특징이다. 「12월 12일」은 물질적인 것에 대한 개인적 욕구라는 하나의 목표에 매달리면서 그 서사적 성격을 개인의 사적 생활 공간에 밀착시켜 놓을 수 있게 한다. 그러나 서술의 객관성을 훼손하는 감상적 진술에 의해 디테일이 생략되면서 리얼리티의 구현에 실패하고 있다. 이 소설의 전반부 내용을 구성하고 있는 여섯 통의 편지는 주인공의 일본 체험이 얼마나 험난한 고통으로 이어졌는지를 요약적으로 제시하는 데에 집중된다. 고향을 떠나는 장면에서부터 오랜 세월을 보낸 후 귀향의 소식을 알리는 데에 이르기까지의 시간적 경과와 공간적 이동의 과정이 주인공의 의식을 통해 모두 편지 속에 압축된다. 이러한 서간체 형식의 진술법은 서사적 자아의 내면 풍경을 쉽사리 드러낼 수 있는 회상적 서술을 가능하게 한다. 그리고 사적인 고백을 위장함으로써 독자에 대한 소설적 감응력을 높일 수 있다는 특징이 있다. 그렇지만 이 진술법은 소설 내적 공간에서 극적인 장면을 모두 사상(捨象)시켜 버림으로써 '보여 주기'의 방식이 가지는 긴장을 전혀 살릴 수 없게 된다. 모든 장면은 볼 수 있도록 제시되는 것이 아니라 들을 수 있도록 설명될 뿐이다. 이러한 치명적 약점은 소설의 이야기가 중반에 접어들면서 서서히 극복되고 있지만, 전반부에서 이미 그 서술적 균형을 잃고 있는 이야기의 방향을 제대로 끌어가지 못한다.

소설 「12월 12일」은 두 가지 갈등의 축을 중심으로 이야기를 구성한다.

그중의 하나는 주인공인 '그'와 아우인 'T' 사이에서 빚어지는 동기간의 갈등과 대립이다. 이 갈등의 기저에는 물론 궁핍한 삶과 물질적인 것에 대한 개인적인 욕망이 가로놓여 있다. 다른 하나의 경우는 '그'와 조카에 해당하는 '업' 사이에 야기된다. 이것은 매우 복잡한 여러 가지 요소들이 함께 작동하는 과정에서 서서히 드러나 극적으로 폭발한다. 특히 'C'라는 여성을 가운데 두고 일어나는 백부와 조카의 대결 양상은 그 내면 심리의 투사 과정을 정밀하게 분석할 것을 요구한다. 그런데 이러한 갈등 대립의 구조는 어떤 결말에 이르더라도 승자와 패자를 구분하기 어려운 파국을 낳을 수밖에 없게 된다. 이 무서운 결과를 놓고 작가 이상은 '복수'라고 말한다. 하지만 철저하게 파멸하는 삶의 결말에 남겨진 젖먹이를 놓고 생의 새로운 가능성을 암시한다고 하더라도, 이 소설의 이야기가 결국은 생에 대한 환멸에 머물러 있다는 것은 부인할 수 없는 사실이다. 이 작품의 서사구조를 작가 자신의 개인적인 경험의 영역에 곧바로 대입하는 연구들을 보면, 바로 이러한 문제를 간과하는 경우가 많다. 이야기의 주인공을 작가 이상의 백부로 놓고 그 아우인 'T'를 이상의 생부로 읽어 간다면, '업'은 곧바로 작가 이상의 분신이 되고 만다. 그러나 이런 식의 설명은 이 소설이 가지는 텍스트적 속성을 지나치게 경험론적 인과관계에 얽어 놓음으로써 텍스트 내적 공간의 의미를 이해할 수 없도록 만든다. 작가 이상이야말로 가장 철저한 텍스트주의자였다는 점을 간과해서는 안 된다.

### 3) 「지도(地圖)의 암실(暗室)」과 서사의 원점

소설 「지도의 암실」은 이상이 추구하게 되는 서사적 문법의 원점에 해당한다. 이 작품에서 비로소 이상 문학의 성격이 분명해지고 있으며, 그 특징적인 기법과 정신이 높은 수준의 형상성을 드러낸다. 단편소설이라는 양식상의 성격에 비춰 보면 서술의 불균형이 극복되고 있으며, 비슷한 시기의 발표작인 「휴업과 사정」에서 볼 수 있는 구성의 미숙성도 거의 눈에 띄지 않는다. 이 작품은 메타픽션으로서의 성격을 유지하면서 패러디의 기법을 활용한 소설 내적 공간의 확충, 도시적 공간을 배회하는 '산책자'라는 특이한 존재의 창조, 개인의 삶과 그 존재를 통한 내면의식의 탐구, '의식의 흐름'을 의도적으로 구현하기 위한 비문법적인 문장 표현 등을 골고루 보여 준다. 이러한 문제적인 요건들은 이상의 소설문학에서 반복적으로 실험되면서 그 주제의식의 무게와 깊이를 더하게 된다.

「지도의 암실」은 '그'라는 주동적 인물이 겪게 되는 만 하루 동안의 일과를 서사의 공간 속에 펼쳐 보인다. 그러나 이야기의 중심을 이루는 뚜렷한 줄거리를 담고 있지 않다. 모든 장면과 장면을 주인공의 의식의 흐름을 따라 내면화시켜 놓고 있기 때문이다. 하루라는 제약된 시간 속에서 주인공이 보여 주는 것은 일상적 틀에서 일탈된 행위로 채워져 있다. 보통 소설 속의 인물은 개성화되어 있고, 사회적 존재로 부각되는 것이 일반적이다. 그러나 이 작품의 경우, 주인공인 '그'는 심리적 통일체로서의 성격화된 인물은 아니다. '그'의 하루 일과에는 극적 갈등도, 위기의 국면도, 전환의 고비도 존재하지 않는다. 모든 삽화는 우연한 생각, 그 기원을 따지기 어려운 연상(聯想)들로 채워진다. 주인공의 동기화되어 있지 않은 행동, 지표가 없는 동작은 어떤 일련의 사건으로 이어지는 이야기를 제대로 만들어 내지 못한다. 인물의 존재 기반이 되는 가정, 사회 등의 현실적 요건들도 이 작품에서는 거의 그려지지 않는다. 오직 사적(私的)인 영역으로서의 의식의 내면 공간만이 드러나고 있을 뿐이다. 이 소설은 무성격자라고 할 수 있는 주인공을 등장시켜 놓은 채, 잘 구성된 이야기 대신에 지리하고 무의미한 일상을 보여 준다. 그러므로 이 소설에서 줄거리를 이끌어 가는 주인공의 운명의 도정이라는 것을 기대하기는 어렵다.

「지도의 암실」에서 서사구조의 기초가 되고 있는 하루 동안이라는 제약된 시간은 소설 속의 주인공인 '그'라는 인물의 사적 체험 속에서 재구성된 실제적 경험의 시간이다. 이 사적인 시간성의 의미를 서사구조와 연관하여 보면 그 본질적인 속성을 쉽게 확인할 수 있다. 이 소설은 하루 동안의 시간을 다음과 같은 몇 가지 단계로 구분하고 있다. 이 작품의 첫째 장면은 주인공이 새벽 네 시가 되어서야 잠자리에 드는 모습을 그린다. 그리고 아침 열 시쯤에 일어난다. 좀 늦은 시간이긴 하지만 아침 식사를 마친다. 둘째 장면에서는 아침 나절에 화장실에 들어가서 상당한 시간을 보낸다. 온갖 생각들이 뒤엉킨다. 정오의 사이렌 소리를 듣고서야 밖으로 나온다. 셋째 장면에서는 도회의 시가지로 나선다. 혼자 걷다가 영화관에 들어가 〈LOVE PARADE〉라는 영화를 구경한다. 넷째 장면에서는 영화관을 나와서는 가끔 들르는 레스토랑에 간다. 그 레스토랑에 들어서다가 문 앞에서 넘어져 얼굴을 다친다. 레스토랑의 여급이 다친 얼굴을 돌봐 준다. 그녀에게 기대고 싶어진다. 마지막 장면에서는 밤에 집에 돌아와 밤이 늦도록 무언가 일을 한다. 레스토랑의 여자를 생각한다. 새벽 네 시가 되어서야 잠자리에 든다. 이러한 시간 구분은 어떤 계기적인 행위와 사건을 중심으로 이루어지는 것은 아니다. 이야기 자체가 행위와 사건을 주축으로 삼기보다는 주인공의 머릿속에서 일어나고 있는 여러 가지 상념을 중심으로 전개되고 있기 때문이다. 실제로 이 작품에는 주인공과 어떤 관계를 형성하고 있는 다른 등장인물이 없다. 이야기의 마지막 단계에 등장하는 레스토랑의 여급이 유일하며, 친구인 K라는 인물이 간간이 거명되고 있을 뿐이다. 주인공의 존재를 사회적으로 고립시켜 놓음으로써, 타자와의 관계에서 이루어지는 사건을 제거한 대신에 의식 내면의 공간을 크게 확장해 놓고 있는 것이다.

소설 「지도의 암실」의 서사구조는 그것을 지배하고 있는 시간의 속성과 긴밀하게 연결되어 있다. 이 작품은 시간에 대한 사적 체험을 중심으로 서사가 전개된다. 다시 말하자면 공적 시간 개념을 전복시키는 구성 방법을 취하고 있다는 것이다. 이러한 구성법은 경험적인 현실과 주체의 내적 의식 사이에 이루어지고 있는 간극을 지양하기 위한 기법적인 모색과 관련되는 것이지만 그 '미학적 위장'이 다분히 실험적이다. 그 이유는 작품의 이야기 속에서 주인공의 행위가 그 구체성을 잃고 있는 데에서 찾아진다. 주인공의 행위가 들어설 자리에는 관념적이고도 추상적인 사념의 연쇄가 이어진다. 심지어는 이야기의 서술 과정에서 등장인물의 대화가 모두 생략되어 있거나 간접화되고 있다. 이 '추상화의 원칙'은 이 소설이 지향하고 있는 새로운 서사의 문법과 직결되어 있음을 말하는 것이다. 소설 「지도의 암실」의 이야기는 그 시작과 결말의 장면이 동일하다. 잠자리에 들어가는 장면에서 시작되어 하루의 시간이 경과된 후 다시 잠자리에 들어가는 장면으로 끝이 난다. 이처럼 서두와 결말의 장면을 일치시키는 것은 이야기 자체의 완결성을 추구하기 위한 시도일 수도 있지만, 일상적으로 반복되는 하루의 일과를 암시하기 위한 일종의 서사적 고안에 해당한다. 이야기 속의 시간이 비록 제한된 하루 동안의 일에 해당한다 하더라도 그것이 일상적으로 반복되는 것이라는 점을 말해 주고 있는 셈이다. 사건이랄 것도 없는 사소한 이야기가 이어지는 가운데 작품의 결말 상황이 발단 상황과 동일하게 제시된다. 이것은 줄거리가 변화하고 발전한다는 신념을 거부함을 말한다. 변하는 것은 그러한 상황이 나타나는 국면뿐이다. 여기서 하루 동안의 일과는 도시적인 현대인의 삶의 전부에 해당한다. 그러므로 이 하루가 바로 소설의 중심이며 이야기의 핵심이 된다. 이 소설에서 이야기의 줄거리를 따지는 일은 더 이상 의미가 없다. 어떤 행위의 연속을 통해 구체화되는 사건이라는 것이 존재하지 않기 때문이다.

소설 「지도의 암실」에서 주목되는 것은 소설적 글쓰기 방식과 관련되는 메타적 속성[01]이다. 여기서 '메타적'이라는 말은 단순히 메타언어적인 것만을 뜻하지 않는다. 이것은 소설의 이야기 자체에서 드러나는 일종의 자기 반영성을 말하기 때문이다. 이를 달리 설명한다면 소설을 통해 소설 텍스트 내부의 세계를 반영하는 것이라고 말할 수 있다. 소설을 통해 현실 세계를 전체적으로 반영한다든지, 삶의 실재성을 추구한다든지 하는 리얼리즘적 관점은 이러한 소설적 기법과는 거리가 멀다. 이상의 문학이 전반적으로 자의식적 경향이 강하다는 것은 널리 알려진 사실이다. 기왕의 연구에서 수없이 지적되어 온 심리적 경향이라든지 무의식적 속성이라든지 하는 것들은 사실 모두가 자의식적인 속성을 말하는 것으로 볼 수 있다. 그런데 이러한 자의식적 경향은 필연적으로 자기 반영적 요소를 담게 된다. 소설이라는 것이 현실에 대해 거울을 비추고, 그 거울을 통해 드러나는 실재의 세계를 객관적으로 재현하고자 한다는 것은 본질적인 문제에 해당한다. 그러나 서사에서의 자기 반영성이란 이와는 전혀 다른 속성을 지닌다. 여기서는 외부의 객관적인 현실 세계가 묘사의 중심을 이루는 것이 아니라 텍스트 내부에서 이루어지는 허구적 텍스트의 창작 과정 자체에 관심이 집중된다. 말하자면 소설 속에서 소설이 창작되는 과정 자체를 보여 준다는 점이다.

기인 동안 잠자고 짧은 동안 누엇든 것이 짧은 동안 잠자고 기인 동안 누엇섯든 그이다 네시에 누우면 다섯 여섯 일곱 여덜 아홉 그리고 아홉시에서 열시까지 리상 —나는 리상이라는 한 우수운 사람을 아안다 물론 나는 그에 대

01 이상 문학에 드러나는 메타적 글쓰기의 특징에 대해서는 김윤식, 『이상문학 텍스트연구』(서울대학교출판부, 1998)와 김주현, 『이상 소설 연구』(소명출판, 1999) 등에서 지적된 바 있다.

하야 한쪽 보려 하는 것이거니와— 은 그에서 그의 하는 일을 쩨어던지는 것이다.

「지도의 암실」의 서두에는 "나는 리상이라는 한 우수운 사람을 아안다 물론 나는 그에 대하야 한쪽 보려 하는 것이거니와"라고 하는 특이한 서술 내용이 붙어 있다. '나'라는 작품 외적 서술자가 소설 속의 주인공에 대해 직접 언급하고 있는 대목이다. 그리고 서술자는 '그'라는 주인공의 이름을 '리상'이라고 밝혀 놓는다. 작품의 서술자인 '나'는 '리상'이라는 인물을 알고 있으며, 그 인물의 어떤 한 측면을 소설을 통해 보여 주고자 한다는 것이다. 이러한 진술 내용으로 본다면 소설 「지도의 암실」의 내용은 '리상'이라는 우스운 인물의 한 측면을 보여 주는 것에 해당한다. 여기서 이 소설의 복잡한 서술적 층위가 드러난다. 작품 속의 주인공인 '그'가 '리상'인데, 이 소설의 실제 작가인 이상 자신이 '나'라는 서술자로 나타나고 있기 때문이다. 작가 자신이 자기 소설의 창작 과정에서 의도적으로 자기 이름과 동일한 이름의 주인공을 등장시키면서 직접 서사 내적 상황을 설명하는 방식은 이전의 소설에서는 거의 발견되지 않는다. 이러한 특이한 글쓰기 방식은 이 작품의 내용이 작가가 의도적으로 꾸며 내고 있는 이야기라는 점을 암시한다. 그리고 소설 속에서 소설이 창작되는 과정 자체를 보여 주고 있는 특이한 자기 지시적 속성으로 인하여 텍스트 밖의 세계보다는 오히려 텍스트 내에서 이루어지는 작품의 전개 방향에 독자들의 관심을 유도하고 있는 셈이다.

그런데 이 소설에서 작가 자신이 소설 텍스트 속의 인물로 등장할 경우, 거기서 문제가 될 수 있는 자전적 요소는 경험적 상황을 입증하기 위해 서술되는 것은 아니다. 이것은 존재론적인 차원에서 전혀 별개의 논의를 가능하게 한다. 메타적 글쓰기에서 텍스트 내에 등장하는 작가는 등장하는 순간 그 실재성의 의미를 상실한다. 또는 실재성이 의문시될 수밖에 없다. 그것은 텍스트의 언어에 의해 허구적으로 만들어지는 것이기 때문이다. 이러한 현상은 작가와 그 창작으로서의 텍스트 사이에 저자로서의 주체와 대상으로서의 작품이라는 입장이 서로 뒤바뀌면서 서로가 서로를 창조하고 서로가 서로의 입장을 파괴한다는 점을 통해 확인된다. 그러므로 「지도의 암실」의 텍스트 안에 등장하는 '리상'이라는 인물은 실재하는 작가 이상과는 구별된다. 이것은 단지 텍스트의 인위성과 현실의 삶의 인위성을 강조하기 위해 활용하는 하나의 서사 기법에 불과한 것이다.

## 2. 소설 양식과 메타적 글쓰기

### 1) 이상 소설의 자기 반영성과 메타픽션

이상의 소설은 그 서사적 형식의 불안정성과 함께 자기 반영의 경향을 특징으로 하고 있다. 이상은 소설적 글쓰기를 통해 경험적 현실의 총체적 인식이라는 리얼리티의 재현보다는 예술의 양식으로서의 소설이 인간의 삶을 새롭게 구성해 내는 방법에 관심을 기울인다. 그는 종래의 소설적 관습을 탈피하여 행위의 논리를 바탕으로 하는 이야기의 구성을 거부하고 개성적 특성을 강조해 온 인물의 성격을 해체한다. 그러므로 그의 소설은 이야기의 흐름에 어떤 질서를 부여하는 구성의 요건을 제대로 갖추고 있는 경우가 드물다. 그리고 소설의 등장인물도 사회적 활동의 기반을 전혀 지니지 못한 채 파편적인 의식과 무의미한 방황을 그대로 보여 주고 있다. 그러므로 그의 소설에서는 더 이상 리얼리티의 개념을 경험적 현실의 객관적 반영이라고 규정할 수 있는 근거가 발견되지 않는다. 이상이 그의 소설에서 제시하고 있는 과제는 개인과 사회의 관계가 아니라 개별적 주체로서의 자아의 존재 그 자체이다.

이상의 소설적 글쓰기는 외부적 현실을 지향하는 것이 아니라 자기 내면의 세계를 지향한다. 그는 자신이 쓰고 있는 소설 속의 주인공으로 등장하여 스스로 글쓰기 행위에 대해 비판하기도 하고 반성하기도 하면서 자신의 자의식적 태도를 그대로 소설 속에 드러내기도 한다. 이러한 '메타픽션'[02]의 방식은 소설의 이야기 속에서 그 소설이 만들어지는 과정 자체를 말해 준다는 특징을 지니고 있다. '메타픽션'이라는 용어는 그 자체가 '메타언어'라는 개념에서 비롯된 것이다. 현대논리학에서는 언어를 두 가지 층위로 구분한다. 어떤 대상을 지시하는 '대상언어'와 언어 자체에 대해 언급하는 '메타언어'의 두 가지다. 여기서 말하는 '메타언어'는 일반적인 언어의 개념과는 전혀 다르다. 일반적인 언어, 즉 대상언어는 현실 세계 속에서 어떤 사건, 사물, 상황 등과 같은 비언어적 대상을 지시한다. 그러나 메타언어는 어떤 하나의 언어를 언어로 정의하는 경우를 가리킨다. 어떤 하나의 언어를 대상으로 하는 언어라고 규정할 수 있다. 로만 야콥슨은 메타언어적 기능이 언어행위에 있어서 본질적임[03]을 지적한 바 있다. 왜냐하면 그것은 하나의 언어행위에 대한 언어행위이기 때문이다. 여기서 메타언어라는 것이 논리학자나 언어학자만이 사용하는 것은 아니라는 점을 주목할 필요가 있다. 사람들은 누구나 일상적인 언어생활에서 무의식적으로 메타언어적 속성을 활용하기 때문이다.

이상 소설이 보여 주는 '메타픽션'의 특징은 그 본질적 속성이 메타언어와

02 메타픽션이라는 말에 대해서는 Patricia Waugh, *Metafiction: The Theory and Practice of Self-Conscious Fiction* (London: Metheun, 1984)과 Linda Hutcheon, *Narcissistic Narrative: The Metafictional Paradox* (New York: Methuen, 1984)를 참조.

03 로만 야콥슨, 권재일 역, 『일반언어학 이론』, 민음사, 1989, 220면.

다를 바 없다. 이상은 자신의 소설 안에서 스스로 주인공이 되어 그 소설의 서사 자체에 대해 말할 때가 많다. 이러한 진술은 서사의 진행 과정 속에서 볼 때 텍스트의 창작 과정을 정교하게 반영하고 있지만, 진행되고 있는 서사와는 관계없이 괄호 속에 담기는 셈이다. 말하자면 작품 텍스트의 경계를 넘어선다. 이상의 단편소설 「동해」, 「날개」, 「종생기」 등을 보면 작가가 소설 속에 등장하여 자신의 소설에 대해 어떤 방향을 제시하고 자신의 소설적 글쓰기를 반성, 비판하기도 한다. 작가 스스로 자기 소설의 이론가가 되어 서사의 외부에 존재하는 모든 것들을 작품 속으로 끌어들이는 것이다. 이상의 대표작으로 손꼽히고 있는 소설 「날개」의 경우를 보면 소설의 서두에서부터 이 작품이 허구의 산물에 지나지 않는다는 사실을 강조한다. 그리고 허구의 세계와 실재의 현실 사이에 어떤 괴리가 존재할 수 있다는 점을 암시한다. 「종생기」의 경우에도 소설의 이야기는 삶의 현실과 그 객관적 묘사에 중심을 두고 있는 것이 아니라 텍스트 내부에서 이루어지는 허구적 텍스트의 창작 과정 자체에 관심을 기울인다. 말하자면 소설 속에서 소설이 창작되는 과정 자체를 보여 주는 메타픽션의 속성이 강하다는 사실을 확인할 수 있다.

2) 「동해(童骸)」와 메타픽션의 방법

소설 「동해」의 이야기는 하루 동안이라는 제약된 시간 위에 펼쳐지는 아주 간단한 에피소드를 담고 있다. 이 작품의 중심에는 '나'라는 인물이 자리하고 있다. 그리고 어느 날 가방을 싸들고 '나'를 찾아온 '임(姙)'이라는 여인이 그 상대역을 담당한다. '임'은 '나'의 친구인 '윤(尹)'이라는 사내와 살고 있던 여인이다. 세 사람은 서로 이미 잘 알고 지내던 사이이다. 이런 식의 인물 설정이라면, 쉽게 애정 갈등의 삼각구도를 떠올릴 수 있다. 그러나 문제가 그리 간단하지는 않다. 작가는 이 흔해 빠진 주제의 통속성을 벗어나기 위해 다채로운 서사 기법을 동원한다. 이 작품에서 돋보이는 메타소설적 특성을 제대로 이해하기 위해서는 난해한 작품 제목의 의미에 대한 올바른 해석이 전제되어야 한다. 어떤 사전에도 나와 있지 않은 '동해(童骸)'라는 말을 놓고 일찍이 다음과 같은 해석이 제기된 바 있다.

> '환각의 인'이란 무엇인가. 인간고의 근원에 해당하는 이 '환각의 인'이란 회색(관념)의 세계에 갇혀 있는 수인(囚人)이다. '색소 없는 혈액'의 세계와 녹색으로 된 생명의 황금 나무의 세계. 이 이항 대립의 형식 체계 속에 놓여 당황하고 있는 모습이 〈동해〉에서 선명히 드러나 있거니와, 그는 이 두 세계를 잇는 열쇠를 장만해 놓았다. 이것은 〈오감도〉의 방법론과 한 치도 다르지 않다. '童孩'(아이)를 '童骸'(아이의 해골)로 바꾸어 놓은 것이 그것. 글자 획수 하나를 빼거나 첨가함으로써 전혀 다른 의미를 획득게 하는 이러한 방식이란 순수관념 세계와 현실 세계의 차이를 갈라내기 위한 열쇠로 고안된 이상 문학의 눈부신 독창성이다.[04]

'동해'라는 한자어의 의미에 대해서는 그동안 앞의 해석을 그대로 별다른 이의 없이 받아들여 왔다. 이상 자신이 즐겨 시도했던 '파자(破字)'의 방식과 패러디의 기법을 여기서도 사용했을 가능성이 있었기 때문이다. 그런데 '童孩'(아이)를 '童骸'(아이의 해골)로 바꾸어 놓은 것이라는 설명에도 불구하고 이 한자 제목의 '아이의 해골'이라는 뜻은 소설의 내용과 전혀 부합되지 않는다. 여주인공의 일탈을 소재로 하고 있는 이 소설이 왜 하필이면 '아이의 해

04 김윤식, 『이상문학 텍스트연구』, 서울대학교출판부, 1998, 300면.

골'이라는 제목을 달고 있는지 이해하기 힘들다.

'동해'라는 소설의 제목이 함축하고 있는 의미를 새롭게 해석해 낼 수 있는 흥미로운 단서는 이상의 수필 「행복(幸福)」(《여성》, 1936. 10.)의 한 대목에서 찾아볼 수 있다.

> 월광(月光)에 오르내리는 검은 한 점, 내가 척 늘어진 선이를 안아 올렸을 때 선이 몸은 아직 따뜻하였다.
> 오호 너로구나.
> 너는 네 평생(平生)을 두고 내 형상(形象) 없는 형벌(刑罰) 속에서 불행하리라.
> 해서
> 우리 둘은 결혼하였던 것이다.
> 규방(閨房)에서 나는 신부에게, 행형(行刑)하였다. 어떻게?
> 가지가지 행복의 길을 가지가지 교재(敎材)를 가지고 가르쳤다. 물론 내 포옹의 다정한 맛도.
> 그러나 선이가 한번 미엽(媚靨)을 보이려 드는 순간 나는 영상(嶺上)의 고목(枯木)처럼 냉담하곤 하는 것이다. 규방에는 늘 추풍(秋風)이 소조(蕭條)히 불었다.
> 나는 이런 과로(過勞) 때문에 무척 야위었다. 그러면서도 내 눈이 충혈(充血)한 채 무엇인가를 찾는다. 나는 가끔 내게 물어본다.
> '너는 무엇을 원하느냐? 복수(復讐)? 천천히 천천히 하여라. 네 운명(殞命)하는 날에는 끝날 일이니까.'
> '아니야! 나는 지금 나만을 사랑할 동정(童貞)을 찾고 있지. 한 남자 혹 두 남자를 사랑한 일이 있는 여자를 나는 사랑할 수 없어. 왜? 그럼 나더러 먹다 남은 형해(形骸)에 만족하란 말이람?'

'허, 너는 잊었구나? 네 복수가 필(畢)하는 것이 네 낙명(落命)의 날이라는 것을. 네 일생은 이미 네가 부활(復活)하던 순간부터 제단(祭壇) 위에 올려 놓여 있는 것을 어쩌누?'

그만해도 석 달이 지났다. 형리(刑吏)의 심경(心境)에도 권태(倦怠)가 왔다.

'싫다. 귀찮아졌다. 나는 한번만 평민으로 살아보고 싶구나. 내게 정말 애인(愛人)을 다고.' 마호멧 것은 마호멧에게로 돌려보내야 할 것이다. 일생을 희생(犧牲)하겠다는 장도(壯圖)를 나는 석 달 동안에 이렇게 탕진(蕩盡)하고 말았다.

앞에 인용한 수필 「행복」은 이상 자신이 1936년 변동림과 결혼한 후 신혼생활의 감회를 적은 글이다. 소설 「동해」의 서사를 이해할 수 있는 몇 가지 모티프가 각각의 텍스트상에 서로 겹쳐 있다. 이 상호텍스트적 관계를 근거 삼아 「동해」라는 제목의 뜻을 확인해 볼 수 있다. 앞의 인용 가운데에는 "아니야! 나는 지금 나만을 사랑할 동정(童貞)을 찾고 있지. 한 남자 혹 두 남자를 사랑한 일이 있는 여자를 나는 사랑할 수 없어. 왜? 그럼 나더러 먹다 남은 형해(形骸)에 만족하란 말이람?"이라는 구절이 포함되어 있다. 이 구절에 나오는 단어 가운데 '동정(童貞)'이라는 말과 '형해(形骸)'라는 말을 놓쳐서는 안 된다. 이 두 단어는 글의 문맥상 그 의미가 서로 대립된다. 앞의 '동정(童貞)'은 '숫된 처녀'를 의미하고, 뒤의 '형해(形骸)'는 글자 그대로 '앙상하게 남은 잔해'로서의 다 낡아 버린 '헌 계집'을 뜻한다. 실제로 인용 구절 자체에서도 그 의미를 그대로 확인할 수 있다. 그리고 이것은 소설 「동해」에서 그 제목을 이루고 있는 '동(童)'이라는 한자와 '해(骸)'라는 한자와도 그대로 일치한다. '동정(童貞)'의 앞 글자와 '형해(形骸)'의 뒤 글자를 각각 한 글자씩을 따 내어 이를 합쳐 놓으면 '동해'가 된다. 다시 말하자면, '동해'는 '동정(童貞)의 형해(形骸)'를 줄인 말에 해당한다. 이렇게 본다면 소설이 그려 내고 있는 서사의 내용과도 '동해(童骸)'라는 말의 의미가 더 잘 어울린다. '童孩'를 '童骸'로 바꾼 것이라는 설명보다는 '동정(童貞)과 형해(形骸)'를 축약하여 만든 새로운 단어가 '동해'라고 풀이하는 것이 훨씬 설득적임을 알 수 있다.

소설 「동해」의 텍스트는 전체 내용이 '촉각(觸角)', '패배(敗北) 시작(始作)', '걸인(乞人) 반대(反對)', '명시(明示)', 'TEXT', '전질(顚跌)'이라는 여섯 개의 단락으로 나뉘어 있다. 이 여섯 개의 단락에 붙어 있는 소제목들은 모두 각 단락의 서사 내용이나 텍스트적 성격을 메타언어적으로 암시하는 기능을 갖고 있다. 첫 단락 '촉각'은 이야기의 서두에 해당한다. '촉각'이라는 말은 대상에 대한 감각적 인지 방법을 의미한다. 이 말은 '촉각을 세우다'라는 어구에서 느낄 수 있듯이 그 소설 내용의 시작에 긴장을 수반하도록 한다. 작중 화자인 '나'에게 '임'이라는 여인이 옷가방까지 싸 들고 찾아온다. '윤'이라는 사내와 살다가 이제 헤어지게 되었다는 것이다. 당연히 '나'는 긴장해야 하고 '임'의 행동거지를 살펴보게 된다. 그리고 이 첫째 단락에서 '임'의 실체를 감지한다. 그녀의 반응을 떠보면서 '나'는 그녀가 여러 남자를 두루 거친 경험을 가졌다는 사실을 그대로 확인한다. 그리고 함께 밤을 지낸다. '패배 시작'이라는 둘째 단락은 다음 날 아침의 정경을 보여 준다. '나'의 집에 찾아온 '임'이 제법 신부 노릇을 하려 든다. '나'의 손톱을 깎아 주고 '나'가 끼니를 채울 수 있도록 먹을 것도 준비해 온다. '나'는 '윤'의 사무실에 이른 아침부터 나와 앉자 있던 '임'의 모습을 떠올린다. 그리고 이 두 남녀의 사이에 끼어든 '나'의 입장을 생각하며 스스로 갖추어야 할 태도를 생각한다. 하지만 '나'는 '임'에게서 드러나는 여인의 모습에 빠져들 수밖에 없게 된다.

觸角이 이런情景을 圖解한다.

悠久한歲月에서 눈뜨니 보자, 나는 郊外 淨乾한 한방에 누어自給自足하고있다. 눈을 둘러 방을 살피면 방은 追憶처럼 着席한다. 또 창이 어둑어둑 하다.
不遠間 나는 굳이직힐 한개 슈-ㅌ케-스를 발견하고 놀라야한다. 계속하야 그 슈-ㅌ케-스 곁에 花草처럼 놓여있는 한 젊은 女人도 발견한다.
나는 실없이 疑訝하기도해서 좀 처다보면 각시가 방긋이 웃는것이아니냐. 하하, 이것은 기억에있다. 내가 열심으로 연구한다 누가 저 새악시를 사랑하든가!

앞의 인용에서 확인할 수 있듯이 소설 「동해」는 그 서두 부분에서부터 메타적 글쓰기로 시작된다. 텍스트의 첫머리에서부터 서사의 진행 방향 자체를 정교하게 드러내고 있기 때문이다. 텍스트 내부의 창작 과정에 대한 메타언어적 암시는 치밀하게 계산된 논리에 의해 이루어지고 있음을 다음의 인용을 통해 확인할 수 있다.

이런情景 마자 불쑥 내어놓ㅅ는날이면 이번 復讐行爲는 完璧으로흐지부지하리라. 적어도 完璧에 가깝기는하리라.
한사람의女人이 내게 그 宿命을公開해주었다면 그렇게 쉽사리 公開를받은 —懺悔를듣는 神父같은 地位에있어서보았다고 자랑해도좋은— 나는 비교적 행복스러웠을른지도모른다. 그렇나 나는 어디까지든지 약다. 약으니까 그렇게 거저먹게 내행복을 얼골에 나타내이거나 하지는않는다는것이다.
이와같은 ㄹ로직을 不言實行하기 위하야서만으로도 내가 그 구중중한 수염을 깎지않은것은 至當한중에도 至當한 맵시일것이다.

앞의 인용은 「동해」의 전반부에서 이루어진 이야기의 장면들이 어떤 구도에 따른 것인가를 밝혀 주면서 앞으로 전개될 방향까지도 암시한다. 이러한 텍스트의 자기 반영적 속성으로 인하여 독자들은 텍스트 밖의 세계보다는 오히려 텍스트 내에서 이루어지는 내적 구성 원리에 관심을 기울인다. 그리고 작가는 소설이라는 양식이 현실의 반영을 통해 그 실재성의 가치를 인정받는 것이 아니라 허구적 산물로서 예술의 미적 자율성을 구현하는 것임을 강조한다. 특히 소설이 하나의 제작임을 강조함으로써 실재와 허구 사이의 거리를 분명하게 제시할 수 있게 된다.

「동해」의 텍스트에서 메타언어적 속성을 가장 강하게 드러내고 있는 것이 'TEXT'라는 소제목을 달고 있는 다섯째 단락이다. 서사 자체에 대한 메타언어적 기술을 통해 이야기의 전환을 유도한다. 여기서 주목되는 것이 서술적 어조의 변화와 함께 이루어진 메타적인 글쓰기 방식인데, '임'이라는 여인의 일탈된 행동과 '나'의 반응을 돌이켜 보면서 여성과 정조 문제를 이야기의 중심으로 끌어들이고 있다. 그리고 마치 '임'이 자신의 태도를 해명하고 있는 것처럼 가정하여 그녀가 들려주었음 직한 말을 만들어 낸다. 그리고 거기에 '나'의 의견을 덧붙인다. 이미 전개된 이야기를 놓고 그것에 대한 등장인물의 태도를 되묻는 방식으로 이루어진 이러한 서술 방식이야말로 자기 반영성을 바탕으로 하는 메타적 글쓰기를 그대로 보여 준다.

「불작난— 貞操責任이 없는 불작난이면? 저는 즐겨 합니다. 저를 믿어주시나요? 貞操責任이생기는 나잘에 벌서 이 불작난의記憶을 저의 良心의힘이 抹殺하는 것입니다. 믿으세요」

評— 이것은 分明히 다음에敍述되는 같은 姙이의敍述때문에 姙이의 怜悧한 거즛뿌렁이가 되고마는것이다. 즉

「貞操責任이있을때에도 다음같은 方法에依하야 불작란은 —主觀的으로만

이지만― 용서될줄압니다. 즉 안해면남편에게, 남편이면안해에게, 무슨特殊한戰術로든지 감쪽같이모르게 그렇게 스무-드 하게 불작란을하는데 하고나도 이렇달 形跡을 꼭 남기지말아야한다는것입니다. 네?

그러나 主觀的으로 이것이 容納되지안는경우에 하였다면 그것은 罪요 苦痛일줄압니다. 저는 罪도알고苦痛도 알기때문에 저로서는 어려울까합니다. 믿으시나요? 믿어 주세요」

評― 여기서도 끝으로 어렵다는대문부근이 分明히 거짓뿌랭이라는것이다. 그것은 亦是 같은 姙이의 筆蹟 이런 潛在意識綻露現象에依하야 確實하다.

「불작란을 못하는것과 안하는것과는 性質이 아주 다릅니다. 그것은 컨디슌如何에 左右되지는않겠지오. 그러니 어떻다는말이냐고 그러십니까. 일러드리지오. 기뻐해주세요. 저는 못하는것이아니라 안하는것입니다.

自覺된 戀愛니까요.

안하는경우에 못하는것을 觀望하고있노라면 좋은語彙가 생각납니다. 嘔吐저는 이것은 견딜수없는 肉體的刑罰이라고 생각합니다. 온갓 自然發生的姿態가 저에게는 어째 乳臭萬年의 넝마쪼각 같습니다. 기뻐해 주세요. 저를 이런 遠近法에조차서 사랑해주시기바랍니다」

評― 나는 싫여도 요만큼 닥아슨位置에서 姙이를說喩하려드는 때쉬의 姿勢를取消해야 하겠다. 안하는것은 못하는것보다 敎養 知識 이런尺度로따저서 높다. 그러나 안한다는것은 내가 빚어내이는 氣候如何에憑藉해서 언제든지 아모 謙遜이라든가 躊躇없이 불작란을 할수있다는 條件附契約을 車道복판에 安全地帶設置하듯이 强要하고있는徵兆에 틀림은없다.

앞의 인용에서 볼 수 있는 것처럼 '임'의 말은 실제의 대화가 아니라 '나' 스스로 그렇게 가정해 보는 이야기에 불과하다. '나'는 '임'이 정조에 대한 책임이 없는 불장난을 강조하면서도 서로에게 책임이 있는 경우라면 그것을 비밀로 지켜 줄 수 있어야 한다고 말하도록 한다. 그리고 '임'의 의견과 태도가 제시하는 바에 대해 '나'의 평설을 덧붙인다. 이와 같은 기술 방식은 이미 실현된 주인공의 행동을 대상으로 가상적인 논쟁적 대화를 '조직'하여 놓음으로써 이 소설의 결말을 어느 정도 암시해 준다. 이러한 명시적인 메타언어적 진술은 소설 텍스트 속에서 서술되고 있는 서사와는 일정한 거리를 두고 있기 때문에 그 제작 과정의 허구성도 동시에 드러내고 있는 것이다.

소설 「동해」의 메타적 글쓰기는 이 작품만이 가지는 고유의 특징은 아니다. 일반적으로 소설은 메타적 글쓰기에 일정 부분 의존한다. 메타적 글쓰기는 허구적인 서사의 내부 세계와 외부 세계 사이의 관련성을 탐색하기 위해 필요하다. 메타적 글쓰기는 사실주의 소설이 신봉해 온 잘 짜여진 플롯이라든지 의미 있는 역할을 하는 영웅적인 주인공, 권위를 가진 서술자, 인과적인 서술 등과 같은 규범적인 요건이 더 이상 서사 내에 존재하지 않는다는 사실을 보여 준다. 그것들은 모두 가공된 것이며 현실 속에 존재하지 않기 때문이다. 소설 「동해」의 메타적 글쓰기는 서사 자체가 자기 탐닉적 요소에만 집착하고 있다는 문제점을 드러낸다. 이러한 자기 집착의 경향은 이상의 소설이 사회적, 역사적 현실로부터 도피하거나 초월하고 있다는 비판으로부터 자유로울 수 없는 자리에 놓여 있음을 의미한다. 이상의 소설이 자의식의 과잉 상태에 빠져 있다고 비판되거나 불확실한 자기 반영성을 넘어서지 못하고 있다고 지적당하는 이유가 여기 있다. 그리고 이러한 경향이 자기 탐닉과 문학적 퇴폐의 한 징후처럼 읽혀 왔다는 점도 간과할 수 없는 일이다. 그러나 이러한 관점은 리얼리즘적 소설의 전형에 근거한 판단일 뿐이다. 현실 세계의 리얼리티 자체가 근본적인 회의에 봉착해 있는 상황에서 이상 소설이 보여 주고 있는 메타적 글쓰기는 먼저 자기 반영성의 원리를 통해 개인의 소외 현상과 파멸의 과정을 추적한다. 이것은 도덕적으로 무책임하고 퇴폐적인 것이 아니라 오히려 바로 그러한 경향을 보이고 있는 현실을 해체한다는 점에서 하나의 역설적 요소를 담고 있다.

### 3) 「종생기(終生記)」의 자기 반영성

소설 「종생기」는 이상의 작품 가운데 메타픽션의 특성을 가장 잘 보여 주고 있다. 이 소설은 작가 자신을 이야기 속에 등장시켜 하나의 소설이 만들어지는 과정 자체를 텍스트 안에서 다채로운 수사와 서술 기법을 통해 제시한다. 그리고 스스로를 향한 자학과 냉소를 감추지 않고 자신의 글쓰기와 삶의 고뇌를 솔직하게 이야기하고 있다. 이 소설은 메타적 진술법과 패러디의 방식을 함께 활용하고 있기 때문에 그 서사구조의 중층성을 제대로 이해하기가 쉽지 않다. 하지만 이 작품이 이상 소설이 지향하고 있는 서사의 궁극적인 지점에 해당한다는 것을 주목할 필요가 있다.

소설 「종생기」는 이렇게 시작된다.

> 郤遺珊瑚 — 요 다섯字동안에 나는 두字以上의 誤字를 犯했는가싶다. 이것은 나스스로 하늘을 우러러 부끄러워할일이겠으나 人智가발달해가는面目이 실로 躍如하다.
>
> 죽는한이 있드라도 이 珊瑚채찍을랑 꽉 쥐고죽으리라 내 廢袍破笠우에 退色한亡骸우에 鳳凰이 와 앉으리라.
>
> 나는 내 「終生記」가 天下 눈있는선비들의 肝膽을 서늘하게해놓기를 애틋이 바라는 一念아래의만큼 吝嗇한 내맵씨의 節約法을 披瀝하야보인다. (…)

이 서두 부분에서 작가인 '나'는 소설 「종생기」의 이야기가 서사화되는 과정을 미리 암시한다. 그리고 작가 자신의 의도를 교묘하게 감추기도 하고 드러내기도 한다. 「종생기」의 서사에 대한 일종의 메타적 진술로 이야기를 시작하고 있는 것이다. 이와 같은 작가의 개입은 자신의 글쓰기에 대한 독자의 관심을 끌어모으기 위한 전략이다. 실제로 이 소설에 작가는 "나는 내 「종생기」가 천하 눈 있는 선비들의 간담을 서늘하게 해 놓기를 애틋이 바라는 일념(一念) 아래의 만큼 인색한 내 맵씨의 절약법을 피력하여 보인다"라고 독자들을 향하여 자기 의도를 밝혀 두고 있다. 이것은 마치 '제가 만드는 새로운 이야기를 제 방식대로 끝낼 수 있도록 참고 읽어 주시기 바랍니다'라고 말하는 것이나 다름이 없다. 「종생기」의 이야기 속에는 작가 자신과 이름이 같은 '이상'이라는 주인공이 등장한다. 그러므로 이 이야기에 등장하는 '나'는 작가 자신과 혼동되기도 한다. 서사를 주도하고 있는 작중인물인 '나(이상)'와 경험적 자아로서의 '나(작가 이상)'의 목소리가 서로 뒤섞여 나타나고 있기 때문이다.

소설 「종생기」의 첫 문장은 '극유산호(郤遺珊瑚)'라는 한문 구절로 시작된다. 이 구절이 당나라 시인 최국보(崔國輔)의 「소년행(少年行)」이란 시에서 인유(引喩)한 것(여영택, 「이상의 산문에 관한 고구」, 《국어국문학》 39·40호, 1968)임은 일찍부터 알려져 왔다. 한시의 전체적인 텍스트 내용이 이 소설의 이야기와 어떤 관련성을 지니고 있는지를 검토하는 작업이 필요하다.

遺郤珊瑚鞭(유극산호편) 산호 채찍을 잃고 나니
白馬驕不行(백마교불행) 백마가 교만해져 가지 않는다.
章臺折楊柳(장대절양유) 장대(지명, 유곽 있는 곳)에서 여인을 희롱하니
春日路傍情(춘일노방정) 봄날 길가의 정경이여.

이 시의 전체 내용을 따라 읽어 보면 작품 속에 그려지는 정경이 드러난다. 시적 화자는 '산호 채찍'을 갖고 있었지만 채찍을 잃은 채 백마를 타고 간다. 채찍이 없으니 말을 제대로 몰아갈 수가 없다. 말이 주인의 뜻을 거스르고 가던 길을 멈춘 곳이 장대(章臺)이다. 이곳은 술집과 유곽이 즐비한 환락의 장소였다. 주인공은 여기서 거리의 여인과 만나 서로 희롱하게 된다. 모든 것이 봄날의 정취와 어울린다. 이 시에서 말하고자 하는 것은 어느 봄날 거리의 여인을 만나 희롱하게 된 '소년행'의 일탈이다. 그런데 작품 속에서 주인공은 자신의 일탈을 산호편을 잃은 것과 자신이 타고 있던 말이 교만해서 주인의 지시를 제대로 듣지 않은 탓으로 돌리고 있다. 하지만 이런 식의 핑계에도 불구하고 「소년행」에서 이야기하고 있는 주인공의 일탈은 '산호 채찍'을 잃은 탓도 아니고 백마가 교만해서도 아니라는 점을 쉽게 짐작할 수 있다. 봄날의 흥취와 함께 거기에 젊음이 있었던 것이다.

그런데 소설 「종생기」는 「소년행」의 첫 구절 '遺郤珊瑚鞭'을 의도적으로 바꾸어 놓는 패러디의 방식으로 이야기를 시작하고 있다. 이 한시의 첫 구절은 '遺郤珊瑚鞭'이라는 다섯 글자다. 그런데 「종생기」에서는 첫머리의 두 글자인 '유극(遺郤)'은 그 순서를 바꾸어 써 놓고, 마지막의 '편(鞭)' 자를 탈락시켜 버린 채 '극유산호(郤遺珊瑚)'라고 쓰고 있다. 그러면서 바로 뒤에 "다섯 자 동안에 나는 두 자 이상의 오자를 범했는가 싶다"고 밝힌다. 이 의도적인 글자 바꾸기의 패러디 방식 속에 「종생기」의 이야기를 이해하는 데에 필요한 '산호편'의 열쇠가 숨겨져 있다. 여기서 '산호편'은 단순한 말채찍을 뜻하지만, 자신의 신분과 위상을 암시하기도 한다. 즉 자기 자신의 굳은 의지 또는 높은 기상을 상징한다고 할 수 있다. 「종생기」의 작중화자로 분장한 작가는 "죽는 한이 있더라도 이 산호(珊瑚) 채찍일랑 꽉 쥐고 죽으리라"라고 진술한 바 있다. 그렇지만 이러한 진술 자체가 자기 의지에 대한 일종의 위장술에 지나지 않는다는 점은 실제 텍스트를 통해 확인된다. '산호편'을 절대로 놓지 않겠다고 말하고 있지만, 실상은 이 작품의 첫 대목에서 벌써 '산호편'의 '편(鞭)' 자를 빼놓고 있다. 이 기호적 변형은 텍스트의 차원에서 이루어진 작위적인 일탈이지만 서사 내적 공간에서는 '산호편'의 상실 또는 부재를 암시하며 이미 '산호편'을 잃어버렸음을 말해 준다. 절대로 놓지 않겠다는 '산호편'이지만 이미 텍스트상에서는 하나의 탈락된 기호에 불과할 뿐이다. 그러므로 소설 「종생기」는 그 서사 속에 최국보의 「소년행」의 구절을 메타픽션의 속성 그대로 다시 보여 줄 수밖에 없게 된다. 「소년행」에서 그려 낸 내용 그대로 거리의 한 여인을 만나 자신의 체통과 위신을 잃어버린 채 서로 희롱했던 봄날의 정경이 서사적으로 재현되면서 소설 「종생기」가 만들어지게 되는 것이다.

소설 「종생기」의 이야기는 한시 「소년행」의 서사적 패러디를 주축으로 하여 자기 파멸의 과정을 메타픽션의 형태로 그려 낸다. 일반적으로 '종생(終生)'이라는 말은 두 가지 의미를 가진다. 하나는 '한평생을 마치다'라는 뜻으로 이해할 수 있다. 생을 마감한다는 '죽음'의 의미가 여기에 담긴다. 또 다른 하나는 '목숨을 다하기까지의 동안'이라는 뜻이다. '살아 있는 동안 내내'라는 뜻으로 본다면 '평생 동안'이라는 의미가 여기 덧붙여진다. 여기서 「종생기」는 이 두 가지의 뜻을 동시에 담고 있는 중의적인 이야기임을 주목할 필요가 있다.

소설 「종생기」는 작가 자신이 서두에서 밝힌 의도대로 그 서사의 출발을 위해 다음과 같이 이른 봄날의 시냇가에 한 여성을 등장시킨다. 이 장면은 텍스트 내에서 구조화된 서사의 출발점에 해당한다. 그러므로 텍스트 바깥의 실재적인 현실 공간과는 관계없이 허구화된 형태로 모든 요소들이 제시된다.

「侈奢한 少女는」, 「解凍期의 시냇가에 서서」, 「입술의 落花 지듯 좀 파래지면서」, 「薄氷 밑으로는 무엇이 저리도 움직이는가 고」, 「고개를 갸웃거리는 듯이 숙이고 있는데」, 「봄 운기를 품은 薰風이 불어와서」, 「스커트」, 아니 아니, 「너무나.」 아니 아니, 「좀」 「슬퍼 보이는 紅髮을 건드리면」 그만. 더 아니다.

이 장면에서 그려 내고 있는 '소녀(少女)'의 모습은 이른 봄의 정경과 한데 어울린다. '훈풍(薰風)'이 불면서 소녀의 스커트를 건드리고 붉은 댕기 머리를 스친다. 그러나 이 대목은 실재적 현실의 모방이 아니라 「소년행」이 암시한 바 있는 '봄날 길가의 정경(春日路傍情)'을 위해 꾸며 낸 장면이라고 할 수 있다. 이러한 봄날의 정경에 맞춰 주인공으로 등장하게 되는 것은 작중화자인 '나'이다. 그러나 '나'는 이 훈풍의 봄을 맞이할 자세를 제대로 갖추고 있지 못하다. 작품 속에서는 이 같은 상황의 부조화를 "나는 가을. 소녀는 해동기(解凍期)"라고 표현하고 있다.

이 첫 장면에서부터 작가의 자의식이 강하게 반영된다. 그것은 이 장면을 구성하는 모든 요소들을 문장부호의 하나인 낫표(「 」)로 묶어 놓고 있는 데에서 확인된다. 일반적인 서술 문장에서 낫표의 사용은 그 중요성을 강조하기 위한 타이포그래피(typography)의 시각적 효과를 겨냥한다. 그러나 이 장면에서는 모든 어구들이 실재성에 대한 모방에서 비롯된 것이 아니라 허구적 고안에 의해 배열되는 것임을 보여 주게 된다. 이러한 작가의 자의식 표출에서 드러나는 메타적 특성은 다음의 인용에서도 볼 수 있듯이 실재성을 지향하고 있는 서사의 공간에 작가 스스로 자신을 반영하고자 하는 시도임을 알 수 있다. 여기서 텍스트의 구성이 메타적인 글쓰기 방식에 의존하고 있다는 것은 서사 기법이 모방의 원리 대신에 허구의 원리를 강조하는 방향으로 조정되고 있음을 말해 준다.

소설 「종생기」의 이야기는 바로 앞에서 소개한 '소녀'가 보낸 한 통의 속달편지에서부터 새로운 상황과 국면으로 치닫는다. 이 '소녀'가 바로 여주인공으로 등장하는 '정희'이다. '나'는 별로 하는 일도 없이 집안에 틀어박혀 지내던 중에 정희로부터 사랑을 고백하는 편지를 받게 된다. 이 속달편지가 '나'에게 배달되는 순간부터 상황이 긴박하게 전개된다. '나'는 정희가 보낸 편지의 내용을 크게 신뢰하지 않는 듯하다가 결국 약속된 날짜(3월 3일)에 만나기로 한 장소를 찾아가기 위해 이발소에서 머리를 깎고 외출을 준비한다. 여기서 이미 주인공인 '나'는 소설의 서두에서 반드시 놓치지 않겠다고 다짐했던 '산호편'을 잃어버린 형국을 그대로 재현하고 있는 셈이다. 정희의 유혹을 뿌리치지 못했기 때문이다. '나'는 약속 장소에서 정희를 만난다. 두 사람은 겉보기에는 '이 땅을 처음 찾아온 제비 한 쌍처럼 잘 앙증스럽게 만보(漫步)'하는 여유를 드러낸다. '나'는 사랑을 고백하는 편지를 보내온 정희의 속내를 떠본다. 그런데 정희는 일절 반응을 드러내지 않는다. 나는 자신의 우스운 꼴을 돌아보면서 정희의 도도한 태도에 눌려 버린다. 그리고 이제 자신은 이 백일하에서 죽은 것이나 다름없음을 이렇게 한 줄의 묘지명으로 그려 낸다.

> 一世의鬼才 李箱은 그通生의大作「終生記」一篇을남기고 西歷紀元後一千九百三十七年丁丑三月三日未時 여기 白日아래서 그 波瀾萬丈(?)의生涯를 끝막고 문득 卒하다. 享年 滿 二十五歲와 十一個月. 嗚呼라! 傷心커다. 虛脫이야 殘存하는 또하나의 李箱 九天을우러러號哭하고 이寒山 一片石을세우노라. 愛人貞姬는 그대의 歿後 數三人의 秘妾된바있고 오히려 長壽하니 地下의 李箱아! 바라건댄 瞑目하라.

정희의 냉정한 태도에 주눅이 든 채로 써 놓은 이 '묘지명'은 '나' 자신의 죽음에 대해 서술하고 있긴 하지만 실제로는 하나의 자기 위장술에 지나지 않는다고 할 수 있다. '나'는 이 묘지명을 통해 그 이전의 '나'를 죽은 것으로 치부하고 '나'로부터 벗어난다. '산호편'을 절대로 놓치지 않겠다고 했던 다짐은 여기서 모두 수포로 돌아간다. '나'는 담배를 피워 물고는 다시 재바르게 정희에게 다가가서는 그녀와 보조를 맞춘다. 그리고 두 사람은 다정하게 걷는다. '나'는 "내 반생(半生)의 진용(陣容) 후일(後日)에 관해 차근차근 고려(考慮)하기로 한다"라는 자기변명을 늘어놓으면서 정희에게 접근하는 것이다.

소설 「종생기」의 이야기는 '나'의 삶과 정희의 삶의 과정을 인유적으로 대비하여 서술하면서 그 중반을 넘어선다. '나'의 삶이 보여 주는 피폐함은 모파상의 단편 「비곗덩어리」를 패러디한 정희의 삶과 대비되면서 더욱 선명하게 부각된다. '나'는 정희의 어깨에 손까지 얹으면서 은근히 호감을 표시한다. 정희를 이끌고 홍천사 구석방으로 함께 들어서기까지 수없이 자신의 삶을 회의하고 반성하지만, 그렇게 지켜보고자 했던 '산호편'은 이미 사라져 버린 지 오래다. 더 이상 꾸물거릴 필요가 없다. 홍천사 구석방에서 벌어지는 두 사람의 격렬한 정사 장면은 마치 전투처럼 묘사되고 있다.

그런데 이 소설의 이야기는 이 격정의 장면으로 끝나지 않는다. '나'는 정사를 마친 후 술을 마시고 정희의 속셈을 알아내기 위해 크게 주정을 부린다. 그때 '나'의 술주정을 말리던 정희의 스커트 자락 속에서 방바닥으로 엽서 한 장이 떨어진다. 그것은 바로 이날 저녁 정희와의 만남을 확인하는 다른 사내의 편지였던 것이다. 그 내용을 훔쳐본 나는 그 자리에서 혼절한다. 여기서 소설 「종생기」는 대단원에 이른다. 정희라는 여인의 간교한 연애에 속아 거기에 사랑이라는 의미를 붙이고자 했던 어리석은 '나'의 종생을 확인할 수 있기 때문이다. 죽을 때까지 '산호편'을 놓지 않겠다고 다짐했던 '나'

자신은 정희의 배신, 사랑에 대한 배반감에 치를 떤다. 그렇지만 '나'는 정희와의 정사를 통해 느꼈던 훗훗한 여인의 호흡과 그 육체의 감각을 떨치지는 못한다. '나'는 눈을 뜬다. 하지만 정희는 이미 그 자리를 떠나 버린 상태다. 여기서 어리석은 '나'의 헛된 사랑은 마감된다.

소설 「종생기」의 이야기는 한 여인의 사랑에 대한 배반을 「소년행」의 패러디를 통해 구체화한다. 그러나 이 소설의 중심을 이루는 것은 이 같은 통속적 서사 내용 자체가 아니라 메타픽션의 방법으로 전개하고 있는 서사 구성의 방식이다. 이 소설은 메타픽션의 방식 그대로 서사의 전개 방향 자체를 텍스트 안에서 제시한다. 그리고 '나'라는 주인공이 절대로 손에서 놓치지 않겠다고 다짐했던 '산호편'을 잃어버리게 되는 과정을 보여 준다. 특히 '나'의 내면의식에 대한 고백적 진술을 통해 작가로서의 삶에 대한 회의와 반성, 삶과 죽음, 사랑과 연애 등에 대한 단상 등을 서사의 표층에 드러내고 있다. 하지만 소설 「종생기」에서 작가가 그려 내고 있는 것은 개인의 삶에 대한 절망적인 회고만은 아니다. 그것은 개인의 의미를 가장 크게 부각시킨 근대적 주체의 붕괴를 함께 암시해 준다. 이 작품에서 서사의 기반을 형성하는 요소는 기실 사랑도 연애의 실패도 아니다. 그것은 사랑 또는 연애를 가장하여 보여 주는 인간 존재의 신뢰에 대한 붕괴라고 할 수 있다. 절대적인 자아를 근거로 하는 개인의 존재와 그것에 대한 신뢰가 붕괴되고 있다는 것은 새로운 시대를 살아가야 하는 인간의 운명이다. 작가 이상은 바로 그러한 근대적 가치의 종언을 예고하고 있는 셈이다.

이상에게 있어서 소설이란 그 자체가 하나의 허구이며 위장이다. 그는 소설 「종생기」를 통해 스스로 그 위장에 해당하는 서사에 관심을 기울이고 이에 대해 메타적 진술을 반복하고 있다. 이러한 과정을 통해 이상은 '소설'이라는 양식의 허구성 자체에 초점을 두고 이야기를 만들어 내고 있다. 이 특이한 메타픽션의 전략은 소설이라는 것이 허구라는 사실을 보다 진지하게 위장하는 효과를 드러내면서 전통적인 개념으로서의 허구와 리얼리티 사이의 관계를 무너뜨리게 된다. 이상 소설이 드러내는 이 새로운 경향은 실재의 현실 자체에 대한 신념 혹은 리얼리티에 대한 믿음이 붕괴되었다는 회의론적 현실 인식에 근거한다고 할 수 있다. 이 같은 인식은 이상 문학의 출발점에서부터 드러난다. 그가 건축학도로서 쌓았던 과학 기술과 문명에 대한 인식은 현대물리학의 발전에 따라 이루어진 인간관과 우주론의 획기적인 변화에 대한 관심에서 비롯된 것이다. 뉴턴적인 고전물리학의 모든 체계와 신념이 아인슈타인의 상대성이론 이후 여지없이 붕괴되고 말았다는 사실은 이상이 그가 썼던 시에서 일찍부터 형상화하고자 했던 주제이기도 하다. 이상은 객관적 현실 또는 실재에 대한 신념이 사실은 상대적인 것에 불과하다는 사실을 인지한다. 그리고 절대 불변의 진리라는 것이 존재할 수 없다는 것을 깨닫는다. 이러한 새로운 인식으로 인하여 그의 관심이 메타픽션의 새로운 방식으로 표출되었을 가능성이 크다.

이상의 소설은 메타적 글쓰기의 방법을 통해 텍스트의 내적 공간을 확대하고 서사의 중층성을 확립한다. 이것은 그가 소설을 통해 현실 세계를 전체적으로 반영한다든지 삶의 실재성을 추구한다든지 하는 리얼리즘적 관점과는 거리가 있다. 이상은 소설 텍스트 내부의 세계를 새롭게 구조화하는 데에 주력함으로써 서사 자체가 텍스트의 창작 과정을 정교하게 반영하도록 유도하고 있다. 이러한 메타픽션의 형식을 통해 그는 자신의 소설적 글쓰기가 하나의 기술적 제작에 해당한다는 사실을 의식적, 체계적으로 드러낸다. 그리고 스스로 자신의 글쓰기 행위에 대해 비판하고 반성하는 자의식의 내면을 고스란히 보여 주고 있다. 이와 같은 메타픽션의 속성은 자신의 글쓰기를 통해 텍스트에 대한 불신과 의혹, 새로운 상상과 환상 등을 동원하고 있다는 점에서 기존의 소설적 관습을 넘어선다. 과거의 소설이 외부 세계를 향한 거울을 들고 있는 형국이었다고 한다면, 이상이 시도하고 있는 메타픽션의 형식은 외부 세계를 향해 들고 있는 거울에 또 다른 거울을 들고 비추어 보는 특이한 '거울놀이'였다고 할 수 있다.

## 3. 소설적 주제와 일상성의 의미

### 1) 이상 소설의 일상성과 자의식

이상의 단편소설은 주인공의 하루 일과를 보여 주는 작품들이 대부분이다. 「지도의 암실」, 「지주회시」, 「동해」, 「종생기」, 「실화」 등이 모두 그렇다. 이 작품들에서 그려 내고 있는 하루라는 제약된 시간은 그 보편적 속성과는 관계없이 등장인물의 사적 체험 속에서 재구성된 실제적 경험의 시간이다. 그러므로 이 하루가 바로 소설의 중심이며 이야기의 핵심이 된다. 소설의 주인공은 모든 기억들을 하루라는 시간 속에 담아 놓고 있기 때문에, 온갖 경험적 요소들이 서로 뒤섞이게 된다. 이상은 자신의 소설 속에서 하루 동안이라는 제약된 시간을 특별한 현재로 구성하고 있는 셈이다. 여기서 주목해야 할 것은 등장인물의 의식 내면에서 자유롭게 연상된 정신의 궤적을 따라 서사 공간이 확대되기도 하고 수축되기도 하는, 가변적인 것으로 드러나게 된다는 점이다. 소설 속 시간의 흐름도 일상적인 현실 속에서 드러내는 규범이라든지 그 지속의 과정과 서로 다른 시간적 불일치를 드러내게 된다.

이상 소설에서 그려 내는 하루 동안의 시간은 그 반복적인 순환성을 특징으로 한다. 이야기의 내용을 하루라는 제약된 시간 속에서 그려 내고 있기 때문에 그 줄거리의 발전과 거대한 변화를 따지는 일이 가능하지 않다. 어떤 행위의 연속을 통해 구체화되고 발전하는 커다란 사건의 흐름과 그 변화라는 것이 존재하지 않기 때문이다. 실제로 주인공이 겪는 하루 동안의 일들을 중심으로 하고 있기 때문에 각각의 작품에 극적인 갈등이나 반전 등으로 이어지는 중요한 행동 또는 사건이 제대로 드러나 있지 않다. 뚜렷한 줄거리를 만들어 내는 핵심적인 사건이나 행동도 찾아보기 어렵다. 이들 소설 속에서 주인공의 삶의 전체성을 살피고자 한다든지 사건의 절정과 그 파국을 통해 어떤 문제점을 해결해 가는 과정을 찾아보고자 한다면 그것은 이상 소설에 대한 올바른 독법이 아니다.

이상 소설을 보면 일상적으로 반복되거나 충동적으로 드러나는 삽화들이 주인공의 의식 속에 무질서하게 나열되어 있다. 소설 속에서 객관적 현실에 대한 리얼리티를 제거한 대신에 주관성이라는 새로운 지표를 핵심으로 내세우고 있는 것이다. 소설의 등장인물도 전통적인 리얼리즘의 소설과는 달리 그 성격의 윤곽이 불분명하고 유동적인 자아로 변모하고 있다. 그러므로 개성화된 인물로서의 사회적 역할이 줄어들고 협소해진 반면에 실제 이야기의 서술에서 의식의 흐름이라든지 내적 독백과 같은 새로운 방법을 통해 그 의식의 내면을 확대하고 있다. 이러한 방식은 계속적인 현재에 대한 환상을 가능하게 함으로써 몽상과 기억에 의해 과거와 현재를 탐구하고 서로 혼합시켜 새로운 서사적 시공간을 만들어 내고 있다. 이상 소설에서 소설적 자아의 형상을 구체화하고 있는 것은 바로 '의식의 흐름' 기법이다. 이 기법은 전통적인 개인이나 자아 개념의 총체적인 해체를 의미하는 것으로 인식되는 것이 보통이다. 실체로서의 자아나 개성이 통일체로서 존재하기 어렵다는 사실을 전제하고 있는 셈이다.

2) 「지주회시(鼅鼄會豕)」와 일상의 착취구조

소설 「지주회시」에서 '지주회시'라는 말은 작가 이상이 만들어 낸 한문구이다. 이 제목에서부터 의미의 모호성이 드러난다. 여기서 '지(鼅)'와 '주(鼄)'는 모두 '거미'를 뜻하는 한자이다. 일반적으로는 '지주(蜘蛛)'라고 쓰는데, 이상은 이 한자들을 굳이 '지주(鼅鼄)'라고 표기한다. 두 글자가 모두 각각 '거미'를 의미하는 것인데도 '거미'라는 실제 대상을 지시하기 위해서는 '지'라든지 '주'라는 글자 하나만을 쓰는 경우가 없다. 언제나 두 글자를 결합하여 '지주'라고 쓴다. 이러한 글자 자체의 의미와 속성을 놓고 본다면 이 소설에서 '지주'라는 말은 한 마리의 거미를 뜻하는 단수(單數)명사로 사용된 것이 아님을 알 수 있다. '지'와 '주'라는 '두 마리의 거미'라는 뜻으로 그 의미를 해체해야만 한다. 실제로 소설 속의 주인공으로 등장하는 '그'와 '그의 아내'가 모두 '거미'에 비유되고 있다.

「지주회시」에서 '회시(會豕)'라는 말도 그 뜻이 복잡하다. 여기서 '회(會)'는 '만나다'라는 뜻을 가지며, '시(豕)'는 '돼지'라는 뜻으로 풀이된다. 옥편을 찾아보면 '시(豕)'는 7획의 '부수자(部首字)'이다. '시(豕)' 부(部)에 해당하는 글자들은 파(豝, 암퇘지), 액(豟, 큰 돼지), 종(豵, 햇돼지), 희(豨, 큰 돼지), 해(豥, 네 굽 흰 돼지), 회(豗, 돼지가 흙을 파다) 등에서 볼 수 있는 것처럼 모두가 '돼지'와 관련되어 있다. 따라서 '시'라는 부수자는 '돼지들'이라는 복수(複數)의 의미로 풀이할 수 있다. 이러한 의미관계를 따지고 보면, '지주회시'라는 제목은 '거미 두 마리가 돼지들을 만나다'라는 뜻으로 풀이할 수 있다.

「지주회시」의 서사는 '거미 두 마리가 돼지들을 만나다'라는 이 해괴한 제목의 의미를 메타적으로 해체 서술하는 과정에 대응한다. 먼저 '거미' 두 마리의 존재를 알아내야 하고, 이 두 마리의 거미가 만나게 되는 '돼지들'의 정체를 밝혀야 한다. '거미'는 곤충과 흡사하면서도 날개와 가슴을 갖고 있지 않다. 그러므로 곤충으로 분류되지 않는다. 이 특이한 동물은 적당한 크기의 살아 있는 작은 동물이라면 어느 것이나 잡아먹는 육식성이다. 개체가 단독생활을 하는 것이 특징이며 먹이 사냥을 위해서 거미줄을 활용한다. 거미줄을 쳐 놓고 있다가 거기에 작은 곤충이 걸려들면 달려들어 갉아 먹는다. 그리고 다시 또 다른 먹잇감이 거미줄에 걸려들기를 기다린다. 이렇게 단순한 삶을 유지하고 있는 '거미'가 어떻게 '돼지들'과 만날 수 있는가? '거미'가 '돼지들'까지 잡아먹을 수 있겠는가? 소설 「지주회시」의 이야기는 바로 이 같은 우의적(寓意的)인 질문에 대한 흥미로운 답안이 된다.

소설 「지주회시」에는 '그'라는 주인공과 그의 아내가 등장한다. 이 부부가 살아가는 모습은 이상의 여러 소설에서 유사한 형태로 등장하고 있다. 아내는 술집 여급으로 밤마다 회관에 나가 손님들의 술 시중을 들면서 돈을 번다. 소설의 주인공은 하는 일도 없이 아내에게 얹혀서 아내가 벌어 온 돈으로 먹고산다. 그러나 이 부부가 살아가는 모습은 그리 순탄치 않다. 거듭되는 아내의 출분과 귀가 때문이다. 하지만 아내의 심상치 않은 행동에도 불구하고 주인공은 면전에서 아내를 탓하지 않는다. 아내는 출분했다가 다시 집으로 돌아와서는 아무것도 하지 못하고 있는 그를 먹여 살리겠다고 팔을 걷어붙이고 나서기 때문이다. 이러한 아내를 주인공은 한 마리의 '거미'라고 규정한다. 그리고 자기 자신도 그 거미의 집안에서 살아가는 거미가 된다.

「지주회시」의 전체 텍스트는 전반부와 후반부로 구분되어 있다. 그리고 전반부와 후반부가 모두 똑같이 그 서두에 '그날 밤에 아내가 층계에서 굴러 떨어진 사건'을 이야기의 실마리로 내세운다.

(1)

그날밤에그의안해가층계에서굴러떨어지고— 공연히내일일을글탄말라고 어느눈치빠른어른이 타일러놓섰다. 옳고말고다. 그는하루치씩만잔뜩산(生)다. 이런복음에곱신히그는 덩어리(속지말라)처럼말(言)이없다. 잔뜩산다. 안해에게무엇을물어보리오? 그러니까안해는대답할일이생기지않고 따라서부부는식물처럼조용하다.

(2)

그날밤에안해는멋없이층계에서굴러떨어졌다. 못났다. 도저히알아볼수없는 이깅가망가한吳와그는어디서술을먹었다. 분명히안해가다니고있는R회관은 아닌그러나역시그는그의안해와조금도틀린곳을찾을수없는너무많은그의안해들을보고소름이끼쳤다. 별의별세상이다.

앞의 인용에서 확인할 수 있는 것처럼 '아내가 층계에서 굴러떨어진 사건'은 이 소설의 텍스트를 전반부와 후반부로 분할하는 데에 구성적 요소로 작용하게 된다. 이 사건이 벌어지게 된 경위는 전반부에서 서술된다. 그리고 소설의 후반부에서는 이 사건이 어떤 식으로 해결되었는지를 서술한다. 그리고 이야기의 결말에서 이 사건에 대한 주인공의 반응을 보여 준다. 「지주회시」는 결국 '아내가 층계에서 굴러떨어진 사건'이 일어난 바로 그날의 이야기를 그려 낸다.

「지주회시」의 이야기는 어느 크리스마스 날 오후로부터 시작된다. 소설 속의 이야기는 크리스마스 날 오후부터 그 이튿날 오후까지 하루 동안으로 시간이 고정되어 있다. 작가 자신이 이 소설의 시간적 배경을 크리스마스로 고정해 놓은 것이 어떤 의도를 지니는 것인지는 이야기의 전체 내용을 보면 쉽게 짐작할 수 있다. 소설의 이야기는 바로 그 크리스마스 날에 시작된다. 주인공은 방구석에 틀어박혀 있다. 아내는 그를 채근하면서 날씨도 별로 춥지 않고 하니 수염 좀 깎고 밖에나 한번 나가 보라고 야단이다. 그는 아내의 성화에 못 이겨 오랜만에 집을 나선다. 그가 집을 나와 찾아간 것은 서울에 있는 'A 취인점' 사무실에서 일하고 있는 '오(吳)'라는 친구다. 주인공은 '오'와 십년지기로 친하게 지내던 사이이다. 함께 미술 공부를 꿈꾸었던 두 사람은 서로 각각 다른 삶의 길로 들어선다. '오'는 상당한 재력가인 아버지의 권유에 따라 미두(米豆)에 직접 뛰어든 후 인천 미두장에서 잘나가는 젊은이로 알려진다. 그는 '오'의 살아가는 모습을 부러워도 하고 걱정도 하면서 자신의 가난한 처지를 빗대어 본다. 그러고는 '오'가 제안한 대로 큰돈을 한 번에 벌기 위해 아내가 일하는 R 회관의 뚱뚱보 사장한테서 일금 100원을 빌려 오게 한다. 그 돈으로 석 달 후에 '500원'을 만들어 주겠다고 '오'가 호언장담을 한다. 그러나 '오'의 부친의 미두 사업이 결딴이 나 버리면서 숱한 재산이 모두 날아가 버린다. 물론 그가 아내로부터 취하여 '오'에게 넘긴 돈 '100원'도 받을 길이 없게 된다. 그는 아내에게 그런 이야기를 전혀 할 수 없는 처지가 되고 만다. 그런데 어디로 가 버렸는지 종적을 알 수 없던 '오'에게서 몇 달이 지난 후에야 한 통의 편지가 날아온다. '오'가 서울에 와 있단다. 그가 편지의 주소로 '오'를 찾은 것이 바로 그 크리스마스 날 오후이다. 그런데 뜻밖에도 거기서 아내가 일하는 R 회관의 뚱뚱보 주인을 만난다. '오'에게 주었던 돈 100원을 빌리기 위해 아내와 함께 그 앞에서 고개를 조아리면서 도장을 찍었던 바로 그 인물이다. '오'는 자기네 회사의 망년회를 내일 R 회관에서 가지게 되었다는 사실을 말해 준다. '오'가 그 준비 책임자란다.

「지주회시」의 전반부에 그려진 이 같은 이야기에서 서사의 두 축은 그와 그 아내의 관계, 그리고 그와 '오'라는 친구의 관계로 요약된다. 그런데 이들의 관계는 모두 신뢰를 저버린 속임수로 이루어진다. 아내는 그를 속이고 가출과 귀가를 반복한다. 하지만 그는 아내를 버리지 못하고, 아내는 아내대로 그를 떠나가지 못한다. 부부는 붙어 있으면서 서로를 갉아먹는 '거미'가 되어 사랑과 그 실패를 거듭한다. 그와 친구인 '오'의 관계는 투기와 그 실패를 의미한다. 그는 '오'의 허풍에 욕심이 생겨 아내를 충동질하여 술집 R 회관의 뚱뚱보 주인으로부터 돈을 빌린 것이다. 물론 그 돈은 아내의 몸값이나 다름없다. 그가 그 돈을 '오'에게 넘긴 것은 물론 더 큰 돈을 욕심냈기 때문이다. 그러나 이 돈은 '오'에 대한 신뢰를 무너뜨리면서 그대로 사라진다. 결과적으로 '오'는 이들 거미 부부를 더 크게 갉아먹은 셈이 된다.

소설 「지주회시」의 후반부는 '오'를 따라간 술좌석으로부터 시작된다. '오'는 여전히 호기 있게 술을 마신다. '마유미'라는 뚱뚱한 술집 여급은 '오'가 거느리고 살고 있는 여인이다. 하지만 마유미는 자신이 '오'를 거느린다고 말한다. 그는 '오'의 모습에 머리가 어지럽다. 그리고 자리를 일어나 집으로 돌아온다. 그런데 아내가 없다. 늦은 밤인데도 아직 집에 들어오지 않은 것이다. 그는 아내가 일하는 R 회관으로 찾아가 본다. 그런데 회관 사람들이 그의 아내가 경찰서에 가 있다고 한다. A 취인점의 전무인 뚱뚱보 신사가 카페에서 술을 마시다가 그의 아내를 말라깽이라고 자꾸만 놀렸다는 것이다. 그러자 그녀가 뚱뚱한 양돼지라고 되받아 버린다. 술기운이 올라 있던 전무는 화가 나서 그녀를 층계 위에서 밀쳐 버린다. 아내는 층계에서 아래로 굴러떨어지면서 부상을 당한다. 이것을 본 R 회관의 종업원들이 경찰에 신고하자, 전무는 경찰서로 끌려갔고 그의 아내도 조사를 위해 경찰서로 불려간다. 그가 경찰서를 찾아가자, '오'가 뚱뚱보 주인과 함께 그를 맞는다. 이들은 전무를 유치장에서 빼내려고 그와 아내에게 화해를 종용하고 일을 무마시키려고 한다. 그는 친구인 '오'를 포함한 이들의 모습에 모든 것이 귀찮기만 할 뿐이다. 그는 이들을 뿌리치고 아내를 데리고 집으로 돌아온다. 다음 날 낮에 뚱뚱보 전무는 '오'를 통해서 아내에게 20원의 위자료로 전해 준다. '오'에게서 20원을 받아든 아내는 공돈이 생겼다고 좋아한다. 아내는 크리스마스 날 밤에 손님의 발에 걷어차여 2층에서 층계로 굴러떨어지는 횡액을 당했지만, 바로 그 배상으로 돈 20원을 받게 되자 횡재를 했다면서 좋아한다. 그리고 그 돈 가운데 10원을 떼어 그에게 준다. 그는 간밤의 사건으로 지친 아내가 잠든 모습이 애처롭기 그지없다. 그는 아내가 받은 돈을 모두 챙겨 집을 나와 '오'의 여인 마유미를 만나기 위해 카페로 향한다.

「지주회시」의 서사는 '그'와 아내를 중심으로 하는 거미의 세계와 '오'를 중심으로 하는 돼지들의 세계를 교묘하게 겹쳐서 보여 준다. 개체로서의 삶에 자족하면서 자기 자신을 갉아먹고 살아가는 그와 아내는 약자에 대한 착취구조를 근거로 하는 돼지들의 탐욕과 그 비리의 세계를 감당할 수 없다. 이 소설에서 그려 내고 있는 현실 가운데 흥미로운 요소는 1920년대 일제 강점기에 광풍처럼 몰아쳤던 이른바 '미두'라는 투기 행위를 소재로 끌어들인 점이다. 한국 내에서 생산되는 쌀의 매매에 뛰어든 일본인들은 쌀의 거래에서 실제로 돈을 치르고 현물을 인도받는 것이 아니라, 일본 내의 쌀값의 시세 등락을 이용해 돈을 걸고 형식상으로만 매매하는 투기 행위를 시작했다. 그리고 주식회사 인천미두거래소를 설립한 후 한국인 재산가들을 '미두장'으로 유인하였다. 이 같은 투기에 빠진 재산가는 일본인의 계략에 의해 재산을 날리고 파산 지경에 이르게 되었고, 또 지주들은 토지를 수탈당하거나 또는 조선식산은행의 신탁관리에 맡기는 등 패가망신하는 자가 속출하게 되었다. 소설 속의 주인공이 만나게 되는 '오'라는 친구는 바로 그 부친이 미두에 손을 댔다가 파산했고 주인공이 아내를 통해 빌린 돈까지 모두 날렸다. 그런데 '오'는 그 돈을 갚을 생각을 하지 않고 여전히 비슷한 투기 노름에 빠져 있으며 자신이 번 돈도 유흥가에서 모두 탕진하고 있을 뿐이다. 그렇기 때문에 주인공의 아내는 빌린 돈을 갚기 위해 여전히 밤마다 회관에 나가

술 시중을 드는 여급 노릇을 하지 않을 수 없게 된다. 한국 사회에 정착하기 시작한 초기 자본주의 체제가 식민지 근대의 후진성과 모순을 그대로 노출하고 있는 부분이 바로 이 대목이다. 이상은 개인의 무의미한 일상 속에서 그 개인이 몸담고 있는 사회 현실의 어두운 그림자를 그대로 펼쳐 보인다.

그러므로 이 작품에서 일반적인 가치 규범이나 보편적 윤리의식을 찾아내려는 시도는 당치 않다. 이 작품에 그려진 주인공은 사회적 존재로서의 의미를 상실한 인물이다. 그는 특별히 하는 일도 없이 술집 여급 노릇을 하는 아내에 빌붙어 살고 있다. 이러한 삶의 방식을 놓고 주인공은 스스로 자신들의 부부관계를 서로를 갉아먹고 있는 거미의 세계라고 규정한다. 주인공을 둘러싸고 있는 모든 인간관계는 크고 작은 돈으로 연결되어 있다. 아내를 팔아 빌린 돈 100원을 둘러싼 주인공과 친구 '오'와의 갈등은 허황된 돈을 꿈꾸었던 주인공의 욕망과 '오'의 허풍, 그리고 투기의 실패에 기인한다. 아내를 다치게 만든 뚱뚱보 전무는 돈으로 모든 것을 해결하려고 하고 R 회관의 뚱보 주인도 이에 합세한다. 친구인 '오'는 이들 곁에서 여전히 거간꾼 노릇에 열중이다. 이러한 소설적 장면들은 당대의 현실 속에서 가정과 사회에 만연해 있던 허황된 물질적 욕망과 그 비리와 병폐를 그대로 표출하고 있는 셈이다.

이 작품에서 주인공이 뚱뚱보 전무가 아내에게 준 위자료 20원을 전부 꺼내 가지고 술을 마시러 간다는 결말은 이상 소설이 보여 주는 역설적 언어의 극치에 해당한다. "거미는 나밖에 없구나"라고 하면서, 아내가 몸을 다치고 얻은 돈을 다시 탕진해 버리고자 하는 그의 일탈된 행위는, 퇴폐와 병리의 극단에 몸을 던짐으로써 그 추악함의 본질을 드러내는 하나의 역설에 해당한다. 이 역설의 언어가 결국 근대 사회에서의 자본주의적 착취구조의 연결고리를 풍자적으로 그려 내는 데에까지 이른다고 말하더라도 그것은 결코 지나친 해석이 아니다. 인간의 개인적 유대의식의 상실과 그 물신화의 현상을 이처럼 환멸적으로 그려 낸 소설을 어디에서도 찾아볼 수 없기 때문이다.

### 3) 소설 「날개」와 일상에서의 탈출

소설 「날개」의 서두에는 에피그램처럼 짤막한 머리글이 붙어 있다. 발표 당시의 잡지 원문에서는 굵은 선으로 이루어진 상자 안에 이 글이 담겨 있었다. 그러므로 서사의 텍스트 내에서 진행되는 이야기 자체와는 구별된다. 기존의 판본 가운데 이 대목을 아예 빼내어 버린 경우도 있다. 이 글은 소설 「날개」의 창작과 관련되는 작가의 말에 해당한다. 그러나 이 글에 설정되어 있는 대화적 상황은 그리 단순하지 않다. 이 글에 등장하는 '나'는 작가 자신을 위장한다. 그러므로 소설 「날개」의 서사를 주도하고 있는 작중화자 '나'와도 그 목소리를 일정 부분 공유하고 있다. 경험적 자아로서의 '나'와 위장된 작가로서의 '나', 그리고 서사적 자아로서의 '나'가 각각 작용하고 있다는 말이다. 이것은 결국 소설 「날개」가 메타적 글쓰기의 전략에 의해 서사화되고 있음을 말해 주는 것이기도 하다.

그런데 이보다 더 중요한 것은 이 짤막한 글이 상정하고 있는 대화적 공간의 극적인 구성이다. 이 글은 전체 내용이 작가 자신의 말로 채워져 있는 것처럼 이해되곤 하였지만 그것은 중대한 오독이다. 이 글 속에는 '나'와 함께 '나'의 말을 듣고 있는 가상적인 독자(또는 상대자)의 존재가 설정되어 있다. 그리고 이 글의 진술 내용 자체도 '나'의 말로만 채워져 있지 않다. '나'의 진술 내용을 듣고 있던 가상의 독자가 '나'를 향하여 던지는 충고의 말도 함께 싣고 있다. 그러므로 '나'는 가상의 독자에게 말을 건네고, 그 가상의 독자는 다시 '나'를 향하여 '그대'라고 호칭하며 화답한다. 이 극적인 진술 방식을 통해 작가와 독자 사이에 이루어질 수 있는 새로운 대화의 공간을 열어 놓고 있는 것이다.

剝製가되어버린天才를아시오? 나는 愉快하오. 이런때 戀愛까지가愉快하오.

肉身이흐느적흐느적하도록 疲勞했을때만 精神이 銀貨처럼 맑소 니코틴이 내 蛔ㅅ배알는 배ㅅ속으로숨이면 머리속에 의례히 白紙가準備되는법이오. 그웋에다 나는 윗트와 파라독스를 바둑 布石처럼 느러놓ㅅ오. 可恐할常識의 病이오.

나는또 女人과生活을 設計하오. 戀愛技法에마자 서먹서먹해진 智性의極致를 흘낏 좀 드려다본일이있는 말하자면 一種의 精神奔逸者말이오. 이런女人의半 ―그것은온갖것의半이오― 만을 領受하는 生活을 設計한다는말이오 그런生活속에 한발만 드려놓고 恰似두개의太陽처럼 마조처다보면서 낄낄거리는 것이오. 나는 아마 어지간히 人生의諸行이 싱거워서 견댈수가없게쯤되고 그만둔모양이오. 굳 빠이.

굳 빠이. 그대는 있다금 그대가 제일실여하는 飮食을貪食하는 마일로니를 實踐해 보는것도 좋을것같ㅅ오. 윗트와파라독스와…….

그대 自身을 僞造하는것도 할만한일이오. 그대의作品은 한번도 본일이없는 旣成品에依하야 차라리 輕便하고高邁하리다.

十九世紀는 될수있거든 封鎖하야버리오. 도스토에프스키精神이란 자칫하면 浪費인것같ㅅ오, 유-고-를 佛蘭西의 빵한조각이라고는 누가그랬는지 至言인듯싶ㅅ오 그러나 人生 或은 그 模型에있어서 띠테일때문에 속는다거나 해서야 되겠오? 禍를보지마오. 부디그대께 告하는 것이니…….

(테잎이끊어지면 피가나오. 傷차기도 머지안아 完治될줄믿ㅅ오. 꾿빠이)

感情은 어떤 포-스. (그 포-스의素만을 指摘하는것이아닌지나모르겠오) 그 포-스가 不動姿勢에까지 高度化할때 感情은 딱 供給을停止합데다.

나는내 非凡한發育을回顧하야 世上을보는 眼目을 規定하얐오.

女王蜂과未亡人一世上의 허고많은女人이本質的으로 임이 未亡人아닌이가 있으리까? 아니!女人의全部가 그日常에있어서 개개「未亡人」이라는 내 論理가 뜻밖에도 女性에對한冒瀆이되오? 꾿 빠이.

이 글은 전체 내용을 크게 세 부분으로 구분할 수 있다. 첫째는 "박제가 되어 버린 … 그만둔 모양이오. 꾿 빠이" 부분이다. 이 부분에는 경험적 세계의 작가 자신이 '나'라는 화자로 등장한다. '나'는 '나'의 말을 들어줄 수 있는 가상의 독자 또는 상대자를 향하여 이야기를 전개한다. 여기서 가장 주목되는 것은 '나' 자신의 의식의 내면을 드러내면서 새롭게 설계하고 있는 소설의 내용이다. 백지를 준비하고 위트와 패러독스를 바둑판처럼 포석하는 새로운 소설은 그 내용으로 '여인과의 생활'을 다룬다. 바로 소설 「날개」의 소재 내용에 해당한다. 이 대목만으로도 이미 소설 「날개」의 세계는 그 전모가 드러난다. 둘째는 "꾿 빠이. 그대는 … 완치될 줄 믿소. 꾿빠이" 부분이다. 이 부분은 앞에서 '나'의 진술을 들은 가상의 독자가 '나'에게 건네는 일종의 충언(忠言)을 가장한다. 그러므로 그 어조도 바뀌고 있다. 이러한 서술적 장치를 암시하기 위해 이 대목에서는 앞 단락의 맨 끝에 나오는 '꾿빠이'라는 말을 그대로 다시 받아 이야기를 시작하는 것으로 꾸민다. 작가인 '나'를 '그대'라는 호칭으로 부르기도 한다. 가상 독자의 입을 통해 진술되고 있는 것은 '나'로부터 들은 소설 창작의 설계, 다시 말하면 '여인과의 생활 설계'에 대해 의견이다. 여기서 '자신을 위조하는 일'이라는 이상의 소설 시학이 간접적으로 제시된다. 러시아의 도스토옙스키라든지 프랑스의 빅토르 위고라든지 하는 작가로 대변되는 19세기 소설의 방법과 정신을 넘어서야 하고 디테일의 과잉에도 주의해야 한다는 점을 주문한다. 이것이야말로 자기 관점에 대한 객관적 검증을 시도하는 대목이라고 할 만하다. 셋째로는 "감정은 어떤 … 모독이 되오? 꾿 빠이" 부분이다. 여기서 다시 작가로서의 '나'가 등장한다. 디테일의 과잉을 경계한 독자의 말에 대해 '나'는 감정과 포즈의 문제를 거론한다. 이 말은 내면의식과 그 외현의 방법을 의미한다고 할 수 있다. 이 점에 있어서만은 사실 작가 이상을 따를 자가 없다. 소설의 새로운 설계를 여인과의 생활 문제로 한정할 경우 문제가 되는 것이 여성의 존재에 대한 인식이다. 이 문제를 거론하게 되면 이미 이상 문학의 핵심에 들어서는 셈이다. 작가는 '여왕봉(女王蜂)'이라는 상징물을 내건다. 그리고 이것을 다시 '미망인(未亡人)'으로 환치한다. 이 둘 사이에 내재하고 있는 존재의 모순을 이해하는 길, 그것이 바로 소설 「날개」의 세계인 것이다.

소설 「날개」는 일상적인 삶의 현실 공간으로부터 탈출하고자 하는 서사적 자아의 욕망을 공간화의 기법으로 형상화한다. 이 소설의 주인공인 '나'는 지식인이지만 일정한 생업이 없다. '나'는 도시의 병리를 암시하는 매춘부인 '아내'에 얹혀서 기형적인 삶을 살아가고 있다. 주인공은 자신의 존재에 대해 아무런 희망도 비판적 자각도 없다. 이 무기력한 주인공이 살아가는 일상의 공간은 좁은 골방이다. 주인공은 외적 현실과 정상적인 관계를 맺지 못하고 아내에게 기생한다. 아내가 수상한 외출을 하거나 방에 외간 남자를 불러들여도 분노할 줄 모르며, 오히려 착한 어린이나 순한 동물처럼

'아무 소리 없이 잘 논다'. 이 같은 비정상적인 현실에 대한 적응은 자신의 존재를 비하하고 자아에 대한 모독과 부정을 일삼는 병리적 쾌락으로 전화되어 나타난다. 주인공은 자기 자신을 동물적 존재로 비하하거나 아내가 아스피린이라고 속이며 건네주는 수면제를 먹고 무자각의 상태에 빠짐으로써 무의미한 삶을 지탱하고 있다.

그런데 소설 「날개」의 이야기는 주인공이 아내가 건네주는 약이 아스피린이 아니라 수면제 아달린이라는 사실을 알게 되면서 새로운 국면으로 전환된다. 실제로 이 이야기의 발단은 외부적인 현실 공간과 격리되어 있는 내부 공간으로서의 '나의 방'에서 이루어진다. 그러나 닫힌 공간으로서의 나의 방으로부터 벗어나고자 하는 주인공의 탈출 욕망에 의해 이야기가 단계적으로 발전한다. 그 첫 단계가 '아내의 방'으로 나오는 일이며, 뒤에 '아내의 방'을 거쳐 바깥 세상에 발을 내딛는다. 주인공이 일상적 공간으로부터 탈출하고자 하는 욕망과 그 좌절의 과정은 반복적인 행위의 패턴으로 발전한다. 그리고 자의식의 심화와 확대라는 복잡한 내면 세계를 드러내게 된다.

소설 「날개」의 주제를 이해하기 위해서는 서사구조의 핵심을 이루는 일상적인 공간이 주체의 존재를 규정하는 데에 어떻게 작용하는가를 확인해 볼 필요가 있다. 이 작품에서 방이라는 닫힌 공간의 폐쇄성과 바깥 세상이라는 열린 공간의 개방성은 서사구조 내에서도 상반된 성격을 드러낸다. 방으로부터 바깥 세상으로의 공간 이동은 존재론적으로 불안정한 개인의 자아 인식의 과정과 대응한다. 방 안에서 주인공은 스스로 자신이 살아 있음을 내부로부터 확신하고 있는 경우가 별로 없다. 그리고 가장 기본적인 경험적 요건으로서 시간의 불연속성이 자주 나타난다. 이 작품의 이야기에서 시간은 어떤 연속적인 서사성을 인지하기 어렵게 분리되어 있다. 그러나 이 방을 벗어나기 시작하면서 주인공은 시간 경험의 분열 상태로부터 어느 정도 자유로워지고 있다. 물론 주인공은 외부적으로 자신에게 가해 오는 또는 가해 올지도 모르는 위협을 스스로 차단하지 못하는 데에서 오는 불안감에 사로잡혀 있다. 그 결과로 자신의 온전함 자체에 대한 스스로의 신뢰를 잃어버리게 되며, 자기 행동과 사고 자체를 끊임없이 반복하여 다시 돌아본다. 그 결과로 자아의 생생한 자발성이 사라지고 있지만, 그가 꿈꾸는 것은 자기 존재의 정체성을 위협하는 일상의 공간으로부터 벗어나는 일이다.

소설 「날개」의 서두에서는 '나의 방'에 갇혀 있던 주인공의 무기력한 삶이 '박제'로 상징된다. 그러나 이 작품의 결말에서 '나의 방'을 벗어난 주인공은 한낮 거리에서 아예 하늘로 비상을 꿈꾼다. 이 탈출에의 의지가 '날개'로 상징된다. "날개야 다시 돋아라. 날자. 날자. 날자. 한 번만 더 날자꾸나"라는 절규가 그것이다. 하지만 이 탈출에의 의지는 미래로의 적극적인 투기라기보다는 결코 행동화될 수 없는, 자의식 속에서만 드러나는 간절한 내적 원망의 표백에 더 가까운 것이다.

#### 4) 이상 소설과 일상성의 의미

이상의 소설은 근대적인 것에 대한 직접적인 비판이 중심을 이룬다. 이상은 자신의 생에 대한 감정이나 세계관을 표현하기 위해 경험적인 것을 종종 과장되게 왜곡시켜 표현하고자 한다. 이러한 경향은 현실의 세계를 통합적, 전체적으로 묘사하는 일이 더 이상 중요한 것이 아님을 말해 준다. 그는 객관적 현실 세계와 대결하고 있는 주체의 존재에 주목하면서 인간이 현실의 일부를 자기화하는 과정 자체를 주목하게 된다. 자아의 절대적인 존재성을 강조하는 것처럼 보이는 그의 소설에서는 개인이 독자적 실체로 존재한다는 사실 자체가 의미 있는 일이었던 것이다. 그러므로 이상의 소설은 현실을 어떤 하나의 관점 또는 하나의 태도를 통해 그려 내는 것이 아니라 여러 각도에서 드러나는 실체의 다양성을 보여 주고자 한다. 그러므로 사물의 변화하는 복합적인 이미지들이 그의 문학 속에 자리 잡는다. 그는 인간의 삶이라는 것이 어떤 목표를 향해 진행되는 하나의 통합적인 과정이라는 것에 대해 회의적이다. 그에게 있어서 삶이란 다양한 상황들이 동시적으로 겹치거나 이어지는 변화에 불과하다.

소설 「지주회시」와 「날개」는 일상적인 삶의 현실에 대한 일종의 환멸을 보여 준다. 이 작품들 속에 등장하는 인물들은 뿌리 뽑힌 도시인이며 소외된 지식인으로서의 현대인이다. 이들을 통해 그려 내고 있는 자의식과 그 욕망 속에는 물질적 가치가 중심을 이루고 있는 도회적 삶의 어두운 측면이 부각되고 있지만 인간적인 가치에 대한 동경과 향수가 음울하게 스며들어 있다. 이상의 소설에서는 충동적이면서 모순적인 자의식의 세계가 자기 비판적 사고를 통해 끊임없이 극복, 지양된다. 이러한 서사적 특징은 이상 소설이 지향하고 있는 가치와 그 정신적인 폭에 해당한다. 그리고 이것이 이상 문학의 본질적인 요소라고 할 수 있다.

## 4. 소설적 패러디와 상호텍스트성의 문제

### 1) 「봉별기(逢別記)」와 경험 세계의 진술법

이상의 짧은 생애는 삶의 모든 가능성을 보여 주는 극적인 요소가 강하다. 그의 개인적인 행적과 문단 활동은 객관적으로 서술되기보다는 오히려 과장되거나 신비화되고 있다. 특히 그의 문단 진출 과정, 특이한 행적과 여성 편력, 결핵과 도쿄에서의 죽음 등은 모두 일종의 일화처럼 이야기되고 있을 뿐이다. 더구나 이상의 문학 텍스트 자체도 이러한 삶의 특징과 결부되어 해석되고 있는 경우가 허다하다.

이상 소설이 작가 자신의 경험적 세계에서 출발하고 있다는 것은 누구도 부인하지 못한다. 그가 그려 내고 있는 소설 속의 인간은 그 사회적 위상을 따지기도 어려울 정도로 개별화되어 있지만 경험적 자아로서의 작가 이상의 실제적인 모습과 자주 대비된다. 그러므로 허구적 성격의 작중인물을 그대로 작가 자신의 모습과 일치시켜 버리는 경향을 낳고 있다. 이상의 소설 「날개」, 「동해」, 「지주회시」, 「종생기」 등에 등장하는 '나'라는 일인칭 주인공은 곧바로 작가 이상으로 규정되고, 여성 주인공은 대체로 이상 자신이 경험적 현실 속에서 실제로 만났던 여성들로 인식되곤 한다. 작가의 의식과 작중인물의 성격과의 거리를 전혀 고려하지 않은 이러한 접근 태도는 결국 소설 속의 모든 이야기를 작가의 이야기로 읽게 만드는 오류를 초래한다. 그러므로 패러디의 기법과 메타픽션의 방법 등을 통해 다채롭게 서사화된 그의 소설이 모두 작가 자신의 신변적인 이야기로 규정됨으로써 그 상상력의 폭을 대부분 제거당하게 된 것이다.

이상 문학 연구에서 자주 거론되고 있는 이상의 개인사적 경험은 결핵이라는 병력(病歷)과 복잡하게 얽혀 있는 여성관계를 들 수 있다. 이상은 자신의 개인사적 문제들을 시와 소설 속에서 문학적 모티프로 변용하거나 패러디하여 새로운 의미와 형식을 부여한다. 그의 시 가운데는 결핵이라는 병의 고통과 공포를 텍스트의 공간 속으로 끌어들여 고도의 비유와 상징을 통해 새로운 시적 형태를 만들어 내고 있는 경우가 많다. 그리고 바로 이러한 과정을 통해 인간 육체의 물질성에 대한 새로운 인식에 도달하고 있다. 이상은 자신이 겪었던 여성과의 관계를 바탕으로 개인의 도시적 삶에서 중요한 위치를 차지하게 되는 새로운 성(性)의 윤리와 그 문제성을 여러 가지 유형으로 서사화하여 소설적으로 표현한다. 그는 결혼과 가정이라는 사회적 제도 속에 감춰져 있는 성과 그 욕망을 그대로 노출시킴으로써 일상의 중심에 자리하고 있는 성의 문제성을 부각시킨다. 그리고 남성과 여성에게 사회적으로 부여하고 있는 성 역할을 전복시킴으로써 궁극적으로 욕망의 해체를 꿈꾼다.

소설 「봉별기」는 작가인 이상 자신의 삶의 경험에 근거하여 이야기가 전개된다. 소설 속에 등장하는 주인공 '나'는 그대로 이상 자신에 대응하는 인물이며, '나'의 상대역인 금홍의 경우도 이상이 한때 동거했던 실제 인물과 다름없다는 사실을 쉽게 확인할 수 있다. 이처럼 작품 속에 등장하는 인물을 경험적 현실 속의 작가 자신과 일치시키고 있는 것은 당대 일본의 이른바 사소설(私小說) 형식에서 흔히 볼 수 있는 방식이다. 소설 「봉별기」의 서사적 요소들은 그대로 작가 자신의 사적 경험 영역과 겹치는 부분이 많다. 소설 속의 '나'라는 주인공은 스물셋의 나이에 결핵 요양을 위해 온천장에 갔다가 그곳 술집에서 '금홍'이라는 여인과 만난다. 실제로 이상은 폐결핵으로 조선총독부 건축기사직을 사퇴하고 1933년 봄 황해도 배천 온천으로 요양을 떠난다. 그리고 거기서 만난 여성이 금홍이라는 기생이라는 것도 소설의 내용과 일치한다. 두 사람은 서로 가까워진다. '나'는 온천장을 떠나 서울로 돌아온 후에 금홍을 서울로 불러올린다. 그리고 다방을 개업하여 함께 살게 된다. 그러나 두 사람의 생활은 서로 조화를 이루지 못한다. 금홍은 몇 차례의 출분을 거듭하다가 결국은 영영 가출한다. 그리고 이들은 서로 헤어진다. 이 소설에서 그려지는 두 남녀의 만남과 사랑과 헤어짐의 과정은 작가 자신의 경험적 사실과 크게 다르지 않게 사실적으로 그려진다. 물론 작가 자신이 이 특별한 경험을 두고 소설 속에서 감추고자 한 것과 드러내고자 한 것을 정확하게 구별하기는 어렵다. 하지만 여기서 주목해야 할 것은 서사적 요소와 경험적 사실의 겹침이 아니라 이 같은 소설 기법을 통해 드러내고 있는 서사의 자기 반영성이다.

소설 「봉별기」는 그 텍스트가 모두 네 부분으로 나뉘어 있다. 그리고 각 부분은 소설 속 이야기의 전개 과정에 따라 '나'와 금홍의 만남 - 사랑 - 갈등 - 헤어짐의 단계를 분명하게 보여 준다.

> 스믈세살이오 — 三月이요 — 咯血이다. 여섯 달 잘 길른 수염을 하로 면도칼로 다듬어 코밑에다만 나비만큼 남겨가지고 藥 한 제 지어들고 B라는 新開地 閑寂한 溫泉으로 갔다. 게서 나는 죽어도 좋았다.
> 그렇나 이내 아즉 길을 펴지 못한 靑春이 藥탕관을 붓들고 늘어저서는 날 살리라고 보채는 것은 어찌하는 수가 없다. 旅館 寒燈아래 밤이면 나는 늘 억울해했다.
> 사흘을 못참ㅅ고 기어 나는 旅館主人영감을 앞장세워 밤에 長鼓소리나는 집으로 찾어갔다. 게서 맞난 것이 錦紅이다.
> 「몇살인구?」
> 體大가 비록 풋고초만하나 깡그라진 계집이 제법 맛이 맵다. 열여섯 살? 많아야 열아홉살이지하고 있자니까
> 「스믈한살이예요」
> 「그럼 내 나인 몇살이나돼뵈지?」
> 「글세 마흔? 서른아홉?」
> 나는 그저 흥! 그래버렸다 그리고 팔짱을 떡 끼고 앉아서는 더욱더욱 점잖은 체했다.

이 소설의 첫 단계에서 그리고 있는 '나'와 금홍의 만남 장면은 소설 「종생기」의 서두에서 언급하고 있는 「소년행」의 삽화와도 그대로 대응한다. '나'

는 병을 얻어 스물세 살이 되던 해 봄에 조용한 온천장으로 요양을 떠난다. 그리고 온천장에서 뜻하지 않게도 한 여인을 만나게 된다. 그녀가 바로 기생 금홍이다. '나'와 금홍의 만남은 예사로운 남녀의 만남과는 그 성격이 다르다. 금홍이가 여염집의 규수가 아니라 거리의 여인이었기 때문이다. 그러므로 이 만남의 과정 자체는 대부분 희화적으로 서술된다. 장난처럼 만나고 농(弄)처럼 이야기가 진전된다. '나'는 일종의 객기를 부리듯 금홍과의 비정상적 관계를 유지한다. 그리고 자기 내면의 심정적 반응을 전혀 드러내 보이지 않는다. 금홍이라는 여인의 존재 자체를 객관적인 거리에 놓고 그리고 있을 뿐이다.

소설 「봉별기」의 둘째 단계로는 '나'와 금홍의 동거생활이 그려진다. '나'는 서울로 올라온 후에 금홍을 서울로 불러올린다. '나'는 금홍의 과거를 묻지 않기로 하고 함께 살게 된다. 두 사람의 동거생활은 결혼을 하고 이루어지는 정상적인 부부관계는 아니지만 사랑으로 이어진다. 금홍은 겨우 스물한 살이었지만 나이 서른이 넘은 것처럼 세상 물정에 밝았고, '나'는 여나믄 살을 먹은 아이처럼 그 밑에서 살아간다. 이러한 내용은 이상의 시 「오감도 시제7호」에서 고도의 비유와 암시를 통해 그려지기도 한다.

하지만 시골 온천장의 술집 기생이었던 금홍이와 서울 출신의 지식인 청년이 동거하는 모습은 절름발이의 형상처럼 부조화와 불균형으로 이어진다. 금홍은 이러한 생활에 금방 홍미를 잃고 삶의 테두리를 벗어나는 일탈을 시작한다.

> 錦紅이가 내 아내가되었으니까 우리內外는 참 사랑했다. 서로 지나간일은묻지않기로하얐다. 過去래야 내過去가 무엇있을까닭이없고 말하자면 내가錦紅이過去를묻지않기로한約束이나다름없다.

錦紅이는 겨우 스믈한살인데 서른한살먹은사람보다도 낳았다 서른한살먹은 사람보다도낳은錦紅이가 내눈에는 열일곱살먹은少女로만보이고 錦紅이눈에 마흔살먹은사람으로보인나는 其實스믈세살이요 게다가 주책이좀없어서 똑 열아믄살먹은아이같다 우리內外는 이렇게 世上에도없이 絢亂하고 아기자기하얐다.

부즐없는歲月이 —

一年이 지나고 八月, 여름으로는 늦고가을로는 일른 그북새통에 —

錦紅이에게는 예전生活에對한鄕愁가왔다.

나는 밤이나낮이나 누어 잠만자니까 錦紅이에게對하야 심심하다. 그래서 錦紅이는 밖에나가 심심치않은 사람들을맞나 심심치않게놀고도라오는 —

즉 錦紅이의狹착한 生活이 錦紅이의鄕愁를向하야 發展하고飛躍하기시작하얐다는데지나지않는이야기다.

이 이야기의 세 번째 단계는 '나'와 금홍의 관계가 갈등으로 치달으며 결국은 파국에 이르게 됨을 서술한다. '나'는 금홍이가 다른 사내들과 어울리며 밖으로 나도는 것을 알아차리고는 '천하의 여성은 다소간 매춘부의 요소를 품고 있다'라고 생각한다. 그러고는 더 이상 금홍을 찾으려 하지 않고 금홍과의 생활을 모두 청산한 후 본가로 돌아온다. 소설 「봉별기」의 결말은 금홍이와의 해후의 한 장면을 보여 준다. 그러나 이 장면은 새로운 이야기의 연결을 위한 것이 아니라 '나'와 금홍의 관계가 이미 끝났음을 확인하는 자리로 제시된다. 세파에 시달리며 살아가는 금홍의 모습과 함께 새로운 삶을 설계하면서 도쿄행을 꿈꾸고 있는 '나'의 모습이 대비되고 있을 뿐이다.

이상의 소설 「봉별기」에서 다루어지고 있는 '아내와의 결별'이라는 서사적 결말은 시 「•소•영•위•제•(•素•榮•爲•題•)」와 「지비(紙碑)」에서도 환멸과 비애의 정서로 표현된 바 있다. 시 「지비」를 보면 "어디 갓는지 모르는 안해"라는 부제가 붙어 있다. 여기서 '지비'는 '종이로 만든 비(碑)'라는 뜻을 가진다. 이 말은 사실 사전에도 올라 있지 않다. 일본어에서는 '세상에 잘 알려져 있지 않은 일이나 묻혀 버린 사람의 삶의 내용을 기록한 글'이라는 뜻으로 쓰인다. 이상이 일본어에서 이 말을 따왔을 가능성이 많다. 하지만 '석비(石碑)'라는 말을 패러디하여 새롭게 만들어 낸 조어(造語)라고 볼 수도 있다. 어떤 사실을 오래 기념하기 위해 돌에 글을 새겨 세우는 것이 바로 '비(碑)'이다. 그러나 종이에 글을 기록하여 비석처럼 세워 놓을 수는 없는 일이므로 '지비'는 하나의 반어(反語)이다. 오래 기념할 수 없는 한낱 헛된 일을 기록한 것에 불과하기 때문이다.

○ 紙碑 一

안해는 아츰이면 外出한다 그날에 該當한 한男子를 소기려가는것이다 順序야 밧귀어도 하로에한男子以上은 待遇하지안는다고 안해는말한다 오늘이야말로 정말도라오지안으려나보다하고 내가 完全히 絶望하고나면 化粧은잇고 人相은없는얼골로 안해는 形容처럼 簡單히돌아온다 나는 물어보면 안해는 모도率直히 이야기한다 나는 안해의日記에 萬一 안해가나를 소기려들었을때 함즉한速記를 男便된資格밖에서 敏捷하게代書한다

○ 紙碑 二

안해는 정말 鳥類엿든가보다 안해가 그러케 瘦瘠하고 거벼워젓는데도 나르지못한것은 그손까락에 낑기웟던 반지때문이다 午後에는 늘 粉을바를때 壁한겹걸러서 나는 鳥籠을 느낀다 얼마안가서 없어질때까지 그 파르스레한주둥이로 한번도 쌀알을 쪼으려들지안앗다 또 가끔 미다지를열고 蒼空을 처다

보면서도 고흔목소리로 지저귀려들지안앗다 안해는 날를줄과 죽을줄이나 알앗지 地上에 발자죽을 남기지안앗다 秘密한발을 늘보선신ㅅ고 남에게 안보이다가 어느날 정말 안해는 업서젓다 그제야 처음房안에 鳥糞내음새가 풍기고 날개퍼덕이든 傷處가 도배우에 은근하다 헤트러진 깃부스러기를 쓸어모으면서 나는 世上에도 이상스러운것을어덧다 散彈 아아안해는 鳥類이면서 염체 닷과같은쇠를 삼켯드라그리고 주저안젓섯드라 散彈은 녹슬엇고 솜털내음새도 나고 千斤무게드라 아아

○ 紙碑 三

이房에는 門牌가업다 개는이번에는 저쪽을 向하야짓는다 嘲笑와같이 안해의버서노흔 버선이 나같은空腹을表情하면서 곧걸어갈것갓다 나는 이房을 첩첩이다치고 出他한다 그제야 개는 이쪽을向하여 마즈막으로 슬프게 짓는다

앞의 인용에서 볼 수 있듯이 이 시의 텍스트는 '지비(紙碑) 1', '지비 2', '지비 3'으로 구분되어 있다. 하지만 이 세 부분이 하나의 의미 내용으로 이어지기 때문에 각각의 부분을 독립된 작품으로 구분할 필요는 없을 것이다. 전체 작품 텍스트의 제1연, 제2연, 제3연에 해당하는 것으로 보는 것이 자연스럽다. 이 시는 '나'와 '아내'의 부조화와 그 결별의 과정에서 느끼게 된 괴로움을 담담하게 서술하고 있다. 제1연은 아내의 잦은 외출과 그것을 지켜보는 '나'의 심정을 그린다. 아내는 자신이 유부녀라는 사실을 숨긴 채 다른 남자와 만나고 있다. 나는 그것을 알면서도 아내의 거짓된 행동을 지켜볼 뿐이다. 그리고 오히려 아내가 외출한 후 귀가가 늦어지는 경우 혹시 아내가 아주 돌아오지 않으면 어쩌나 하는 초조한 마음으로 절망감에 빠져든다. 아내는 짙은 화장 아래 본래의 얼굴 표정을 모두 감추고 집에 돌아온다. 아

내는 늦은 귀가에도 불구하고 화장에 가려진 모습대로 아무런 거리낌을 드러내지 않는다. '나'는 아내가 들려주는 말 가운데 혹시 자신의 일기에만 몰래 기록하고 '나'에게는 속이려 드는 내용이 있는지를 생각하면서 마음속에 재빠르게 새겨 둘 뿐이다. 제2연은 아내의 가출을 새장에서 탈출한 한 마리의 새로 비유하고 있다. 아내는 마치 조롱(새장) 속에 갇힌 한 마리 새처럼 날지 못한다. '나'는 그 이유가 아내의 손가락에 끼워진 '반지' 때문이라고 생각한다. 여기서 '반지'는 '결혼 또는 약혼'이라는 사회적 제도의 굴레를 상징한다. '나'는 아내가 자신의 방에서 화장을 할 때 그 방이 아내를 가두고 있는 '조롱'이라고 생각한다. 아내는 한동안 집에서 식사를 하지 않고 집을 나가기 전 얼마 동안 '나'에게 아무 말도 하지 않는다. 그러고는 아무런 족적도 남기지 않고 집을 나가 버린다. 아내가 방에 벗어 놓은 '버선'은 아내의 가출을 상징한다. '나'는 아내가 떠난 후에야 그녀가 남겨 놓은 체취와 흔적을 느낀다. 그리고 아내가 몹시도 고통스럽게 지냈다는 사실을 알아차린다. 아내가 당했던 상처의 흔적도 발견한다. 아내는 가정이라는 테두리 안에서 일상에 닻을 내리고 살아 보고자 했지만 결국은 모든 것을 버리고 떠난 것이다. 제3연은 아내가 떠나 버린 후 텅 빈 방 안을 그려 놓는다. 이 방은 '나'와 아내가 함께 지내 온 삶의 공간이다. 그러나 이제는 문패가 없는 것처럼 그 주인을 잃었다. 여기서 '개가 짖는다'는 말로 세상 사람들의 손가락질과 수군대는 말들을 비유적으로 표현한다. 그리고 집을 나가 버린 아내에 대한 나쁜 소문들이 나돌기 시작한다. '나'는 결국 아내와의 모든 생활을 청산할 수밖에 없게 된다. '이쪽을 향하여 짖는 개'는 '나'를 흉보기도 하고 측은하게 여겨 동정하기도 하는 사람들의 말을 뜻하는 것이라고 할 수 있다.

시 「지비」에서 시상을 이끌어 가는 핵심적인 모티프는 '아내의 가출' 또는 '떠나 버린 여인'이다. 이 모티프는 만남의 과정보다 훨씬 문제적이다. 그 이유는 이상 자신이 여러 가지 형태로 이 모티프의 변형을 실험하면서 여인의 애정과 그 갈등 문제의 속성을 그려 보고 있기 때문이다. 이 시는 시인 자신의 사랑과 고통과 번뇌를 내면화하여 표현하고 있다. 그리고 자신의 사적 체험 영역에 아픔으로 자리하게 된 떠나 버린 여인을 모티프로 하여 그 시적 의미를 확장한다. 이상이 이 시에서 형상화하고 있는 '집을 나간 여인'이라는 모티프는 남성적 권위로부터 벗어나고자 하는 여성적 본능을 암시한다. 사적 체험 영역의 문제를 문화적으로 재해석하게 하는 상호텍스트성의 문제가 여기서 새롭게 제기될 수 있다는 것은 주목하지 않으면 안 될 일이다.

이상은 그의 시와 소설 속에서 부조화를 드러내는 남녀관계의 파탄을 여러 가지 방식으로 그려낸 바 있다. 「날개」와 「실화」의 경우, 이 부조화의 공간으로부터 탈출을 욕망하는 것이 아내가 아니라 남성 주인공인 '나'이다. 「지주회시」에서는 두 마리의 '거미'가 되어 착취 사회를 주도하고 있는 돼지들을 조소하면서 서로 뜯어먹고 사는 모습을 그려 놓는다. 「동해」와 「종생기」의 경우에는 여성의 사랑이라는 것에 대한 불신과 본질적인 회의를 패러디의 방식으로 희화화하기도 한다. 이들 작품 어디에도 아내의 가출을 그려낸 경우가 없다. 그런데 「봉별기」에서만은 집을 나가 버린 아내를 직설적으로 그려 낸다. 이 소설에서 작중화자를 겸하고 있는 남성 주인공은 결코 아내의 일탈과 부정을 원망하거나 증오하지 않는다. 모든 이야기는 절제된 감정으로 간략하게 서술되고 있을 뿐이다. 이 소설이 회고적 진술 방식에 의해 서사 내적인 모든 행동과 사건을 이야기하고 있다는 것은 주목을 요한다. 서사에서 회고적 진술 방식은 언제나 서술자의 자기 내면에 대한 섬세한 분석을 가능하게 한다. 회고적 진술을 통해 이미 지나 버린 일들을 현재의 상황 속으로 끌어들여 다시 논의할 수 있기 때문이다. 그런데 이 소설에서 회고적 진술은 자기 분석을 대담하게 생략한 채 만남과 헤어짐의 과정을 간결하게 서술한다. 자신의 과거 행적을 한 여인과의 관계를 통해 보여 주고 있는 것임에도 불구하고 서술적 주체이기도 한 '나'는 철저하게 자기 내면을 감춘다. 그리고 어떤 감정적 굴곡도 드러내지 않고 담담하고 간략하게 그 정황을 서술한다. 그러므로 「봉별기」는 전형적인 고백체 소설로 발전하지 않는다. 간결한 문장, 서술적 주체의 감정에 대한 절제, 담담하게 전개되는 사건 등은 모두 서사적 상황과의 거리 두기를 위해 적절하게 고안된다. 인간의 인연으로 만났다가 서로 헤어지게 되는 여인과의 삶에 묻어나는 희열과 고통을 담백하게 서술하고 있을 뿐이다.

소설 「봉별기」에서 그려 내고 있는 '나'와 '금홍'의 이야기는 소설 「지주회시」와 「날개」에서 새로운 형식과 내용으로 패러디되어 또 다른 하나의 소설로 다시 태어난다. 더구나 「·소·영·위·제·」라든지 「지비」 등과 같은 시를 통해 특이한 모티프로 변용되어 표현되기도 한다. 결국 「봉별기」는 작가 자신의 경험적 자아를 바탕으로 하고 있지만 이 개인적 경험이 이상 문학의 전체적인 경향에서 한 축을 형성하는 중요한 모티프로 발전하였음을 알 수 있다.

### 2) 「실화(失花)」와 패러디의 공간

소설 「실화」는 잡지 《문장》(1939. 3.)에 유고의 형태로 소개된 작품이다. 이상의 소설 가운데 도쿄생활을 배경으로 하여 엮인 작품은 이 소설이 유일하다. 특히 이야기의 배경 속에 '1936년 12월 23일'이라는 날짜가 나타나는 것으로 보아 이상 자신이 도쿄 체류 당시에 써 놓은 작품임을 알 수 있다.

이 소설은 텍스트 자체를 모두 아홉 개의 단락으로 구획해 놓고 있는 특이한 서사구조를 드러낸다. 소설 속의 이야기는 주인공인 '나(작품 속에서는 작가 자신의 이름인 '이상'이라고 호칭됨)'를 중심으로 이루어지는 도쿄에서의 하루 일과로 국한되어 있다. 소설의 전반부에서 주인공인 '나'는 도쿄에서 'C' 양의 집에 방문한다. 그리고 'C' 양으로부터 학교에서 공부하고 있는 소설 이야기를 들으며, 두 달 전에 서울에서 있었던 '연(姸)'이라는 여인과의 갈등과 그 헤어짐의 과정을 떠올린다. 'C' 양의 이야기를 듣고 있는 '나'의 의식 속에서는 과거(서울)와 현재(도쿄)의 대조적인 두 개의 공간이 서로 교차하면서 대비된다. 이 두 개의 공간은 주인공의 내면의식과 함께 자연스럽게 연상되고 있는 것처럼 보이지만, 남녀의 애정관계에서 정조(貞操)와 간음(姦淫)의 문제를 중심으로 하는 갈등의 국면을 사랑의 비밀이라는 교묘한 명제를 통해 숨기고 드러내는 과정을 보여 준다.

이 소설의 후반부는 도쿄의 밤 풍경을 그려 낸다. 'C' 양의 집을 나온 '나'는 하숙집으로 돌아오는 길에서 우연스럽게도 법정대학 유학생인 'Y' 군을 만나 함께 커피숍에서 커피를 마신 후 신주쿠의 '노바'라는 카페로 자리를 옮긴다. 'Y' 군과의 대화 속에서도 '나'는 갑작스럽게 결행했던 자신의 도쿄행을 다시 떠올린다. 사랑이라는 이름으로 도쿄행을 말렸던 '연'이라는 여인의 모습과 함께 문단의 우정으로 도쿄행을 만류했던 '유정'의 모습을 생각하기도 한다. '나'는 제국의 도시가 서구 문명을 뒤쫓기에 바쁜 하나의 모조품에 불과하다는 것을 짤막한 몇 개의 장면을 통해 보여 준다. 이 소설은 다음 날 아침 서울에서 날아온 두 통의 편지를 소개하는 것으로 끝난다. 하나는 '연'이라는 여인으로부터, 다른 하나는 '유정'으로부터 온 것이다. 모두가 서울로 다시 돌아올 것을 권유한다.

이 소설은 표면적으로는 매우 단조로운 하루 동안의 일과를 그리고 있다. 그러나 주인공의 의식 속에서는 서울에 남겨 두고 온 여인과 문우들에 대한 상념들이 도쿄에서 이루어지고 있는 무료한 생활과 뒤섞인다. 여기서 주목되는 것이 이 소설의 내적 공간을 확대하고 있는 패러디의 기법과 그 상호텍스트성의 특징이다. 특히 영화적 몽타주와 숏 커팅(shot cutting)의 방식으로 각각의 단락이 서로 결합됨으로써 겉보기에 단순해 보이는 이 소설의 텍스트를 중층구조의 서사로 발전시키고 있다는 점도 주목된다. 이상 문학에서 패러디의 기법과 상호텍스트성의 문제가 중요한 특질의 하나가 되고 있다는 사실은 널리 알려진 바 있다.[05] 여기서 말하는 상호텍스트성이란 크리스테바(Julia Kristeva)의 이론에 근거한다. 크리스테바의 주장에 따르면 모든 텍스트는 마치 모자이크와 같아서 서로 다른 여러 가지 인용문들로 구성되어 있다. 하나의 텍스트는 다른 텍스트들을 흡수하고 그것을 변형시킨 것에 지나지 않는다.[06] 이 주장은 전통적으로 인정해 온 작가의 창작 행위라는 것과 독자의 독서 행위라는 것에 대한 새로운 해석에 근거한다. 작가의 창작 행위는 독창적인 상상력에 의한 예술적 창조 행위로 인식되어 온 것이 사실이다. 그러나 따지고 보면 작가의 창작이라는 것은 결국 작가 자신이 읽어 왔던 여러 가지 다른 텍스트들의 내용을 일부 변형시키고 새롭게 해석해 낸 결과에 지나지 않는다는 점을 확인할 수 있다. 텍스트의 창작은 아무것도 없는 '무'의 상태에서 새로운 '유'의 상태를 만들어 내는 것이 아니기 때문이다.

소설 「실화」에서 패러디의 기법과 상호텍스트성의 문제는 작품 속에 드러나 있는 다른 텍스트에 대한 직접적인 인용이라든지 언급을 통해 확인된다. 어떤 경우에는 텍스트의 상호관계가 패러디의 방식으로 드러나기도 하고 메타적 글쓰기를 통해 암시되기도 한다. 이러한 특징은 텍스트의 연원이나 영향관계를 이해하기 위해서도 그 성격이 규명되어야 할 문제이지만, 텍

05 김주현, 『이상소설연구』, 소명출판, 1999, 125-129면.

06 Julia Kristeva, *Desire in Language*, trans. Thomas Gora, Alice Jardine and Leon Roudiez (New York: Columbia Univ. Press, 1980), p. 66.

스트 상호 간의 인과적 관계만이 아니라 텍스트 자체의 의미구조에 대한 새로운 해석을 위해서도 그 속성을 제대로 밝혀내야 한다. 소설 「실화」의 텍스트는 이미 존재하는 다른 텍스트들을 의도적으로 패러디하거나 메타적으로 다시 쓰거나 새롭게 재결합하여 새로운 상호텍스트적 공간을 구축한다. 이 소설에서 드러나고 있는 작가 이상의 독창적인 글쓰기는 그가 기존의 여러 텍스트에 의존하여 자유자재로 그것들을 해체하고 새롭게 구성하는 가운데에서 보여 준 기법과 정신에서 비롯된 것이다.

소설 「실화」의 텍스트는 주인공인 '나'를 도쿄라는 새로운 무대 위로 등장시킨다. 그러나 '나'의 의식 속에는 여전히 서울에서 있었던 몇 가지 장면들이 남아 있다. 그러므로 이 소설에서는 서울과 도쿄의 거리(距離)를 주인공이 어떤 방식으로 의식하고 있는지 살펴보는 일이 중요하다. 작가 이상에게는 도쿄라는 것이 매우 특이한 실제적 경험의 영역에 해당한다. 이상의 도쿄행이 어떤 개인적 동기와 연결되어 있는지를 따지는 것은 별로 중요하지 않다. 그러나 그가 자신의 소설 속에 허구라는 이름을 달고 도쿄를 이야기하고 있다는 것은 주목할 만한 일이다.

이 소설에서 그리고 있는 '나'라는 주인공의 도쿄행은 한 여인과의 애정 갈등에서 비롯된다. 그러나 그것은 실패한 도피 행각임이 드러난다. 소설 속에서 간음이라는 이름으로 지적되고 있는 여인의 부정한 행실은 이상의 문학 속에서 두루 다루어지는 모티프이다. 이것은 경험적 현실 속에서의 작가 이상의 사적 체험 영역과도 관련되어 있다. 그러나 이러한 서사의 표층 구조만으로 이 소설의 이야기를 모두 설명할 수는 없다. 왜냐하면 이 소설의 이야기에서 서사화되고 있는 것은 주인공인 '나'의 도쿄행 그 자체만이 아니기 때문이다. 거기에는 주인공의 자의식을 보여 주는 여러 가지 이야기의 장면들이 교묘하게 감춰져 있다. 이 소설이 감추고 있는 상호텍스트성의 그물망과 그 내적 속성을 제대로 이해하지 못하는 경우에는 특이한 패러디의 정신과 그 의미의 중층성을 제대로 파악하기 어렵다.

소설 「실화」의 첫째 단락은 "사람이 / 비밀(秘密)이 없다는 것은 재산(財産) 없는 것처럼 가난하고 허전한 일이다"라고 하는 하나의 문장을 에피그램처럼 내세우고 있다. 이 문장에서 '비밀'이라는 말이 지니는 의미가 유별나다. 그 이유는 이 문장이 「실화」의 텍스트에서 네 차례나 반복적으로 등장하고 있으며, 이 문장이 지시하고자 하는 내용 자체가 바로 이 소설의 이야기의 핵심을 이루고 있기 때문이다. 여기서 말하고 있는 '비밀'의 의미를 알아내기 위해서는 비슷한 시기에 집필한 것으로 추측되는 이상의 수필 「19세기식」(《삼사문학》, 1937. 4.)을 자세하게 읽어 볼 필요가 있다. 아내의 애정과 정조의 문제를 하나의 토픽으로 삼아 직접적으로 거론하고 있는 이 수필 속에 소설 「실화」의 첫 단락을 이루고 있는 "사람이 / 비밀(秘密)이 없다는 것은 재산(財産) 없는 것처럼 가난하고 허전한 일이다"라는 문장과 흡사한 문장이 처음 등장하고 있다. 이 짤막한 수필의 전문을 인용해 보면 다음과 같다.

> 정조(貞操)
>
> 이런 경우—즉, '남편만 없었던들', '남편이 용서만 한다면', 하면서 지켜진 안해의 정조(貞操)란 이미 간음이다. 정조는 금제(禁制)가 아니요 양심(良心)이다. 이 경우의 량심이란 도덕성(道德性)에서 우러나오는 것을 가르치지 않고 '절대(絶對)의 애정(愛情)' 그것이다.
>
> 만일 내게 안해가 있고 그 안해가 실로 요만 정도의 간음을 범한 때, 내가 무슨 어려운 방법으로 곧 그것을 알 때, 나는 '간음한 안해'라는 뚜렷한 죄명(罪名) 아래 안해를 내쫓으리라.
>
> 내가 이 세기에 용납되지 않는 최후의 한 꺼풀 막(幕)이 있다면 그것은 오직

'간음한 안해는 내쫓으라'는 철칙(鐵則)에서 영원히 헤어나지 못하는 내 곰팡내 나는 도덕성(道德性)이다.

비밀(秘密)

비밀이 없다는 것은 재산 없는 것처럼 가난할 뿐만 아니라 더 불쌍하다. 정치세계(情痴世界)의 비밀 —내가 남에게 간음한 비밀, 남을 내게 간음시킨 비밀, 즉 불의(不義)의 양면— 이것을 나는 만금(萬金)과 오히려 바꾸리라. 주머니에 푼전이 없을망정 나는 천하를 놀려먹을 수 있는 실력을 가진 큰 부자일 수 있다.

이유(理由)

나는 내 안해를 버렸다. 안해는 '저를 용서하실 수는 없었습니까' 한다. 그러나 나는 한번도 '용서'라는 것을 생각해본 일은 없다. 왜? '간음한 계집은 버리라'는 철칙에 의혹(疑惑)을 가지는 내가 아니다. 간음한 계집이면 나는 언제든지 곧 버린다. 다만 내가 한참 망서려가며 생각한 것은 안해의 한 짓이 간음인가 아닌가 그것을 제정하는 것이었다. 불행히도 결론은 늘 '간음이다'였다. 나는 곧 안해를 버렸다. 그러나 내가 안해를 몹시 사랑하는 동안 나는 우습게도 안해를 변호하기까지 하였다. '될 수 있으면 그것이 간음은 아니라는 결론이 나도록' 나는 나 자신의 준엄(峻嚴) 앞에 애걸(哀乞)하기까지 하였다.

악덕(惡德)

용서한다는 것은 최대의 악덕(惡德)이다. 간음한 계집을 용서하여 보아라. 한번 간음에 맛을 들인 계집은 두 번째도 세 번째도 간음하리라. 왜? 불의라는 것은 재물보다도 매력적(魅力的)인 것이기 때문에.

계집은 두 번째 간음이 발각되었을 때 실로 첫 번째 때 보지 못하던 귀곡적(鬼哭的) 기법(技法)으로 용서를 빌리라. 번번이 이 귀곡적 기법은 그 묘(妙)를 극(極)하여 가리라. 그것은 여자라는 동물 천혜(天惠)의 재질이다.

어리석은 남편은 그때 마다 새로운 감상(感傷)으로 간음한 안해를 용서하겠지— 이리하여 실로 남편의 일생이란 '이놈의 계집이 또 간음하지나 않을까' 하고 전전긍긍하다가 그만 두는 가엾이 허무(虛無)한 탕진(蕩盡)이리라.

내게서 버림을 받은 계집이 매춘부(賣春婦)가 되었을 때 나는 차라리 그 계집에게 은화(銀貨)를 지불하고 다시 매춘(賣春)할망정 간음한 계집을 용서하지도 버리지도 않는 잔인(殘忍)한 악덕은 범하지 말아야 한다고 나는 나 자신에게 타이른다.

수필 「19세기식」에서 이상이 문제 삼고 있는 것은 매우 흥미로운 주제이다. '아내의 간음'에 대한 사실적 인식과 그것의 윤리적 판단 문제에 대한 자신의 견해를 피력하고 있기 때문이다. 이상은 이 글에서 자신이 아내를 버렸음을 공개한다. 그리고 절대로 아내의 간음을 용서할 수 없음을 분명히 한다. 여기서 언급하고 있는 것이 「봉별기」에서 그려 낸 '금홍'과의 결별을 말하는 것인지 아니면 '변동림'과의 결혼 후 혼자서 도쿄로 떠나온 자신의 처지를 고백하는 것인지 분명하지 않다. 그러나 이상 자신에게는 그 누구이든지 간에 '아내가 간음한 경우라면' 특히 그 사실을 알게 될 경우에는 이를 용납할 수 없음을 분명히 한다. 물론 이 주장은 작가 또는 지식인으로서 이상이 지니고 있는 도덕관이나 성에 대한 윤리의식의 일단을 피력한 것으로 볼 수 있다. 하지만 이 수필에서 논의하고 있는 문제가 이상의 사적 생활 속에서 이루어진 자기 경험의 고백과 관련된다고 하면 문제가 달라진다. 이 글의 요지는 '간음한 아내'를 용서하지 말고 버려야 한다는 점이다. 그런데

'치정 세계'에서 이루어진 일이란 '비밀'이어야 한다는 점을 강조한 점이 특이하다. 여기서 말하는 '비밀'이란 거짓을 가장한다는 의미보다는 사적 영역에 대한 자기 보호와 같은 의미로 해석할 수 있다. 비밀이 지켜지지 않을 때 신뢰가 무너지기 마련이다. '비밀'이라는 말은 어떤 방법으로도 그 사실을 밝힐 수 없는 것을 의미한다. 이를 달리 표현한다면 자기만이 간직할 수 있는 비밀한 사랑일 수 있고, 연애의 감정일 수 있다. 이러한 정서의 영역은 누구에게나 가능한 부분이다. 그러나 어떤 경우에도 절대로 밝혀서는 안 되는 것이어야 한다. 그래야만 자기에게 소중한 재산이 된다는 해석도 가능하다.

소설 「실화」의 이야기는 수필 「19세기식」에서 강조하고 있는 "비밀이 없다는 것은 재산 없는 것처럼 가난할 뿐만 아니라 더 불쌍하다"라는 문장의 패러디 방식으로 시작된다. 그리고 '비밀'의 내용을 밝혀내는 과정을 소설 속에서 그대로 재현한다. 특히 아내를 버렸다고 공개한 수필 「19세기식」의 내용을 놓고 본다면, 「실화」의 경우에도 이상 자신의 사적 체험 영역이 상당한 비중을 차지하게 된다는 점을 짐작할 수 있다. 그러나 이 사적 체험의 영역은 허구적 서사로서의 텍스트 위에 그대로 미끄러져 들어오는 것은 아니다. 때로는 사실 자체가 왜곡되기도 하고 때로는 패러디의 장치를 통해 걸러지기도 한다. 매우 섬세한 소설적 장치와 치밀하게 계산된 서사화의 전략에 의해 새로운 이야기 공간을 만들어 내고 있기 때문이다. 그렇기 때문에 「실화」를 중심으로 여기 저기 흩어져 있는 서로 다른 텍스트들이 서로 겹쳐 있는 상호텍스트적 관계를 정밀하게 규명하지 않을 경우, 경험적 요소를 곧바로 허구적 서사 영역에 대입시키는 오류를 겪을 수밖에 없는 일이다.

소설 「실화」의 서사 공간은 둘째 단락에서부터 구체적인 장면들을 보여준다. 여기에 등장하는 '나'라는 인물은 작중에서 '이상 선생'으로 호칭된다. 작가 자신이 '나'라는 일인칭 화자로 위장하여 작품 내적인 서사 공간에 등장한 것으로 볼 수 있다. 소설의 배경이 도쿄라는 사실도 밝혀진다. '나'의 상대역으로 'C' 양이라는 여성이 설정되어 있다. '나'는 지금 'C' 양의 집에 놀러 와 있다. 'C' 양은 학교에서 배우고 있는 소설의 한 대목을 '나'에게 들려준다. 'C' 양이 들려주는 소설 이야기는 전후의 문맥이 모두 제거된 상태이긴 하지만 '나'의 의식 속으로 파고들면서 '연'이라는 여인과의 사랑과 결별의 장면과 서로 겹쳐진다.

「언더- 더웟취— 시게 아래서 말이예요, 파이앤타운스— 다섰개의 洞里란 말이지요— 이靑年은 요世上에서 담배를 제일 좋아합니다— 기다랗게 꾸브러진 파잎에다가 香氣가 아주 높은 담배를 피어빽— 빽— 연기를 풍기고 앉었는것이 무었보다도 樂이었답니다.」

(내야말로 東京와서 쓸데없이 담배만 늘었지. 울화가 푹— 치밀을때 저— 肺까지 쭉— 연기나 디리키지않고 이發狂할것같은 心情을 억제하는 도리가 없다.)

「연애를 했어요! 高尙한 趣味— 優雅한 性格— 이런것이 좋았다는 女子의遺書예요— 죽기는 왜죽어— 先生님— 저같으면 죽지 않겠읍니다— 죽도록 사랑할수 있나요— 있다지요— 그렇지만 저는모르겠어요.」

(나는 일즉이 어리석었드니라. 모르고 姸이와 죽기를 約束했드니라. 죽도록 사랑했것만 面會가끝난뒤 大略二十分이나 三十分만 지나면 姸이는 내가 「설마」 하고만 녁이든 S의 품안에 있었다.)

「그렇지만 先生님— 그男子의 性格이 참 좋아요— 담배도 좋고 목소리도 좋고— 이小說을 읽으면 그男子의 音聲이꼭— 웅얼웅얼 들려오는것같아요 이男子가 같이 죽자면 그때당해서는 또모르겠지만 지금생각같아서는 저도죽을수있을것 같아요 先生님 사람이 정말죽을수 있도록 사랑할수 있나요 있다면 저도그런戀愛한번 해보고 싶어요.」

(그러나 철不知 C孃이어. 姸이는 約束한지 두週日되는날 죽지 말고 우리 살자고 그렙디다. 속았다. 속기시작한것은 그때부터다. 나는 어리석게도 살수있을것을 믿었지. 그뿐인가. 姸이는 나를 사랑하느니라고 까지.)

「실화」의 첫머리에 'C' 양의 입을 통해 '나'에게 전해지고 있는 소설의 한 대목은 사랑과 연애와 자살에 관한 내용이다. 여기서 'C' 양이 들려주는 소설 이야기는 그 자체가 하나의 허구일 가능성도 있다. 하지만 'C' 양은 '언더 더 워치— 시계 아래서 말이에요. 파이브 타운스— 다섯 개의 동리(洞里)란 말이지요'라고 말하면서 소설의 실제 내용을 암시한다. 'C' 양이 소개하고 있는 소설은 영국의 작가 아널드 베넷(Arnold Bennett, 1867-1931)이 쓴 장편소설 『파이브타운의 안나(Anna of The Five Towns)』(1902)이다. 이 소설은 두 남자를 사랑하게 된 한 여인의 비극적인 운명을 그린다. 안나(Anna)는 고지식하고도 인색한 아버지 밑에서 성장한다. 그녀 앞에 한 청년이 등장한다. 사업에 성공하고 힘이 넘치는 헨리(Henry)는 안나의 마음을 사로잡기에 충분하다. 두 사람은 곧 결혼을 약속한다. 그러나 안나는 자신의 마음속에서 그녀의 아버지 사업을 돕고 있는 가난한 청년 윌리(Willie)를 지울 수가 없다. 안나는 자기 아버지의 망해 가는 사업을 다시 일으키고자 묵묵히 일하고 있던 윌리를 보면서 자신의 사랑이 윌리였다는 것을 깨닫는다. 그러나 그녀는 이제 돌이킬 수 없음을 알고 괴로워한다. 소설의 결말에서 윌리는 안나를 떠나 멀리 호주로 가 버린다.

소설 「실화」에서 'C' 양이 소개하고 있는 소설 속의 장면은 『파이브타운의 안나』의 10장 '섬(Isle)'이다. 안나와 헨리가 함께 해변을 거닐며 사랑을 속삭인다. 헨리는 파이프 담배를 물고 있다. 두 사람은 멀리 해변을 내려다볼 수 있는 '나이트 워치 언덕(the Hill of the Night Watch)'으로 오른다. 이 대목에서

'윗치'는 사실 '시계'를 의미하는 것은 아니다. 'C' 양은 이 소설의 이야기 속에 등장하는 인물들의 마지막 모습도 전해 준다. 이루어질 수 없는 사랑의 고통을 안고 윌리는 안나의 곁을 떠난다. 사랑을 두고 떠나는 남자 주인공의 행로, 그리고 여인의 죽음 등 한 여인이 두 남자를 사랑하게 됨으로써 겪게 되는 비극적인 삶의 모습이 암시된다. 「실화」의 첫 장면에서 '나'는 'C' 양이 들려주는 소설 속의 비극적 사랑, 아름다운 연애 이야기를 애써 모른 체하면서 아무런 대꾸도 하지 않는다. 그리고 오히려 사랑의 배반으로 인하여 도쿄에 혼자 떠나온 자신의 처지를 괴로워한다. 여기서 'C' 양이 들려주는 사랑 이야기는 '나' 자신의 처지와 대비되면서 서사의 내적 공간을 더욱 확대하게 된다.

소설 「실화」의 셋째 단락은 '나'의 의식 속에서 이야기의 무대가 서울로 옮겨진다. 이때 소설적 장면의 전환은 영화 기법인 디졸브(dissolve)의 방식을 차용하여 서사적 연결을 가능하게 한다. 이 셋째 단락에 이르면 서사의 기본적인 틀이 어느 정도 드러난다. '나'는 서울을 떠나오기 직전의 상황을 떠올린다. '연'이라는 여인을 사랑하고 있는 '나'에게 친구 'S'가 찾아온다. 'S'는 '나'와 '연'의 관계를 청산할 것을 요구한다. 그리고 자신이 이미 '연'과 깊은 관계를 맺어 온 사실을 넌지시 밝힌다. 바로 여기서 소설 「실화」의 첫 대목에 언급한 '비밀'의 실마리가 잡힌다. 그리고 다시 'S'의 입을 빌려서 「EPIGRAM」이라는 글을 떠올리도록 한다. 이 글은 이상이 도쿄로 떠나기 전에 잡지 《여성》(1936. 8.)에 발표했던 수필이다. '비밀'이라는 공통적인 토픽을 내걸고 몇몇 문인들의 수필을 모아 놓은 소특집 속에 이 글이 포함되어 있다. 이 수필의 내용을 언급하면서 'S'는 '나'의 자존심을 건드린다. 수필 속에 암시되어 있는 '서푼 짜리 우월감'을 걷어치우라고 충고했던 것이다.

이러한 이야기의 전개 과정을 좀 더 구체적으로 이해하기 위해서는 다시

「EPIGRAM」이라는 글을 살펴보지 않을 수 없다. 그렇지 않으면 소설 속 두 인물 간 대결의식의 참모습을 이해하기 힘들다.

밤이 이슥한데 나는 사실 그 친구와 이런 회화(會話)를 했다. 는 이야기를 염치 좋게 하는 것은 요컨대 천하의 의좋은 내외들에게 대한 통명이다. 친구는

「여비(旅費)?」

「보조래도 해줬으면 좋겠다는 말이지만.」

「둘이 간다면 내 다 내주지.」

「둘이.」

「임(姙)이와 결혼해서ㅡ.」

여자 하나를 두 남자가 사랑하는 경우에는 꼭 싸움들을 하는 법인데 우리들은 안 싸웠다. 나는 결이 좀 났다. 는 것은 저는 벌써 임(姙)이와 육체(肉體)까지 수수(授受)하고 나서 나더러 임(姙)이와 결혼하라니까 말이다.

나는 연애(戀愛)보다 공부를 해야겠어서 그 친구더러 여비를 좀 꾸어달란 것인데 뜻밖에 회화(會話)가 이 모양이 되고 말았다.

「그럼 다 그만 두겠네.」

「여비두?」

「결혼두.」

「건 왜?」

「싫여!」

그러고 나서는 한참이나 잠자코들 있었다. 두 사람의 교양(敎養)이 서로 뺨을 친다든지 하고 싶은 충동(衝動)을 참느라고 그런 것이다.

「왜 내가 임(姙)이와 그런 일이 있었대서 그리나? 不快해서!」

「뭔지 모르겠네!」

「한번. 꼭 한번 밖에 없네. 독미(毒味)란 말이 있지.」

「순수(純粹)허대서 자랑인가?」

「부러 그리나?」

「에피그람이지.」

암만해도 회화(會話)로는 해결이 안된다. 회화로 안되면 행동인데 어떤 행동을 하나.

물론 싸워서는 안 된다. 친구끼리는 정다워야 하니까. 그래서 우리는 우리 두 사람의 공동의 적(敵)을 하나 찾기로 한다. 친구가

「이(李)를 알지? 임(姙)이의 첫 남자!」

「자네는 무슨 목적으로 타협을 하려 드나.」

「실연(失戀)허기가 싫어서 그런다구나 그래둘까.」

「내 고집두 그 비슷한 이유지.」

나는 당장에 허둥지둥한다. 내 인색(吝嗇)한 논리(論理)는 눈살을 찌푸린다. 나는 꼼짝할 수가 없다. 이렇게까지 나는 인색하다.

친구는

「끝끝내 이러긴가?」

「수세(守勢)두 공세(攻勢)두 다 우리 집어치우세.」

「엔간히 겁을 집어먹은 모양일세그려!」

「누구든지 그야 타락(墮落)허기는 싫으니까!」

요 이야기는 요만큼만 해 둔다. 임(姙)이의 남자가 셋이 되었다는 것을 누설(漏泄)한댓자 그것은 벌써 비밀(秘密)도 아무것도 아니다.

앞에 인용한 것이 수필 「EPIGRAM」의 전문이다. 이 수필의 내용을 자세히 검토해 보면, 여러 남자와 관계를 맺었던 '임'의 비밀이 친구의 입을 통해

'나'에게까지 알려지게 된 것이 그 핵심이다. 여기에 등장하는 '임'이라는 여인과 친구의 이야기는 소설 「실화」의 서사 속으로 인유되면서 텍스트 내적 변화를 드러낸다. 하나의 텍스트가 또 다른 텍스트의 내용을 물고 늘어지는 이 특이한 메타적 글쓰기 방식은 하나의 텍스트에서 다른 하나의 텍스트를 불러들이는 일종의 '참조(reference)' 또는 '주석 달기(footnote)'의 형태로 두 개의 텍스트를 연결한다. 그런데 소설 「실화」에서는 패러디의 방식을 통해 원래의 텍스트에 새로운 요소가 부가되거나 어떤 부분이 삭제되거나 변형된다. 「EPIGRAM」에 등장하는 '임'이라는 여성이 「실화」에서는 '연'이라는 여성으로 바뀌어 있고, 친구는 'S'로 표시되고 있다. 그런데 수필 「EPIGRAM」에도 그 마지막 대목에서 '비밀'이라는 말의 의미를 강조하고 있다. 비밀은 가슴속에 품고 있을 때만 그 긴장의 의미가 살아난다. 누군가 알고 있는 일이라면 그것은 벌써 비밀이 아니다.

소설 「실화」의 이야기는 '나'라는 주인공이 친구 S로부터 아내인 '연'이와의 깊은 관계에 있었던 사실을 듣게 되면서 새로운 국면으로 상황이 급변한다. '나'는 집으로 돌아와 '연'이를 다그친다. 그리고 '연'이가 모든 사실을 끝까지 부인하기를 마음속으로 기대한다. 그러나 이러한 '나'의 기대는 허물어진다. '연'은 인천의 여관으로, 'S'의 사무실로, 동소문 밖 음벽정으로 그렇게 나대며 'S'와 깊은 관계를 맺었음을 고백한다. 끝내 비밀이었어야 하는 일들을 자신의 입을 통해 남편인 '나'에게 말해 버린 것이다. 면도칼로 경동맥을 잘라 아내를 죽이고 싶을 정도로 '나'는 흥분하고 배반의 사랑에 치를 떤다. 이제 '연'이의 과거엔 비밀이랄 것이 없다. 이 장면은 소설 속에서 다음과 같이 서술되고 있다.

二十四日 東이 훤―하게 터올때쯤에야 姸이는 겨우 입을열었다. 아! 長久한

時間!

「첫뻔—말해라」

「仁川 어느 旅館」

「그건안다. 둘째뻔— 말해라」

「……」

「말해라」

「N삘딩 S의事務室」

「셋째뻔— 말해라」

「……」

「말해라」

「東小門밖 飮碧亭」

「넷째뻔— 말해라」

「……」

「말해라」

「……」

「말해라」

머리맡 책상설합속에는 서슬이퍼런 내 면도칼이 있다. 頸動脈을 따면— 妖物은 鮮血이 대쭐기 뻐치듯하면서 急死하리라.

이 대목이야말로 소설 「실화」의 여러 장면 가운데 압권이다. 주인공인 '나'는 '연'의 대답을 들으면서 감정의 흥분 상태를 감추지 못한다. 사랑에 대한 배반감 때문에 아내를 죽여 버리고 싶다는 생각마저 감추지 않는다. 그런데 사실 이 장면은 새로운 것은 아니다. 이미 작가 이상이 소설 「동해」에서 다음과 같이 비슷하게 한 번 써먹은 바 있다.

결혼반지를 잊어버리고 온 新婦, 라는 것이 있을까? 可笑롭다. 그렇나 모르는말이다. 라는것이 반지는 新郞이 준비하라는 것인데—그래서 아주 아는척하고

「그건 내 슈-ㅌ케-스에 들어있는게 原則的으로 옳지!」

「슈-ㅌ케-스 어딨에요?」

「없지!」

「쯧, 쯧,」

나는 신부 손을 붓잡고

「이리좀와봐」

「아야, 아야, 아이, 그러지마세요, 놓세요」

하는것을 잘 달래서 왼손 무명지에다 털붓으로 쌍줄반지를 그려주었다. 좋아한다. 아모것도 낑기운것은 아닌데 제법 간질간질한게 천연 반지 같단다. 천연 결혼하기 싫다. 트집을 잡아야겠기에—

「몇번?」

「한번」

「정말?」

「꼭」

이래도 안 되겠고 間髮을 놓지말고 다른방법으로 拷問을 하는수밖에없다.

「그럼 尹以外에?」

「하나」

「예이!」

「정말하나예요」

「말 말아」

「둘」

「잘헌다」

「셋」

「잘헌다, 잘헌다」

「넷」

「잘헌다, 잘헌다, 잘헌다」

「다섯」

속았다. 속아넘어갔다. 밤은왔다. 촛불을켰다. 껏다. 즉 이런 假짜반지는 탄로가 나기쉬우니까 감춰야하겠기에 꺼도 얼른 켰다. 밤이 오래걸려서 밤이었다.

소설 「동해」에서 그려 내고 있는 이 장면은 코미디의 한 장면처럼 처리된다. 두 남녀 사이에 감정의 거리가 일정 부분 자리하고 있기 때문에, '나'는 이 서술적 거리의 긴장 속에서 여인의 행태를 가볍게 묘사할 수 있게 된다. 소설 「동해」와 「실화」의 두 장면이 보여 주는 이 서술적 어조의 차이야말로 작가 이상이 노리는 글쓰기 전략의 궁극에 해당한다고 할 수 있다. 이 현란한 글쓰기의 세계, 텍스트가 드러내는 어조의 농담(濃淡)은 누구도 흉내 낼 수 없을 듯하다. 작가 이상의 경험적 현실을 곧바로 이 텍스트의 장면과 환치해 버린다면 그 미묘한 정서의 영역을 그대로 뭉개어 지워 버리는 결과를 초래한다. 그것은 이상 텍스트에 대한 견딜 수 없는 모독이다.

소설 「실화」의 이야기는 넷째 단락에서 '나'의 머릿속에서 일어나는 연상 작용을 잠시 중단시키고 다시 도쿄 'C' 양의 방으로 시선을 옮긴다. 도쿄에 유학 온 'C' 양은 지금 유학생 'C' 군과 함께 산다. 두 사람의 생활은 남녀의 동거라고 설명하지 않아도 다음과 같은 서술을 통해 그 실상이 드러난다. "나는 C孃다려「夫人」이라고 그랬드니 C孃은 성을 냈다. 그렇나 C君에게 물어보면 C孃은 「안해」란다.” 이러한 특별한 남녀 한 쌍의 관계를 놓고 작가 이상은 이미 그의 소설 「지도의 암실」에서 앵무새의 입을 통해 한 차례 이국적 언어(프랑스어)를 실험하여 묘사한 바 있고 「오감도 시제6호」에서 이를 다시 시적 진술 방법으로 그려 낸 바 있다. 소설 「실화」의 주인공 '나'는 'C' 양의 모습을 통해 '연'의 모습을 떠올린다. '연'이는 여학교 시절부터 이미 'S'와 놀아났다. 낮에는 강의실에 앉아 기싱과 호손을 공부하는 영문학도이지만 저녁에는 'S'와 어울려 돌아다니며 옷을 벗고 키스를 했다. 학생 시절부터 방종에 흘러 버린 그녀의 일탈을 놓고 "홀로 눈 가리고 야웅하는 희대의 천재"라고 '나'는 생각한다. '나'는 이런 생각을 하다가 'C' 양의 방을 나선다. 그녀가 집어 주는 하얀 국화꽃 한 송이를 왼편 옷깃에 꽂고 자신의 하숙방으로 돌아오는 것이다.

이제 소설 「실화」의 텍스트는 다섯째 단락으로 넘어가고 이야기는 다시 '나'라는 주인공이 서울을 떠나던 마지막 날로 거슬러 올라간다. '나'는 밤새도록 추궁한 끝에 '연'의 과거에 대한 고백을 듣고는 절망에 빠진다. 그리고 '연'과 함께 지낸 '추악한 방'을 돌아보고는 집을 나온다. 두 눈에 눈물이 고인다. 어디 가느냐고 따라나서는 '연'에게 도쿄로 간다는 말 한마디를 남긴 채 뒤도 돌아보지 않는다. '나'는 사실 죽음의 길을 찾았던 것이다.

이와 같이 소설 「실화」의 전반부에서 주인공 '나'는 도쿄를 무대로 'C' 양이라는 유학생의 모습을 통해 서울에 두고 온 아내 '연'을 연상한다. 그리고 도쿄로 떠나와 있는 '나'의 내면의식을 그대로 드러낸다. '나'는 서울에서 헤어진 '연'의 이야기를 '아내의 간음'이라는 소재와 관련지어 소상하게 들려준다. 여기서 주목되는 것이 일종의 메타적 글쓰기 또는 패러디의 기법에 의해 구축된 상호텍스트적 공간이다. 이 상호텍스트의 공간은 텍스트와 텍스트라는 정해진 대상을 넘어서서 여성과 성의 문제 또는 여성의 성적 개방 문제라는 사회 문화적 쟁점을 따라 그 맥락이 확대되는 특징을 드러낸다. 소설 「실화」는 어떤 형태의 텍스트라도 그것이 위치하고 있는 사회 문화적 맥락을 떠나서는 이해할 수 없는 것임을 말해 준다.

소설 「실화」는 여섯째 단락에서부터 이야기의 후반부로 이어진다. 'C' 양을 매개로 하여 연상할 수 있었던 서울의 '연'의 이야기 대신에 '나'의 도쿄생활의 단면이 제시된다. 그러므로 관심의 초점도 '나'의 내면 세계로 이동한다. 전반부의 이야기가 '연'과의 결별 과정을 '아내의 간음'이라는 행위를 모티프로 하여 서사화했던 것과는 달리 후반부에서는 도쿄에서 혼자 지내고 있는 '나'의 관심과 태도를 중심으로 이야기가 전개된다. 'C' 양의 방을 나온 '나'는 도쿄 진보초(神保町)의 하숙방으로 발길을 옮긴다. 거리에는 고서(古書)들을 가로에 내놓고 파는 야시장의 풍경이 그려진다. 그 거리에서 만난 것이 법정대학의 'Y' 군이다. 두 사람은 그 길로 다방 '엠프레스'로 간다. 흑백영화 〈ADVENTURE IN MANHATTAN〉의 한 장면을 연상하면서 커피를 마신다. 이 대목은 아주 간단하게 세 개의 문장으로 서술된다.

> ADVENTURE IN MANHATTAN에서 진- 아-더-가 커피한잔 맛있게먹드라. 크림을 타먹으면 小說家仇甫氏가그랬다— 쥐오좀내가 난다고. 그러나 나는 조-엘 마크리-만큼은 맛있게 먹을수 있었으니—

미국 할리우드의 흑백영화 〈ADVENTURE IN MANHATTAN〉은 '만하탄 야화(夜話)'라는 제목으로 1936년 11월 10일에 도쿄에서 개봉된 바 있다(일본 카탈로그하우스 편, 『20세기아메리카영화사전』, 2002). 이상이 이 영화를 도쿄에서 감상했던 것으로 보인다. '나'와 법정대학의 'Y' 군은 커피를 마시면서 영화 속 주인공의 시선을 떠올린다. 그때 모차르트의 음악이 흘러나오는데,

이제 바깥에는 어둠이 깔린다. '나'는 다방 '엠프레스'를 나오면서 밤하늘을 올려다본다. 밤하늘에 빛나는 별 목성을 쳐다보면서 '나'는 모차르트를 떠올린다. 다방에서 들었던 모차르트 교향곡 제41번 C장조 K551, '주피터'라는 이름으로 더 익숙한 그 장엄한 가락이 귓가에 맴돈다. '나'는 그 음악의 소리를 눈으로 가늠하면서 밤하늘을 응시한다. 다방을 나선 법정대학의 'Y' 군은 '나'를 신주쿠의 카페 'NOVA'로 이끈다. 이 장면은 다음과 같이 서술된다.

「NOVA에 가십시다」
「가십시다 가십시다」
마담은 루파시카. 노—바는 에스페란토. 헌팅을 얹인놈의心臟을 아까부터 벌레가 연해 파먹어 들어간다. 그렇면 詩人芝鎔이어! 李箱은 勿論 子爵의 아들도 아무것도 아니겠읍니다그려!

이 장면에 그려져 있는 '노바'의 풍경은 소설 속의 공간으로 구체화된 하나의 장소에 불과하지만, 단순한 술집 풍경만은 아니다. 이상이 독자들을 안내한 신주쿠의 술집 'NOVA'는 실제의 장소이면서도 1930년대 도쿄에 미만해 있던 이국 취향의 경향을 보여 준 상징적인 표상 공간이었기 때문이다.

소설 「실화」의 후반부를 장식하고 있는 'NOVA'란 어떤 곳인가? 법정대학 'Y' 군에 이끌려 이상이 들렀던 'NOVA'에 대해서는 1930년대 중반 도쿄 유학생들이 중심이 되어 발간한 문학잡지 《탐구(探求)》(1936. 5.)의 창간호에 주영섭(朱永涉)의 시 「바 · 노바」를 통해 확인해 볼 수 있다.

불 꺼진 람프와 싸모왈-ㄹ
경마장(競馬場) 본책(本柵) 같은 교자.

실경우에몽켜섯는 술병 - 세계선수들
마음에맞는 술병을골라
「찬봉」을마시고
베레- 씨
루바-슈카 군
마르세에유를부르고
아리랑을노래하자.

재주꾼인 마스터가
와인그라-스에비라미트를쌋는다
갖들어온「체리꼬」가
헛드리는아브상에 파-란불이붓는다
샴팡병과나무걸상
배-커스와 예-너스의초상,
독일말하는 대학생이여
원카마시는 시인이여
잠자쿠잇는「고루덴」바지여
제각기색다른술을붓고
다가치 축배를들자!

낡은성냥갑을버려라,
한 대남은담배를피여물고
세시넘은 노-애를나서자.

주영섭은 시 「바 · 노바」에서 술집 'NOVA'의 풍경을 퇴폐와 열정으로 가득하게 묘사한다. 거기에는 시인의 자의식 대신에 젊음의 이름으로 가리어진 암울한 퇴폐가 자리 잡고 있다. 'NOVA'에는 불이 꺼진 램프와 러시아식의 물 끓이는 주전자인 "싸모왈"(samovar; 사모바르)이 놓여 있다. 이 두 개의 시적 대상은 'NOVA'의 공간이 가지는 이국적 정취를 그대로 살려 낸다. 경마장의 목책처럼 홀 안에 나무 테이블이 늘어놓여 있다. 시렁 위에는 세계 각국에서 들여온 온갖 종류의 술병들이 모여 있다. 시적 화자는 이 술병들을 두고 세계의 선수들이라고 부른다. 흥청대는 제국의 밤거리에서 'NOVA'를 찾는 술꾼들은 자기가 좋아하는 술병을 골라내어 술을 뒤섞어 '짬뽕'으로 마신다. 베레모를 쓴 사람, "루바슈카"(rubashka; 루바시카)를 입은 술꾼이 함께 흥에 겨워 마르세유를 노래하고 아리랑을 부른다.

시 「바 · 노바」의 후반부에는 취흥을 돋우며 흥청대는 'NOVA'의 술꾼들이 묘사된다. 주방장이 와인글라스를 가지고 피라미드 모양을 쌓아 올리는 재주를 부리고, 갓 들어온 "체리꼬"가 그 글라스에 술을 붓는다. 글라스에 흘러내리는 술 "아브상"(absinthe; 압생트)에 파란 불이 붙는다. 샴페인 술병이 여기저기 놓여 있고 나무 의자에는 바커스와 비너스처럼 남녀가 걸터앉아 있다. 독일어를 지껄이는 대학생, "웓카"(보드카, vodka)를 마시는 시인, 잠자코 앉아 있는 "고루뎅" 바지의 사나이. 제각기 색다른 술잔에 축배를 든다. 모두가 흥에 취하고 술에 취하는 사이에 어느덧 밤이 깊어 새벽 세 시가 넘어간다. 시적 화자는 이 열정의 공간에서 한 대 남은 담배에 불을 붙이면서 낡은 성냥갑을 구겨 내던지고는 'NOVA'를 나선다.

이런 식으로 읽어 보면, 「바 · 노바」의 시적 공간에서 시인의 내면의식이 차지하는 구석은 그리 크지 않아 보인다. 시적 주체는 어느 사이에 'NOVA'의 공간 속에 그대로 묻혀 버린 채 모습조차 드러내지 못하고 있다. 그러나

들떠 있는 분위기가 고조되어 엄청난 격정의 도가니처럼 느껴진다. 이 뜨거운 공간에서 시적 주체는 술꾼들 사이에 섞여 한데 어울린다. 'NOVA'의 공간이 만들어 내는 이 특이한 집단의식 속에서 '우리들'이라는 의미를 찾고자 하는 것은 어리석은 일이다. 'NOVA'에는 세계 각처에서 들여온 술이 있고, 각 나라의 특이한 문화가 거기 함께 묻어 있다. 여기 모여든 술꾼들은 모두가 자기 멋대로 자유롭다. 마음에 드는 술병을 골라 이것저것 섞어 '짬뽕'으로 술을 들이킨다. 이들이 마시는 술처럼 세계의 풍물과 사조가 함께 뒤섞여 'NOVA'의 공간은 독특한 퇴폐의 분위기로 가득 차게 된다. 그리고 여기에 까닭 모를 암울이 덧씌워지는 것이다. 여기서 'NOVA'의 술꾼들이 무엇을 위해 축배를 들고 있는가를 묻는 것은 독자로서의 임무이다. 세기말의 불안이라고 명명하기도 했던 이 암울을 떨쳐 내기 위해 낡은 시대를 버려야 했던 것인가? 이것이 시대적 숙명이라면 '낡은 성냥갑'처럼 버려야만 하는 것은 과연 무엇인가? 주영섭의 시 「바·노바」는 바로 이러한 질문을 떠올리게 하는 장면에서 끝이 난다.

그런데 소설 「실화」를 보면, 주인공인 '나'는 신주쿠의 'NOVA'에서 술을 마시며 허망한 열정 대신에 정지용의 시 「카페 프란스」를 인유하면서 우수와 환멸 속으로 빠져들고 있다. 소설 속에서 'NOVA'의 풍경을 그려 놓은 대목은 이렇게 서술되어 있다. "마담은 루파시카. 노―봐는 에스페란토. 헌팅을 얹인 놈의 심장을 아까부터 벌레가 연해 파먹어 들어간다. 그러면 시인 지용(芝鎔)이여! 이상(李箱)은 물론 자작의 아들도 아무것도 아니겠습니다그려!" 이 대목이 정지용의 시 「카페 프란스」의 패러디에 해당한다는 것은 이 시를 읽어 본 적이 있는 사람이라면 쉽게 짐작할 수 있다. 이상은 왜 'NOVA'의 풍경을 놓고 정지용의 시 「카페 프란스」를 떠올리고 있는 것인가? 그 이유는 이 시가 그려 내는 특이한 시적 공간과 그 정서를 통해 설명할 수밖에 없을 것이다. 정지용이 그의 시 「카페 프란스」에서 그려 냈던 '카페 프란스'는 1920년대 후반 교토(京都)의 대학가에 자리 잡고 있던 작은 카페였음은 물론이다. 그러므로 'NOVA'의 풍경과는 전혀 다를 수밖에 없다. 도쿄 신주쿠의 'NOVA'는 1930년대 후반 제국의 수도 한복판에 자리하고 있던, 젊은이들에게는 최고의 낭만 혹은 퇴폐에 해당한다.

옮겨다 심은 종려(棕梠)나무 밑에
빗두루 선 장명등.
카페- 프란스에 가자.

이 놈은 루바쉬카.
또 한놈은 보헤미안 넥타이.
뻣적 마른 놈이 앞장을 섰다.

밤비는 뱀눈처럼 가는데
페이브먼트에 흐늙이는 불빛
카페- 프란스에 가자.

이놈의 머리는 빗두른 능금.
또 한놈의 심장은 벌레 먹은 장미.
제비처럼 젖은 놈이 뛰어간다.

*

「오오 패롤(鸚鵡) 서방! 꾿 이부닝!」

「꾿 이브닝!」(이 친구 어떠하시오?)

울금향(鬱金香) 아가씨는 이 밤에도
경사(更紗) 커튼 밑에서 조시는구려!

나는 자작(子爵)의 아들도 아무것도 아니란다.
남달리 손이 히여서 슬프구나!

나는 나라도 집도 없단다.
대리석 테이블에 닿는 내 뺨이 슬프구나!

오오, 이국종(異國種) 강아지야
내 발을 빨어다오.
내 발을 빨어다오.

정지용의 시 「카페 프란스」를 보면 시의 텍스트가 크게 전반부와 후반부로 구분되어 있다. 이러한 구분은 물론 시적 공간의 변화로 이어진다. 전반부는 비가 내리는 저녁에 '카페 프란스'를 찾아가는 길이다. 이러한 공간의 설정 자체가 전반부의 시적 분위기를 형성하는 기반이 된다. 이 시의 후반부는 전반부와 그 내용이 사뭇 다르다. 열려 있는 공간으로서의 밤거리를 그리는 것이 아니라, 닫혀 있는 카페의 내부로 들어선 모습을 그린다. 시적 묘사의 관점과 어조가 바뀐다. 후반부는 카페에 들어서는 장면부터 시작된다. 카페의 문을 열고 홀 안으로 들어섰는데, 울금향(鬱金香; 튤립)이라는 별명을 가진 여급은 늘어진 커튼 아래에서 졸고 있다. 이들에게 눈길도 주지 않는 셈이다. 시적 화자는 졸고 있는 이 아가씨의 무심한 표정에 이내 주눅이 든다. 그리고 초라한 자신의 모습을 돌아보게 된다. 자신이 가난한 농가의 태생으로 아무것도 가진 것이 없고, 어떤 사회적 지위도 누리지 못하고 있으며, 돈 많은 난봉꾼도 아님을 밝히고 있는 것이다. "남달리 손이 히여서 슬프구나!"라는 구절은 가난한 유학생의 처지를 그대로 그려 낸다. 하지만 이 시의 마지막 구절에서 시적 화자는 이 같은 서러움을 달래기 위해 일시적이나마 육체적인 위무(慰撫)를 갈구한다. 마지막 구절인 "오오, 이국종(異國種) 강아지야 / 내 발을 빨어다오. / 내 발을 빨어다오"는 이 같은 육체적 갈망을 직접적으로 표출한 것이라고 할 수 있다. 여기서 말하는 '이국종 강아지'는 졸고 있던 카페의 여급 '울금향' 아가씨를 지칭하는 것임은 물론이다. 이 작품이 나라 잃은 가난한 유학생들이 겪어야 하는 고통과 슬픔 그리고 객기를 그들의 생활의 한 단면을 통해 확인할 수 있게 한다는 것은 부인할 수 없는 일이다.

소설 「실화」 속의 '나'는 신주쿠의 술집 'NOVA'에서 설익은 프랑스어로 파리의 낭만을 흉내 내는 암울한 퇴폐를 구경한다. 그리고 바로 이러한 모조된 공간으로 조립되어 있는 도쿄에 대해 크게 실망한다. 서구 제국을 따라 흉내 내기에 목을 매고 있는 일본이라는 거대한 제국의 실체가 거기에 얼비치고 있었기 때문이다. 그러므로 주인공인 '나'는 'NOVA'의 분위기에 젖어들기 전에 시인 정지용을 떠올린다. 「카페 프란스」에서 "나는 자작의 아들도 아무것도 아니란다. / 남달리 손이 히여서 슬프구나! // 나는 나라도 집도 없단다. / 대리석 테이블에 닿는 내 뺨이 슬프구나!" 하고 노래했던 식민지 지식인 청년의 비애를 그대로 느낄 수밖에 없었던 것이다. 그리고 이 같은 비애의 정서를 바탕으로 '나'는 스스로 자신의 잘못된 도쿄행을 반성한다. 현해탄을 건너면서 '망토' 깃을 날리던 청년 시인 정지용은 '망토'에 붙어 있는 '금 단추'를 모두 떼어 내어 바다에 던짐으로써 자의식의 굴레를 벗어났지만, 이상에게는 내던져야 할 어떤 것도 남아 있지 않았던 것이다.

소설 「실화」의 일곱째 단락에서는 카페 'NOVA'의 어두운 풍경이 이어진다. 카페 'NOVA'에 앉아서 '나'는 서울을 떠나오기 전날의 일들을 다시 떠올린다. 그리고 마지막 만나 보았던 '유정'이라는 인물의 모습을 그린다. 이 장면에서 그려 내고 있는 '나'와 '유정'이라는 인물의 헤어짐의 과정은 가슴을 저민다. 여기 그려진 '유정'이 실존의 작가 김유정임은 누구나 쉽게 짐작할 수 있다. 경험적 주체로서의 작가 이상이 서울을 떠나면서 마지막으로 만난 것이 현실 속의 작가 김유정이라는 점은 참으로 의미심장하다. 이것은 「실화」의 스토리가 일종의 메타픽션의 형태로도 읽힐 수 있음을 의미한다. 그 이유는 작가 자신과 그 주변 인물들의 실재적인 삶의 한 장면을 작품 속에 직접적으로 투영하는 방식을 통해 스토리 자체가 경험적 역사성의 의미를 획득하고 있기 때문이다. 소설 속에서 스토리 구성의 새로운 가능성을 탐색하고자 하는 이러한 이야기 방식은 인간의 왜곡된 실재의 비전에 대해 반발하면서 상상력에 대한 신념을 강조하게 된다는 점에서 주목을 요한다.

소설 「실화」의 여덟째 단락은 여전히 카페 'NOVA'의 어두운 분위기 속에 앉아 있는 '나'의 모습과 그 내면 공간을 보여 준다. '나'는 옆자리에 앉아 있는 일고(一高) 휘장의 "핸썸 보이"에게 주눅이 든다. 도쿄제국대학의 교양학부 전신인 '일고'는 천재들만을 받아들이는 곳으로 유명하다. 정지용의 시 「해협」에서 그려지고 있는 "망또 기체 솟은 귀는 소라ㅅ속 같이 / 소란한 無

人島의 角笛을 불고—"라는 구절에서 묘사하고 있는 바로 그 망토를 두른 표정에 '나'는 기가 죽은 것이다. 그리고 다시 정지용의 시 「말」의 한 구절 "말아 다락같은 말아"를 떠올린다.

> 슬퍼? 응— 슬플밖에— 二十世紀를 生活하는데 十九世紀의 道德性밖에는 없으니 나는 永遠한 절름바리로다. 슬퍼야지— 萬一 슬프지 않다면— 나는 억지로라도 슬퍼해야지— 슬픈 포—스라도 해보여야지— 왜 안죽느냐고? 헤헹! 내게는 남에게 自殺을 勸誘하는 버릇밖에없다. 나는 안죽지. 이따가 죽을것만같이 그렇게 衆俗을 속여주기만 하는거야. 아— 그렇나 인제는 다틀렸다. 봐라. 내팔. 皮骨이相接. 아야아야. 웃어야할터인데 筋肉이없다. 울려야 筋肉이없다. 나는 形骸다. 나—라는 正體는 누가 잉크짓는 약으로 지워버렸다. 나는 오즉 내— 痕迹일 따름이다.

이 자조의 말 속에는 이상 자신이 발표했던 여러 가지 텍스트의 언어들이 서로 뒤섞여 있다. 그만큼 주인공인 '나'의 복잡한 의식 상태가 고조되어 있음을 의미한다.

「실화」의 마지막 장면은 아침에 '나'의 하숙에서 받았던 서울에서 온 두 통의 편지를 공개하는 것으로 마감된다. 하나는 '유정'의 것이고 다른 하나는 '연'의 편지다. 모두가 어서 빨리 다시 서울로 돌아오라고 한다. 소설 「실화」는 주인공인 '나'가 개인사적 동기에서 비롯된 자신의 도쿄행이 결국 실패한 것임을 반성하는 것으로 끝이 난다. '꽃을 잃다'라는 이 작품의 제목이 암시하는 세계는 사랑이라든지 연애라든지 하는 사적 공간에만 국한되는 것은 아니다. 그것은 현대적인 문명 공간을 꿈꾸던 작가 자신의 열정의 상실을 의미하기도 한다. 사적인 내면 세계를 객관화하기 위해 타자의 텍스트를 수없이 끌어들이고 있는 이 작품은 결국 하나의 커다란 패러디를 구축한 채 그 복잡한 내면 풍경의 장면들을 닫아 버리고 있다.

## 5. 이상 소설과 영화의 기법

### 1) 이상과 영화와의 만남

이상이 영화에 대한 관심을 언제부터 가지게 되었는지를 말해 주는 구체적인 근거는 확인할 수가 없다. 그러나 영화에 대한 그의 관심이 단순한 개인적 취향의 문제에 국한되지 않는다는 점은 분명하다. 이상의 영화에 대한 관심은 도처에서 발견된다. 그가 쓴 수필들을 보면 1930년대 초중반 경성과 도쿄에서 상영된 영화를 언급하고 있는 대목들이 많다. 이상이 김기림에게 보낸 사신 속에도 영화 이야기가 한 부분을 차지할 정도다. 그의 소설 가운데 「지도의 암실」, 「동해」, 「실화」 등은 이야기의 장면 속에 자연스럽게 영화 이야기를 삽입해 놓고 있다. 이상이 영화에 대하여 언급하고 있는 것은 단편적인 내용들이지만, 이것은 이상 자신의 도회인으로서의 일상에 영화가 중요한 자리를 차지하고 있음을 의미한다. 하지만 이상의 문학에서 영화란 무엇인가를 논한다는 것은 그리 간단한 일은 아니다.

이상이 살았던 시대는 영화 예술이 가장 빠른 속도로 그 기술력과 예술성을 키웠던 때이다. 1900년대에 들어설 무렵 조선에 처음 소개된 영화는 '활동사진'이라는 말 그대로 움직이는 사진에 불과했다. 이 시기의 활동사진에 관한 신문기사를 보면 미국이나 유럽의 대도시의 풍물을 스케치한 것도 있고, 이토 히로부미가 하얼빈 역에서 안중근 의사에 의해 저격당하던 장면을 찍었던 것도 있다. 일본으로 끌려간 영친왕의 근황을 촬영한 활동사진은 고

종이 덕수궁에서 신하들과 함께 구경하기도 했다. 이처럼 초기의 영화는 오락용 눈요깃거리에 불과하였다. 그러나 그 발달 과정을 보면 불과 한 세기를 지나지 않는 짧은 역사에도 불구하고 영화는 인류 역사 속에 전개되어 온 모든 예술의 발전 과정을 넘어서는 눈부신 성장을 해 왔다. 영화는 그 짧은 역사에도 불구하고 이미 전 세계인이 함께 즐기는 대중적 예술로 성장하면서 그 기술을 개혁해 왔고 자신의 표현 방법을 개발해 왔다.

한국에서는 일제의 강점 이후 1920년대에 들어서면서 영화가 활동사진의 단편성을 넘어서기 시작했다. 일본의 자본력을 기반으로 유럽과 미국의 영화들이 직수입되고 한국인들도 새로운 문화산업인 영화의 제작에 관심을 보이기 시작하였다. 1920년대 후반 경성의 극장가에서는 매일같이 수십 편의 서구 영화가 몇몇 한국 영화와 함께 상영되었다. 이 영화들은 한국인들에게 무성영화 시대에서 토키영화(발성영화) 시대로의 대전환의 과정을 생생하게 체험할 수 있게 했다. 한국인들은 영화를 통해 유럽의 도시를 살아가는 서구인들과 동시대적 감각을 공유하는 특이한 경험을 할 수 있게 되었으며, 영화를 통해 전파되는 서구의 패션과 스타일에 관심을 기울이기 시작하였다. 이러한 과정에서 도시생활의 일상 가운데 영화 관람이라는 대중적 여홍이 자리 잡게 되었다.

1920년대 후반에 서구의 영화는 그 표현 방법에 있어서도 다양한 카메라 수법의 개발과 몽타주 원리를 적용한 편집 기술의 향상을 통해 영화적 형식의 완성을 이룩하게 되었으며, 소리와 색채를 화면 속으로 끌어들이면서 영화의 예술적 가치를 높일 수 있게 되었다. 그렇기 때문에 영화는 대중매체인 신문의 지면에서 점차 자기 영역을 넓혔으며, 잡지의 중요한 기삿거리가 되었다. 여기에 발맞추어 식민지 조선에서도 여러 영화제작사가 출현하여 영화의 토착화를 이루게 된 것이다. 더구나 당대 최고의 영화이론가로 명성을 떨치던 러시아의 영화감독 에이젠시테인의 몽타주에 관한 이론이라든지 발성영화에 대한 내용 등이 당시의 잡지와 신문에 상세하게 소개되고 있는 것만 보더라도 서구 영화이론에 대한 이해의 수준을 짐작할 수 있다. 모든 사실을 동적인 영상으로 기록하여 보여 주는 영화의 매력은 개인적 취향의 문제만이 아니라 식민지 근대화 과정에서 한국인들의 삶의 모더니티를 선도하는 새로운 매체가 되었다.

이상의 작품 속에 등장하는 영화에 대한 이야기로는 수필 「성천기행」에서 그려 내고 있는 활동사진 상영 장면이 인상적이다.

> 學校마당에는 「코스모스」가 피여잇고 生徒들은 글을배오고 잇슴니다. 그들은熱心히簡單한 算術을노아 그들의正直과淳朴을智慧와 狡猾로換算하고잇슴니다. 嘆息할利息算이 아니 겟슴닛가. 族譜를 씨저버린것과갓흔 흰나비가 두어마리 白墨내음새나는 花壇우에서 飜覆이無常함니다. 坐軟式 「테니스」공의 마개쏩는소리가 音響의痕跡이 되여서는等高線의 各點모양으로 남어잇는것갓슴니다. 이마당에서 오늘밤에 金融組合宣傳活動寫眞會가 열님니다. 活動寫眞? 世紀의 寵兒 — 온갖 藝術우에 君臨하는 「넘버」第八藝術의勝利. 그高踏的이고도 蕩兒的인魅力을무엇에다 比하겟슴닛가. 그러나이곳 住民들은 活動寫眞에 對하야한낫童話的인 꿈을가진채잇슴니다. 그림이 움즉일수잇는 이것은 참 紅毛오랑캐의妖術을 배와가지고온것 갓흐면서도 갓지안은 同胞의 부러운재간입니다.
>
> 活動寫眞을 보고난다음에 맛보는淡白한虛無 — 莊周의 胡蝶夢이 이러하얏슬것입니다. 나의 동글납작한 머리가 그대로 「카메라」가되여疲困한 「짜불랜즈」로나마 몃번이나 이옥수々 무르닉어가는 初秋의情景을撮影하얏스며映寫하얏든가 — 「후래슈쌕」으로 흐르는 열븐哀愁 — 都會에 남아잇는 몃孤獨

한「팬」에게보내는 斷腸의「스틸」이외다.

밤이 되엿슴니다. 초열흘갓가운달이 초저녁이 조곰지나면 나옴니다. 마당에 멍석을펴고 傳說갓흔 市民이 모혀듬니다 蓄音機압헤서 고개를갸웃거리는北極「펭귄」새들이나 무엇이 다르겟슴닛가. 짧고도기다란人生을 적어나려갈 便箋紙 —「스크린」이 薄暮속에서「바이오그래피」의 豫備表情임니다. 내가 잇는 건너편 客主 집에는 都會風女人도 왓나봅니다. 사투리의 合音이 마당 안에서 들님니다.

始作임니다. 釜山棧橋가 낫하남니다. 平壤牧丹峰임니다. 鴨綠江鐵橋가 歷史的으로 도라감니다. 拍手와喝采 — 泰西의 名監督이 바야흐로 顔色이업슴니다. 十分休憩時間에 組合理事의 通譯附演說이 잇섯슴니다.

달은 구름속에잇슴니다. 禁煙 — 이라는 늣김임니다. 演說하는 理事얼골에 電燈이「스폿트」도 빗쳣슴니다. 山川草木이 다 驚動할일임니다. 電燈 — 이곳村民들은××行自動車「헷드라이트」外에 電燈을본일이업습니다. 그눈이 부시게 밝은 光線속에서 蒼白한 理事는降壇햣슴니다. 愚昧한 百姓들은 이理事의 雄辯에한사람도 拍手치 안앗슴니다 — 勿論 나도 그愚昧한 百姓 中의 하나일수밧게업섯슴니다마는—.

밤열한時나 지나서 映畵鑑賞의밤은「해피엔드」엿슴니다.

앞의 글에서 이상이 영화에 대해서 언급하고 있는 대목은 사실 영화의 초보 단계에 해당하는 '활동사진'이다. 그러나 이상은 활동사진을 '세기의 총아'라고 적고 있다. 그리고 '모든 예술 위로 군림하고 있는 제8예술의 승리'라는 말로 영화의 발전과 그 영향력을 높이 평가한다. 이상이 주목하고 있는 영화의 매력은 '고답적이고도 탕아적'이라는 비유적 설명을 통해 암시된다. 영화가 보여 주는 고도의 기술력과 그것이 만들어 내는 환상성, 그리고 예술의 모든 영역을 모두 흡수해 버리는 종합적 성격을 이상은 '고답적이고도 탕아적인 매력'이라고 말하고 있는지 모르겠다. 그러나 이보다 더 눈길을 끄는 것은 활동사진을 보고 난 다음에 맛보는 '담백한 허무 — 장주(莊周)의 호접몽(胡蝶夢)'이라고 말하고 있는 부분이다. 이 대목은 영화가 가지는 허망한 여운을 말해 준다. 빛이 없다면 불가능한, 아무런 실체가 없는 영상만으로 인간의 삶을 조작해 내는 영화의 세계는 자막의 영상이 꺼지는 순간 다시 사라진다. 여기서 느끼는 허무를 이상은 담백하다는 한마디의 형용사로 서술하고 있다.

### 2) 「지도의 암실」과 영화 〈러브 퍼레이드(LOVE PARADE)〉

이상은 소설의 서술과 그 기법에서 영화적인 것을 참조하고 작품 속에서 시각화된 서사의 가능성에 도전한다. 그는 영화가 작동하는 방식으로 이야기를 만들고 사물을 인식하고자 한다. 이상의 소설 속에서는 작가 자신이 가지고 있는 영화에 대한 관심을 작중인물의 취향으로 바꾸어 구체화시키는 경우가 많다. 물론 영화에 대해 이야기를 늘어놓고 있는 경우에도 그것이 영화 자체에 대한 어떤 지식이나 개인적 취향을 드러내기 위한 것은 아니다. 이상이 지니고 있는 영화적 관심이 문제적인 것은 그의 소설 가운데 영화적 기법, 엄밀하게 말하자면 카메라 기법에 의해 시각적 창조를 꾀하고 시공간을 서로 분할하는 특이한 구성법이 서사 기법으로 자리하고 있다는 점 때문이다.

이상의 첫 단편소설 「지도의 암실」은 도회의 시가지를 배회하는 도시인의 영화 체험을 특이한 감각으로 묘사한다. 이 소설의 이야기 속에는 주인공인 '나'의 극장에서의 영화 구경이 중요한 일과의 하나로 자리 잡고 있다. 이것은 영화라고 하는 대중 예술이 1930년대 초기의 도시 '경성'의 한복판에서도 일상화되고 있음을 말해 주는 대목이다. 영화를 통해서 구현되고 있는 서구 세계의 일상이 곧바로 식민지 조선의 경성에서의 개인적 삶의 일상과 대등하게 연결된다는 것은 매우 주목되는 현상이다. 앙드레 바쟁은 『영화란 무엇인가?』에서 이렇게 주장하고 있다. "영화가 소설이나 연극보다 후에 출현했다는 사실은 그것이 소설이나 연극의 뒷줄에 선다거나 동일 평면상에 선다는 것을 의미하지 않는다. 영화라고 하는 현상은 전통적인 예술들을 존속시켜 온 사회적 조건들과는 전혀 다른 사회적 조건 속에서 발전해 왔다."[07] 이상이 소설을 쓰면서 영화에 주목했다는 사실은 이 대목에서 암시하는 내용과 연결되어 있다. 영화는 1920년대에 이미 하나의 새로운 예술로 등장하였고 무성영화의 시대를 넘어서서 '토키'의 새로운 시대를 열어 가면서 대중화되었던 것이다.

「지도의 암실」의 주인공이 극장으로 들어서는 장면은 다음과 같은 비유적 묘사로 처리된다.

> 시가지한복판에 이번에새로생긴무덤우으로 싹장벌러지에무든각국우슴이 헷쓰려쎠러트려저모혀들엇다 그는무덤속에서다시한번죽어버리랴고 죽으면그래도 또한번은더죽어야하게되고하야서 또죽으면또죽어야되고 또죽어도 또죽어야되고하야서 그는힘드려한번몹씨 죽어보아도 마찬가지지만그래도 그는여러번々々々죽어보앗으나 결국마찬가지에서 씃나는씃나지안는것이엿다 하느님은그를내여버려두심닛가 그래하느님은죽고나서또죽게내여버려두심닛가 그래그는그의무덤을엇더케 치을까생각하든씃흐 머리에 그는그의잔등속에서 쎨어저나온근거업는 저고리에그의무덤파편을 주섬々々싸

07 앙드레 바쟁, 박상규 역, 『영화란 무엇인가?』, 시각과언어, 1998, 116면.

그러모아가지고 터벅々々걸어가보기로 작정하야노코 그러케하야도 하느님은가만히잇나를 쏘그다음에는 가만히잇다면 엇더케되고 가만히잇지안타면 엇더케할작정인가 그것을차레々々보아나려가기로하얏다.

K는그에게 빌려주엇든저고리를 닙은다음서양시가렛트처럼극장으로 몰려갓다고그는본다 K의저고리는풍긔취체탐정처럼.

그에게무덤을경험케하얏슬뿐인가장간단한불변색이다 그것은어디를가드라도 까마귀처럼트릭크를 우슬것을생각하는그는그의모자를 버서짱우에 놋코그가만히잇는 모자가가만히잇는틈을타서 그의구두바닥으로힘껏 나려밟어보아버리고십흔마음이 종아리살구쌔까지 나려갓것만그곳에서장엄히도승천하야버렷다.

이 대목에서 시가지 한복판에 새로 생긴 '무덤'은 '극장(영화관)'을 비유적으로 지적한 말이다. 극장의 내부로 들어서는 출입문의 모양이 마치 서양식 묘지와 유사한 면이 있다는 점에 착안한 것인지 모른다. 그러나 주목해야 하는 것은 이러한 외양적인 것의 묘사 방식이 아니다. 이 소설에서 문제 삼고 있는 것은 영화라는 형식이 요구하는 독특한 예술적 향수 방식이기 때문이다.

영화는 움직이는 대상을 사진적 방법에 의하여 필름으로 인화하는 작업으로 시작된다. 대상의 움직임을 연속적으로 처리하기 위해서는 매초 24장의 장면이 이어지도록 촬영해야 한다. 이렇게 처리된 필름의 화상을 광학적 방법으로 스크린에 투영함으로써 움직이는 영상을 보여 줄 수 있게 된다. 이때 선명한 영상의 투사를 위해서 외부의 빛을 차단하기 때문에 영화의 상영은 어둠 속에서 이루어진다. 그러므로 영화를 상영하는 극장 안은 무덤 속처럼 어둡다. 영화를 구경하러 들어간 관객은 마치 죽은 것처럼 꼼짝없이 모두 자기 자리에 앉아 있어야 한다. 그리고 어둠 속에서 눈앞에 펼쳐지는 영화의 장면에 몰입하게 된다.

앞서 지적한 것처럼 소설 「지도의 암실」에서 극장은 무덤으로 비유되어 묘사된다. 영화라는 새로운 예술은 영화 자체의 메커니즘으로 인하여 그것을 향유하는 모든 관객을 영화 상영의 조건 속으로 끌어들인다. 이것이 바로 기계적 시설을 갖춘 영화 상영 극장이다. 극장에서는 영화의 상영을 위해 외부의 빛을 차단하고 영화 이외의 모든 외적 요소로부터 관객을 격리시킨다. 그러므로 관객은 영화가 상영되는 동안 자기 자신의 경험적 세계로부터 철저하게 소외된 채 영화의 세계로 끌려들게 된다. 이러한 현상을 두고 이상은 소설 속의 주인공이 극장 안으로 들어가는 것을 무덤 속으로 들어가는 것으로 비유한다. 그리고 영화 구경 자체를 잠시 죽어 버리는 것으로 비유하고 있는 것이다.

이 소설에서 주인공이 시가지를 배회하다가 극장에서 구경한 영화가 어떤 것인지 궁금하다. 소설의 텍스트에는 아무런 설명도 없이 'LOVE PARADE'라는 말을 끼워 넣고 있다. 실제로 'LOVE PARADE'는 영화 〈러브 퍼레이드(The Love Parade)〉의 제목을 패러디한 것이다. 1929년 미국 파라마운트사에서 제작한 이 영화는 토키영화의 초기 단계에 등장한 뮤지컬 코미디로 유명하다. 무성영화 시대의 막바지에 활동했던 에른스트 루비치(Ernst Lubitsch) 감독은 영화의 장면과 음악의 선율을 교묘하게 결합시킴으로써 토키영화로서의 뮤지컬의 새로운 가능성을 열어 놓게 된다. 영화 〈러브 퍼레이드〉는 무성영화의 시대를 벗어난 영화가 더욱 새로운 시청각의 종합매체로 발전할 수 있는 가능성을 보여 준 초창기 토키영화의 화제작 가운데 하나이다. 이른바 '비타폰 시스템(Vitaphone system)'이 발명되면서 비약적으로 발전하기 시작한 토키영화는 영상 위주로 편집되어 온 영화에 소리를 결합시킴으로써 이미지와 사운드의 완벽한 기계적 결합을 가능하게 한다.[08] 토키영화의 시대를 열어 놓은 것으로 평가받는 앨런 크로슬랜드(Alan Crosland) 감독의 〈재즈 싱어(The Jazz Singer)〉(1927)가 뉴욕에서 크게 흥행에 성공하자, 미국의 영화는 영상을 보여 주면서 그 곁에서 레코드를 동시에 돌리던 불완전한 사운드 방식에서 벗어나, 필름에 녹음된 소리를 스크린의 영상과 완전히 일치시키는 토키영화로 급속하게 발전한다. 토키영화의 등장은 비디오적 요소에 전적으로 의존하던 영화에 오디오적 요소를 가미하는 기술적 혁명을 가져왔고, 이러한 영화 기술 자체가 영화의 예술성만이 아니라 그 제작의 기업적 체제를 혁신하게 된다. 토키영화는 영화의 배경을 이루는 음악을 곁들이고 효과적인 자연음을 첨가하여 영상의 리얼리티에 대한 환상을 증폭할 뿐만 아니라 영화 속 등장인물의 대화를 그대로 자유롭게 살려 냄으로써 영상에 의존했던 영화의 내용에 연극적 효과와 문학의 요소를 결합할 수 있게 된다.

영화 〈러브 퍼레이드〉는 이 같은 토키영화의 화려한 상업주의적 변신에 성공한 작품으로 평가된다. 이 영화에서 가상의 왕국 실바니아의 루이스 여왕으로는 자넷 맥도널드(Jeanette MacDonald)가 출연하며 여왕의 남편이 된 모리스 슈발리에(Maurice Chevalier)가 주인공으로 등장한다. 둘 사이의 까다로운 로맨스를 그려 내고 있는 이 영화는 무성영화 시대를 마감하고 토키영화가 등장하면서 새롭게 기획된 뮤지컬 코미디였기 때문에 배우들의 노래와 춤이 화면을 장식한다. 영화의 첫 장면은 프랑스 잡지의 페이지를 넘기는 어떤 남성의 손이 스크린에 크게 부각되면서부터 시작된다. 책장을 넘기면 화려한 의상의 합창 무희들이 한 줄로 등장하고 거대한 샴페인 병이 클로즈업

08 버지니아 라이트 웩스먼, 김영선 역, 『세상의 모든 영화(A History of Film)』, 이론과실천, 2008, 147-155면 참조.

되면서 그 사이에 '파리(Paris)'라는 글자가 또박또박 번쩍인다. 사랑의 도시 파리가 이 영화의 서두를 장식한다. 그리고 바로 실바니아 왕국의 프랑스 주재 무관(武官)으로 파리에 파견되어 온 알프레드 남작(모리스 슈발리에)이 호사스럽게 치장된 침실에서 나온다. 뒤를 따라 한 여인이 치마를 걷어 올린 채 스타킹의 끈을 묶으면서 등장한다. 둘 사이에 연유를 알 수 없는 언쟁이 이어진다. 그 여인이 자신의 지갑에서 권총을 꺼내 든다. 그때 요란스럽게 출입문이 열리면서 한 사내가 들어선다. 두 남녀의 정사를 염탐하던 그녀의 남편이다. 여인은 들고 있던 권총으로 자신의 머리를 겨냥하여 쏘면서 쓰러진다. 알프레드 남작과 그녀의 남편은 너무나 당황하여 얼어붙은 것처럼 서 있다. 순간 남편은 쓰러진 여인의 손에 쥐어진 권총을 집어 들고 알프레드를 노려보면서 방아쇠를 당긴다. 하지만 알프레드는 그의 가슴을 가볍게 치면서 고개를 흔든다. 권총은 처음부터 탄알이 들어 있지 않은 장난감이었던 것이다. 여인의 곁에 알프레드와 그녀의 남편이 무릎 꿇는다. 남편은 그녀에게 키스하면서 흐트러진 옷매무새를 가지런히 한다. 부부가 퇴장한 뒤 실바니아의 대사가 등장하여 알프레드에게 이것이 파리에서의 마지막 스캔들이 될 것이라고 말하면서 첫 기차로 고국으로 귀국할 것을 명령한다. 이 영화는 파리에서의 스캔들로 강제 귀국 조치된 알프레드 남작이 우여곡절 끝에 루이스 여왕의 남편감으로 간택되면서 흥미를 더한다. 고집이 강한 여왕의 배우자가 된 알프레드는 점차 아무 하는 일 없이 여왕 곁에 들러리로 서 있어야 하는 자신의 처지에 염증을 느끼면서 둘 사이에 갈등이 커진다. 하지만 영화 장면 사이사이에 펼쳐지는 화려한 춤과 아름다운 노래들이 분위기를 고조하면서 이야기를 반전시키게 된다.

소설 「지도의 암실」의 주인공은 영화 〈러브 퍼레이드〉의 감미로운 음악과 화려한 무대에 취한 상태로 극장을 빠져나온다. 어둠이 깔린 시가지의 가로등에 불이 밝혀졌지만 주인공은 여전히 영화의 흥취에 젖어 있다. 그렇기 때문에 포도 위를 걸어가면서도 발걸음이 가볍고 미끄러지듯 한다. 소설의 텍스트에서는 영화의 음악적 분위기를 살려 내면서 텍스트 내적 공간을 확대시키기 위해 다음과 같이 주인공의 의식 상태를 묘사하고 있다.

> LOVE PARRADE
>
> 그는답보를게속하얏는데 페브멘트는후을훌날으는 초콜레에트처럼훌々날아서 그의구두바닥밋흘밋그러히쏙々빠저나가고잇는것이 그로하야금더욱々々 답보를식히게한원인이라면 그것도원인의하나가 될수도잇겟지만 그원인의대부분은 음악적효과에잇다고안이볼수업다고 단정하야버릴만치 이날밤의그는음악에 적지안이한편애를 가지고잇지안을수업슬만치 안개속에서라이트는스포츠를하고 스포츠는그에게잇서서는 마술에갓가운기술로 밧게는안이보이는것이엿다.

이 장면에서 소설의 주인공은 영화 속의 음악에 흠뻑 빠져들어 있음을 보여 준다. '음악적 효과'라든지 '음악에 적지 아니한 편애'라는 구절들을 통해 이 영화의 음악성에 대한 주인공의 관심을 짐작할 수 있다.

소설 「지도의 암실」에서 작가 이상이 영화 〈러브 퍼레이드〉를 인유한 데는 영화 자체에 대한 관심만이 아니라 이 영화에 관한 화제가 한몫을 담당했을 것으로 추측된다. 소설 속에서 그려 내고 있는 영화 〈러브 퍼레이드〉와 관련된 대목은 작가에 의해 상상적으로 구성된 것이 아니기 때문이다. 영화 〈러브 퍼레이드〉는 1931년 10월 17일부터 경성 조선극장에서 상영된 바 있으며, 이상 역시 이 영화를 구경했을 가능성이 크다.

파라마운트작 전발성영화(全發聲映畵) 러브 퍼레이드(전13권)는 17일부터 시내 조선극장에서 상영된다. 에른스트 루비취 씨 감독, 모리스 슈발리에 씨 주연, 쟈네트 맥도날드 양 조연이다. 우선 경개를 소개하면 다음과 같다.

구라파 한구석에 실바니아라는 나라가 있다 하자. 이 나라의 여왕 루이스는 아직 독신으로 있는데 마침 파리 대사관에 가 있던 무관 알프레드가 돌아오며 그와 결혼하였다. 그러나 호방한 알프레드는 여왕 독재에 만족하지 못하여 이러구러 부부간에 파탄이 끊이지 않았다. 그러나 결국 여왕이 알프레드에게 절대 복종하게 된다-하는 것이다.

이 경개로는 그리 신통한 것이 없을듯 하지만 전편이 희가극으로 되어 노래와 음악으로써 얽어진 까닭에 보는 사람의 눈과 귀를 스스로 즐겁게 한다. 이런 것은 토키가 아니면 도저히 할 수 없을 것이며 이 영화는 토키로서 상당히 성공한 작품이다. 금후 발성영화의 가질 새로운 양식 중의 하나는 이러한 것이 아닐까.[09]

앞의 인용에서처럼 영화 〈러브 퍼레이드〉는 토키가 아니면 도저히 할 수 없는 발성영화의 새로운 양식으로 경성의 관객에게 소개된다. 이상은 그의 소설 「지도의 암실」에서 영화 〈러브 퍼레이드〉를 인유함으로써 새로운 토키영화의 발전에 대한 관심을 표현한다. 그리고 극장에서의 영화 구경 자체를 1930년대 초기 경성의 도회적 삶 속에 일상화함으로써 현대성의 천착이라는 자신의 소설적 과제에 새롭게 접근한다.

소설 「지도의 암실」은 1930년대 문단의 한 지류를 형성했던 이른바 '영화소설'과는 전혀 다른 속성을 지닌다. 이 소설은 그 발단에서부터 결말에 이

09 "新映畵; 全發聲映畵 「러브 파레이드」 十七日 朝劇서 開封," 《동아일보》, 1931. 10. 18.

르기까지 하나의 등장인물을 추적하고 있지만 통일적인 하나의 시점을 일관되게 보여 주는 것은 아니다. 서술의 각도는 뒤틀리고 그 거리가 제대로 지켜지지 않는다. 소설 속에서 서사의 흐름을 주도하는 것은 행동이 아니라 주인공의 의식이라고 할 만하다. 주인공의 의식 속에서 일어나고 있는 갖가지 상념들, 몽환적이기조차 한 단편적인 사고들이 밑도 끝도 없이 전개된다. 주인공은 누구와 만나 대화를 나누는 법도 없다. 그러므로 주인공은 경험적 주체로서의 인간이라기보다는 하나의 사념, 또는 의식 그 자체라고 할 수 있을 정도이다. 주인공의 의식 속에서 표출되는 온갖 사념들은 경험적 현실과 연관된 어떤 의미관계를 형성하는 것처럼 보이지도 않으며, 도막 난 조각 맞추기 그림처럼 복잡하게 헝클어져 있다. 그러므로 이런 사념과 의식을 표현하는 언어 문장 자체도 간신히 통사적 요건을 맞추고 있을 뿐, 엄격한 문법적 규범으로부터 모두 벗어나 있다. 물론 이것은 거의 의도적으로 왜곡된 것이다. 일반적으로 드러나는 언어와 문자의 선조성을 거부하면서 동시성의 감각을 구현하고자 하는 의욕을 담고 있기 때문이다. 그러므로 이 낯선 언어 표현은 언어 소통의 규범에 익숙해 있는 독자들을 당혹게 한다.

「지도의 암실」의 모든 삽화들은 일련의 이야기를 위해 통합되거나 연쇄되는 것이 아니라 서로 대립되거나 갈등하거나 전혀 무관한 일종의 불연속성을 드러낸다. 이렇게 해체된 방식에 따라 옮겨지는 시점의 이동은 시간의 경과와 공간의 변화, 상황의 발전 등을 모두 하나의 공간 속으로 끌어들인다. 이러한 구성법은 모든 삽화의 종속적 배열보다는 병렬성을 더 강조하고 있는 데에서도 그 특징이 드러난다. 전체를 이루고 있는 부분적인 삽화의 상호이질성과 모티프의 불연속성은 때로는 시간적 순서의 가역성으로 치닫기도 하고 서사의 공간을 엉뚱하게 비약시키기도 한다. 여기서 얻어지는 효과는 흔히 영화의 장면에서 볼 수 있는 '몽타주'의 그것과 유사하다. 이것은 동시성의 감각을 고려한 일종의 초현실주의적 상상력에 기초하는 것이라고 할 수 있다.

### 3) 소설 「동해」와 영화 〈만춘(晩春)〉

단편소설 「동해」의 이야기는 하루 동안에 이루어진 아주 간단한 에피소드를 담고 있다. 이 작품의 중심에는 작중화자를 겸하고 있는 '나'라는 인물이 자리하고 있다. 어느 날 가방을 싸 들고 '나'를 찾아온 '임(姙)'이라는 여인이 그 상대역을 담당한다. '임'은 주인공의 친구인 '윤(尹)'이라는 사내와 살고 있는 여인이다. 친구의 아내가 집을 뛰쳐나와서는 '나'를 찾아온 것이다. 이런 식의 인물설정이라면, 쉽게 애정 갈등의 삼각구도를 떠올릴 수 있다. 그러나 문제는 그리 간단하지는 않다. '동해'라는 제목 자체가 암시하듯 '임'이라는 여인이 '윤'이라는 친구와 '나' 사이를 오가면서 벌이는 교묘한 애정 행각과 그 갈등의 귀결에 초점을 맞추고 있기 때문이다. 더구나 흔해 빠진 주제의 통속성을 벗어나기 위해 작가는 서사의 결말에 영화의 스토리를 대치시킨다. 소설의 결말에 제시하고 있는 영화 〈만춘(晩春)〉의 장면이 서사 내적 공간을 확장하고 있는 것이다.

소설 「동해」의 결말 부분에는 등장인물들이 모두 극장 단성사 앞에 나타나는 장면을 그려 놓고 있다. 이 장면의 극적 의미를 이해하기 위해서는 이야기의 전체적인 흐름 속에서 소설 속 화자인 '나'의 내면의식을 좀 더 섬세하게 헤아려 보아야만 한다. '나'는 더 이상 못살겠다면서 집을 나와 '나'를 찾아온 '임'을 데리고 그녀와 함께 살았던 '윤' 군을 찾아간다. 그리고 그녀를 '윤' 군에게 돌려보낸다. 두 남녀가 영화 구경을 위해 극장으로 들어간 후 '나'는 'T' 군과 술을 마시면서 온갖 상념에 사로잡힌다. 영화가 끝날 무렵 '나'는 '키네마'를 보러 들어갔던 '임'과 '윤' 군을 단성사 앞에서 기다린다. 두 사람이 영화 구경을 마치고 함께 극장 밖으로 나오자 '나'는 '임'을 거들떠보지 않은 채, '윤' 군이 '임'을 데리고 가도록 말해 준다. '임'의 눈에 '독화'가 피었다고 했지만, 극장을 빠져나온 두 사람은 '나'를 뒤로하고는 인파 속으로 사라진다. 그런 다음 '나'도 'T' 군과 함께 영화 〈만춘〉의 시사를 보겠다며 극장 안으로 들어간다. 이 대목은 소설 속에서 다음과 같이 홍미롭게 이야기를 매듭짓는다.

T군은 암만해도 내가 불상해 죽겠다는 듯이 나를 물끄럼이 바라다보드니
「자네, 그중어려운 外國으로가게, 가서 비로소 말두배우구, 또 사람두 처음으루 사귀구 그리구 다시 채국채국 살기시작허게. 그렇거능게 자네 自殺을 救할수있는 唯一의方途가 아닌가 그렇게생각하는내가 그럼 薄情한가?」
自殺? 그럼 T군이 눈치를 채었든가.
「이상스러워 할것도없는게 자네가 주머니에 칼을 넣고 댕기지안는것으로보아 자네에게 自殺하려는 意思가 있다는걸 알수있지않겠나. 勿論 이것두 내게아니구 남한테서 꿔온에피그람이지만」
여기 더 앉었다가는 鰒魚처럼 탁 터질것같다. 아슬아슬한 때 나는 T君과 함께 빠-를나와 알마치단성사문앞으로 가서 三分쯤 기다렸다.
尹과姙이가 一條二條하는 文章처럼 나란히 나온다. 나는 T君과같이 '晩春'試寫를보겠다. 尹은 우물쭈물하는것도같드니
「바통 가저가게」
한다. 나는 일 없다. 나는 절을하면서
「一着選手여! 나를 列車가 沿線의 小驛을자디잔바둑돌 黙殺하고 通過하듯이 無視하고 通過하야 주시기(를)바라옵나이다」
瞬間 姙이 얼굴에 毒花가핀다. 응당 그러리로다. 나는 二着의名譽같은것은

요새쯤 내다버리는것이 좋았다. 그래 얼른 릴레를 棄權했다. 이경우에도 語彙를 蕩盡한浮浪者의 자격에서 恐懼 橫光利一氏의 出世를 사글세 내어온것이다.

姙이와尹은 人波속으로 숨어버렸다.

갸렐리어둠속에 T군과 어깨를나란히앉어서 신발바꿔신은 人間 코미디를나려다보고 있었다. 아래배가 몹시 아프다. 손바닥으로 꽉 눌으면 밀려나가는 김 이 입에서 哄笑로化해 터지려든다. 나는 阿片이 좀 생각났다. 나는 조심도할줄모르는 野人이니까 半쯤죽어야 껍적대이지안는다.

스크린에서는 죽어야할사람들은 안죽으려들고 죽지않아도 좋은사람들이 죽으려 야단인데 수염난사람이 수염을 혀로 핥듯이 만지적만지적하면서 이쪽을향하드니 하는소리다.

「우리醫師는 죽으려드는사람을 부득부득 살려 가면서도 살기어려운 세상을 부득부득 살아가니 거 익쌀맞지 않소?」

말하자면 굽달린自動車를 硏究하는 사람들이 거기서 이리뛰고 저리뛰고 하고들있다.

나는 차츰차츰 이 客 다 빠진 텅 뷘 空氣속에沈沒하는 果實 씨가 내 허리띠에 달린것같은 恐怖에 지질리면서 정신이 점점 몽롱해드러가는 벽두에 T군은 은근히 내 손에 한자루 서슬 퍼런 칼을 쥐어준다.

(復讐하라는 말이렸다)

(尹을찔러야하나? 내 決定的敗北이 아닐가? 尹은 찔르기 싫다)

(姙이를 찔러야하지? 나는 그 毒花핀 눈초리를 網膜에映像한채 往生하다니)

내 心臟이 꽁 꽁 얼어드러온다. 빼드득빼드득 이가 갈린다.

(아 하 그럼 自殺을 勸하는 모양이로군, 어려운데— 어려워, 어려워, 어려워)

내 卑怯을 嘲笑하듯이 다음순간 내손에 무엇인가뭉클 뜨뜻한덩어리가 쥐어졌다. 그것은 서먹서먹한表情의 나쓰미깡, 어느틈에 T君은 이것을 제 주머니에다 넣고 왔든구.

입에 침이 쫘르르 돌기전에 내눈에는 식은 컾에 어리는 이슬처럼 방울지지 안는 눈물이 핑 돌기시작하였다.

앞의 인용에 등장하는 극장 단성사(團成社)는 1907년 종로 거리에 2층 목조 건물로 세워졌던 최초의 본격적인 영화관이다. 이 영화관에서 1919년 10월 식민지 조선에서 조선인에 의해 제작된 활동사진 〈의리적 구토〉가 상영되었고, 1926년 나운규(羅雲奎)의 영화 〈아리랑〉이 개봉되어 장안의 화제가 되었다. 그 후 단성사는 영화의 급속한 발전과 보급에 따라 들어선 조선극장, 우미관(優美館)과 함께 새로운 대중문화의 전당으로 자리 잡게 된다. 단성사는 1932년 소유주인 박승필이 세상을 떠나면서 한때 위기에 몰리기도 했지만 1934년 700석이 넘는 현대식 철근 건물을 신축하면서 영화 흥행을 이어간다. 1935년 한국 최초의 발성영화 〈춘향전〉을 상영한 곳도 바로 이곳이다. 그러므로 소설 「동해」의 주인공들이 극장 단성사 앞에서 서로 만나 영화를 구경하는 것은 특별한 일이 아닐 수도 있다. 영화가 이미 소설 속에서 그려 내는 일상의 한 요소가 되어 버렸음을 뜻하기 때문이다. 하지만 이 소설의 결말 장면에서 그려지는 극장 단성사와 거기서 구경한 영화 이야기는 단순한 일상의 한 장면이 아니다.

이상이 소설 속으로 끌어들인 단성사 개봉영화 〈만춘〉은 이야기의 극적 결말을 위해 동원하고 있는 일종의 패러디에 해당한다. 물론 영화 〈만춘〉의 이야기는 작가가 만들어 낸 허구가 아니다. 이 영화는 실제로 1936년 6월 23일부터 5일간 단성사에서 상영된 바 있던 미국 영화 'The Flame Within'을 말한다. 당시 신문의 영화 광고(《동아일보》, 1936. 6. 20.)에서는 "새암솟듯 열정은 넘치네 / 부질없는 사랑에 우는 여성의 가지가지의 모양 / 이지(理智)와 정염(情炎)의 야상곡(夜想曲) / 아름다운 걸작(傑作)"이라고 이 영화를 광고하고 있다. 영화 〈만춘〉은 1936년 3월 일본에서도 이미 개봉한 바 있는데, 영화의 원제를 개봉 당시 일본인들이 〈만춘〉이라고 고쳤다(『20세기아메리카영화사전』, 2002 참조). 소설의 주인공 '나'는 단성사 극장 안의 갤러리에 앉아 영화 〈만춘〉을 보면서 '신발 바꿔 신은 인간 코미디'라고 한마디로 그 성격을 규정해 놓은 바 있다.

미국의 MGM사가 1935년 제작한 영화 〈만춘〉의 감독은 에드먼드 굴딩(Edmund Goulding)이다. 지성파 여배우로 평판을 얻었던 앤 하딩(Ann Harding)이 정신과 의사 메리 화이트로 등장하는데, 그녀의 곁에는 그녀를 사랑하는 동료 의사 고든 필립스가 있다. 의사 메리는 새로이 등장한 심리치료 방법에 몰두하면서 결혼에는 관심이 없다. 자신이 결혼하게 된다면 한 가정의 주부가 되어 의사로서의 자기 일을 할 수 없을지 모른다고 생각했기 때문이다. 영화의 이야기는 어느 날 고든이 메리에게 한 여성 환자를 소개하면서부터 시작된다. 그 여성 환자는 부유한 집안의 딸인 린다 벨튼 양이다. 그녀는 다량의 약을 복용하고 자살을 시도했었다. 고든은 그녀의 주치의로서 정신과 치료가 필요하다고 판단하여 메리에게 심리치료를 위해 그녀를 보낸 것이다. 메리는 린다 양과 상담을 하면서 자살을 시도한 동기가 무엇인가를 밝혀내려고 한다. 메리는 린다 양이 잭 케리와 약혼한 사이라는 것을 알고는 린다 양과 상담하던 중에 진료실에서 잭에게 전화를 걸게 한다. 그러나 린다 양은 전화를 걸다가 갑자기 유리창을 열고 진료실 밖으로 뛰어내리려고 한다. 메리는 황급하게 이를 저지하면서 린다 양을 진정시킨다. 그 뒤 메리는 린다 양의 약혼자 잭이 알코올 중독자라는 사실을 밝혀내고, 그녀의 정신적 상처의 요인이 바로 알코올 중독자인 잭에 있다는 사실을 확인한다.

잭은 알코올에 찌든 채 자신을 진정으로 사랑하고 있는 린다 양을 전혀 돌보지 않고 있었던 것이다. 의사 메리는 린다 양에 대한 심리치료를 진행하면서 그녀의 약혼자 잭을 설득시켜 재활프로그램을 통해 알코올 중독을 고치도록 한다. 메리의 적극적인 진료 덕분에 잭은 약 8개월 후에 전혀 몰라보게 건강해져 돌아온다. 그리고 린다 양과 잭은 결혼에 골인한다. 두 사람은 이제 겉보기에는 아주 행복해 보이는 부부가 된다. 이들이 모두 참석한 연회에서 잭은 의사 메리와 춤을 출 기회를 갖게 된다. 잭은 자신의 알코올 중독을 치료해 준 메리에게 사랑한다고 말한다. 메리는 의사의 입장에서 자신의 환자였던 잭의 사랑 고백을 탓하지 않는다. 그런데 린다가 이를 보고, 의사인 메리를 향한 잭의 태도가 심상치 않다는 것을 눈치챈다. 그리고 메리에 대한 질투에 사로잡힌다. 그녀는 의사인 메리가 자신으로부터 잭을 빼앗으려 하고 있으며, 둘 사이를 갈라 놓고 있다고 비난한다. 이 같은 상황이 벌어지자 메리는 혼란에 빠진다. 메리는 자신의 치료법을 잘 따라 준 잭에게 깊은 호감을 가지고 있지만 그의 사랑을 받아들일 수 없다는 것을 잘 알고 있다. 더구나 의사의 신분으로서 자신의 또 다른 환자였던 린다 양을 지켜 주어야 한다는 책임감도 여전히 느끼고 있다. 이 영화는 메리가 잭에게 린다 양과의 결혼에 대해 책임이 있음을 상기시키는 장면에서 절정에 도달한다. 우여곡절을 겪었지만 메리의 권유에 따라 잭과 린다 양은 다시 화해한다. 그리고 동시에 메리 또한 두 남녀의 갈등을 치료하는 과정을 통해 동료 의사인 고든과의 사랑을 생각할 수 있게 된다.

영화 〈만춘〉의 이야기는 소설 「동해」의 서사와 유사한 구조를 보인다. 남녀관계의 갈등과 그 해결 과정에서 드러나는 사랑의 삼각구도가 바로 그것이다. 그러나 이상은 유사한 두 가지 이야기를 단순하게 병치하는 데에 만족하지 않는다. 영화 〈만춘〉에서 갈등에 빠져든 두 남녀로 인하여 곤경에 직면했던 정신과 여의사 메리의 입장을 내세워 소설 속의 주인공 '나'의 경우를 스스로 설명하도록 장치하고 있기 때문이다. 소설의 주인공 '나'는 '임'의 앙탈을 달래고 '윤'과 다시 만나 화해하도록 주선한다. 하지만 '나'에게 찾아와 자신의 사랑을 받아달라고 했던 '임'이 다시 '윤'에게 태연하게 돌아가는 모습에 질려 버린다. 이 같은 「동해」의 이야기는 영화 〈만춘〉을 끌어들임으로써 그 희화적(戱畵的) 이야기의 전개 과정을 매듭짓는다. 소설 속에서 주인공이 극장 단성사에서 영화 〈만춘〉을 관람한 후에 '임'의 교활한 행동에 이를 갈며 나오는 장면은 이렇게 묘사되어 있다. '내 비겁을 조소하듯이 다음 순간 내 손에 무엇인가 뭉클 뜨뜻한 덩어리가 쥐어졌다. 그것은 서먹서먹한 표정의 나쓰미깡, 어느 틈에 T 군은 이것을 제 주머니에다 넣고 왔든구. 입에 침이 쫘르르 돌기 전에 내 눈에는 식은 컵에 어리는 이슬처럼 방울지지 않는 눈물이 핑 돌기 시작하였다.' 이 마지막 대목에 등장하는 '나쓰미깡'이야말로 소설의 첫 장면에서 '임'이 껍질을 벗겨 주던 그 '나쓰미깡'과 다를 것이 없다. 이상의 글쓰기에서 빛을 발하는 감각적 인지(認知) 방법으로서의 서사화 전략은 이 작품의 결말에서 '달착지근하면서도 쓰디쓰고 시디신' '나쓰미깡'의 맛으로 귀결된다.

#### 4) 소설 「종생기」가 만든 '후라빠'

「종생기」는 이상 스스로 소설의 이야기 속에서 자신의 '종생'을 절묘하게 암시해 놓고 있는 것으로 유명하다. 이 소설에서 이상은 메타적 글쓰기의 방식을 활용하여 자신의 삶을 향해 자학과 냉소를 던지면서 좌절과 고뇌에 빠져들어 있던 생애에 종말을 고한다. 특히 하나의 삽화를 놓고 그 이야기 자체를 해체하면서 동시에 새로운 이야기를 덧붙이는 특이한 패러디의 기법을 통해 서사의 중층구조를 확립해 놓고 있다. 그러므로 이 소설은 이상의 글쓰기가 보여 주는 소설적 기법과 다채로운 수사의 궁극에 해당한다고 할 수 있다.

「종생기」에는 '나'라는 주인공과 '정희'라는 여성이 함께 등장한다. 작가는 소설의 서두에서 밝힌 「소년행」의 구절을 패러디하면서 '정희'라는 여인을 소개하기 위해 이른 봄날 시냇가에 한 '소녀'를 등장시켜 놓았다. 이 장면이 텍스트 내에서 구조화된 서사의 실제적인 출발점에 해당한다. 그러므로 텍스트 바깥의 실재적인 현실 공간과는 관계없이 허구화된 형태로 모든 요소들이 배치된다.

> 「치사(侈奢)한 소녀(少女)는」, 「해동기(解凍期)의 시냇가에 서서」, 「입술의 낙화(落花)지듯 좀 파래지면서」, 「박빙(薄氷) 밑으로는 무엇이 저리도 움직이는가 고」, 「고개를 갸웃거리는 듯이 숙이고 있는데」, 「봄 운기를 품은 훈풍이 불어와서」, 「스커트」, 아니 아니, 「너무나.」 아니 아니, 「좀」 「슬퍼 보이는 홍발(紅髮)을 건드리면」 그만. 더 아니다.

「종생기」의 이야기에서 '정희'라는 여주인공이 등장하는 서사의 첫 장면을 묘사하기 위해 작가는 타이포그래피적인 특별한 시각적 고안을 시도한다. '해동기의 시냇가'에 치사(侈奢)한 소녀가 서 있다. 파래진 입술, 얇은 얼음장 아래로 어른거리는 것을 고개를 갸웃거리며 살피는 모습이 이채롭다. 봄기운을 품은 '훈풍'이 불어온다. 바람은 소녀의 '스커트'를 건드리고 슬퍼 보이는 '홍발(紅髮)'을 스친다. 봄날의 정경에 맞춰 문제의 인물로 등장하게 되는 '소녀'가 바로 '정희'라는 여주인공이다. 이 장면을 구성하는 텍스트의 모든 요소들을 문장부호의 하나인 낫표(「 」)로 묶음으로써 그 서술과 묘사 자체가 소설적 장치를 위해 의도적으로 배열되는 것임을 보여 주고 있는 것이다. 특히 '정희'라는 주인공을 형상화하기 위해 설정하고 있는 '소녀'에 대한 묘사와 설명이 유별나다. '소녀'의 형상을 묘사하는 구절 가운데 '스커트'와 '홍발'은 당대의 한국 여성의 모습으로서는 파격적이기 때문이다. '스커트'는 여성들이 입는 서양식 치마이며, '홍발'은 금발 또는 갈색의 서양 여성의 머리칼을 연상하게 한다. 이렇게 생각하면 '치사한 소녀'라는 구절도 예사롭지 않기는 마찬가지다.

이 장면을 눈여겨보면서 떠올리게 되는 것이 대중적 인기를 끌었던 할리우드 영화 〈사치(奢侈)한 계집애〉이다. 이 영화의 원제는 'Irene'이며, 1926년 할리우드가 제작한 로맨틱 코미디이다. 1926년 가을 일본 도쿄에서 'お洒落娘'(멋쟁이 아가씨)라는 제목으로 개봉된 바 있다. 1920년대 후반 할리우드를 주름잡던 미녀 배우 콜린 무어(Colleen Moore)가 열연한 바 있는 이 영화는 1927년 이른 봄 서울에서의 개봉에 즈음하여 여러 가지 화제를 낳았다. 당시 《동아일보》는 "〈사치한 계집애〉와 미국 부인 의복 유행"이라는 기사를 통해 이 영화를 다음과 같이 소개하고 있다.

> 파리의 유행을 따르던 미국의 여자 의복은 작년 봄 이래로 미국 독특의 신유행이 생기게 되었다고 한다. 그 유래는 작년 봄에 미국 뉴욕에서 퍼스트내슈낼 특작 영화 〈사치한 계집애〉라는 영화가 상영되며 큰 환영을 받았는데 그 영화는 코린 무어 양의 주연으로 로이드 휴즈 씨가 공연을 한 것인데 그 사진 내용은 어떤 한 빈한한 집 딸 아이린이 그 부모의 생활비를 얻고자 어느 의복점의 모델로 있게 되었으나 백화점 주인의 눈에 들지 아니하여 그 상점 주인이 주최하는 큰 의상전람회에도 참가할 수 없었다. 그러나 주인과 친분이 있는 도날드라는 재산가의 아들이 그의 미모를 알아보고 한사코 청하야 전람회에 나아가지고 남보다 위 오르는 큰 성적을 얻었다. 두 사람 사이에는 사

랑의 싹이 돋아 결혼까지 하고자 하였으나 도날드의 어머니가 아이린에게 적지 않은 모욕을 한 까닭으로 풍파가 생겼으나 마침내 백만사를 다 제쳐놓고 결혼을 하고 마는 것이다. 그 의상전람회에는 헐리우드에서도 가장 아름답다는 정평이 있는 60여 명의 여배우들이 제각기 새로 만든 의상을 입고 스크린에 나타나는 것이오 더욱 테크닉칼라를 응용하여 천연색으로 된 까닭에 더욱 새 유행을 불러일으키게 된 것이라고 한다.[10]

《조선일보》의 영화 광고(1927. 2. 3.)를 보면, "말괄량이로 유명한 퍼스트내슈낼 회사 스타 콜린 무어 양은 최근에 알푸레드 이 구린 씨의 감독과 도이드 휴즈, 조지 케아시 등의 조연으로 〈사치한 계집애〉라는 작품을 완성하였는데 내용은 역시 그 일류의 말괄량이 식을 발휘한 것으로 특히 의상에 돈을 많이 들이고 거기다 천연색으로 착색을 한 까닭에 찬란한 장면이 썩 많다 한다"라고 적고 있다.

영화 〈사치한 계집애〉가 여기서 주목되는 까닭은 주인공인 여배우 콜린 무어 때문이다. 이 영화에서 가난한 아일랜드계 미국 이민자의 딸로 분장한 콜린 무어는 대담하게도 자신의 머리를 짧게 단발하고 헐렁하면서도 짧은 스커트를 입고 등장한다. 이 영화에서 여주인공 콜린 무어가 보여 준 새로운 패션과 헤어스타일은 당시 미국에서 유행하기 시작한 '플래퍼(flapper)'라는 새로운 여성상의 외형적 특징으로 고정된다. 그런데 소설 「종생기」의 발단부에서 설정한 이른 봄의 정경 속에 등장하고 있는 '치사한 소녀'의 형상이 바로 이 영화의 한 장면과 그대로 일치한다. 낫표 속에 묶어 놓은 "「侈奢한 少女」"가 바로 콜린 무어가 분장한 영화 속의 주인공 '아이린'이었던 것이

10 《동아일보》, 1927. 2. 13. 학예면.

다. '사치(奢侈)'라는 단어를 '치사(侈奢)'라고 바꾸고 '계집애'를 '소녀'라고 고쳐 썼지만 이 구절이 한국식 영화 제목 〈사치한 계집애〉를 패러디한 것임을 충분히 짐작할 만하다.

영화 〈사치한 계집애〉의 콜린 무어를 통해 널리 확산된 '플래퍼'라는 새로운 여성상의 이미지는 1차 대전 이후 미국 사회의 변화를 읽어 내는 하나의 아이콘으로 자리 잡는다. 1920년대 재즈 시대의 자유분방한 젊은 여성을 지칭하는 '플래퍼'는 우리말 그대로 '말괄량이'에 해당한다. 짧게 자른 단발머리와 짧고 헐렁한 스커트의 이 새로운 여성들은 더 이상 가정과 전통에 갇혀 있지 않고 사회로 뛰쳐나온다. 이들은 스스로 일하며 돈을 벌고 남성과 마찬가지로 사회에 진출하여 자기생활을 누리면서 자유연애를 즐긴다. 이 개방적인 여성을 두고 당시 한국 사회는 "모단썰"("조선의 모단썰," 《조선일보》, 1927. 6. 23.)이라는 이름을 붙여 놓았지만, '플래퍼'의 일본어식 발음에 기원한 "후라빠(フラッパ)"라는 신조어를 통해 그 부정적 이미지가 확대 재생산되기에 이른다.

이상이 소설 「종생기」에서 그려 낸 '정희'라는 인물은 1930년대 조선의 현실 속에 등장한 '후라빠'라는 새로운 여성상의 전형이라고 할 수 있다. 나이 만 14세에 이르기 전부터 가족을 핑계대면서 거리로 뛰쳐나온 정희는 스스로 밝히듯이 여러 사내와 관계하면서 몸을 던진다. 가족이라든지 윤리와 도덕이라는 것을 외면하면서도 정희는 언제나 가족 때문에 자신이 돈을 벌기 위해 직업 전선에 나선 것처럼 말한다. '만 19세 2개월'에 접어든 이 개방적인 여성은 "태생(胎生)은 어길 수 없어 비천(卑賤)한 「타」를 감추지 못하는 딸"로 설명되고 있으며, 그녀의 삶의 과정은 모파상의 소설 「비곗덩어리」에 그려진 여주인공의 타락의 과정에 비견되기도 한다. 이 소설의 한 대목에서 "전기(前記) 치사(侈奢)한 소녀(少女) 운운(云云)은 어디까지든지 이 바보 이상

(李箱)의 호의(好意)에서 나온 곡해(曲解)다"라고 설명을 덧붙인 것은 결국 이 작품의 소설적 의도를 암시한 것이라고 할 수 있다.

소설 「종생기」는 '정희'라는 여주인공을 통해 한국적 '플래퍼'라는 새로운 여인상을 창조하고 있지만 '나'라는 인물의 삶 자체에 대한 절망과 함께 '나'의 '종생(삶의 마감)'을 서술하고 있다. 물론 이 작품에서 서사의 기반을 형성하는 요소는 표면적으로 사랑이라든지 연애라는 말로 요약할 수도 있다. 그러나 작가 이상은 사랑 또는 연애를 가장하고 있는 인간관계에서의 신뢰의 붕괴를 주목하고 있다. 이것은 절대적인 자아를 근거로 하는 개인의 존재와 그것에 대한 신뢰가 붕괴되고 있는 새로운 시대적 풍조에 대한 일종의 패러디적 속성을 지닌다. 인간의 운명이라는 것이 바로 그와 같은 종생을 말해준다. 작가 이상은 바로 여기서 근대적인 가치의 종언을 예고한다. 개인적 종생을 선언하면서도 그 '종생기'는 계속될 것임을 언명하고 있는 것이다.

### 5) 소설 「실화」와 영화 〈만하탄 야화(夜話)〉

이상이 도쿄에서 쓴 소설 「실화」는 영화와 그 카메라 기법을 빼놓고서는 설명하기 어려울 정도로 서사적 언어의 한계에 도전하여 동시성의 감각을 최대한 구현할 수 있는 장면 묘사를 시도한다. 여기서 드러나는 것이 영화적 몽타주의 기법이다. 몽타주는 본질적으로 시각적인 세계 안에서의 분절과 그 한계를 제시하면서 동시에 그 분절과 한계를 뛰어넘는 방법이다. 그리고 서로 다른 관점과 시각을 병치하면서도 모든 것을 하나로 통합하는 단일한 관점을 펼칠 수도 있다. 이 소설은 모두 9개의 단락으로 나뉘어 있는데 각각의 단락은 주인공인 '나'를 중심으로 서울에서 있었던 일과 도쿄에서의 일을 번갈아 가며 보여 준다. 그런데 이들 단락의 연결 과정은 서사 과정에서의 단순한 배경 장면의 전환을 의미하는 것이 아니라 카메라적 기법에 의해 장면과 장면을 결합하는 영화적 디졸브의 방식에 따른다. 다음의 예를 보기로 하자.

(1)

나는 일즉암치 면도를 하고 손톱을 깍고 옷을 갈아 입고 그리고 例年 十月 二十四日경에는 死體가 몇칠만이면 썩기 시작하는지 곰곰 생각하면서 모자를 쓰고 인사하듯 다시 버서들고 그리고 房— 姸이와半年 寢食을 같이하든 냄새나는房을 휘— 둘러 살피자니까 하나사다 놓ㅅ네 놓ㅅ네 하고 기어 뜻을 이루지못한 금붕어도— 이房에는 가을이 이렇게 지텄것만 菊花한송이 裝飾이였다.

4

그렇나 C孃의房에는 지금— 고향에서는 스케잍을 지친다는데— 菊花두송이가 참 싱싱하다.

이房에는 C君과 C孃이 산다. 나는 C孃다려「夫人」이라고 그랬드니 C孃은 성을 냈다. 그렇나 C君에게 물어보면 C孃은「안해」란다. 나는 이두사람중의 누구라고 정하지않고 내 東京生活이 하도 寂寞해서 지금 이房에 놀러왔다.

언더- 더 워취— 시게아레서의 렉튜어는 끝났는데 C君은 조선 곰방대를 피우고 나는눈을 뜨지않는다. C孃의목소리는 꿈같다. 인토내슌이 없다. 흐르는것 같이 긇임없으면서 아주 조용하다.

나는 그만 가야겠다.

(2)

「C孃! 來日도 學校에가셔야 할테니까 일즉 주므셔야지오.」

나는 부득부득 가야겠다고 욱인다. C孃은 그럼 이 꽃한송이 갖어다가 房에다 꼬자 놓으란다.

「先生님房은 아주 殺風景이라지오?」

내房에는 花甁도없다. 그렇나 나는 두송이 가운데 힌것을 달래서 왼편깃에다 꽂았다. 꽂고 나는 밖으로 나왔다.

5

菊花한송이도 없는 房안을 휘— 한번 둘러보았다. 잘— 하면 나는 이醜惡한 房을 다시 보지않아도 좋을수—도 있을까 싶었기 때문에 내눈에는 눈물도 고일밖에—

나는 씼다버슨 모자를 다시 쓰고나니까 그만하면 내 姸이에게對한 인사도 별로 遺漏없이 다 된것같았다.

앞의 (1), (2)는 소설 「실화」에서 단락과 단락의 연결 과정에서 '디졸브'의 카메라적 수법을 활용하고 있는 대표적인 예에 속한다. 영화에서 한 화면이 사라짐과 동시에 다른 화면이 점차로 나타나는 장면 전환 기법이 바로 그것이다. 소설 「실화」에서는 연속되는 두 단락의 장면을 밀접하게 연결하기 위해 이 기법을 사용한 셈이다. (1)의 경우는 셋째 단락에서 넷째 단락으로 바뀌는 부분인데, '국화(菊花) 한 송이'라는 작은 소품에 초점을 두면서 서울의 '연'이라는 여인과 지냈던 방 안과 도쿄 'C' 양의 방 안을 서로 겹쳐 놓는다. (2)에서는 넷째 단락과 다섯째 단락이 연결된다. 여기서는 도쿄 'C' 양의 방 안에서 다시 서울의 '연'의 방으로 이어진다. 이 같은 카메라적 기법은 새로운 단락의 전환에서 드러나는 시공간의 전환을 위해 활용하고 있는 것인데, 소설이라는 서사의 속성 때문에 특정한 언어적 기표(여기서는 '국화 한 송이'가 된다)를 중심으로 그것이 환기하는 이미지를 통해 시간과 공간의 변화를 포착해 낸다. 바로 이 같은 기법이야말로 영화적 디졸브의 독특한 심미성을 적극적으로 수용한 결과라고 할 수 있다.

소설 「실화」는 주인공인 '나'의 의식 속에서 재구성되는 과거와 현재라는 시간을 통해 두 개의 공간을 병치한다. 하나는 두 달 전의 서울이고 다른 하나는 현재의 도쿄이다. 그러나 이 두 개의 공간은 주인공의 내면의식 속에서 그대로 하나처럼 겹쳐진다. 그러므로 '나'의 의식 속에는 여전히 서울에서 있었던 몇 가지 장면들이 강하게 남아 있다. 여기서 「실화」의 서사구조의 중심축에 자리하고 있는 '나'라는 주인공과 '연'이라는 여인의 관계를 제대로 이해할 필요가 생긴다. 작가 이상이 이를 위해 준비해 둔 것이 소설의 서두에 제시되어 있는 "사람이 / 비밀(秘密)이 없다는 것은 재산(財産) 없는 것처럼 가난하고 허전한 일이다"라는 구절이다. 그런데 이 구절은 이상이 도쿄로 떠나기 전에 잡지 《여성》(1936. 8.)에 발표했던 수필 「EPIGRAM」의 패러디에 해당한다. 이 글은 사랑하는 여인의 과거 행적에 대한 불신을 소재로 삼고 있다. 이 글에 등장하는 '임'이라는 여인은 '나'와 결합하기 전에 이미 다른 사내들과 수차례 깊은 관계를 가졌던 인물이다. '나'는 '임'이라는 여인이 스스로 자신의 과거를 밝히는 순간 '임'의 곁을 떠날 결심을 한다. 수필 「EPIGRAM」은 그 마지막 대목에서 '비밀'이라는 말의 의미를 다시 환기한다. 비밀은 가슴속에 품고 있을 때만 그 긴장의 의미가 살아난다. 누군가 알고 있는 일이라면 그것은 이미 비밀이 아니다. 수필 「EPIGRAM」에서 다루고 있는 이야기는 소설 「실화」의 서사 속에 인유되면서 그 상호텍스트적 관계를 통해 서사적 변화를 유도한다.

> 男子의 목소리가 내 어깨를쳤다. 法政大學 Y君, 人生보다는 演劇이 재미있다는이다. 왜? 人生은 귀찮고 演劇은 실없으니까.
>
> 「집에갔드니 안게시길래!」
>
> 「죄송합니다」
>
> 「엠프레스에 가십시다」
>
> 「좋—지오」
>
> ADVENTURE IN MANHATTAN에서 진- 아-더가 커피한잔 맛있게먹드라. 크림을 타먹으면 小說家仇甫氏가그랬다— 쥐오좀내가 난다고. 그러나 나는 조-엘 마크리-만큼은 맛있게 먹을수 있었으니—
>
> MOZART의 四十一番은 「木星」이다. 나는 몰래 모차르트의 幻術을 透視하랴고 애를쓰지만 空腹으로하야 저윽히 어지럽다.

앞의 인용에서 확인되는 〈ADVENTURE IN MANHATTAN〉은 1936년판 미국 할리우드의 흑백영화이다. 에드워드 루드빅(Edward Ludwig) 감독의 작품으로 당대의 미녀 배우였던 진 아서(Jean Arthur)와 멋쟁이 남자 배우 조엘 맥크리(Joel McCrea) 등이 출연한 코믹한 탐정물로 흥행에 성공했다. 일본 카탈로그하우스가 펴낸 『20세기아메리카영화사전』(2002)에는 이 영화가 〈만하탄의 야화(夜話)〉라는 제목으로 1936년 11월 10일부터 도쿄에서 개봉된 바 있다고 적고 있다. 소설 「실화」의 배경으로 설정되어 있는 날짜가 1936년 12월 23일인 것을 보면, 영화가 상영된 시기와 서로 겹쳐 있다. 이상이 이 영화를 도쿄에서 구경했음을 확인할 수 있다.

이 영화에서 범죄 전문 기자로 분한 조엘 맥크리는 언제나 보석 탈취 사건에 관한 한 자신이 가장 전문가임을 내세운다. 그 앞에 미녀 진 아서가 등장하고 둘은 점차 가까워진다. 그런데 어떤 영화 제작자가 맥크리를 찾아와, 진 아서가 여배우이고 사실은 맥크리의 신분을 들춰내기 위해 다른 기자에게 고용되어 있음을 알려 준다. 진 아서는 맥크리가 공범자를 시켜 미술 갤러리에 침입할 비밀 통로를 파고 있다는 사실을 알아차린다. 사실 맥크리는 이미 세상을 떠난 것으로 소문이 나 있는 희대의 보석 절도 전문가였던 것인데 세상에 아무도 이 사실을 알지 못한다. 서로 물고 물리는 관계 속에서 비밀리에 전개되는 범죄 음모 가운데 맥크리와 진 아서는 사랑을 키운다.

이 영화 이야기는 「실화」의 전체적인 서사 진행 과정에서 하나의 곁치장처럼 보이기도 한다. 그러나 이것은 진 아서의 정체를 미리 알아채고 있는 조엘 맥크리의 시선을 훔치기 위한 고도의 서사적 장치라고 할 수 있다. 그 이유는 앞의 인용에서 '진 아서가 커피 한잔 맛있게 먹더라'라고 서술하고 나서 '그러나 나는 조엘 맥크리 만큼은 맛있게 먹을 수 있었으니'라고 설명하고 있는 부분을 통해 확인된다. 영화 속에서 신분을 숨기고 자신에게 접근하고 있는 진 아서의 실체를 알아차린 조엘 맥크리에게는 그녀가 숨기고자 했던 위장된 신분이라는 것이 더 이상 비밀이 될 수 없었던 것이다. 영화 〈만하탄의 야화〉는 자신을 위장하고 있는 주인공이 상대방의 비밀을 먼저 알아차리고도 그것을 감춤으로써 거기서 비롯되는 특이한 긴장을 이야기의 흥미로 발전시킨다. 이러한 이야기의 방향은 서로의 비밀을 모두 알아차리고 나서 결별할 수밖에 없었던 소설 「실화」의 주인공들의 경우와는 전혀 다르다. 그러므로 소설 「실화」의 후반부는 결국 '나'의 태도를 드러내기 위해 영화 〈만하탄의 야화〉의 주인공의 시각을 빌려 온 것에 지나지 않는 셈이다.

### 6) 이상 소설과 영화적 기법

이상 소설은 사실주의 소설만이 삶의 실재성을 구현할 수 있다고 믿었던 경험주의적 신념에 새로운 변화를 가능하게 한다. 그는 서사적 주체가 시간의 흐름 속에서 대상을 관찰하던 방식을 벗어나 계속적인 시점의 이동을 통해 이른바 객관적 시간에 대립하는 새로운 주관적 시간의 가능성을 새롭게 열어 보인다. 그의 서사 기법에서 객관적 시간은 선조적 진행을 지속하지만 주인공의 의식은 이를 끊임없이 역행함으로써 새로운 시간의 가능성을 찾아간다. 여기서 이상이 주목하고 있는 이른바 '사적 시간'은 언제나 '현재'에 그 존재 의미를 둔다. 현재라는 것의 중요성은 현대를 살아가는 사람들에게는 막중하다. 이것은 일상적인 삶 자체의 중요성에 대한 인식과 서로 통한다.

이상 소설은 영화의 기법과 대응하는 특이한 서사 방식을 활용함으로써 기존의 리얼리즘 소설이 보여 주던 객관적 리얼리티 중심의 서사 방식을 넘어서고 있다. 이러한 기법의 변화는 이상 자신의 개인적인 재능이나 독창성에 의해 발견된 것이 아니라 이 시기에 새로운 예술 기법을 자랑하게 된 표현주의 이후의 미술의 수용, 새로운 서사 기법을 발전시켜 온 영화와의 만남 등을 통해 자연스럽게 이루어진 일이다. 이상 소설에서 확인되는 장면의 전환이나 시간의 변화에 대한 처리 방식은 영화의 그것과 흡사하다. 실제로 영화의 서사에서 시간은 클로즈 업 촬영을 하느냐 아니면 회상 장면이나 오버랩의 장면을 연출하느냐에 따라서 때로는 정지해 있거나 혹은 역행하거나 혹은 앞질러 가는 것처럼 보인다. 그리고 때로는 특정 시간이 생략되거나 반복되는 것처럼 보이기도 한다. 시간적으로 서로 거리를 두고 있는 사건들이 동시에 등장하고, 동시에 일어나는 사건들이 차례로 이어지기도 하는 것이 바로 영화이다. 어떤 장면의 연속성을 아무 때에나 중단하고 또 카메라 앵글의 방향과 위치, 시각과 거리, 계획과 시점을 임의로 바꿀 수 있는 것이야말로 영화적 기법의 탁월성에 해당한다. 이처럼 카메라 이동과 관점의 이동 이외에 작품의 요소들을 대결, 교차시키거나 엇갈리게 함으로써 의미 내용과 감정의 요소들을 동시적이고도 대립적으로 드러내는 것은 영화의 몽타주 기법이 가장 큰 영향을 미친 것으로 보인다. 이것은 말할 것도 없이 몽타주의 원리가 가장 중시하는 동시성의 원칙이기 때문이다.

한국의 근대문학은 이러한 새로운 예술과 만남으로써 새로운 기법과 정신을 획득하면서 모더니즘의 문학을 발전시킨다. 그러므로 한국문학의 모더니티는 이 새로운 예술 양식의 수용 과정과 그대로 일치한다. 한국 모더니즘 소설의 서사 구성 방법은 새로운 시각의 확립을 통해 세련된 언어와 감각적 이미지를 획득함으로써 가능해진 것이다. 이상의 소설에서 볼 수 있는 시간에 대한 새로운 인식은 소설에서 줄거리가 갖는 불연속성과 인물의 성격의 해체를 자연스럽게 연결한다. 그의 소설에 나타나는 비약적 줄거리, 모순적인 성격, 상호 모순되고 충돌하는 모티프들의 결합 등은 모두 영화 예술이 가지는 특징과도 서로 통하는 것이다.

제 **4** 장

# 이상의 시와 시적 모더니티

## 1. 이상의 일본어 시

### 1) 《조선과 건축(朝鮮と建築)》과 일본어 글쓰기

이상은 1931년 《조선과 건축》이라는 건축 전문지를 통해 일본어 시 「이상한 가역반응(異常ナ可逆反應)」을 비롯하여 연작시의 형태로 「조감도(鳥瞰圖)」와 「삼차각설계도(三次角設計圖)」 등을 잇달아 발표하면서 그의 글쓰기 활동을 확대한 바 있다. 이상이 잡지 《조선과 건축》을 통해 발표한 일본어 시는 모두 28편이다. 이 작품들은 일본인들이 간행했던 건축 전문잡지에 발표되었기 때문에 문단으로부터는 아무런 반응도 얻어 내지 못했으나 당시 문학에서는 보기 드문 특이한 시적 상상력과 기법적 실험을 보여 주고 있다.

이상이 《조선과 건축》(1931. 7.)에 첫 번째로 발표한 작품들은 김해경(金海卿)이라는 본명 아래 「이상한 가역반응」, 「파편의 경치(破片ノ景色)」, 「▽의 유희(▽ノ遊戯)」, 「수염(ひげ)」, 「BOITEUX·BOITEUSE」, 「공복(空腹)」 등 모두 6편이다. 그리고 두 번째로는 1931년 8월 김해경이라는 본명으로 「조감도」라는 큰 제목 아래 「2인(二人)…· 1…·」, 「2인…· 2…·」, 「신경질적으로 비만한 삼각형(神經質に肥滿した三角形)」, 「LE URINE」, 「얼굴(顔)」, 「운동(運動)」, 「광녀의 고백(狂女の告白)」, 「흥행물천사(興行物天使)」 등 8편의 시를 한데 묶어 연작시의 형식으로 발표하고 있다. 세 번째 경우도 마찬가지로 《조선과 건축》(1931. 10.)에 김해경이라는 본명으로 발표하는데, 「삼차각설계도」라는 큰 제목 아래 「선에 관한 각서(線に關する覺書) 1」, 「선에 관한 각서 2」, 「선에 관한 각서 3」, 「선에 관한 각서 4」, 「선에 관한 각서 5」, 「선에 관한 각서 6」, 「선에 관한 각

서 7」 등 7편의 작품이 포함되어 있다. 그런데 이상은 1932년 7월 《조선과 건축》에 네 번째로 시를 발표하면서 '이상(李箱)'이라는 필명을 사용하고 있다. 「건축무한육면각체(建築無限六面角體)」라는 큰 제목 아래 「AU MAGASIN DE NOUVEAUTES」, 「열하약도(熱河略圖) No.2」, 「진단(診斷) 0 : 1」, 「22년(二十二年)」, 「출판법(出版法)」, 「차8씨의 출발(且8氏の出發)」, 「대낮(眞晝)」 등 7편을 묶어 놓고 있다.

이상의 일본어 시들은 1931년 7월 《조선과 건축》에 처음 발표된 「이상한 가역반응」을 비롯한 6편의 작품을 제외하고는 각각 「조감도」, 「삼차각설계도」, 「건축무한육면각체」라는 세 편의 연작시 형태로 이루어져 있다. 이상이 시도하고 있는 연작시 형태는 그 이전의 한국 현대시에서는 찾아볼 수가 없다. 이러한 연작시 형태는 1934년에 발표한 「오감도」에서도 그대로 이어졌기 때문에 이상 시의 형태적 특징으로 자리 잡게 된다.

### 2) 「삼차각설계도(三次角設計圖)」와 기하학적 상상력

이상의 일본어 연작시 「삼차각설계도」는 현대 문명과 과학의 발전에 대한 다양한 관심을 특이한 시각으로 형상화하고 있다. 이 작품의 제목으로 사용하고 있는 '삼차각'이라는 말은 기하학이나 건축학에서도 찾아볼 수 없는 용어이다. 이러한 용어가 어디서 비롯되었고, 그것이 무엇을 의미하는지에 대해서는 아직도 논의가 분분하다. '삼차각'이라는 말은 이상의 시에서만 등장한다. 이상은 어떻게 '삼차각'이라는 말을 생각해 냈을까? 그리고 이 말은 어떠한 의미를 지니는 것일까? 이 낯선 용어로 된 시의 제목을 이해하기 위해서는 먼저 이 제목 아래 한데 묶인 「선에 관한 각서」라는 일곱 편의 시의 텍스트 자체를 자세히 검토할 필요가 있다. 이 작품들은 현대과학의 중요 명제와 기하학의 개념들을 다양한 수식과 기호를 이용하여 시적 텍스트의 구성에 동원하고 있다. 이러한 시적 기표들은 모두 추상적인 속성을 지니고 있는 것들이기 때문에 그 자체만으로는 정확한 의미를 이해할 수가 없다. 특히 단편적인 상념들을 위주로 하여 기술하고 있는 작품에서는 이 특이한 개념과 수식과 기호들이 수사적 장치로 활용되고 있기 때문에 쉽게 그 내면의 구조를 설명할 수가 없다. 그러므로 텍스트를 보는 순간 오히려 더 큰 혼란에 빠져들게 된다. 이 작품에서 볼 수 있는 과학의 명제나 기하학의 개념은 현실적 상황의 논리적 해석에 대한 일종의 제유(提喩)에 해당한다고 할 수 있다. 그리고 이것이 예술적 상상력을 고양하면서 새로운 의미의 시적 창조에까지 이르게 되는 것이다. 이것이 시적 텍스트에서 환기하는 '낯설게 하기'의 과도한 효과로 인하여 텍스트의 내적 공간으로부터 독자들을 소외시키는 경우도 있지만, 이상의 문학에서 이 과학적 명제와 기하학의 도식과 수학의 기호들은 그 자체가 문학적 상상력의 기반을 이루고 있다는 점을 부인할 수 없다.

여기서 이상이 제안한 '삼차각'이라는 말의 의미를 다시 생각해 볼 필요가 있다. '삼차각'이란 말은 기하학에서는 사용된 적이 없다. '각(角)'은 '이차원 평면에서 이루어지는 특수한 도형'을 의미한다. 이상이 만들어 낸 '삼차각'이라는 말은 '삼차'라는 말과 '각'이라는 말을 결합한 합성어이다. '삼차'라는 말은 '삼차원(三次元)'이라는 말의 준말로 보는 것이 타당할 것 같다. 흔히 '일차원'이나 '이차원'이라는 말을 '일차' 또는 '이차'라고 줄여서 부르기도 하기 때문이다. 수학의 경우 삼차원이라는 말은 '입방체를 길이·넓이·두께의 자리표로 나타냄과 같은 세 개의 차원'을 말한다. 이것을 좀 더 자세히 설명해 보면, 길이와 넓이의 개념을 중심으로 하는 평면에 높이 또는 두께의 개념이 결합되면 입체 또는 공간이 된다. 그러므로 '삼차원' 또는 '삼차'는 입체 공간을 의미한다. 이러한 의미대로라면 '삼차각'이라는 말도 '삼차원 공간에서의 각'을 뜻한다고 할 수 있을 것이다. 그러나 '삼차각'이란 말은 기하학적 개념이라고 할 수 없다. 각이라는 개념은 이차원 평면 위에서 이루어지는 도형의 하나다. 평면 위의 한 점 O는 언제나 그 위치를 정확하게 표시할 수 있으며, O에서 시작되는 반직선 OA와 OB의 경우도 마찬가지다. 이것을 삼차원 공간으로 옮겨 놓으면 그 위치와 크기를 한정하기 어렵다. 이차원적인 평면 기하학에서의 각의 개념을 삼차원적인 입체 공간으로 확장한다는 것은 그렇게 간단한 일은 아니다. 그렇기 때문에 이상이 내세운 '삼차각'이라는 개념은 실체를 입증하기 어려운 하나의 추론에 불과하다. 이 같은 새로운 기하학은 아직까지 성립된 적이 없다. 하지만 이상은 사물을 바라보는 주체의 시각과 빛의 속성을 통하여 그 '삼차각'의 가능성에 도전한다. 연작시 「삼차각설계도」가 도달하고자 하는 지점은 삼차원의 공간을 넘어서는 자리이다. 이러한 사고의 확장은 아이슈타인의 '상대성 원리'를 통해 가능해진다. 아인슈타인은 처음으로 시간 차원을 사차원으로 간주하였고, 사차원에서 통합된 공간과 시간은 서로 대칭성을 가지며 또한 회전(이것은 특수상대성이론에서 말하는 공간과 시간의 휘어짐으로 나타난다)이 가능하다고 주장한 바 있다. 이상은 이러한 아인슈타인의 '시공간성'을 주목하면서 빛의 속성과 물체의 움직임에 대해 사고하고 이것이 주체에 의해 인식되는 '시각'의 문제성을 강조하기에 이른다.

이상은 연작시 「삼차각설계도」를 통해 현대과학 문명이 도달한 적 없는 미지의 세계에 대한 도전을 시작하고 있다. 이상은 어떤 방식으로 '삼차각'이라는 새로운 개념의 도형을 통해 그의 문학 속에 하나의 창조 세계를 설계해 나가고 있을까? 이상의 '삼차각설계도'는 존재하지 않는 것에 대하여 그 존재의 가능성을 열어 보이는 하나의 상상적 모험이라고 할 수 있다. 이상이 시적 텍스트의 형식을 빌려 새롭게 시도하고 있는 '삼차각설계도'라는 프로젝트는 기하학의 공리라든지 현대물리학의 합리성으로는 설명하기 어려운 상상력을 기반으로 하고 있다. 그가 「선에 관한 각서 1」에서 우선적으로 질문하고 있는 것은 인간이 과연 빛의 속도를 넘어설 수 있는가 하는 문제였다. 먼저 「선에 관한 각서 1」의 텍스트를 살펴보기로 하자.

| | 1 | 2 | 3 | 4 | 5 | 6 | 7 | 8 | 9 | 0 |
|---|---|---|---|---|---|---|---|---|---|---|
| 1 | ● | ● | ● | ● | ● | ● | ● | ● | ● | ● |
| 2 | ● | ● | ● | ● | ● | ● | ● | ● | ● | ● |
| 3 | ● | ● | ● | ● | ● | ● | ● | ● | ● | ● |
| 4 | ● | ● | ● | ● | ● | ● | ● | ● | ● | ● |
| 5 | ● | ● | ● | ● | ● | ● | ● | ● | ● | ● |
| 6 | ● | ● | ● | ● | ● | ● | ● | ● | ● | ● |
| 7 | ● | ● | ● | ● | ● | ● | ● | ● | ● | ● |
| 8 | ● | ● | ● | ● | ● | ● | ● | ● | ● | ● |
| 9 | ● | ● | ● | ● | ● | ● | ● | ● | ● | ● |
| 0 | ● | ● | ● | ● | ● | ● | ● | ● | ● | ● |

(宇宙는冪에依하는冪에依한다)

(사람은數字를버리라)

(고요하게나를電子의陽子로하라)

스펙톨

軸X軸Y軸Z

速度etc의統制例컨대光線은每秒當300,000키로메-터달아나는것이確實하다면사람의發明은每秒當600,000키로메-터달아날수없다는法은勿論없다. 그것을幾十倍幾百倍幾千倍幾萬倍幾億倍幾兆倍하면사람은數十年數百年數千年數億年數兆年의太古의事實이보여질것이아닌가, 그것을또끊임없이崩壞하는것이라고하는가, 原子는原子이고原子이고原子이다. 生理作用은變移하는것인가, 原子는原子가아니고原子가아니고原子가아니다, 放射는崩壞인가, 사람은永劫인永劫을살릴수있는것은生命은生도아니고命도아니고光線인것이라는것이다.

臭覺의味覺과味覺의臭覺

(立體에의絶望에依한誕生)

(運動에의絶望에依한誕生)

(地球는빈집일境遇封建時代는눈물이날이만큼그리워진다)

앞의 인용에서 볼 수 있듯이 「선에 관한 각서 1」의 텍스트는 전반부에 수학적 도표가 제시되고 후반부에 간략한 시적 진술들로 이어진다. 특히 후반부의 시적 진술은 일부 내용이 괄호 속에 담겨 있다. 그러므로 시적 텍스트에서 전개되는 시상의 흐름을 전체적으로 파악하기 힘들다. 서로 다른 성격을 지닌 텍스트들이 뒤섞여 연결되어 있기 때문에 그 내적 의미의 연관성을 시각적으로 방해한다. 이러한 타이포그래피적 고안은 이상의 시 이전에는 볼 수 없었던 것이다. 이 시의 텍스트적 성격을 제대로 파악하기 위해서는 시적 화자가 제시하고 있는 수학적 도표의 성격을 이해하고, 시적 화자의 내면의식을 드러내고 있는 괄호 속의 진술 내용을 정확하게 해석해야 한다.

먼저 이 시의 텍스트 전반부에 제시되고 있는 수학적 도표가 무엇을 의미하는 것인가를 생각해 보기로 한다. 현대물리학의 발전은 유클리드 기하학이라고 부르는 고전기하학의 약점들이 극복되면서 시작된다. 앞의 시 「선에 관한 각서 1」의 전반부에 제시되어 있는 도표는 평면 위의 한 점(●)의 위치를 표시하는 방법을 도식화한다. 여기서 x, y축은 1부터 0까지의 숫자로 나타나 있고, 평면상에는 무수한 점(●)이 표시되어 있다. 이 표에서 각 점의 위치는 2개의 직선 x축과 y축의 거리로 표시한다. 예컨대 점 P의 위치는 P(x,y)로 표시한다. 그리고 점과 점을 잇는 직선은 방정식 y=mx+b로 표시한다. 여기서 m과 b는 상수이고 x와 y는 각 축 위에서의 거리이다. 이러한 좌표계의 고안은 프랑스 철학자 데카르트(R. Descartes, 1596-1650)에 의해 처음으로 주창되었다. 데카르트는 고전적인 유클리드 기하학에 대수학의 계산을 이용한 새로운 연구의 길을 열어 놓은 인물이다. 그는 대수학을 기하학에 적용하여 한 점의 위치를 앞서 설명한 대로 한 쌍의 수로 표현했으며, 방정식으로 직선과 곡선을 표현했다. 이 방법에 따라 기하학의 대상을 대수기호화 과정으로 설명할 수 있게 되자, 이 새로운 방법은 유클리드 기하학의 내용을 더욱 풍부하게 하고, 또한 삼차원에서 일반적인 n차원으로의 확장을 가능하게 한다. 이 같은 해석기하학의 원리는 뒤에 대수기하학으로 발전하여 기하도형의 평면적, 이차원적 위상을 입체적이고 공간적인 삼차원에서 다룰 수 있는 다양한 대수기하학의 원리로 발전하게 된 것이다.[11] 이러한 기하학의 발전 과정을 놓고 볼 때, 「선에 관한 각서 1」의 전반부에 제시되어 있는 도표는 기하학의 대상을 대수기호화함으로써 새로운 기하학의 지평을 열게 된 '해석기하학(解析幾何學)'의 기본 개념을 표시한 것이라고 할 수 있다.

11 佐佐木 力, 『數學史入門』, 筑摩書房, 2005, 137-143면.

이 도표는 이상 문학에 등장하는 기하학적 상상력의 단초라는 점에서 중요한 의미를 지닌다.

「선에 관한 각서 1」의 텍스트의 중반부에는 앞에 제시된 도표에 대한 시적 화자의 단편적인 상념이 괄호 속에 담겨 있다. '우주(宇宙)는 멱(冪)에 의하는 멱(冪)에 의한다'라는 구절에서 '멱에 의하는 멱에 의한다'라는 말은 $((N)^n)^n$…라는 수식으로 표시된다. 이것은 우주가 무한대로 큰 세계임을 말해 준다. '사람은 숫자(數字)를 버리라'라는 구절은 무한대의 크기로 표시할 수밖에 없는 원대한 우주에 비해 인간의 세계라는 것이 보잘것없이 좁은 것임을 암시한다. 즉 인간이 합리성 또는 과학성이라는 것을 내세워 숫자로 계산하고 따지는 일이 아무런 의미가 없음을 말한다. 여기서 '숫자(數字)'는 인간 존재의 유한성에 대한 표식일 수밖에 없다. 그런데 이러한 생각 끝에 '고요하게 나를 전자(電子)의 양자(陽子)로 하라'라는 대목이 등장한다. 이 말은 광대한 우주와 유한한 인간의 관계를 물체의 핵심구조인 원자구조로 축소하여 비유적으로 설명한 것이라고 할 수 있다. 물론 여기서 말하고 있는 '양자(陽子)'는 '양성자'를 뜻한다. 양성자는 원자핵의 초소(超小) 구성입자인데, 모든 사물의 기본적인 속성(원자의 종류)이 바로 이 양성자의 숫자로 결정된다. 그러므로 이 시에서 '고요하게 나를 전자의 양자로 하라'라는 구절은 방대한 우주 공간에서 비록 작은 존재이지만 그 주체로 서고자 하는 인간의 욕망을 암시한 것이라고 할 수 있다.

이 시의 후반부는 분광기(spectre)를 통해 굴절되는 빛을 관찰하면서 빛의 본질과 속성에 대한 설명을 시적 진술로 바꿔 놓고 있다. 시적 텍스트에 하나의 행으로 제시되어 있는 "스펙톨"이라는 말은 빛을 굴절시키는 분광기를 말한다. 그리고 '축X 축Y 축Z'는 분광기를 통해 굴절 분산되는 빛을 공간 속에서 x, y, z라는 3개의 축으로 표현하고 있다. 그리고 뒤에 이어지는 '속도(速度) etc의 통제 … 광선인 것이라는 것이다'라는 산문적 진술은 빛의 속도와 이에 관련된 여러 가지 과학적 지식을 설명하고 수치로 제시하고 있다. 진공에서 빛의 속도는 정확히 초속 299,792,458미터이다. 이는 1초에 지구를 일곱 바퀴 반을 돌 수 있고 지구에서 달까지 가는 데는 1초 정도 걸리는 속도다. 태양까지는 약 8분이 걸린다. 이는 측정치가 아니라 미터의 정의에 의한 것이다. 그런데 아인슈타인(Albert Einstein, 1879-1955)의 상대성이론에 의해 어떤 물체의 움직임도 이 빛의 속도를 넘을 수 없다는 사실이 밝혀진다. 물질의 이동 속도는 빛의 속도를 넘어설 수 없다는 것이다. 질량이 없는 물체는 빛의 속도로 전파될 수 있지만 이는 인과율에 중요한 영향을 준다. 물론 빛의 속도보다 빠르게 이동할 수 있다면 현재의 위치에서 무한한 과거로 돌아갈 수 있다는 가정도 해 볼 수 있다. 시적 화자는 이에 근거하여 '수억 년 수조 년의 태고의 사실이 보여질 것이 아닌가'라고 반문하면서 물체의 궁극적인 핵심에 해당하는 원자를 대상으로 자신의 상념을 이어간다. 원자의 모델이 밝혀진 뒤로 그 내부구조가 영구적으로 안정적인 것이 아니라는 사실도 실험을 통해 확인되었으며, 1911년에는 거의 모든 원자의 질량은 총부피 중 미소한 부분만을 차지하는 핵에 집중되어 있다는 결론에 이른다. 이어서 동위원소라는 중요한 개념이 확립되었고 실험실에서 원자핵을 변환시키는 데도 성공하게 된다. 이 시에서 화자는 바로 이 같은 과학의 발전 과정을 염두에 두고, '원자는 원자가 아니고 원자가 아니고 원자가 아니다, 방사(放射)는 붕괴인가'라고 반문하기도 한다. 더 이상 원자가 물질의 핵심이 아니며 원자핵을 변화(분열 또는 붕괴)시켜 방사능이 생기게 할 수 있다는 사실을 스스로 확인하고 있는 셈이다. 그리고 다시 빛이 인간과 자연의 모든 법칙의 기준임을 주장한다.

이 시의 텍스트는 결말 부분에서 다시 괄호 속에 시적 화자의 상념을 세

가지로 구분하여 표시하면서 시상을 매듭짓고 있다. 첫째는 '입체에의 절망에 의한 탄생'이라는 구절이다. 이 진술은 유클리드 기하학의 한계를 극복한 해석기하학의 현대적 등장을 암시한다. 데카르트 이후 대수학을 기하학에 적용하여 기하도형의 차원을 다루게 되면서 방정식으로 직선과 곡선을 표현하게 되었으며, 이를 발전시켜 원과 원뿔곡선도 방정식으로 표현할 수 있게 된다. 이 새로운 접근법은 많은 기하학적 과제를 해결할 수 있는 새로운 원리로 등장하게 되어 기하학을 'n차원'으로까지 확대 적용할 수 있게 한 것이다. 둘째는 '운동에의 절망에 의한 탄생'이라는 구절이다. 이것은 현대물리학의 새로운 차원을 열어 준 아인슈타인의 상대성이론의 등장을 말한다. 아인슈타인의 특수상대성이론은 모든 좌표계에서 빛의 속도가 일정하고 모든 자연 법칙이 똑같다면, 시간과 물체의 운동은 관찰자에 따라 상대적이라는 것을 입증한다. 이를 수학적으로 표현하여 질량과 에너지의 등가를 확립했는데, 이에 따르면 어떤 양의 물질이 갖는 에너지는 그 물질의 질량에 빛의 속도의 제곱을 곱한 값, 즉 $E=mc^2$이다. 아인슈타인은 이 특수상대성이론에 중력 현상을 새로 포함하려고 이론을 계속 발전시켜 마침내 『일반상대성이론』(1916)을 내놓게 된다. 셋째는 '지구는 빈집일 경우 봉건시대(封建時代)는 눈물이 나리만큼 그리워진다'라는 구절이다. 이것은 현대 문명 이전의 상태에서 인간이 누렸던 행복감에 대한 일종의 향수를 뜻한다. 물론 여기에는 인간에 대한 문명의 속박을 벗어나고자 하는 시적 화자의 욕망이 담겨 있다.

이상의 「선에 관한 각서 2」는 기하학적 상상력에 기반하여 현대과학 문명의 발달에 대한 상념을 공간적으로 확장하고 있다. 이 작품은 「선에 관한 각서 1」을 통해 시적 모티프로 삼았던 데카르트 이후의 해석기하학의 등장과 함께 새롭게 발전한 현대과학의 이론을 배경으로 하고 있다. 여기서는 특히 빛의 속도와 그 성질에 관한 여러 가지 이론을 기호와 수식으로 표현한다. 그리고 시적 텍스트의 후반부에서 이러한 빛의 성질에 관한 시적 화자의 상념과 그 내면의식이 괄호 속에 묶인 채 함께 진술되어 있다.

1 + 3

3 + 1

3 + 1　1 + 3

1 + 3　3 + 1

1 + 3　1 + 3

3 + 1　3 + 1

3 + 1

1 + 3

線上의一點 A

線上의一點 B

線上의一點 C

A + B + C = A

A + B + C = B

A + B + C = C

二線의交點 A

三線의交點 B

數線의交點 C

3 ＋ 1

1 ＋ 3

1 ＋ 3　3 ＋ 1

3 ＋ 1　1 ＋ 3

3 ＋ 1　3 ＋ 1

1 ＋ 3　1 ＋ 3

1 ＋ 3

3 ＋ 1

(太陽光線은, 凸렌즈때문에收斂光線이되어一點에있어서爀爀히빛나고爀爀히불탔다, 太初의僥倖은무엇보다도大氣의層과層이이루는層으로하여금凸렌즈되게하지아니하였던것에있다는것을생각하니樂이된다, 幾何學은凸렌즈와같은불작난은아닐른지, 유우크리트는死亡해버린오늘유우크리트의焦點은到處에있어서人文의腦髓를마른풀과같이燒却하는 收斂作用을羅列하는것에依하여最大의收斂作用을재촉하는危險을재촉한다, 사람은絶望하라, 사람은誕生하라, 사람은誕生하라, 사람은絶望하라)

이 작품 텍스트의 전반부를 이루고 있는 수식과 기호를 먼저 살펴보기로 하자. '1+3'이라는 수식은 '1'이라는 숫자가 의미하는 것과 '3'이라는 숫자가 의미하는 것의 결합 상태를 암시한다. 여기서 '1'은 일차원의 세계를 상징한다. 일차원의 세계는 시간처럼 전후의 개념만을 지닌 선(線)과 같은 성질을 띠는 것으로 볼 수 있다. '3'은 삼차원의 세계를 의미한다. 이것은 공간(空間)의 세계이다. 그러므로 '3+1' 또는 '1+3'은 일차원의 시간과 삼차원의 공간의 결합을 의미한다. 이것은 사차원의 세계이며, 곧 인간의 세계와는 다른 새로운 세계를 말하는 셈이다. 아인슈타인의 상대성이론은 바로 이러한 시간(일차원)과 공간(삼차원)의 새로운 결합 가능성을 암시한다. 그러나 인간이 빛의 속도처럼 빠르게 새로운 세계로 나아간다면 빛의 속도로 돌파하는 순간 모든 것이 분해되어 버린다. 이 새로운 세계는 절대적인 중심이 존재하는 것이 아니라 모든 것이 중심이 될 수 있는 상대적 세계에 해당한다.

그런데 여기서 한 가지 덧붙여야 할 것은 '3+1'과 '1+3'이라는 수식이 단순히 일차원의 세계와 삼차원의 세계의 결합만이 아니라 사영기하학(射影幾何學)에서 이론화된 'field theory'와의 관련성을 가지고 있다는 점이다. 사영기하학의 개념은 매우 다양한 대수계에서 좌표들을 선택하여 확장할 수 있는 이점이 있다. 사형기하학에서는 더하고 빼고 곱하고 나눌 수 있는 기호 집합을 '체(體, field)'라고 한다. 그리고 이 '체'에서 좌표를 선택할 때 하나의 기하학을 얻을 수 있다. 예를 들면, 1이나 3과 같은 실수는 하나의 '체'이다. 대수학은 더하고 빼고 곱하고 나눌 수 있는 기호 체계를 제공하지만, 기호들의 곱 ab가 반드시 ba와 같지는 않다. 이런 체계를 비가환체(非可換體, skew field)라고 한다. 비가환체에서 연구할 때, 보통의 합관계와 교차관계는 타당하지만 다른 정리들은 더 이상 참이 아닌 하나의 기하학이 만들어질 수 있다. 사영기하학은 공리론적(公理論的)으로 볼 때 유클리드 기하학에 비해 훨씬 적고 간단명료한 공리로부터 출발하여 엄밀한 논증에 의해 기하학을 전개한다. 특히 사영기하학에서는 하나의 명제에 완전한 쌍대(雙對, duality)가 성립하는 것이 두드러진 특징이다. 예컨대 '두 점을 지나는 직선은 1개만 존재한다'라는 명제에서 '점'과 '직선'을 서로 치환하고, '-을 지나는'을 '-위에 있는'으로 치환하면, '두 직선 위에 있는 점은 1개만 존재한다'라는 명제가 된다. 이와 같은 치환에 의해 하나의 명제에서 새로운 명제를 만들어 내는 것을 쌍대라고 한다. 사영기하학의 공리계(公理系)에서는 그 어떤 공리의 쌍대도

또한 이 공리계 속에 존재한다. 따라서 하나의 명제가 '참'이면 그 쌍대 명제는 다시 증명하지 않아도 반드시 '참'이 된다. 사영기하학에서는 사영대응에 의해 ① 몇 개의 점이 한 직선 위에 있는 것(공선, 共線)과 ② 몇 개의 직선이 한 점을 지나는 것(공점, 共點)의 두 가지 성질은 변하지 않는다. 이 경우 무한원점(無限遠點)도 점 중의 하나로 고려하기 때문에 한 점에서 교차하는 두 직선이 사영대응에 의해 평행한 두 직선으로 이동하는 경우도 있다.[12] 여기서 주목해야 할 것은 사영기하학의 특징적인 과정이 한 직선이나 평면 위에 있지 않은 한 점에서 투시도법으로 다른 직선이나 평면에 그것을 사상시킬 수 있다는 것이다. 이 과정은 한 물체를 외부점에서 그리거나 사진으로 촬영할 때 하는 것과 근본적으로 일치한다.

「선에 관한 각서 2」는 이러한 사영기하학의 공점(共點)과 공선(共線)에 관한 공리에 기초하여 그 텍스트를 구성하고 있다. 앞에 인용한 텍스트에서 "線上의一點 A / 線上의一點 B / 線上의一點 C"라는 진술은 '임의의 한 직선 위에 점 A, 점 B, 점 C가 있다'라는 뜻으로 이해할 수 있다. 그리고 "A+B+C=A / A+B+C=B / A+B+C=C"라는 진술은 앞서 표시한 세 점의 위치와 그 관계를 표시한 수식에 해당한다. 그런데 평면상에 위치하고 있는 A, B, C라는 점들이 A+B+C=A, A+B+C=B, A+B+C=C와 같은 식으로 성립되려면, 세 점이 사영대응의 방식으로 동일시되는 경우에만 가능하다. 점은 크기를 따지지 않는 것이므로, 위치가 같다면 같은 점이다. 만약 A, B, C가 각각 위치가 다른 임의의 한 점이라면 이 수식은 모순이다. 그런데 이 수식이 성립 가능한 경우도 있다. 평면 위에서가 아니라 사영공간 속에서 세 점이 일정한 각도를 유지하여 직선으로 연결되는 경우, 즉 공선 상에서는 세 점이

12 瀨山士郎, 『幾何物語』, 筑摩書房, 2007, 153-159면.

동일한 한 점으로 보이는 경우가 얼마든지 가능해진다. 이러한 현상은 직진하는 빛의 성질을 전제해야만 이해가 된다. 바로 뒤에 이어지는 "二線의 交點 A / 三線의交點 B / 數線의交點 C"라는 진술은 앞에 전제되어 있는 조건들에 비추어 볼 때, 두 가지의 사실을 말해 준다. 첫째, 수식 "A+B+C=A / A+B+C=B / A+B+C=C"에서 얻어진 값으로서의 A, B, C라는 점들은 평면 상에 위치한 것이 아니다. 둘째, A, B, C는 공간(입체) 속에서 공간을 통과하는 임의의 직선이 서로 교차하는 공점이 된다. 결과적으로 각 점 A, B, C는 두 직선 또는 세 직선, 그리고 무수한 직선들의 교점에 해당한다. 이러한 사실은 공간에서 두 개 이상의 직선이 얼마든지 한 점에서 서로 만날 수 있음을 말해 주는 것이다.

「선에 관한 각서 2」의 텍스트는 그 후반부에서 공선과 공점에 관한 사영기하학의 공리를 놓고 이것을 '볼록렌즈'를 통해 이루어지는 빛의 굴절과 수렴 현상을 통해 다시 입증해 보이고 있다. 기하광학(幾何光學)에서는 빛이 지나는 경로를 나타내는 데 광선이라는 용어를 쓰는데, 빛에너지의 흐름은 여러 개의 광선의 모임인 것으로 생각한다. 모든 광선 또는 그 연장이 한 점에서 만날 때 공심광선속(共心光線束), 한 점으로 집중되어 갈 때 수렴광선속(收斂光線束), 한 점에서 퍼져 나갈 때 발산광선속(發散光線束)이라 한다. 여러 가닥의 빛이 '수렴광선속'을 이루어 한 점에서 만날 때 이 점을 '공심광선속'이라고 하는데, 바로 여기서 빛이 집중되므로 열을 내게 된다. 실제로 볼록렌즈로 빛을 굴절시켜 수렴광선속을 만들고 공심광선속을 이루게 하여 모든 빛이 한 점에 모이면 그 초점에서 불이 붙는 것을 볼 수 있다. 그런데 태양광선은 지구가 생성된 때부터 대기층을 직진하여 통과하면서 지구를 비추고 있기 때문에 빛이 수렴되지 않는다. 시적 화자는 바로 이러한 사실을 떠올리면서 이를 천만다행이라고 여긴다. 만일 볼록렌즈에서와 같은 빛의 수

렴 현상이 지구 위에서 나타났다면 지구는 그대로 폭발하고 말았을 것이다. 이 시의 텍스트는 결말 부분에서 다시 기하학의 발전 과정에 관한 시적 화자의 상념으로 이어진다. 현대의 기하학은 유클리드 기하학에서 내세운 공리들을 확장하거나 부분적으로 부정하면서 이른바 '비(非)유클리드 기하학'으로 발전한다. 그리고 아인슈타인의 일반상대성 원리의 골격을 세우는 데 중요한 역할을 하게 된다. 그렇지만 이 일반상대성 원리로 인하여 시공간구조(時空間構造)의 개념이 근본적으로 바뀌게 된 것이 오히려 인간 세계에 재앙을 불러올지 모르는 '불장난'이 아닐까 하는 것이 시적 화자의 생각이다. 그렇기 때문에 시적 화자는 이러한 문제들과 관련지어 인간 삶의 현실에서 요구되는 새로운 인간관과 가치의 정립을 주장하고 있다. 결국 시 「선에 관한 각서 2」는 현대과학 문명의 발달에 대한 시적 화자의 우울한 공상을 그려 놓고 있는 셈이다.

이상의 기하학적 상상력은 시 「선에 관한 각서 3」에 이르러 어떤 하나의 결론에 도달한다. 이 작품은 「선에 관한 각서 1」의 텍스트와 그 구성법이 유사하다. 시적 텍스트의 전반부에는 수학적 도표가 자리하고 후반부에 간단한 수식과 함께 시적 화자의 상념이 괄호 속에 묶여 제시된다.

| | | | |
|---|---|---|---|
| | 1 | 2 | 3 |
| 1 | ● | ● | ● |
| 2 | ● | ● | ● |
| 3 | ● | ● | ● |
| | 3 | 2 | 1 |
| 3 | ● | ● | ● |
| 2 | ● | ● | ● |

1 ● ● ●

$\therefore$ nPn = n (n—1) (n—2) · · · · · · (n—n+1)

(腦髓는부채와같이圓에까지展開되었다, 그리고完全히廻轉하였다)

이 작품에서 텍스트의 전반부에 위치하고 있는 도표와 수식의 의미를 이해하기 위해서는 앞서 설명한 바 있는 사영기하학의 공리를 염두에 둘 필요가 있다. 이 작품은 유클리드 기하학 이후 발전을 거듭해 온 현대기하학의 공리를 적용하여 공간에서의 한 점의 위치를 어떻게 수식으로 표시할 수 있는지를 간단한 도표와 식으로 표현하고 있다. 여기서 특히 주목해야 할 것은 사영기하학의 공리를 텍스트상의 도표와 그 뒤에 제시된 순열(順列)식에 어떻게 적용하고 있느냐는 점이다. 사영기하학의 특징적인 과정은 한 직선이나 평면 위에 있지 않은 한 점에서 투시도법으로 다른 직선이나 평면에 사상시킨다는 점이다. 이 과정은 한 물체를 외부점에서 그리거나 사진으로 촬영할 때의 과정과 근본적으로 일치한다.

「선에 관한 각서 3」에 등장하고 있는 도표는 「선에 관한 각서 1」의 도표와 유사성을 띠고 있지만 그 성질이 다르다. 「선에 관한 각서 1」의 경우는 평면 위의 한 점을 수식으로 표시하는 법을 도표화한 것인데, 여기서는 삼차원의 세계 속에 한 점(●)의 위치를 표시하는 법을 보여 준다. 이 도표는 정육면체에서 서로 수직으로 만나는 두 개의 평면을 하나의 평면 위에 펼쳐 놓은 것이라고 할 수 있다. 이 표의 중간에 낀 '3 2 1'은 바로 두 평면이 수직으로 만나는 접면 부분을 가리킨다. 여기서 '3'은 꼭짓점에 해당한다. 그리고 이 도표에 이어서 시적 텍스트에는 '$\therefore$ nPn=n(n-1)(n-2)· · · · · ·(n-n+1)'이라는 수식이 등장한다. 이 수식은 순열의 공식을 그대로 옮겨 놓은 것이다.

먼저 순열의 원리를 생각해 보자. 순열은 서로 다른 n 개의 원소 중에서 r 개를 뽑아서 한 줄로 세우는 경우의 수를 말한다. 이를 기호화하여 'nPr', 혹은 'P(n,r)'라고 쓰며, 'P(n,r)=n(n-1)(n-2)······(n-h+1)'이라는 수식으로 표시한다. 그런데 이 수식이 시적 텍스트에서 의미하는 것이 무엇인가? 그 의미는 시적 텍스트의 전체적인 맥락을 통해 밝혀야만 한다. 이 작품에서 제시하고 있는 순열의 공식은, 앞의 도표로 예시하고 있는 것처럼 공간 속에 위치하고 있는 임의의 두 점을 골라 연결(공선을 이루도록 한 줄로 세우는)하는 경우의 수를 말한다. 그러나 이 경우에 답을 구할 수는 없다. 왜냐하면 공간 속에서 점의 수(여기서는 'n')는 무한정이기 때문이다. 다시 말하자면 이 순열의 공식에 의거하여 문제를 풀 경우 답은 무한하다. 여기서 공간 속의 두 점을 이어 가는 방식은 점의 공간적 이동과 그 시간에 관한 상념에 이르는 순간 아인슈타인의 상대성이론과 만난다. 상대성이론의 시공(time-space)에서는 특정 공간 속에 삼차원 좌표로 표시되는 점의 위치에 시간의 개념이 결합된다. 그러므로 삼차원 공간 좌표와 시간 척도의 결합을 표시하기 위해 네 개의 수 또는 네 개의 좌표가 필요하게 된다. 앞의 「선에 관한 각서 2」에서 볼 수 있었던 '3+1'이라는 수식에서 이미 이 같은 사실을 암시한 바 있다.

그런데 시 「선에 관한 각서 3」에서 시적 화자는 고전역학에서 아인슈타인의 상대성이론까지의 발전 과정을 생각하기도 하고, 유클리드 기하학에서 현대기하학이 사영기하학에서부터 대수기하학이나 미분기하학에까지 발전하는 과정을 생각하면서, 모든 물질계의 현상이 더욱 미궁으로 빠지거나 추상화되어 버린다는 자신의 생각을 비유적으로 진술하고 있다. 이 시의 결말 부분에서 '뇌수(腦髓)는 부채와 같이 원(圓)에까지 전개(展開)되었다. 그리고 완전히 회전(廻轉)하였다'라는 말이 바로 이러한 미궁의 형상을 비유적으로 표현한 것이 아닌가 생각된다. 말하자면, 앞에서 제시한 순열의 공식에 의

하면 공간 안에서 임의의 두 점을 골라 서로 연결하는 경우의 수는 무한하다. 답을 구할 수 없는 것이다. 그러므로 '뇌수가 부채와 같이 원에까지 전개되었다. 그리고 완전히 회전하였다'라는 진술을 통해 머리가 돌 지경임을 말해 준다.

「선에 관한 각서 1-7」은 유클리드 기하학에서 현대기하학으로의 발전 과정, 고전역학에서 아인슈타인의 일반상대성이론에 이르기까지의 변화 등에 관한 갖가지 상념을 수학적 도표와 공식의 현란한 기표를 활용하여 시적 텍스트 속에 담아 놓는다. 그리고 여기서 자신이 추출해 낸 현대 문명의 두 가지 과제를 「선에 관한 각서 4」에서부터 「선에 관한 각서 7」에 나름대로 정리한다. 그 하나가 인간의 존재와 시간의 개념에 관한 것이고, 다른 하나가 사물에 대한 인식과 시각(視覺)의 문제이다. 이상은 아인슈타인의 상대성 원리에서 입증된 '모든 움직임은 빛의 속도를 넘을 수 없다'는 원리를 놓고 사물에 대한 인식과 그 정보의 전달을 다양한 방식으로 재질문하고 있다. 시간의 본질에 대한 관념은 아인슈타인의 상대성이론이 등장하면서 크게 바뀐다. 유일한 절대적 시간의 존재에 대한 신념은 상대성이론에 의해 밀려난다. 모든 물질의 이동 속도는 물론, 힘의 매개체인 보존도 빛의 속도를 넘어서 전달될 수 없다. 질량이 없는 물체는 빛의 속도로 전파된다. 이는 인과율에 중요한 영향을 준다. 예컨대 어떤 정보에 대한 인식과 그 전달이 빛보다 빨리 일어날 가능성이 있다고 하면, 이 경우 자신이 전달할 정보가 보내기도 전에 상대방에게 도착하게 되는 역설에 빠지게 되고, 심지어는 자신의 탄생을 두 번 경험하게 되는 경우도 상상할 수 있다.

연작시 「삼차각설계도」는 연작으로 묶인 작품들이 문학적 텍스트로서의 완결성을 갖추고 있다고 보기 어려운 점도 있다. 하지만 다양한 패러디의 방식에 의한 텍스트의 구성, 몽타주 기법에 의한 시상의 전개, 비약과 생략에 의한 시상의 변주 등을 통해 당대 시단의 경향에서 보기 드문 새로운 시적 실험성을 실천하고 있는 점이 눈에 띈다. 특히 이들 작품은 근대과학으로서의 기하학의 발전이라든지 상대성이론과 같은 새로운 물리학 이론의 등장을 이른바 '기하학적 상상력'에 기초하여 시적으로 형상화하고 있다. 이상이 연작시 「삼차각설계도」를 통해 주목하고 있는 것은 주체의 존재를 규정하는 근본 원리로서 시간과 사물에 대한 인식의 기초가 되는 시각(視覺)의 문제이다. 이상이 시간의 문제에 관하여 관심을 가지게 되는 과정은 아인슈타인의 상대성이론에 대한 인식 과정에서 자연스럽게 드러난다. 상대성이론이 등장하기 전에는 시간의 불가역성(不可逆性) 또는 비가역성을 의심하는 경우가 없었다. 그러나 아인슈타인은 절대적인 주체와 그 존재의 기반이 되는 시간의 의미를 상대적인 것으로 바꾸어 놓음으로써 모든 사물에 대한 인식 방법에 근본적인 반성을 제기한다. 여기서 가장 빛나는 부분은 사물에 대한 새로운 시각의 발견이다. 그는 본다는 것을 단순히 눈앞에 존재하는 사물의 외적 형상을 인지하는 것으로 여기지 않는다. 아인슈타인에 따르면, 그것은 사물을 관찰하는 과정과 함께 주체를 둘러싸고 있는 환경 속에서 관찰자로서의 주체까지도 포함하는 여러 개의 장(場)을 함께 파악하는 일이다. 이상은 사물에 대한 물질적 감각을 정확하게 파악하기 위해 사물의 전체적인 형태나 중량감, 윤곽, 색채와 그 속성까지도 설명할 수 있는 특이한 시선과 각도를 찾아내고자 한다. 그리고 끊임없이 발전하는 기술 문명의 세계를 놓고, 그것의 정체를 포착하면서 동시에 주체의 의식의 변화까지도 이끌어 낼 수 있는 새로운 그림을 상상하게 된다. 이것은 세계에 대한 인식뿐만 아니라 사물을 대하는 주체의 시각을 새롭게 변형시킬 수 있다는 점에서 획기적이다. 바로 그것이 이상이 시적으로 설계해 낸 연작시 「삼차각설계도」라고 할 수 있다.

### 3) 몸의 발견, 혹은 육체의 물질성

이상의 일본어 시 가운데에는 유별나게도 인간의 육체와 그 육체를 통해 외부 세계를 받아들이는 감각적 인식을 중시하고 있는 흥미로운 작품들이 많이 있다. 「수염」, 「LE URINE」, 「얼굴」, 「광녀의 고백」, 「흥행물천사」 등의 경우는 대체로 육체의 감각 혹은 육체의 물질적 속성에 대한 인식과 발견을 특이한 비유와 상징을 통해 시적으로 형상화하고 있다. 육체를 구성하는 여러 가지 요소들이 외부적 충격에 노출되어 긴장하거나 어떤 특이한 촉감을 드러내는 것을 마음속에서 불러내는 일은 불가능한 것이 아니다. 이상은 외적 대상에 대한 인식이라는 것이 결국은 육체의 내부와 외부 사이를 특이하게 연결하는 감각적 통로의 기능에 의한 것임을 생각하면서 인간의 육체와 그 감각의 작용에 대해 흥미로운 통찰을 보여 준다.

이상이 육체의 물질성에 대한 인식에 어떤 방식으로 도달하고 있는가를 보여 주는 흥미로운 작품이 1931년 8월 《조선과 건축》에 발표된 시 「광녀의 고백」이다. 이 작품은 평단에서 크게 주목된 적이 없다. 기존의 전집들을 보면 대체로 여성과 성애(性愛)에 관련된 주제를 담고 있는 것으로 설명하고 있다. 이 작품에 등장하는 관능적 요소들이 시의 내용을 여인의 육체와 남녀 간의 섹스에 연결하여 해석하도록 유인하고 있기 때문이다. 그러나 이 시는 텍스트의 표층에 드러나 있는 진술 내용만으로 그 의미를 해석하기 어렵다. 이 작품의 텍스트구조에 동원되고 있는 다양한 기표들은 대부분 교묘하게 조작되어 의미의 혼동을 야기한다. 그리고 그 비유적 기법도 시적 대상의 실체를 숨기기 위한 고도의 수사적 전략에 의해 고안된 것들이다. 이러한 특징을 제대로 파악하지 못할 경우 시적 의미의 심층구조를 밝혀낼 수 없다.

여자인S玉孃한테는참으로未安하오. 그리고B君자네한테感謝하지아니하면아니될것이오. 우리들은S玉孃의前途에다시光明이있기를빌어야하오.

蒼白한여자

얼굴은여자의履歷書이다. 여자의입[口]은작기때문에여자는溺死하지아니하면아니되지만여자는물과같이때때로미쳐서騷亂해지는수가있다. 온갖밝음의太陽들아래여자는참으로맑은물과같이떠돌고있었는데참으로고요하고매끄러운表面은조약돌을삼켰는지아니삼켰는지항상소용돌이를갖는褪色한純白色이다.

등쳐먹으려고하길래내가먼첨한대먹여놓았죠.

잔내비와같이웃는여자의얼굴에는하룻밤사이에참아름답고빤드르르한赤褐色쵸콜레이트가無數히열매맺혀버렸기때문에여자는마구대고쵸콜레이트를放射하였다. 쵸콜레이트는黑檀의사아벨을질질끌면서照明사이사이에擊劍을하기만하여도웃는다. 웃는다. 어느것이나모다웃는다. 웃음이마침내엿과같이녹아걸쭉하게찐더거려서쵸콜레이트를다삼켜버리고彈力剛氣에찬온갖標的은모다無用이되고웃음은散散이부서지고도웃는다. 웃는다. 파랗게웃는다. 바늘의鐵橋와같이웃는다. 여자는羅漢을밴[孕]것을다들알고여자도안다. 羅漢은肥大하고여자의子宮은雲母와같이부풀고여자는돌과같이딱딱한쵸콜레이트가먹고싶었던것이다. 여자가올라가는層階는한층한층이더욱새로운焦熱氷結地獄이었기때문에여자는즐거운쵸콜레이트가먹고싶다고생각하지아니하는것은困難하기는하지만慈善家로서의여자는한몫보아준心算이지만그러면서도여자는못견디리만큼답답함을느꼈는데이다지도新鮮하지아니한慈善事業이또있을까요하고여자는밤새도록苦悶苦悶하였지만여자는全身이갖는若干個의濕氣를띤穿孔(例컨대눈其他)近處먼지는떨어버릴수없는것이었다.

여자는勿論모든것을抛棄하였다. 여자의姓名도, 여자의皮膚에붙어있는오랜歲月중에간신히생긴때[垢]의薄膜도甚至於는여자의睡腺까지도, 여자의머리로는소금으로닦은것이나다름없는것이다. 그리하여溫度를갖지아니하는엷은바람이참康衢煙月과같이불고있다. 여자는혼자望遠鏡으로SOS를듣는다. 그리곤덱크를달린다. 여자는푸른불꽃彈丸이벌거숭이인채달리고있는것을본다. 여자는오오로라를본다. 덱크의勾欄은北極星의甘味로움을본다. 巨大한바닷개[海狗]잔등을無事히달린다는것이여자로서果然可能할수있을까, 여자는發光하는波濤를본다. 發光하는波濤는여자에게白紙의花瓣을준다. 여자의皮膚는벗기고벗기인皮膚는仙女의옷자락과같이바람에나부끼고있는참서늘한風景이라는點을깨닫고사람들은고무와같은두손을들어입을拍手하게하는것이다.

이내몸은돌아온길손, 잘래야잘곳이없어요.

여자는마침내落胎한것이다. 트렁크속에는千갈래萬갈래로찢어진POUDRE VERTUEUSE가複製된것과함께가득채워져있다. 死胎도있다. 여자는古風스러운地圖위를毒毛를撒布하면서불나비와같이날은다. 여자는이제는이미五百羅漢의불쌍한홀아비들에게는없을래야없을수없는唯一한아내인것이다. 여자는콧노래와같은ADIEU를地圖의에레베에슌에다告하고No.1-500의어느寺刹인지向하여걸음을재촉하는 것이다.

「광녀의 고백」은 그 텍스트의 구조 자체가 매우 복잡한 양상을 드러내고 있다. 시적 진술의 주체가 되고 있는 '화자(話者)'의 층위와 시적 대상으로서의 '여자'라는 행위 주체의 층위가 텍스트 내에서 서로 중첩되어 있기 때문이다. 이 작품에서 시적 진술을 주도하고 있는 화자의 모습은 텍스트의 표면에는 전혀 드러나 있지 않지만 작품의 서두에서 '여자인 S옥 양한테는 참으로 미안하오. 그리고 B 군 자네한테 감사하지 아니하면 아니 될 것이오. 우리들은 S옥 양의 전도에 다시 광명이 있기를 빌어야 하오'라는 진술을 통해 그 존재를 암시하고 있다. 이 서두의 진술에서 시적 대상이 'S옥 양'이며, 'B 군'은 텍스트상에 설정해 놓은 가상적 독자라는 사실도 드러난다. '우리들'이라는 집단적 주체는 시적 화자를 포함한 일반 독자 모두를 지칭한다.

「광녀의 고백」의 텍스트에서는 '여자인 S옥 양'에 대한 묘사적 설명을 중심으로 시적 진술이 이루어진다. 그러나 시적 화자가 텍스트상의 모든 진술을 주재하고 있는 것은 아니다. 텍스트의 전반부와 후반부에서 각각 두 차례에 걸쳐 'S옥 양'의 목소리를 직접 들려준다. "등쳐 먹으려고 하길래 내가 먼첨 한 대 먹여 놓았죠"라는 말과 "이내 몸은 돌아온 길손, 잘래야 잘 곳이 없어요"라는 말이 바로 그것이다. 이 두 마디의 말은 시적 화자를 중심으로 전개되고 있는 진술 내용 속에 끼어든다. 그리고 활자의 모양과 크기를 달리하는 타이포그래피적 고안을 통해 그 지시와 의미의 영역을 분할할 수 있게 한다. 이 작품 텍스트의 시적 진술이 복합적인 구조임을 말해 주는 표지가 되고 있는 셈이다. 이 두 마디의 말에는 어조의 단일성을 파괴하면서 텍스트의 의미구조를 교란할 수 있는 극적 기능이 부가되어 있다. 그러므로 이 두 마디의 말이 끼어든 부분에서부터 시적 정황이 새로운 국면으로 전환된다.

이 작품에서 시적 진술의 대상이 되고 있는 'S옥 양' 또는 '여자'의 실체는 무엇일까? 텍스트의 표층에서 'S옥 양'은 '여자'라는 일반명사로 지칭되며 모든 행위의 주체로 그려진다. 시적 화자는 'S옥 양'이라는 한 여자의 처절한 삶의 과정을 설명하기 위해 여자의 관능적인 얼굴 모습, 초콜릿의 환상, 나한(羅漢)의 잉태와 낙태, 그리고 버림받은 여자의 쓸쓸한 뒷모습 등을 텍스트의 표면에 그려 놓는다. 이러한 여자의 외모와 행동은 거리의 여인이 겪어야 하는 육체적 타락과 고통의 삶의 장면들을 연출한다. 특히 여자를 주체로 하는 모든 진술은 관능적이고도 감각적인 묘사로 일관되어 있으며, 실재하는 하나의 인간 존재처럼 그 삶의 과정이 사실적으로 그려지고 있다.

그러나 이 작품 속에서 '여자'에 대해 묘사하거나 서술하고 있는 중요 구절들을 면밀하게 검토해 보면, '여자'의 존재가 실재하는 인간이 아니라는 것을 알 수 있다. 작품 속에서 '여자'의 형상과 그 동작은 모두 고도의 비유와 암시를 통해 묘사되거나 설명된다. 작품의 전반부에서는 '표면이 매끄럽다', '맑은 물과 같이 떠돌다', '웃다', '초콜릿을 방사하다', '나한을 배다', '소금으로 닦다' 등과 같은 묘사적 설명으로 '여자'의 형상을 구체화한다. 그리고 '약간 개의 습기를 띤 천공(穿孔)', '박막(薄膜)', '타선(唾線)' 등과 같은 용어들을 '여자'에게 연결하여서 그 존재의 특성을 암시한다. 「광녀의 고백」에서 'S옥 양' 혹은 '여자'는 육체적 감각의 핵심 기능을 담당하는 '눈'을 비유적으로 표현한 말이다. 실제로 '아름답게 빛나는 눈'을 가리키는 '명모(明眸)'라는 말이 '아름다운 여인'을 뜻하는 말로 사용되고 있다는 사실을 생각한다면, 이 시에서 '눈'을 '여자'라는 말로 표현하고 있는 것이 부자연스러운 일은 아니다. '표면이 매끄럽다'라든지, '물과 같이 떠돈다'는 표현은 모두 눈동자의 외형적 특성을 암시한다. 눈동자 속에 어리는 사람의 형상을 지시하는 '눈부처'라는 말이 있는데, 작품 속에서는 이것을 '여자가 나한을 잉태한 것'이라는 진술로 바꾸어 놓고 있다. 이 대목은 '여자'가 바로 '눈'을 비유적으로 말하고 있는 것임을 그대로 입증한다. '초콜릿을 방사하다'라는 표현은 눈에 눈곱이 생기는 것을 재미있게 표현한 것이며, '천공, 타선, 박막'과 같은 말은 모두 눈의 구조와 눈물의 분비, 눈곱이 생기는 현상 등과 관련된 용어임을 확인할 수 있다.

「광녀의 고백」의 전반부에서는 시적 대상이 되고 있는 '여자(눈)'의 외양을 설명적으로 묘사하고 있다. '창백하다', '입이 작다', '맑은 물과 같이 떠돈다', '표면이 고요하고 매끄럽다', '순백색이다'와 같은 설명적 묘사는 모두가 눈꺼풀에 싸인 '눈'의 모양과 그 빛깔을 그려 낸다. '여자의 입이 작다'라는 진술은 눈동자가 눈꺼풀에 싸여 일부분만 외부로 노출된 상태를 설명해 준다. '맑은 물과 같이 떠돈다'는 표현이 예사롭지 않은데, 눈동자가 언제나 눈물샘과 기름샘에서 분비되는 눈물과 기름으로 감싸여서 상하 좌우로 쉽게 움직이며 습(濕)한 상태를 유지하고 있음을 말한다. 그리고 눈동자는 '온갖 밝음의 태양 아래' 노출된다. 눈을 감으면 눈동자의 모습도 보이지 않으며 그 역할도 사라진다. 이것은 눈이 지니고 있는 빛에 대한 감각이 매우 중요하다는 사실을 암시한다. 눈은 빛의 양이 많고 적음을 구별하는 밝기의 감각을 지니고 있으며, 스스로 이를 조절하는 기능도 지니고 있기 때문이다.

이 시의 중반부는 '여자(눈)'의 특이한 움직임과 그 기능을 비유적으로 묘사하고 있다. 여기서 "등쳐 먹으려고 하길래 내가 먼첨 한 대 먹여 놓았죠"라는 말은 시적 진술의 변화를 유도하기 위해 직접 인용한 '여자'의 말이다. 이 말은 '여자'가 남의 마음의 낌새를 알아챌 수 있는 재주를 지니고 있음을 밝힌 부분이다. 우리가 흔히 쓰는 말 가운데 '눈치'라는 말이 있는데, 바로 이 구절이 '눈치'의 의미를 서술적으로 풀어놓은 것에 해당한다. '눈치가 빠르다', '눈치를 보다', '눈치를 살피다', '눈치를 채다'와 같은 말이 모두 비슷한 맥락으로 사용된다는 점을 알아차릴 필요가 있다. 하지만 이 말이 '눈'을 통해 이루어지는 어떤 사태에 대한 인지 기능만을 설명하는 것은 아니다. 오히려 어떤 상황에 직면하여 반사적으로 이루어지는 '눈을 깜박이다'라는 특이한 동작 또는 움직임을 직접 서술하고 있기 때문이다. '눈'을 깜박거리는 동작은 거의 반사적으로 일어난다. 이 동작을 통해 이물질이 눈에 들어가는 것을 사전에 차단한다. 바람이 스쳐 지날 정도의 미세한 움직임에도 '눈'이 깜박일 정도로 그 반응이 민감하다. 이러한 눈의 움직임은 뒤에 이어지는 '초콜릿을 방사하다', '웃다'와 같은 구체적인 행동을 통해 다시 묘사된다. 물론 이 비유적 표현은 비유의 원관념과 보조관념의 관계를 면밀하게 검토해야만 그 함의를 제대로 이해할 수 있다. 먼저 '웃다'라는 동사가 무엇을 뜻하는 말인지 살펴보자. '눈'을 동작의 주체로 놓고 볼 때, 앞의 시적 진술 속에 수없이 등장하는 '웃다'라는 동사는 '눈'을 깜박거리는 행동 자체를 비유적으로 표현한 말이라고 할 수 있다. 영어의 '윙크(wink)'라는 말이 눈을 살짝 찡그리거나 감았다가 뜨는 동작을 의미한다든지, '눈웃음'이라는 말이 널리 사용되고 있는 것을 생각하면 쉽게 이해할 수 있는 부분이다. '눈'을 깜박거리는 것은 눈이 지니고 있는 감각의 민감성과 직결되어 있으며, "등쳐 먹으려고 하길래 내가 먼첨 한 대 먹여 놓았죠"라는 설명에 그대로 부합되는 동작이다. '초콜릿을 방사하다'라는 말은 눈동자를 부드럽게 움직일 수 있도록 '눈'의 기름샘에서 기름기를 과도하게 분비하는 작용을 비유적으로 표현한 것이다. 하룻밤 잠을 자고 일어나면 적갈색의 초콜릿이 맺혀 있다고 설명하고 있는 것은 눈곱이 눈언저리에 붙어 있는 것을 말한다. 눈에서 분비되는 진득한 피지가 눈언저리에 말라붙은 것이다. '초콜릿은 흑단의 사아벨을 질질 끌면서 조명 사이사이에 격검을 한다'라는 표현도 매우 흥미롭다. '흑단의 사아벨'은 글자 그대로 풀이한다면 기병들이 차고 다니는 흑단목으로 만든 검[劍, 사브르(sabre)]을 뜻하지만, 여기서는 눈가에 나 있는 속눈썹을 말한다. 검은색의 가늘고 긴 모양을 하고 있는 속눈썹의 외양을 비유적으로 표현한 것이다. 그런데 눈곱은 눈언저리뿐만 아니라 속눈썹에도 붙는다. 더러는 빠진 속눈썹에 눈곱이 붙어 있는 경우도 있다. 이럴 경우에는 이물감 때문에 눈을 깜박거리게 되는데, 이때 아래위의 속눈썹이 서로 부딪치는 것을 마치 검도를 하듯(격검을 하다) 한다고 묘사한다. '바늘의 철교'라는 비유적 표현도 아래위의 속눈썹을 의미한다. 앞에서 이미 눈동자가 맑은 물에 떠돈다고 했기 때문에 눈을 감을 때 아래위 눈꺼풀의 가장자리에 가지런히 나 있는 속눈썹이 서로 겹쳐지는 모양을 '다리'에 비유한 것이다. 이렇게 본다면 앞의 모든 시적 진술이 눈을 깜박거리는 동작에 관련되는 여러 가지 상황을 비유적으로 서술하고 있음을 알 수 있다.

인간의 눈동자 안에는 사람의 형상이 얼비쳐 나타난다. 눈동자 안에 비치는 사람의 형상을 '눈부처'라고 한다. 여자가 나한을 임신한 것으로 묘사하고 있는 앞의 첫 문장은 눈동자에 비쳐 나타나는 '눈부처'를 '나한'이라는 말로 바꿔치기한 것에 불과하다. '나한(羅漢)'은 불교에서 모든 번뇌를 벗어나 열반의 경지에 도달한 성자를 말하는 것이므로, 부처와 다를 바가 없다. 그런데 눈 안으로 단단한 눈곱이 들어간 것을 놓고 바로 이 눈부처가 '돌과 같이 딱딱한 초콜릿이 먹고 싶었던 것이다'라고 비유적으로 표현하고 있다. 눈 안에 이물질이 들어갔기 때문에 여기서는 눈을 수없이 깜박거리면서 그 고통을 견디지 않으면 안 된다. '여자가 올라가는 층계'는 이물감에 눈을 감고 고통을 견디는 상태를 뜻하는데, 불교에서 말하는 불의 지옥(초열지옥)과 얼음의 지옥(빙결비옥)을 그 고통에 비유하기도 한다. 눈 주변의 눈물샘과 피지 분비선(약간 개의 습기를 띤 천공)이 자극을 받게 되는 것은 물론이다. 결국 이 대목에서는 눈언저리에 붙어 있던 눈곱이 눈꺼풀 안으로 들어간 상태를 설명하기 위해 여러 가지 비유를 동원하고 있는 셈이다. 눈동자에 비치는 눈부처를 놓고 '나한'을 임신한 상태로 비유하면서 바로 그 임신한 나한 때문에 단단한 초콜릿(눈곱)이 눈 안으로 들어간 것이라고 추측한다. 그리고 눈을 감을 때 느끼는 이물감과 그 고통스러움을 불의 지옥과 얼음의 지옥에 들어가는 것처럼 묘사하기도 한다.

다음에 이어지는 부분은 눈 안으로 이물질이 들어가게 되어 아무것도 할 수 없게 되자 이것을 식염수로 닦아 내는 과정을 설명하고 있다. 눈에 이물질이 들어가면 아무것도 할 수가 없다. '여자'는 모든 것을 포기한다. 눈 안으로 단단한 눈곱이 들어갔기 때문이다. 그것을 닦아 내기 위해 눈에 식염수를 한 방울 넣은 후에 눈을 감는다. 이를 '소금으로 닦은 것'에 비유하여 설명하고 있는 것이 아닌가 생각된다. 물론 그냥 고통을 참고 눈을 감고 있을 때 저절로 눈물이 많이 나오게 되는 것을 비유적으로 설명한 것이라고 할 수도 있다. 눈물 자체가 적당한 염분을 포함하고 있기 때문이다. 식염수로 닦아 낸 후에 눈을 감고 있으면 시원하고 편안한 느낌이 든다. '강구연월(康衢煙月)'은 '큰 길거리의 평화로운 풍경 또는 태평한 세월'을 말하는데, 여기서는 눈을 슬그머니 감고 편안한 상태로 있음을 암시한다. '여자가 혼자서 망원경으로 SOS를 듣는다'라는 문장은 불편한 한쪽 눈을 가린 채 나머지 한 눈으로 사물을 보는 경우를 비유적으로 표현한 것이다. 망원경으로 천체를 관측하거나 먼 경치를 보려고 할 경우에는 한쪽 눈을 감고 다른 한쪽 눈을 망원경에 대고 보게 된다. 뒤에 이어지는 묘사들은 모두 눈에 어리는 여러 가지 영상을 비유적으로 표현한 것이다. "덱크"(데크)란 말은 그 본뜻이 배의 갑판이지만, 여기서는 눈동자를 가려 주는 눈꺼풀을 의미하는 것으로 볼 수 있다. 앞에서 눈동자가 물과 함께 떠 있다고 묘사한 바 있기 때문에 이런 표현이 가능해진다. 바로 뒤의 구절에서 '데크의 구란(勾欄)'이라는 말이 나오는데, 이것은 눈꺼풀의 둥그런 가장자리를 둥그스름한 갑판의 난간으로 비유하여 표현한 것으로 볼 수 있다. '거대한 바닷개의 잔등'은 눈을 감았을 때 위쪽 눈꺼풀이 덮이면서 둥그렇게 생겨나는 눈두덩을 비유적으로 표현한 것이 아닌가 생각된다. 우여곡절 끝에 눈에서 느껴지던 이물감이 없어지면서 시원한 느낌이 들자, 두 손등으로 눈을 비벼댄다. 이런 광경을 '고무와 같은 두 손을 들어 입을 박수한다'라고 묘사한다. 마치 고무지우개로 문질러대듯 손등으로 눈을 비벼대기 때문이다.

「광녀의 고백」은 "이내 몸은 돌아온 길손, 잘래야 잘 곳이 없어요"라는 '여자'의 목소리를 경계로 하여 후반부로 이어지며 시상의 종결에 이르게 된다. 눈의 이물감이 사라지자 편안하게 눈을 감고, 잠에 빠져드는 과정이 후반부에 그려진다. 여기서 "이내 몸은 돌아온 길손, 잘래야 잘 곳이 없어요"라는 구절은 '눈'의 구조와 그 기능의 일단을 비유적으로 설명하고 있는 부분에 해당한다. 사람의 눈동자는 언제나 외부 세계를 향하여 열려 있다. 동공을 통해 들어오는 빛의 양을 적절히 조절하여 시신경에 전달함으로써 밝기와 색감을 감지하게 한다. 눈동자 자체는 두개골의 안면에 고정되어 있고 어떤 경우에도 스스로를 외부와 차단할 수 없다. 눈동자를 둘러싸고 있는 눈꺼풀이 눈동자를 덮는 경우(눈을 감는다고 말함)에만 외부 세계의 빛이 눈으로 들어오는 것을 막는다. 어딘가를 찾아가 편안한 휴식을 취할 수 없는 상태이기 때문에, "잘래야 잘 곳이 없어요"라는 진술이 가능해진 것이 아닌가 생각된다.

뒤로 이어지는 '여자는 마침내 낙태(落胎)한 것이다'라는 표현은 '나한'을 잉태한 것으로 묘사된 바 있는 눈동자의 상태 변화를 암시한다. 눈 안에 들어갔던 이물질이 밖으로 빠져나온 상태를 비유적으로 표현한 것으로 볼 수 있다. '트렁크'라는 말은 여행용 가방을 뜻하는 것이 아니라 이물질이 들어가 있던 눈꺼풀의 안쪽을 말하는 것이 아닌가 생각된다. 실제로는 눈을 감은 상태에서 머리에 떠오르는 갖가지 영상들(시각적 감각을 통해 인지된 여러 가지 영상들을 '복제된 것'이라고 함)과 화장품 가루 등이 눈꺼풀 안에 들어 있음을 뜻한다. 눈동자를 굴리면서 방 안의 천장을 올려다보기도 한다. '고풍스러운 지도'란 방안의 천장을 비유적으로 표현한 것으로 본다. 눈동자에는 이제 아무것도 걸리는 것이 없고 오직 눈부처만이 어리어 있다. 그러므로 눈동자가 '오백 나한의 불쌍한 홀아비들의 유일한 아내'임을 다시 한 번 밝힌다. 다시 눈을 감고 잠이 드는 과정을 '어느 사찰로 걸음을 재촉하는 것'이라고 설명하고 있다.

이상의 일본어 시 「광녀의 고백」은 인간의 육체에서 감각의 중심을 이루고 있는 '눈'을 시적 대상으로 삼고 있다. 인간의 육체 가운데 눈은 사물에 대한 인식의 중추적인 감각기관이다. 눈으로 본다는 것은 사물에 대한 인식을 가지게 된다는 것의 출발점이다. 사실주의적 관점을 내세울 필요도 없이 인간은 눈으로 보지 않고서는 어떤 사물을 전체적으로 이해하기 어렵다. 그런데 눈에 이상이 생길 경우에는 이러한 감각적 기능을 제대로 발휘하지 못한다. 눈에 관련된 질환은 아무리 사소한 것이라도 견디기 어려운 고통을 수반한다. 이상은 이러한 감각기관으로서의 눈의 기능과 그 질환으로 인한 장애를 시적 대상으로 삼아 육체의 물질성에 대한 새로운 인식의 지평을 열고 있다. 시 「광녀의 고백」에서 가장 주목되는 것은 사물에 대한 인식의 과정에서 '눈'이라는 감각의 중추가 그 자체의 존재를 소외시키는 현상을 시적으로 형상화하고 있는 점이다. 이 두 편의 시에서 고도의 비유를 통해 재현하고 있는 '눈'은 단순히 육체의 한 부분을 의미하는 것은 아니다. 이것은 외부세계에 대한 인식의 기반이 되는 시각(視覺)의 문제에 대한 관심에서 비롯된 것으로 볼 수 있다. 그러나 눈은 모든 것을 보면서 자신을 보지 못한다. 눈은 그 육체적, 물질적 요소의 장애가 생겨날 때 비로소 그 존재의 의미를 드러낼 뿐이다. 시인 이상은 바로 이 같은 문제성을 눈의 질병 또는 정상적 상태를 벗어난 눈의 기능성을 통해 새롭게 질문한다. 눈의 이상(異常) 또는 질병이라는 것은 그것이 아무리 사소한 것일지라도 매우 예민하게 작용한다. 그리고 인간의 정신과 사고뿐만 아니라 인간 존재 자체를 뒤흔드는 근본적인 경험으로 작용하기도 한다. 이 육체의 문제성을 중심으로 시인 이상은 '말하는 눈'을 고안하고 '눈이 하는 말'을 듣고자 한다. 이러한 기호적 전략은 '눈'이라는 감각기관을 통해 인간의 삶과 거기서 비롯되는 문화의 영역에 육체가 어떻게 자리매김할 수 있는지를 보여 주게 된다.

인간이 사물을 본다는 것은 언제나 남성적 권위의 영역으로 규정된다. 보는 것은 남성적인 주체의 행위이다. 그런데 시인 이상은 이러한 관습적 의미를 거부한다. 「광녀의 고백」에서는 감각기관으로서의 눈이 모두 여성화되어 있다. 눈을 여성적 주체로 내세움으로써 여성의 입장에서 보고 여성의 목소리로 말한다. 이상이 그려 내고 있는 '말하는 눈'은 사물에 대한 남성적 인식의 이념화 경향에서 벗어나 육체의 물질성 그 자체에 대한 섬세한 감각적 재현을 가능하게 한다. 물론 이 경우에 눈은 부분적으로 그리고 환유적으로 제시될 수밖에 없다. 인간의 눈은 어떤 특수한 형태의 시선(視線)이 출발하는 장소이다. 이 시선 속에는 타자를 향한 주체의 욕망이 담긴다. 눈은 곧 욕망에 해당한다. 「광녀의 고백」에서 눈은 육체와 정신의 접점으로 그려진다. 눈으로 보는 대상으로서의 세계, 말하자면 욕망의 대상은 본질적으로 상상적인 것이지만 육체의 물질성을 떠나서는 인식이 불가능하다. 이상은 이 작품들에서 여성적인 것으로 표현한 눈의 내부에 남성적인 것을 소유하고 있는 것으로 그려 낸다.

### 4) 「건축무한육면각체(建築無限六面角體)」와 현대 문명 비판

이상의 일본어 연작시 「건축무한육면각체」에는 식민지 사회 현실이나 현대 문명의 속성 등에 대한 비판적 인식을 표현하고 있는 작품들이 많다. 일본 자본주의 세력이 식민지 조선의 도시에 자리 잡게 되는 과정을 상징적으로 보여 주는 경성 미쓰코시 백화점의 개관(1930. 10.)을 보면서 이상이 그려낸 것이 「AU MAGASIN DE NOUVEAUTES」라는 시이다. 만주사변 이후 일본 군국주의가 확대되면서 언론 출판에 대한 검열이 강화되자 이를 우회적으로 비판한 「출판법」을 쓰기도 한다. 만주사변 자체를 영화관의 뉴스를 통해 구경하게 되는 암울한 심경은 「열하약도 No.2」를 통해 엿볼 수 있다. 도시의 룸펜으로 태양을 등지고 살아가는 지식인의 어두운 뒷모습을 스케치한 「대낮」이라는 작품도 있다. 이 작품들에서 이상은 현대 도시 문명의 비판적 인식과 함께 인간의 삶의 방식과 그 가치를 새로이 질문하고 있다.

연작시 「건축무한육면각체」에서 먼저 검토해야 하는 것은 '건축무한육면각체'라는 말이다. 이 제목에서 '건축'이라든지 '무한'이란 말은 그 의미를 쉽게 짐작할 수 있다. 그러나 '육면각체'라는 말은 이해하기 어렵다. '삼차각'이라는 말과 마찬가지로 기하학, 물리학, 건축학에서는 볼 수 없는 용어다. 이 용어도 이상이 스스로 만들어 낸 말이다. '육면각체'라는 말의 의미를 정확하게 파악하기 위해서는 먼저 일본어 시 「AU MAGASIN DE NOUVEAUTES」를 먼저 검토할 필요가 있다. 'AU MAGASIN DE NOUVEAUTES'는 프랑스어 표기 그대로 '새로운 상품들이 신기하게 진열되어 판매되고 있는 상점'이라는 뜻을 지닌다. 우리가 알고 있는 '양품점'을 이렇게 말하기도 한다. 여기서는 이 같은 관용적 의미보다는 새롭게 선뵈는 상품들이 사람들의 호기심을 자극할 수 있도록 진열되어 있는 백화점을 말하는 것으로 본다. 굳이 이 제목을 '신상품들이 진열된 가게에서'라고 번역하지 않는 것은 프랑스어 표기 자체가 기호적으로 환기하는 이국적 취향을 그대로 살려 두기 위한 것이 아닌가 생각된다.

四角形의內部의四角形의內部의四角形의內部의四角形의內部의四角形.

四角이난圓運動의四角이난圓運動의四角이난圓.

비누가通過하는血管의비눗내를透視하는사람.

地球를模型으로만들어진地球儀를模型으로만들어진地球.

去勢된洋襪. (그女人의이름은워어즈였다)

貧血緬袍. 당신의얼굴빛깔도참새다리같습네다.

平行四邊形對角線方向을推進하는莫大한重量.

마루세이유의봄을解纜한코티의香水의마지한東洋의가을.

快晴의空中에鵬遊하는Z伯號. 蛔蟲良藥이라고쓰여져있다.

屋上庭園, 猿猴를흉내내이고있는마드무아젤.

彎曲된直線을直線으로疾走하는落體公式.

時計文字盤에Ⅻ에내리워진二個의浸水된黃昏.

도아—의內部의도아—의內部의鳥籠의內部의카나리야의內部의嵌殺門戶의內部의인사.

食堂의門깐에方今到達한雌雄과같은朋友가헤어진다.

검은잉크가엎질러진角砂糖이三輪車에積荷된다.

名啣을짓밟는軍用長靴. 街衢를疾驅하는造花金蓮.

위에서내려오고밑에서올라가고위에서내려오고밑에서올라간사람은밑에서올라가지아니한위에서내려오지아니한밑에서올라가지아니한위에서내려오지아니한사람.

저여자의下半은저남자의上半에恰似하다. (나는哀憐한邂逅에哀憐하는나)

四角이난케―스가걷기始作이다. (소름끼치는일이다)

라지에―타의近傍에서昇天하는꾿빠이.

바깥은雨中. 發光魚類의群集移動.

「AU MAGASIN DE NOUVEAUTES」에서 그려 내고 있는 백화점의 풍경은 일종의 '키치(kitsch)'적 환상을 불러일으키기에 적당하다. 그러나 이 시에서 일본 제국이 강요하고 있는 식민지 시장의 새로운 소비문화 행태를 고도의 비유로 비꼬고 있다고까지 설명하려면 더 많은 새로운 논의가 필요할 듯하다. 신기한 상품의 현혹과 그 단순한 쾌락주의를 어떤 사회 윤리적 기준을 내세워 재단한다는 것도 간단한 일이 아니다. 문화적 현상이 개인적 취향의 영역과 결부될 경우에는 그 판단이 쉽지 않다. 이 시는 도회의 어느 가을날에 이루어진 한가로운 백화점 구경을 소재로 한다. 시적 텍스트는 백화점을 구경하는 화자의 위치에 따라 몇 가지 단계로 구분된다. 전반부에서는 시적 화자가 백화점 건물의 외양을 멀리서 바라보면서 그 구조를 건축 공간의 현대적 특성과 기능에 착안하여 묘사한다. 중반부에서는 백화점 내부에 진열되어 있는 상품들을 구경하는 장면과 백화점 옥상에 올라서서 본 길 건너 상점과 아래로 내려다본 길거리의 풍경이 그려진다. 후반부에서는 다시 백화점 내부로 화자의 시선이 이동한다. 물건을 사서 나르는 사람, 엘리베이터를 타고 오르내리는 사람들의 모습이 등장한다. 그리고 어느덧 어둠이 깃들기 시작한 저녁 무렵, 비가 내리는 거리의 풍경을 그리는 것으로 시상이 종결된다.

이 시의 텍스트의 전반부는 백화점 건물의 외형적 구조와 함께 그 내부로 들어가는 회전문의 기능을 기하학적인 이미지로 묘사하고 있다. 백화점 건물은 전면에 서서 보았을 때는 그 외양이 평면적인 사각형 모양이다. 물론 이 근대적인 건축물은 엄청난 크기의 직육면체일 것이다. 그러나 이 직육면체의 입체적 형상을 평면적으로 해체해 놓고 보면 '사각형의 내부의 사각형의 내부의 …'로 이어지는 형상이 된다는 것을 쉽게 알 수 있다. 바로 뒤에 이어지는 둘째 문장은 백화점의 내부로 드나들 수 있는 출입문의 형상을 묘사한다. 백화점의 출입문은 흔히 볼 수 있는 미닫이문이나 여닫이문이 아니다. 수많은 사람들이 드나들기 편리하도록 회전문 형태로 만들어져 있다. 그러므로 '사각이 난 원운동의 사각이 난 원운동의 …'라는 대목에서 사람이 드나들 때마다 빙빙 돌아가는 출입문의 움직임과 그 형태를 묘사하고 있다. 출입문의 형태와 그 움직임을 입체적으로 재현하기 위해 '사각이 난 원운동'으로 묘사하고 있는 것이다. 이처럼 백화점의 외양은 무한한 '사각형'의 결합으로, 그리고 그 출입문은 '사각이 난 원운동'으로 단순화되고 추상화된 채 기하학적 이미지로 재현되고 있다.

이 시의 중반부는 시적 화자의 시선이 백화점의 내부로 이동하면서 시작된다. 시적 화자가 백화점에 진열된 물건 중에서 가장 먼저 지목한 것이 '비누'이다. 진열대 안에 늘어놓은 비누의 모습은 마치 혈관을 통과하는 것처럼 묘사되어 있다. 그리고 그것을 자세히 들여다보고 있는 사람이 마치 '비눗내를 투시'하는 듯한 모습으로 그려진다. 진열장 위에는 지구의(地球儀)가 놓여 있다. 그 지구의를 통해 지구 상의 모든 것들이 백화점 안에 상품으로 진열되고 있음을 암시한다. 백화점은 작은 지구에 해당한다. 거기 진열된 상품들은 국경도 없고 차별도 없다. 백화점의 상품 가운데 시선을 모은 것은 '거세된 양말'이라고 비유적으로 표현한 여성용 스타킹이다. 스타킹은 "워어즈"(이 말의 철자법을 확인할 수 없지만)라는 상품명이 찍힌 상표를 달고 여성의 다리 모형에 신겨져 있다. 이 여성용 스타킹은 물론 오늘날의 얇은 나일론 스타킹과는 다르다. 이때는 나일론이 나오기 이전이다. 당시에는 '기누(きぬ,

絹) 양말'이라고 하여 견직(絹織)으로 된 얇은 여성용 양말이 유행하였다. 전통적인 우리네의 무명으로 만든 버선은 발의 모양을 모조리 감춘다. 그러나 이 견직 양말에는 여성들의 발과 종아리의 모양과 살결이 보얗게 내비친다. 시인 이상은 바로 이러한 감각을 놓치지 않는다. "빈혈면포"는 창백한 빛깔로 살결을 내비치는 여성용 양말의 외양을 다시 한 번 설명해 준다. 얇은 양말을 통해 드러나는 가느다란 다리의 윤곽이 "참새다리"에 비유되고 있다. 그리고 시적 화자가 백화점 내부의 층계를 통해 위층으로 올라가 옥상의 정원에 이르는 과정을 묘사하면서 중반부의 내용을 더욱 다채롭게 구성한다. 백화점 안에는 위층으로 오르는 층계가 길게 나 있다. 이 계단의 비스듬한 모양을 힘의 이동을 표시하는 평형사변형의 대각선에 비유한다. 여기서 '막대한 중량'이란 수많은 사람들이 층계를 오르내리고 있음을 암시한다고 할 수 있다. 백화점 내부에는 코티(Coty)의 향기가 그윽하다. 지금도 백화점 일층에는 여성용 화장품 판매대가 늘어서 있고 그 야릇한 향기가 사람들의 마음을 들뜨게 한다. 시적 화자는 프랑스 마르세유 항구를 출발한 상선에 실린 코티 향수가 지중해를 거쳐 멀리 동양의 경성 한복판 백화점에까지 퍼져와 있음을 보게 된다. 코티는 프랑스가 자랑했던 유명한 화장품 회사이다. 여기서 만들어 낸 '코티 향수'를 비롯한 각종 여성용 화장품들은 1900년대 전반기를 대표하는 고급 화장품으로 전 세계에 널리 알려진다. 프랑스에서 만든 '코티' 향수가 마르세유 항구를 봄에 출발하여 가을에 동양의 작은 도시 '경성'의 백화점에까지 들어와 있음을 말한 이 대목은 이미 여성용 패션과 화장품의 소비 시장이 이 무렵에 세계의 각 지역을 하나로 묶어 버리고 있음을 암시한다.

하늘에는 거대한 새처럼 비행선이 떠 있다. 하늘을 나는 "Z백호(伯號)"는 세계 최초로 비행선을 제작한 독일인 체펠린(Zeppelin)의 이니셜을 그대로 따온 이름이다. 비행선을 지칭하는 일반명사처럼 전의되어 사용되고 있다. 이 시기에 상품의 광고를 위해 많이 이용된 비행선에는 '회충양약'이라는 광고 문자가 쓰여 있다. 회충약을 선전하기 위한 광고용 비행선이 떠 있는 것으로 미루어, 이 시기에 의약품이 광고용 상품으로 등장하고 있음을 알 수 있다. 백화점 옥상 정원에는 원숭이처럼 무언가를 흉내 내고 있는 젊은 여성이 보인다. 새로 나온 상품을 소개하는 백화점 판매원일 가능성이 크다. 그렇지 않다면 옥상 정원에 세워 놓은 상품 선전용 간판의 그림일 수도 있다. 상품을 광고하기 위해 어떤 포즈를 취하고 있는 여성 모델의 모습을 두고 원숭이를 흉내 내고 있다고 설명하고 있는 것이 아닌가 생각된다.

이 시에서 주목되는 부분은 옥상 위에서 멀리 길 건너편에 있는 건물들을 건너다보고 길거리를 내려다보는 장면이다. 시적 화자의 시선과 각도의 움직임을 여기서 분명하게 확인할 수 있다. 건물의 옥상이라는 특이한 공간은 근대적 건축물이 아니고서는 체험할 수 없다. 기존의 한옥이나 기와집의 경우 사람이 올라서 있을 수 있는 옥상은 존재하지 않는다. 사람이 지붕 위에 올라갈 수 있는 일이란 지붕을 고치거나 손을 볼 경우를 제외하고는 그리 흔치 않다. 그러나 근대적인 서양식 건축에는 사람이 올라갈 수 있는 옥상이라는 새로운 공간이 생겨난다. 이 공간은 건축물의 상층부에 허공을 향해 열려 있다. 여기서는 모든 방향으로 시야가 열리고 모든 사물이 그 시야 안에 펼쳐진다. 하늘을 올려다볼 수도 있고, 눈 아래 펼쳐지는 모든 사물을 내려다볼 수 있다. 그러므로 건축물의 옥상이라는 공간은 일상적인 생활 공간의 위치와 높이에 관한 감각과는 전혀 다른 시각을 제공한다. 높은 곳에서 아래를 내려다볼 수 있는 위치에 선다는 것, 그것은 일상적인 생활 감각으로는 상상할 수 없는 일이다. 시의 텍스트에서 '만곡(彎曲)된 직선을 직선으로 질주하는 낙체공식(落體公式)'이라는 구절이 낯설다. 그러나 사실은 이상할 것이 없다. 옥상 위에서 건너편의 길거리를 내려다보는 동작을 섬세하게 묘사하는 표현이기 때문이다. 고개를 숙이면서 아래를 내려다볼 때 시선의 이동 경로가 바로 '만곡된 직선'에 해당한다. 기하학적 용어를 동원하고 있는 이 구절에는 마치 둥그렇게 곡선을 그으면서 어떤 물건이 땅으로 떨어지고 있는 것처럼 시선이 땅에 닿게 되는 짧은 순간이 묘사되고 있다. 건너편 건물 입구에 내걸린 시계의 바늘 두 개가 황혼 속에 어렷하게 보이는 광경이 어둑하게 그려진다. 건너편 건물의 유리창 안으로 사람들의 모습이 어른거린다. 햇빛만 받아들이고 여닫지 못하도록 만든 감살창(嵌殺窓)이 마치 새장처럼 조그맣게 보이고 그 속에 갇혀 있는 카나리아 새처럼 사람들이 인사를 하는 모습도 보인다. 건물의 식당 출입구에서 서로 헤어지는 사람들의 모습도 눈에 띈다. 시선과 거리의 감각이 뛰어나다. 길가에는 삼륜차 한 대가 세워져 있다. 네모난 상자를 삼륜차에 싣는 모습이 눈에 들어온다. 차에 싣는 상자는 마치 검은색 잉크가 엎질러진 것처럼 겉포장이 새까맣고, 네모난 모양이 각설탕처럼 조그맣게 보인다. 보도에는 길을 걸어가는 사람들이 늘어서 있다. 저녁 무렵의 발걸음이 모두 바쁘다. '명함을 짓밟는 군용장화'라는 구절은 여러 가지 의미로 읽힌다. 그러나 실제로 이 구절에서 '명함'이란 사람의 이름과 주소를 적어 놓은 작은 종이 카드를 말하는 것은 아니다. 길거리에 떨어져 있는 광고지나 신문지와 같은 종이를 말한다. 높은 옥상 위에서 내려다보고 있으므로 그 크기가 명함처럼 작게 보인다. 자동차에 싣는 상자가 조그맣게 내려다보이는 것을 놓고 각설탕이라고 말하고 있는 것과 마찬가지다. 길을 걸어가는 남자들의 구둣발에 광고지와 신문지 같은 것들이 짓밟히고 있는 모양을 눈에 비친 대로 그려 놓은 것이다. 유독 '군용장화'를 강조하고 있는 것처럼 보이기는 하지만 이를 확대 해석하여 만주사변으로 확대되는 일본 군국주의의 세력이라고까지 말할 필요는 없을 것

같다. '가구(街衢)를 질구하는 조화금련(造花金蓮)'이라는 구절은 제대로 해석된 경우가 없다. '명함을 짓밟는 군용장화'가 남성들의 발걸음을 묘사한 것임에 착안한다면 이 구절이 남성들의 모습에 대비되는 여성들의 걸음걸이를 묘사한 것임을 알아차릴 수 있다. 여기서 문제가 되는 것이 '조화금련(造花金蓮)'이라는 말이다. '금련'이라는 말도 여러 가지 의미로 읽힐 수 있지만 여기서는 '금련보(金蓮步)'의 준말로 보아야 한다. 중국의 고사에 따르면 옛날 제(齊)나라의 동혼후(東昏侯)가 그의 총희(寵姬)인 반비(潘妃)가 걸어가는 길에 황금으로 만든 연꽃을 놓아두고 그 위를 걷게 하여 그녀가 걸어가는 걸음마다 연꽃이 피게 하였다는 이야기가 있다. 이 이야기의 내용에 따라 후대에 내려오면서 '금련보'라는 말이 생긴다. 오늘날까지도 미인의 아름답고 고운 걸음걸이를 '금련보'라고 한다. '조화'는 인공적으로 만들어진 꽃을 의미하지만 실제로는 '잘 꾸미고 차린 여성'을 비유적으로 표현한 말이다. 결국 이 대목에서는 아름답게 치장한 미인들이 길거리를 바쁘게 걸어가는 모습이 그려지는 것이다.

이 시의 후반부에서는 시적 화자의 시선이 다시 백화점 내부로 이동한다. 백화점 안에는 아래위층을 오르내리기 위해 층계로 이동하는 사람들이 많다. '저 여자의 하반은 저 남자의 상반에 흡사하다'는 구절은 층계를 올라가는 사람과 내려가는 사람이 서로 지나치는 순간의 장면을 묘사한 대목이다. 마치 여자의 하반이 남자의 상반에 붙어 있는 것처럼 보인다. 그러나 이것은 아무런 의미도 없이 익명의 공간에서 이루어지는 순간의 해후에 불과하다. 층계를 내려오는 동안 눈여겨본 것은 '사각이 난 케-스가 걷기 시작이다'라는 구절에서 묘사하고 있는 특이한 장면이다. 여기서 '사각의 케-스'는 상품을 포장한 커다란 상자(케이스)를 말한다. 여기저기 분주하게 상자로 포장된 물건을 나르는 모습을 보고 마치 상자가 걸어가는 것처럼 묘사한다.

이러한 장면은 이상이 수필의 형태로 발표한 「산책(散策)의 가을」(《신동아》, 1934. 10.)이라는 글에도 "백화점(百貨店) 새 물건 포장(包裝) - 반드를 끈아풀처럼 꾀여들고 바뿌게 걸어오는 상자 속에는 물건보다도 훨신훨신 호기심(好奇心)이 더 들었으리라"라고 서술된 바 있다. 백화점 구석에 자리하고 있는 라디에이터 옆으로 엘리베이터가 있다. 사람들을 가득 실은 엘리베이터가 위층으로 올라가는 모습을 보고는 '승천'한다고 표현한다. 그리고 '바깥은 우중(雨中). 발광어류의 군집이동'이라는 외부의 풍경 묘사로 시상을 종결한다. 시적 화자의 시선이 백화점 안에서 바깥으로 옮겨지면서 비가 내리는 거리의 풍경이 눈에 들어온다. 길에는 헤드라이트를 밝힌 자동차의 행렬이 이어진다. 이 시의 서두에서부터 결말 부분에 이르는 동안에 이루어진 시적 정화의 변화와 함께 시간의 흐름이 감지된다. 비가 내리는 어두운 거리에는 헤드라이트를 켜고 달리는 자동차들이 줄을 잇는다. 마치 어두운 심해(深海)에서 빛을 발하면서 움직이는 어류처럼 빗속의 자동차 행렬이 묘사되고 있는 것이다.

이상의 시 「AU MAGASIN DE NOUVEAUTES」는 시적 대상으로서의 사물에 대한 인식을 특이한 감각과 시선을 통해 표현하고 있다. 이 시에서 그려 내고 있는 백화점은 그 외양에서부터 평면기하학적 개념으로 해체되고 있으며, 시선의 이동 자체도 구조역학의 기본 개념으로 추상화된다. 그러나 시적 텍스트는 백화점을 구경하는 화자의 위치에 따라 건물의 외양과 내부의 공간적 특성을 인상적으로 묘사해 낸다. 이 시에서는 우선 백화점 건물의 외부에서 내부로 시선의 이동이 일어난다. 그리고 아래에서 위로, 일층에서 옥상으로 이동한다. 그리고 옥상에서 하늘을 쳐다보기도 하고 건너편 건물을 건너다보기도 하며 거리의 풍경을 내려다보기도 한다. 이러한 시선의 이동과 각도의 변화를 통해 사물을 보는 여러 가지 시각이 공간적으로 형상화되고 있는 것이다. 시적 화자는 먼저 백화점 건물을 보고 구조역학을 적용하여 그 구조를 투시한다. 백화점 건물은 수많은 사각형으로 해체되어 드러난다. 그리고 내부의 층계와 엘리베이터의 모습을 통해 백화점 공간의 내적 역동성을 보여 주기도 한다. 그러므로 이 작품은 백화점 구경이라는 일상적 소재를 통해 사물을 보는 새로운 시선과 그 각도를 다양하게 작동해 보는 시적 감수성의 실험에 해당한다고 할 수 있다. 거기에는 당연히 대상으로서의 백화점과 상품들 그리고 구경꾼으로서의 시적 화자의 시선과 각도가 드러난다. 이 시에서 이루어지는 시적 대상에 대한 감각적 인식은 대상 자체에만 의존하는 것이 아니라 대상과 주체의 상호작용에 의존한다. 여기서 문제가 되는 것이 바로 사물을 보는 시선과 그 시선의 이동이다. 결국 이 시에서는 백화점에 진열된 상품들을 대상으로 하여 그것을 보는 관점과 그 각도의 문제가 어떻게 하나의 공간적 형식으로 형상화되고 있는가를 이해하는 것이 핵심적인 과제임을 알 수 있다.

이 시에서 이상이 만들어 낸 '건축무한육면각체'라는 용어를 연상케 하는 장면이 바로 다음의 구절이다.

> 四角形의內部의四角形의內部의四角形의內部의四角形의內部의四角形.
>
> 四角이난圓運動의四角이난圓運動의四角이난圓.

이 대목은 현대식 건축인 백화점 건물의 외양을 묘사한 부분이다. 건물의 전면에 드러나는 외양은 수많은 사각형들이 겹쳐진 모양이다. 이상은 이 시에서 현대식 건축인 백화점 건물의 입체적 형상을 평면적으로 해체해 놓는다. 현대식 건축물의 설계도에서 볼 수 있는 것처럼 '사각형의 내부의 사각형의 내부의 …'로 이어지는 건물의 외형을 기하학적으로 해체하여 '사각형'

이라는 지배적 인상을 포착해 내고 있는 것이다. 이러한 이상의 새로운 관점에 따른다면 그가 자신의 연작시의 제목으로 사용한 '건축무한육면각체'라는 말은 무한한 숫자의 사각형으로 해체되어 표시되는 현대식 건축물의 기하학적 특성을 지시한 것으로 볼 수 있다. 여기서 '육면각체'는 '삼차각'이라는 말과 같이 물체의 형상에 대한 시각적 인식을 새롭게 규정하고자 하는 욕망에서 비롯된 것이다. '직육면체' 또는 '정육면체'라는 말이 가지는 개념상의 문제에 대한 이상 자신의 불만의 표시이기도 하다.

### 5) 이상의 일본어 시 뒤집어보기

이상이 일본어 시를 발표하기 시작한 1931년은 한국문학에 새로운 변화의 바람이 일기 시작한 때이다. 일본 총독부는 민족 단일당으로 출발했던 신간회(新幹會)의 해산(1931. 5.) 이후 조선공산당 재건운동과 연계되었던 조선프롤레타리아예술동맹의 계급문학운동을 억압하기 위해 이른바 '제1차 카프 검거사건'(1931. 6.)을 빌미로 사상운동 자체를 탄압하기 시작한다. 특히 중국 만주 지역에 주둔하고 있는 일본 관동군에 의해 만주사변(1931. 9.)이 발발하면서 한국 사회 전반에 걸친 통제와 억압을 더욱 강화하게 된다. 이러한 외부적 상황의 변화 속에서 한국문학은 문학의 정신과 기법의 새로운 전환을 모색하기 위해 다양한 소그룹 중심의 동인 활동을 전개하기 시작한다. 특히 정지용, 김영랑 등을 중심으로 하는 동인지 《시문학》(1930)의 성공적인 출발은 이후 문학의 모더니즘적 경향을 예견할 수 있게 한다. 그리고 일본 유학을 통해 전문적으로 문학 수업을 거친 문인들이 문단에 진출하여 해외문학의 동향을 활발하게 소개함으로써 문학의 경향이 다양하게 전개된다.

이상의 일본어 시 중에는 그 소재 영역과 기법에 있어서 시인 자신이 지니고 있던 근대과학에 대한 특별한 관심을 표현한 것이 많다. 「삼차각설계도」라는 제목 속에 연작의 형태로 이어진 「선에 관한 각서 1-7」을 비롯하여, 「이상한 가역반응」, 「운동」 등 여러 작품들이 이에 해당한다. 이들 작품에는 수학이나 물리학 등에서 사용하는 일본어 번역 용어들을 그대로 활용하고 있으며, 근대과학으로서의 기하학의 발전이라든지 상대성이론과 같은 이론의 등장에 관한 특이한 상념을 이른바 '기하학적 상상력'에 기초하여 새로이 형상화하고 있다. 그리고 「수염」, 「LE URINE」, 「얼굴」, 「광녀의 고백」, 「흥행물천사」 등의 경우는 대체로 육체의 여러 부위에 관한 특이한 관심을 과도하게 드러냄으로써 이른바 '병적 나르시시즘'의 세계를 시적으로 형상화하고 있다. 그리고 당대의 사회 현실이나 현대 문명의 속성 등에 대한 비판적 인식을 시적으로 형상화하고 있는 작품들도 발표하고 있다. 「AU MAGASIN DE NOUVEAUTES」, 「출판법」, 「열하약도 No.2」, 「2인」, 「대낮」 등의 작품이 이에 해당한다. 이 작품들은 현대 도시 문명의 비판적 인식과 함께 인간의 삶의 방식과 그 가치를 새로이 질문하고 있다. 일상적인 생활 체험에서 얻어 낸 특이한 시적 모티프를 중심으로 시적 형상화를 시도하고 있는 작품들도 주목된다. 「파편의 경치」, 「▽의 유희」, 「신경질적으로 비만한 삼각형」, 「차8씨의 출발」 등을 들 수 있다. 이 작품들은 일상의 삶에서 빼놓을 수 없는 촛불이라든지 자신의 친구를 소재로 하여 그의 예리한 시각과 판단을 시적으로 형상화해 내고 있다. 이상 자신의 개인사적 경험과 관련하여 폐결핵을 진단받은 후 병으로 인한 정신적 좌절과 죽음에 대한 공포를 표현한 작품들도 많다. 「BOITEUX·BOITEUSE」, 「공복」, 「진단 0 : 1」, 「22년」 등이 이에 해당한다.

그런데 이상의 일본어 시는 1933년 이후의 시 창작 단계에서 새로이 개작하거나 그 시적 모티프를 부분적으로 패러디하여 새로운 형태로 재창조된 경우도 많이 있다. 예컨대 일본어 시 「이상한 가역반응」과 「LE URINE」

은 변소라는 공간에서 이루어지는 배설의 욕망을 그려 낸 「정식(正式)」과 연관되어 있으며, 일본어 시 「수염」과 「얼굴」은 「자상(自像)」의 모티프를 제공하고 있다. 「선에 관한 각서 5」의 경우에는 시간의 비가역성에 대한 시적 상념을 형상화한 「오감도 시제3호」와 이어지고 있으며, 일본어 시 「대낮」의 시적 발상법은 「백화(白畵)」의 심상과 깊은 관련이 있는 것으로 보인다. 일본어 시 「출판법」에서 볼 수 있는 타이포그래피의 과정은 「파첩(破帖)」의 시적 모티프로 다시 변용되어 복제로서의 현대 문명에 대한 비판적 인식을 형상화하고 있으며, 일본어 시 「진단 0 : 1」은 「오감도 시제4호」로 개작되고 있다. 「22년」은 병으로 인한 정신적 좌절감을 특이한 시적 공간에서 기호적으로 재구성한 「오감도 시제5호」로 개작되기도 하고 또한 「행로(行路)」의 시적 모티프를 제공하기도 한다. 이러한 사실은 이상의 일본어 시가 "이천 점에서 삼십 점을 고르는데 땀을 흘렸다"(「오감도」 작자의 말)고 이상 스스로 언명하였듯이 습작 시기에 일본어로 쓴 작품들 가운데 일부가 선별되어 국문시로 개작되었을 가능성을 말해 준다. 이 문제는 앞으로 이상 문학의 텍스트 전반에 걸친 치밀한 해독과 분석을 거쳐 더 깊이 있게 연구되어야 한다.

이상의 일본어 시 창작은 일본인 건축 기술자들이 중심을 이루었던 조선건축회의 학회지 《조선과 건축》을 통해 이루어짐으로써, 1930년대 초반의 한국문단과는 직접적인 연관을 갖지 못하고 있다. 그리고 대중적인 문학 독자와도 거리를 두고 있었기 때문에 문학 독자의 수용과 그 기대 지평을 벗어난 고립적인 기호 공간에 자리하는 것이다. 그러나 이 작품들은 비록 일본어로 창작한 것이기는 하지만 당대 한국문학의 새로운 모더니즘적 경향과 무관하지 않다. 이 작품들을 통해 확인할 수 있는 이상의 시적 상상력은 개인적 실험으로 그친 경우도 있지만 모더니즘 문학이 안고 있는 현대성에 대한 문제의식과 함께 특이한 기법적 고안을 보여 준다. 이들 작품 가운데에는 문학적 텍스트로서의 완결성을 갖추고 있다고 보기 어려운 경우도 많이 있다. 그러나 다양한 패러디의 방식에 의한 텍스트의 구성, 몽타주 기법에 의한 시상의 전개, 비약과 생략에 의한 시상의 변주 등을 통해 당대 시단의 경향에서 보기 드문 새로운 시적 실험성을 실천하고 있다.

## 2. 「오감도」와 시적 모더니티

### 1) 「오감도」의 연작 형식

「오감도」는 이상이 1934년 《조선중앙일보(朝鮮中央日報)》에 발표한 연작시이다. 첫 작품인 「시제1호」는 7월 24일에 수록되었고, 다음 날인 7월 25일에는 「시제2호」와 「시제3호」가 잇달아 발표된다. 이 시의 마지막 작품이 된 「시제15호」는 1934년 8월 8일 자 신문에 발표된다. 이렇게 「오감도」는 열 차례에 걸쳐 전체 15편의 작품으로 그 연재를 마감한다. 각각의 작품은 그 형태와 주제가 독자성을 지니고 있음에도 불구하고 '오감도'라는 커다란 틀 안에 서로 묶여 있다. 하나하나의 작품들은 일단 연작으로 묶이는 순간부터 이미 독립된 성격보다는 연작이 추구하는 더 큰 덩어리의 작품 형식에 종속된다. 다시 말하면, 각각의 작품들이 지켜 나가고자 하는 분절성의 특징과 함께 더 큰 작품으로 묶이고자 하는 연작성의 특징을 공유하는 것이다. 그러므로 연작의 형식은 작은 것과 큰 것, 부분과 전체의 긴장 속에서 연작으로 확장된 시적 공간을 기반으로 하여 삶의 다양성과 전체성을 동시에 표출하게 되는 것이다. 이러한 특이한 연작 형식은 한국 현대시에서 이상 이전에는 누구도 시도한 적이 없다. 그런데 이상은 이미 《조선과 건축》에 연재했던 일본어 시에서부터 연작의 형태를 자주 활용했다. 이상의 일본어 시

「조감도」(《조선과 건축》, 1931. 8.)는 「얼굴」, 「운동」, 「광녀의 고백」 등 8편의 작품으로 구성되어 있고, 「삼차각설계도」(《조선과 건축》, 1931. 10.)에는 「선에 관한 각서」라는 제목으로 7편의 시가 이어져 있다. 「건축무한육면각체」(《조선과 건축》, 1932. 7.)의 경우도 「열하약도 No.2」, 「출판법」 등 7편의 작품으로 구성된 연작 형식이다. 이상은 이 같은 연작 형식을 통해 시적 상상력의 내적 공간을 자유롭게 확장했던 것이다.

「오감도」의 연작 형식은 시적 주제의 중첩과 병렬이라는 특이한 구조를 드러내고 있다. 각각의 작품들은 「시제1호」에서부터 순번을 달고 이어진다. 새로운 작품이 추가되는 순간마다 새로운 정신과 기법과 무드가 전체 시적 정황을 조절한다. 물론 「오감도」의 작품에서 소제목처럼 달고 있는 순번이 작품의 연재 방식이나 연작으로서의 결합에서 필연적으로 요구하는 순서 개념을 말해 주는 것은 아니다. 이 연속적인 순번은 각 작품의 제목을 대신하면서 시적 주제의 병렬과 반복과 중첩을 말해 준다. 그러므로 「오감도」의 연작 형식은 이질적인 정서적 충동을 직접으로 드러낼 수 있도록 고안된 '병렬'의 수사와 그 미학을 추구하는 것이라고 할 수 있다. 실제로 「오감도」는 모든 작품들이 그 전체적인 외형적 틀 속에 계기적으로 연결되고 있지 않다. 모든 작품은 시적 주제를 놓고 어떤 순서 개념에 따라 배열된 것이 아니라 테마의 반복을 실험한다.

「오감도」에 포함되어 있는 15편의 작품들은 다양한 시적 구성을 보여 준다. 시적 진술 자체는 고백적인 정조를 형성하고 있는데 그러한 시적 무드와 호흡을 지켜 나아갈 수 있는 형태의 특성을 유지하고 있다. 시적 심상의 구조와 그 짜임새 역시 매우 복합적이다. 시적 진술의 주체와 대상의 거리 역시 상당한 변주가 드러난다. 시적 진술 방식도 고정되어 있지 않다. 물론 모든 시적 진술은 서정적 자아인 '나'와 시적 대상 사이에 이루어지는 정서적 교감을 기반으로 하고 있다. 시적 대상에 대한 인식은 함께 묶인 다른 작품을 통해 다시 유사한 주제가 덧붙여짐으로써 더욱 강렬해지며 그 정서는 그것이 다시 반복되면서 더욱 깊어지기도 한다. 시적 정서의 폭과 깊이를 생각할 때에 「오감도」의 연작성과 테마의 중첩구조는 정서의 확대와 심화를 추구하기 위한 기법임을 알 수 있는 것이다.

「오감도」의 연작 형태에 포함되어 있는 15편의 작품들은 시적 지향 자체가 두 가지 계열로 크게 구분된다. 하나는 인간과 사물을 대상으로 하여 그 존재 의미와 가치를 깊이 있게 추구하는 작품들이다. 인간의 삶과 그 존재에 대한 회의와 함께 현대 문명에 대한 불안의식을 표출하고 있는 경우도 있다. 「시제1호」를 비롯하여 「시제2호」, 「시제3호」, 「시제6호」, 「시제7호」, 「시제13호」 등이 여기에 속한다. 또 다른 하나로는 주체로서의 자아를 시적 대상으로 하는 일련의 작품들을 들 수 있다. 이 작품들은 자의식의 탐구에서부터 병에 대한 고뇌와 죽음에 대한 공포에 이르기까지 그 주제의 폭이 넓다. 시적 자아의 범위를 넘어서 가족과의 불화와 갈등 등을 그려 낸 작품도 있다. 또 다른 「시제4호」, 「시제5호」, 「시제8호」, 「시제9호」, 「시제10호」, 「시제13호」, 「시제15호」 등이 이에 해당한다.

### 2) 추상화의 기법과 감정의 절제

이상은 사물에 대한 보다 직접적이고 감각적인 접근법을 「오감도」를 통해 실험해 보임으로써 사물에 대한 인식과 주체의 시각을 새롭게 변형시킬 수 있는 가능성을 제시한다. 그가 시도했던 시적 기법의 실험과 사물에 대한 새로운 시각의 발견은 한국 근대문학의 전환을 가능하게 했던 것이다. 이상의 「오감도」에는 한국의 대표적인 난해시라는 표지가 따라다닌다. 「오감도」는 서정시에서 중시되어 온 시적 정서와 그 표현 방식으로는 제대로 이해되지 않는다. 「오감도」에 포함되어 있는 15편의 작품들은 모두 시에 있어서의 낭만적 열정이나 정서적 표현과 그 공감을 통해 이해하기에는 너무나 모호하고 그 의미가 애매하다. 「오감도」의 파격적인 기법과 언어 표현의 난해성은 지금도 한국 근대시의 최대의 스캔들처럼 논란의 대상이 되고 있다.

이상의 연작시 「오감도」가 난해시로 지목된 이유는 우선 시적 진술 내용의 단순화 또는 추상화(抽象化) 기법에 기인한다. 이상은 시적 대상을 그려 내면서 그 대상의 복잡한 형상과 구체적인 디테일을 과감하게 생략하거나 제거한다. 그리고 자신이 새로운 시각과 관점을 통해 착안해 낸 한두 가지의 특징만을 중심으로 하는 단순화된 시적 진술을 이어간다. 그는 대상에 대한 주관적 감정이나 정서적 반응을 철저하게 절제하고 시적 진술 내용에서 구체적인 설명이나 감각적 묘사 대신에 한두 가지의 중심 명제를 찾아내어 이를 반복적으로 진술한다. 어떤 경우에는 일체의 언어적 진술 대신에 특징적인 기호나 도형과 같은 파격적인 이미지를 사용하기도 한다. 이러한 방법은 눈에 보이는 것을 넘어서서 상상의 영역 속으로 독자를 끌어들여 새로운 세계와 그 법칙을 인식할 수 있도록 유도한다. 이와 같은 특징 때문에 독자들은 작품에서 그려 내고 있는 시적 정황에 쉽게 접근할 수가 없다.

「오감도 시제1호」는 이상의 「오감도」 연작을 대표하는 작품이라고 할 수 있다. 이 시에서 시적 화자는 작품의 제목처럼 스스로 '까마귀'를 자처하여 공중에 떠 있다. 공중에서 '까마귀'의 시선과 각도로 인간 세계를 내려다보기 위해서이다. 이 새로운 시각의 발견을 통해 지상의 모든 사물은 공중에 높이 날고 있는 '까마귀'의 눈(또는 시선)에 집중된다. 그리고 공중에 떠 있는 '까마귀'의 위치에서 취할 수 있는 시선의 높이와 그 각도로 인하여 지상에 있는 모든 사물의 새로운 형태와 그 지형도가 드러난다. 결국 이 시에서 그려 내고 있는 것은 시적 화자가 공중에 높이 떠 있는 까마귀처럼 암울한 시각으로 지상의 인간을 내려다본 상상도에 해당한다. 말하자면 '까마귀가 내려다본 그림'인 셈이다.

十三人의兒孩가道路로疾走하오.
(길은막다른골목이適當하오.)

第一의兒孩가무섭다고그리오.
第二의兒孩도무섭다고그리오.
第三의兒孩도무섭다고그리오.
第四의兒孩도무섭다고그리오.
第五의兒孩도무섭다고그리오.
第六의兒孩도무섭다고그리오.
第七의兒孩도무섭다고그리오.
第八의兒孩도무섭다고그리오.
第九의兒孩도무섭다고그리오.
第十의兒孩도무섭다고그리오.

第十一의兒孩가무섭다고그리오.
第十二의兒孩도무섭다고그리오.
第十三의兒孩도무섭다고그리오.
十三人의兒孩는무서운兒孩와무서워하는兒孩와그러케뿐이모혓소. (다른事情은업는것이차라리나앗소)

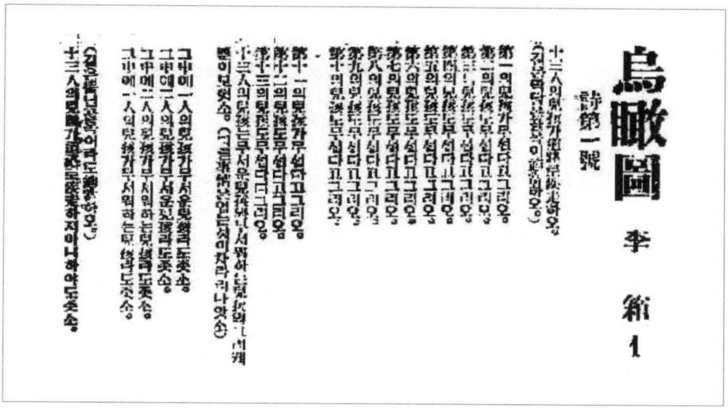
烏瞰圖 李箱

詩第一號

十三人의兒孩가道路로疾走하오.
(길은막다른골목이適當하오.)

第一의兒孩가무섭다고그리오.
第二의兒孩도무섭다고그리오.
第三의兒孩도무섭다고그리오.
第四의兒孩도무섭다고그리오.
第五의兒孩도무섭다고그리오.
第六의兒孩도무섭다고그리오.
第七의兒孩도무섭다고그리오.
第八의兒孩도무섭다고그리오.
第九의兒孩도무섭다고그리오.
第十의兒孩도무섭다고그리오.

第十一의兒孩가무섭다고그리오.
第十二의兒孩도무섭다고그리오.
第十三의兒孩도무섭다고그리오.
十三人의兒孩는무서운兒孩와무서워하는兒孩와그러케뿐이모혓소.(다른事情은업는것이차라리나앗소)

그中에一人의兒孩가무서운兒孩라도좃소.
그中에二人의兒孩가무서운兒孩라도좃소.
그中에二人의兒孩가무서워하는兒孩라도좃소.
그中에一人의兒孩가무서워하는兒孩라도좃소.

(길은뚫닌골목이라도適當하오.)
十三人의兒孩가道路로疾走하지아니하야도좃소.

「오감도 시제1호」 원문

그中에一人의兒孩가무서운兒孩라도좃소.

그中에二人의兒孩가무서운兒孩라도좃소.

그中에二人의兒孩가무서워하는兒孩라도좃소.

그中에一人의兒孩가무서워하는兒孩라도좃소.

(길은뚫닌골목이라도適當하오.)

十三人의兒孩가道路로疾走하지아니하야도좃소.

이 시는 시적 화자가 공중에서 내려다본 그림치고는 의외로 그 내용이 단순하다. 지상의 복잡한 사물들과 시각적, 물리적 요소들을 제거해 버리고 시적 화자 자신의 정서적 반응이나 관념조차도 전혀 드러내지 않는다. 시의 텍스트에는 '도로'에서 '13인의 아해'가 '질주'하고 있는 상황만이 제시되어 있다. 그런데 '13인의 아해'들은 모두가 자신들이 처해 있는 상황을 '무섭다'라고 말한다. 그리고 각각 스스로 무서운 존재로 변하기도 하고 어떤 것을 무서워하는 존재가 되기도 한다. 여기서 '13인의 아해'가 누구이며 왜 '아해'인가를 따지는 것은 큰 의미가 없어 보인다. 왜냐하면 여기 등장하는 '아해'는 실제 아이가 아니라 공중에서 내려다보이는 사람들에 불과하기 때문이다. 하늘에 떠서 지상을 내려다보면 모든 사물들은 실제 크기보다 작게 보인다. 이러한 거리의 감각을 염두에 둔다면 '아해'는 아이들처럼 작게 보이는 사람들을 지시한다는 것을 알 수 있다. '13'의 경우도 숫자 자체의 상징성이 문제가 되기도 하지만 지상에 있는 많은 사람들을 가리키는 것이라고 보아도 크게 의미에서 벗어나지 않는다. 결국 이 시의 텍스트는 길 위로 달려가며 서로 무섭다고 말하는 아이들의 모습만 그려 놓고 있는 셈이다. 이 특이한 서술 방식은 대상에 대한 단순화 혹은 추상화를 의미한다. 시적 화자는 자신이 공중의 까마귀가 되어 지상을 내려다보면서 관찰하고 생각한 것 가운데 모든 디테일을 제거한 후 '13인의 아해'라는 단순한 이미지만을 제시한 것이다. 이 시의 텍스트가 이렇게 믿기 어려울 정도로 대상을 단순화하고 있기 때문에 오히려 그 의미구조를 파악하기 어려웠던 것이 아닌가 생각된다.

「오감도 시제1호」에서의 단순화 혹은 추상화의 기법은 눈에 보이는 대상 전체를 그대로 재현하는 것이 아니라 다른 사람들이 미처 발견하지 못하고 있는 한두 가지 특징만을 그려 내고 있다. 이상이 그려 내고 있는 시적 공간은 지상에 살아가는 인간들의 모습과 그 특성을 추상화의 과정을 통해 단순하게 드러내어 준다. 그 결과 새로운 시각을 통해 얻어 낸 삶의 현실에 대한 통찰과 그 숨은 의미를 제시할 수 있게 된다. 말하자면 이상이 상상적으로 그려 낸 「오감도」라는 그림에는 무의미한 디테일이 모두 제거되었고 복잡한 형태와 구도가 대담하게 생략되었다고 할 수 있으며, 전체적인 풍경을 대표할 수 있는 하나의 관념만이 단순한 이미지로 제시되었다고 할 것이다.

실제로 「오감도 시제1호」의 텍스트를 보면, 첫째 연의 제1행에서 "13인의아해가도로로질주하오"라는 진술을 통해 전체적인 시적 정황이 제시되고 있음을 확인할 수 있다. 열세 명의 아이들이 도로를 질주하고 있다는 아주 단순한 내용이다. 제2행의 괄호 속에 담긴 "길은막다른골목이적당하오"라는 진술에 이르면 그 내용 속에 긴장이 담겨 있음을 알 수 있다. 왜냐하면 '아해'가 '막다른 골목'을 달리고 있기 때문이다. 여기서 문제가 되는 것이 '질주하다'라는 동사이다. 이 말은 보통 '빨리 달리다'라는 뜻으로 풀이된다. 주체의 행위로서의 '빨리 달리기'는 단순하게 규정한다면 누가 더 빨리 달리느냐 하는 상대방과의 경쟁을 말하는 것이 보통이다. 그러나 이 말은 단순한 경쟁만을 의미하는 것이 아니다. 어떤 상황이나 상대방의 위협으로부터 멀리 도피하기 위해 달리는 것으로도 해석이 가능하다. 붙잡히지 않으려면 빨리 달아나야 한다. 결국 '질주하다'라는 말은 끝없는 경쟁을 의미하기도 하고 어떤 상황으로부터의 도피를 의미하기도 한다.

그런데 첫째 연에서 제시하고 있는 '13인의 아해의 질주'에 대해서는 뒤로 이어지는 둘째 연과 셋째 연에서 그 이유와 동기가 드러난다. "13인의아해가도로로질주하오"라는 진술을 놓고 다시 각각의 '아해'들이 하는 말과 행동을 설명하고 있다. "제1의아해가무섭다고그리오"라는 문장과 동일한 내용의 진술을 '제1의아해'부터 '제13의아해'에 이르기까지 열세 번이나 반복적으로 열거하고 있는 것이다. 여기서 시적 진술의 수사적 장치로서 활용되는 열거와 반복은 진술되는 내용 자체의 의미 공간을 내적으로 확장하고 그것을 강조하는 기능을 수행한다. 이 단순한 반복과 열거를 통해 시적 진술의 주체인 '아해'가 표명하고 있는 '무섭다'라는 서술 내용 자체가 긴박감을 고조하면서 확장되고 있는 것이다. 셋째 연의 끝에 붙어 있는 "13인의아해는무서운아해와무서워하는아해와그렇게뿐이모였소"라는 설명적 진술은 이러한 상황을 다시 확인해 주는 것으로 이해할 수 있다. '13인의아해'가 각각 밝히고 있는 '무섭다'라는 서술의 의미를 다시 메타적으로 해명하고 있기 때문이다. '무섭다'라는 형용사는 이 말이 서술하고 있는 주체가 '두려움이나 놀라움을 느낄 만큼 성질이나 기세 따위가 몹시 사납다'라는 뜻을 갖는다. 그리고 '어떤 대상에 대하여 두려운 느낌이 있고 마음이 불안하다'라는 뜻으로도 쓰인다. 앞의 경우는 '무섭다'라는 말로, 뒤의 경우는 '무서워하다'라는 말로 각각 바꾸어 볼 수 있다. 결국 13인의 아해가 각각 '무서운 아해'와 '무서워하는 아해'로 구분되고 있는 것이다. 이러한 해석을 더욱 발전시킨다면 13인의 아해들 가운데 일부는 '무서운 아해'이고 나머지는 '무서워하는 아해'임을 알 수 있다. 이 시의 넷째 연은 바로 이 같은 내용을 설명적으로 제시하고 있다.

그中에一人의兒孩가무서운兒孩라도좋소.
그中에二人의兒孩가무서운兒孩라도좋소.
그中에二人의兒孩가무서워하는兒孩라도좋소.
그中에一人의兒孩가무서워하는兒孩라도좋소.

앞의 넷째 연에서 그려 내고 있는 시적 정황을 자세히 살펴보기로 하자. 시적 화자는 막다른 골목길을 질주하면서 무섭다고 하는 '13인의 아해'를 놓고, 그 가운데에서 하나둘씩 각각 무서운 아해와 무서워하는 아해로 구분하고 있다. '무섭다'라는 말이 결국 그 주체인 '아해'를 서술하기도 하고 대상화하기도 한다. 이를 더욱 명확히 하기 위해서는 이 시에서 서술하고 있는 무서운 존재가 누구인지, '아해'가 누구를 무서워하고 있는가를 다시 질문해야 한다. 이 질문에 대한 답은 모두 '아해'이다. 공포의 대상이 '아해'이고 그 '아해'를 무서워하는 주체도 '아해'라는 말이다. 다시 말하자면 '13인의 아해' 가운데 무서운 '아해'가 있고, 그 무서운 '아해'를 공포의 대상으로 여기며 두려워하는 '아해'도 있는 셈이다. 이 시의 마지막 연은 첫째 연의 시적 정황과 반대되는 상황의 가능성을 제시한다. '막다른 골목'이 아니라 '뚫린 골목'이어도 좋고, '질주하지 아니하여도' 좋다고 설명하고 있다.

「시제1호」의 텍스트에서 가장 많이 반복되는 것이 '무섭다'라는 말이다. 다양한 정서적 반응을 모두 제거하고 '무섭다'라는 하나의 단어로 그 의미와 시적 분위기 자체를 단순화 또는 추상화하고 있는 것이다. 반복과 열거라는 단순화된 수사적 표현에 의해 강조하고 있는 '무섭다'라는 말의 의미를 분명하게 이해하기 위해서는 '무서운 아해' 라는 문구와 '무서워하는 아해'라는 문구를 다시 비교해 볼 필요가 있다. 앞의 표현에서는 '무서운'이라는 말이 '아해'의 포악한 성질을 수식한다. '아해'가 '두려움이나 놀라움을 느낄 만큼 성질이나 기세 따위가 몹시 사납다'라는 뜻을 나타낸다. 뒤의 표현에서는 '어떤 대상에 대하여 두려운 느낌이 있고 마음이 불안하다'라는 '아해'의 마음 상태를 설명한다. '아해'는 두려움과 공포심을 갖고 있는 것이다. 그러므로 '무섭다'라는 말은 대상에 대한 두려움의 느낌을 표시하기도 하고 상대에게 공포감을 불러일으킬 만큼 포악한 성질을 지니고 있는 주체의 상태 자체를 말해 주기도 한다. 이와 같은 개념을 놓고 보면 「오감도 시제1호」에서 그려 내고자 하는 '아해들'의 불안과 공포가 무엇을 의미하는지 어느 정도 분명해진다. '무섭다'라는 말이 드러내고 있는 불안과 공포의 실체가 드러나기 때문이다. '아해'들이 무서워하는 것은 괴물이라든지 귀신이라든지 하는 다른 어떤 대상이 아니다. '13인의 아해' 가운데에는 아주 무서운 '아해'가 있다. 다른 '아해'는 그 무서운 '아해'를 공포의 대상으로 여기며 두려워하고 있는 것이다. 이러한 의미를 확대 해석할 경우, '13인의 아해'는 서로가 서로를 공포의 대상으로 여기고 있다는 설명이 가능하다. 이 시에서 '13인의 아해'가 서로를 무서워하는 까닭을 텍스트 내에서 설명하고 있지는 않다. 그러나 도로를 질주하면서 경쟁하고 있는 '13인의 아해'를 보면, 이들이 서로 분열 대립하여 경쟁하고 있음을 짐작할 수 있다. 이 시의 마지막 다섯째 연은 이 같은 결론을 더욱 분명하게 만들어 준다. 마지막 연을 보면, 첫째 연에서 제시한 시적 정황에 대한 반대 진술의 가능성을 열어 놓는다. '막다른 골목'이 아니라 '뚫린 골목'이어도 좋고, '질주하지 아니하여도' 좋다고 설명하고 있다. 이러한 반대 진술은 이 시에서 말하고자 하는 내용이 어떤 경우라도 실상은 마찬가지라는 점을 암시한다.

「오감도 시제1호」의 시적 텍스트에서 '13인'이라는 숫자가 어떤 의미를 지니는 것인가를 따지는 것은 본질적인 문제는 아니다. 하지만 이상 자신도 '13'이라는 숫자 자체의 의미에 덧붙여진 다양한 미신(迷信)을 주목했기 때문에 이 시에 그것을 끌어들이고 있는 것은 분명하다. 물론 여기서 '13'에 붙어 있는 '종말의 의미'를 아무리 강조한다고 해도 시적 의미의 깊이에 도달하기는 어렵다. '13'이라는 숫자를 '조선 13도'로 환원해 보거나 이상과 함께 경성고등공업학교 건축과에 입학했던 '동기생 13명'의 숫자와 일치한다는 점을 강조해도 상황은 마찬가지다. 「오감도 시제1호」에서 그려 내고 있는 '13인의 아해'는 지구 상에 살고 있는 숱한 인간들을 단순화한 추상의 결과에 해당한다. 이 시가 '까마귀'처럼 공중에서 땅을 내려다보는 '오감도'의 관점에서 쓰인 것이라는 점을 생각한다면, 땅 위에서 살아가는 왜소한 인간들이 서로 싸우고 억압하며 상대방을 공포의 대상으로 여기는 모습을 추상화하여 그려 낸 것이라는 점은 부인하기 어렵다. 물론 추상화된 숫자 '13'은 종말을 상징하는 기호이며 인간 존재의 위기를 암시한다. 이것은 현실 속에 살고 있는 인간의 실체를 '무섭다'라고 하는 하나의 형용사로 묘사한 것과도 그 성격이 일맥상통한다. 20세기 문명의 발전 과정에서 드러나는 인간 정신의 붕괴를 생각한다면, 인간의 인간에 대한 공포는 현대 문명이 만들어 낸 죄악이다. 속도와 경쟁을 부추겨 온 물질 문명이 인간의 상호 불신과 대립, 적대감과 경쟁의식, 공포와 저주 등의 문제를 초래하고 있기 때문이다. 결국 「오감도 시제1호」의 참주제는 공중에 떠 있는 까마귀의 시각을 빌려 인간이 인간을 공포의 대상으로 여길 수밖에 없게 된 현대 사회의 병리를 지적하는 데에 있다. 이 시에서 강조하고 있는 '아해'들의 '무서움'은 현실을 살아가는 인간의 대립, 갈등, 분열, 질시와 거기서 비롯되는 상호 불신, 공포, 불안의 상태를 단순화하여 표현한 것이라고 할 수 있을 것이다.

「오감도 시제2호」에서도 단순화의 기법에 의한 시적 의미의 추상화 과정이 두드러지게 드러난다. 이 작품은 '나'와 '아버지'의 관계를 중심으로 하는 시적 진술 내용을 한 개의 문장으로 구성하고 있다. 이러한 시적 텍스트의 시각적 특징을 자세히 살펴보면 몇 가지 중요한 요소를 확인하게 된다. 첫째, 시의 텍스트 전체가 한 개의 문장으로 이어지면서 시행의 구분 없이 짤막한 단시(短詩) 형태를 드러내고 있다. 둘째, 시적 텍스트를 구성하고 있는 모든 언어가 띄어쓰기를 하지 않은 채 한 덩어리로 붙어 있다. 셋째 시적 텍스트를 구성하는 하나의 문장이 '의문형'으로 종결되어 있다. 이러한 외형적 특징은 이 시의 전체적인 의미를 이해하는 데에 있어서 반드시 고려해야 하는 텍스트적 속성이라고 할 것이다.

나의아버지가나의겨테서조을적에나는나의아버지가되고또나는나의아버지의아버지가되고그런데도나의아버지는나의아버지대로나의아버지인데어쩌자고나는작고나의아버지의아버지의아버지의……아버지가되니나는웨나의 아버지를껑충뛰어넘어야하는지나는웨드듸어나와나의아버지와나의아버지의아버지와나의아버지의아버지의아버지노릇을한꺼번에하면서살아야하는것이냐

「오감도 시제2호」는 '나'라는 시적 주체를 전면에 내세운다. 「오감도 시제1호」에서 인간 삶의 모습을 전경화(全景化)했던 것과는 다르게 개별적 인간으로서의 '나'라는 주체의 존재와 그 의미에 초점을 맞추고 있다. 여기서 시적 주체인 '나'를 시인 자신이라고 한다면, '아버지'는 시인 이상의 아버지라고 상정해 볼 수도 있다. 하지만 시적 텍스트 내의 모든 진술 내용을 경험적 현실 속에서 이루어지는 시인 자신의 삶과 직결하여 그 의미를 축소 제한할 필요는 없다. 이 시의 텍스트에서도 '나'의 존재 의미와 그 역할과 위상에 대한 다양하고도 구체적인 설명은 모두 제거된다. 그리고 이 복잡한 내용을 아주 단순화하여 '나'라는 시적 주체와 '아버지'라는 시적 대상 사이의 관계에 대해서 유사한 진술을 반복하고 있다. '나'를 통해 시적 텍스트 내에서 진술하고자 하는 것은 '아버지'의 역할에 관한 일이다. '아버지'는 가족적 혈연관계로 본다면 '나'의 존재를 가능하게 만들어 준 선대(先代)에 해당한다. '아버지'가 없다면 '나'라는 존재도 없다. 그만큼 '아버지'는 '나'의 존재에 절대적인 의미를 지닌다. 그런데 이 시에서 설정하고 있는 시적 정황을 보면, '아버지'는 현재 '나'의 곁에서 졸고 있는 모습으로 그려진다. 다시 말하면 아무런 활동도 하지 못하는 무기력한 아버지를 '나의 곁에서 졸고 있는 아버지'의 모습으로 단순화하고 있는 것이다. 이렇게 단순화된 아버지의 형상은 가족 안에서의 '부성(父性)'의 역할 부재 또는 부성적 기능의 상실을 암시한다. '아버지'가 가족 구성원들을 위해 아무런 역할도 하지 못하고 무기력한 상태에 빠져들어 있음을 말해 주는 것이다. 아버지의 역할 부재라는 상황 속에

서 시적 화자인 '나'는 스스로 '아버지'로서의 역할을 감당하지 않으면 안 된다. 시인은 이를 두고 '나는 나의 아버지가 되고 또 나는 나의 아버지의 아버지가 되고 …'라고 진술한다. 하지만 문제는 '아버지'를 대신하는 '나'의 역할에도 불구하고 '아버지'가 가지는 '아버지'로서의 존재 의미와 그 권위는 여전히 변함이 없다는 점이다. '나의 아버지는 나의 아버지대로 나의 아버지'인 것이다. 이 같은 엄연한 사실을 놓고 '나'는 갈등에 빠져든다. 자신이 '아버지'의 역할을 대신하면서도 '아버지'의 존재와 그 의미와 권위를 인정해야 하기 때문이다. 이 시의 결말 부분은 '나는 왜 드디어 나와 나의 아버지와 나의 아버지의 아버지와 나의 아버지의 아버지의 아버지 노릇을 한꺼번에 하면서 살아야 하는 것이냐'라는 의문형으로 맺어진다. 여기서 '아버지'는 단순한 '나'의 '아버지'로 국한되지 않는다. '나의 아버지와 나의 아버지의 아버지와 나의 아버지의 아버지의 아버지'로까지 선대의 조상으로 거슬러 올라가고 있기 때문이다. 시인은 '아버지의 아버지'와 같은 중첩의 표현을 통해 '부성' 자체의 막중한 의미만이 아니라 그 역사와 전통의 무게까지도 강조하면서 그 모든 무게를 감당해야 하는 자신의 난감한 처지를 자문(自問)하고 있는 것이다.

그런데 '나의 아버지가 되고 또 나는 나의 아버지의 아버지가 되고 …'라는 진술 내용은 시적 화자인 '나'를 중심으로 가계의 계통을 일련의 세대 개념으로 단순하게 구조화한 것이며 부계제도의 질서를 그려 낸 것임을 알 수 있다. 여기서 흥미로운 것은 '나는 나의 아버지가 된다'라는 진술이다. 이 진술은 시간의 논리로 본다면 명백한 사실적 모순을 드러낸다. 시간의 흐름을 따라가면 할아버지에서 아버지로, 그리고 아버지에서 나로 이어지는 세대 교체가 자연스러운 것이다. 시간은 언제나 과거로부터 현재로 이행하며 결코 과거로 돌아갈 수 없는 불가역성의 속성을 지니기 때문이다. 그런데 '나는 나의 아버지가 된다'라는 진술은 '나'를 기준으로 할 때 현재의 '나'로부터 과거의 '아버지'로 거슬러 올라감을 보여 준다. 이른바 시간의 불가역성이라는 논리를 거부하고 있는 셈이다. 이것은 시간적 논리로는 분명 모순이지만 인간의 삶에서는 얼마든지 가능한 일이다. '나'는 스스로 '아버지'로서의 역할을 감당해야 하고 '아버지의 아버지' 역할도 감당해야 한다. 하지만 문제는 '아버지'를 대신하는 '나'의 역할에도 불구하고 '아버지'가 가지는 '아버지'로서의 존재 의미와 그 권위는 여전히 변함이 없다는 점이다. '나의 아버지는 나의 아버지대로 나의 아버지'인 것이다. 이 같은 엄연한 사실을 놓고 시적 주체인 '나'는 갈등에 빠져든다. 자신이 '아버지'의 역할을 대신하면서도 '아버지'의 존재와 그 의미와 권위를 인정해야 하기 때문이다.

「오감도 시제2호」는 주체로서의 '나'의 존재와 그 역할과 위상에 대한 질문을 단순화하여 표현한 것이라고 할 수 있다. 여기서 좀 더 '나'의 존재와 그 정체성의 인식 문제를 검토할 필요가 생긴다. 자아 정체성이라는 관점에서 볼 때 이 시의 진술 주체인 '나'는 '주격의 나/목적격의 나'라는 정체성의 논리구조를 되묻게 한다. '목적격의 나'는 개인의 심리적 발달 과정에서 '주격의 나'가 의식하게 되는 정체성이다. '주격의 나'는 개인의 능동적이면서도 원초적인 의지이며 이 의지는 사회적 유대의 반영이라고 할 수 있는 '목적격의 나'를 장악한다. 그러므로 '나'는 '나'이며, '나' 이외의 다른 어느 것도 아니다. 하지만 이 시에서 '나'는 '목적격인 나'를 '아버지'와 '아버지의 아버지'와 '아버지의 아버지의 아버지'로 대체한다. 여기서 '나'의 존재가 '나'가 아닌 다른 어떤 존재로 대체됨으로써 자기 정체성의 혼란이 야기되는 것이다. 현재의 '나'에 대응하는 '아버지, 아버지의 아버지, 아버지의 아버지의 아버지 …'는 가족 또는 가문의 차원에서는 '조상(祖上)', '선조(先祖)'에 해당하며, 세대의 차원에서는 '기성세대'를 말한다. 시간상으로는 '과거'라고 할 수 있다. 그러므로 이 작품에서 '나'는 가문의 전통이나 기성세대의 권위나 과거의 역사에 대한 자신의 역할에 대해 의문을 표시하면서 이들로부터 벗어나고자 한다. 하지만 이 시에서 '나'라는 개인은 과거로부터 유래되는 제도와 관습과 전통의 무게를 결코 쉽게 벗어날 수 없다. 오히려 그 모든 역사적 책무를 감당하면서 살아가야 한다. 다시 말하자면, '나'는 '나' 자신의 존재를 분명하게 하기 위해서 '나'에게 부여된 아버지 역할을 수행해야만 하고, 과거의 역사와 전통이라는 커다란 굴레 안에서 그 무게를 감당해 내야만 하는 것이다.

그런데 여기서 한 가지 주목해야 할 것은 시인 이상이 「시제2호」를 통해 '아버지란 무엇인가?', '아버지는 무엇으로 존재하는가?'를 스스로 질문하고 있다는 사실이다. 시적 화자는 '나는 왜 드디어 나와 나의 아버지와 나의 아버지의 아버지와 나의 아버지의 아버지의 아버지 노릇을 한꺼번에 하면서 살아야 하는 것이냐'라고 묻고 있다. 아버지가 되기는 쉽다. 그러나 아버지 노릇 하기는 어려운 일이다. 인간의 삶에서 무엇보다도 가장 멋지고 의미 있는 일은 아버지가 되는 일이라고 말한 사람이 있다. 아버지가 되는 일이 남자들의 인생에서 가장 중요하다는 사실은 누구도 부인하기 어려울 것이다. 혈통이나 종족을 따지지 않더라도 아버지의 존재는 거의 신화적이다. 생각해 보면 아버지가 되는 것은 그리 어려운 일이 아니지만, 얼마나 아버지답게 아버지 노릇을 잘 할 수 있느냐가 문제이다. 언제나 아버지로서의 '나'의 역할이 문제이기 때문이다.

「오감도 시제3호」는 인간 존재와 그 행위에 대한 인식 방법을 시간의 차원에서 단순화하여 탐색하고자 한다. 이 작품은 텍스트 전체가 띄어쓰기를 거부한 줄글로 이어져 있다. 이 작품의 텍스트에서도 인간 행위의 모든 구체적인 디테일과 그 복잡한 과정을 아주 단순화하고 추상화하여 "싸홈(움)하는사람"으로 표시하고 있다. 여기서 '싸움하는 사람'이라는 구절을 '사람이 싸움하다'라는 서술적 문장으로 바꾸어 보면 그 존재와 행위의 의미가 분명해진다. '싸움하는 사람'은 현재라는 시간적 위상을 통해 그 행위의 구체성을 드러낸다. 그러나 현재라는 시간적 위상을 떠나서 생각할 경우, '싸움하는 사람'은 과거에 '싸움하지 아니하던 사람' 또는 '싸움하지 아니하는 사람'이었음을 추론해 볼 수 있다.

> 싸홈하는사람은즉싸홈하지아니하든사람이고또싸홈하는사람은싸홈하지아니하는사람이엇기도하니까싸홈하는사람이싸홈하는구경을하고십거든싸홈하지아니하든사람이싸홈하는것을구경하든지싸홈하지아니하는사람이싸홈하는구경을하든지싸홈하지아니하든사람이나싸홈하지아니하는사람이싸홈하지아니하는것을구경하든지하얏으면그만이다

앞에 인용한 「오감도 시제3호」에서 복잡한 복문(複文)구조의 한 문장으로 이루어진 시적 텍스트를 현대어 표기법으로 고쳐서 정밀하게 분석해 보면, 첫머리에 등장하는 '싸움하는 사람은 즉 싸움하지 아니하던 사람이고 또 싸움하는 사람은 싸움하지 아니하는 사람이었기도 하니까'라는 대목은 어떤 사실에 대한 전제 또는 조건을 나타내고 있는데, 이를 다시 분석하면, '싸움하는 사람은 즉 싸움하지 아니하던 사람이다'와 '싸움하는 사람은 싸움하지 아니하는 사람이었다'라는 두 가지 진술 내용이 겹쳐 있음을 보게 된다. 이러한 진술 내용의 전개 방식을 따라가 보면, 텍스트의 후반에 이어지는 '싸움하는 사람이 싸움하는 구경을 하고 싶거든 싸움하지 아니하던 사람이 싸움하는 것을 구경하든지 싸움하지 아니하는 사람이 싸움하는 구경을 하든지 싸움하지 아니하던 사람이나 싸움하지 아니하는 사람이 싸움하지 아니

하는 것을 구경하든지 하였으면 그만이다'라는 부분의 의미를 이해할 수 있게 된다. 이 후반부의 진술에서도 '싸움하는 사람이 싸움하는 구경을 하고 싶거든'이라는 부분이 하나의 전제 조건에 해당한다. 그리고 이러한 전제 조건에 따라 첫째, '싸움하지 아니하던 사람이 싸움하는 것을 구경하든지' 둘째, '싸움하지 아니하는 사람이 싸움하는 것을 구경하든지' 셋째, '싸움하지 아니하던 사람이나 싸움하지 아니하는 사람이 싸움하지 아니하는 것을 구경하든지'라고 하면서 '싸움하는 사람'이라는 대상의 존재와 그 상태가 현재와 과거라는 시간의 위상에 따라 서로 달라질 수 있음을 설명하고 있다. 이 특이한 메타언어적 진술법은 시적 대상의 존재 양상이 어떤 시각을 통해 인식되느냐에 따라 달리 설명될 수 있음을 단순화하여 제시하고 있다.

「오감도 시제3호」에서 시적 대상은 '싸움하는 사람'이다. 일반적인 인간의 행위를 '싸움'이라는 말로 단순 추상화하여 지칭한 것이다. 여기서 '싸움하는'이라는 동작은 현재의 시간에 묶여 있다. 지금 현재 '사람이 싸움한다'는 사실을 서술하고 있기 때문이다. '싸움하는 사람'이라는 시적 대상의 존재 양상은 그 이전의 상태와 그 이후의 상태를 서로 연결하여 생각할 때 비로소 구체성을 드러낸다. 모든 실재하는 대상은 'A라는 상태가 B라는 상태에 선행하거나, B라는 상태가 A라는 상태에 선행하는 방식'으로 단순화하여 표시할 수 있게 된다. 모든 실재하는 대상들 사이의 이러한 선후관계는 말할 것도 없이 시간의 계기를 전제해야만 인식 가능하다. 그러므로 여기서의 시간은 인과성에 따르는 대상의 운동의 척도가 된다. 이와 같은 논리를 전제할 때, '싸움하는 사람'은 그 선행의 상태로서 '싸움하지 아니하던 사람'이다. 그리고 또한 '싸움하지 아니하는 사람'이었다는 진술도 가능해진다. 이를 근거로 이 시의 텍스트의 후반부는 '싸움하는 사람이 싸움하는 구경을 하고 싶거든'이라는 좀 더 복잡한 행위에 대한 인식의 가능성을 다시 전제하면서 논의가 확대된다. 그리고 결국은 '싸움하지 아니하던 사람이 싸움하는 것을 구경하든지', '싸움하지 아니하는 사람이 싸움하는 것을 구경하든지', '싸움하지 아니하던 사람이나 싸움하지 아니하는 사람이 싸움하지 아니하는 것을 구경하든지' 하였으면 그만이라는 결론에 도달하고 있다. 이 같은 논리가 이어지면 '싸움하는 사람'은 스스로 자신이 싸움하는 장면을 구경하는 사태로 발전할 수도 있다. 이 텍스트가 노리고 있는 것은 바로 이와 같이 새로운 차원에서 이루어지는 대상에 대한 인식의 가능성이다. 물론 그 기반을 이루는 시간성에 대한 의식이 얼마나 중요한 것인가를 먼저 주목해야만 한다.

「오감도 시제3호」는 사물에 대한 인식이 시간의 위상에 따라 얼마든지 다양하게 달라질 수 있음을 단순화하여 제시한다. 물론 시간이라는 것이 주관에 속하면서 모든 인식을 가능하게 하는 초월적 관념에 해당하지만 그 자체가 경험적 실제성이라는 사실을 직시할 필요가 있다. 여기서 주목되는 것이 시적 대상의 존재에 대한 인식의 양상이다. 모든 실재하는 대상의 가능/불가능, 현존/부재, 필연/우연의 구분은 시간 조건과의 결합에 의해 결정된다. 그러므로 현재 '싸움하는 사람'은 과거에는 '싸움하지 아니하던 사람'이라는 인식이 가능하다. 시적 대상에 대한 인식은 객관적인 사물에 대한 인식 그 자체에 해당한다. 그러나 그 대상의 존재는 객관적 시간 즉 계기를 본질로 하는 시간 속에 존재함을 뜻한다. 바로 여기서 어떤 동작을 행하는 대상을 인식하는 데에 있어서 시간이 절대적인 조건이 된다는 사실을 확인할 수 있게 된다.[13]

13 이러한 시간성의 인식은 후설(E. Husserl)의 시간의식에 관한 현상학적 해석을 연상하게 한다. 소광희 교수가 『시간의 철학적 성찰』(2001)에서 논하고 있는 '후설의 의식 시간론'에 의하면, 자아(ego)는 살아 있는 자아이며 유동하는 현재 속의 자아이다. 여기서 모순되는 문제가 발생한다. 그것은 흐르는 시간 속에서 자아가 언제나 자기 부정적 계기를 가지게 되면서 동시에 자기 동일성을 견지하고 있기 때문이다. 이 모순점을 해결하기 위해 시간에 있어서의 지향성을 문제 삼지 않을 수 없게 된다. 후설은 지각하고 반성하는 자아(cogito)와 지각되고 반성되는 자아(cogitatum)를 구별한다. 그러나 사실 이 양자는 동일한 자아

「오감도 시제3호」에서 '싸움하는 사람'은 시간적으로 현재에 속한다. 그러나 '바로 전'에는 '싸움하지 아니하던 사람' 또는 '싸움하지 아니하는 사람'이었다고 할 수 있다. 물론 여기서 현재 '싸움하는 사람'과 '바로 전'에 '싸움하지 아니하던 사람'은 동일한 존재이다. 그럼에도 불구하고 이들이 서로 분열되어 마치 서로 다른 존재처럼 의식되는 것은 시간성의 문제에 따른 것임은 물론이다. 일찍이 이 시를 놓고 이승훈 교수는 "시제만을 문제 삼을 때 이 시는 현재와 과거의 동일성을 노래하며 문장의 지정사만을 중시할 때 긍정과 부정의 동일성을 노래한다"(이승훈 편, 『이상전집 시』)라고 평한 바 있다. 그러나 여기서 문제가 되는 것은 동일성 그 자체가 아니라 존재의 동일성에도 불구하고 그것이 '지금'과 '바로 전'이라는 시간의식에 따라 서로 다른 속성을 드러내는 것처럼 분열적으로 인식된다는 사실이다. 말하자면 자기 동일성의 분열 상태가 시간의식에 따라 필연적으로 드러난다는 점을 보여 주고 있다고 할 것이다.

### 3) 텍스트의 시각화와 '보는 시(visual poetry)'에의 도전

이상의 「오감도」가 발표 당시 일반 독자들에게 던져 주었던 새로운 충격은 시적 텍스트 구성에서 보여 준 기법의 파격성에 기인한다고 할 수 있다. 여기서 주목해야 할 것은 이상이 새로이 고안하고 있는 '보는 시(visual poetry)'[14] 또는 '시각시'라는 새로운 시적 양식 개념이다. '보는 시'는 시적 텍

이다. 여기서 반성되는 자아는 '바로 전'에 반성하던 자아이다. 반성은 '지금'과 '바로 전' 사이의 다리를 놓는 간격이지만, 이것이 곧 자아의 자기 분열을 의미하기도 한다. 여기서 반성은 바로 '있었다'와 '있다'의 긴장을 간취하고 그것을 하나로 연결해 주는 시간성이기도 한 것이다. 후설의 견해를 따르면 자아는 자기 자신과 구별되며, 반성하는 자아와 반성되는 자아의 구별을 통해 자아의 자기 동일성이 지양되지 않을 수 없다는 사실을 알 수 있다.

14 서구에서는 현대적 의미의 '보는 시'의 등장을 프랑스 상징주의 시인 말라르메(Stéphane Mallarmé)의 시적 실험에서 찾는다. 그는 문자화된 시적 텍스트에서 단어와 단어 사이의 공백을 일종의 시각적인 휴지

스트를 시각적 형태로 구현하고자 하는 시도의 산물이다. 간단히 말하자면 시적 텍스트 자체가 무엇인가를 스스로 드러내어 보이도록 고안된다. 여기서 시적 텍스트 자체의 물질성을 드러내는 문자, 문장부호, 띄어쓰기, 행의 구분, 행의 배열, 여백 등의 시각적 요소들을 해체하기도 한다. 그리고 텍스트 자체가 무엇인가를 보여 줄 수 있도록 문자 텍스트에 삽화, 사진, 도형 등과 같은 회화적 요소를 첨부하여 새로운 변형을 시도하기도 한다.

「오감도」에서 실험하고 있는 '보는 시'라는 새로운 개념은 언어 텍스트로 이루어지는 시의 형태에 시각적 요소를 부여함으로써 텍스트 자체가 시각적 형태를 드러내도록 구성된다. 『프린스턴 시학사전(*The New Princeton Encyclopedia of Poetry and Poetics*)』에서는 '보는 시'의 기능을 '귀'를 위해서가 아니라 '눈'을 위해서 구성된 것이라고 규정하고 있다.[15] 시의 텍스트는 활자화됨으로써 어느 정도 시각성을 가지게 되는데, 텍스트의 언어 문자는 단순히 언어적 연쇄체의 한 단위가 아니라 커다란 하나의 영상의 한 부분으로 작용한다. '보는 시'에서의 텍스트의 시각성은 단순한 타이포그래피의 문제만은 아니다. 시적 텍스트 자체가 하나의 이미지를 형성하면서 시각적 인식의 대상으로서 작용하기 때문이다. 이러한 속성은 어떤 경우에는 시적 형태의 통일성이나 자율성을 강조하기도 하고 어떤 경우에는 시적 형태를 해체

(休止)로 인식하면서 단어의 배치와 그 공백을 함께 활용하여 텍스트 자체가 어떤 시각적 이미지를 창출하도록 고안하였다. 말라르메는 「주사위 던지기(Un coup de dés)」(1897)라는 시에서 텍스트의 통사구문을 완전히 파괴하고 언어가 지닌 의미전달 차원을 인위적으로 전복시켜 놓은 바 있다. 이 시에서 말라르메는 모두 여덟 가지의 크기를 가진 활자를 이용하여 텍스트를 인쇄하도록 했다. 이것은 시적 텍스트 안에서 다양한 목소리가 표현될 수 있도록 하기 위한 조치였다. 그는 이 다양한 활자들이 이리저리 서로 흩어져 종이 위에 글자로 인쇄되는 것을 두고, 판판한 종이 바닥에 단어들을 여기저기 뿌려 놓는 것이라고 생각했다. 이러한 인쇄 체제로 인하여 이 작품은 일차적으로 인쇄된 종이의 표면 전체로 독자들의 시선을 이끌면서 마치 한 폭의 그림을 보듯이 종이 페이지 전체에 일종의 통일성을 부여할 수 있게 되었다. Willard Bohn, *The Aesthetics of Visual Poetry, 1914-1928* (The Univ. of Chicago Press, 1986) 참조.

15 *The New Princeton Encyclopedia of Poetry and Poetics* (Princeton Univ. Press, 1993), p.1364.

하기도 한다. 그러므로 '보는 시'에서는 그 시각적 요소가 구현하는 이미지 자체가 어떤 의미를 지니고 있는가를 밝히는 일이 중요하다. 이를 위해서는 언어적 메시지를 해독해 나가는 방식처럼 행간을 따라가면서 그 영상의 이미지를 추적해야 한다.

이상이 「오감도」를 통해 지향하고자 했던 '보는 시'는 그 실험성만이 아니라 실제로 그 자신이 언어와 문자 행위를 통해 얻어 낸 어떤 관념과 의미의 공유의식에 근거한다는 점을 더욱 주목할 필요가 있다. 그가 사용하고 있는 어떤 언어의 표현, 문자적 기술은 자연적이거나 직접적인 것이 많지 않다. 그의 언어는 각각의 텍스트 내에서 일종의 독자적인 기호 체계를 지향한다. 이상의 시적 텍스트는 하나의 기호 체계로서의 자기 통제적 규칙을 지니고 있다. 그리고 현실이나 경험의 영역이 함부로 끼어들지 못하게 차단한다. 그 결과 그의 기호는 자의적일 수밖에 없다. 그리고 기호들의 내적 관계를 통해서만 어떤 인식의 의미화를 가능하게 할 뿐이다. 그러나 이상의 시가 어떤 기호 체계를 지향한다고 해서 그것이 경험의 영역과 완전히 차단되어 있다고 보기는 어렵다. 그의 언어와 문자가 기호화하고 있는 것들은 경험적 현실과 사회적 활동의 영역과 내밀하게 연관되어 있다. 그리고 그것은 물질적, 사회적 행위에 대한 의미화의 과정 자체를 벗어나고 있는 것은 아니다. 그가 조작해 내고 있는 기호들의 텍스트화 과정은 오히려 경험과 현실을 스스로 차단함으로써 더 다양한 인식의 공간을 열어 놓는다. 이상 텍스트의 모든 언어와 문자가 지향하고 있는 기호적 전략은 기호 자체의 유희성에서부터 출발하는 것처럼 보이는 경우가 많다. 하지만 그것은 언제나 하나의 사회 문화적 행위로 확산된다. 그 이유는 텍스트를 구성하고 있는 기호 자체의 물질적이며 사회적인 관계들이 실질적으로 작용하면서 더 넓게 의미의 지평을 열어 놓고 있기 때문이다.

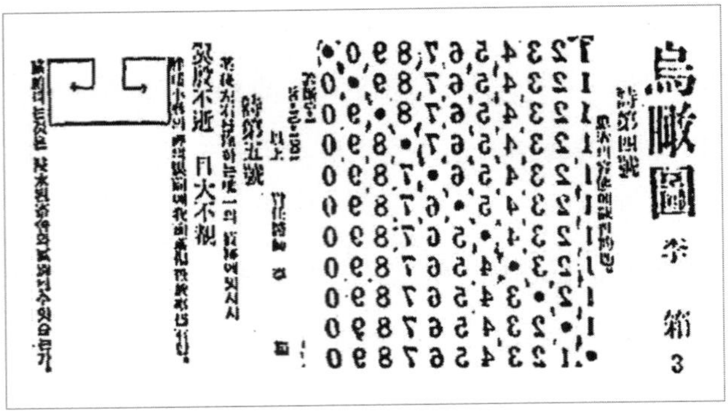

「오감도 시제4·5호」 원문

이상의 「오감도」 연작에서 「오감도 시제4호」와 「오감도 시제5호」는 시적 텍스트 자체가 특이한 형태를 드러낸다. 일반적으로 시적 텍스트는 언어의 통사적 배열에 그 구조가 결정되는 것이지만 이 작품은 수판과 도형을 텍스트에 삽입해 놓고 있다. 다시 말하면 텍스트의 언어적 진술에 시각적인 도판이 삽입되어 있는 것이다. 그러므로 시적 텍스트는 언어적 진술과 시각적 도판의 결합에 의해 추상화되면서 혼성적 특징을 드러낸다.

「오감도 시제4호」[16]의 시적 진술 내용을 보면, 텍스트의 첫머리에는 '환자의 용태에 관한 문제'라는 짤막한 어구가 배치되어 있다. 이 짤막한 진술은 환자의 병환이 어떤 상태인지에 대한 의문을 내포한다. 이 어구의 바로 뒤에

16 「오감도 시제4호」는 일본어 연작시 「건축무한육면각체(建築無限六面角體)」에 포함되어 있는 「진단(診斷) 0 : 1」(《조선과 건축》, 1932. 7.)을 패러디한 것이다. 두 작품 사이에는 상당한 유사성이 있음에도 불구하고 여러 가지 차이를 드러낸다. 「오감도 시제4호」에는 별도의 제목이 없지만 일본어 시의 경우 그 제목이 「진단 0 : 1」이다. 시적 텍스트에서 일본어로 이루어진 「진단 0 : 1」의 첫 행인 "或る患者の容態に關する問題"는 '어떤 환자의 용태에 관한 문제'로 번역된다. 「시제4호」의 '환자의 용태에 관한 문제'라는 진술과 유사하지만 완전히 일치하는 것은 아니다. 시적 텍스트의 핵심을 이루고 있는 숫자의 도판도 「오감도 시제4호」에서는 반대로 뒤집혀져 있다. 그리고 도판 바로 아래에 '진단 0 · 1' 이라는 진술이 등장하지만, 일본어 시의 경우는 '진단 0 : 1'이므로 여기서도 표기가 달라졌음을 알 수 있다.

患者의容態에關한問題.

診斷 0・1

26・10・1931

以上　責任醫師　李　箱

숫자의 도판이 뒤집힌 채 삽입되어 있다. 이 숫자의 도판은 시의 텍스트에서 진술하고자 하는 '환자의 용태에 관한 문제'와 어떤 연관성을 가지는 것이라고 짐작된다. 이 시의 텍스트는 말미에서는 환자의 용태에 대한 진단 결과를 '0・1'이라는 숫자로 다시 정리해 놓고 있다. 이 진단 결과는 1931년 10월 26일에 나왔으며, 이 결과를 진단한 의사는 '이상' 자신이다. 시인 자신이 자기 이름을 의사로 표시하고 있음을 알 수 있다. 이 작품에서는 '환자의 용태에 관한 문제'라는 진술과 "진단 0・1 / 26・10・1931 / 이상 책임의사 이 상"이라는 진술 사이에 삽입되어 있는 숫자의 도판이 어떤 시적 맥락을 형성하고 있는지를 먼저 규명해야만 한다. 그래야만 시적 텍스트 자체의 시각적 특징을 정확하게 이해할 수 있게 된다.

「오감도 시제4호」에서 먼저 설명되어야 하는 것은 시적 대상인 '환자'와 그 '환자'를 진단하고 있는 '의사 이상'의 관계이다. 텍스트 안에서는 시적 대상으로 내세우고 있는 '환자'가 어떤 인물인지 확인할 근거를 찾아볼 수 없다. 그런데 시적 진술의 주체를 '이상'이라고 내세움으로써 경험적 자아로서의 시인 자신이 작품의 내적 상황에 개입하고 있다. 이러한 시적 정황으로 보면, 이 시는 시인 자신인 '이상'에게 의사라는 자격을 부여하여 진술의 주체로 내세우면서 어떤 '환자의 용태'를 진단하고 있는 것이라고 설명할 수 있다. 일반적으로 서정시의 시적 진술은 서정적 주체에 해당하는 시인 자신에 의해 이루어진다. 그러므로 시적 진술의 주체가 시인 자신임을 내세우지 않더라도 독자들은 그 사실을 쉽게 인지하게 된다. 물론 시적 정황 속에 어떤 인물을 내세워 시적 자아인 시인의 존재를 숨기고 자기 목소리를 감출 수도 있다. 이 시에서 시적 진술의 주체를 '이상'이라고 드러내 놓고 있는 점은 주목을 요한다. 이 시의 텍스트에서 시적 대상인 환자가 누구인지를 확인할 수 있는 징표는 텍스트에 명기되어 있다. 그것은 '1931. 10. 26.'이라는 날짜와 관련된다. 이 날짜는 시 속에서 '책임의사 이상'이 '환자'를 진단한 날로 표시되고 있지만, 1931년은 이상이 조선총독부의 건축기사로 근무하던 경험적 시간과 일치한다. 이해 가을 이상은 공사장에서 객혈을 하며 쓰러진 후 병원에 옮겨져 의사로부터 폐결핵이 중증이라는 진단을 처음 받게 되었다. 10월 26일이 바로 그날이다. 이러한 사실을 놓고 본다면, 이 시에서 시적 대상이 되고 있는 '환자'는 결국 시인 이상 자신임을 알 수 있다. 결국 「시제4호」는 시인이 시적 화자로 등장하여 자신의 병환과 그 용태에 관하여 스스로 조심스럽게 진단해 보는 내용이 중심을 이루고 있는 셈이다.

「오감도 시제4호」의 텍스트에서 해결해야 하는 또 하나의 문제는 '1 2 3 4 5 6 7 8 9 0 · '이라는 숫자가 열한 번이나 반복적으로 배열된 뒤집힌 숫자의

| | | | | | | | | | | |
|---|---|---|---|---|---|---|---|---|---|---|
| 1 | 2 | 3 | 4 | 5 | 6 | 7 | 8 | 9 | 0 | · |
| 1 | 2 | 3 | 4 | 5 | 6 | 7 | 8 | 9 | · | 0 |
| 1 | 2 | 3 | 4 | 5 | 6 | 7 | 8 | · | 9 | 0 |
| 1 | 2 | 3 | 4 | 5 | 6 | 7 | · | 8 | 9 | 0 |
| 1 | 2 | 3 | 4 | 5 | 6 | · | 7 | 8 | 9 | 0 |
| 1 | 2 | 3 | 4 | 5 | · | 6 | 7 | 8 | 9 | 0 |
| 1 | 2 | 3 | 4 | · | 5 | 6 | 7 | 8 | 9 | 0 |
| 1 | 2 | 3 | · | 4 | 5 | 6 | 7 | 8 | 9 | 0 |
| 1 | 2 | · | 3 | 4 | 5 | 6 | 7 | 8 | 9 | 0 |
| 1 | · | 2 | 3 | 4 | 5 | 6 | 7 | 8 | 9 | 0 |
| · | 1 | 2 | 3 | 4 | 5 | 6 | 7 | 8 | 9 | 0 |

(a)

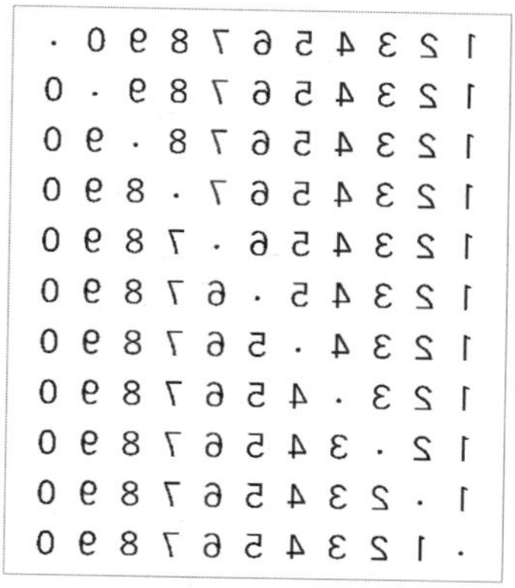

(b)

도판이다. 이 도판에서 확인되는 숫자의 배열과 그 반복이 어떤 의미를 지니는 것인지 밝혀야만 전체적인 시적 텍스트의 의미에 도달할 수 있다. 물론 이 같은 숫자의 반복 배열 자체의 의미를 따지기 전에 이 숫자 전체가 어떤 사실(환자의 용태)에 대한 언어적 진술을 단순화 혹은 추상화하여 만들어 낸 도판에 해당한다는 점을 다시 강조해 둘 필요가 있다. 이 도판은 언어 텍스트의 진술 내용과 연관되는 어떤 문제를 추상화하여 시각적으로 제시한 것이기 때문이다.

앞의 (a), (b)는 「오감도 시제4호」의 텍스트에 삽입되어 있는 숫자의 도판이다. 도판 (b)는 도판 (a)가 뒤집힌 것이지만 어떤 의도를 가지고 뒤집어 놓은 것은 아니다. 도판 (a)를 들고 거울 앞에 서서 이를 비춰 보면 (b)와 같은 형태로 나타난다. 여기서 중요한 것이 바로 '거울에 비춰 보기'라는 행동이다. 이상의 문학에서 자주 등장하는 '거울'이라는 이미지가 나르시시즘의 의미를 담고 있다는 점도 상기할 필요가 있다. 여기서 도판 (a)를 거울에 비춰 본 모습이 도판 (b)와 같이 거꾸로 뒤집힌 형태로 나타난다는 사실을 전제하고 본다면, 이 시에서 시인 이상은 의사처럼 환자인 자신의 모습을 거울에 비춰 보며 스스로 그 용태를 진단하고 있음을 유추해 낼 수 있다. 결국 「오감도 시제4호」에서 시인 이상은 스스로 의사가 되어 자신을 한 사람의 환자로 대상화(對象化)하여 관찰하고 있다. 시적 주체가 곧 시적 대상으로 변환되고 있는 것이다. 이 같은 자기 진단의 방식을 통해 시인의 자의식이 강하게 드러나게 됨은 물론이다.

이제 「오감도 시제4호」에서 뒤집힌 숫자의 도판이 지니는 성격을 어떻게 해석할 것인가를 생각해 보자. 여기에서 '1 2 3 4 5 6 7 8 9 0'이라는 숫자의 배열은 십진법(十進法)의 자리수인 1, 2, 3, 4, 5, 6, 7, 8, 9, 0을 그대로 나타내고 있다. 십진법의 기수법에서는 9가 가장 큰 숫자이다. 9보다 하나가 더 큰 수를 표시하는 숫자는 따로 없다. 10이라고 쓰지만 이는 1과 0으로 표시된 것이다. 여기서 십진법의 위칫값 기수법으로 수를 표현하는 경우 특정한 위치가 수의 표현에서 필요하지 않는 경우가 생긴다는 것을 알 수 있다. 이때 그 위치가 의미를 가지지 않는다는 것을 나타내기 위해서 0의 개념이 필요하다. 그러므로 십진법에서는 1, 2, 3, 4, 5, 6, 7, 8, 9, 0으로 수를 표시하게 된다. 「시제4호」의 숫자 도판은 1부터 0까지 숫자의 순차적 배열을 열한 번이나 반복하여 표시해 놓고 있다. 이것은 어떤 일의 순서, 진행 과정, 변화 단계 등을 기호화한 것이며, 동일한 작업이 여러 차례 반복되었음을 의미한다. 그런데 이 숫자 도판은 내리읽기를 할 경우 오른편 끝에 '1'이라는 숫자가 줄지어 있고, 왼편 끝에는 '0'이라는 숫자가 마찬가지로 줄지어 있다. 중간에 배열된 숫자의 변화가 어떻게 표시되든지 간에 결과적으로 이 숫자 도판은 왼쪽과 오른쪽에 '0'과 '1'이라는 두 숫자만 나타낸다. 이 시의 말미에 제시되어 있는 '진단 0 · 1'이라는 문구는 바로 이 같은 도판의 숫자 배열의 특징을 압축해 놓은 것이다. 이를 달리 말하면 '1 2 3 4 5 6 7 8 9 0'이라는 십진법의 기수법으로 표시했던 숫자 배열을 '0 · 1'이라는 이진법(二進法)의 숫자로 바꾸어 단순하게 표시하고 있다고 할 수 있다. 이진법은 관습적으로 0과 1의 기호를 쓴다. 0과 1이라는 두 가지의 숫자만을 이용한다는 특징 때문에 논리적인 이분법(二分法)과 서로 상통하는 바가 있다. 그러므로 논리와 관련된 상당 부분의 수학적 표현이 이진법으로 이루어지기도 한다. 이진법은 있음(1)과 없음(0)을 나타내는 방식으로도 쓰이고, 참(true)과 거짓(false)을 나타내는 방식으로도 사용된다. 참은 1로, 거짓은 0으로 표시한다. 0(零, 영)은 -1보다 크고 1보다 작은 정수이다. 이 정수를 표시하기 위한 숫자가 바로 '0'이다. '0'은 수학에서 정수, 실수, 또는 방정식 구조에서 덧셈에 대한 항등원이 된다. 숫자로서의 0은 수 체계에서 자리를 표시하는 역할을 하기도 한다. 음의 값이 없는 양(量)을 표시할 때 '0'은 '무(無)'와 같은 의미를 지닌다. '1'은 가장 작은 자연수로서, 0과 2 사이의 정수이다. '1'은 소수도, 합성수도 아니고 모든 수의 약수에 해당하며, 어떤 수도 '1'을 곱하면 그 수 자신이 된다. '1'은 곱셈에 대한 항등원이다. 사물의 세계에서 '1'은 유일한 하나의 존재를 표시한다. 그렇다면 「시제4호」에서의 '0 · 1'은 무슨 의미인가? 수학에서는 ' · '(가운뎃점)이 곱하기의 부호로 쓰인다. 그러므로 '0 · 1'은 '0 × 1'을 뜻한다. 물론 그 값은 다시 '0'이 된다. 그러나 문장부호로서의 ' · '은 동위부(同位符)로서 성질이 비슷한 몇 개의 단어를 '미국 · 영국 · 독일'과 같이 나열할 때에 그 사이에 쓴다. 그리고 두 숫자로 된 말 사이에도 '3 · 1 만세운동', '4 · 19 학생혁명' 등과 같이 표시한다. 이 경우에는 '0과 1'이라는 뜻으로 풀이된다.

이와 같은 해석을 종합해 보면, 「시제4호」는 경험적 자아로서의 시인 이상이 폐결핵 환자인 자신을 대상화하여 스스로 자기 진단을 수행하는 과정을 숫자로 단순 추상화하여 시각화한 것이라고 할 수 있다. 서두에 제시한 '환자의 용태에 관한 문제'라는 문구의 내용 그대로 환자의 용태에 대한 진단 과정은 십진법의 기수법으로 순차 배열한 '1 2 3 4 5 6 7 8 9 0'의 숫자를 열한 번이나 반복하여 적혀 있다. 그리고 그 결과는 '진단 0 · 1'이라는 문구를 통해 이진법의 숫자로 요약되고 있다. 여기서 '0'은 '없음' 또는 '소멸'의 뜻으로, '1'은 '있음' 또는 '유일한 존재'라는 의미로 읽을 수도 있다. 이처럼 「오감도 시제4호」의 의미는 시인 자신의 경험적 현실과 관련지어 볼 때에만 그 기호의 배면에 숨겨진 시적 의미의 구체성이 드러난다.

결국 「오감도 시제4호」는 시적 진술의 주체인 시인이 자신을 '환자'로 대상화하고 스스로 의사가 되어 이를 진단하는 과정을 시각화하여 보여 주는 것임을 알 수 있다. 시인 이상은 자신의 건강 상태와 병환의 진전 상황을 수없이 스스로 진단하며 병든 육체에 대한 자기몰입에 빠져들고 있었던 것이다. 이 과정을 단순 추상화하여 시각적인 기호로 대체해 보여 주는 것이 뒤집힌 십진법의 기수법으로 배열된 숫자의 도판이다. 물론 여기서 숫자의 도판이 뒤집혀 있다는 것은 시적 화자가 거울을 통해 자기 모습을 들여다보고 있음을 말해 준다. 그런데 수없이 되풀이하여 자기 진단을 해 보지만 그 결과는 '0'과 '1'이라는 이진법의 숫자로 간단명료하게 논리화된다. '있음'을 의미하는 '1'은 정상적으로 작동하고 있는 한쪽의 폐를 말하고, 병으로 훼손된 다른 한쪽의 폐는 '없음'을 의미하는 '0'으로 표시하고 있는 것이다. 자신의 감정을 절제하면서도 자기 집착을 드러내 보이는 이 시에서 이상 자신이 빠져들었던 병적 나르시시즘의 징후를 밝혀내는 것은 이 시를 보고 그 숫자 도판의 시각적 이미지가 환기하는 의미를 '읽는' 독자의 몫이다. 그리고 그것이 바로 '보는 시'로서의 「오감도 시제4호」의 가능성을 말해 준다.

연작시 「오감도」에서 「오감도 시제4호」가 보여 주는 '보는 시'의 새로운 가능성은 「오감도 시제5호」로 이어지면서 더욱 구체성을 획득한다. 특히 이상 자신이 폐결핵을 진단받은 후에 겪어야 했던 병에 대한 공포와 죽음에 대한 두려움의 심경을 단순 추상화하여 시각적으로 제시하고 있다. 이 작품은 시적 텍스트가 보여 주는 이질적 특징으로 인하여 그 의미가 제대로 해명되지 못한 채 대표적인 난해시의 하나로 치부되어 왔다.

其後左右를除한唯一한痕迹이있어서

**翼殷不逝　目大不覩**

胖矮小形의神의眼前에我前落傷한故事를有함.

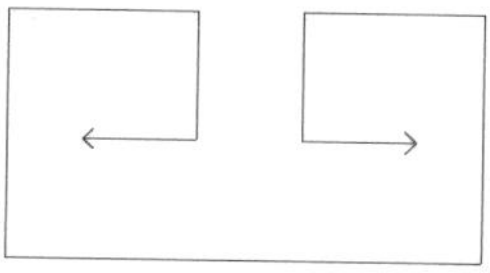

臟腑타는 것은浸水된畜舍와區別될수잇슬른가.

앞의 인용에서 보듯이 이 시의 텍스트는 전체적인 짜임새 자체가 타이포그래피의 속성을 활용하여 외형상 시각적인 속성을 강조한다. 이 작품은 시적 진술 자체가 해독하기 힘든 한문 구절로 이루어져 있는데, 둘째 행은 그 글자 모양을 크고 진하게 표시했다. 더구나 독특한 기하학적 도형을 문자 텍스트 중간에 삽입해 두고 있다. 말하자면 언어적 진술과 기하학적 도형이라는 이질적 요소가 서로 결합되어 하나의 시적 텍스트를 시각적으로 구성하고 있는 셈이다. 이 같은 시적 텍스트의 구성은 현대미술의 새로운 기법으로 각광을 받았던 콜라주(Collage)의 방법을 원용하고 있는 것이라고 할 수 있다. 문자 텍스트와 기하학적 도형의 결합을 통해 새로운 시적 텍스트를 구성해 내고 있기 때문이다.

「오감도 시제5호」[17]의 텍스트에서 첫 행은 '그 후 좌우를 제거한 유일한 흔적이 있어서'라고 읽힌다. 이 구절은 폐결핵으로 인하여 훼손된 육체를 암시하는데, 바로 뒤에 이어지는 둘째 행의 '익은불서(翼殷不逝) 목대부도(目大不覩)'와 자연스럽게 이어지면서 그 진술 내용의 인과관계를 이해할 수 있게 된다. 여기 등장하는 '익은불서(翼殷不逝) 목대부도(目大不覩)'라는 한문 구절이 중국의 대표적인 고전 『장자(莊子)』의 '산목편'에 나오는 한 대목을 패러디한 것임은 널리 알려진 사실이다. 원문의 전체 내용을 옮겨 보면 다음과 같다.

장주(莊周)가 조릉의 밤나무 밭 울타리 안을 거닐다가 이상한 까치 한 마리가 남쪽에서 날아오는 것을 본다. 그것은 날개 폭이 일곱 자요, 눈의 지름이 한 치나 되어 보인다. 그 새가 장주의 이마를 스치고 날아서 밤나무 숲에 내려앉으니 장주가 그걸 보고 중얼거린다. 저건 대체 무슨 새인고? 날개가 큰데도 멀리 날지 못하고 눈이 큰데도 제대로 보지 못하는구나. 장주가 바지 자락을 걷고 빠른 걸음으로 다가가서 활을 겨누고 노리는데, 가만히 보니 매미 한 마리가 서늘한 나무 그늘에서 울면서 제 몸도 잊은 채로 있고, 사마귀가 잎에 몸을 숨기고는 매미를 잡으려고 거기에만 정신이 팔려 제 몸을 잊고 있다. 이상한 까치는 그 가운데에서 잇속을 챙기고자 눈앞의 먹이에 혹하여 제 몸을 잊고 있다. 장주는 이 꼴을 보고 놀라서 혼자 중얼거린다. 아 세상의 모든 사물은 본래 서로에게 해를 끼치고 서로의 이해를 불러들이고 있구나. 그는 활을 버리고 돌아서서 달려가는데, 밤나무 밭을 지키는 이가 쫓아오며(밤을 몰

17 이 작품은 이상이 1932년 7월 《조선과 건축》에 발표한 일본어 연작시 「건축무한육면각체」에 포함되어 있는 「22년」을 개작한 것이다. 기왕의 연구자들 가운데에는 「22년」과 「시제5호」를 동일 작품으로 판단한 경우도 많이 있지만, 두 텍스트는 여러 군데 새로운 변형을 통해 미묘한 의미의 차이를 드러낸다. 권영민, 『이상 텍스트 연구』(웅진문학에디션 뿔, 2009) 참조.

래 따 낸 줄 알고) 심한 욕을 퍼붓는다.

이 이야기 가운데 "날개가 큰데도 멀리 날지 못하고 눈이 큰데도 제대로 보지 못하는구나"라는 장주의 말이 '익은불서(翼殷不逝) 목대부도(目大不覩)'라고 표시되어 있다. 그런데 이상은 바로 이 구절을 「오감도 시제5호」에서 그대로 패러디하여 장주가 한 말을 시적 화자인 '나'의 말로 바꾸어 놓고 있다. 시의 텍스트에서 이 한문 구절을 굵은 글씨로 크게 써 놓은 것은 이 구절이 시적 문맥 속에서 패러디의 기법을 통해 새롭게 획득한 의미를 강조하기 위한 타이포그래피적 고안이기 때문이다. 이 패러디의 과정에서 날개가 큰 새가 제대로 멀리 날아가지도 못하고 눈이 큰데도 자신을 노리고 있는 사냥꾼을 알아채지 못한다고 했던 『장자』의 본래 뜻은 모두 사라지게 된다. 그 대신에 '익은불서(翼殷不逝)'라는 구절은 시적 문맥 속에서 '큰 뜻을 품었지만 그것을 펼치지 못하게 되었다'라는 의미로 읽히며, '목대부도(目大不覩)'의 경우에도 '눈이 큰데도 제대로 살피지 못했다'라는 뜻으로 읽게 되는 것이다. 결국 '익은불서(翼殷不逝) 목대부도(目大不覩)'는 시의 화자가 폐결핵으로 인하여 건강을 상실함으로써 자신의 꿈을 이루지 못하게 되었음을 토로하면서 병의 진행 과정이나 몸의 상태를 자신이 전혀 알아채지 못했음을 탄식하는 말로 해석할 수 있는 것이다.

「오감도 시제5호」의 텍스트에서 '반왜소형(胖矮小形)의 신의 안전(眼前)에 아전낙상(我前落傷)한 고사(故事)를 유(有)함'이라는 셋째 행을 보면 '반왜소형의 신'이라는 어구가 등장한다. 이 구절에 대한 해석도 연구자에 따라 다르다. 글자 그대로 풀이할 경우 '살이 찌고 키가 작은 모습을 한 신'이라는 의미가 된다. 나는 '반왜소형의 신'을 시적 화자를 진찰했던 병원 의사의 모습을 묘사한 것으로 생각한다. 이상은 수필 「병상 이후」의 서두에서 병원에 입원한 환자에게 의사의 존재가 얼마나 위대하게 생각되는지를 잘 그려 내고 있다. 이 시에서 병들어 죽어 가는 사람을 살려 낼 능력을 가진 의사를 '신(神)'이라는 말로 지칭하고 있는 것은 과장적인 표현이 아니다. "내가 낙상한 고사가 있어서"라는 구절은 시적 화자가 결핵을 진단받은 후 그 충격으로 의사 앞에서 졸도했다는 뜻으로 읽힌다. 이상이 폐결핵을 진단받으면서 자신의 병이 심각한 상태임을 알게 된 후에 엄청난 충격을 받고 쓰러졌던 일을 요약적으로 진술하고 있다. 이상의 유작으로 발굴, 소개된 바 있는 일본어 작품 「1931년—작품 제1번」에도 이러한 사실이 암시되고 있다.

「오감도 시제5호」의 셋째 행 뒤에는 추상적인 기하학적 도형 하나가 아무 설명 없이 삽입되어 있다. 이 도형이 어떤 의미를 지니는 것인지에 대해서도 그 해석이 구구하다. 어떤 연구자는 이것을 시적 주체의 성격, 또는 욕망과 연결시켜 해석하기도 하고, 어떤 연구자는 일종의 성적(性的) 상징물로 해석하기도 한다. 하지만 이러한 해석은 전체적인 텍스트의 연결관계를 지나치게 확대하거나 시적 문맥을 초월해 버린 결과라고 할 것이다. 이 도형이 상징하고 있는 의미는 시의 텍스트 내에서 재문맥화의 과정을 거쳐야만 분명하게 드러난다. 이 도형은 첫 행에서 설명하고 있는 대로 '그 후 좌우를 없앤 흔적' 그 자체에 해당한다. 『장자』의 문구를 패러디하고 있는 '익은불서(翼殷不逝) 목대부도(目大不覩)' 라는 구절과도 어떤 맥락을 지니고 연결되어 있으며, '반왜소형의 신'과도 관련되어 있다. 이 시각적 도형은 병원에서 찍은 흉부 X선 사진을 평면기하학적으로 추상화하여 도식화한 것이다. 도형을 이루고 있는 선은 X선 사진의 윤곽을 표시하며, 안쪽으로 굽어 들어간 화살표는 폐부와 연결되는 혈관에 해당한다. 그러나 정작 이 혈관과 연결되어야 할 폐가 손상되어 그 흔적이 제대로 드러나지 않는다. 폐결핵이 중증 상태라는 것을 여기서 확인할 수 있다. X선 사진에 드러난 폐부의 상태로 보아

병은 상당히 심각한 정도로 진전되어 있다. 시적 화자는 이 사진을 보고는 한창 젊은 시기에 폐결핵 환자가 된 자신의 처지를 놓고 날개가 큰데도 멀리 날아갈 수 없다고 말한다. 더구나 폐부에서 진행된 병은 겉으로 드러나는 외상(外傷)이 전혀 없기 때문에 아무리 눈이 커도 어떤 상태에 이르고 있는지를 알아볼 수 없다고 탄식한다. 이러한 의미로 앞뒤의 문맥을 연결하여 보면 이 도형이 병에 의한 '신체 내부의 훼손과 결여 상태'를 보여 주는 흉부 X선 사진의 영상을 기하학적 도표로 표상하여 시각적으로 제시한 것임을 알 수 있게 된다. 이 시의 마지막 행은 '장부(臟腑)라는 것은 침수된 축사(畜舍)와 구별될 수 있을런가'라는 자문(自問)의 형식을 취하고 있다. X선 사진의 영상을 보면서 그 희끄무레한 모양이 마치 물속에 잠긴 축사(畜舍)의 모습처럼 엉성하다는 생각을 하고 있음을 보여 준다. 병으로 인한 폐부의 손상 상태를 사진을 통해 살펴보고 있는 시적 화자의 망연한 심경을 엿볼 수 있는 대목이다.

이와 같은 분석을 통해 보면, 「오감도 시제5호」는 시적 화자가 자신의 병환인 폐결핵이 심각한 상태에 있음을 X선 검사를 통해 직접 확인하게 되는 과정을 단순 추상화하여 압축적으로 제시한다. 여기서 자기 육체 내부에 자리하고 있는 장부(臟腑)가 병으로 인하여 훼손되어 버렸다는 사실을 시각적으로 인식하는 순간 시적 화자가 느꼈을 병에 대한 공포와 삶에 대한 절망감이 어떤 것이었을까는 설명할 필요조차 없는 일이다. 시적 화자는 병으로 인한 육체의 훼손과 그 기능의 결여 상태를 『장자』의 한 대목을 패러디하여 간략하게 그려 내고, X선 사진을 기하학적 도형으로 추상화하여 그 절망적인 상태를 묵언(默言)으로 보여 주고 있다. 이 추상화된 도형으로 그려 내고자 하는 감각에는 언어적 등가물이 없다. 가슴 터지는 고통, 다시 일어서지 못할 것 같은 절망감, 죽음에 대한 엄청난 고통을 아무리 소리치고 목청껏

외친다 해도 그 아픔의 크기를 표현할 수 있는 말은 없는 셈이다. 시적 화자는 바로 이 장면에서 언어를 포기하고 도형으로 대체한다. 이 특이한 도형은 모든 것을 한꺼번에 다 보여 준다. 육신의 저 깊은 곳에서 나온 이 간략한 이미지 하나가 어떤 말보다도 감각적으로 앞서 있기 때문이다.

이상은 「오감도」 연작에서 '보는 시'라는 새로운 공간적 형태를 실험하기 위해 언어 문자의 모든 가능성을 동원하고 있다. 이상의 시에서 '타이포그래피'의 다양한 시각적 기법이 텍스트 구성에 활용되고 있다는 것은 널리 알려진 사실이다.[18] 이상은 「오감도」 연작에서 일반적인 신문 인쇄에서 볼 수 있는 일관된 활자의 크기와 그 규칙적 배열의 틀을 깨어 버린다. 그는 시적 텍스트에 동원되는 활자의 크기와 모양을 자기 방식대로 바꾸고 띄어쓰기를 무시함으로써 그 배열 자체에 특유의 시각성을 부여하고 있다. 실제로 「오감도」 연작에서는 크기가 다른 활자가 각각 5-6종 이상 사용되고 있다. 그리고 띄어쓰기를 무시한 행간의 조정과 행의 배열로 인하여 텍스트 자체가 신문의 다른 기사와는 시각적으로 확연하게 구분되고 있다. 심지어는 언어 텍스트에 시각적 도형이나 도판의 삽입 등과 같은 파격적인 콜라주 기법도 자유롭게 활용하고 있다. 이와 같은 시각적 요소의 공간적 배열을 통해 「오감도」 연작은 텍스트의 의미 영역을 내적으로 확대하면서 시적 형태 자체를 미학적으로 공간화하고 있다.

모든 텍스트는 타이포그래피에 의해 시각적으로 구성되는 공간화 과정 내에서 일정한 자기 규칙을 따른다. 타이포그래피는 텍스트의 의미를 명료화하고 그것을 널리 분배할 수 있는 기술의 하나이다. 언어의 시각적 형식

18 이상 문학 텍스트가 보여 주는 타이포그래피의 특성은 안상수 교수의 「타이포그라피적 관점에서 본 이상 시에 대한 연구」(한양대학교 박사학위논문, 1996), 김민수 교수의 「시각예술의 관점에서 본 이상 시의 혁명성」(권영민 편, 『이상문학연구 60년』, 문학사상사, 1998) 등에 의해 집중적으로 논의된 후 지속적인 관심사가 되고 있다.

으로서의 타이포그래피가 추구하는 명료성은 텍스트에 내재하는 논리를 외형적인 논리로 변형하는 데에 있다. 타이포그래피는 텍스트와 그 밖의 요소 사이의 시각적 관련성을 실제적 관계의 반영체로 구현한다.[19] 「오감도」 연작의 텍스트에서 타이포그래피의 공간은 단순한 인쇄 기술의 영역에 국한되는 것이 아니라, 기호적 의미의 생산이라는 새로운 창조력의 공간을 제공한다. 때로는 공간의 활용을 통해, 때로는 글자 자체의 크기나 모양을 통해, 때로는 기호와 숫자의 활용을 통해 끊임없이 새로운 의미의 생산에 작용한다. 그러므로 「오감도」 연작의 텍스트에서는 언어 문자 표현의 모든 단위가 하나의 기호적 체계를 형성하기 위해 동원된다. 말하자면 그의 텍스트에서 드러나는 언어 문자의 표현은 자연스러운 것이지만 그 자체가 하나의 기호화 과정임을 알 수 있다. 그러므로 이 기호 체계를 통해 창조해 내는 새로운 의미구조를 이해하기 위해서는 기호 체계 자체의 분석과 해독이 필수적이다.

「오감도」 연작의 텍스트가 구현하고 있는 타이포그래피적 상상력은 소리의 세계를 시각적 공간의 세계로 바꾸어 놓기 위한 하나의 실험이다. 「오감도」 연작은 타이포그래피의 방법으로 인하여 다른 어떤 작품들보다 더 시각적으로 구성된 텍스트를 구축함으로써 그 독자성을 강조한다. 인간의 언어는 직접적이며 구체적인 행위의 과정이다. 그러나 문자 기호는 이러한 구체성이나 직접성을 드러내지 못한다. 오히려 타이포그래피라는 물질적 생산의 과정을 거치면서 텍스트라는 환상을 구축한다. 시인 이상은 바로 이러한 기호 체계의 물질적 전환을 의미하는 타이포그래피의 세계를 그의 시적 상상력에 접합시킨다. 그가 즐겨 활용하고 있는 숫자와 기호, 글자의 변형과

19 Robert Bringhurst, *The Elements of Typographic Style*, Hartly & Marks, 2005. p. 21.

크기의 조작 등은 명백하게도 어떤 함축적인 사고를 표시한다. 특히 타이포그래피를 통해 구현하고 있는 기호의 질서, 배열, 공간 등은 모두가 하나의 독특한 글쓰기의 방법으로 활용된다. 그리고 각각의 시 텍스트에서 언어 문자의 기호들은 타이포그래피의 공간을 활용하여 특이한 시각 경험을 체현하고 있다. 이것은 이상이 자주 동원하고 있는 '거울'의 이미지와도 연결되고, 이른바 '모조'의 모티프로 발전하게 되는 것이다.

### 4) 시적 유추의 방식과 통합적 상상력

「오감도」에는 둘 이상의 사물이나 어떤 현상들 사이에서 기능적 유사성이나 내적인 연관성을 찾아내어 하나의 전체로 통합한 특이한 의미구조를 지닌 작품들이 많다. 물론 이 과정에서 어떤 사물이 지니는 성질이 다른 것에도 공통적일 수 있다고 추리하는 유추의 방식이 지극히 주관적일 경우 오히려 그 비논리적 사고로 인하여 오해를 불러일으키고 난해성을 부추기기도 한다. 그런데 이 불완전하고도 부정확한 것처럼 보이는, 어떤 경우에는 전혀 엉뚱하게 느껴지기도 하는 접근 방식을 통해 이미 알려져 있는 것과 전혀 알려지지 않은 것 사이의 내적 연결의 새로운 가능성이 제시된다. 「오감도」에서 확인할 수 있는 이 같은 유추와 통합의 시적 상상력은 사물을 보는 새로운 시각과 그것을 통해 가능해지는 새로운 세계로의 도약을 예비하고 있다.

「오감도 시제8호」에는 '해부(解剖)'라는 부제가 붙어 있다. 이 부제가 암시하는 바와 같이 이 작품에서 그려 내고 있는 시적 공간은 병원이다. 실제로 텍스트 내에 병원과 관련되는 '해부', '수술대', '마취' 등의 술어가 등장한다. 그러나 병원에서 이루지는 해부 장면을 그리는 것은 아니다. 이 시는 두 차례의 이색적인 X선 촬영 과정과 그 결과로 얻어진 영상 자료에 대한 검토 과정을 마치 수술대에서 마취를 하고 수술을 하는 것처럼 유추하여 설명하고 있을 뿐이다. 이 시가 X선 검사를 위한 준비 작업, 촬영 과정, 그리고 촬영 후의 사진 필름에 대한 판독 등의 모든 절차를 요약적으로 제시하고 간략하게 설명하고 있다는 것은 시적 텍스트에 동원하고 있는 몇몇 시어를 통해 확인된다. 제1부에 등장하는 '평면경'이라는 말은 재래식 X선 촬영기기에 부착하는, 필름을 넣은 판을 말한다. 빛이 들어가지 않도록 조치하면서 촬영을 하고 그 필름을 인화한 후 영상을 통해 병변을 진단할 수 있게 된다. '평면경에 광선침입방지' 등의 설명이 붙어 있는 것을 통해 이를 확인할 수 있다. '마취운동'이라는 말은 X선 검사를 할 때 피검사자가 촬영기기에 흉부를 밀착하고 숨을 멈춘 채 몸을 고정하는 동작을 암시하고 있다.

| | | |
|---|---|---|
| 第一部試驗 | 手術臺 | 一 |
| | 水銀塗沫平面鏡 | 一 |
| | 氣壓 | 二倍의平均氣壓 |
| | 溫度 | 皆無 |

爲先痲醉된正面으로부터立體와立體를爲한立體가具備된全部를平面鏡에映像식힘. 平面鏡에水銀을現在와反對側面에塗沫移轉함. (光線侵入防止에注意하야)徐徐히痲醉를解毒함. 一軸鐵筆과一張白紙를支給함. (試驗擔任人은被試驗人과抱擁함을絶對忌避할것)順次手術室로부터被試驗人을解放함. 翌日. 平面鏡의縱軸을通過하야平面鏡을二片에切斷함. 水銀塗沫二回.
ETC 아즉그滿足한結果를收拾치못하얏슴.

| | | |
|---|---|---|
| 第二部試驗 | 直立한 平面鏡 | 一 |
| | 助手 | 數名 |

野外의眞實을選擇함. 爲先痲醉된上肢의尖端을鏡面에附着식힘. 平面鏡의水銀을剝落함. 平面鏡을後退식힘. (이때映像된上肢는반듯이硝子를無事通過하겟다는 것으로假說함)上肢의終端까지. 다음水銀塗沫. (在來面에)이瞬間公轉과自轉으로부터그眞空을降車식힘. 完全히二個의上肢를接受하기까지. 翌日. 硝子를前進식힘. 連하야水銀柱를在來面에塗沫함(上肢의處分)(或은滅形)其他. 水銀塗沫面의變更과前進後退의重複等.

ETC 以下未詳

앞의 인용에서 볼 수 있듯이 「오감도 시제8호」의 텍스트는 '제1부 시험'과 '제2부 시험'이라는 두 개의 단락으로 크게 구분되어 있다. 이 두 개의 단락은 전체적인 텍스트의 구성이나 의미 내용이 서로 연결되면서 매우 간략하게 'X선 촬영 검사 과정'을 설명적으로 제시한다. 먼저 '제1부'의 내용을 살펴보자. 여기서 '수술대'는 X선 촬영기기를 뜻한다. 초기의 X선 촬영기기는 현재의 일체형과는 달리 그 구조가 복잡하다. 피검사자는 상의를 벗고 서서 기기에 흉부를 밀착한 채 숨을 멈추고 촬영을 한다. 촬영할 때마다 필름의 원판을 갈아 끼우는 과정이 필요하다. 그리고 '수은도말평면경'은 촬영용 필름을 담아 놓은 원판을 말한다. '우선 마취(痲醉)된 정면으로부터 입체(立體)와 입체를 위한 입체가 구비된 전부를 평면경(平面鏡)에 영상(映像)시킴'이라는 구절은 숨을 멈춘 채 흉부를 촬영기기에 밀착 고정하고 촬영하게 되는 과정을 요약적으로 설명한다. 촬영한 필름은 광선을 피하여 암실에서 현상작업을 거치게 된다. 피검사자는 촬영이 끝난 후 기기에 밀착했던 몸을 떼면 된다. 이 동작을 시적 텍스트에서는 '서서히 마취(痲醉)를 해독(解毒)함'이라고 설명하고 있다. 그리고 피검사자는 검사실을 나오게 된다.

시적 텍스트의 제2부는 X선 촬영이 끝난 뒤 그 결과물인 필름을 판독하는 장면을 제시한다. 여기서 '직립한 평면경'은 현상된 필름의 상태를 살펴볼 수 있도록 만들어진 영상판독기에 해당한다. 오늘날은 컴퓨터의 화면을 통해 직접 환부의 사진 영상을 볼 수 있지만, 예전에는 현상한 필름을 영상판독기에 걸어 놓고 그 상태를 살폈다. 그 상태를 설명하는 담당 의사 주변에는 이를 지켜보는 여러 명의 '조수'가 서 있다. X선 촬영 필름의 판독은 외부와 차단된 밀실에서 이루어지는 것이 아니라 의사와 피검사자와 간호사와 조수가 모두 드나드는 진찰실에서 행하여진다. 이 상황을 '야외의 진실'이라고 표현한다. 그리고 의사는 필름 판독을 위해 흉부를 촬영한 필름을 영상판독기의 유리판에 끼워 놓고, 전등불을 켜서 빛이 투사되게 한다. 이 과정을 시의 텍스트에서는 유리판에서 수은을 박탈한다고 표현한다. 빛이 통과하도록 했다는 의미로 해독이 가능하다. 영상판독기 위에 놓인 필름을 통해 흉부의 내부가 드러나면 X선 필름의 앞뒤를 뒤집어 보면서 정밀하게 상태를 판독한다. 시의 텍스트에서는 이러한 과정을 '자전'과 '공전'이라고 암시적으로 표현하고 있다.

이상이 「오감도 시제8호」에서 그려 내고 있는 X선 검사는 살아 있는 인간 육체의 내부 장기(臟器)의 특정 부위를 눈으로 볼 수 있도록 만들어 주는 검사 방법이다. X선 검사가 의학에 적용된 것은 그리 오래된 일은 아니다. X선 검사를 이용한 병에 관한 진단은 주로 X선이 인체를 투과하는 작용, 필름을 감광시키는 사진 작용, 형광물질에 해당하는 형광을 내는 형광 작용 등을 이용하여 행해지는데, 인체를 손상하지 않고 그 내부구조 및 거기에 생긴 병변을 정확하게 판단할 수 있다는 장점을 지닌다. 독일의 물리학자 뢴트겐(Wilhelm Conrad Röntgen)이 X선을 발견한 것은 1895년이다. 뢴트겐은 이 광선의 정체를 알 수 없다는 뜻으로 'X선'이라고 이름 붙인다. X선은 빛과 같은 전자기파이지만 그 파장이 원자의 크기 정도로 작다. 그러나 에너지가 크기 때문에 물질에 대한 형광 작용이 강하며, 물질을 쉽게 투과할 수 있고, 투과할 때 물질을 이온화시킨다. X선은 인체를 구성하는 물질의 종류, 밀도, 두께 등에 따라 흡수율이 다르다. 이 성질을 이용해서 만든 X선 검사 장치가 1910년대에 들어서 외과 분야에 적용되기 시작하면서, 손가락에 박힌 유리 조각을 찾아내기도 하고, 머리에 박힌 총알을 확인하기도 한다. 그리고 인체 내부를 촬영하여 필름 위에 농도의 차로써 그 특징을 나타내기에 이른 것이다.

「오감도 시제8호」는 흉부 X선 검사라는 특이한 체험을 바탕으로 한다. X선 촬영을 통해 얻어지는 영상은 살아 있는 인간 육체의 외부와 내부라는 구분을 사실상 넘어선다. 시각적 영상을 통해 병으로 훼손된 육체의 내부 형태를 단일한 평면 위에 펼쳐 보이기 때문이다. 실제로 이러한 시각적 형상은 앞서 설명한 바 있는 「오감도 시제5호」의 텍스트에서 기하학적 도형의 이미지로 추상화되어 제시된 바 있다. 이 작품에서 X선 사진의 모습을 추상적인 기하학적 도형으로 바꾸어 놓음으로써 언어 텍스트가 구축하는 공간과 시간의 제약을 뛰어넘고 있다. 그러므로 「시제8호」는 인간의 육체에 부여된 모든 가치론적 의미를 벗어나서 육체의 물질성 자체를 그대로 드러내어 보여 주는 과학 기술의 수준에 대한 새로운 인식과도 연관된다는 점을 알아 둘 필요가 있다.

「오감도 시제9호」에는 '총구(銃口)'라는 부제가 붙어 있는데 텍스트 전체가 다섯 개의 문장으로 구성되어 있다. 시의 텍스트에 '총', '총신', '총구', '총탄' 등의 시어가 유별나게 눈에 띈다.

每日가치列風이불드니드듸여내허리에큼직한손이와닷는다. 恍惚한指紋골작이로내땀내가숨여드자마자 쏘아라. 쏘으리로다. 나는내消化器官에묵직한銃身을늣기고내담으른입에맥근맥근한銃口를늣긴다. 그리드니나는銃쏘으듯키눈을감이며한방銃彈대신에나는참나의입으로무엇을내여배앗헛드냐.

이 작품에서 시적 텍스트를 구성하는 첫 문장은 '매일같이 열풍(列風)이 불더니 드디어 내 허리에 큼직한 손이 와 닿는다'라는 짤막한 진술로 이루어져 있다. 여기서 주목되는 것이 비유적으로 사용하고 있는 '열풍'과 '큼직한 손'이라는 두 개의 시어이다. '열풍'이라는 말은 몇몇 선집에서는 그 한자를 '열풍(烈風)'으로 고쳐 써 놓은 곳도 있다. '맹렬하게 부는 바람'이라는 뜻으로 해석할 수 있기 때문이다. 하지만 여기서는 원전의 표기대로 '열풍(列風)'이라고 쓴다. 물론 이 말은 사전에 등재되어 있지 않다. 시인 이상이 만들어 낸 신조어에 해당한다. 이 경우에는 '열(列)'은 '거듭되다', '연이어지다'라는 뜻으로 읽을 수 있으므로 '열풍'은 '그치지 않고 계속되는 바람'이라는 뜻으로 풀이할 수 있다. 이것은 '거듭되는 기침'을 비유적으로 표현한 말이다. '내 허리에 큼직한 손이 와 닿는다'라는 구절은 기침이 그치지 않고 계속 이어지게 되면서 허리에 느끼는 묵직한 동통(疼痛) 같은 감촉을 말한다. 심하게 감기에 걸려 기침에 시달려 본 사람은 대개 이 느낌이 어떤 것인지 짐작할 수 있을 것이다.

시적 텍스트의 둘째 문장은 '황홀(恍惚)한 지문(指紋) 골짜기로 내 땀내가 스며들자마자 쏘아라'로 이어진다. 그리고 바로 뒤에 '쏘(으)리로다. 나는 내 소화기관(消化器官)에 묵직한 총신(銃身)을 느끼고 내 다문 입에 매끈매끈한 총구(銃口)를 느낀다'라는 비교적 긴 설명적 진술로 이어진다. 문장의 중간에 끼어 있는 '쏘아라. 쏘(으)리로다'라는 구절은 무엇인가 목구멍에서 터져 나올 것 같은 긴박한 느낌을 강조하기 위한 것이다. '황홀(恍惚)한 지문(指紋) 골짜기로 내 땀내가 스며들자마자'에서 '황홀한 지문 골짜기'는 손바닥에 나 있는 손금과 지문 사이를 가리킨다. 그 의미는 기침이 계속되면서 '손바닥에도 식은땀이 나게 되자'라고 읽을 수 있다. '나는 내 소화기관(消化器官)에 묵직한 총신(銃身)을 느끼고 내 다문 입에 매끈매끈한 총구(銃口)를 느낀다'라는 구절은 목구멍으로부터 무엇인가가 넘어오면서 입으로 터져 나오는 것처럼 느껴지는 것을 묘사한다. 이 장면은 실제로 기침 끝에 목구멍을 거쳐 입으로 피가 터져 나오는 객혈(喀血)의 순간을 나타낸다. 객혈의 순간에 느끼는 육체적인 고통을 그리기 위해 일체의 감정을 억제한 채 실제로 몸에서 일어나는 변화를 간략하게 묘사하고 있는 것이다. 물론 그 격렬함을 강조하기 위해 '총'이라는 파격적인 의미의 이미지를 끌어들인다. 그 결과로 객혈의 순간이 마치 총구에서 총탄이 격발되는 순간처럼 묘사되고 있다. 방아쇠를 당겨 탄환을 발사하는 격발의 순간은 최고조의 긴장을 수반한다. 손가락으로 총의 방아쇠를 당기면 탄약이 폭발하면서 총탄이 발사된다. 표적을 명중시키려면 정조준이 필요하고 방아쇠를 당기는 손가락에 너무 힘을 주어서도 안 된다. 부드럽게 그리고 빠르게 방아쇠를 당기는 요령이 필요하다. 호흡을 멈추고 과녁을 정조준하기 위해 팔과 다리는 부동의 자세를 유지할 수 있어야 한다. 시적 화자인 '나'는 이 긴장된 순간을 유추의 방법을 통해 시적 정황으로 끌어들임으로써 자신의 몸 안에서 일어나는 고통과 그 고통에 이어지는 객혈의 과정에 대치시키고 있다.

이 시의 텍스트는 마지막 구절에서 '그러더니 나는 총(銃) 쏘듯이 눈을 감으며 한 방 총탄(銃彈) 대신에 나는 참 나의 입으로 무엇을 내뱉었더냐'라는 의문형 문장으로 종결된다. 팽팽하게 유지되어 오던 시적 긴장을 한순간에 해소하는 이 구절은 객혈의 고통을 견디기 위해 눈을 감고 입으로 피를 토하게 되는 순간을 묘사한다. 물론 여기서는 과녁을 겨냥하기 위해 마치 한 눈을 감고 총을 쏘는 모양으로 그려진다. 총탄이 총구에서 격발되는 순간 번쩍 불꽃이 튄다. 여기서 불꽃 속으로 튕겨 나가는 총탄의 모습은 목구멍을 격하게 넘어와 입 밖으로 내뱉게 되는 피와 겹쳐진다.

결국 「오감도 시제9호」는 병이라는 육체적 고통을 통해 이루어진 정신의 자기 투여 과정을 유추해 내고 있는 셈이다. 이 시에 등장하는 객혈의 이미지는 육체의 물질성에 대한 시적 인식의 지평을 열어 놓고 있다. 일반적으로 폐결핵은 호흡기와 관련된 다양한 증상을 수반한다. 기침이 가장 흔하며 이때 가래나 혈담(피 섞인 가래)이 동반되는 경우가 있다. 혈담은 피를 토해 내는 객혈로 나타나기도 하는데, 이런 증상이 나타나면 누구나 병에 대한 공포감에 휩싸인다. 실제로 빈번한 객혈은 대체로 병이 상당히 진행된 경우에 나타난다. 이 시에서는 고통스럽게 지속되는 기침과 이에 수반되어 나타난 객혈의 증상을 시적 묘사의 대상으로 삼기 위해 총탄을 발사하는 격발의 긴장된 순간을 비유적으로 끌어들이고 있다. 이 시에서 시적 화자는 사람의 목구멍과 입으로 이어지는 '소화기관'에서 유추를 통해 끌어낸 '총구'라는 파격적인 이미지를 시적 텍스트의 전면에 배치한다. 물론 이것은 일종의 수사적 장치로 텍스트에 동원한 것이지만, 이 작품이 폐결핵의 증상 가운데 하나인 기침과 거기에 이어지는 '객혈'의 순간을 감각적으로 포착해 내기 위한 고안임을 주목할 필요가 있다.

「오감도 시제10호」에는 '나비'라는 부제가 붙어 있다. 이 제목은 일종의 은유에 해당하지만, 시적 공간을 넘나드는 하나의 상징으로 활용되고 있다. '나비'라는 시어를 중심으로 하여 두 가지의 서로 다른 시적 진술을 통합하는 특이한 유추 과정을 텍스트 내에서 드러내고 있다.

찌저진壁紙에죽어가는나비를본다. 그것은幽界에絡繹되는秘密한通話口다.
어느날거울가운데의鬚髥에죽어가는나비를본다. 날개축처어진나비는입김
에어리는가난한이슬을먹는다. 通話口를손바닥으로꼭막으면서내가죽으면
안젓다이러서듯키나비도날러가리라. 이런말이決코밧그로새여나가지는안
케한다.

이 작품은 모두 여섯 개의 문장을 시적 진술에 동원한다. 맨 앞의 두 문장은 '찢어진 벽지(壁紙)에 죽어 가는 나비를 본다. 그것은 유계(幽界)에 낙역(絡繹)되는 비밀(秘密)한 통화구(通話口)다'라고 되어 있다. 여기서 '나비'는 공중을 날 수 있는 살아 있는 '나비'가 아니다. '찢어진 벽지에 죽어 가는 나비를 본다'라는 진술에서 확인할 수 있듯이 '찢어진 벽지'가 곧 '나비'라는 유추의 방법이 성립된다. 벽을 발라 놓은 벽지 일부가 찢어진 채로 늘어져 붙어 있는 모양이 '죽어 가는 나비'의 형상을 연상하게 하는 것이다. 그리고 바로 그 벽지가 찢어진 부분은 '유계와 낙역되는 비밀한 통화구'로 인식된다. 벽지가 찢어진 상태로 늘어져 붙어 있는 것을 보고 죽어 가는 나비를 연상하고, 그것이 바로 현실의 세계와 죽음의 세계를 연결하는 통로라고 유추하고 있는 것이다. 시적 텍스트 중간의 두 문장은 '어느날 거울 가운데의 수염(鬚髥)에 죽어 가는 나비를 본다. 날개 축 처진 나비는 입김에 어리는 가난한 이슬을 먹는다'라고 되어 있다. 이 두 개의 문장에서 진술되고 있는 내용은 서두의 두 문장과는 전혀 다른 시적 정황을 그려 낸다. 이 대목은 거울 속 자신의 모습을 보면서 자기 얼굴에 돋아난 수염의 형상을 통해 '나비'의 모습을 유추해 내고 있는 것이다. 여기서도 '나비'는 살아서 날고 있는 것이 아니라 '죽어 가는 나비'로 묘사된다. 물론 여기서 '나비'라는 시어는 볼품없이 처져 있는 수염의 모양을 비유적으로 표현한 것이다. 입 주변에 볼품없이 돋아나 있는

수염을 보면서 그것이 '입김에 어리는 가난한 이슬'을 먹고 있는 '날개 축 처진 나비'와 같다고 생각하고 있는 것이다. 이와 같이 시적 텍스트의 서두에서 진술하고 있는 내용과 중반의 진술 내용은 외견상 서로 아무런 관련성을 지니고 있지 않다. 하지만 서두와 중반부에서 확인되는 시적 진술의 공통점이 하나 있다. 그것이 바로 '죽어 가는 나비'라는 이미지이다. '찢어진 벽지'를 통해 연상된 것도 '죽어 가는 나비'이고, 거울을 통해 비춰 본 자신의 초라한 '수염'에서도 '죽어 가는 나비'를 연상하게 되는 것이다. 결국 이 작품의 텍스트에서 서두와 중반부의 시적 진술은 '죽어 가는 나비'라는 이미지를 통해 내적 연관성을 획득하게 된다.

「오감도 시제10호」의 후반부는 '통화구(通話口)를 손바닥으로 꼭 막으면서 내가 죽으면 앉았다 일어서듯이 나비도 날아가리라. 이런 말이 결(決)코 밖으로 새어 나가지는 않게 한다'라는 두 개의 문장으로 구성되어 있다. 이 두 문장이 암시하고 있는 의미를 이해하기 위해서는 '통화구'라는 시어를 다시 주목해야 한다. '통화구'라는 시어는 이미 서두에 한 번 등장한 바 있고, 벽지가 찢어진 부분을 비유적으로 표현한 것이다. 그런데 시적 텍스트의 후반부에서 '날개 축 처진 나비'의 형상을 하고 있는 수염의 볼품없는 모습을 놓고 생각한다면, 이 '통화구'라는 시어는 시적 화자의 초라한 삶을 이끌어 가는 '입'을 암시하는 것으로 해석할 수 있다. 호흡이 이루어지고 음식을 먹는 곳이 바로 입이다. 입이 막히면 사람은 살 수가 없다. 그러므로 입은 삶과 죽음을 이어 주는 '통화구'에 해당한다. 여기서 '통화구를 손바닥으로 꼭 막으면서 내가 죽으면 앉았다 일어서듯이 나비도 날아가리라'라는 문장은 손으로 입을 막고 내가 죽게 될 경우를 가정한다. 내가 입을 손으로 막고 죽게 되면 나비 모양의 수염도 보이지 않게 된다. 수염이 모두 손으로 가려졌기 때문이다. 시적 화자는 이러한 상황을 놓고 나의 죽음과 함께 '나비'가 날아가 버린 것으로 설명한다. 이 시의 텍스트에서 '가난한 이슬'을 받아먹으면서 '날개 축 처진 채 죽어 가는 나비'는 결국 시적 화자의 정신 세계가 위축 상태임을 암시한다. 그러나 이 '나비'는 '통화구를 손바닥으로 꼭 막으면서 내가 죽으면' 나의 육신을 떠나게 된다. 내가 살아 있는 동안에는 '가난한 이슬을 먹으면서' 죽어 가던 '나비'는 내가 죽으면 '앉았다 일어서듯이' 나를 떠나 버린다. 그러므로 여기서 '나비'는 그 존재 자체가 하나의 역설에 해당한다. 내가 살아 있는 동안에 나비는 죽어 가고, 내가 죽으면 나비는 살아서 날아가기 때문이다. 이 시의 마지막 문장인 '이런 말이 결코 밖으로 새어 나가지는 않게 한다'라는 구절은 시적 화자의 자기 의지를 보여 준다. 이 구절은 '통화구를 손바닥으로 꼭 막으면서 내가 죽으면'이라고 설명했던 자기 행위에 대한 일종의 메타적 진술에 해당하는 것이지만 자신의 생각을 누구에게도 말하지 않을 것임을 스스로 다짐하는 의지의 표현으로 읽을 수도 있다.

「오감도 시제10호」에서 '나비'는 시적 화자인 '나'의 육신의 죽음에 대응하는 상징적 의미를 지니고 있다. 그것은 육체의 죽음 혹은 소멸과는 전혀 다른 지향점을 드러낸다는 점에서 정신적 부활을 의미할 수도 있고 새로운 삶을 향한 환생의 의미로 해석할 수도 있다. 가난한 이슬을 먹으면서 죽어 가던 '나비'는 나의 죽음과 함께 나를 떠난다. 육신의 죽음으로부터 벗어나게 되는 것이다. 결국 '나비'는 나의 죽음을 통해 살아난다. 나의 죽음 앞에서 '나비'의 환생이 극적으로 이루어지는 셈이다. 이러한 방식으로 '나비'의 상징적 의미를 이해하게 된다면, 「오감도 시제10호」는 육신의 죽음과 정신의 환생을 특이한 역설의 언어로 유추해 내고 있는 셈이 된다. 이것은 굳이 그 의미를 따진다면 삶의 현실과 죽음 세계를 넘나들며 전개되는 시인 자신의 상상의 소산에 해당한다고 할 수 있다.

연작시 「오감도」에서 확인할 수 있는 사물에 대한 새로운 시각과 그 인식 방법이 절묘하게 유추의 방법을 통해 하나의 새로운 시적 의미를 구현하고 있는 것이 「오감도 시제12호」이다. 이 작품에서 그려 내고 있는 시적 공간은 빨래터이다. 아낙네들이 빨래터에서 빨래하는 장면은 평화로운 일상적 삶을 암시한다. 그런데 이 시의 텍스트에서는 빨래터라는 공간에 두 개의 장면이 포개진다. 하나는 안식과 평화의 장면이고 다른 하나는 혼란과 투쟁의 장면이다. 이 두 개의 장면에 구체적으로 대응하고 있는 것이 텍스트의 전반부에 그려 놓고 있는 비둘기 떼와 텍스트의 후반에 그려 놓고 있는 빨래터에서 이루어지는 빨랫방망이질이다. 이것들은 표면상 아무런 관련성을 지니지 않고 있지만 유추의 방법에 의해 하나의 세계로 통합되고 있다.

> 때무든빨내조각이한뭉탱이空中으로날너떠러진다. 그것은흰비닭이의떼다. 이손바닥만한한조각하늘저편에戰爭이끗나고平和가왓다는宣傳이다. 한무덕이비닭이의떼가깃에무든때를씻는다. 이손바닥만한하늘이편에방맹이로흰비닭이의떼를따려죽이는不潔한戰爭이始作된다. 空氣에숫검정이가지저분하게무드면흰비닭이의떼는또한번이손바닥만한하늘저편으로날아간다.

'빨래'는 일상생활 속에서 일어나는 일과(日課)의 하나이다. 옷을 입고 지내다가 그것이 더러워지면 빨래를 한다. 더러워진 옷을 깨끗하게 만든다는 의미에서 본다면 빨래는 일종의 '정화(淨化)' 과정에 해당한다. 이전에는 마을 어귀의 냇가에서 아낙네들이 빨래를 했다. 빨랫감을 머리에 이고 빨래터로 나와서는 더러워진 빨래를 내려놓고 흐르는 냇물에 빨래를 한다. 더러운 때가 잘 빠지도록 방망이로 빨랫감을 두드리기도 한다. 마치 전쟁이라도 치르는 것처럼 격렬하게 이루어지는 방망이질을 통해 때가 씻겨 나간다. 빨래가 끝나면 이를 햇볕에 널어 말린다. 그리고 다시 손질하여 입는다. 이렇게 되풀이되는 빨래의 과정 자체로 놓고 본다면 이는 반복적인 일상의 한 장면임에 틀림없다.

「시제12호」는 빨래라는 일상적인 장면을 시적인 것으로 변용시킨다. 그것은 바로 빨래터에 날아와 앉는 비둘기 떼의 모습을 통한 특이한 연상 작용과 유추의 방법을 통해서 이루어진다. 도심의 하늘을 날아다니는 비둘기는 일상생활에서도 흔히 볼 수 있는 자연물에 불과하다. 이 시에서는 바로 이러한 자연물로서의 비둘기를 시적 대상으로 삼아 빨래터로 끌어들인다. 시적 텍스트의 첫 문장은 '때 묻은 빨래 조각이 한 뭉텅이 공중(空中)으로 날아 떨어진다'라는 진술로 이루어져 있다. 그리고 바로 뒤에서 이 첫째 문장의 비유적 의미를 '그것은 흰 비둘기의 떼다'라는 문장을 통해 암시적으로 드러낸다. 이 두 개의 문장을 연결해 보면, 흰 비둘기 떼가 마치 공중에서 때 묻은 빨래 조각 한 뭉텅이가 떨어지는 것처럼 내려앉고 있음을 알 수 있다. 이 비둘기 떼가 내려앉은 곳이 바로 동네의 빨래터임은 물론이다. 일반적으로 비둘기는 '평화'를 뜻하는 하나의 상징으로 널리 활용된다. 시적 텍스트의 세 번째 문장에서 '이 손바닥 만한 한 조각 하늘 저편에 전쟁(戰爭)이 끝나고 평화(平和)가 왔다는 선전(宣傳)이다'라는 진술은 하늘을 날고 있는 비둘기가 '평화로움의 상태'에 있음을 암시한다. '한 무더기 비둘기의 떼가 깃에 묻은 때를 씻는다'라는 네 번째 문장에서 이러한 의미가 더욱 구체적으로 드러나고 있다.

그런데 이 시에서 비둘기를 통해 암시되는 '전쟁'과 '평화'의 대립적 의미는 빨래를 통해 드러나는 '더러운 것'과 '깨끗한 것'의 대응관계와 서로 병치되면서 일상의 차원을 넘어서는 새로운 의미를 만들어 낸다. '이 손바닥 만한 하늘 이편에 방망이로 흰 비둘기의 떼를 때려죽이는 불결(不潔)한 전쟁이 시작된다'라는 다섯째 문장은 더렵혀진 빨래를 방망이로 두드리는 장면을 그린다. 더러운 빨래를 방망이로 두드리는 것이 마치 비둘기를 방망이로 때리는 무자비한 학살의 장면처럼 그려진다. 빨래터에 내려앉았던 비둘기 떼는 빨랫방망이 소리에 놀라 하늘 저편으로 다시 날아가 버린다. 이러한 장면을 시적 텍스트의 마지막 문장에서는 '그 공기(空氣)에 숯검정이가 지저분하게 묻으면 흰 비둘기의 떼는 또 한 번 이 손바닥 만한 하늘 저편으로 날아간다'라고 기술하고 있다. 이 시에서 그려 내는 빨래하는 장면은 빨래터로 날아와 내려앉은 비둘기 떼의 모습과 겹쳐지면서 평화로운 일상을 그대로 보여 주고 있지만, 이 겹쳐진 장면 속에는 놀랍게도 '전쟁'과 '평화'라는 새로운 의미의 긴장관계가 작용한다. 그것은 바로 '빨랫방망이질'이라는 행위가 암시하는 외형적 폭력성 때문이다. 실제로 비둘기 떼는 방망이 소리에 놀라 하늘로 날아가 버리고 만다. 이 방망이질은 위험스럽게도 비둘기를 때려죽이는 장면으로 느껴졌던 것이다. 시적 화자는 평화롭게 일상적으로 되풀이되는 빨래의 장면을 놓고 거기에 잠재되어 있는 폭력과 전쟁의 의미를 들춰 낸다. 이 과정에서 이루어지는 시적 이미지의 중첩과 환치의 기법이 이채롭다.

「오감도 시제12호」에서 주목해야 할 것은 유추의 방법을 통해 사물에 대한 동시성의 감각을 통합하는 과정이다. 시적 대상에 대한 인식과 그 언어적 진술 사이에는 반드시 시간적 격차의 문제가 생긴다. 하지만 인간의 눈은 시야에 들어오는 모든 대상들을 동시적으로 포착하기 때문에 한꺼번에 시야가 채워진다. 눈을 뜨는 순간 모든 것들이 한눈에 들어온다는 뜻이다. 영화의 모든 장면들도 이와 비슷하다. 이 동시성의 감각은 말을 하거나 그림을 직접 손으로 그려 나가는 경우와는 근본적으로 구별된다. 화가가 그림을 그릴 때는 하나의 선, 하나의 형체를 만들어 가면서 어떤 순서에 따라 서서히 캔버스를 채워 간다. 시인이 어떤 사물을 묘사하고자 할 때도 바로 이러한 과정을 거친다. 하나하나의 단어를 선택하고 이를 결합하여 문장을 만들고 그 문장의 선후관계를 고려하여 배열한다. 이렇게 화가나 시인은 자신이 그려 내고자 하는 대상을 자신의 의식 속에서 스스로 통제하면서 순차적으로 시간적 선후관계를 고려하여 그려 나가는 것이다. 그런데 「시제12호」는 빨래터의 장면이 시야에 들어오는 순간 거기서 이루어지는 모든 것을 동시에 재현하고자 한다. 이러한 시적 진술법을 가능하게 하기 위해 시인은 우연성에 의존하고 있다. 빨래터로 내려앉는 비둘기 떼의 모습과 빨랫방망이질을 하는 장면은 아주 우연하게 겹쳐진 것이다. 마치 사진을 찍을 때 일어나는 것처럼 의도하지 않은 장면들이 화면 속에 포착된다. 시적 맥락에서 벗어난 우연성의 개입은 크게 주목되지 않지만 현실 속에서 이루어지고 있는 일상적인 삶 자체가 언제나 우연적인 것들의 연속임을 생각한다면 이것을 그리 간단하게 넘겨 버릴 수는 없는 일이다. 「오감도 시제12호」의 경우 바로 이 같은 장면의 우연성을 동시적으로 포착하는 시각을 통해 전쟁과 평화의 의미를 시적으로 구현하는 놀라운 성취에 도달하고 있다는 점을 강조하지 않을 수 없다.

### 5) 몸의 상상력, 혹은 육체의 언어

이상의 연작시 「오감도」에는 인간의 육체에 관한 특이한 인식을 그려 내어 보여 주는 작품들이 포함되어 있다. 그는 '몸'의 상상력이라고 말할 수 있는 특이한 인식의 방법을 그대로 시적 텍스트에 담아 놓음으로써 실재의 언어로 표현하기 어려운 환상의 시적 공간을 창조해 내고 있다. 그러므로 몸의 느낌이라는 구체성에 대한 인식 없이는 이 특이한 비밀의 감각에 접근하기가 쉽지 않다. 이상이 인간의 육체에 대해 관심을 기울이게 된 것은 그가 혼자서 익힌 미술 공부의 과정과 관련지어 볼 수도 있고, 그의 젊은 꿈을 앗아 간 폐결핵이라는 병의 고통에 기인한 것으로 볼 수도 있다. 사물에 대한 몸의 느낌을 마음속으로 불러낸다는 것은 간단한 일이 아니다. 하지만 이상은 이미 일본어 시 「수염」, 「광녀의 고백」 등에서부터 이런 특이한 감각을 시적 상상력으로 활용했다.

「오감도 시제11호」는 몸의 상상력을 통해 경험적 현실 공간과 초현실적 환상 공간을 동시에 하나로 통합해 내는 특이한 시적 공간을 제시한다. 이 시에서 시적 대상으로 내세우고 있는 것은 '사기 컵'이다. 이것은 현실 공간에 배치되어 있는 실재적인 대상이다. 시적 화자가 대상인 '사기 컵'을 손에 쥐고 있기 때문이다. 그런데 이러한 시적 대상을 중심으로 이루어지는 시상이 상상적 공간에서 새로운 방향으로 전개된다. 팔 하나가 돋아나 거기 달린 손이 사기 컵을 마룻바닥에 메어 부딪쳐 그 컵이 깨어졌기 때문이다. 이러한 시상의 전환은 실재적 공간과 환상적 공간의 대조와 병치를 통해 가능해진다. 하지만 '나'의 손은 여전히 사기 컵을 잡고 있다.

> 그사기컵은내骸骨과흡사하다. 내가그컵을손으로꼭쥐엿슬때내팔에서는난데업는팔하나가接木처럼도치드니그팔에달린손은그사기컵을번적들어마루바닥에메여부딋는다. 내팔은그사기컵을死守하고잇스니散散히깨어진것은그럼그사기컵과흡사한내骸骨이다. 가지낫든팔은배암과갓치내팔로기어들기前에내팔이或움즉엿든들洪水를막은白紙는찌저젓으리라. 그러나내팔은如前히그사기컵을死守한다.

이 시에서 먼저 주목할 것은 육체의 물질성과 그 감각에 대한 시적 화자인 '나'의 인식이다. '나'는 손에 잡고 있는 '사기 컵'을 '해골'에 비유하고 있다. '그 사기 컵은 내 해골(骸骨)과 흡사하다'라는 첫 문장의 진술을 보면, '사기 컵'은 곧장 시적 화자의 '해골'에 비유되고 있다. 사기 컵의 외형, 특히 그 흰 색깔에서 해골과의 유사성이 인정된다. 이러한 비유적 진술은 인간 육체의 물질적 인식을 기반으로 하여 가능해진 것임을 알 수 있다. 그런데 이 시적 공간은 두 번째 문장에서 경험적 현실 공간으로부터 초현실적 환상 공간으로 바뀌고 있다. '내가 그 컵을 손으로 꼭 쥐었을 때 내 팔에서는 난데없는 팔 하나가 접목(接木)처럼 돋히더니 그 팔에 달린 손은 그 사기 컵을 번쩍 들어 마룻바닥에 메어 부딪는다'라는 문장은 경험적 현실의 실재 공간과 초현실적인 환상 공간을 하나의 시적 진술로 묶어 놓고 있다. '내가 그 컵을 손으로 꼭 쥐었을 때'라는 시적 상황은 경험적 현실 속의 실재적 상황에 해당한다. 그러나 '내 팔에서는 난데없는 팔 하나가 접목처럼 돋히더니 그 팔에 달린 손은 그 사기 컵을 번쩍 들어 마룻바닥에 메어 부딪는다'라는 문장의 후반부는 경험적 현실의 실재 공간과는 아무런 관계가 없다. 멀쩡한 내 팔에 또 하나의 팔이 돋아나고 그 팔에 달린 손이 사기 컵을 번쩍 들어 마룻바닥에 내던져 떨어트리고 있기 때문이다. 이러한 상황은 팔과 손의 기능적 연장을 가능하게 하는 몸의 상상력을 통해서만 가능한 일이다. 신체의 일부가 마치 어떤 하나의 물체처럼 변형되고 연장되어 자신의 의지와는 상관없이 움직이는 것은 경험적 현실 속의 실재 공간에서는 불가능한 일이다. 그러므로 이 구절은 상상력을 통해 몸의 감각을 시적 환상의 언어로 재구성한 것이라고 할 수 있으며 몸에 대한 일종의 환상적 이미지를 구현한 것이라고 할 수 있다.

이 시의 텍스트는 다시 세 번째 문장에서 현실 공간으로 바뀐다. '내 팔은 그 사기 컵을 사수(死守)하고 있으니 산산이 깨어진 것은 그럼 그 사기 컵과 흡사한 내 해골이다'라는 문장에서 '내 팔은 그 사기 컵을 사수하고 있으니'

라는 전반부의 진술을 보면, '사기 컵'이 손에 쥐어져 있음을 밝히고 있기 때문이다. 하지만 초현실적 환상 공간에서는 이미 손에 들고 있던 '사기 컵'을 마룻바닥에 내던져 버렸기 때문에 마룻바닥 위에서 '사기 컵'이 산산이 깨어졌음을 알 수 있다. 그러므로 '산산(散散)이 깨어진 것은 그럼 그 사기 컵과 흡사한 내 해골이다'라는 진술이 가능해진다. 현실 공간 안에서는 '사기 컵'이 여전히 손에 쥐어져 있음을 밝히고 있으므로 마룻바닥 위에 산산이 깨어진 것은 '사기 컵'이 아니다. 시적 화자는 이를 자기 육체의 일부인 '해골'이 깨어진 것이라고 상상한다. 이 시의 네 번째 문장은 '가지 났던 팔은 뱀과 같이 내 팔로 기어들기 전(前)에 내 팔이 혹(或) 움직였던들 홍수(洪水)를 막은 백지(白紙)는 찢어졌으리라'라는 진술로 이루어져 있다. 이것은 앞서 제시했던 시적 공간과는 달리 '내 팔이 혹 움직였던들'이라는 반대의 상황을 설정하는 방식으로 시적 진술을 전개한다. 그리고 실제로 팔이 움직였다면 당연히 '홍수를 막은 백지는 찢어졌으리라'라고 설명한다. 이 대목에서 '홍수를 막은 백지'는 그대로 '사기 컵'의 은유에 해당한다. 시적 화자는 손의 움직임에 따라 사기 컵이 실제로 깨어질 수도 있음을 암시하고 있다.

이 시에서 시상의 결말은 '그러나 내 팔은 여전(如前)히 그 사기 컵을 사수한다'라는 문장으로 이루어진다. 여전히 내 손안에는 '사기 컵'이 쥐어져 있는 것이다. 결국 이 시는 물이 들어 있는 '사기 컵'을 손에 쥐고 서서 그 컵의 형상을 마치 '나'의 뼈의 일부인 것처럼 생각하면서 그 컵을 마룻바닥에 내려트려 깨어지는 광경을 환상적인 수법으로 그려 낸다. 동일한 사물의 존재를 경험적 실재 공간과 초현실적 환상 공간의 대비를 통해 상이하게 그려내고 있는 셈이다. 이 시에서 주목되는 부분은 일종의 '환상의 기법'을 통해 육체의 물질성에 대한 새로운 인식을 보여 준다는 점이다. 시적 텍스트에서 다루고 있는 것은 손에 쥐고 있던 사기 컵이며 그것을 마룻바닥에 내려뜨려

깨치는 장면이다. 이러한 극적인 순간을 컵을 손에 꼭 쥐고 있는 실재의 장면과 그것을 내려트려 깨어지게 하는 환상적 장면을 대비하여 보여 준다. 이 과정에서 신체의 일부 기관의 확장, 변형 등을 자유롭게 구사하여 환상의 현실을 만들어 내는 초현실주의적 상상력이 돋보인다.

「오감도 시제13호」에서는 몸의 상상력을 다섯 개의 문장으로 구성하고 있다. 그런데 이 다섯 개의 문장을 통해 진술하고 있는 내용은 매우 특이한 장면을 보여 준다.

> 내팔이면도칼을든채로끈어저떨어젓다. 자세히보면무엇에몹시威脅당하는것처럼샛팔앗타. 이럿케하야일허버린내두개팔을나는燭臺세음으로내 방안에裝飾하야노앗다. 팔은죽어서도오히려나에게怯을내이는것만갓다. 나는이런얇다란禮儀를花草盆보다도사랑스레녁인다.

이 시에서 '내 팔이 면도칼을 든 채로 끊어져 떨어졌다'라는 첫 문장은 육체의 일부가 절단, 분리되었음을 말해 준다. 이러한 특이한 체험은 물론 현실 속에서는 불가능하다. 그러나 초현실주의 이후의 미술에서는 이와 같은 육체의 변형이 자주 등장한다. 시적 대상으로서의 인간의 육체에 대한 왜곡과 변형도 이러한 초현실주의적 상상력의 소산이라고 할 수 있다. 여기서 '끊어진 팔'은 인간의 육체 가운데 팔이 수행하던 기능의 상실을 의미하고 있다는 점에서 여러 가지 방향으로 그 해석이 가능해진다. 물론 이 시에서 '끊어진 팔'은 아주 폐기된 것은 아니다. '이렇게 하여 잃어버린 내 두 개 팔을 나는 촉대(燭臺) 세움으로 내 방 안에 장식(裝飾)하여 놓았다'라는 문장의 진술에서처럼 팔을 촉대처럼 세워 방안에 장식하여 두었다는 것이다. 그런데 여기서 주목해야 할 것은 내 육체로부터 절단되어 분리된 '팔'과 '나' 자신의 관계이다. '팔'은 무엇인가에 위협당하는 것처럼 파랗게 질려 있고, 나에게 겁을 내는 것처럼 느껴지기도 한다. 그렇지만 나는 오히려 이러한 모양을 사랑스레 여긴다고 밝히고 있다. 자신의 육체의 일부를 절단, 분리시켜 놓고 그것을 대상화하고 있는 이 시에서 시적 화자인 '나'는 자신의 육체 가운데 '팔'로 할 수 있는 중요한 모든 활동이 중단된 상태임을 전제하고 있는 것이다.

「시제13호」에서 그려 내고 있는 시적 정황을 보면 화자는 '팔'의 절단, 분리라는 가혹한 육체적 훼손과 그에 따르는 고통을 내면화하고 있음을 알 수 있다. 인간이 자신의 팔을 면도칼로 잘라 버린다는 것은 상상하기 힘든 일이다. 그러나 마치 칼로 팔을 자르듯이 어떤 기능을 수행하지 못하도록 스스로 억제하는 경우는 얼마든지 가능하다. 이런 가정에서 출발한다면 이 시가 시인 자신의 체험 영역에서 억제된 욕망의 영역과 관련되어 있다는 사실을 부인하기 어렵다. 다시 말하면 이 시의 내용 자체가 시인 자신의 특별한 체험 영역에 대한 몸을 통한 상상적 재현과 관련되는 것이 아닌가 생각된다.

시인 이상은 화가를 꿈꾸었다. 하지만 집안의 어른들은 그가 관심을 두고 있는 미술을 이해하려 하지 않았다. 그는 경성고등공업학교에서도 혼자서 그림을 그렸고, 총독부 건축기사가 된 후에도 미술에 대한 꿈을 버리지 못하였다. 그는 자신이 폐결핵을 심하게 앓고 있다는 사실을 알게 되고서야 그림을 포기한다. 그림물감의 지독한 냄새가 몸에 해로울 것이라는 가족들의 걱정도 한몫을 했던 것이다.

이러한 개인사적 체험을 전제할 때 「오감도 시제13호」에서 그려 내고 있는 환상적인 이미지는 캔버스를 앞에 놓고 나이프를 들고 물감으로 그림을 그렸던 시인의 경험을 바탕으로 하는 것이 아닌가 생각된다. 그림을 그릴 때는 물감이 소맷자락에 묻는 것을 막기 위해 손목에서부터 팔꿈치까지 닿는 '토시'를 하는 경우가 많다. 그림 그리기를 마치면 '토시'를 벗어 나란히 걸어 놓는다. 그런데 회화용 나이프 옆에 '토시'를 벗어 놓은 것이 마치 자신의 팔이 칼을 든 채로 잘린 것처럼 보이게 된다. 이상 자신이 그림 공부에 집착했던 사실을 놓고 본다면 그림을 그린다는 것 자체를 언제나 소중하게 여겼으리라는 것을 쉽게 짐작할 수 있다. 이 작품의 마지막 대목에서 이를 확인할 수 있다. 그림을 더 이상 그릴 수 없게 된 것은 마치 '팔'을 끊어 낸 것처럼 고통스러운 일이다. 스스로 꿈을 포기하면서 빠져들게 되는 절망감을 감당하기 어려웠을 것이다. 그는 그림을 더 이상 그리지 못하게 되자, 그림 그릴 때 사용했던 나이프와 토시를 함께 촉대처럼 세워 둔다. 그러고는 화가로서의 꿈을 키웠던 지난날들을 돌이켜 보곤 하는 것이다. 하지만 잘려 나간 '팔'이 '나' 자신에 대하여 겁을 내는 것처럼 느껴진다. 병으로 인하여 미술에 대한 꿈과 욕망을 스스로 포기해 버린 이상은 자신의 내면에 담겨 있는 미술에 대한 갈망과 애착을 이렇듯 환상적으로 그려 내고 있는 것이다.

「오감도 시제14호」에 동원하고 있는 '고성(古城)', '모자', '걸인', '장승', '돌'과 같은 시어들은 모두 낡은 것, 단단한 것, 닫힌 것, 고정된 것 등의 상징적 이미지를 드러낸다. '풀밭', '공중'과 같은 시어에서 느낄 수 있는 열린 것, 부드러운 것 등의 이미지와는 상반된다. 시적 화자인 '나'는 이 상반되는 이미지들이 작동하는 공간 속에서 '걸인'의 억압에 눌려 자기 욕망을 실현하지 못한 채 '기절'해 버림으로써 '고성'의 테두리에서 벗어나지 못한다. 여기서 주목되는 것이 바로 몸의 감각이다. 전통과 인습에서 벗어나고자 하는 시적 화자의 내적 욕망은 몸의 움직임, 몸의 감각 등을 통해 인상적으로 표출되고 있다.

古城압풀밧이잇고풀밧우에나는내帽子를버서노앗다. 城우에서나는내記憶에꽤묵어운돌을매여달아서는내힘과距離껏팔매질첫다. 抛物線을逆行하는歷史의슯흔울음소리. 문득城밋내帽子겻헤한사람의乞人이장승과가티서잇는것을나려다보앗다. 乞人은城밋헤서오히려내우에잇다. 或은綜合된歷史의亡靈인가. 空中을向하야노힌내帽子의깁히는切迫한하늘을불은다. 별안간乞人은慄慄한風彩를허리굽혀한개의돌을내帽子속에치뜨려넛는다. 나는벌서氣絶하얏다. 心臟이頭蓋骨속으로옴겨가는地圖가보인다. 싸늘한손이내니마에닷는다. 내니마에는싸늘한손자옥이烙印되여언제까지지워지지안앗다.

이 시의 텍스트는 '고성 앞 풀밭이 있고 풀밭 위에 나는 내 모자를 벗어 놓았다'라는 첫 문장의 진술을 통해 시적 정황을 그려 낸다. 시적 화자는 '고성' 앞의 풀밭에 자신이 쓰고 있던 '모자'를 벗어 놓는다. 여기서 중요한 것이 '고성'과 '모자'라는 두 개의 시어가 지니는 상징적 의미이다. '성'은 닫혀 있는 하나의 영역을 표시한다. 경계가 분명하여 안과 밖이 서로 나뉜다. 이 첫 문장에서 화자는 '고성' 앞에 펼쳐진 풀밭에 서서 자신의 모자를 벗어 놓고 있으므로, 이미 성 밖에 서 있었던 셈이다. 이러한 정황을 본다면 '고성'은 시적 화자를 가두어 두었던 '닫힌' 공간이었다고 할 수 있다. '모자'는 인간의 머리 위에 씌우는 것이라는 점에서 인간의 신분이나 지위 등을 뜻하기도 하고 머릿속에 담아 두고 있는 모든 사고와 가치를 암시하기도 한다. 그러므로 '모자'를 풀밭 위에 벗어 놓았다는 것은 시적 화자가 지녀 온 기존의 자기 위상은 물론 자신이 지켜 온 사고와 가치의 틀을 벗어 던진다고 해석할 수 있다. 결국 이 시의 텍스트에서 시적 정황을 암시하는 첫 문장의 진술 내용은 기성의 권위와 관습과 가치와 구속으로부터 벗어나 끝없이 탈출하고자 하는 '나'의 자의식의 내면을 보여 주고 있다고 할 것이다. 실제로 이 시의 의미는 첫 문장에 이어지는 '성 위에서 나는 내 기억에 꽤 무거운 돌을 매달아서는 내 힘과 거리껏 팔매질 쳤다'라는 진술을 통해 그 내용이 확장되고 구체화된다. 이 문장은 자신의 머릿속에 담긴 모든 낡은 가치와 그 인식을 떨쳐 버린다는 뜻을 드러내기 위해 무거운 돌을 매달아 멀리 힘껏 내던져 버린다는 몸의 움직임을 보여 주는 것이다. 그런데 뒤에 이어지는 '포물선을 역행하는 역사의 슬픈 울음소리'라는 구절은 그 의미가 단순하지 않다. 이 문장은 힘껏 내던진 돌이 휙 하는 바람소리를 내며 멀리 공중에서 날아가는 장면 그 자체를 연상케 한다. 하지만 이러한 표면적인 현상 자체를 통해 현재와 과거의 거리를 공간화하면서 자신이 떨쳐 버리고자 하는 기존의 가치와 사고의 공간적 반향을 비유적으로 표현하고 있는 것으로 이해할 수 있다. 시적 화자가 버리고자 하는 기억들에 대한 느낌은 '슬픈 울음소리'라는 감각적인 이미지로 구체화된다.

그런데 모든 기성적인 것으로부터 벗어나고자 하는 시적 화자의 욕망은 쉽게 실현되지 못한다. 그 이유는 다음과 같은 진술을 통해 확인된다. '문득 성 밑 내 모자 곁에 한 사람의 걸인이 장승과 같이 서 있는 것을 내려다보았다. 걸인은 성 밑에서 오히려 내 위에 있다. 혹은 종합된 역사의 망령인가.' 여기서 '걸인'은 시적 화자인 '나'의 의식을 억압하고 있는 어떤 존재의 환영(幻影)에 해당한다. 하지만 '걸인'을 '종합된 역사의 망령'이라고 비유함으로써 단순한 개인적 차원을 넘어서는 역사적 의미를 획득하고 있다. 특히 '걸인은 성 밑에서 오히려 내 위에 있다'라는 진술에서 볼 수 있듯이 시적 화자는 '걸인'의 위상을 공간적으로는 비록 성 아래에 있지만 '나'보다 정신적 우위를 점하고 있는 존재로 인식하고 있음을 알 수 있다. 여기서 몸의 감각을 통해 '나'보다 높은 '걸인'의 위상을 제시하고 있다. 그렇기 때문에 시적 화자인 '나'는 '걸인'과의 구속적인 상하관계에서 벗어나고 싶어 한다. 뒤에 이어지는 '공중을 향하여 놓인 내 모자의 깊이는 절박(切迫)한 하늘을 부른다'라는 문장은 하늘을 향해 구원을 간구하는 '나'의 간절한 욕망을 암시하고 있다. 하지만 '나'의 구원에 대한 간곡한 소망은 실현되지 못한다. '별안간 걸인은 율률(慄慄)한 풍채를 허리 굽혀 한 개의 돌을 내 모자 속에 치뜨려 넣는다.' '걸인'은 '나'의 의식을 짓누르듯이 힘을 다해 멀리 내던져 버린 무거운 돌을 다시 '나'의 모자 속에 치뜨려 넣고 있다. 말하자면 '걸인'은 내가 벗어던져 버리고자 했던 굴레를 '나'에게 다시 씌워 놓고 있는 것이다.

이 시의 결말 부분에서 시적 화자는 '나는 벌써 기절하였다'라고 진술하고 있다. 이러한 절박한 상황에 직면한 '나'의 의식의 가위눌림 상태를 암시하는 대목이다. '나'는 아무리 노력해도 결코 '걸인'의 속박에서 벗어날 수 없다. '심장이 두개골 속으로 옮겨 가는 지도가 보인다'라는 진술은 육체의 내부에 대한 투시를 감각적으로 표현하고 있다. 머리끝으로 피가 솟구쳐 오르는 격렬한 느낌을 구체화한 이 표현은 그대로 몸의 언어에 해당한다. 기성적 가치와 그 권위를 대표하는 '걸인'과 거기서 벗어나고자 하는 '나'의 격렬한 거부반응이 대조적으로 드러난다. 그렇지만 '나'는 '걸인'의 요구와 걸인이 부여하는 의무를 거부할 수도 없고 그것을 넘어설 수도 없다. '싸늘한 손이 내 이마에 닿는다'라는 시적 진술에서 볼 수 있는 것처럼 '싸늘한 손'은 '나'의 격렬한 반발과 그 열정을 식어 버리게 만드는 '걸인(망령)'의 손이기 때문이다. 이 시의 마지막 문장에서 '내 이마에는 싸늘한 손자국이 낙인 되어 언제까지 지워지지 않았다'라는 진술은 기성적 권위와 그 억압으로부터 벗어날 수 없게 된 '나'의 입장을 암시하고 있다고 할 것이다.

「시제14호」에서 시적 화자인 '나'는 '나' 자신을 억압하고 있는 '걸인'의 존재와 대립한다. 이 작품에서 '걸인'은 낡은 사고와 기성적인 가치에 얽혀 있는 '나'의 또 다른 모습일 수 있다. 그러므로 끝없는 자유와 해방을 갈구하는

'나'는 낡은 사고와 이념, 틀에 박힌 윤리와 가치에서 벗어나지 못하고 있는 '걸인'의 입장과 대립한다. '나'는 도피와 탈출을 꿈꾸고 '걸인'은 '나'를 억압한다는 이 대립적 양상은 욕망과 그 억압이라는 내면의식의 표출과 다름없다. 이 시는 관념적인 주제를 구체화하기 위해 몸의 감각과 몸의 상상력을 동원하고 있는 셈이다.

연작시 「오감도」에서 몸의 상상력을 극적으로 구현하고 있는 것이 「오감도 시제15호」이다. 이 시에서 핵심적인 의미를 함축하고 있는 '거울'은 이상 문학에서 가장 중요한 상징의 하나로 자주 등장하고 있다. 시적 화자인 '나'는 '거울'을 들여다보면서 '거울 속의 나'와 마주한다. 이때 현실 속에 존재하는 경험적 자아로서의 '나'와 '거울 속의 나' 사이에는 외형상 아무런 차이가 없음에도 불구하고 근접할 수 없는 거리감과 부조화가 드러난다. 이 시에서 몸의 상상력을 구현하기 위해 시적 상징으로 활용하고 있는 것이 '거울'이다. 현실 속에 존재하고 있는 경험적 자아로서의 '나'는 '거울 속의 나(위조된 나)'와 대립된다. 이러한 내적 갈등은 현실에서 겪게 되는 병의 고통과 좌절의 삶에 의해 더욱 촉발된 것이라고 할 수 있다.

1

나는거울업는室內에잇다. 거울속의나는역시外出中이다. 나는至今거울속의나를무서워하며떨고잇다. 거울속의나는어디가서나를어떠케하랴는陰謀를하는中일가.

2

罪를품고식은寢床에서잣다. 確實한내꿈에나는缺席하얏고義足을담은 軍用

長靴가내꿈의 白紙를더럽혀노앗다.

3

나는거울잇는室內로몰래들어간다. 나를거울에서解放하려고. 그러나거울속의나는沈鬱한얼골로同時에꼭들어온다. 거울속의나는내게未安한뜻을傳한다. 내가그때문에囹圄되어잇듯키그도나때문에囹圄되여떨고잇다.

4

내가缺席한나의꿈. 내僞造가登場하지안는내거울. 無能이라도조흔나의孤獨의渴望者다. 나는드듸어거울속의나에게自殺을勸誘하기로決心하얏다. 나는그에게視野도업는들窓을가르치엇다. 그들窓은自殺만을爲한들窓이다. 그러나내가自殺하지아니하면그가自殺할수업슴을그는내게가르친다. 거울속의나는不死鳥에갓갑다.

5

내왼편가슴心臟의位置를防彈金屬으로掩蔽하고나는거울속의내왼편가슴을견우어拳銃을發射하얏다. 彈丸은그의왼편가슴을 貫通하엿스나 그의心臟은바른편에잇다.

6

模型心臟에서붉은잉크가업즐러젓다. 내가遲刻한내꿈에서나는極刑을바닷다. 내꿈을支配하는者는내가아니다. 握手할수조차업는두사람을封鎖한巨大한罪가잇다.

「오감도 시제15호」의 텍스트는 외형적으로 모두 여섯 개의 연으로 구분되어 있다. 그러나 이 시의 의미구조를 형성하는 시적 공간은 크게 두 가지로 나뉜다. 하나는 1연과 2연에서 펼쳐지는 '거울 없는 실내'이다. 이 공간에서는 '거울 속의 나'와 만날 수 없다. '나'는 '거울 속의 나'의 존재를 확인할 수 없는 상태에서 '부재에 대한 두려움'을 느끼게 된다. 그리고 침상에서 잠을 청하지만 '의족을 담은 군용장화'로 표상되고 있는 더 큰 공포에 질려 잠을 이루지 못한다. 결국 '거울 없는 실내'라는 시적 공간에는 자기 자신의 참모습을 발견할 수 없는 것에 대한 두려움의 정서가 자리 잡는다. 3연부터 6연까지는 '거울 있는 실내'로 시적 공간이 바뀐다. '나'는 거울을 들여다보면서 '거울 속의 나'를 발견한다. 그러나 거울에 비치는 '나'는 하나의 영상에 불과하다. 이것은 실체로서의 '나'가 아니며 거울이라는 도구에 의해 위조된 것일 뿐이다. 시적 화자는 이렇게 위조된 '나'가 아닌 진정한 '나'의 모습을 찾길 원한다. 결국 '거울 있는 실내'라는 시적 공간은 진정한 '나'의 모습이 아니라 위조된 '나'를 거울을 통해 보여 준 셈이다. 그러므로 진정한 '나'의 모습을 찾기 위해 '위조'된 '나'를 거부하고 그 존재를 부인할 수밖에 없다.

「오감도 시제15호」에서 시적 화자인 '나'는 현실 속에 실제로 살아 움직이고 있는 경험적 자아로서의 '나'이고, 모든 사고와 행동의 주체로서의 '나'이며, 몸의 감각을 스스로 체현할 수 있는 살아 있는 '나'이다. '나'와 상대를 이루고 있는 '거울 속의 나'는 '거울'이라는 반사면에 나타나는 '나'의 '허상'에 불과하다. 현실 속의 '나'는 '거울'이 없이는 자신의 모습을 대상화하여 볼 수 없다. '거울'을 통해서만 '나'의 모습을 확인할 수 있는 것이다. '나'는 '거울' 속에 나타나는 '나'의 허상을 보고 그것이 바로 '나' 자신의 참모습이라고 생각하게 된다. 현실 속에 실재하는 '나'는 '거울' 속에 맺히는 '허상'으로서의 '나'의 모습을 보고 그것을 자신의 참모습과 동일시하게 되는 것이다. 바로 여기서 시적 화자인 '나'와 '거울 속의 나' 사이에 야기되는 실재와 허상 사이의 본질적인 불일치가 드러난다. 이 시에서는 이러한 불일치가 일종의 자기 분열적 현상처럼 묘사되면서 더욱 증폭되고 내적인 갈등 상태로 발전하고 있는 것이다.

1연에서 그려 내고 있는 시적 공간은 '거울 없는 실내'이다. 시적 화자인 '나'는 '거울 없는 실내'에 있다. 그렇기 때문에 '나' 자신의 모습을 확인하여 볼 수가 없다. 다시 말하자면 이 공간에서 '나'는 '거울 속의 나'와 만날 수 없다. 시적 텍스트에서는 이러한 상황을 '거울 속의 나는 역시 외출 중이다'라고 설명하고 있다. 그런데 여기서 '거울 속의 나'의 부재는 결국 실재하는 '나'의 모습과 그 존재를 확인할 수 없는 상태를 암시한다. 그러므로 '거울 속의 나를 무서워하며 떨고 있다'라는 진술은 결국 자기 존재를 확인할 수 없는 상태에 대한 불안과 공포를 의미하는 것이다. 1연의 마지막 문장에서 '거울 속의 나는 어디 가서 나를 어떻게 하려는 음모를 하는 중일까'라고 하는 질문은 자기 존재를 확인할 수 없는 상황에서 느끼게 되는 존재에 대한 두려움의 정서를 공간적으로 확장하고 있는 것이다.

이 시의 2연은 '죄를 품고 식은 침상에서 잤다. 확실한 내 꿈에 나는 결석하였고 의족을 담은 군용장화가 내 꿈의 백지를 더럽혀 놓았다'라는 두 문장으로 이어진다. 첫 문장은 시적 진술의 주체인 '나'라는 화자가 '죄(罪)를 품고' 식은 침상에서 잠을 잤다는 내용이다. 여기서 '죄를 품고'라는 구절의 해석이 문제다. '나'라는 화자가 어떤 형벌이나 재앙을 당한 채로 식은 침상에서 잤다고 풀이할 경우, 그 '형벌과 재앙'의 정체가 무엇인지를 알아야만 의미를 파악할 수 있다. 뒤로 이어지는 두 번째 문장은 '확실한 내 꿈에 나는 결석하였고'라는 부분과 '의족을 담은 군용장화가 내 꿈의 백지를 더럽혀 놓았다'라는 부분으로 나뉜다. '확실한 내 꿈에 나는 결석하였고'라는 표현은 모순 어법을 이용한 진술이다. '내 꿈에 나는 결석하였고'라는 설명은 '나'에 대한 꿈을 꿀 수 없는 상태를 말하는 것으로 볼 수도 있고, 주체가 부재하는 꿈을 뜻하는 것으로 볼 수도 있다. '의족을 담은 군용장화가 내 꿈의 백지를 더럽혀 놓았다'에서 '의족을 담은 군용장화'는 고도의 비유적 의미와 상징성을 지닌다. 여기서 '의족'은 다리가 절단된 사람이 나무나 고무로 만들어 붙인 인공의 다리 또는 발을 말한다. '의족'을 붙였다면 발과 다리가 자연 상태로 온전하지 못함을 알 수 있다. 결국 '의족을 담은 군용장화'는 온전하지 못하여 나무나 고무로 만들어 붙인 인공의 발에 신겨진 커다란 군용장화를 의미한다고 할 수 있다. 물론 이러한 설명은 동어반복에 불과하여 이것만으로 그 속에 담긴 비유적 의미나 상징성에 접근하기는 어렵다. 하지만 이 둘째 문장에서 시적 화자인 '나'는 꿈을 꿀 수 없게 되었으며, 온전하지 못한 인공의 발에 신겨진 군용장화로 인하여 '나'의 꿈이 모두 망가져 버렸음을 말해 주고 있다고 할 것이다.

그런데 2연에서 '죄'라는 시어가 의미하는 '형벌 또는 재앙'을 어떻게 이해할 것인가 하는 문제는 '의족을 담은 군용장화'로 비유되고 있는 것이 대체 무엇인가 하는 질문과 함께 여전히 미궁에 갇혀 있다. '죄를 품고'라는 구절은 1연에서 '무서워하며 떨고'라는 말로 표현된 바 있는 시적 화자의 심리 상태를 암시한다. 즉 두려움과 공포를 느끼면서 잠자리에 들고 있음을 말한다. '의족을 담은 군용장화'는 이상의 소설 「12월 12일」에서부터 등장하는 아픈 다리의 이미지와 연결시켜 볼 수도 있을 것이다. 그러나 이러한 설명이 여전히 불만스럽다. 여기서는 '죄'라는 말과 '의족을 담은 군용장화'라는 구절의 어떤 연관성을 상정하고 이에 대한 새로운 해석을 시도해 보려고 한다. 우선 '군용장화'라는 말을 어떤 추상적인 개념이나 의미로 읽는 것보다는 구체적인 사물로서의 '군용장화'의 형태와 그 이미지로 보는 것이 좋겠다. 이와 유사한 이미지는 시 「가외가전」의 "어디로피해야저어른구두와어른구두가맞부딪는꼴을안볼수있스랴"라는 구절에 등장하는 '구두'에서도 발견된다. 이 대목은 그대로 인간 육체의 장기(臟器) 가운데 '폐(肺)'의 형상을 이미지화한 것으로 유추해 볼 수 있다. '의족을 담은 군용장화'도 온전하지 못한 '폐'의 형상을 구체적인 사물인 '군용장화'의 형상으로 단순화하여 시각적 이미지로 바꾸어 놓은 것이 아닌가 생각된다. 이러한 해석을 놓고 보면 '죄를 품고'라는 구절에서 '죄'가 암시하는 형벌과 재앙의 의미가 곧바로 폐결핵이라는 육체의 병환을 뜻한다는 점도 이해할 수 있는 것이다. 결국 2연은 폐결핵이라는 병환에 시달리는 온전하지 못한 육체로 인하여 시의 화자는 자신의 꿈을 펼칠 수가 없게 되었고, 그 병환 자체가 꿈을 망쳐 버렸다는 것을 말해 준다고 해석할 수 있다.

「오감도 시제15호」의 3연부터 6연까지는 '거울 있는 실내'로 시적 공간이 바뀐다. '나'는 거울을 들여다보면서 '거울 속의 나'를 발견한다. 거울을 통해 자신의 모습을 확인하는 것이다. 3연에서는 이러한 자기 확인으로서의 '거울 보기'를 그대로 설명하고 있다. '나는 거울 있는 실내로 몰래 들어간다. 나를 거울에서 해방하려고. 그러나 거울 속의 나는 침울한 얼굴로 동시에 꼭 들어온다'라는 구절에서 볼 수 있듯이 '나'는 자기 존재에 대한 두려움으로부터 벗어나기 위해 아무도 모르게 가만히 거울을 들여다본다. 그러나 거울을 보는 순간 '거울 속의 나'는 피곤한 모습으로 거울에 나타난다. 그리고 '나'를 향하여 미안하다는 뜻을 표시한다. 이같이 거울에서 '나'의 모습을 확인하게 되는 자기 발견의 방식을 통해 '나'는 자신의 존재로부터 벗어날 수 없다는 사실을 인식하게 된다. '내가 그 때문에 영어(囹圄)되어 있듯이 그도 나 때문에 영어되어 떨고 있다'라는 마지막 문장이 이를 설명하고 있다.

4연에서는 2연과 3연에서 이루어진 진술 내용을 놓고 시적 의미의 전환을 시도한다. 이미 설명한 대로 '내가 결석한 나의 꿈'은 꿈속에 그 꿈의 주체인 '나'가 없음을 말한다. '꿈'이라는 것이 어떤 구체적인 목표에 대한 갈망을 의미하는 것이라면, 그 '꿈'을 향해 실현하고자 하는 주체로서의 '나'의 부재는 결국 꿈 자체의 실현이 불가능함을 뜻한다. 그러므로 '나'는 '내 위조가 등장하지 않는 내 거울'을 생각한다. '나'의 참모습을 발견하고 싶은 것이다. 하지만 이것도 불가능하다. 여기서 시적 화자인 '나'는 새로운 방법을 찾아낸다. 그것이 바로 '거울 속의 나'를 제거하는 방법으로서의 자살이다. '나는 드디어 거울 속의 나에게 자살을 권유하기로 결심하였다'라는 진술을 통해 이를 확인할 수 있다. '나는 그에게 시야도 없는 들창을 가리키었다. 그 들창은 자살만을 위한 들창이다'라는 두 개의 문장은 자살의 방법을 행동으로 지시하는 대목이다. 여기서 '시야도 없는 들창'이란 '거울' 그 자체를 말한다. 거울은 속이 들여다보이는 것처럼 거울 바깥의 사물을 그대로 반사하여 보여주지만 실제로 앞이 탁 트인 것은 아니다. '시야도 없는 들창'이라는 은유는 바로 이 같은 거울의 속성을 그대로 말해 주는 셈이다. 이러한 설명을 그대로 따른다면 '나는 그에게 시야도 없는 들창을 가리키었다'라는 구절은 거울을 향해 손가락질을 하는 행위를 그대로 설명한 것이라고 할 수 있다. 그런데 바로 그러한 행위 자체가 '거울 속의 나'를 향해 총을 겨냥하는 행동처럼 드러난다. 뒤에 이어지는 5연에서 총을 발사하는 장면을 묘사하고 있는 것은 바로 이 대목을 통한 유추와 연상(聯想) 작용으로 이해할 수 있다. 하지만 '거울 속의 나'의 자살은 가능하지 않다.

5연과 6연은 '나'의 '자살'을 시도하는 장면을 묘사한다. '나'는 '거울 속의 나'의 왼쪽 가슴을 겨누고 권총을 발사한다. 탄환이 '거울 속의 나'의 왼쪽 가슴을 관통한다. 그러나 '거울 속의 나'의 심장을 꿰뚫는 데에는 실패한다. 거울 속에 비친 '나'의 모습은 반사의 원리에 따라 좌우가 바뀌어 보이므로 바른편에 있는 심장을 겨냥할 수가 없기 때문이다. 그런데 6연의 첫 문장에서는 '모형 심장에서 붉은 잉크가 엎질러졌다'라고 진술하고 있다. 이 대목은 총탄에 맞아 심장에서 피가 흘러나오는 장면을 선명하게 묘사한 것처럼 보이지만 실상은 그렇지 않다. 이 대목을 제대로 이해하기 위해서는 「오감도 시제9호 총구」를 다시 읽을 필요가 있다. 이 작품은 폐결핵의 증상 가운데 하나인 기침과 거기에 수반하는 '객혈'의 고통스러운 순간을 감각적으로 포착해 내고 있다. 이 시의 마지막 구절인 '그러더니 나는 총 쏘듯이 눈을 감으며 한 방 총탄 대신에 나는 참 나의 입으로 무엇을 내뱉었더냐'라는 의문형 문장은 객혈의 고통을 견디기 위해 눈을 감고 입으로 피를 토하게 되는 순간을 묘사한 대목이다. 과녁을 겨냥하기 위해 한 눈을 감고 총을 쏜다. 총탄이 총구에서 격발되는 순간 번쩍 불꽃이 튄다. 여기서 불꽃 속으로 튕겨 나가는 총탄의 모습을 목구멍을 격하게 넘어와 입 밖으로 내뿜게 되는 객혈의 피와 겹쳐 놓고 있다. 객혈의 순간이 마치 총구에서 총탄이 격발되는 순간처럼 격렬하게 묘사되고 있는 것이다. 극한의 고통과 격렬한 파괴의 이미지가 여기에 덧붙여지고 있음을 알 수 있다. 이처럼 「시제9호 총구」에서 볼 수 있는 극렬한 고통의 장면은 '모형 심장에서 붉은 잉크가 엎질러졌다'라는 「오감도 시제15호」의 구절과 연결해 보면 그 의미가 분명해진다. 여기에 제시되고 있는 '모형 심장'은 '거울 속의 나'의 심장을 가리킨다. 거울에 비친 '허상'이기 때문에 '모형 심장'이라는 표현을 쓰고 있다. '붉은 잉크가 엎질러졌다'라는 장면은 '기침'을 하는 순간 '객혈'이 일어나면서 피가 튀겨 '거울' 위로 흘러내리는 것을 은유적으로 표현한 것이다. 이 객혈의 순간을 넘기면서 시적 화자인 '나'는 '내가 지각한 내 꿈에서 나는 극형을 받았다. 내 꿈을 지배하는 자는 내가 아니다. 악수할 수조차 없는 두 사람을 봉쇄한 거대한 죄가 있다'라고 진술하면서 시적 의미의 매듭을 짓는다. 결국 이 시의 마지막 대목은 거울을 보고 있는 순간 기침이 일어나고 객혈하게 되어 거울에 핏방울이 묻어 흐르는 장면을 보면서 느끼는 처절한 비애와 부정적 자기 인식을 보여 준다. 시적 화자가 겪는 현실적 고통으로서의 기침과 객혈의 과정을 암시하는 대목으로 결말을 매듭짓고 있는 것은 현실 속의 '나'에게 가장 큰 '죄'가 바로 병이라는 재앙임을 암시한다고 할 수 있다.

「오감도 시제15호」는 병든 육체의 고통을 견디면서 살아야 하는 '나'라는 시적 화자가 거울을 통해 자신의 모습을 확인하고 거기에 집착하는 일종의 '병적 나르시시즘'을 보여 주고 있다. 현실 속의 '나'는 자신의 병을 커다란 죄업으로 여길 정도로 병든 자신의 모습을 견디기 어렵다. 그렇기 때문에 '나'는 자꾸만 거울을 들여다보며 '거울 속의 나'를 확인해 보고 그 존재를 부정한다. 여기서 반복되는 '거울 보기'는 자기 확인을 위한 몸의 언어이며 몸의 감각과 통한다. 그리고 '거울'은 시적 화자인 '나' 자신을 응시하고 그 존재 의미를 확인할 수 있는 자기 투시와 자기 인식의 존재론적 공간이 된다.

### 6) 「오감도」 그 미완의 세계

「오감도」의 연작 형식은 「오감도」라는 거대한 상상적 구도를 완성하기 위한 궁극의 조건이 되고 있지만, 그 완결된 형태에 도달하지 못한다. 그러나 「오감도」의 등장은 하나의 문단적 충격이었다고 할 만하다. 이 충격은 시적 감성의 영역을 시적 인식의 세계로 바꾸어 놓은 시 정신의 전환과 관련된다. 「오감도」에서 가장 주목되는 것은 시적 대상을 보는 시각의 전환과 그 시적 기법의 새로움이라고 할 수 있다. 시적 대상으로서의 사물에 대한 인식 혹은 지각은 무수한 원근법적 시선의 무한한 종합으로 가능해진다. 하나하나의 시선에 따라 대상이 지각되기는 하지만 그것은 항상 대상으로서 사물의 어떤 한 측면만 보이게 된다. 대상은 그것을 보는 관점이나 장소에 따라 다르게 보이기 때문이다. 대상의 전체적인 모습이나 그 형태를 한눈에 '본다'는 것은 거의 불가능하다. 이러한 한계는 대상 자체의 문제가 아니라 그것을 보는 사람의 시각에서 드러나는 제약에 기인하는 것이라고 할 수 있다. 「오감도」에서 시적 화자는 스스로 '까마귀'를 자처하여 공중에 떠 있다. 공중에 떠 있는 '까마귀'의 시선과 각도를 가진다는 것은 사물에 대한 감각적 인지를 전체적으로 가능하게 하는 시선과 각도를 가진다는 것을 말한다. 그리고 이것은 사물의 세계를 그보다 높은 시각에서 장악할 수 있게 됨을 암시하는 것이다. 사물을 전체적으로 본다는 것은 그러므로 일종의 지각적 종합에 의해서만 가능한 일이다. 일반적인 의미에서 '보다'라는 지각의 행위는 언제나 자기 육체에 속하는 '눈'의 위치와 그 높이에 의해 결정된다. '눈'으로 보지 않고서는 그 사물의 실재를 이해하기 어렵다. 그렇지만 보이는 것이 그 사물의 전체는 아니다. 지각된 대상은 실제로 주어져 있는 것 이상의 어떤 것을 포함한다. 그러므로 '보다'라는 말은 일종의 역설을 드러낸다. 시인 이상이 「오감도」를 통해 표현하고자 한 것도 바로 이 같은 사물을 보는 시각의 역설적 의미가 아닌가 생각된다.

「오감도」는 대상으로서의 사물을 보는 시각의 문제에 대한 새로운 도전을 보여 준다. 대상을 본다는 것은 단순히 눈앞에 존재하는 사물의 외적 형상을 인지하는 것만은 아니다. 그것은 사물을 관찰하는 과정과 함께 주체를 둘러싸고 있는 환경 속에서 관찰자로서의 주체까지도 포함하는 여러 개의 장(場)을 함께 파악하는 일이다. 이상은 사물에 대한 물질적 감각을 정확하게 파악하기 위해 사물의 전체적인 형태나 중량감, 윤곽, 색채와 그 속성까지도 설명할 수 있는 특이한 시선과 각도를 찾아낸다. 그가 끊임없이 발전해 가는 기술 문명의 세계를 놓고 그것의 정체를 포착하면서 동시에 주체의 의식의 변화까지도 드러내기 위해 상상해 낸 새로운 그림이 바로 「오감도」

라고 할 수 있다.

## 3. 「오감도」 이후의 시와 병적 자기몰입

### 1) 「가외가전(街外街傳)」의 난해성

이상은 다방 제비에서의 생활을 청산하고 박태원 등의 주선으로 구인회에 정식 회원으로 참여한다. 1934년 연작시 「오감도」를 발표한 후의 일이다. 그는 이태준, 정지용, 김기림, 박태원 등이 활동하고 있던 구인회에 참여함으로써 1930년대 한국문학의 새로운 경향을 주도하던 당대 최고의 문사들과 어깨를 나란히 할 수 있게 된다. 이상이 구인회에 가담한 후 보여 준 문학 활동은 1930년대 초반부터 구인회의 회원들이 추구했던 모더니즘 문학의 새로운 경향과 그 성과를 통해 잘 나타나고 있다. 그는 구인회의 문단적 위상을 위해 기획된 동인지 형태의 기관지 《시(詩)와 소설(小說)》(1936. 3.)의 발간을 주도한 바 있다. 그리고 이 잡지에 난해시로 지목되고 있는 「가외가전」을 발표하고 있다. 이 시는 함께 발표된 정지용의 시 「유선애상」, 박태원의 소설 「방란장 주인」 등과 함께 구인회가 지향했던 문학 정신과 그 기법적 실험을 유감없이 보여 준 작품으로 볼 수 있다.

이상의 「가외가전」은 그 제목부터 의미를 제대로 이해할 수 없다. 작품 속에서 그려 내고 있는 시적 대상과 그 정황도 분명하지 않다. 묘사의 대상이나 진술하고 있는 내용이 무엇인지 직접 지시하는 말을 생략하거나 문맥 속에 숨겨 두고 있기 때문이다. 이 특이한 생략의 수사법은 그대로 시적 텍스트의 난해성을 조장한다. 여기서 '가외가전'이라는 말은 이상 자신이 만들어 낸 신조어에 해당한다. 한자의 뜻을 글자 그대로 풀이한다면 '길 밖의 길에 관한 이야기'라는 의미로 해석할 수 있다. 일반적인 의미에서 '길'은 사람이 지나다닐 수 있도록 땅 위에 만든 일정한 너비의 공간을 뜻한다. 물론 동물이 지나다니는 곳도 길이라고 한다. 그런데 '길 밖의 길'은 이런 식의 의미를 거부한다. 통상적으로 일컬어지는 길이 아닌 길이기 때문이다. 여기서 암시하는 것이 바로 '숨길'이다. 인간의 육체에서 외부 세계와 서로 통하도록 연결되어 있는 것이 숨길이다. 숨을 쉴 때 외부의 공기가 허파로 들어갔다가 나오는 기도(氣道)로서의 숨길은 입과 코를 통해 외부와 통하지만 인간 육체의 내부에 자리잡고 있는 폐부(肺腑)에서 그 길이 소멸되는 아주 특이한 구조를 지닌다. 숨길이 막히면 숨을 쉴 수가 없게 되고 숨을 쉬지 못하면 목숨이 끝난다. 그러므로 인간의 생명을 좌우하는 가장 중요한 길이 바로 숨길임을 알 수 있다.

이상의 「가외가전」은 몸의 느낌과 몸의 상상력에 의해 만들어진 공상의 산물이다. 인간 생명의 출발이면서 동시에 끝에 해당하는 '숨길'에 관한 공상을 '길 밖의 길의 이야기'라고 명명하고 있는 이 시의 복잡한 유추 방법과 그 대상의 우의성(寓意性)을 이해하지 못한다면 시적 의미의 심층에 접근하기 어렵다. 외형상 6연으로 구분되어 있는 이 시의 텍스트에서 각 연에 등장하는 시적 대상은 '숨길'에서 만나는 육체의 내부 기관들이지만 특유의 비유와 암시적 진술로 그 형태와 기능이 묘사되거나 서술되고 있다. 더구나 일종의 몽타주의 기법을 활용하여 각 연을 서로 연결하고 있으므로 의미구조의 전체적인 맥락을 조심스럽게 파악해야 한다. 이 작품의 시적 의미를 제대로 파악하기 위해서는 텍스트의 언어에 대한 정밀한 독법과 분석을 통해 그 비유적 표현의 원관념과 보조관념의 관계를 정확하게 이해하는 것이 중요하다.

喧噪때문에磨滅되는몸이다. 모도少年이라고들그리는데老爺인氣色이많다. 酷刑에씻기워서算盤알처럼資格넘어로튀어올으기쉽다. 그렇니까陸橋우에서또하나의편안한大陸을나려다보고僅僅이삶다. 동갑네가시시거리며떼를지어踏橋한다. 그렇지안아도陸橋는또月光으로充分히天秤처럼제무게에끄덱인다. 他人의그림자는위선넓다. 微微한그림자들이얼떨김에모조리앉어버린다. 櫻桃가진다. 種子도煙滅한다. 偵探도흐지부지— 있어야옳을拍手가어째서없느냐. 아마아버지를反逆한가싶다. 黙黙히— 企圖를封鎖한체하고말을하면사투리다. 아니— 이無言이喧噪의사투리리라. 쏟으랴는노릇— 날카로운身端이싱싱한陸橋그중甚한구석을診斷하듯어루맍이기만한다. 나날이썩으면서가르치는指向으로奇蹟히골목이뚤렸다. 썩는것들이落差나며골목으로몰린다. 골목안에는侈奢스러워보이는門이있다. 門안에는金니가있다. 金니안에는추잡한혀가달닌肺患이있다. 오— 오—. 들어가면나오지못하는타잎기피가臟腑를닮는다. 그우로짝바뀐구두가비철거린다. 어느菌이어느아랫배를앓게하는것이다. 질다.

反芻한다. 老婆니까. 마즌편平滑한유리우에解消된政體를塗布한조름오는惠澤이뜬다. 꿈— 꿈— 꿈을짓밟는虛妄한勞役— 이世紀의困憊와殺氣가바둑판처럼넓니깔였다. 먹어야사는입술이惡意로구긴진창우에서슬몃이食事흉내를낸다. 아들— 여러아들— 老婆의結婚을거더차는여러아들들의육중한구두— 구두바닥의징이다.

層段을몇벌이고아래도나려가면갈사록우물이드믈다. 좀遲刻해서는텁텁한바람이불고— 하면學生들의地圖가曜日마다彩色을곳인다. 客地에서道理없어다수굿하든집웅들이어물어물한다. 卽이聚落은바로여드름돋는季節이래서으쓱거리다잠꼬대우에더운물을붓기도한다. 渴— 이渴때문에견듸지못하겠다.

太古의湖水바탕이든地積이짜다. 幕을버틴기둥이濕해들어온다. 구름이近境에오지않고娛樂없는空氣속에서가끔扁桃腺들을알는다. 貨幣의스캔달—발처럼생긴손이염치없이老婆의痛苦하는손을잡는다.

눈에띠우지안는暴君이潛入하얏다는所聞이있다. 아기들이번번이애총이되고되고한다. 어디로避해야저어른구두와어른구두가맞부딋는꼴을안볼수있스랴. 한창急한時刻이면家家戶戶들이한데어우러저서멀니砲聲과屍斑이제법은은하다.

여기있는것들은모두가그尨大한房을쓸어생긴답답한쓰레기다. 落雷심한그尨大한房안에는어디로선가窒息한비들기만한까마귀한마리가날어들어왔다. 그렇니까剛하든것들이疫馬잡듯픽픽씰어지면서房은금시爆發할만큼精潔하다. 反對로여기있는것들은통요사이의쓰레기다.
간다. 「孫子」도搭載한客車가房을避하나보다. 速記를펴놓은床几웋에알뜰한접시가있고접시우에삶은鷄卵한개— 옾-크로터뜨린노란자위겨드랑에서난데없이孵化하는勳章型鳥類— 푸드덕거리는바람에方眼紙가찌저지고氷原웋에座標잃은符牒떼가亂舞한다. 卷煙에피가묻고그날밤에遊廓도탔다. 繁殖한고거즛天使들이하늘을가리고溫帶로건는다. 그렇나여기있는것들은뜨뜻해지면서한꺼번에들떠든다. 尨大한房은속으로골마서壁紙가가렵다. 쓰레기가막붙ㅅ는다.

이 시의 텍스트에서 '훤조(喧噪) 때문에 마멸(磨滅)되는 몸이다. 모두 소년이라고들 그러는데 노야(老爺)인 기색(氣色)이 많다. 혹형(酷刑)에 씻기워서 산반(算盤) 알처럼 자격(資格) 너머로 튀어 오르기 쉽다. 그러니까 육교(陸橋) 위에서 또 하나의 편안한 대륙을 내려다보고 근근(僅僅)이 산다'라는 1연의 서두 부분을 보면 모든 시적 진술이 통사적으로 주체(주어)를 생략하고 있다. 그러므로 무엇에 대해 서술하고 있는지, 무엇이 묘사되고 있는지 표면적으로 드러나지 않는다. 시적 대상의 정체를 지배적인 인상에 대한 묘사와 비유적 표현에 의해 서술하고 있기 때문이다. 작품 속에서 진술하고 있는 시적 대상이 무엇인가를 숨기면서 고도의 상징과 비유를 통해 그 정체를 확인하도록 유도하는 이 특이한 시적 진술 방법은 《시와 소설》에 함께 수록된 정지용의 「유선애상」에서도 비슷한 방식으로 활용되고 있다. 이 두 작품에서 발견되는 특이한 기법적 대응은 구인회가 지향하는 문학의 가치를 암시하고 있다는 점에서 주목된다. 주어를 생략한 채 서술부만을 제시하고 있는 '훤조 때문에 마멸되는 몸이다'라는 첫 문장에서 '훤조(喧噪)'라는 말은 '지껄이고 떠들다(말하다)'는 뜻을 가지며, '마멸(磨滅)'은 '닳다'는 뜻을 지닌다. 이 첫 문장에서 생략된 주어가 무엇인지를 알아내기 위해서는 '훤조'와 '마멸'이라는 두 개의 단어가 암시하고 있는 생략된 주어의 기능과 형태를 주목해야만 한다. 우선 '훤조'라는 단어가 '말하기'와 관련된다는 점에서 착안하여 그 대상을 인간의 입과 연관하여 생각해 볼 수 있다. 특히 '마멸'이라는 단어가 암시하는 바에 따라 입안의 조음기관(調音器官) 가운데 마모(磨耗)가 되는 것으로 그 범위를 압축해 본다면, 자연스럽게 유추해 낼 수 있는 것이 바로 입안에 있는 '치아(齒牙)'이다. 여기서 문장의 주어를 '치아(이빨)'라고 써넣고 보면 문맥이 자연스럽게 이어진다. 둘째 문장인 '모두 소년이라고들 그러는데 노야인 기색이 많다'라는 진술에도 마찬가지로 주어가 없지만, '치아'를 주어로 놓고 보면 그 비유적 표현에서 암시하고 있는 의미가 분명해진다. '소년'이라는 말과 '노야(老爺)'라는 말은 모두 치아의 형태를 암시하고 있는데, 나이가 어리지만 치아의 상태가 그리 건강하지 않음을 뜻한다. 셋째 문장에서는 '치아'가 가지런하지 못하고 불규칙하게 울퉁불퉁 튀어나와 있는 모습을 '주판의 알이 솟아나 있는 모양'에 비유하고 있다. 넷째 문장에서 '동갑네'는 비슷한 시기에 나와서 가지런히 자리를 잡고 있는 치아들을 말하는데, 잇몸 위에 치아가 나란히 나와 있는 모습을 '답교놀이'를 하는 모습에 비유하고 있다. 다섯째 문장에서 '육교(陸橋)'는 치아가 나와 있는 '치골'을 말한다. 입을 벌리거나 다물 때 그 움직임에 따라 치골이 함께 움직이는 것을 '육교가 끄덕인다'고 표현하고 있다. 이처럼 시의 서두에서 입안의 치아를 묘사의 대상으로 삼고 있다는 것은 뒤에 이어지는 시적 묘사에서도 확인이 가능하다. 그런데 '타인의 그림자는 위선 넓다. 미미한 그림자들이 얼떨김에 모조리 앉아 버린다. 앵두(櫻桃)가 진다. 종자(種子)도 연멸(煙滅)한다. 정탐(偵探)도 흐지부지— 있어야 옳을 박수(拍手)가 어째서 없느냐. 아마 아버지를 반역(反逆)한가 싶다'라는 몇 개의 문장은 그 의미를 정확하게 파악하기 어렵다. '아마 아버지를 반역한가 싶다'라는 말은 새로운 치아가 헌 이빨을 빼낸 자리에 나오는 것을 비유적으로 표현한 것이 아닌가 생각된다. 여기서 '아버지'는 '젖니'를 말하고 그 자리에 새로 나온 치아는 '간니'에 해당하는 셈이다. 뒤에 이어지는 '묵묵히— 기도(企圖)를 봉쇄(封鎖)한 체하고 말을 하면 사투리다. 아니— 이 무언(無言)이 훤조(喧噪)의 사투리리라'라는 표현은 입을 다물고 (이를 물고) 말을 하면 제대로 발음이 되지 않는다는 것을 의미한다. '날카로운 신단(身端)이 싱싱한 육교(陸橋) 그중 심(甚)한 구석을 진단(診斷)하듯 어루만지기만 한다'라는 문장은 입을 다물고 있을 때는 입안에서 혀끝(날카로운 신단)이 아래위의 치아에 닿으면서 마치 구석구석을 진단하듯 스친다는 것을 비유적으로 표현한 것이다. 첫 연의 후반부는 치아에 충치가 생겨 구멍이 뚫려서 음식물 찌꺼기가 그곳에 자꾸 끼이는 것을 묘사한다. '기적같이 골목이 뚫렸다. 썩는 것들이 낙차 나며 골목으로 몰린다'라는 대목이 이를 말해 준다. 이렇게 되면 누구나 치과에 가서 충치를 치료하면서 치아의 구멍을 메우게 된다. 여기서 '금니'라는 것은 바로 충치의 치료를 위해 금으로 상한 치아를 감싸거나 구멍을 메운 것을 말한다. 그러나 금니를 해 넣는 경우에도 치아의 내부가 상해 들어갈 수도 있고 제대로 맞지 않아 고생하기도 한다. 금니를 해 넣은 것이 아래윗니와 제대로 맞지 않는 것을 '짝 바뀐 구두'라고 표현하기도 한다.

이 시의 2연도 여전히 입안에서 이루어지는 치아의 작용을 묘사한다. '반추(反芻)한다. 노파(老婆)니까'라는 구절에서 '반추(反芻)'라는 말은 글자 그대로 '되새김질'을 뜻하는데, 치아의 저작(詛嚼)운동을 말하는 것으로 볼 수 있다. 음식을 먹지 않고 입맛을 다시거나 침을 삼킬 때 치아는 자연스럽게 저작운동을 한다. 이 무의식적으로 이루어지는 저작운동은 '허망한 노역'에 불과하다. 이때 입술도 마치 '식사 흉내를 내는 것'처럼 함께 움직인다. 아래윗니가 서로 부딪는 것이 마치 '구두 바닥의 징'이 부딪치는 것처럼 느껴진다. '아들— 여러 아들— 노파(老婆)의 결혼(結婚)을 걷어차는 여러 아들들'이란 젖니가 빠진 후에 새로 나온 여러 개의 치아들, 즉 간니를 말한다. 어금니는 영구치이기 때문에 중간에 빠지고 새로 이가 나는 법이 없다. 그러므로 평생을 가는 어금니를 '노파'에 비유한다. 그런데 이 어금니에 충치가 생겨서 금니를 덧씌웠기 때문에 이를 두고 '노파의 결혼'이라고 비유적으로 표현하고 있다.

이 시의 텍스트에서 '층단(層段)을 몇 벌이고 아래로 내려가면 갈수록 우물이 드물다'라는 3연의 첫 문장은 시적 묘사의 대상이 입안에서 안쪽의 후

두(목구멍) 부분으로 이동하고 있는 것을 확인할 수 있다. 구강의 안쪽 부분부터는 침샘이 없어서 침이 나오지 않는다. 이것을 두고 '우물이 드물다'라고 표현하고 있다. '좀 지각(遲刻)해서는 텁텁한 바람이 불고— 하면 학생들의 지도(地圖)가 요일마다 채색(彩色)을 고친다. 객지(客地)에서 도리(道理) 없어 다소곳하던 지붕들이 어물어물한다. 즉 이 취락(聚落)은 바로 여드름 돋는 계절(季節)이래서 으쓱거리다 잠꼬대 위에 더운물을 붓기도 한다'라는 부분은 정확하게 어떤 상태를 말하고 있는 것인지 알 수 없다. 그러나 '좀 지각해서는 텁텁한 바람이 불고'라는 표현은 목구멍을 통해 올라오는 트름을 암시하는 것 같기도 하고, '잠꼬대 위에 더운물을 붓기도 한다'라는 진술은 수면 중에 침을 흘리는 현상을 비유적으로 설명한 것이 아닌가 생각되기도 한다. '갈(渴)— 이 갈(渴) 때문에 견디지 못하겠다'라는 표현은 '목이 마르다'라는 말을 바꾸어 놓은 것으로 본다. 4연에서도 모든 진술이 고도의 비유와 암시로 일관하고 있다. '태고(太古)의 호수(湖水) 바탕이던 지적(地積)이 짜다'라는 문장은 구강에서부터 목구멍에 이르기까지 심하게 일어나고 있는 갈증을 '짜다'라는 형용사로 표현한다. 기관지에 가래가 생기고('기둥이 습해 들어온다') 편도선을 앓기도 한다. 마지막 문장에서 '발처럼 생긴 손'은 편도선염으로 붓고 늘어진 '목젖'을 말한 것이 아닌가 생각된다. 여기서 '남의 돈을 꿀꺽 삼킨다'는 데에서 유래된 것으로 보이는 '화폐의 스캔들'이라는 말을 비유적으로 활용한 것이 매우 재미있다. 사실은 음식이나 침을 꿀꺽 삼키기조차 힘들다는 것을 암시하고 있다.

이 시에서 내용상 후반부에 해당하는 5연과 6연은 직접 눈으로 확인하기 어려운 호흡기관의 중심에 해당하는 폐부(肺腑)를 묘사의 대상으로 삼고 있다. 5연의 경우는 '눈에 띄지 않는 폭군(暴君)이 잠입(潛入)하였다는 소문(所聞)이 있다'라는 첫 문장에서 공기를 통해 전염되는 병균(폭군)이 폐부에 침입하게 된 것을 암시한다. '아기들이 번번이 애총이 되고 되고 한다'라는 둘째 문장에서는 아기들의 죽음에 대하여 진술하고 있는데, 홍역에 걸린 아기들이 폐렴이 생겨서 목숨을 잃게 되는 현상을 암시하는 것으로 보인다. 폐렴은 극심한 호흡곤란을 야기하고 가슴과 폐 사이 늑막에 물이 고이는 늑막염 등의 합병증을 일으키기도 한다. 심한 기침과 많은 양의 가래를 분비하며 객혈을 동반하기도 한다. 이를 잘못 다스리면 치명적인 상태에 빠져든다. '애총'은 아기들의 무덤을 말한다. '어른 구두와 어른 구두가 맞부딪는 꼴'이라는 표현은 폐렴이라는 병환의 증상을 비유적으로 표현한 것이 아닌가 생각된다. 여기서 '어른 구두'라는 것이 폐(허파)의 모양을 빗대고 있는 것으로 본다면, 홍역이 폐렴으로 발전하게 되어 가슴과 폐 사이에 물이 고이거나 기관지가 확장되는 모양을 비유적으로 표현한 것이라고 할 수도 있다. '한창 급한 시각이면 가가호호(家家戶戶)들이 한데 어우러져서 멀리 포성(砲聲)과 시반(屍斑)이 제법 은은하다'라는 마지막 문장은 홍역이 아주 심할 때 그 전염을 막기 위해 환자를 격리하고 사람들이 서로 출입을 삼가던 일을 서술한 것으로 보인다.

마지막 6연을 보면 그 전반부에서 '폐부'의 내면에 관한 묘사가 이루어진다. 여기서 '방대(厖大)한 방'이란 바로 폐부(肺腑)를 비유적으로 표현한 말이다. 온몸을 순환한 혈액이 폐부에 와서 새로운 산소를 공급받고 탄산가스를 내보낸다. 이 방 안으로 날아들었다고 하는 '비둘기 만한 까마귀 한 마리'는 '오염된 공기'를 암시하는 비유적인 표현인데, 실제로는 담배를 피울 때 들이키는 담배연기가 아닌가 한다. 뒤에 '궐련에 피가 묻고'라는 대목이 나오는 것으로 보아 이를 짐작할 수 있다. 산소가 혈액에 공급되고 나면 폐부에는 탄산가스가 주로 남게 된다. 이를 두고 '쓰레기'가 남아 있다고 표현하고 있다. 6연의 중반부는 '간다'라는 동사 하나로 어떤 대상의 움직임을 그려 낸다. 이것은 들이켰던 담배연기가 폐부에 남아 있는 탄산가스와 함께 내쉬는 숨결을 타고 밖으로 나가게 되는 상황을 말해 준다고 할 수 있다. '손자(孫子)'는 폐부 내에서 증식된 병균(결핵균)을 암시한다. 뒤에 이것을 다시 '번식한 거짓 천사'라고 지칭하고 있다. 폐부에서 몸 밖으로 내쉬는 숨결에 따라 담배연기를 그대로 내뿜는 형상을 기차가 가는 것처럼('객차가 방을 피하다') 비유하고 있다. 그런데 6연의 후반부에서는 시적 화자가 폐부에 맞춰 놓고 있던 초점을 현실 공간(방)으로 옮겨 놓고 있음에 유의해야 한다. 책상 위에 접시가 있고, 그 접시 위의 하얀 양초에 발갛게 불이 켜져 있다. 양초가 녹아내려 촛농이 응고된 것을 '삶은 계란'으로 비유하고 있으며, 곱게 타오르는 불꽃을 '포크로 터뜨린 노른자에서 부화하는 훈장형 조류'라고 비유하여 표현하고 있다. 그런데 갑작스럽게 기침이 나온다. 담배연기로 인하여 재채기가 나오게 되었다고 할 수도 있다. '푸드덕거리는 바람'(기침이 나옴)으로 인하여 삽화를 그리기 위해 펼쳐 놓은 종이(방안지)가 방바닥에 이리저리 흩어진다. 피우던 담배 위로 객혈이 묻어난다. 핏빛의 감각적 이미지를 강조하기 위해 '유곽(遊廓)'의 화재를 한데 묶어 놓는다. 그리고 기침을 통해 밖으로 나온 병균('번식한 거짓 천사')이 공기 중에 떠돌아다니게 된다는 것을 암시한다. '방대한 방은 속으로 곪아서 벽지(壁紙)가 가렵다. 쓰레기가 막 붙는다'라는 마지막 두 문장은 다시 시점을 폐부로 이동하여 폐병이 더욱 심해지고 있음을 암시한다.

이처럼 시 「가외가전」에서는 인간의 육체와 병에 관한 시인의 우울한 공상이 시적 의미의 기반을 형성한다. 여기서 그려지는 '숨길' 위의 여러 신체 기관들은 그 구조와 기능이 주로 어떤 병적 증상과 결부되어 묘사되거나 서술되고 있다. 이러한 몸의 상상력과 그 시적 특징은 매우 그로테스크한 취향에 속하는 일이지만, 이상 자신의 몸에 대한 인식, 인간 육체에 관한 새로운 발견을 그대로 제시하고 있다. 여기서 중요시되어야 하는 것이 육체의 물질성에 대한 철저한 분석과 그 관찰이다. 인간의 생명의 길이라고 할 수 있는 '숨길'을 철저하게 물질적 요소로 해체하여 보여 주고 있는 이 시에서 시인 이상이 무엇을 얻고자 했는지를 묻는 것은 가혹한 일일지도 모른다. 그러나 분명한 것은 이 작품이 이상 자신의 폐결핵에서 연유된 병적 나르시시즘의 산물이라는 사실이다.

### 2) 「・소・영・위・제・(・素・榮・爲・題・)」와 타이포그래피적 상상력

이상은 시 「・소・영・위・제・」(《중앙》, 1934. 9.)를 통해 여인과의 사랑과 그 배반에 대한 비통한 심정을 애절한 어조로 노래한 바 있다. 이 시는 이상이 발표한 모든 시 작품 가운데 시인의 주관적 감정과 서정적 요소가 가장 강하게 표현되어 있는 시이다. 죽음에 대한 공포와 병의 고통마저 철저하게 자기 감정의 절제를 통해 객관화하고자 했던 이상은 이 시에서 그동안 억제했던 감정을 통곡하듯이 풀어낸다. 물론 이 시에서 시적 텍스트의 짜임새까지도 타이포그래피의 고안에 의해 엄격하게 규제해 놓고 있는 것을 보면 이 같은 서정적 어조의 진술 방법 자체가 자기 감정에 대한 위장의 수법일 수도 있다.

'소영위제'라는 시의 제목 역시 이상이 만들어 낸 말이다. 한자 그대로 해석한다면 '소영(素榮)을 위한 글'이 된다. 여기서 '소영'은 다시 '헛된 꽃' 또는 '헛된 사랑'으로 풀이된다. 한 여인과의 이별을 노래하고 있는 이 시의 모티프는 이상의 실제 생활 속에서 동거녀였던 금홍이와의 이별과 겹쳐진다. 이상의 삶과 그 운명의 변전에서 금홍과의 만남과 사랑과 이별은 거의 치명적이었다고 말할 수 있다. 왜 그럴까? 이 질문에 답하기 위해서는 소설 「봉별기(逢別記)」(《여성》, 1936. 12.)에서 그려 낸 금홍이라는 여인상을 먼저 확인하는 작업이 필요하다. 소설의 주인공 '나'는 스물셋의 나이에 결핵 요양을 위해 온천지의 여관에 머물다가 그곳 술집에서 '금홍'이라는 여인과 만난다. 두 사람은 서로 가까워진다. '나'는 온천장으로 떠나 서울로 돌아온 후에 금홍을 서울로 불러올린다. 그리고 함께 살게 된다. 그러나 두 사람의 생활은 서로 조화를 이루지 못한다. 금홍은 몇 차례의 출분을 거듭하다가 결국은 가출한다. 그리고 이들은 서로 헤어진다. 이 소설의 이야기에 등장하는 '나'와 '금홍'의 관계는 경험적 현실 속에서 이루어진 이상과 금홍이라는 두 남녀의 관계와 거의 그대로 일치한다. 그리고 부분적으로 희화화된 여주인공 금홍이의 행동을 통해 실제 인물 금홍의 성격이 암시되고 있다. 하지만 이 소설에서 작중화자를 겸하고 있는 남성 주인공은 결코 아내의 일탈과 부정을 원망하거나 증오하지 않는다. 모든 이야기는 절제된 감정으로 간략하게 서술되고 있을 뿐이다. 이 소설이 회고적 진술 방식에 의해 서사 내적인 모든 행동과 사건을 이야기하고 있다는 점은 주목을 요한다. 서사에서 회고적 진술 방식은 언제나 서술자의 자기 내면에 대한 섬세한 분석을 가능하게 한다. 회고적 진술을 통해 이미 지나 버린 일들을 현재의 상황 속으로 끌어들여 다시 논의할 수 있기 때문이다. 그런데 이 소설에서 회고적 진술은 자기 분석을 대담하게 생략한 채 만남과 헤어짐의 과정을 간결하게 서술한다. 자신의 과거 행적을 한 여인과의 관계를 통해 보여 주고 있는 것임에도 불구하고 서술적 주체이기도 한 '나'는 철저하게 자기 내면을 감춘다. 그리고 어떤 감정적 굴곡도 드러내지 않고 그 정황을 담담하고 간략하게 서술한다. 그러므로 소설 「봉별기」는 전형적인 고백체로 발전하지 않는다. 간결한 문장, 서술적 주체의 감정에 대한 절제, 담담하게 전개되는 사건 등은 모두 서사적 상황과의 거리 두기를 위해 적절하게 고안된다. 인간의 인연으로 만났다가 서로 헤어지게 되는 여인과의 삶에 묻어나는 고통과 회한을 담백하게 서술하고 있을 뿐이다.

「・소・영・위・제・」에서 시적 화자인 '나'는 그 상대가 되는 여인을 두고 '너'라고 지칭한다. 그러므로 자연스럽게 시적 진술 내용은 '너'에게 향하는 '나'의 말을 그대로 옮긴다. 여기서 '너'는 '나'의 사랑의 대상이었음을 쉽게 알 수 있다. 그러나 '나'의 사랑이 순탄하지는 않다. 아니 순탄하지 않은 것이 아니라 숨이 막힐 정도다. 사랑한다는 것, 그리고 그 사랑의 믿음을 잃어버린다는 것. 이 심경의 격동과 그 고통을 억제하며 내뱉은 말은 단 한 번의 호흡도 용납하지 않고 하나의 긴 문장으로 이어지고 있는 것이다.

1

달빛속에있는네얼굴앞에서내얼굴은한장얇은皮膚가되
어너를칭찬하는내말씀이發音하지아니하고미닫이를간
지르는한숨처럼冬柏꽃밭내음새지니고있는네머리털속
으로기어들면서모심드키내설움을하나하나심어가네나

2

진흙밭헤매일적에네구두뒤축이눌러놓은자국에비내려
가득괴었으니이는온갖네거짓말네弄談에한없이고단한
이설움을哭으로울기전에따에놓아하늘에부어놓는내억
울한술잔네발자국이진흙밭을헤매이며헤뜨려놓음이냐

3

달빛이내등에묻은거적자국에앉으면내그림자에는실고
추같은피가아물거리고대신血管에는달빛에놀래인冷水

가방울방울젖기로니너는내벽돌을씹어삼킨원통하게배
고파이지러진헝겊心臟을들여다보면서魚항이라하느냐

「・소・영・위・제・」의 텍스트는 전체 3연으로 구분된다. 통사적으로 각 연이 한 개의 문장으로 이루어져 있으며, 그 문장의 길이를 동일하게 짜 맞춰 놓고 있다. 각 연이 모두 똑같이 24음절의 4행으로 배열된 '96'음절로 짜맞춰진 것은 그냥 넘길 수 있는 일이 아니다. 이것을 우연하게 이루어진 일이라고 할 수 있을까? 아주 세심하게 그리고 절묘하게 그 길이를 맞추고 의도적으로 글자 수를 따지지 않고서는 이런 일이 가능할 수 없다. 아흔여섯 개의 글자, 그 글자를 띄어쓰기 없이 조합하여 끊이지 않게 넉 줄씩 이어 놓은 시적 텍스트, 그리고 그 텍스트의 짜임새를 통해 연출하는 내면의 풍경— 여기서 '96'이라는 숫자는 범상치 않다. 이 숫자가 지시하는 기호적 의미는 타이포그래피적 공간 안에서만 작동한다. 96개의 글자들이 만들어 낸 공간이 시인의 내면에 현존하는 복잡한 심정의 갈등을 기호적으로 엮어 낸다. 그리고 이 공간 속에서 빚어내는 이야기가 심적 통곡의 등가물이 된다. 그러므로 이 시를 일상적인 텍스트로만 읽어 나가는 사람들의 눈에는 이 새로운 텍스트의 물질적 공간이 눈에 띄지 않는다. 더구나 이상의 개인사(個人史)를 떠나서는 '96'이라는 숫자가 이해되기 어렵다.

이 시에서 각 연마다 네 개의 행에 24음절씩 배열한 '96'개의 글자 맞추기는 어떤 특별한 의도를 드러내기 위한 타이포그래피적 고안이라고 할 수 있다. 이에 대해서는 약간의 설명이 필요하다. 시 「・소・영・위・제・」를 발표할 무렵 이상은 다방 '제비'의 문을 닫는다. 그리고 '69'라는 숫자로 이름을 붙인 다방을 새로 연 적이 있다. 그러나 다방 '69'는 그 옥호가 드러내는 기호적 의미의 '불순함'으로 인하여 소문만 풍성하게 남긴 채 두어 달 뒤에 문을 닫는다. 이상의 시 「•소•영•위•제•」는 바로 이 다방 '69'의 숫자를 새로운 형태로 패러디하면서 그 내용이 구성된다. 이 작품의 각 연을 구성하는 글자의 수(음절 수)에 해당하는 '96'이라는 숫자는 다방 '69'의 숫자와는 반대의 형상을 보여 준다. '69'라는 숫자가 '남녀의 성적 교합'을 의미한다고 쑥덕거렸던 것을 생각한다면 '96'은 '69'의 숫자를 서로 바꾸어 놓은 것이 된다. 이 숫자의 기호적 형상은 '남녀의 성적 교합 상태'를 암시하는 것이 아니라 그 반대로 '남녀가 서로 등을 돌린 상태'를 기표화한다. 결국 이 작품은 텍스트를 구성하고 있는 글자 수 '96'이 기표화하고 있는 그대로 '결별'의 의미를 서정적으로 표출한다. 그리고 제목에 표시된 '소영(素榮)'이라는 말의 의미를 헤아린다면 이것이 '헛된 사랑을 위한 시'임을 알 수 있다.

제1연에서 그려 내고 있는 시적 정황을 보자. 달빛 아래 시적 화자인 '나'와 그 대상이 되고 있는 '너'의 형상이 드러난다. '너'의 아름다운 모습은 '동백꽃밭 내음새 지니고 있는 네 머리털'이라는 대목에서 감각의 극치를 보여 준다. 그러나 '나'는 그 아름다움을 칭찬하는 말을 한마디도 하지 못한다. '나'에게는 그 사랑만큼 시름이 커진다. 첫 구절에서 '달빛에 비치는 너의 얼굴'의 희고 차가움이 '얇은 한 장의 피부가 된 나의 얼굴'을 통해 암시되는 부끄러움의 심정에 대응한다. '나'의 말속에는 '너'에 대하여 칭찬하는 말 대신에 한숨이 서려 있다. 이 한숨은 '나'와 '너' 사이에 놓인 미닫이를 사이에 둔 바로 그 거리감에서 비롯된다. 그러면서도 동백(冬柏) 기름 곱게 바르고 있는 '너'의 머리칼 하나하나를 마음속으로 헤면서 마치 모를 심듯이 그렇게 숱한 설움을 그 머리칼만큼 심어 놓는다. '나'의 설움이 그렇게 쌓이고 쌓였음을 어찌하랴. 제2연에서는 '너'의 방탕한 행동(진흙밭을 헤매는)과 거짓말과 헛소리에 지쳐 버린 '나'의 서러움을 노래한다. 배반의 사랑을 앞에 둔 사내의 설움이라는 것. 그것은 '너'의 발자국에 고이는 빗물이 되고, 서러움을 곡으로 울기 전에 땅에 부어 놓은 '나'의 억울한 술잔이 된다. 제3연은 '너'에 대한 '나'의 열정이 식어 버렸음을 고백하는 것으로 끝난다. 사랑을 잃어버린 '나'의 초라한 형상이 여기서 섬세한 몸의 감각으로 묘사된다. 달빛을 향하여 서 있는 '너'와는 달리 '나'는 달빛을 등지고 서 있다. '거적자욱'이라는 말이 암시하는 초라한 뒷모습이라든지, '실고추 같은 피'라든지 '달빛에 놀래인 냉수' 등의 표현이 인상적이다. 그림자 속에 어리는 가느다란 혈관, 그리고 차디찬 이슬방울이 그 혈관에 방울지고 있음을 말하고 있는 것은 '나'의 열정이 이미 식었음을 암시한다. 이러한 '나'의 심사를 전혀 이해하지 못하고 있는 '너'의 모습은 이 작품의 마지막 대목에서 '이지러진 헝겊 심장을 들여다보면서 어항이라 하느냐'라는 물음을 통해 더욱 분명하게 드러난다. 이상이 자신의 시에서 활용하고 있는 몸의 상상력이 이 마지막 연에서 섬세한 감각과 깊은 정서를 그대로 통합시켜 놓는다.

시 「·소·영·위·제·」에 드러나 있는 내면적 정서를 시인 이상의 자의식의 반영이라고 보는 것은 전혀 어색하지 않다. 사랑의 배반에 대한 한 사내의 회한과 통곡이라고 할 만하다. 그러나 떠나가는 여인을 향한 사내의 울음이므로, 소리 없이 고통스럽게 울어야 한다. 바로 이 몸의 느낌과 통하는 울음의 언어가 「·소·영·위·제·」의 텍스트에 그대로 찍혀 있는 것이다.

### 3) 연작시 「역단(易斷)」과 자기 존재의 시적 인식

이상이 1936년 2월 잡지《가톨닉청년(靑年)》에 발표한 연작시 「역단」은 「화로(火爐)」, 「아츰」, 「가정(家庭)」, 「역단(易斷)」, 「행로(行路)」 등 다섯 편의 시를 연작의 형식으로 이어 놓고 있다. 연작시 「역단」의 표제가 된 '역단(易斷)'이라는 말은 '오감도'의 경우와 마찬가지로 이상 자신이 만들어 낸 신조어다. 물론 사전에 올라 있지 않은 말이다. '역(易)'이란 한자는 그 음이 두 가지다. 하나는 '역'(바꾸다)이고, 다른 하나는 '이'(쉽다)이다. 여기서 '역'이라는 말은 명사로 쓰일 경우 대개 「주역(周易)」을 일컫는다. 「주역」의 괘를 이용하여 인간의 길흉화복을 따지는 점복(占卜)의 의미를 갖는다. 그러므로 미래의 운명을 점친다는 뜻으로 풀이할 수 있다. '단(斷)'은 '끊다', '결단하다' 등의 의미를 가진다. 이렇게 읽는다면 '역단'은 '운명에 대한 거역'이라는 뜻을 지니는 것으로 본다. 물론 '역(易)' 자를 '이(易)'로 읽을 수도 있다. 이 경우에는 '쉽다'라는 뜻을 가진다. '이단(易斷)'이라는 말은 '쉽게 자르다' 또는 '손쉽게 끊어내다' 등의 뜻으로 풀이된다. 그러나 연작시에 포함된 작품 「역단」을 보면 그 주제를 운명에 대한 거역을 뜻하는 것으로 풀이하는 것이 자연스럽기 때문에 '역(易)' 자로 읽어야 한다.

(1)

그이는백지위에다연필로한사람의運命을흐릿하게草를잡아놓았다. 이렇게홀홀한가. 돈과과거를거기다가놓아두고雜踏속으로몸을기입하여본다. 그러나거기는타인과約束된握手가있을뿐, 다행히空欄을입어보면長廣도맞지않고안들인다. 어떤빈터전을찾아가서실컷잠자코있어본다. 배가아파들어온다. 苦로운發音을다삼켜버린까닭이다. 奸邪한文書를때려주고또멱살을잡고끌고와보면그이도돈도없어지고피곤한과거가멀거니앉아있다. 여기다座席을두어서는안된다고그사람은이로位置를파헤쳐놓는다. 비켜서는惡息에虛妄과複讐를느낀다. 그이는앉은자리에서그사람이평생을살아보는것을보고는살짝달아나버렸다.

「역단(易斷)」

(2)

기침이난다. 空氣속에공기를힘들여배앝아놓는다. 답답하게걸어가는길이내스토오리요기침해서찍는句讀를심심한空氣가주물러서삭여버린다. 나는한章이나걸어서鐵路를건너지를적에그때누가내經路를디디는이가있다. 아픈것이匕首에베어지면서鐵路와열十字로어울린다. 나는무너지느라고기침을떨어뜨린다. 웃음소리가요란하게나더니自嘲하는表情위에독한잉크가끼얹힌다. 기침은思念위에그냥주저앉아서떠든다. 기가탁막힌다.

「행로(行路)」

앞의 (1)과 (2)는 연작시「역단」의 주제를 암시한다. 표제작인 (1)의 시적 진술 내용을 보면, 인간 삶의 운명을 정초해 주는 '그이'라는 존재가 등장한다. '그이'는 백지 위에 한 사람의 운명을 초 잡아 놓고 있다. 이런 점에서 '그이'는 인간의 운명을 주재하는 초월적 존재로 이해될 수 있다. 그런데 '그이'가 초 잡아 놓은 운명을 거부한 '그 사람'이 등장한다. '그 사람'은 '그이'가 그려 놓은 삶의 과정을 따르지 않고 돈도 버리고, 지내 온 삶도 물리치고 너절한 현실(잡답)에 발을 내딛는다. 그러나 모든 것이 자신과 제대로 맞지 않는다. 고통을 견디며 살아오다가 다시 제자리로 돌아온다. 그러나 그 자리에는 재물도 사라지고 성가신 과거만 남아 있다. '그 사람'은 그 자리에 주저앉아 살아서는 안 된다고 생각하면서 그 위치를 파헤쳐 버린다. 그러나 허망함과 복수심을 버릴 수가 없다. 이 작품에서 그려 내고 있는 것은 인간의 삶과 그 운명이다. 하지만 인간의 삶은 인간 스스로 어찌하지 못한다. 그것은 이미 그렇게 진행되도록 정해진 것이다. 이 운명에 대한 거역을 시인 자신은 '역단'이라는 말로 요약하고 있는 셈이다.

이 시에서 자신에게 부여된 운명을 거역하고 있는 '그 사람'이라는 존재는 시적 진술의 주체가 되는 이상 자신에 해당한다. 그런데 객관적인 거리를 둔 채 시적 묘사의 대상이 되고 있는 '그 사람'의 모든 행동은 몸의 느낌과 그 인식을 바탕으로 그려진다. '장광'이 맞지 않는다든지, 멱살을 잡는다든지, 배가 아파 온다는 식의 표현은 몸의 느낌과 몸의 상상력을 통해 설명하고 있는 상황과 행동이다. 이러한 몸의 움직임을 통해 자기에게 다가오는 운명에 대한 거부와 반발을 구체화한다. 주관적 감정이나 어떤 판단을 직접적으로 표현하는 것이 아니라 몸을 통해 그 내면의식의 추이를 구체적으로 보여주는 것이다. 실제로 이상 자신은 자기가 꿈꾸었던 삶을 살지 못했다. 그는 어린 시절부터 꿈꾸었던 화가가 되는 길을 백부의 반대로 포기해야만 했다. 그리고 경성고공 건축과를 졸업한 후 조선총독부 건축기사가 되면서 일상의 안정된 생활을 보장받았다. 하지만 이마저도 결국 폐결핵이라는 병으로 포기하기에 이르게 된다. 이러한 자기 운명의 전변을 돌아보면서 그는 좌절과 허망에 빠져든 채 스스로 그 운명에 대한 복수를 꿈꾸게 되는 것이다.

(2)의 「행로」는 「역단」을 통해 제시했던 운명에 대한 거역을 시적 화자인 '나'의 고통스러운 삶의 과정을 통해 암시적으로 그려 낸다. 이상 자신의 개인사와 관련지어 본다면, 시적 텍스트의 전반부에 폐결핵에 걸려 투병하는 과정에서 반복적으로 경험했던 심한 기침과 객혈의 고통이 그대로 드러나 있다. 여기서도 시적 화자의 주관적 감정은 철저하게 절제된다. 주관적 감정을 직접적으로 토로하지 않고 고통을 내면화한 채 그것을 몸의 느낌과 몸의 상상력을 통해 구체적으로 형상화한다. 이 시에서 병의 아픔과 그 내적 고통은 몸의 언어에 해당하는 '기침'이라는 말로 집약되고 있으며 짧은 시의 텍스트에서 네 차례나 반복적으로 등장하고 있다. 병으로 인하여 괴롭게 반복적으로 나오는 '기침'은 공기 속에 공기를 힘들여 뱉어 놓는 것으로 설명되기도 하고, 답답하게 걸어가는 길에 찍는 '구두점(句讀點)'으로 비유되기

도 한다. 그리고 기침으로 인해 아무것도 제대로 할 수 없는 상태를 타이포그래피의 '구두점'이라는 기호로 변형시켜 놓기도 한다. 이러한 표현은 병의 고통을 감각적으로 구체화하기 위해 고안해 낸 몸의 언어이며 그 자체가 몸의 느낌에 해당한다고 할 수 있다.

「행로」의 텍스트는 '행로'라는 제목 자체가 암시하고 있는 것처럼 '나'의 삶의 중요한 고비를 메타언어적으로 그려 내고 있다. '나는 한 장(章)이나 걸어서 철로를 건너지를 적에 그때 누가 내 경로를 디디는 이가 있다. 아픈 것이 비수에 베이면서 철로와 열십 자로 어울린다'라는 구절이 바로 이에 해당한다. 이 대목은 시적 화자가 자신의 삶의 과정 가운데 운명적인 고비를 맞이한 스물두 살의 나이를 그 숫자의 기호적 표상을 통해 교묘하게 설명하고 있는 부분이다. '한 장이나 걸어서 철로를 건너지를 적'이라고 표현한 구절은 삶의 과정과 나이를 암시한다. '철로'는 두 개의 선로로 이루어진 길이다. 이것은 한자의 '이(二)'라는 글자와 유사한 기호적 표상을 드러낸다. '철로를 건너지를'이라는 동작은 '이(二)' 자를 가로지르는 '≠'과 같은 기호로 그려진다. 이 기호는 수학에서 'a ≠ b'라고 표시하는 데에 쓰인다. 이것은 'a'라는 전항이 'b'라는 후항과 등치관계를 이루지 않는 상태임을 의미한다. 다시 말하면 'a'와 'b'는 서로 일치하지 않으며, 그 값이 서로 다르다는 것을 의미한다. 시적 화자의 운명이 어떤 전환점을 맞게 되었음을 암시한다고 할 수 있다. '그때 누가 내 경로를 디디는 이가 있다'라는 구절은 '나'를 따라오고 있는 정체를 알 수 없는 존재가 있었음을 말해 준다. 그것이 바로 병이다. 죽음의 그림자가 드리우기 시작한 것이다. 그렇기 때문에 여기서 그 대상에 대한 두려움의 정서가 환기된다. 실제로 시인은 스물두 살에 객혈을 시작하면서 심각한 결핵을 앓고 있음을 확인한 바 있다. '아픈 것이 비수에 베이면서 철로와 열십 자로 어울린다'라는 구절은 '二十二'라는 나이를 표시하는 숫자의 형상을 병의 진전 상황과 연결하여 몸의 느낌을 통해 설명하고 있는 것으로 볼 수 있다. 철로(=)를 건널 때(≠)에 아픈 것이 비수에 벤다. 그래서 철로는 두 도막으로 잘리어 '='와 '='의 형태로 나뉜다. 결국 '二'라는 글자가 둘이 생겨난 셈이다. '철로와 열십자로 어울린다'라는 구절은 곧바로 '= 十 ='라는 기호로 도식화할 수 있다. 이 기호는 그대로 '이십이(二十二)'라는 숫자와 일치한다. 그리고 이것은 곧 폐결핵을 진단받은 '스물두 살'이라는 시적 화자의 나이를 의미하는 것으로 해석된다. 이 시의 결말 부분은 심한 기침과 객혈의 고통스러운 장면을 그려 낸다. '독한 잉크'는 바로 객혈을 의미한다. 기침을 하는 동안에는 아무것도 할 수 없다. 연거푸 계속되는 기침의 고통을 몸의 느낌에 따라 '기침은 사념(思念) 위에 그냥 주저앉아서 떠든다'라고 묘사한다. 결국 스물두 살이 되던 해부터 병고에 시달리면서 살아야 했던 고통스러운 삶의 모습을 어떤 주관적 감정의 표현을 절제하면서 시각화하고 있는 것이다.

연작시 「역단」 속에 포함되어 있는 시 「가정」은 시인 자신이 자기 운명을 거역하면서 겪어야 했던 가족과의 불화 혹은 갈등을 소재로 하고 있다. 백부의 집에서 양자처럼 성장한 그는 자신을 낳아 준 친부모에게 자식의 도리를 다하지 못하고 있다는 죄의식을 갖고 있다. 더구나 폐결핵으로 조선총독부 건축기사직을 사임한 후에는 오히려 집안에 더 큰 부담을 주는 존재가 되었고, 다방 제비의 운영 실패로 인한 경제적 궁핍이 집안 전체의 생활 자체를 쪼들리게 만들었던 것도 사실이다. 이상은 이 같은 자신의 처지를 시 「가정」에서 다음과 같이 암시적으로 그려 내고 있다.

門을암만잡아당겨도안열리는것은안에生活이모자라는까닭이다. 밤이사나운꾸지람으로나를졸른다. 나는우리집내門牌앞에서여간성가신게아니다. 나는밤속에들어서서제웅처럼자꾸만滅해간다. 식구야封한窓戶어데라도한구석터놓아다고내가收入되어들어가야하지않나. 지붕에서리가내리고뾰족한데는鍼처럼月光이묻었다. 우리집이앓나보다그러고누가힘에겨운도장을찍나보다. 壽命을헐어서典當잡히나보다. 나는그냥문고리에쇠사슬늘어지듯매어달렸다. 문을열려고안열리는문을열려고.

앞의 시에서 시적 자아인 '나'는 어두운 밤 집안으로 들어서지 못하고 문밖에서 서성대고 있다. 문이 열리지 않기 때문이다. 바깥은 밤이 되어 어둡고 춥다. 집안은 식구들이 모여 있는 곳이지만, '나'는 집안으로 들어설 수가 없다. '나'는 가정으로부터 소외되어 있고 그 고립감으로 인하여 더욱 위축되어 있다. 이 시에서 시적 화자인 '나'와 집안 사이의 단절은 시적 공간에서 집안과 바깥으로 구획된다. 집안으로 들어가지 못하고 바깥에서 서성대는 '나'의 모습은 자기 존재의 위기 상황을 그대로 말해 준다. 이 시의 진술 내용에서 '나'와 가족 사이의 문제는 경제적 궁핍에 의해 생겨난 것이다. 따라서 이 궁핍의 현실을 타개하지 않고서는 '나'와 집안의 화해가 가능하지 않으며 '나'의 귀가가 쉽지 않음을 알 수 있다. '우리집이 앓나 보다 그러고 누가 힘에 겨운 도장을 찍나 보다. 수명(壽命)을 헐어서 전당(典當) 잡히나 보다'라는 진술은 집안의 경제가 파탄의 지경에 이르러 있음을 암시한다. '나'는 안에서 누구도 '나'를 위해 문을 열어 주는 사람이 없다는 사실을 알면서도 문을 잡아당기고 열리지 않는 문을 열고자 한다. 이러한 내용을 보면, 이 시에서는 '나'와 가족과의 갈등, 집안의 경제적 위기 등이 시적 공간의 구획을 통해 암시되고 있다는 것을 짐작할 수 있다.

연작시 「역단」에 포함되어 있는 「화로」와 「아츰」은 병의 고통과 죽음에 대한 충동을 몸의 감각을 통해 치밀하게 그려 내고 있다. 시적 화자는 자기 삶과 운명에 대한 거역이 자신을 죽음의 공포로 몰아가고 있는 병과 그 고통으로 이어진다는 점을 여러 형태의 비유와 상징을 통해 그려 낸다.

(1)

방거죽에極寒이와닿았다. 극한이방속을넘본다. 방안은견딘다. 나는讀書의뜻과함께힘이든다. 火爐를꽉쥐고집의集中을잡아땡기면유리창이움폭해지면서極寒이혹처럼방을누른다. 참다못하여화로는식고차겁기때문에나는적당스러운방안에서쩔쩔맨다. 어느바다에潮水가미나보다. 잘다져진방바닥에서어머니가생기고어머니는내아픈데에서화로를떼어가지고부엌으로나가신다. 나는겨우暴動을기억하는데내게서는억지로가지가돋는다. 두팔을벌리고유리창을가로막으면빨래방망이가내등의더러운衣裳을뚜들긴다. 極寒을걸커미는어머니— 奇蹟이다. 기침약처럼따끈따끈한화로를한아름담아가지고내體溫위에올라서면讀書는겁이나서곤두박질을친다. 「화로(火爐)」

(2)

캄캄한공기를마시면肺에해롭다. 肺壁에끄름이앉는다. 밤새도록나는몸살을앓는다. 밤은참많기도하더라. 실어내가기도하고실어들여오기도하고하다가잊어버리고새벽이된다. 폐에도아침이켜진다. 밤사이에무엇이없어졌나살펴본다. 習慣이도로와있다. 다만내侈奢한책이여러장찢겼다. 憔悴한결론위에아침햇살이자세히적힌다. 영원히그코없는밤은오지않을듯이. 「아츰」

앞의 (1), (2)는 공통적으로 시적 자아인 '나' 자신이 결핵을 앓으면서 겪어야 했던 병의 고통과 그 절망감을 몸의 감각과 몸의 상상력을 통해 감각적으로 그려 내고 있다. (1)의 경우는 오한(惡寒)과 객혈의 고통을 그리고 있으며, (2)는 병의 고통을 어두운 밤과 대비하고 있다. 「화로」는 추운 방안에서 오한에 떨며 책을 읽다가 기침과 함께 객혈을 했던 고통스러운 경험을 감각적으로 그려 낸다. 이상은 심하게 결핵을 앓았기 때문에 미열, 기침, 도한(盜汗) 등과 함께 객혈의 고통을 수없이 경험한다. '어느 바다에 조수(潮水)가 미나 보다'라는 구절은 객혈의 순간을 특이한 몸의 감각으로 표현하고 있다. 그런데 이 고통스러운 경험 속에서 환상처럼 등장하는 것이 어머니의 모습이다. 따뜻하게 몸을 덥혀 줄 수 있는 '화로'를 '어머니'의 이미지에 겹쳐 놓고 있다. 말하자면 시인의 상상력을 통해 '화로 = 어머니'의 관계가 성립되고 있는 셈이다. 몸으로 느끼는 한기와 신열의 고통을 다양한 시각적 표현을 동원하여 구체적으로 형상화하는 기법이 특이하다. 「아츰」에서도 시적 화자는 긴 밤의 어둠 속에서 병의 고통에 시달린다. 밤새도록 어두운 밤을 몸살을 하면서 견디어 내면 어둠이 물러가고 새벽이 된다. 빛나는 아침에는 병의 고통도 다시 사라지고 예사로운 일상을 맞이하는 것이다. 병고에 시달리면서 밤을 지내고 아침을 맞아 그 어둠의 고통으로부터 벗어나는 과정을 시각적인 이미지의 대조를 통해 감각적으로 형상화하고 있다.

이상에서 검토한 바와 같이, 연작시 「역단」의 작품들은 그 시적 주제 내용과 텍스트 자체의 구성법을 통해 연작으로서의 공통적인 특징을 확인할 수 있다. 각각의 작품들은 시적 텍스트가 어구의 띄어쓰기를 전혀 하지 않은 채 행의 구분 없이 단연(單聯) 형식의 산문체로 구성되어 있다. 이러한 시적 형식의 특징은 「오감도」의 연작 형식으로 묶인 대부분의 작품들과도 흡사하다. 특히 모든 작품들이 공통적으로 '나'라는 주체를 시적 대상으로 삼고 있는 점도 「오감도」의 경우와 일맥상통한다. 이 가운데 「화로」, 「아츰」 등은 이상 자신의 투병의 과정과 그 좌절의식을 짙게 드러내고 있으며, 「가정」의 경우에는 가족과의 불화 혹은 단절을, 「역단」, 「행로」의 경우는 병으로 인하여 나락에 빠져들게 된 자신의 운명에 대한 깊은 고뇌를 보여 준다. 이러한 형식상의 특징과 주제 내용의 상관성은 연작시 「역단」이 「오감도」와 시적 맥락을 같이하고 있음을 암시한다.

### 4) 연작시 「위독(危篤)」과 시적 자기 해체

이상의 시작 활동은 1936년 10월 《조선일보》에 연재했던 연작시 「위독」을 통해 실질적으로 종결된다. 「위독」은 이상이 도쿄행을 준비하면서 마지막으로 정리한 시적 작업인데 10월 4일부터 9일까지 모두 12편의 작품이 연작 형태로 발표되었다. 여기에는 「금제(禁制)」, 「추구(追求)」, 「침몰(沈歿)」, 「절벽(絶壁)」, 「백화(白畵)」, 「문벌(門閥)」, 「위치(位置)」, 「매춘(買春)」, 「생애(生涯)」, 「내부(內部)」, 「육친(肉親)」, 「자상(自像)」 등의 시가 이어져 있다. 이상은 연작시 「위독」의 연재를 끝낸 후 곧바로 도쿄로 떠났다. 이상의 마지막 연작시 「위독」은 「역단」의 경우와 마찬가지로 시적 자아의 형상을 대상화하여 해체하고 있다. 이 작품에서도 시적 화자는 주관적 자기 감정을 철저하게 절제하고 있으며 고도의 비유와 암시를 동원하고 있다. 이상 자신은 연작시 「위독」을 《조선일보》에 연재하면서 그 내용을 김기림에게 다음과 같이 적어 보낸 적도 있다.

> 起林兄
>
> 兄의 글 받었오. 퍽 반가웠오.
>
> 北日本 가을에 兄은 참 儼然한 存在로구려!
>
> 워-밍엎이 다 되었것만 와인드엎을 하지 못하는 이몸이 兄을 몹씨 부러워

하오.

지금쯤은 이 李箱이 東京사람이 되었을 것인데 本町署高等係에서 「渡航マカリナラヌ」의 吩咐가 지난달 下旬에 나렸구려! 우습지 않소? 그러나 지금 다시 다른 方法으로 渡航證明을 얻을 道理를 차리는 中이니 今月中旬－下旬頃에는 아마 李箱도 東京을 헤매는 白面의 漂客이 되리다.

拙作 「날개」에 對한 兄의 多情한 말씀 骨髓에 스미오. 方今은 文學千年이 灰燼에 돌아갈 地上最終의 傑作 「終生記」를 쓰는 中이오. 兄이나 부디 억울한 이 內出血을 알아주기 바라오!

三四文學 한部 저 狐小路집으로 보냈는데 원 받었는지 모르겠구려!

요새 朝鮮日報學藝欄에 近作詩 「危篤」連載中이오. 機能語. 組織語. 構成語. 思索語로 된 한글文字 追求試驗이오. 多幸히 高評을 비오. 요다음쯤 一脈의 血路가 보일 듯하오.

芝溶, 仇甫 다 가끔 만나오. 튼튼히들 있으니 또한 天下는 泰平聖代가 아직도 繼續된것 같소.

煥泰가 「宗橋禮拜堂」에서 結婚하였오.

앞의 편지에서 연작시 「위독」에 관한 내용은 '조선일보 학예면에 근작시(近作詩) 「위독(危篤)」 연재 중이오. 기능어(機能語), 조직어(組織語), 구성어(構成語), 사색어(思索語)로 된 한글문자 추구시험(追求試驗)이오. 다행히 고평(高評)을 비오. 요다음쯤 일맥(一脈)의 혈로(血路)가 보일 듯하오'라고 말한 부분이다. 이상은 이 대목에서 연작시 「위독」의 언어 실험을 분명하게 지목하고 있다. 그는 자신의 작업을 '기능어, 조직어, 구성어, 사색어로 된 한글문자 추구시험'이라고 말하면서 일맥의 '혈로'가 여기서 보일 듯하다고 자평하고 있다. 여기서 말하고 있는 '기능어, 조직어, 구성어, 사색어'란 무엇을 뜻하는지가 궁금하다. 먼저 '기능어'라는 용어를 생각해 보자. 기능어는 단어와 단어, 어구와 어구, 또는 문장과 문장 사이에서 문법적인 기능을 드러내는 말을 지시하는 용어이며 구조어라고도 한다. 구체적으로 조사나 접속사 등이 이에 속한다. 하나의 문장에서 어떤 사물을 지시하거나 개념을 나타내는 말을 내용어라고 하는데, 체언, 용언, 수식언, 독립언 등에 속하는 말은 모두 내용어이다. 기능어는 이 내용어를 통일되게 엮는 데 쓰이는 조사, 어미, 접속어 등을 말한다. 한국어는 그 특징 가운데 하나로서 기능어가 매우 발달되어 있다. 조직어라는 말은 단어, 문장, 문단 등을 연결하면서 담화 생성에 관여한다는 점에서 기능어를 포함한다. 그런데 문단과 문단의 연결, 문장 전체의 구성과 조직 등을 뜻으로 본다면 그 지시 범위가 넓어진다. 구성어는 하나의 문장을 구성하는 데에 쓰이는 주어, 목적어, 서술어, 보어 등과 같은 문장 구성성분 언어를 통칭하는 말이며, 사색어는 관념어와 동의어로서 추상어라고 한다. 이상이 연작시 「위독」을 통해 강조하고 있는 이 용어들은 시적 진술에서 문제가 되는 언어 표현과 그 기법의 문제임은 물론이다. 시의 텍스트는 말 그대로 언어 문자의 결합으로 이루어진다. 그러므로 언어 문자의 속성과 기능을 제대로 이해하고 그 관계를 정확하게 맺어 주는 일이 중요하다.

연작시 「위독」의 작품 가운데 관심을 두고 볼 수 있는 것은 가족과의 갈등 또는 가계의 전통에 대한 거부를 표시하고 있는 점이다. 이상의 성장 과정을 보면 이 복잡한 가계 문제가 서로 얽혀 있다. 이상은 태어난 지 두 돌이 지날 무렵 생부모의 곁을 떠나야만 했다. 자손이 없는 백부가 조카인 이상을 양자로 받아들여 후사를 이어가도록 계획하였기 때문이다. 이상은 세 살 때 큰집으로 보내졌고 거기서 엄격한 백부의 가르침을 받으며 성장했다. 이러한 비정상적인 성장 과정을 통해 가족이나 가계에 대한 이상 자신의 특이한 거부반응이 만들어진 것이 아닌가 생각된다. 실제로 연작시 「위독」 가운데 「문벌」이나 「육친」과 같은 작품을 보면 가계의 전통과 그 계승이라든지 부친에 대한 반감 등을 쉽게 확인해 볼 수 있다.

(1)

墳塚에게신白骨까지가내게血淸의原價償還을强請하고잇다. 天下에달이밝아서나는오들오들떨면서到處에서들킨다. 당신의印鑑이이미失效된지오랜줄은꿈에도생각하지안으시나요—하고나는으젓이대꾸를해야겟는데나는이러케실은決算의函數를내몸에진인내圖章처럼쉽사리끌러버릴수가참업다.

「문벌(門閥)」

(2)

크리스트에酷似한襤褸한사나이가잇스니이이는그의終生과殞命까지도내게떠맛기랴는사나운마음씨다. 내時時刻刻에늘어서서한時代나訥辯인트집으로나를威脅한다. 恩愛—나의着實한經營이늘새파랏게질린다. 나는이육중한크리스트의別身을暗殺하지안코는내門閥과내陰謀를掠奪당할까참걱정이다. 그러나내新鮮한逃亡이그끈적끈적한聽覺을벗어버릴수가업다.

「육친(肉親)」

앞의 (1) 「문벌」은 '나'라는 시적 화자를 통해 한 개인이 가문의 전통과 그 굴레를 쉽사리 벗어나기 어렵다는 점을 이야기하도록 하고 있다. 여기서 '분총에 계신 백골'은 이미 세상을 떠난 선대의 조상들을 의미한다. 시인 이상 자신에게 국한한다면 가까이는 세상을 떠난 백부에서부터 그 윗대의 조상이 모두 포함된다고 할 수 있다. 이들이 '나'에게 요구하고 있는 것은 후손으로서 가계를 이어 가야 할 의무이다. 가계의 계승은 특히 가부장적 가족 제도를 유지해 온 한국 사회에서는 매우 특이한 전통에 해당한다. 이것은 윤리와 도덕이라는 이름으로 가계라는 울타리 안에 개인을 속박한다. 이 작품에서 시적 화자는 결코 이 가족의 테두리를 벗어날 수 없는 자신의 처지를 놓고 고뇌한다. 이 굴레를 화자는 '당신의 인감'과 '내 몸 안에 지닌 내 도장'이라고 몸의 느낌을 통해 표현한다. 이미 그 효력은 사라졌는데도 '나'는 이 굴레를 벗어나기 어려운 것이다. 가족이라는 혈연적 제도의 틀 안에서 결국 '나'는 갈등하며 방황할 수밖에 없다.

(2)의 「육친」은 시적 화자인 '나'의 '육친'에 대한 은애(恩愛)의 정을 역설적으로 그려 내고 있다. 이 작품에는 '나'와 '나'를 억압하는 '사나이'가 등장한다. 그리고 이 두 사람의 관계를 설명하는 말들이 '위협하다', '질리다', '암살하다', '약탈당하다'와 같은 격렬한 의미의 단어로 서술된다. 하지만 이것은 일종의 반어적인 표현에 불과하다. 이 시에 등장하는 '은애(恩愛)'라는 말은 못난 부모에 대한 원망이나 자신의 처지에 대한 탄식 자체를 모두 무색하게 만들고 있다. 그러므로 '나'는 가족들을 위해 희생한 육친의 존재를 결코 거역할 수 없다. 실제로 이상 자신은 가족과 가정으로부터 도피하고자 한 것이 아니라 가족을 제대로 돌보지 못하고 있다는 점을 늘 후회하고 있음을 확인할 수 있다. 이상이 「문벌」이나 「육친」에서 그려 내고 있는 '크리스트에 혹사(酷似)한 남루한 사나이'라든지 '육중한 크리스트의 별신(別身)'이라는 이미지들은 분명 시적 주체가 '아버지'의 주변에 환상적으로 만들어 놓은 상상적 구조물이다. 이것은 물론 실재의 아버지와 관련이 없지만 하나의 이상적인 아버지 또는 프로이트적 개념으로서의 상상적 아버지로 해석될 여지가 많다. 시적 화자인 '나'는 종교적인 의미에서 절대 전능의 '크리스트'라는 신의 형상을 아버지에게 부여하고 있지만 사실은 아버지를 암살하고 싶은 욕

망을 감추지 못한다.

그런데 연작시 「위독」에 포함되어 있는 「추구」, 「생애」, 「백화」 등의 작품을 보면 '아내'와의 불화와 그 갈등을 직접적으로 진술하고 있는 경우도 확인할 수 있다.

(1)

안해를즐겁게할條件들이闖入하지못하도록나는窓戶를닷고밤낫으로꿈자리가사나워서가위를눌린다어둠속에서무슨내음새의꼬리를逮捕하야端緖로내집내未踏의痕跡을追求한다. 안해는外出에서도라오면房에들어서기전에洗手를한다. 닮아온여러벌表情을벗어버리는醜行이다. 나는드듸어한조각毒한비누를發見하고그것을내虛僞뒤에다살작감춰버렷다. 그리고이번꿈자리를豫期한다.

「추구(追求)」

(2)

내頭痛우에新婦의장갑이定礎되면서나려안는다. 써늘한무게때문에내頭痛이비켜슬氣力도업다. 나는견디면서女王蜂처럼受動的인맵시를꾸며보인다. 나는已往이주추돌미테서平生이怨恨이거니와新婦의生涯를浸蝕하는내陰森한손찌거미를불개아미와함께이저버리지는안는다. 그래서新婦는그날그날까므라치거나雄蜂처럼죽고죽고한다. 頭痛은永遠히비켜스는수가업다.

「생애(生涯)」

(3)

내두루매기깃에달린貞操빼지를내어보엿드니들어가도조타고그린다. 들어가도조타든女人이바로제게좀鮮明한貞操가잇으니어떠냔다. 나더러世上에서얼마짜리貨幣노릇을하는세음이냐는뜻이다. 나는일부러다홍헌겁을흔들엇드니窈窕하다든貞操가성을낸다. 그리고는七面鳥처럼쩔쩔맨다.

「백화(白畵)」

(1) 「추구」의 경우는 시적 화자인 '나'와 '아내'의 갈등이 작품 내용을 이루고 있다. '나'는 '아내'가 쓸데없는 바깥일에 관심을 두지 않게 하려고 애를 쓴다. 하지만 '아내'의 행실을 의심하기 시작하면서 그 단서를 찾아내고자 한다. 그러나 '아내'는 밖에서 돌아오면 세수를 하고 화장을 지워 버린다. '나'는 '아내'의 행동이 밖에서 남들에게 보였던 여러 가지 표정을 모두 지워 버리기 위한 것이라고 생각한다. 그리고 '아내'가 사용하는 비누를 몰래 감춰 버린다. 하지만 이러한 시도 자체가 '나'에게는 한없이 괴롭고 두려운 일이다. '나'와 '아내'의 거리를 극복하지 못하고 괴로워하는 심경을 그려 내고 있는 이 작품에서 핵심이 되는 것은 '아내'에 대한 의심과 불신이다. 그리고 이러한 의심은 '아내'의 이중적 태도에서 비롯된 것이지만 이것이 시적 화자의 불안으로 이어지고 있는 것이다. 이러한 시적 주제는 (2) 「생애」에서도 그대로 드러난다. 이 작품에서는 시적 화자인 '나'와 '신부'의 관계를 '여왕봉'과 '웅봉(雄蜂)'의 관계로 도치하여 축약적으로 제시한다. 다시 말하면 '나'를 여왕봉으로 설명하고 아내는 '웅봉'으로 묘사한다. '나'와 '신부'의 역할을 뒤바꾸어 놓고 있는 셈이다. 이러한 역할의 전도(顚倒) 자체가 두 사람의 관계에 내재되어 있는 문제성을 말해 주는 것이라고 할 수 있다. 작품에 사용되고 있는 시어들이 대체로 부정적 의미를 드러내는 '두통', '원한', '죽다'와 같은 단어를 주축으로 하고 있다는 것 자체가 삶에 대한 부정적 태도를 암시하는 것이라고 할 수 있다. '나'와 '신부' 사이의 불화와 불신과 갈등이 '두통'이라는 말 속에 함축되어 있다. (3) 「백화」는 시적 화자인 '나'와 '여인'의 관

계를 대상으로 한다. 이 시의 제목인 '백화(白畵)'는 기존의 전집이나 선집에서 '백주(白晝)'라고 된 것들이 많다. 그러나 분명 이 작품의 제목은 발표 당시에 '백화'로 표시되었다. 이 제목은 글자 그대로 '하얀 그림'을 뜻한다. 여기서 '하얀 그림'이란 아무런 형상이 없는 것을 의미한다. '헛된 것'일 수도 있다. 이 작품은 특이한 어조로 시적 화자인 '나'의 이야기를 전달하는 방식으로 전개된다. 이 이야기 속에는 현실에 만연되어 가는 물질주의에 대한 특유의 조소(嘲笑)가 담겨 있다. 여인의 정조마저도 화폐로 계산되는 것을 보고 시적 화자는 모든 진정한 가치가 사라져 버린 현실을 야유하고 있는 것이다.

연작시 「위독」에서 시적 자아의 존재와 그 의미를 스스로에게 묻고 있는 작품으로는 「금제」, 「절벽」, 「위치」의 경우를 예로 들 수 있다.

(1)

내가치든개[狗]는튼튼하대서모조리實驗動物로供養되고그中에서비타민E를지닌개[狗]는學究의未及과生物다운嫉妬로해서博士에게흠씬어더맛는다. 하고십흔말을개짓듯배아터노튼歲月은숨엇다. 醫科大學허전한마당에우뚝서서나는必死로禁制를알는[患]다. 論文에出席한억울한髑髏에는千古에는氏名이업는法이다.

「금제(禁制)」

(2)

重要한位置에서한性格의심술이悲劇을演繹하고잇슬즈음範圍에는他人이업섯든가. 한株一盆에심은外國語의灌木이막돌아서서나가버리랴는動機오貨物의方法이와잇는椅子가주저안저서귀먹은체할때마츰내가句讀처럼고사이에낑기어들어섯스니나는내責任의맵씨를어떠케해보여야하나. 哀話가註釋됨을따라나는슬퍼할準備라도하노라면나는못견데帽子를쓰고박그로나가버

렷는데왼사람하나가여기남아내分身提出할것을이저버리고잇다.

「위치(位置)」

(3)

꼿이보이지안는다. 꼿이香기롭다. 香氣가滿開한다. 나는거기墓穴을판다. 墓穴도보이지안는다. 보이지안는墓穴속에나는들어안는다. 나는눕는다. 또꼿이香기롭다. 꼿은보이지안는다. 香氣가滿開한다. 나는이저버리고再처거기墓穴을판다. 墓穴은보이지안는다. 보이지안는墓穴로나는꼿을깜빡이저버리고들어간다. 나는정말눕는다. 아아. 꼿이또香기롭다. 보이지도안는꼿이—보이지도안는꼿이.

「절벽(絶壁)」

앞에 인용한 (1) 「금제」는 시적 자아인 '나'와 '내가 치던 개'를 대비하여 '나'의 고통스럽고 억압된 생활을 그려 낸다. 이러한 상황은 '하고 싶은 말을 개 짖듯 뱉어 놓던 세월은 숨었다'라는 구절에서 암시하는 것처럼 자유로운 글쓰기가 억압된 조건을 비유하는 것으로도 읽을 수 있다. 물론 여기서 '개'는 내가 앓고 있는 병(개 짖는 소리처럼 내는 기침)에 해당한다. 그러므로 이 시는 병으로 인해 자유로운 생활을 더 이상 지속하기 어려운 상태라고 진단받게 된 과정을 그려 낸 것으로 볼 수 있다. (2) 「위치」의 경우는 '나'라는 시적 화자가 처했던 특이한 상황과 그 상황 속에서의 자신의 위치를 비문법적인 문장을 통해 의도적으로 왜곡 진술하고 있다. 모두 세 개의 문장으로 구성되어 있는 시적 텍스트에서 특히 문제가 되는 것은 다음과 같은 두 번째 문장이다. '한 주—분(株—盆)에 심은 외국어의 관목이 막 돌아서서 나가 버리려는 동기 오 화물(貨物)의 방법이 와 있는 의자가 주저앉아서 귀먹은 체할 때 마침 내가 구두처럼 그사이에 끼어들어 섰으니 나는 내 책임의 맵씨를 어떻게 해 보여야 하나.' 이 같은 문장의 특이한 진술법은 시적 언어의 통사적 결합 과정에서 볼 수 있는 비문법성을 통해 의미의 맥락을 혼동시키면서 환상 속으로 이야기를 이끌어 간다. '나'의 입장과 처지가 이러지도 저러지도 못하게 되었음을 짐작하게 되지만, 이 자리를 벗어나기는 어렵다는 것이 화자의 판단이다. (3) 「절벽」은 '나'의 죽음에 이르는 과정을 환상적 수법으로 그려 내고 있다. 이 작품에서 '나'라는 시적 화자는 보이지도 않는 '꽃'의 향기를 맡고는 그 자리에 묘혈을 파고 그 속으로 들어간다. 스스로 구덩이를 파고 그 속으로 자신을 밀어 넣는 셈이다. 이 형체를 알 수 없는 '꽃'의 향기를 죽음의 향기라고 말할 수 있을지도 모른다. 이 시에서 시적 화자가 '보이지 않는 꽃'의 향기를 맡으면서 자신이 파 놓은 묘혈에 들어가 눕는다는 것 자체가 죽음의 향기를 감지하고 있는 시인 자신의 퇴영적 감성을 그대로 보여 주는 것이라고 할 수 있다.

이상의 자기몰입은 연작시 「위독」에서도 병으로 인한 육체적인 고통을 내적 고뇌와 결합하여 격렬하게 표현되고 있다. 이러한 병적 나르시시즘은 「매춘」, 「침몰」, 「내부」 등을 통해 육체의 건강을 추구하기도 하고 어두운 죽음의 세계로 침잠하기도 하는 시적 정서의 변화를 보여 주고 있다.

(1)

記憶을마타보는器官이炎天아래생선처럼傷해들어가기始作이다. 朝三暮四의싸이폰作用. 感情의忙殺.

나를너머트릴疲勞는오는족족避해야겟지만이런때는大膽하게나서서혼자서도넉넉히雌雄보다別것이여야겟다.

脫身. 신발을벗어버린발이虛天에서失足한다. 「매춘(買春)」

(2)

죽고십흔마음이칼을찻는다. 칼은날이접혀서펴지지안으니날을怒號하는焦燥가絶壁에끈치려든다. 억찌로이것을안에떼밀어노코또懇曲히참으면어느결에날이어듸를건드렷나보다. 內出血이뻑뻑해온다. 그러나皮膚에傷차기를어들길이업스니惡靈나갈門이업다. 가친自殊로하야體重은점점무겁다.

「침몰(沈歿)」

(3)

입안에짠맛이돈다. 血管으로淋漓한墨痕이몰려들어왓나보다. 懺悔로벗어노은내구긴皮膚는白紙로도로오고붓지나간자리에피가롱져매첫다. 尨大한墨痕의奔流는온갓合音이리니分揀할길이업고다므른입안에그득찬序言이캄캄하다. 생각하는無力이이윽고입을빼겨제치지못하니審判바드려야陳述할길이업고溺愛에잠기면버언저滅形하야버린典故만이罪業이되어이生理속에永遠히氣絶하려나보다.

「내부(內部)」

앞의 인용 (1)「매춘」은 그 제목이 특이하다. 이 시의 '매춘(買春)'이라는 제목을 한자로 쓰지 않고 한글로 바꿔 놓는다면 전혀 그 의미를 해석할 수가 없다. 무심코 읽다가는 이 제목을 '매춘(賣春)'으로 착각할 가능성도 많다. '매춘(賣春)'은 글자 그대로 여자가 돈을 받고 아무 남자에게나 몸을 파는 것을 뜻한다. '매음(賣淫)'이라든지 '매색(賣色)'이라는 말과 같은 뜻을 지닌다. 그런데 시인은 '매춘(賣春)'이라는 익숙한 단어에서 '賣'(팔다)라는 한자를 음이 같지만 뜻이 반대가 되는 '買'(사다)로 바꾸어 '매춘(買春)'이라는 새로운 의미의 말을 만들어 놓고 있다. 이러한 패러디의 방식은 이 시의 텍스트에서 정신 세계의 내면을 보여 주는 전반부와 육체의 외적 형상을 묘사하는 후반부의 내용을 통해 흥미롭게 기존의 관습적인 의미를 전복시킨다. 전반부에서는 시적 주체가 기억력도 없어지고 정신이 몽롱해지면서 정서가 불안정한 상태에 놓여 있음을 비유적으로 표현한다. 정신적 피폐 현상에 빠져 있는 주체의 내면의식을 드러내고 있다고 할 수 있다. 후반부는 몰려오는 피로를 이겨 내지 못하는 병약한 육체를 그려 낸다. 피로를 물리치지 못한 채 정신을 잃고 쓰러지는 장면이 하나의 짤막한 문장으로 묘사되어 있다. 결국 이 시는 정신적 피폐 현상을 겪으면서 육체적 병약 상태에서 벗어나지 못하는 시적 주체의 자기 표백에 해당한다고 할 수 있다.

이 시에서 전반부의 첫 문장은 '기억을 맡아 보는 기관이 염천(炎天) 아래 생선처럼 상해 들어 가기 시작이다'라고 하는 비유적 진술로 이루어져 있다. 여기서 '기억을 맡아 보는 기관'은 사람의 머리 또는 두뇌를 말한다. 점차 기억력이 감퇴되는 것을 생선이 상하는 것에 비유하여 표현하고 있다. 둘째 문장은 '조삼모사(朝三暮四)의 싸이폰 작용(作用)'이라는 명사구로 이루어져 있다. '조삼모사(朝三暮四)'는 중국의 고사에서 온 말이지만, 여기서는 어떤 사실을 제대로 알지 못하고 균형을 잃거나 기준이 무너져서 아침저녁으로 이랬다 저랬다 하는 상태를 말한다. "싸이폰"(siphon; 사이펀)은 압력을 이용하여 높낮이가 다른 두 곳의 물을 이동시키는 관을 말하는데 '사이펀 작용'이라는 것도 사고와 감정이 일정하지 않고 균형이 깨진 상태를 비유적으로 표현하고 있는 것으로 볼 수 있다. 셋째 문장의 경우도 '감정(感情)의 망쇄(忙殺)'라는 명사구로 표현되어 있는데, 시적 주체의 정서적 불안 상태를 암시한다. 넷째 문장은 길이가 길고 구조가 복잡하다. '나를 넘어뜨릴 피로는 오는 족족 피해야겠지만'이라는 전반부는 그 해석에서 문제가 될 것이 없다. 그러나 '이런 때는 대담하게 나서서 혼자서도 넉넉히 자웅(雌雄)보다 별것이어야겠다'라는 표현이 문제다. 특히 '자웅보다 별것이어야겠다'라는 서술부는 비문법적인 데다가 모호성을 지닌다. 일반적으로 '자웅(雌雄)'은 암컷과 수컷을 의미한다. 그리고 비유적으로 '강약(强弱), 우열(優劣) 등을 겨루다'라는 뜻으로 쓰이기도 한다. 여기서는 후자의 경우를 택하여 '당당하게 맞서서 겨루다'라는 뜻으로 이해할 수 있다. '별것이어야겠다'라는 말은 '-보다는 다른 것(다른 방식)이어야 한다'라고 읽을 수 있다. 이렇게 놓고 본다면, 넷째 문장은 피로가 덮쳐 올 때 그걸 피하는 것이 좋겠지만, 오히려 당당하게 거기에 맞서서 겨루기보다 그것을 이겨 내야 한다(별것)는 뜻으로 읽힌다. 이 시의 후반부는 몸의 감각과 그 상상력에 기초하여 만들어 낸 '탈신(脫身). 신발을 벗어 버린 발이 허천(虛天)에서 실족(失足)한다'라는 두 구절로 이루어져 있다. '탈신(脫身)'이라는 말은 '상관하던 일에서 몸을 빼다' 또는 '위험에서 벗어나다'라는 뜻으로 쓰인다. 그러나 여기서는 이러한 일반적인 의미가 그대로 적용되기는 어렵다. 글자 그대로의 뜻에 따라 '몸이 빠져 나가다' 즉, '정신으로부터 육체가 빠져 나가다'라는 의미로 읽어야 한다. '정신이 아찔하여 몸의 균형을 제대로 잡지 못하는 상태'를 암시한다. 뒤에 이어지는 구절은 '마치 텅 빈 하늘(虛天)을 디딘 것처럼 발을 헛디뎌 넘어지다'라고 풀이할 수 있다. 시 「매춘」은 정신적, 육체적 '젊음(건강)'에 대한 시적 주체의 갈망을 내면화하고 있다. 이 시의 제목인 '매춘(買春)'이라는 말도 바로 이러한 시적 주제를 그대로 암시한다. 이 새로운 단어는 '젊음을 사 오다'라는 의미로 읽어야 한다. 실제로 이 작품은 기억력이 쇠퇴하고 정서가 불안정한 상태(정신적인 노화)와 밀려오는 피로(육체적인 노화)로 인하여 시적 주체가 정신을 잃고 쓰러진 것을 그리고 있다. 병약의 상태에서 건강과 젊음에 대한 갈망이 몸의 느낌을 통해 내면화한 것이라고 하겠다. 결핵이라는 병고에 시달렸던 시인의 개인사를 염두에 둘 경우 이 같은 내적 욕망을 충분히 이해할 수 있다.

(2) 「침몰」의 경우에도 '침몰(沈歿)'이라는 한자 제목이 우선 주목된다. 원래

'침몰(沈沒)'은 '물에 빠지다', '물속으로 가라앉다' 등으로 쓴다. 그런데 시인은 이 단어의 '몰(沒)'이라는 글자를 음은 같지만 그 뜻이 전혀 다른 '몰(歿)' 자로 바꿔 놓았다. 그러므로 '물속으로 가라앉다'라는 의미가 '물에 빠져 죽다'라는 뜻으로 바뀌게 된 것이다. '죽음'의 의미를 제목에 덧붙이고 있는 셈이다. 이 시에서 시적 화자는 '나'의 내적 갈등을 '칼'이라는 상징물을 통해 형상화하고 있다. 여기서 '칼'은 날이 접혀 펴지지 않는다. 닫힌 '칼'은 아무런 기능을 발휘할 수 없다. 이것은 마치 자신의 뜻을 굽히고 모든 일을 참고 견디어야 하는 '나'의 상황과 그대로 대응한다. 그러므로 날이 닫힌 '칼'은 그대로 '나'의 상징인 셈이다. 그러나 속으로 닫힌 칼날이 몸속 어딘가에 상처를 내 버림으로써 '나'의 내적 고뇌는 안에서 폭발하고 만다. 몸의 감각을 통해 그려 내고 있는 '나'의 내적 고통은 절망의 늪에 빠져 헤어나지 못한 채 점점 깊이 죽음의 세계로 빠져드는 것이다. (3) 「내부」의 경우에도 병고에 시달리는 시적 자아의 정신적 좌절 상태를 그려 낸다. 이 시에서 '묵흔(墨痕)'이라는 시어는 일차적으로 폐결핵으로 인하여 생기는 객혈을 암시한다고 할 수 있지만, 자기 내면의 고통과 그 분출하고자 하는 응어리를 함축적으로 드러낸다. 몸의 감각을 통한 시적 상상력이 절묘하게 작동하고 있는 대목은 이 내적 응어리가 분출되는 순간을 그려 낸 부분이다. 자신의 내부에서 갈망하고 있는 숱한 언어가 한꺼번에 쏟아져 나오는 것으로 비유하고 있는 이 부분이야말로 이상 자신이 만들어 낸 시와 소설이라는 언어적 텍스트의 물질적 실체라고 할 수 있다. 더구나 「침몰」과 「내부」는 프로이트적 개념으로서의 죽음 충동, 혹은 타나토스라고 말할 수 있는 특이한 의식과 감정 상태를 보여준다. 여기서 시적 화자가 자신에게 다가오고 있는 죽음에 대응하는 방식은 병으로 인한 죽음 자체에 대한 두려움에서부터 출발한다. 이 두려움은 여러 가지 심리적 실체와 연관되면서 시적 화자의 내면의식을 조직하는 주된 원리가 되고 있다. 죽음은 삶에 대한 궁극적인 상실을 의미한다. 그러므로 죽음에 대한 두려움 자체가 삶에 대한 애착도 저버리게 만든다. 이러한 충동은 주체가 자신을 삶의 영역으로부터 몰아내면서 죽음에도 상처받지 않을 정도로 스스로 자기 감정을 소진하게 한다. 이러한 정신적, 육체적인 자기 파괴 행위가 경험적 삶의 영역으로부터 자기 자신을 격리시키고자 하는 욕망으로 이어지면서 이상은 죽음의 길로 들어선다.

연작시 「위독」의 작품들 가운데에서 이상의 자기몰입 과정을 확인해 볼 수 있는 시가 「자상(自像)」이다.

> 여기는어느나라의떼드마스크다. 떼드마스크는盜賊맞았다는소문도있다. 풀이極北에서破瓜하지않던이수염은絶望을알아차리고生殖하지않는다. 千古로蒼天이허방빠져있는陷穽에遺言이石碑처럼은근히沈沒되어있다. 그러면이곁을生疎한손젓발짓의信號가지나가면서無事히스스로워한다. 점잖던內容이이래저래구기기시작이다.

「위독」 연작의 마지막 작품인 이 시에서 먼저 주목해야 할 것은 「자상」이라는 제목 자체이다. 이상이 화가를 꿈꾸며 그렸던 그림 가운데 〈자상〉이라는 표제의 자화상이 남아 있기 때문이다. 자신의 붓끝으로 자기 얼굴을 그려 내는 자화상(自畵像)이라는 특별한 형식의 그림은 그리 단순하게 이루어지는 것은 아니다. 자신의 얼굴은 자기 눈으로 직접 들여다볼 수가 없다. 거울을 통하여 비춰진 영상을 통해서만 간접적으로 인지할 수 있을 뿐이다. 거울 속의 얼굴 모습은 사실적 형상의 입체성을 제대로 드러내지 못한다. 거울은 모든 것을 평면적 영상으로 재현하기 때문에, 거울을 통해 보이는 코의 높이도 눈의 깊이도 제대로 가늠하기 어렵다. 그러나 사람들은 누구나 거울을 보면서 자기 얼굴 모습에 관심을 기울이고 거기에 집착한다. 물론 다른 사람의 얼굴을 바로 눈앞에 대놓고 보듯이 그렇게 생생하게 거울을 통해 자기 얼굴 모습을 알아볼 수는 없는 일이다. 자기 얼굴을 그리는 작업은 초상화(肖像畵)의 사실주의와는 상당한 거리가 있다. 자기가 특히 관심을 기울이고 있는 부분이 더욱 강조되고 관심을 두지 않고 있는 부분은 소홀하게 취급되기 일쑤다. 그러므로 자화상은 자기 집착을 드러내는 욕망의 기표로도 읽힌다.

「자상」의 시적 텍스트의 첫 문장은 "여기는어느나라의떼드마스크다"라고 진술되어 있다. 시적 화자는 자신의 얼굴을 "떼드마스크"(death mask; 데스마스크)에 비유함으로써, 얼굴을 통해 표현되는 생의 이미지를 제거한다. 표정이 없는 얼굴은 살아 있는 느낌을 주지 못한다. '데스마스크'라는 표현은 생기를 잃고 있는 무표정한 자기 모습에 대한 자조적인 느낌을 그대로 드러내고 있다. 하지만 '데스마스크는 도적맞았다는 소문도 있다'라는 둘째 문장의 진술을 통해 첫 문장의 내용을 반어적으로 돌려 버린다. 아직은 죽지 않고 살아 있는 얼굴이라는 것을 말하기 위해 '데스마스크'를 도적맞았다고 언급하게 된 것으로 보인다. 이 시에서 얼굴의 표정을 묘사하면서 관심을 집중하고 있는 부분은 바로 귀 밑과 입언저리에 돋아나 있는 '수염'이다. 수염은 많아도 문제이고 적어도 문제인데, 늘 자라나는 것이기 때문에 이를 손질하여 모양을 낸다. 그러나 이 시에 그려진 얼굴의 수염은 '생식하지 않는다.' 새로 더 돋아나지 않는다는 말이다. 여기서 '풀'은 그대로 '수염'의 비유적 표현에 해당한다. 풀이 땅에 뿌리를 내리고 돋아나 자라는 것처럼 수염도 피부에 뿌리를 박고 자라나기 때문이다.

시적 텍스트의 세 번째 문장에서 '풀이 극북(極北)에서 파과(破瓜)하지 않던 이 수염'이라는 구절은 수염의 모양을 한자의 모양에 빗대어 비유적으로 설명해 준다. '극북'은 수염의 끝부분을 말한다. 뒤에 이어지는 '파과하지 않다'라는 말의 뜻에 유의할 필요가 있다. '파과(破瓜)'는 '파과지년(破瓜之年)'의 준말이다. '과(瓜)'라는 한자는 파자(破字)할 경우, 그 형태가 '팔(八)'과 '팔(八)'로 나뉜다. 그러므로 '파과지년'은 '과(瓜)' 자를 파자하여 생기는 두 개의 '팔(八)' 자를 합친 나이 또는 곱한 나이를 의미한다. 여자를 두고 말할 경우에는 '16세'의 젊은 여자 또는 생리를 시작하는 여자의 나이를 지칭하는 말로 쓰이기도 하고, 남자의 경우는 '64세'의 나이를 뜻하기도 한다. 하지만 이 시에서 '파과'라는 말은 관용적으로 쓰이는 '16'이나 '64'라는 숫자의 의미와는 거리가 멀다. '파과(破瓜)'라는 말이 지시하고 있는 그대로 '과(瓜)' 자를 파자하여 생기는 '팔(八)'이라는 글자의 형태 자체를 시각적 기호로 제시하고 있기 때문이다. 그러므로 '파과하지 않다'라는 말은 달리 해석될 여지가 없다. '수염의 꼬리가 팔(八) 자의 모양을 이루지 못한다'는 뜻으로 자연스럽게 읽히게 되기 때문이다. 시적 화자는 근사한 '팔(八)' 자 모양으로 갈라져 자라지 않고 덥수룩하기만 한 수염에 대해 스스럽다. 자신의 수염에서 어떤 위엄도 발견하지 못하며, 그저 점잖지 못한 인상에 불만을 털어 놓고 있을 뿐이다.

이 시의 다섯째 문장은 덥수룩한 수염에 둘러싸여 있는 입의 모양을 암시한다. '천고(千古)로 창천(蒼天)이 허방 빠져 있는 함정(陷穽)'은 바로 움푹 들어간 입을 말한다. 그리고 '유언(遺言)이 석비(石碑)처럼 은근히 침몰(沈沒)되어 있다'는 것은 말을 하지 않고 이를 악물고 있는 입의 모양을 그려 놓은 것으로 볼 수 있다. 이 시의 마지막 구절은 입언저리의 수염을 손으로 쓰다듬어 보아도 도무지 위엄 있는 기품이나 점잖은 모습을 찾을 수 없는 자기 모습에 스스러워 하는 화자의 심경을 드러낸다. 이처럼 시 「자상」은 언어로 그려 낸 자화상에 해당한다. 시인이 그려 내고 있는 그대로 자신의 얼굴 모습을 시적 대상으로 삼고 있는 것이다. 이상의 시에서 흔히 볼 수 있는 특이한 자기 탐구의 방식은 대체로 자기 부정의 의미를 드러낸다. 이러한 경향은 특이한 성장 과정이라든지 폐결핵으로 인한 고통스러운 투병 생활 등에서 영향받은 것으로 짐작할 수 있다.

### 5)「오감도」 연작의 완성, 혹은 죽음

이상이 도쿄행을 준비하며 발표한 연작시 「역단」과 「위독」은 병마에 시달리면서 일상적 삶의 울타리에 갇혀 버린 자기 존재에 대한 회의와 고뇌의 산물이라고 할 만하다. 이상은 이 두 편의 연작시를 통해 자아의 형상 자체를 시적 대상으로 삼아 다양한 시각을 통해 이를 관찰하고 그 존재를 스스로 규정하기도 하면서 주체의 해체에까지 이르기도 한다. 자신의 개인적인 삶을 텍스트 속에 직접적으로 투영하는 방식을 통해 시적 주체의 대상화를 가능하게 하였던 것이다. 물론 이러한 진술 방식 자체는 전통적인 의미의 서정시의 방법과 비슷하지만 주관적 감정을 철저하게 절제함으로써 존재론적인 차원에서 대상화된 주체라는 새로운 시적 주제에 접근하고 있다. 이 작품들의 텍스트에 시적 대상으로 등장하는 경험적 주체로서의 시인 자신은 텍스트 속에 등장하는 순간 그 실재성의 의미를 상실한다. 그것은 텍스트의 언어에 의해 조작되는 것이기 때문이다. 이러한 현상은 시인 자신과 창작으로서의 텍스트 사이에 저자로서의 주체와 대상으로서의 작품이라는 입장이 서로 뒤바뀌면서 서로가 서로를 창조하고, 서로의 입장을 파괴한다는 점을 통해 확인된다. 이것은 단지 텍스트의 인위성과 현실의 삶의 우연성을 강조하기 위해 활용하는 하나의 기법에 불과한 것이다. 실제로 「역단」과 「위독」의 연작들은 주체의 정서를 표현하기보다는 서정적 주체를 시적 대상으로 삼아 이를 여러 각도에서 보여 준다. 그러므로 시적 주체는 대상화되어 마치 객관적 사물처럼 분석되기도 하고 해체되기도 한다. 이러한 접근 방법은 예술의 세계에서 언제나 중요한 것이 개별적 주체로서의 자아의 구성 문제라는 사실에 대한 새로운 인식에 근거한 것이다. 이 두 편의 연작에 포함된 작품들은 그 텍스트의 표층에 그려진 경험적 자아의 병과 고통, 가족과의 갈등 문제를 놓고 인간의 존재와 삶, 생명과 죽음의 문제, 고독과 의지와 같은 본질적인 주제로 심화시킴으로써 독특한 나르시시즘(narcissism)의 시적 형상성을 획득하고 있다.

연작시 「역단」과 「위독」에서 드러나고 있는 병적 '나르시시즘'을 어떻게 이해할 것인가는 이상 시의 전체적인 성격을 규정하는 데에 있어서도 중요한 의미를 지닌다. 이상의 삶의 파탄이 그가 앓고 있던 폐결핵이라는 병으로부터 비롯되었다는 사실은 부인할 수 없다. 자신의 육체 내부에서 생겨난 폐결핵이라는 병을 두고 이상은 훼손된 육체와 죽음에 대한 두려움을 떨쳐내지 못하면서 자기 집착에 시달렸기 때문이다. 여기서 참조해 볼 만한 것이 프로이트(S. Freud)의 「나르시시즘에 대하여(On Narcissism)」라는 글이다. 프로이트는 이 글에서 나르시시즘에 대한 논의를 인간의 육체에 가해지는 어떤 고통에 관한 설명으로부터 시작하고 있다. 이것은 자신의 아름다운 얼굴을 보고 그 환상에 빠져들었던 나르시스의 이야기와는 상당한 거리가 있다. 프로이트는 인간이 자신의 육체에 가해지는 어떤 고통의 실체를 발견하게 되었을 때 자기 자신에 대해 관심을 집중한다고 말한다. 육체의 상처나 병으로부터 고통을 받고 있는 사람들은 누구나 그 고통으로부터 벗어나고 싶어 한다. 그렇기 때문에 거의 강박관념처럼 자기 육체에 몰입하고 그 고통에 대해 좌절하고 더 큰 정신적 고통을 겪으면서 괴로워한다. 이러한 행태는 누구에게나 마찬가지로 드러난다. 프로이트는 이러한 경향을 놓고, 자기 육체에 대한 고통을 지향하는 리비도(Libido)의 자기 투여라는 것이 나르시시즘의 실체에 해당한다고 말하고 있다. 육체적 고통을 향한 부정적 자기 투여 방식이 나르시시즘의 징후임을 밝히고 있는 셈이다. 그리고 프로이트는 병에 의한 육체의 훼손과 그 고통이 곧바로 정신적으로 투여된 고통으로 바뀐다는 점을 지적한다. 말하자면 육체적인 고통을 통해 정신적 고통이 함께 복합적으로 작용한다는 것이다. 그러므로 육체적 고통은 언제나 육체적인 자기 발견의 전제 조건이 될 수밖에 없다. 프로이트는 고통스러운 병을 체험하면서 육체에 대해 새로운 지식을 인식하게 되는 방식이야말로 자신의 육체에 대한 어떤 표상에 도달하는 일반적인 방식이라는 점을 분명히 한다.[20] 이러한 프로이트의 논리를 전제할 경우, 이상의 시에서 발견하게 되는 병의 고통과 그 기호적 표상은 이상 문학의 본질적 영역에 속하는 문제임을 알 수 있다.

이상의 연작시 「역단」과 「위독」에서 볼 수 있는 시인의 사물을 보는 시각과 판단은 「오감도」의 특이한 자기 투사 방식과 상호 연관성을 통해 그 의미가 더욱 분명하게 드러난다. 자신의 병과 죽음에 대한 절박한 인식, 자기 가족에 대한 책임의식과 갈등, 좌절의 삶을 살아가는 자신에 대한 혐오 등을 말하고 있는 시적 진술 방법이 「오감도」의 연장선 상에 놓여 있기 때문이다. 비록 작품의 제목은 다르지만, 연작시 「역단」과 「위독」은 그 형식과 주제, 언어 표현과 기법 등이 모두 「오감도」의 경우와 그대로 일치한다. 이러한 특징은 이 두 편의 연작시가 미완의 「오감도」를 완결 짓기 위한 후속 작업일 가능성이 크다는 것을 암시한다. 특히 이상 자신은 그가 빠져들었던 자기몰입의 과정을 이 두 편의 연작시를 통해 끝내고 있는 셈이다. 도쿄행 직전에 이루어진 연작시 「역단」과 「위독」의 발표가 예사롭지 않게 느껴지는 이유가 여기 있다. 이상은 연작시 「역단」을 발표하고 「위독」을 연재한 후 도쿄행

20 리처드 월하임, 조대경 역, 『프로이트』, 민음사, 1989, 181-221면 참조.

을 택한다. 그리고 거기서 자기 생을 마감한다. 두 연작시는 국내에서 이루어진 이상 자신의 시적 글쓰기 작업의 마지막을 장식한다. 1934년에 발표한 미완의 연작시 「오감도」가 「역단」과 「위독」을 통해 그 연작 자체의 자연스러운 완결에 도달하고 있는 셈이다.

이상은 연작시 「위독」의 신문 연재를 마친 후 도쿄행을 결행한다. 「오감도」의 완성이라는 문학적 자기 실천의 과제도 사실상 여기서 끝이 난다. 이상의 문학적 삶은 연작시 「오감도」와 함께 화제 속에서 시작되었는데, 한국 근대시의 절망처럼 미완의 형태로 남아 연작시 「역단」과 「위독」을 통해 그 완결에 도달한 셈이다. 그러나 이 개방적인 형태의 연작시 「오감도」는 완결되었음에도 그 끝이 보이지 않는다. 끝을 맺었지만 여전히 불확실한 미래를 향해 그 새로운 가능성을 열어 두고 있기 때문이다. 「오감도」는 이상이 처음 그리기 시작했고 그의 손에 의해 매듭을 이루게 되었음에도 불구하고 결국 끝이 난 것은 아니다. 그 끝은 사실 이상의 몫이 아니라 이상 이후 한국문학이 감당해야 할 더 큰 그림으로 남아 있는 것이다.

제 **5** 장

# 결론: 한국 모더니즘 문학의 탄생

## 1

이상 문학의 등장은 한국 근대문학사의 새로운 역사적 전환을 의미한다. 이상이 활동했던 1930년대 중반은 일본 군국주의의 확대와 함께 강압적인 사상 탄압이 자행되던 시기였다. 한국 사회가 겪고 있던 식민지 근대의 모순을 가장 격렬하게 비판했던 조선프롤레타리아예술동맹이 1935년 강제 해체되자, 한국문학의 주조를 형성하고 있던 이념 추구의 경향이 사라지게 된다. 당시 문인들은 조선프로예맹과 같은 집단적 조직 활동이 불가능해지자 다양한 소그룹 중심의 동인 활동을 통해 새로운 문학적 출구를 모색한다. 이들은 유학을 통해 얻은 문학예술에 대한 깊은 지식을 바탕으로 서구 예술의 새로운 동향을 활발하게 소개하면서 다양한 동인 활동에 참여하게 된다. 그러므로 이들을 중심으로 하는 1930년대의 문단은 문학예술의 영역에서 전문 문학인들이 등장한 시대였다고 할 수 있다. 그 이전의 초창기 문단을 보면 문인들 가운데 문학 자체를 전문적으로 수학한 사람이 거의 없다. 이광수, 염상섭, 나도향, 이기영, 현진건, 김동인, 김소월, 한용운, 이상화 등이 모두 문학을 공식적인 교육기관에서 공부한 경험을 갖고 있지 않다. 그러나 1930년대는 이와 다르다. 국내에서는 경성제국대학 출신들 가운데 이효석, 유진오, 최재서 등이 문단에 진출했으며, 일본 유학 과정에서 영문학, 불문학, 독문학, 러시아문학 등을 수학한 정지용, 이태준, 박태원, 김기림, 백철, 김영랑, 박용철, 김상용, 이헌구, 김광섭, 함대훈, 김환태 등도 문단에 뛰어들었다. 이들 가운데 일부는 '해외문학파'라는 이름으로 지칭되었고, 일부는 연극운동에 관심을 갖고 새로운 극예술운동을 전개하기도 하였다. 그리고 동인 활동을 통해 문단 활동의 거점을 만들었다. 당시에 등장한 《시문학》(1930), 《삼사문학》(1934), 《시인부락》(1937), 《단층》(1937) 등의 동인지는 문단의 새로운 변화가 소그룹의 동인 활동을 통해 하나의 경향으로 자리 잡고 있음을 보여 준다. 1933년에 결성된 구인회는 문학 강연을 개최하고 동인지 《시와 소설》(1936)을 펴내면서 활발한 창작 활동을 전개하며 새로운 경향의 문학을 주도한다. 이 새로운 문학적 변화는 넓은 의미에서 모더니즘 운동으로 규정되고 있다.

1930년대 모더니즘이라는 말은 어떤 일관된 미학적 요건이나 통일된 관점을 드러내는 것이 아니라는 사실을 미리 전제할 필요가 있다. 이것은 모더니즘이라는 말이 지니고 있는 그 의미의 영역이 아주 넓다는 사실과 관련되는 것이지만 한국 사회가 안고 있던 식민지 근대의 모순과 그 시대적 한계라는 특수한 사회 문화적 조건과도 직결된다. 1930년대의 모더니즘 운동은 조선프로예맹의 강제 해체와 계급문단의 붕괴, 그리고 계급문단이 추구하던 계급의식의 퇴조에 뒤이어 등장한다. 시문학, 구인회 등의 동인 활동을 통해 구체화되기 시작한 이 새로운 문학운동은 정치적 이념성을 거부하고 있었다는 점에서 문학적 순수주의 또는 순수문학의 경향으로 평가된 적도 있다. 더구나 당시 문단에서 이 새로운 문학적 경향을 주도했던 문학인들도 자신들의 문학적 기법과 정신과 관점에 대해 어떤 일치된 견해를 보여 준 적이 없다. 예컨대, 정지용이 지니고 있었던 시적 언어와 기법에 대한 관심은 동시대의 김기림이 지향하고자 했던 문명 비판의식과 일치하지 않는다. 이태준이 지니고 있던 산문 문체의 미학이라는 것도 묘사의 치밀성에 관심을 기울였던 박태원의 경우와 같은 차원에서 논의하기 어렵다. 이것은 이상이 추구했던 시와 소설에서의 자의식의 반영이라든지 하는 문제와도 서로 다르다. 결국 이들은 모더니즘이라는 큰 틀 속에서 각자 자신들이 추구하고자 하는 문학의 정신과 기법을 자기 나름대로 보여 주었고 각자의 길에서 서로 영향을 주고받아 왔던 것이다. 하지만 이들은 대개 문학이 외적 조건이나 이념적 요구로부터 자유로워야 한다는 데에 동의했는데, 이것은 모더니즘 문학이 추구했던 예술의 미적 자율성에 대한 신념을 말해 주는 것이라고 할 수 있다. 1930년대의 모더니즘 운동이 집단주의적 논리와 역사에 대한 과도한 전망 자체를 부인하고 있는 것은 문학의 방향이 개인주의적 경향으로 좁혀지고 있음을 의미하며, 문학적 주제의식에서 일상성의 의미가 그만큼 중시되고 있음을 말해 준다. 그러나 무엇보다도 중요한 것은 이 시기에 본격적으로 문학의 매체로서의 언어에 대한 새로운 인식이 확립되었으며, 문학적 기법과 문체 자체가 객관적 산물로서의 문학 작품의 성격을 좌우할 정도로 강조되었다는 점이다. 당시 문단에서 기교주의 논쟁을 촉발하면서 모더니즘 문학이 확대되었다는 것은 바로 이 같은 경향과 직결되고 있다.

1930년대의 모더니즘 운동은 이상의 연작시 「오감도」를 통해 그 구체적인 실천을 보여 주고 있다. 이상의 「오감도」는 한국 현대시에서 시적 감성의 영역을 시적 인식의 세계로 바꾸어 놓은 시 정신의 전환을 가능하게 하였다는 점에서 한국 모더니즘 운동의 중심축으로 인정할 만하다. 이상의 「오감도」가 보여 주는 기법과 양식에 대한 반동은 외관의 무의미성을 강조하면서 끊임없이 상상력의 하부구조를 열어 간다는 데에 그 특징이 있다. 「오감도」의 언어는 경험과 현실을 담아 놓는 그릇도 아니며, 그러한 일련의 의미가 자연스럽게 표현되는 매개체도 아니다. 다시 말하자면 그것은 문학 텍스트에서 정서와 사고의 단순한 매개체로서만 기능하지는 않는다. 그것은 텍스트를 통해 구현하게 되는 물질적인 사회적 과정의 구성적 요소로서 작동한다. 물론 그것은 매우 특이한 인지의 과정을 필요로 한다. 언어 표현과 상상력의 관계라든지 정보의 상호작용이라든지 하는 것은 추상적인 사고가 직접적인 감각으로 현실화될 수 있는 물질적 행위이자 과정에 해당하기 때문이다. 그러므로 이상 문학은 1930년대 한국문학에서 언어와 기법, 양식과 가치에 대한 인식의 전환을 가능하게 하였다고 할 것이다.

이상이 「오감도」를 통해 시적 실험의 새로운 가능성을 열었던 모더니즘 운동은 최재서, 김기림 등에 의해 소개된 영미문학의 흄(T. E. Hulme), 리처즈(I. A. Richards), 엘리엇(T. S. Eliot) 등을 중심으로 하는 주지주의와 이미지즘 등을 통해 그 이론적 기반이 확대된 바 있다. 최재서의 비평적 작업은 1930년대 모더니즘의 이론적 기반을 이루는 흄, 리처즈, 엘리엇, 리드(H. Read) 등의 비평이론을 집중적으로 소개하는 일종의 이론비평적 성격을 드러낸다. 최재서는 흄의 신고전주의 문학론이나 리처즈의 심리주의적 방법을 모두 '주지주의' 문학론이라는 이름으로 소개하고 여기에 리드나 엘리엇의 비평까지 포함해 놓고 있다. 그가 발표한 「현대 주지주의 문학이론의 건설」(1934)과 「비평과 과학」(1934)은 이 같은 그의 비평적 관심이 집약되어 있는 글이다. 최재서가 주목하고 있는 것은 예술에 있어서의 신고전주의와 비평의 과학적 방법이다. 이것은 그가 서구적 합리주의에 근거한 지성과 모럴(moral)의 주창자였다는 사실과도 서로 관련된다. 그는 사상과 감정의 지적인 조작에 의해 이루어지는 현대시의 성격을 강조하면서 시에 있어서의 현대성의 인식을 중요한 과제로 내세우기도 한다. 「서정시에 있어서의 지성」(1938)과 같은 글은 이러한 그의 관심의 소산이라고 할 수 있다.

김기림의 모더니즘론은 최재서의 경우와는 달리 한국 현대시에 대한 실천적인 관심에 의해 제기된 것이다. 그의 모더니즘론은 「시작에 있어서의 주지주의적 태도」(1933)와 「모더니즘의 역사적 위치」(1939)로 집약되고 있지만, 「오전의 시론」(1935)을 비롯한 대부분의 시에 대한 비평적 논의가 모두 모더니즘의 논리와 실천의 근거로 자리하고 있다. 김기림은 모더니즘 운동이 문학사적으로 두 가지의 문학적 조류에 대한 부정과 반발임을 강조하고 있다. 하나는 낭만주의의 감상성에 대한 것이며, 다른 하나는 계급문학운동의 정치적, 이념적 지향에 대한 것이다. 이 같은 지적은 물론 한국문학에서 문제가 되는 문학적 조류를 근거하여 설명하는 것이므로 모더니즘의 일반적인 특성을 폭넓게 제시하는 것은 아니다. 그러나 시가 언어의 예술이라는 자각을 분명히 인식하고 있으며, 문명에 대한 일정한 감수를 기초로 한 다음 일정한 가치를 의식하고 쓰이는 시를 강조하고 있는 점에서 본격적인 시의 모더니즘론에 다가서 있음을 볼 수 있다. 김기림의 모더니즘론은 시적 모더니티에 대한 추구 작업으로부터 출발하고 있지만, 여기서 드러나는 현대 문명에 대한 긍정이 결과적으로 일제 식민지 지배에 의해 이루어지고 있는 종속적인 자본주의 문명에 대한 비판적 인식을 결여하게 됨은 물론이다. 김기림 자신은 이 같은 문제성을 극복하게 위해 현실 속에서의 지식인의 대중적인 역할을 강조하기도 하고 풍자와 조소를 기조로 하는 문명 비판의 주제를 시 속으로 끌어들이는 실천적 작업에도 관심을 기울인다. 특히 그는 시의 모더니즘이 그 출발에서 볼 수 있었던 시대정신을 외면한 채 언어적 기교의 말초화에 빠져들어 가고 있는 것을 비판하기도 한다. 그렇지만, 1930년대 김기림의 모더니즘론은 그 의의가 모더니티의 시적 구현에 있음은 부인할 수 없는 일이다. 그는 제작(製作)으로서의 시를 강조하면서 시가 사물을 재구성하고 독자적인 객관성을 구비하는 그러한 가치의 세계를 드러낼 것을 주문한다. 그렇기 때문에 그는 시의 비평에 있어서도 순수비평이라는 이름으로 내세워진 인상주의적 접근법을 벗어나서 방법론의 과학적 근거를 확립하고자 노력한다. 그는 비평이 철학이기 전에 과학이어야 한다는 신념을 분명히 하였으며, 「과학으로서의 시학」(1940)과 같은 평문에서 과학적 합리주의에 집착하고 있는 그의 문학적 태도를 확인해 볼 수 있다.

## 2

이상은 사물에 대한 감각적 인식을 둘러싼 문화적 조건의 변화에 일찍 눈을 뜬 예술가이다. 그는 어린 시절부터 미술에 관심을 두면서 근대회화의 기본적 원리를 터득하였고, 경성고등공업학교에 재학하는 동안 근대적 기술 문명을 주도해 온 물리학과 기하학 등에 관한 깊은 이해를 가지게 된다. 그리고 새로운 예술 형태로 주목되기 시작한 영화에 유별난 취미를 키워 나간다. 이상이 지니고 있었던 예술의 모든 영역에 대한 폭넓은 관심과 지식은 그가 남긴 문학의 구석구석에 잘 드러나 있다. 일본 식민지 시대의 한국 내에서 과학 기술 분야의 최고 수준에 해당하던 경성고등공업학교에 다닌 이상은 3년 동안 수학, 물리학, 응용역학 등의 기초적인 이론 학습의 과정을 거쳤고, 건축학 분야에 관련된 건축사, 건축구조, 건축재료, 건축계획, 제도, 측량, 시공법 등을 공부했다. 이러한 수학 과정을 거치면서 이상은 과학 기술의 발달과 그 변화 과정에 대한 폭넓은 식견을 쌓을 수 있었던 것으로 보인다. 여기서 주목해야 할 것은 현대의 과학 기술과 문명이 주로 19세기 말부터 20세기 초에 이르는 동안 획기적인 발달과 변화를 겪었다는 사실이다. 예컨대 미국의 에디슨이 1879년 수명이 40시간이나 지속되는 '실용 탄소 전기'를 발명하였다든지, 독일의 뢴트겐이 1895년에 음극선 연구를 하다가 우연하게도 투과력이 강한 방사선이 있음을 확인하게 되어 X선이라고 부르게 된 것은 모두 19세기 말의 일이다. 활동사진이라는 이름으로 처음 영화가 만들어진 것도 19세기 말의 일이며, 가솔린 자동차가 처음 등장한 것도 비슷한 시기의 일이다. 1903년 라이트 형제의 비행기가 등장하여 새처럼 하늘을 날고 싶어 했던 인간의 오랜 꿈이 실현되었다. 이 모든 새로운 발명과 창조가 한꺼번에 이루어지면서 이것들이 새로운 인간 삶의 물질적 기반을 형성하게 된 것이다. 더구나 세기말을 거치면서 프로이트의 정신분석이론이 등장하여 심리학의 획기적인 발전이 이루어졌으며, 아인슈타인의 상대성이론은 시간과 공간에 대한 인식의 대전환을 가져왔다. 예술 분야에서도 표현주의 이후 입체파가 등장하고, 문학의 경우 의식의 흐름이라는 새로운 기법을 활용하는 심리주의적 경향이 강하게 나타나게 된다. 이상은 바로 이러한 과학 문명과 예술의 전환기적 상황을 깊이 있게 관찰하면서 그 자신의 문학 세계를 새롭게 구축했던 것이다.

이상은 폐결핵 환자로서 생에 대한 환멸에서 벗어나지 못한 예술가였고, 삶의 뿌리가 뽑힌 채 사회 현실로부터 소외된 지식인이었지만, 1930년대 경성이라는 도시 공간에 등장한 최초의 '모더니스트'였다고 할 수 있다. 이상의 문학에는 특이하리만치 자연에 대한 관심이나 묘사가 전혀 드러나 있지 않다. 이상의 시와 소설에는 산과 들, 하늘과 강, 나무와 꽃과 같이 인간의 삶을 둘러싸고 있던 자연이 배제되어 있다. 외적 현실로서의 자연이 더 이상 실재로서의 경험으로 인정되지 못하고 있는 것이다. 대신에 그는 경성이라는 도시 공간 안에서 자기 삶과 예술을 정초시키기 위해 자기 언어에 매달려 자기가 만들어 낸 텍스트를 새롭게 조합하고 구성하고 거기에 미학적인 옷을 입힌다. 그가 보여 주고 있는 상상력의 감각적 여행은 결국 도시 공간에서 이루어지는 것이다. 경성이라는 도시 공간을 오가는 사람들의 모습에서 그가 발견한 것은 그것이 긍정적이든 부정적이든 근대화되고 있는 도시로서의 경성과 거기에 살고 있는 사람들의 삶에 대한 어떤 전망을 내포한다. 그는 경성이라는 도시 자체가 인간의 힘에 의해 새롭게 조성되고 확대되고 조직화된 하나의 구성물이라는 사실을 발견했던 것이 아닌가 생각된다. 이러한 경향은 그가 모사적인 자연 현실의 실재적 반영을 최고로 내세웠던 전통적인 문학적 관습에서 벗어나 있음을 말해 준다. 그의 문학은 자연을 기초로 삼지 않는 대신에 자의식의 세계 또는 자아의 위상을 자신의 문학을 통해 강조하고자 한다. 그는 철저하게 자기 정신, 자기의식의 내면과 같은 주체의 의식 구성에 의해 만들어지는 예술로서의 문학을 추구한 셈이다.

이상의 문학은 관습적으로 사용되어 온 언어와 그 담론 방식을 전복시킨다. 그는 자신의 시와 소설에서 자신이 의도하고 있는 어떤 의미를 제대로 표현하기 위해 일상적 언어의 한계에 도전하면서, 자신의 상상력과 특이한 정서를 구체화하기 위해 모든 가능성을 동원하고 있다. 그의 시와 소설에서 볼 수 있는 문학적 상상력은 언어에 대한 탐구로부터 비롯된 것이라고 말할 수 있다. 이상은 언어를 통해 표현되는 것을 중시하기보다 언어로 표현할 수 없는 것에 관심을 기울인다. 이것을 달리 말한다면 언어로 표현할 수 없는 것에 대한 표현에 관심을 기울인다고 해도 좋다. 그는 사물에 대한 감각을 구별하고 그것을 명명하는 일에 유별난 관심을 보이면서 자신의 인식을 구체화하기 위한 새로운 언어를 찾아낸다. 이 작업은 일상적인 언어의 질서를 파괴하고 규범을 넘어서면서 언어가 만들어 낸 의미 체계를 교란시키기도 한다. 그러므로 이상의 언어는 투쟁이라고 할 만하다. 실제로 이상의 언어는 기표와 기의의 관습적 결합을 거부하고 새로운 조어법을 실험하면서 기존의 표현법과 충돌한다. 이상의 시 텍스트에는 언어가 아닌 기호들이 동원된다. 이것은 언어를 통해 표현하고자 하는 욕망과 그 표현의 불가능성을 동시에 보여 준다. 여기에는 말하기와 말할 수 없음이 동시에 존재하며 언어 표현에 대한 고의적 지연이나 방해도 포함된다. 외견상으로 볼 때 그렇게 말할 필요가 없어 보이는 진술 내용을 반복하는 경우도 많고, 언어적 진술 대신에 어떤 기호를 쓰기도 한다. 이 기호들은 대개 어떤 도형이나 수식 같은 것들인데, 거기에는 말로써 설명하지 못함을 지시하는 기능까지 포함되어 있다. 언어를 포기하고 언어에 의한 구체적 표현을 스스로 거부하는 이런 추상적 태도는 이해하기 어려운 측면도 없지 않지만, 이것은 사회적 현실과 개인의 내면적 질서가 와해될 것 같은 불안과 당혹감의 결과가 아닌가 생각된다. 이상의 시와 소설에서 언어는 자연스러운 구어체의 발화와는 달리 그 어투가 뒤틀리고 왜곡된 것들이 많다. 이러한 언어 표현법이 하나의 문체처럼 고정되어 시적 화자의 부조리한 관념과 생각들을 표현한다. 이것은 어떤 가공스러운 것 앞에서 말하지 못하는 것과 다를 바 없다. 그리고 단지 어떤 것을 통해서라도 암시하지 않을 수 없는 절망의 표지(標識)에 해당한다. 어떤 말로도 표현할 수 없는 것을 표현하고자 할 경우에 생기는 묵언(默言)은 바로 그 상태에 대한 강한 부정이거나 극단적인 추상화와 다름없다. 바로 거기에 이상 문학이 암시하는 자기 규정의 비밀이 있다.

이상은 사물을 보는 새로운 시각과 그 인식의 내용에 대한 새로운 명명법(命名法)에 골몰한다. 이것은 기성적인 관점을 거부하고 있다는 점에서 혁신적이며, 이미 관습화한 인식을 넘어서고자 한다는 점에서 혁명적이다. 이상 문학이 드러내는 전위성을 바로 여기서 찾아볼 수 있다. 이상은 언어 의미의 함축성을 통해 사물의 깊은 의미를 드러낼 수 있도록 특정 문자를 해체하거나 결합하여 새로운 말을 만들어 낸 경우가 많다. 예컨대 '오감도', '삼차각설계도', '건축무한육면각체', '동해', '지주회시' 등의 새로운 말들을 만들기도 하고 어법 자체를 왜곡해 보기도 한다. 그의 문학에서 언어 표현이란 언어적인 세부 묘사를 뜻하는 것이 아니라, 언어를 통해 그 기호가 환기하는 감각의 구체성을 드러내는 일이다. 그러므로 이상의 언어는 언제나 새로운 미지의 세계를 향해 독자들의 상상력을 자극할 수 있는 방향으로 사용된다. 문학은 인간이 창조한 세계라고 한다. 문학의 세계에서 개인의 정서가 그 바탕을 이루는 것이라면, 상상력은 문학 창조의 힘이라고 할 수 있다. 문학에서 상상의 힘은 무한하다. 그러나 상상력은 아무것도 없는 무의 상태에서 새로운 것을 만들어 내는 신비한 창조력은 아니다. 상상의 힘은 체험으로부터 나온다고 할 수 있다. 언어를 통해 여러 가지 체험들을 결합하여 새로운 세계를 만들어 내는 것이 상상이다. 시인은 자신을 둘러싸고 있는 온갖 사물들을 무의미하게 넘겨 버리지 않는다. 오히려 그 사물들 속에서 새로운 의미를 발견하고자 하며, 그것들을 결합하여 보다 새롭고 의미 있는 형상을 언어로 창조하게 되는 것이다. 이상의 문학에서 언어는 새로운 시대정신을 표현하는 문화적 기초이며 본질에 해당한다. 그의 문학은 언어를 매개로 하여 성립되고 있지만, 그 언어는 단순한 매개체로서의 의미를 넘어선다. 이상은 언어의 절대성을 믿지 않는다. 언어는 가장 확실한 소통의 도구이지만 인간의 체험 가운데 상당 부분은 언어로 설명되지 못한다. 그리고 어떤 것들은 왜곡되거나 그대로 소멸된다. 물론 언어 이전에 문학적 체험이나 어떤 표현 욕구가 존재한다고 상상할 수는 없는 일이다. 이상 문학에서 언어는 항상 어떤 결핍 상태에 놓여 있다. 이상은 말할 수 없는 것들과 말해지는 것들 사이에서 야기되는 아이러니를 놓치지 않는다. 그는 언어가 본질에서 벗어나 하나의 수단으로 소모되는 현실에 대하여 저항한다. 현실의 불행에 빠져들어 거기에 혐오를 드러내는 일은 누구에게나 가능하다. 그러나 그 환멸의 언어를 통해 삶에 대한 권태를 그려 내는 일은 이상에게 있어서만 가능했던 일이다.

3

이상의 소설은 외적 현실 세계에 대한 소설적 재현이나 그 반영에 관심을 두고 있지 않다. 그는 자신의 소설에서 거의 의도적으로 경험적 현실의 사회적, 역사적 배경을 외면하고 소설이라는 양식 자체에서 하나의 이야기가 만들어지는 과정을 보여 주고자 한다. 소설이 현실의 반영이 아니라 작가에 의해 만들어진 하나의 제작물이라는 사실을 분명히 강조하고 있는 셈이다. 이러한 경향은 이상 소설이 보여 주고 있는 '메타픽션'으로서의 특징을 통해서 그대로 드러난다. 이상의 소설에서 주목되는 메타적 글쓰기는 자신의 소설 안에서 그 서사 자체의 진행에 대해 이야기하는 방식을 보여 준다는 점에 그 특징이 있다. 이 특이한 방식은 서사의 진행 과정 속에서 볼 때 텍스트의 창작 과정을 정교하게 반영할 수 있지만, 진행되고 있는 서사와는 관계없이 괄호 속에 담긴 채 텍스트의 경계를 넘어선다. 이 경우에 작가는 자기 소설에 대한 이론가로서 서사의 외부에 존재하는 모든 것들을 작품 속으로 불러들이게 된다. 이와 같은 특징은 이상의 단편소설 「지도의 암실」, 「동해」, 「날개」, 「종생기」 등에서 쉽게 확인할 수 있다.

이상은 소설이라는 양식 자체가 하나의 픽션이며 위장이라는 사실을 부인하지는 않는다. 하지만 그는 스스로 그 위장에 해당하는 서사에 관심을 기울이고 서사의 내적 공간으로 들어서서 여기저기 메타적 간섭을 시도한다. 이러한 과정을 통해 이상은 독자들과 '소설'이라는 허구적 서사에 대해 이야기하는 것이 아니라 그 허구적 서사가 허구적으로 만들어지는 것이라는 점에 초점을 두고 이야기한다. 이러한 메타적 전략은 소설이라는 것이 작가에 의해 제작되는 허구라는 사실을 더 진지하게 위장하는 효과를 드러낸다. 여기서 문제가 되는 것이 전통적인 개념으로서의 허구와 리얼리티 사이의 관계가 무너지게 된다는 점이다. 물론 이것은 경험적 현실의 객관적 실재성에 대한 회의에 근거하는 것이지만, 이상은 소설이라는 것이 하나의 꾸며진 세계이며 가구(假構)의 산물에 불과하다는 사실을 강조하고 있는 셈이다. 다시 말하자면 이것은 소설이 현실 세계를 구체적으로 반영한다든지 삶의 실재성을 추구한다든지 하는 사실주의적 관점과는 거리를 두고 있음을 말해 주는 것이다. 실제로 이상은 자신의 메타적 글쓰기 방식을 통해 전통적인 사실주의 소설이 신봉해 온 플롯의 짜임새, 영웅적 주인공이 수행하는 의미 있는 행동, 서사의 인과적인 전개 등과 같은 규범적인 요건을 모두 해체한다. 이러한 요소들은 모두 가공된 것이며 현실 속에 존재하지 않는 것이기 때문이다. 이상이 만들어 낸 메타픽션으로서의 소설은 자기반영적인 속성으로 인하여 텍스트 밖의 세계보다는 오히려 텍스트 내에서 이루어지는 내적인 메커니즘에 관심을 기울인다. 그러므로 서사의 세계에서 자기 탐닉적인 요소에만 집중적인 관심을 부여한다는 한계를 드러낸다. 이러한 자기 집착이 사회적, 역사적 현실로부터 도피하거나 초월하고 있다는 비판을 야기할 가능성이 높다. 하지만 이것은 현실 도피가 아니라 오히려 그러한 경향을 보이고 있는 현실을 해체한다는 점에서 그 역설적 의미가 주목된다.

이상이 시도하고 있는 메타적 글쓰기는 소설의 새로운 가능성을 탐색하고자 하는 작가적 신념에 의해 이루어진 것이다. 이상은 자신의 개인적인 삶을 작품 속에 직접적으로 투영하는 방식을 통해 자기 반영의 가능성을 획득하게 된다. 자신이 창작하고 있는 소설 텍스트의 인물로 자기를 등장시키는 만큼 작가로서의 이상이 살아온 자전적 요소도 분명하게 드러난다. 그러나 이상의 메타적 글쓰기는 그것이 자전적인 요소를 담고 있다고 해도 어떤 역사적 실재성을 위한 서술 방식은 아니다. 이것은 존재론적인 차원에서 전혀 별개의 논의를 가능하게 한다. 소설의 텍스트에 등장하는 작가 이상은 텍스트 속에 등장하는 순간 그 실재성의 의미를 상실하게 되거나 또는 그 실재성 자체가 의문시될 수밖에 없다. 그것은 텍스트의 언어에 의해 만들어진 것이기 때문이다. 이러한 현상은 작가와 그 창작으로서의 텍스트 사이에 저자로서의 주체와 대상으로서의 작품이라는 입장이 서로 뒤바뀌면서 서로가 서로를 창조하고 서로가 서로의 입장을 파괴한다는 점을 통해 확인된다. 그러므로 이상의 소설 텍스트 안에 등장하는 작가 자신은 실재하는 자연인으로서의 작가 이상과는 구별된다. 이것은 단지 텍스트의 인위성과 현실 삶의 인위성을 강조하기 위해 활용하는 하나의 서사 기법에 불과한 것이다. 그러므로 이상의 소설은 자전적이기는 하지만 하나의 '모방적 자서전'에 불과하다.

이상의 소설은 주인공의 하루 일과로 이야기를 끝내는 작품들이 대부분이다. 이 작품들에서 그려 내고 있는 하루라는 제약된 시간은 일반적인 시간의 보편적 속성과는 관계없이 등장인물의 사적 체험 속에서 재구성된 실제적 경험의 시간이며, 이는 일상적으로 반복된다. 이상의 소설 속에서 그려지고 있는 주인공의 경험적 시간은 지극히 개인적이고도 사적인 것이지만 일상적으로 반복되는 순환적 시간의 틀을 벗어나지 않는다. 이 순환적 시간은 이야기의 시작과 결말을 자연스럽게 연결하면서 그 반복성의 특징을 강조한다. 일상이라는 것은 반복적으로 되풀이되기 때문에, 그 시작과 끝이 서로 맞물려 있다. 모든 일상은 시작되는 자리에서 끝이 나고 끝이 나는 자리에서 다시 시작된다. 인간의 모든 행동이나 일상의 제반사가 다 순환적으로 반복된다는 생각은 인간의 삶이 역사 발전의 가능성을 향하여 전개된다는 생각과는 그 성질이 전혀 다르다. 하루하루 되풀이되는 '일일순환(day-cycle)'의 원칙에 따라 진행되는 이야기에서 줄거리의 구성과 그 단계를 따지는 일은 더 이상 의미가 없다. 그와 같은 소설 속에는 어떤 행위의 연속을 통해 구체화되고 발전하는 사건이라는 것이 존재하지 않기 때문이다.

이상의 소설에서 그려지는 하루 동안이라는 제약된 시간은 도시적인 현대인의 삶의 전부에 해당한다. 이 하루가 바로 소설 속 인물의 삶의 내용이며 이야기의 핵심이 된다. 그러므로 하루 낮과 밤이라는 정해진 시간 속에 온갖 경험적 요소들이 서로 뒤섞여서 자연적, 객관적인 시간의 단순한 순서나 단위와 극명하게 대비된다. 소설의 주인공들은 모든 흘러간 기억들을 하루라는 시간 속에 주입시킨다. 이러한 방법을 통해 하루라는 제약된 시간이 소설에서 특별한 현재를 구성하고 있는 셈이다. 이상이 소설에서 시간의 제약을 무한히 확장하기 위해 끌어들이고 있는 것은 이른바 '시간화된 공간'이다. 인물의 의식 내면에서 자유롭게 연상된 정신의 궤적을 따라 공간은 확대되기도 하고 수축되기도 하는 가변적인 것으로 드러난다. 이런 식으로 시간화된 공간은 현실과 환상을 넘나들며 일상적인 현실의 고정된 틀을 넘어선다. 그러므로 이상의 소설에서는 시간의 흐름이 일상적인 현실 속에서 드러내는 규범이라든지 그 지속의 과정과 서로 불일치하는 것으로 드러난다. 이상 문학에서 시간은 마치 정신이 시간을 경험하는 것처럼 지연되기도 하고 즉각적으로 이동하거나 도약하기도 한다. 이 과정에서 인물의 기억과 욕망이 극적으로 제시되고 외형화하여 무의식의 세계와 겹친다.

이상의 소설에서 그려지는 주인공의 생활은 잘 조직되고 계획된 과정이라기보다는 우연하게 이어진다. 하루 동안이라는 시간의 경과와 그 속에서 일어나는 사건들은 어떤 커다란 사건과 연쇄를 이루어 지속되는 것이 아니라 우연과 우연의 연속으로 그려진다. 두서없이 이루어지는 사념들을 주워 모아서 무질서하게 구축되고 있는 일상의 이야기를 만들어 내고 있는 소설의 서사 공간이야말로 평범한 일상이 이미 소설에 깊숙이 자리 잡고 있음을 보여 준다. 그러므로 이상의 소설은 전통적으로 소설이 지켜 온 서술구조를 약화시킨다. 서사 진행의 단계라든지 행위의 구체성을 담보하는 시간과 공간의 구조도 중시하지 않는다. 그리고 시간과 더불어 펼쳐지는 경험적 사건들을 연속적으로 전개하지 않는 대신에 과거와 현재의 사건, 내면과 외면의 상황 등을 병렬적으로 배치한다. 다시 말하자면 과거와 현재의 경험을 한데 응축시킨 의식의 내면 세계를 통해 모든 경험적 요소들이 동시적으로 제시된다고 할 수 있다. 이것은 결국 경험이라는 것이 의미하는 동시성에 대한 추구와 그 감각을 말해 준다. 실제로 이상의 소설은 주인공이 겪는 일상적인 하루 동안의 일들을 중심으로 하고 있기 때문에 각각의 작품에 극적인 갈등이나 반전 등으로 이어지는 중요한 행동이나 사건이 제대로 드러나 있지 않다. 뚜렷한 줄거리를 만들어 내는 핵심적인 사건이나 행동도 찾아보기 어렵다. 이들 소설 속에서 주인공의 삶의 전체성을 살피고자 한다든지 사건의 절정과 그 파국을 통해 어떤 문제점을 해결해 가는 과정을 찾아보고자 한다면 그것은 이상 소설에 대한 올바른 독법이 아니다. 엄격한 의미에서 이상의 소설은 줄거리 또는 스토리라는 개념을 갖고 있지 않다. 그의 소설에서 발전하고 변화하는 것은 줄거리가 아니다. 변화하고 있는 그 상황을 드러내는 국면일 뿐이며 그것이 반복될 수밖에 없다는 암시뿐이다. 이처럼 이상의 소설에 일상의 우연하고도 사소한 일들이 이야기의 중심에 자리 잡고 있다는 것은 일상성이 그의 언어와 사유 글쓰기를 통해 사유와 의식 속에 들어와 있음을 의미한다. 하찮은 일상 속에 도회의 시가지가 있고 형이상학적 사유가 있고 미궁 속의 인물이 드러나고 그 인물의 본능적인 충동과 행동의 단순성도 드러나는 것이다. 이상의 소설이 이와 같이 반복적인 일상에 기대고 있다는 것은 바로 그러한 일상성을 생산하고 있는 사회의 모더니티를 규정하는 일과 다를 바가 없다. 겉보기에 무의미해 보인 것들 가운데에서 작가는 자신의 관점에 의해 중요하다고 느끼는 것들을 발견하고 그것들을 나열함으로써 바로 그 사회의 성격을 규정하고 있기 때문이다.

이상의 소설은 객관적 현실에 대한 리얼리티를 제거한 대신에 주관성이라는 새로운 지표를 핵심으로 내세운다. 이상의 문학에 드러나 있는 자의식의 세계는 자기 모습을 거울에 비춰 보고 거기 등장하는 자신의 이미지를 통해 스스로 그 존재 의미를 확인하고자 하는 데에서 비롯된다. 그리고 이야기의 서술에서 의식의 흐름이라든지 내적 독백과 같은 새로운 방법을 정착시키고 있다. 이러한 방식은 이전의 소설에서는 볼 수 없었던 것이다. 인간 삶의 내면을 구체화시키는 이러한 방식은 서사 공간 속에서 계속적인 현재에 대한 환상을 가능하게 해 준다. 그리고 몽상과 기억에 의해 과거를 탐구하면서 과거와 현재를 서로 혼합하여 새로운 우주적 시간을 가능하게 만들고 있다. 이상의 소설에서 경험적 시간의 질서를 넘어서는 자아의 내면을 그대로 드러내어 주는 것이 바로 '의식의 흐름'에 대한 묘사이다. 이 기법은 전통적인 개인이나 자아 개념의 총체적인 해체를 의미하는 것으로 인식되는 것이 보통이다. 이것은 실체로서의 자아나 개성이 통일체로서 존재하기 어렵다는 사실을 전제한다. 이상 소설에서 이러한 현상이 강하게 드러나는 것은 자아의 파편화 현상에 대한 관심이 집중되고 있음을 의미한다. 하지만 이상이 그려 내는 세계에서 자유 연상 또는 내적 독백을 통해 드러나는 파편적인 단상이나 기억들이, 실제로는 등장인물 한 사람의 삶에 속해 있다는 사실을 간과해서는 안 된다. 이것은 한 인격체의 파괴를 의미하는 것이 아니라 바로 그러한 현상을 통해 한 인격체를 재구성하는 셈이다. 이상의 소설에서 볼 수 있는 주인공의 내적 독백은 지각 내용들을 그것이 생겨난 본래의 상황 속에서 그대로 포착하고자 하는 하나의 특이한 시도에 해당한다. 이것은 어떤 시간적 질서에도 구애받지 않는 기억과 착상과 연상의 흐름으로 이루어진다. 그러므로 이것은 객관적인 현실이나 경험의 세계와는 직접적으로 상관없는 상념의 토로에 해당한다. 엄밀한 의미에서 내적 독백은 대화의 상대가 없는 것이며 본래적인 의미에서 화자 자체도 없다고 할 수 있다. 이러한 방법은 내면성의 표출을 위한 것이라기보다는 변화하는 현실 자체를 내면화하기 위한 고안이라고 할 수 있다.

이상의 소설은 개인적 주체로서의 작가 자신을 하나의 객체로 내세우고 하나의 '타자'처럼 그 내면의식을 상대화하여 바라본다. 이상은 자신의 소설에서 드러나는 이러한 자의식의 표출, 자기 반영을 통해 전통적인 문학의 형식과 결별한다. 그는 경험적 현실의 문제성을 고민하기보다는 예술의 양식으로서의 문학이 어떻게 인간의 삶의 경험들을 반영하고 구성하는가 하는 방법의 문제에 관심을 기울인다. 이것은 그가 문단에 등장하게 된 1930년대 초반에 일반화되기 시작한 새로운 예술적 경향과 문화적 관심의 일단을 보여 주고 있다. 한국문학은 1920년대까지 문학의 영역에서 집단적 주체와 그 이념의 구현이라는 가치론적 과제를 담론의 핵심적 주제로 삼았다. 그러므로 이러한 이념적 가치를 놓고 벌인 문학의 계급성과 민족성에 대한 논의는 문학적 담론의 영역을 언제나 사회 경제적 질서의 차원에 기초하여 전개했던 것이 사실이다. 그리고 식민지 현실에 대한 공통의 경험, 현실의 변화와 발전에 대한 역사적 신념에 기초하였던 것이다. 이와 같은 상황 때문에 소설 속의 개인의 삶은 언제나 그가 살아온 사회적 배경을 통해 이해된다는 것이 일반적인 관점이었으며, 그것이 바로 개인의 계급적 기반을 의미했던 것이다. 더구나 개인의 모든 활동 역시 투쟁, 좌절, 성공, 죽음 등에 이르기까지 모든 이야기의 구조와 그 결말은 항상 사회구조 또는 계급적 기반 위에서 해석되고 가치가 부여되었던 것이다. 개인과 사회의 관계를 통해 삶의 총체성을 인식하고자 했던 이러한 시도는 그러나 관념적으로만 가능했다는 점도 인정되어야 한다. 실제 현실에서 개인은 사회와 관계 속에서 소외되고 삶의 파탄을 경험하는 경우가 허다하기 때문이다. 그러나 이상의 경우는 인간의 창조적 행위로서의 문학에서 주체의 집단적 이념성이 중요한 것이 아니라는 사실을 발견한다. 그는 예술적 창조 행위에서 개별적 주체로서의 자아의 역할에 새로운 관심을 부여한다. 이것은 서사의 세계에서 언제나 중요한 것이 개별적 주체로서의 자아의 구성 문제라는 사실에 대한 새로운 인식에 근거하는 것이다. 이 같은 이유 때문에 이상의 소설에서는 더 이상 리얼리티의 개념을 경험적 세계관에 의해 규정할 수 있는 근거가 발견되지 않는다. 그는 서사의 영역에서 강조되어 온 리얼리티의 문제에 대하여 새로운 접근을 요구한다. 이상은 그의 소설에서도 리얼리티의 구현보다는 자신의 주관적 감정과 경험적 요소들을 종종 과장하기도 하고 엉뚱한 방향으로 왜곡하기도 한다. 그의 소설은 현실을 통합적으로 인식하고 거기에 어떤 합리적 질서를 부여하는 작업과는 거리가 멀다. 오히려 현실의 한 부분을 자기화하는 작업에만 매달린다. 그렇기 때문에 그의 소설은 현실의 어떤 부분을 잘 반영하여 묘사하고 있는 것이 아니라 오히려 그 현실의 어떤 측면에 대응할 수 있는 하나의 독자적인 이야기를 만들어 낸다. 어떤 의미에서 볼 때 이상이 그의 소설에서 그려 내고자 하는 현실은 사실 존재하지 않는 것일 수 있다. 그의 현실은 그의 작품을 빌려 비로소 탄생하고 있기 때문이다. 결국 이상의 소설은 사실주의에서 신봉해 온 모사론을 거부하고 있으며, 그의 소설에 이르러 문학의 목표가 구체적인 외적 현실과 경험으로부터 내적, 정신적인 세계로 전환하고 있음을 볼 수 있다.

## 4

이상의 시에서 가장 빛나는 부분은 사물에 대한 새로운 시각을 발견한 점이다. 이상은 본다는 것이 단순히 눈앞에 존재하는 사물의 외적 형상을 인지하는 것이라고 여기지 않는다. 그것은 사물을 관찰하는 과정과 함께 주체를 둘러싸고 있는 환경 속에서 관찰자로서의 주체까지도 포함하는 여러 개의 장(場)을 함께 파악하는 일이다. 이상은 사물에 대한 물질적 감각을 정확하게 파악하기 위해 사물의 전체적인 형태나 중량감, 윤곽, 색채와 그 속성까지도 설명할 수 있는 특이한 시선과 각도를 찾아낸다. 이것은 그의 미술에 대한 개인적 관심이나 건축학 전공자로서의 학업 과정 자체와 연관되는 것이라고 할 수 있다. 그는 20세기 초반까지의 기계 문명 시대를 결정한 여러 가지 기초적인 이론에 대한 이해를 통해 광선, 사물의 역동성, 구조역학, 기하학 등의 원리를 자신의 시적 텍스트의 구성에 동원했고, 서구 모더니즘 예술에서 특징적으로 드러났던 초현실주의적 기법, 다다(dada) 운동과 입체파의 기법 등을 활용한 새로운 이미지들을 자신의 시를 통해 새롭게 형상화하고자 하였던 것이다. 이상의 시는 시간의 인식과 공간을 바라보는 상이한 각도를 통합하여 사물에 대한 감각과 그 통찰을 시적 텍스트에 동시적으로 병렬시킨다. 이 특이한 시적 기법은 하나의 고정된 위치에서 사물을 관찰하여 얻어 내는 객관적 실재성에 대한 인식 자체를 포기한다는 것을 의미한다. 이상의 시에서 다루고 있는 사물은 우리가 일상적인 경험 속에서 지각하고 인식했던 대상과는 다른 모습으로 그려진다. 이상이 그려 내는 대상은 그의 지각 영역에 존재하는 많은 새로운 시각과 그 차원에 따라 각각 다르게 그려 내는 것이므로 언제든지 새로운 모습을 드러낸다. 하나의 사물이 어떤 하나의 형상으로 고정되어 있는 것이 아니라는 사실을 이상은 그의 시를 통해 그대로 제시하고 있다. 이상의 시는 대상으로서의 사물의 형상을 단순화하는 추상화의 방식을 시적 진술 방식으로 활용하면서 유추의 방법을 거쳐 그 사물을 시적 공간으로 끌어들인다. 이상이 그의 시에서 즐겨 사용한 추상화의 방법은 그가 경험적 세계를 자기 문학 속에서 새롭게 구성하기 위해 끌어들인 하나의 기법이다. 이상은 초기 일본어 시에서부터 현대과학의 중요 명제와 기하학의 개념들을 다양한 수식과 기호를 활용하여 시적 텍스트의 구성에 동원한다. 과학의 발달이나 그것이 인간의 삶에 미치는 영향 등에 대한 언급 자체가 그대로 텍스트의 표층을 형성하기도 한다. 이러한 시적 기표들은 모두 추상적인 속성을 지니고 있는 것들이기 때문에 설명적 진술을 거부한다. 특히 「오감도」에서 단편적인 상념들을 추상화하여 표현한 경우에는 시적 이미지의 전체적인 구도나 대상에 대한 인식의 내용을 텍스트 속에 숨겨 버린 예도 적지 않다. 이러한 '낯설게 하기'의 기법 자체가 시적 텍스트의 내적 공간으로부터 독자들을 소외시키기도 한다. 그러므로 이상의 시에서 그 텍스트의 기호적 속성을 제대로 이해하지 못하는 경우 그 진정한 의미와 가치에 도달할 수 없는 상황에 빠져든다. 이상은 끊임없이 발전해 가는 기술 문명의 세계를 놓고, 그것의 정체를 포착하면서 동시에 주체의 의식의 변화까지도 드러낼 수 있는 새로운 그림을 상상한다. 그것이 바로 「오감도」를 비롯한 그의 시의 세계이다.

이상의 시는 시인 자신의 개인적인 삶을 텍스트 속에 직접적으로 투영하는 방식을 통해 주체의 인식과 그 시적 형상화의 가능성에 도달하게 된다. 자신이 창작하고 있는 작품 속에 시적 대상으로 자기 주체를 등장시키기도 하는 것이다. 물론 이러한 형식 자체는 전통적인 의미의 서정적 진술과는 전혀 다르기 때문에 존재론적인 차원에서 별도의 논의를 가능하게 한다. 이상은 미적 원리로 중시되고 있는 대상과의 간격이라는 것을 포기한 채 자아의 내면에 투영된 사물의 인상을 통해 그 구체적인 실체성에 접근한다. 그는 시적 형식을 통해 주체의 정서를 표현하는 것이 아니라 자아의 형상을 시적 대상으로 삼아 이를 여러 각도에서 보여 주고 있는 것이다. 그러므로 시적 주체는 텍스트 안에서 대상화되어 마치 사물처럼 분석되기도 하고 해체되기도 한다. 이것은, 앞서 언급하였듯, 예술의 세계에서 언제나 중요한 것이 개별적 주체로서의 자아의 구성 문제라는 사실에 대한 새로운 인식에 근거한 것이다. 이상의 시에서 보여 주고 있는 주체에 대한 인식은 시간과 공간에 대한 체험과 그 인식을 통합하는 새로운 시각을 통해 구체적으로 형상화된다. 시에서의 시간은 내적 의식과 외적 현실을 함께 포괄할 수 있는 유일한 영역이다. 이상은 그의 시에서 시간의 개념과 관련되는 기하학과 물리학의 여러 개념들을 시적 모티프로 활용한다. 그는 시간 대칭의 개념을 '거울'이라는 이미지로 구현하기도 하고 시적 공간 안에서 공적 시간과 사적 시간의 불일치를 통해 현대인의 모순된 삶의 양상을 표현하기도 한다. 그리고 서로 다른 시점에서 일어나는 개별적 사건들의 동시성 문제를 하나의 시적 상황으로 끌어들여 통합적으로 구성하기도 한다. 이러한 방법은 사물과 사물이 끊임없이 상호 관련되어 변화한다는 점을 보여 줄 수 있을 뿐만 아니라 현실을 넘어서서 문학을 통해 더 복합적인 세계를 만들어 낼 수 있음을 말해 주는 것이다.

이상의 시에는 병으로 인해 훼손된 육체와 그 고통을 내면화하고 이를 시적으로 형상화한 작품들이 많다. 이러한 시법을 통해 그의 시적 언어는 병적 고통에 시달리는 육체의 물질성에 도달하게 된다. 그는 이 고통의 체험으로부터 벗어나기를 소망한다. 그러나 그 소망이 간절하면 간절할 수록 내부에서부터 붕괴되기 시작한 그의 육체는 더욱 처참하게 탕진된다. 이상의 시에서 드러나는 병적 '나르시시즘(narcissism)'을 어떻게 이해할 것인가 하는 것은 이상 시의 성격을 규정하는 데에 있어서 중요한 의미를 지닌다. 여기서 굳이 프로이트를 끌어들이지 않는다 하더라도 이상이 자신의 육체에 가해지는 고통의 실체가 폐결핵이라는 치명적인 질병임을 발견하게 되었을 때 느꼈을 공포와 두려움은 충분히 짐작할 만하다. 이상은 병든 자기 모습에 대해 관심을 집중하면서 그 고통으로부터 벗어나고 싶어 한다. 그렇기 때문에 거의 강박관념처럼 자기 육체에 몰입하고 그 고통에 대해 좌절하고 더 큰 정신적 고통을 겪으면서 괴로워한다. 프로이트의 설명에 따르자면, 바로 이 같은 상황에서 자기 육체에 대한 고통을 지향하는 리비도의 자기 투여라는 것이 나르시시즘의 실체에 해당한다는 것이다. 육체적 고통을 향한 부정적 자기 투여 방식이 이상의 시에 드러나는 병적 나르시시즘이라고 규정할 수 있는 셈이다.

사람은 누구나 병에 의한 육체의 훼손과 그 고통을 곧바로 정신적으로 투여된 고통으로 바꾸게 된다. 말하자면 육체적인 고통을 통해 정신적 고통이 함께 복합적으로 작용한다. 그러므로 육체적 고통은 언제나 육체적인 자기 발견의 전제 조건이 될 수밖에 없다. 고통스러운 병을 체험하면서 육체에 대해 새로운 지식을 획득하는 방식이야말로 자신의 육체에 대한 어떤 표상에 도달하는 일반적인 방식이라는 점을 부인할 수 없는 것이다. 이와 같은 논리를 전제할 경우, 이상의 시에서 발견하게 되는 병의 고통과 그 기호적 표상은 그 시의 본질적 영역에 속하는 문제임을 알 수 있다. 그의 시에 자주 등장하는 병에 관한 다양한 이미지는 육체의 물질성에 대한 시적 인식의 지평을 열어 놓는다. 그리고 때로는 육체의 물질성에 대한 추구 과정을 집요하게 드러내기도 하고 물질성의 한계를 넘어서고자 하는 욕망을 강하게 드러내기도 한다. 결국 이상의 시에서 그려지는 인간의 육체는 정신적 가치라든지 사회적 이념을 벗어남으로써 육체에 관한 전통적인 의식으로부터 자유로워진다. 이러한 육체의 물질성과 그 도구적 기능성에 대한 새로운 인식은 이상이 추구하고 모더니티 문제의 중심 영역에 자리함으로써 중요한 시적 주제로 발전하고 있다.

이상의 시가 던져 주었던 새로운 충격은 시적 텍스트 구성에서 보여 준 파격성에 기인한다고 할 수 있다. 여기서 주목해야 할 것이 이상이 새로이 고안하고 있는 '보는 시(visual poetry)' 또는 '시각시'라는 새로운 개념이다. '보는 시'는 시적 텍스트를 시각적 형태로 구현하고자 하는 시도의 산물이다. 간단히 말하자면 시적 텍스트 자체가 무엇인가를 드러내어 보이도록 고안된다. 실제로 「오감도」의 텍스트는 '보는 시'라는 새로운 공간적 형태를 실험하기 위해 언어 문자의 모든 가능성을 동원하고 있다. 이 시는 일반적인 신문 인쇄에서 볼 수 있는 일관된 활자의 크기와 그 규칙적 배열의 틀을 깨어 버린다. 시적 텍스트에 동원되는 활자의 크기와 모양을 자기 방식대로 바꾸고 띄어쓰기를 무시함으로써 그 배열 자체에 특유의 시각성을 부여하고 있다. 실제로 「오감도」에서는 크기가 다른 활자가 각각 5-6종 이상 사용되고 있다. 그리고 띄어쓰기를 무시한 행간의 조정과 행의 배열로 인하여 텍스트 자체가 신문의 다른 기사와는 시각적으로 확연하게 구분되고 있다. 심지어는 언어 텍스트에 시각적 도형이나 도판의 삽입 등과 같은 파격적인 콜라주 기법도 자유롭게 활용하고 있다. 이와 같은 시각적 요소의 공간적 배열을 통해 「오감도」는 텍스트의 의미 영역을 내적으로 확대하면서 시적 형태 자체를 미학적으로 공간화하고 있다. 이상의 '보는 시'에서의 텍스트의 시각성은 단순한 타이포그래피의 문제만은 아니다. 시적 텍스트 자체가 하나의 이미지를 형성하면서 시각적 인식의 대상으로서 작용하기 때문이다. 그런데 '보는 시'에서 볼 수 있는 시각적인 요소로서의 영상과 언어 문자의 결합은 단순히 그림과 시가 결합되는 것을 의미하지 않는다. 두 가지 매체의 밑바닥에 깔려 있는 심미적 요소가 통합되는 것이기 때문이다. 이 새로운 방식의 결합은 문자 문명에서 오랫동안 지켜져 내려온 '읽기'와 '보기'라는 이항적 대립 자체를 폐기시킨다. 시적 텍스트에서 '읽기'와 '보기'라는 두 가지 차원의 접근법 사이에 지속적인 내적 대화가 이루어지면서 언어적 텍스트의 공간적 확대를 통해 새로운 미적 경험의 폭과 깊이를 증대시킨다. 그리고 궁극적으로는 시각적 요소가 시적 텍스트의 핵심적인 요건이 되는 것이다.

이상의 시에서 '보는 시'에 대한 창안은 시적 텍스트가 구현하고 있는 타이포그래피적 원리를 통해 소리의 세계를 시각적 공간의 세계로 바꾸어 놓기 위한 하나의 실험이다. 타이포그래피는 글쓰기에 동원된 문자들을 금속성의 활자로 변환시켜 특정한 형태로 특정의 위치에 배치하는 물질적 공간 창출의 기술이다. 타이포그래피에 관련되는 복잡한 작업의 절차가 인쇄된 텍스트의 표면에 등장하지는 않지만, 종이 위에 규칙적으로 배열된 문자 기호의 기계적 통제를 독자들은 어떤 방식으로든지 느낄 수밖에 없다. 하지만 활자를 통한 물질화된 언어 기호의 공간 배치는 철저하게 비인간적이며 엄격하다. 이상의 「오감도」는 타이포그래피의 방법으로 인하여 다른 어떤 작품들보다 더 시각적으로 구성된 텍스트를 구축함으로써 그 독자성을 강조한다. 인간의 언어는 직접적이며 구체적인 행위의 과정이다. 그러나 문자 기호는 이러한 구체성이나 직접성을 드러내지 못한다. 오히려 타이포그래피라는 물질적 생산의 과정을 거치면서 텍스트라는 환상을 구축한다. 시인 이상은 바로 이러한 기호 체계의 물질적 전환을 의미하는 타이포그래피의 세계를 그의 시적 상상력에 접합한다. 그가 즐겨 활용하고 있는 숫자와 기호, 글자의 변형과 크기의 조작 등은 명백하게도 어떤 함축적인 사고를 표시한다. 특히 타이포그래피를 통해 구현하고 있는 기호의 질서, 배열, 공간

등은 모두가 하나의 독특한 글쓰기의 방법으로 활용된다. 그리고 각각의 시 텍스트에서 언어 문자의 기호들은 타이포그래피의 공간을 활용하여 특이한 시각 경험을 체현하고 있다. 이것은 이상이 자주 동원하고 있는 '거울'의 이미지와도 연결되고, 이른바 '모조'의 모티프로 발전하게 되는 것이다.

이상은 자신의 시를 통해 사물에 대한 보다 직접적이고 감각적인 접근법을 실험해 보임으로써 사물에 대한 인식과 주체의 시각을 새롭게 변형시킬 수 있는 가능성을 제시한다. 그가 시도했던 시적 기법의 실험과 사물에 대한 새로운 시각의 발견이 한국 근대문학의 전환을 가능하게 했던 것이다. 이상의 시에서 확인할 수 있는 가장 중요한 시적 경향은 모더니티의 시적 추구 작업이다. 언어 표현과 기법의 파격성, 절제된 감정과 자의식의 시적 탐구, 공간적 형식으로서의 '보는 시'의 구성, 유추의 감각과 일상적 경험에 대한 단순 추상화의 방법, 생략의 수사와 난해성 등은 그의 시가 모더니즘적 속성을 그대로 지니고 있음을 말해 준다. 이러한 방법은 눈에 보이는 것을 넘어서서 상상의 영역 속으로 독자를 끌어들여 새로운 세계와 그 법칙을 인식할 수 있도록 유도하는 것이다.

## 5

한국문학에서 모더니티의 인식 문제는 1930년대 이상의 등장과 함께 그 성격과 방향이 분명하게 드러난다. 이것은 한국문학이 식민지 근대의 모순에 대한 인식에 관심을 집중하면서 그 기법과 정신을 확산시켜 온 경험과도 직결되어 있다. 일본 식민지 지배 상황에서 이루어진 한국 사회의 변화 가운데 일제의 독점적 자본주의의 횡포에 대한 비판과 저항은 1920년대 후반부터 적극화되기 시작한 소작 쟁의, 노동 파업 등을 통해 확인된다. 하지만 일제는 이른바 '만주사변'(1931)을 통한 군국주의의 확립과 함께 한국 사회의 사상운동에 대한 탄압을 통해 지배력을 더욱 강화한다. 당시 한국 사회가 직면하고 있는 객관적 현실의 위기는 사회 내부에 확산되는 전쟁에 대한 불안과 공포만이 아니라 현실적인 삶 자체에 대한 절망감에서도 찾아진다. 현실에 대한 불안이 역사에 대한 환멸을 야기하고 삶의 리얼리티에 대한 신념조차 붕괴시키게 된다. 그 결과 개별적 주체로서의 성격의 분열, 현실 상황과 성격의 부조화를 겪게 되고 새로운 윤리의 발견, 지성과 모럴의 확립 등을 주장하게 된다.

이상 문학이 보여 주는 모더니티의 개념은 식민지 근대의 담론 공간에서는 언제나 유동적이다. 그 이유는 서구의 근대라는 개념이 제시하는 시대적 범위 속에서 한국 사회의 근대를 논하기 어렵기 때문이다. 특히 일본의 식민지 지배 상황 속에서 이루어진 한국 사회의 근대적 변혁 과정을 염두에 둘 경우 어떤 문화적 변화의 움직임이 사회 내부에 존재해 왔는지를 살핀다는 것은 그리 쉬운 일이 아니다. 새로운 문화의 현상들이 어떤 방향으로 양식사적, 문화사적인 토대를 형성하고 있었는지를 알아야만 한다. 실제로 이상의 소설은 그 창작의 과정 자체에서부터 이미 본질적으로 사실주의적인 속성과 거리가 먼 양식적 요소로 채워지며 반인상주의적인 경향을 나타낸다. 그의 문학 세계는 리얼리티에 대한 효과를 포기하면서 자신의 주관적 감정과 경험적 요소들을 종종 과장하기도 하고 엉뚱한 방향으로 왜곡하기도 한다. 그의 소설은 현실을 통합적으로 인식하고 거기에 어떤 합리적 질서를 부여하는 작업과는 거리가 멀다. 오히려 현실의 한 부분을 자기화하는 작업에만 매달린다. 그렇기 때문에 그의 소설은 현실의 어떤 부분을 잘 반영하여 묘사하고 있는 것이 아니라 오히려 그 현실의 어떤 측면에 대응할 수 있는 하나의 독자적인 이야기로서의 소설을 만들어 낸다. 이상의 시는 한국에서 유행하던 서정시의 시적 정서나 시적 진술 방식으로는 이해되지 않는다. 그의 시는 낭만적 열정이나 정서적 표현과 그 공감을 통해 이해하기에는 너무나 모호하고 그 의미가 애매하다. 그것은 한국 사회의 근대화 과정에서 등장하기 시작한 부르주아 계급의 삶을 전체적으로 묘사하고 그 전망을 노래했던 방식과는 달리, 사물에 대한 보다 직접적이고 감각적인 접근법을 채택한다. 이것은 세계에 대한 인식뿐만 아니라 사물을 대하는 주체의 시각을 새롭게 변형시키기 위한 획기적인 방안이었기 때문이다.

이상 문학은 그 실험성과 전위성으로 인하여 다양한 비평적 담론을 야기하고 해석을 둘러싼 논쟁을 가열시켰다. 이상 문학은 그 정신적 지향 자체가 어떤 목표를 둔 사회적 실천으로 크게 확산되지는 못하였지만 그 전위성은 보기 드문 일탈된 방식으로 현실에 충격을 던졌던 것이 사실이다. 이상은 자신이 구사하고 있는 언어와 기법의 변화를 통해 일상적인 규범에 얽매여 살고 있는 사람들의 감성과 사고를 변화시켜 놓았던 것이다. 이상 문학에서 확인할 수 있는 가장 중요한 특징은 모더니티의 인식과 그 문학적 형상화 작업이다. 언어적 감각과 기법의 파격성을 바탕으로 한 자의식의 시적 탐구, 이미지의 공간적인 구성에 의한 일상적 경험의 동시적 구현, 도시적 문명과 모더니티의 추구 등은 이상 문학에서 확인할 수 있는 새로운 경향이다. 하지만 이상은 여기에 머무르지 않고 자신의 문학을 통해 그가 추구했던 모더니티의 초극에까지 나아가고자 한다. 그는 현대과학 문명의 비인간화 경향에 반발하면서 인간 존재와 그 가치에 대한 문학적 추구 작업에 몰두하기도 하였고, 개인적 주체의 붕괴에 도전하여 인간의 생명 의지를 시적으로 구현하고자 하였다. 이상이 전대의 문학적 관습과 감성에 반기를 들면서 추구했던 언어와 기법의 실험과 주지적 태도, 주관적 정서의 절제, 도시적 감각과 주체의 내면에 대한 탐구 등은 그대로 한국 모더니즘 문학의 새로운 탄생을 말해 주는 것이다.

# 부록

## 부록 1
# 이상의 생애

1910년 9월 23일(음 8월 20일)

이상(李箱)은 경성부 북부 순화방 반정동 4통 6호에서 부 김영창(金永昌)과 모 박세창(朴世昌)의 2남 1녀 중 장남으로 출생하였다. 본명은 김해경(金海卿)이며 본관은 강릉(江陵)이다. 부친 김영창은 일본 강점 이전 구한말 궁내부(宮內府) 활판소(活版所)에서 일하다가 사고로 손가락이 절단된 뒤 일을 중단하고 집 근처에 이발관을 개업하여 가계를 꾸려 갔다. 이상에게는 남동생 김운경(金雲卿)과 누이동생 김옥희(金玉姬)가 있다.

1913년

백부 김연필(金演弼)의 집으로 옮겨 그곳에서 성장했다. 이상의 백부 김연필은 본처와의 사이에 소생이 없어서 조카인 이상을 데려다가 친자식처럼 키우고 그 학업을 도왔다. 그런데 소실로 들어온 김영숙(金英淑)에게 딸린 사내아이를 자신의 호적에 입적시켰다. 그가 바로 백부 김연필과 백모 김영숙 사이에 태어난 것처럼 호적에 등재된 김문경(金汶卿)이다. 김연필은 구한말 융희(隆熙) 3년(1909. 5.)에 관립 공업전습소(工業專習所) 금공과(金工科)의 제1회 졸업생으로 한일합방 직후에는 총독부 상공과의 하급직 관리로 일했던 것으로 알려져 있다.

1917년

이상은 여덟 살 되던 해 누상동(樓上洞)에 있던 신명학교(新明學校)에 입학하였다. 신명학교 재학 중에 구본웅(具本雄, 1906-1953, 화가)과 동기생이 되어 오랜 친구로 지냈다.

1921년

신명학교를 졸업한 후 조선불교중앙교무원(朝鮮佛敎中央敎務院)에서 경영하는 동광학교(東光學校)에 입학하였다.

1922년

동광학교가 보성고등보통학교(普成高等普通學校)와 합병되자 보성고보에 편입하였다.

1926년

3월 보성고보 제4회 졸업생이 되었다.

경성 동숭동(東崇洞)에 소재한 경성고등공업학교(京城高等工業學校) 건축과(建築科)에 입학하였다.

1928년

경성고등공업학교 졸업기념 사진첩에 본명 김해경 대신 이상(李箱)이란 별명을 썼다.

1929년

경성고등보통학교 건축과를 수석으로 졸업하자 학교의 추천으로 조선총독부 내무국(內務局) 건축과(建築課) 기수(技手)로 발령을 받았다. 이해 11월에는 조선총독부 관방회계과(官房會計課) 영선계(營繕係)로 자리를 옮겼다.

조선에 진출해 있던 일본인 건축 기술자들을 중심으로 결성된 조선건축회(朝鮮建築會, 1922년 3월 결성)에 정회원으로 가입하였고, 이 학회의 일본어 학회지《조선과 건축(朝鮮と建築)》의 표지 도안 현상 공모에 1등과 3등으로 당선되었다(12월).

1930년

조선총독부에서 일본의 식민지 정책을 일반에게 홍보하기 위해 발간하던 잡지《조선(朝鮮)》 국문판에 1930년 2월호부터 12월호까지 9회에 걸쳐 처녀작이며 유일한 장편소설인「12월 12일(十二月十二日)」을 '이상(李箱)'이란 필명으로 연재하였다.

1931년

제10회 조선미술전람회에 서양화 〈자상(自像)〉이 입선하였다(6월).

《조선과 건축》에 일본어로 쓴 시「이상한 가역반응」 등 20여 편을 세 차례에 걸쳐 발표하였다.

폐결핵을 진단받았고 병의 증세가 점차 악화되었다.

1932년

이상의 성장 과정을 돌봐 준 백부 김연필이 1932년 5월 7일 뇌일혈로 사망하였다.

《조선과 건축》에 「건축무한육면각체」라는 제목으로 일본어 시 「AU MAGASIN DE NOUVEAUTES」, 「출판법」 등을 발표하였다.

《조선》에 단편소설 「지도의 암실」을 '비구(比久)'라는 필명으로 발표하고, 단편소설 「휴업과 사정」을 '보산(甫山)'이라는 필명으로 잇달아 발표하였다.

《조선과 건축》의 표지 도안 현상 공모에서 가작 4석(席)으로 입상하였다.

1933년

폐결핵으로 인하여 직무를 수행하기 어렵게 되자 조선총독부 기수직을 사직하고 봄에 황해도 배천(白川) 온천에서 요양하였다. 배천 온천에서 알게 된 기생 금홍을 서울로 불러올려 종로 1가에 다방 제비를 개업하면서 동거하였다(6월).

1933년 8월에 결성된 문학 단체 구인회의 핵심 동인인 이태준(李泰俊), 정지용(鄭芝溶), 김기림(金起林), 박태원(朴泰遠) 등과의 교유가 시작되었고, 정지용의 주선으로 잡지 《가톨닉청년(青年)》에 「꽃나무」, 「이런 시」 등을 국문으로 발표하였다.

1934년

이태준, 박태원, 정지용 등의 도움으로 시 「오감도(烏瞰圖)」를 《조선중앙일보(朝鮮中央日報)》에 연재하게 되지만 15편을 발표한 후 독자들의 항의와 비난으로 연재를 중단하였다.

박태원의 소설 「소설가 구보씨의 일일」이 《조선중앙일보》에 연재(1934. 8. 1.- 9. 19.)되는 동안 '하융(河戎)'이라는 필명으로 작품 속의 삽화를 그렸다.

구인회의 동인으로 김유정(金裕貞), 김환태(金煥泰) 등과 함께 가담하였다.

1935년

경영난으로 다방 제비를 폐업한 후 금홍이와 결별하였다. 인사동의 카페 쓰루(鶴)를 인수하여 운영하다가 실패하였다. 다방 69를 개업, 양도하고 명동에서 다방 무기(麥)를 경영하다가 문을 닫은 후 성천, 인천 등지를 유랑하였다.

구본웅이 이상을 모델로 한 초상화 〈친구의 초상(肖像)〉을 그렸다. 그 후 구본웅은 그의 부친이 운영하던 인쇄소 창문사(彰文社)에 이상의 일자리를 주선하였다.

1936년

창문사에 근무하면서 구인회 동인지《시(詩)와 소설(小說)》의 창간호를 편집, 발간하였다.

단편소설「지주회시(鼅鼄會豕)」,「날개」를 발표하면서 평단의 관심을 받자 자기 문학에 새로운 자신감을 얻게 되었다. 이해에 가장 많은 시와 수필을 발표하였다.

연작시「역단(易斷)」을 발표하였으며 6월에는 변동림(卞東琳, 구본웅의 계모의 이복동생)과 결혼하여 경성 황금정(黃金町)에서 신혼살림을 차렸다.

10월 하순《조선일보(朝鮮日報)》에 연작시「위독(危篤)」을 연재한 후 새로운 문학 세계를 향하여 일본 도쿄로 떠났다.

도쿄에서는 주로《삼사문학(三四文學)》의 동인이었던 유학생 신백수(申百秀)·이시우(李時雨)·정현웅(鄭玄雄)·조풍연(趙豊衍) 등을 자주 만나 문학을 토론하였다.

1937년

이해 2월 사상 혐의로 도쿄 니시간다(西神田) 경찰서에 피검되었고 한 달 가까이 조사를 받다가 폐결핵이 악화되어 도쿄제국대학 부속병원으로 옮겨졌다.

단편소설「동해(童骸)」,「종생기(終生記)」를 발표하였다.

4월 16일 서울에서 부친 김영창과 조모가 함께 세상을 떠났다.

4월 17일 도쿄제대 부속병원에서 28세의 일기로 요절하였다. 위독하다는 급보를 듣고 일본으로 건너온 부인 변동림에 의해 유해가 화장된 후 미아리 공동묘지에 안장되었다.

5월 15일 경성 부민관에서 이상과 고 김유정(3월 29일 작고)을 위한 합동추도식이 열렸다.

부록 2

# 이상 작품 연보

1929년

조선건축회(朝鮮建築會)의 일본어 학회지 《조선과 건축》의 표지 도안 현상 공모에 1등과 3등 당선(12월).

1930년

장편소설 「12월 12일」(《조선》, 1930. 2.-12. 연재. 국문)

1931년

제10회 조선미술전람회 서양화 〈자상(自像)〉 입선(6월).

〈시〉

「이상한 가역반응(異常ナ可逆反應)」(《조선과 건축》, 1931. 7.)

「파편의 경치(破片ノ景色)」(《조선과 건축》, 1931. 7.)

「▽의 유희(▽ノ遊戲)」(《조선과 건축》, 1931. 7.)

「수염(ひげ)」(《조선과 건축》, 1931. 7.)

「BOITEUX · BOITEUSE」(《조선과 건축》, 1931. 7.)

「공복(空腹)」(《조선과 건축》, 1931. 7.)

연작시 「조감도(鳥瞰圖)」(《조선과 건축》, 1931. 8.)

2인····1····(二人····1····) / 2인····2····(二人····2····) / 신경질적으로 비만한 삼각형(神經質に肥滿した三角形) / LE URINE / 얼굴(顔) / 운동(運動) / 광녀의 고백(狂女の告白) / 흥행물천사(興行物天使)

연작시 「삼차각설계도(三次角設計圖)」(《조선과 건축》, 1931. 10.)

선에 관한 각서 1(線に關する覺書 1) / 선에 관한 각서 2(線に關する覺書 2) / 선에

관한 각서 3(線に關する覺書 3) / 선에 관한 각서 4(線に關する覺書 4) / 선에 관한 각서 5(線に關する覺書 5) / 선에 관한 각서 6(線に關する覺書 6) / 선에 관한 각서 7(線に關する覺書 7)

1932년

연작시 「건축무한육면각체(建築無限六面角體)」(《조선과 건축》, 1932. 7.)

AU MAGASIN DE NOUVEAUTES / 열하약도(熱河略圖) No.2 / 진단(診斷) 0 : 1 / 22년(二十二年) / 출판법(出版法) / 차8씨의 출발(且8氏の出發) / 대낮(眞晝)

《조선》에 단편소설 「지도의 암실」을 '비구(比久)'라는 필명으로, 단편소설 「휴업과 사정」을 '보산(甫山)'이라는 필명으로 발표.

단편소설 「지도의 암실」(《조선》, 1932. 3.)

단편소설 「휴업과 사정」(《조선》, 1932. 4.)

《조선과 건축》 표지 도안 현상 공모 가작 4석(席) 입상.

1933년

정지용의 주선으로 잡지 《가톨닉청년》에 「꽃나무」, 「이런 시」 등 발표.

「꽃나무」(《가톨닉청년》, 1933. 7.)

「이런 시」(《가톨닉청년》, 1933. 7.)

「1933. 6. 1」(《가톨닉청년》, 1933. 7.)

「거울」(《가톨닉청년》, 1933. 10.)

1934년

연작시 「오감도(烏瞰圖)」(《조선중앙일보》, 1934. 7. 24.–8. 8. 연재)

시제1호(詩第一號)(7. 24.) / 시제2호(詩第二號)(7. 25.) / 시제3호(詩第三號)(7. 25.) / 시제4호(詩第四號)(7. 28.) / 시제5호(詩第五號)(7. 28.) / 시제6호(詩第六號)(7. 31.) / 시제7호(詩第七號)(8. 1.) / 시제8호(詩第八號)(8. 2.) / 시제9호(詩第九號)(8. 3.) / 시제10호(詩第十號)(8. 3.) / 시제11호(詩第十一號)(8. 4.) / 시제12호(詩第十二號)(8. 4.) / 시제13호(詩第十三號)(8. 7.) / 시제14호(詩第十四號)(8. 7.) /

시제15호(詩第十五號)(8. 8.)

〈시〉

「보통기념(普通記念)」(《월간매신》, 1934. 6.)

「·소·영·위·제·(·素·榮·爲·題·)」(《중앙》, 1934. 9.)

〈단편소설〉

「지팽이 역사(轢死)」(《월간매신》, 1934. 8.)

〈수필〉

「혈서삼태(血書三態)」(《신여성》, 1934. 6.)

「산책(散策)의 가을」(《신동아》, 1934. 10.)

박태원의 소설 「소설가 구보씨의 일일」(《조선중앙일보》, 1934. 8. 1.-9. 19.)의 연재 삽화 제작.

1935년

〈시〉

「정식(正式)」(《가톨닉청년》, 1935. 9.)

「지비(紙碑)」(《조선중앙일보》, 1935. 9. 15.)

〈수필〉

「문학(文學)을 버리고 문화(文化)를 상상(想像)할 수 없다」(《조선중앙일보》, 1935. 1. 6.)

「산촌여정(山村餘情)」(《매일신보》, 1935. 9. 27.-10. 11.)

1936년

'구인회' 동인지 《시와 소설》 창간호 편집.

〈시〉

「지비(紙碑)—어디로갔는지모르는안해」(《중앙》, 1936. 1.)

연작시 「역단(易斷)」(《가톨닉청년》, 1936. 2.)

화로(火爐) / 아츰 / 가정(家庭) / 역단(易斷) / 행로(行路)

「가외가전(街外街傳)」(《시와 소설》, 1936. 3.)

「명경(明鏡)」(《여성》, 1936. 5.)

「목장」(《가톨릭소년》, 1936. 5. 동시)

연작시 「위독(危篤)」(《조선일보》, 1936. 10. 4.-10. 9. 연재)

금제(禁制)(10. 4.) / 추구(追求)(10. 4.) / 침몰(沈歿)(10. 4.) / 절벽(絶壁)(10. 6.) / 백화(白畵)(10. 6.) / 문벌(門閥)(10. 6.) / 위치(位置)(10. 8.) / 매춘(買春)(10. 8.) / 생애(生涯)(10. 8.) / 내부(內部)(10. 9.) / 육친(肉親)(10. 9.) / 자상(自像)(10. 9.)

「I WED A TOY BRIDE」(《삼사문학》, 1936. 10.)

〈단편소설〉

「지주회시(鼅鼄會豕)」(《중앙》, 1936. 6.)

「날개」(《조광》, 1936. 9.)

「봉별기(逢別記)」(《여성》, 1936. 12.)

〈수필〉

「조춘점묘(早春點描)」(《매일신보》, 1936. 3. 3.-3. 26. 연재)

보험(保險) 없는 화재(火災) / 단지(斷指)한 처녀(處女) / 차생윤회(此生輪廻) / 공지(空地)에서 / 도회(都會)의 인심(人心) / 골동벽(骨董癖) / 동심행렬(童心行列)

「서망율도(西望栗島)」(《조광》, 1936. 3.)

「여상(女像)」(《여성》, 1936. 4.)

「약수(藥水)」(《중앙》, 1936. 7.)

「EPIGRAM」(《여성》, 1936. 8.)
「동생 옥희(玉姬) 보아라」(《중앙》, 1936. 9.)

「추등잡필(秋燈雜筆)」(《매일신보》, 1936. 10. 14.-10. 28. 연재)
추석(秋夕) 삽화(揷話) (10. 14.-15.) / 구경(求景) (10. 16.) / 예의(禮儀) (10. 21.) / 기여(寄與) (10. 22.) / 실수(失手) (10. 27.-28.)

「행복(幸福)」(《여성》, 1936. 10.)
「가을의 탐승처(探勝處)」(《조광》, 1936. 10.)

창문사에서 잡지 《가톨릭소년》(1936. 5.) 표지와 김기림 시집 『기상도』 표지 장정.

1937년

〈시〉
「파첩(破帖)」(《자오선》, 1937. 11. 유고)

〈소설〉
「동해(童骸)」(《조광》, 1937. 2.)
「종생기(終生記)」(《조광》, 1937. 5.)

〈수필〉
「19세기식(十九世紀式)」(《삼사문학》, 1937. 4.)
「공포(恐怖)의 기록(記錄)」(《매일신보》, 1937. 4. 25.-5. 15. 연재)
「권태(倦怠)」(《조선일보》, 1937. 5. 4.-5. 11. 연재)
「슬픈 이야기」(《조광》, 1937. 6. 유고)

1938년

〈시〉
「무제(無題)」(《맥》, 1938. 10. 유고)

〈소설〉

「환시기(幻視記)」(《청색지》, 1938. 6. 유고)

〈수필〉

「문학(文學)과 정치(政治)」(《사해공론》, 1938. 7. 유고)

1939년

〈시〉

「무제(無題)」(《맥》, 1939. 2. 유고)

〈소설〉

「실화(失花)」(《문장》, 1939. 3. 유고)

「단발(斷髮)」(《조선문학》, 1939. 4. 유고)

「김유정(金裕貞)」(《청색지》, 1939. 5. 유고)

〈수필〉

「실낙원(失樂園)」(《조광》, 1939. 2. 유고)

소녀(少女) / 육친(肉親)의 장(章) / 실낙원(失樂園) / 면경(面鏡) / 자화상(自畵像) / 월상(月傷)

「병상 이후(病床 以後)」(《청색지》, 1939. 5. 유고)

「최저낙원(最低樂園)」(《조선문학》, 1939. 5. 유고)

「동경(東京)」(《문장》, 1939. 5. 유고)

1940년

김소운(金素雲)의 『젖빛 구름』에 이상의 시 「청령(蜻蛉)」, 「한 개의 밤」이 일본어로 소개.

1949년

김기림의 『이상선집(李箱選集)』(백양당) 발간.

1956년

고대문학회(高大文學會) 편『이상전집(李箱全集)』(전 3권)이 임종국(林鍾國) 편집으로 태성사(泰成社)에서 발간. 이 전집에 이상의 유고시 9편(일본어 원문) 발굴, 번역 수록.

〈이상 일본어 유고시 9편〉

「척각(隻脚)」

「거리(距離)」

「수인이 만든 소정원(囚人の作つた箱庭)」

「육친의 장(肉親の章)」

「내과(內科)」

「골편에 관한 무제(骨片ニ關スル無題)」

「가구의 추위(街衢ノ寒サ)」

「아침(朝)」

「최후(最後)」

1960년

조연현(趙演鉉)이 이상의 일본어 습작 노트를 발굴하여 거기 수록된 자료들을《현대문학》지에 번역 소개.

〈발굴 소개 자료〉

「무제」(《현대문학》, 1960. 11.)

「1931년」

「얼마 안 되는 변해(辨解)」

「무제」

「무제」

「이 아해(兒孩)들에게 장난감을 주라」(《현대문학》, 1960. 12.)

「모색(暮色)」

「무제」

「구두」(《현대문학》, 1961. 1.)
「어리석은 석반(夕飯)」

「습작(習作) 쇼오 윈도우 수점(數點)」(《현대문학》, 1961. 2.)

「무제」(《현대문학》, 1966. 7.)
「애야(哀夜)」
「회한(悔恨)의 장(章)」

1976년

《문학사상》지에서 조연현이 발굴한 이상의 일본어 습작 노트에 남아 있던 자료들을 추가 번역 소개.

〈발굴 소개 자료〉
「단장(斷章)」(1976. 6.)
「첫번째 방랑(放浪)」(1976. 7.)
「불행(不幸)한 계승(繼承)」
「객혈(喀血)의 아침」
「황(獚)의 기(記)—작품 제1번」
「작품(作品) 제3번」
「여전준일(與田準一)」
「월원등일랑(月原橙一郎)」
「공포(恐怖)의 기록(記錄) 서장(序章)」(1986. 10.)
「공포(恐怖)의 성채(城砦)」
「야색(夜色)」
「단상(斷想)」

부록 3

# 중요 참고 문헌

## _ 기본 자료


김기림 편, 『이상 선집』, 백양당, 1949.

임종국 편, 『이상 전집 제1권 창작집』, 태성사, 1956.

임종국 편, 『이상 전집 제2권 시집』, 태성사, 1956.

임종국 편, 『이상 전집 제3권 수필집』, 태성사, 1956.

이어령 교주, 『이상소설전작집 1 · 2』, 갑인출판사, 1977.

이어령 교주, 『이상수필전작집』, 갑인출판사, 1977.

이어령 교주, 『이상시전작집』, 갑인출판사, 1978.

이승훈 편, 『이상문학전집 1 시』, 문학사상사, 1989.

김윤식 편, 『이상문학전집 2 소설』, 문학사상사, 1991.

김윤식 편, 『이상문학전집 3 수필』, 문학사상사, 1993.

김유중 · 김주현 편, 『그리운 그 이름, 이상』, 지식산업사, 2004.

김주현 주해, 『이상문학전집 01 시』, 소명출판, 2005.

김주현 주해, 『이상문학전집 02 소설』, 소명출판, 2005.

김주현 주해, 『이상문학전집 03 수필 · 기타』, 소명출판, 2005.

권영민 편, 『이상전집 1 시』, 웅진문학에디션 뿔, 2009.

권영민 편, 『이상전집 2 단편소설』, 웅진문학에디션 뿔, 2009.

권영민 편, 『이상전집 3 장편소설』, 웅진문학에디션 뿔, 2009.

권영민 편, 『이상전집 4 수필』, 웅진문학에디션 뿔, 2009.

권영민 편, 『이상전집 1 시』, 태학사, 2013.

권영민 편, 『이상전집 2 단편소설』, 태학사, 2013.

권영민 편, 『이상전집 3 장편소설』, 태학사, 2013.

권영민 편, 『이상전집 4 수필』, 태학사, 2013.

## _ 단행본 연구서, 평전


고은,『이상평전』, 민음사, 1974.

권영민,『이상 문학 연구 60년』, 문학사상사, 1998.

권영민,『이상 텍스트 연구—이상을 다시 묻다』, 웅진문학에디션 뿔, 2009.

권영민,『이상 문학의 비밀 13』, 민음사, 2012.

권영민,『오감도의 탄생』, 태학사, 2014.

김성수,『이상 소설의 해석—生과 死의 감각』, 태학사, 1999.

김승구,『이상, 욕망의 기호』, 월인, 2004.

김승희,『이상 시 연구』, 보고사, 1998.

김승희,『이상 평전—제13의 아해도 위독하오』, 문학세계사, 1982.

김윤식,『이상 문학 텍스트 연구』, 서울대학교 출판부, 1998.

김윤식,『이상 소설 연구』, 문학과비평사, 1988.

김윤식,『이상 연구』, 문학사상사, 1987.

김주현,『이상 소설 연구』, 소명출판, 1999.

蘭明 외,『이상적 월경(越境)과 시의 생성—『詩と詩論』수용 및 그 주변』, 역락, 2010.

박현수,『모더니즘과 포스트모더니즘의 수사학—이상문학연구』, 소명출판, 2003.

서영채,『사랑의 문법—이광수, 염상섭, 이상』, 민음사, 2004.

신범순 외,『이상 문학 연구의 새로운 지평』, 역락, 2006.

신범순 외,『이상의 사상과 예술—이상 문학 연구의 새로운 지평 2』, 신구문화사, 2007.

신범순,『이상의 무한정원 삼차각나비—역사시대의 종말과 제4세대 문명의 꿈』, 현암사, 2007.

안미영,『이상과 그의 시대』, 소명출판, 2003.

양윤옥,『슬픈 이상』, 한겨레, 1985.

오규원,『날자, 한번만 더 날자꾸나』, 문장사, 1980.

이경훈,『이상, 철천의 수사학』, 소명출판, 2000.

이상문학회,『이상 리뷰 제1호』, 역락, 2001.

이상문학회,『이상 리뷰 제2호』, 역락, 2003.

이상문학회,『이상 리뷰 제3호』, 역락, 2004.

이상문학회,『이상 리뷰 제4호』, 역락, 2005.

이상문학회,『이상 리뷰 제5호』, 역락, 2006.

이상문학회,『이상소설 작품론』, 역락, 2007.
이상문학회,『이상수필 작품론』, 역락, 2010.
이상문학회,『이상시 작품론』, 역락, 2009.
이승훈,『이상 시 연구』, 고려원, 1987.
이승훈,『이상—식민지 시대의 모더니스트』, 건국대학교 출판부, 1997.
이태동 편,『이상』, 서강대학교 출판부, 1997.
장석주,『이상과 모던뽀이들』, 현암사, 2011.
조용만,『구인회 만들 무렵—조용만 창작집』, 정음사, 1984.
조해옥,『이상 산문 연구』, 서정시학, 2009.
조해옥,『이상시의 근대성 연구—육체의식을 중심으로』, 소명출판, 2001.

**_ 단평 및 회고 그리고 자료소개(시대순)**

김기림,「현대시의 발전—난해에 대하야」,《조선일보》, 1934. 7. 12.-22.
최재서,「리알리즘의 확대와 심화—〈천변풍경〉과 〈날개〉에 관하여」,《조선일보》, 1936. 11. 31.-12. 7.
최재서,「현대적 지성에 관하여」,《조선일보》, 1937. 5. 15.-20.
김기림,「고 이상의 추억」,《조광》, 1937. 6.
이어령,「이상론—순수의식의 뇌성과 그 파벽」,《문리대학보》 6, 서울대 문리대학생회, 1955. 9.
임종국,「이상론(1)—근대적 자아의 절망과 항거」,《고대문화》 1, 고대문학회, 1955. 12.
이어령,「나르시스의 학살—이상의 시와 그 난해성」,《신세계》, 1956. 10.-1957. 1.
고석규,「시인의 역설」,《문학예술》, 1957. 4.-7.
이어령,「속 나르시스의 학살—이상의 시와 그 난해성」,《자유문학》, 1957. 7.
이어령,「이상의 소설과 기교」,《문예》, 1959. 11.-12.
조연현,「이상의 미발표 유고의 발견」,《현대문학》, 1960. 11.-1961. 2.
김옥희,「오빠 이상」,《현대문학》, 1962. 6.
윤태영,「자신이 '健談家'라던 이상」,《현대문학》, 1962. 12.
이진순,「동경 시절의 이상」,《신동아》, 1963. 1.
김옥희,「오빠 이상」,《신동아》, 1964. 12.
원용석,「이상의 회고」,《대한일보》, 1966. 8. 25.

김소운, 「李箱異常」, 『하늘 끝에 살아도』, 동아출판공사, 1968.
문종혁, 「심심산천에 묻어주오」, 《여원》, 1969. 4.
서정주, 「이상의 일」, 《월간중앙》, 1971. 10.
문종혁, 「몇 가지 이의—소설 〈지주회시〉의 인물 '吳'가 증언하는 이상」, 《문학사상》, 1974. 4.
문학사상자료조사연구실, 「이상작품 및 관계문헌 목록」, 《문학사상》, 1974. 4.
이성미, 「새 자료로 본 이상의 생애」, 《문학사상》, 1974. 4.
문학사상자료조사연구실, 「이상은 공사장에서 주운 이름인가?」, 《문학사상》, 1975. 8.
백순재, 「소경에 눈을 뜨게 만든 이상의 장편」, 《문학사상》, 1975. 9.
문학사상자료조사연구실, 「이상 자화상 및 유품 파이프」, 《문학사상》, 1976. 3.
원용석, 「내가 마지막 본 이상」, 《문학사상》, 1980. 11.
유정, 「이상의 학창시절—大愚彌次郎과의 대담」, 《문학사상》, 1981. 6.
김향안, 「이젠 이상의 진실을 알리고 싶다」, 《문학사상》, 1986. 5.
김향안, 「이상과의 결혼」, 《문학사상》, 1986. 8.
김향안, 「理想에서 창조된 이상」, 《문학사상》, 1986. 9.
김향안, 「헤프지도 인색하지도 않았던 이상」, 《문학사상》, 1986. 12.
김향안, 「이상이 남긴 유산들」, 《문학사상》, 1987. 1.
조용만, 「이상 시대, 젊은 예술가의 초상」, 《문학사상》, 1987. 4.-6.
권영민, 「이상의 시 〈운동〉을 소개하며」, 《문학사상》, 2011. 9.